ଆଚାର୍ଯ୍ୟ ବିଷ୍ଣୁଗୁପ୍ତ (ଚାଣକ୍ୟ) ଦ୍ୱାରା ପ୍ରଣୀତ "ଚାଣକ୍ୟ ନୀତି"ର ମୁଖ୍ୟ ପ୍ରତିପାଦ୍ୟ ବିଷୟ ହେଉଛି ମାନବ ସମାଜକୁ ଜୀବନର ପ୍ରତ୍ୟେକ ସନ୍ଧିକ୍ଷଣରେ ବ୍ୟବହାରିକ ଶିକ୍ଷା ପ୍ରଦାନ କରିବା । ଏଥିରେ ମୁଖ୍ୟତଃ ଧର୍ମ, ସଂସ୍କୃତି, ନ୍ୟାୟ, ଶାନ୍ତି, ସୁଶିକ୍ଷା ଏବଂ ସର୍ବାନ୍ତକରଣରେ ମାନବୀୟ ପ୍ରଗତିର ଉତ୍କର୍ଷତାକୁ ପ୍ରତିପାଦିତ କରାଯାଇଛି । ଆଚାର୍ଯ୍ୟ ଚାଣକ୍ୟଙ୍କ ନୀତିରେ ପରିପୂର୍ଣ୍ଣ ଏହି ମହତ୍ୱପୂର୍ଣ୍ଣ ଗ୍ରନ୍ଥରେ ଜୀବନର ସିଦ୍ଧାନ୍ତ ଏବଂ ବ୍ୟବହାର ତଥା ଆଦର୍ଶ ଓ ଯଥାର୍ଥତାର ଏକ ଅପୂର୍ବ ସମନ୍ୱୟ ଦେଖିବାକୁ ମିଳିଥାଏ । ଜୀବନର ରୀତିନୀତି ସମ୍ବନ୍ଧୀୟ ବିଭିନ୍ନ ଘଟଣାର ଯେପରି ଅଭୁତ ଓ ବ୍ୟବହାରିକ ଚିତ୍ରଣ ଏଠାରେ ଉଲ୍ଲେଖ କରାଯାଇଛି, ତାହା ଅନ୍ୟତ୍ର ଦୁର୍ଲ୍ଲଭ । ସମ୍ଭବତଃ ଏହି କାରଣରୁ ଆଜି ଏହି ଗ୍ରନ୍ଥ ସମଗ୍ର ବିଶ୍ୱରେ ସମାଦୃତ ହୋଇ ପାରିଛି ।

ଆଚାର୍ଯ୍ୟ ଚାଣକ୍ୟ ପ୍ରଣୀତ

ଚାଣକ୍ୟ ନୀତି

ଚାଣକ୍ୟ ସୂତ୍ର ସହିତ

ଅଶ୍ୱିନୀ ପରାଶର

"ଯେ କୌଣସି ବ୍ୟକ୍ତି ଯଦି ଏକାଗ୍ରତାର ସହିତ
ଏହି ଗ୍ରନ୍ଥକୁ ଅଧ୍ୟୟନ କରିନ୍ତି,
ତେବେ ସେ ଜୀବନରେ କେବେ ଠକି ଯିବେ ନାହିଁ;
ବରଂ ସଫଳତା ତାଙ୍କପାଇଁ ଅତ୍ୟନ୍ତ ସୁଲଭ ହୋଇ ଉଠିବ ।"

ଡାଇମଣ୍ଡ ବୁକ୍ସ

ପ୍ରକାଶକ : ଡାଇମଣ୍ଡ ପକେଟ୍ ବୁକ୍ସ (ପ୍ରା.) ଲି.
X-30, ଓଖଲା ଇଣ୍ଡଷ୍ଟ୍ରିଆଲ ଏରିଆ, ଫେଜ - II
ନୂଆ ଦିଲ୍ଲୀ - 110020
ଦୂରଭାଷ : 011-40712200
ଇ-ମେଲ : www.diamondbook.in

CHANAKYA NEETI (ORIYA)

By: Ashwani Parasar

ବିଷୟାନୁକ୍ରମ

ଚାଣକ୍ୟ : ଏକ ସଂକ୍ଷିପ୍ତ ପରିଚିତି

ପ୍ରାଚୀନ ଭାରତୀୟ ସଂସ୍କୃତ ବାଙ୍ମୟ ଇତିହାସରେ ଆଚାର୍ଯ୍ୟ ବିଷ୍ଣୁଗୁପ୍ତ ଚାଣକ୍ୟ ନିଜର ସ୍ୱଗୁଣରେ ମହିମା ମଣ୍ଡିତ, ରାଜନୀତି ବିଶାରଦ, ଆଚାର-ବିଚାରରେ ମର୍ମଜ୍ଞ, କୁଟନୀତିରେ ସିଦ୍ଧହସ୍ତ ଏବଂ ପ୍ରବୀଣ ରୂପରେ ଖ୍ୟାତି ଲାଭ କରିଛନ୍ତି । ସେ ନନ୍ଦ ବଂଶକୁ ସମୂଳେ ଧ୍ୱଂସ କରି ସେହି ସ୍ଥାନରେ ନିଜର ସୁଯୋଗ୍ୟ ଏବଂ ମେଧାବୀ ବୀର ଶିଷ୍ୟ ଚନ୍ଦ୍ରଗୁପ୍ତ ମୌର୍ଯ୍ୟଙ୍କୁ ଶାସକ ପଦରେ ସିଂହାସନାରୂଢ଼ କରାଇ ନିଜର ଯେଉଁ ବିଲକ୍ଷଣ ପ୍ରତିଭାର ପରିଚୟ ପ୍ରଦାନ କରିଛନ୍ତି, ତାହା ସହିତ ସମସ୍ତ ବିଶ୍ୱ ପରିଚିତ । ମୌର୍ଯ୍ୟ ବଂଶର ସ୍ଥାପନା ଆଚାଯ୍ୟ ଚାଣକ୍ୟଙ୍କର ଏକ ଶ୍ରେଷ୍ଠ ଉପଲବ୍ଧି ।

ମୌର୍ଯ୍ୟ ସାମ୍ରାଜ୍ୟର ତାହା ଥିଲା ସେହି ସମୟ ଯେତେବେଳେ ସମ୍ରାଟ ଚନ୍ଦ୍ରଗୁପ୍ତ ପ୍ରଥମ ସିଂହାସନାରୂଢ଼ ଶାସକ ଭାବରେ ଅଧିଷ୍ଠିତ ଥିଲେ । ସେହି ସମୟରେ ଚାଣକ୍ୟ ଥିଲେ ତାଙ୍କର ରାଜନୀତି ଗୁରୁ । ଆଜି ମଧ୍ୟ କୁଶଳୀ ରାଜନୀତି ବିଶାରଦଙ୍କୁ ଚାଣକ୍ୟ ସଂଜ୍ଞା ପ୍ରଦାନ କରା ଯାଇଥାଏ । ଚାଣକ୍ୟ ସଂଗଠିତ, ସଂପୂର୍ଣ୍ଣ ଆର୍ଯ୍ୟବର୍ତ୍ତର ସ୍ୱପ୍ନ ଦେଖିଥିଲେ, ସେହି କ୍ରମରେ ମଧ ସେ ସଫଳ ପ୍ରୟାସ କରିଥିଲେ ।

ଚାଣକ୍ୟ ଅତୁଳନୀୟ, ଅଦ୍ଭୁତ, ନିରୋଳା, ଏପରି ଏକ କୁଶଳ ରାଜନୀତିଜ୍ଞ ଥିଲେ ଯିଏ କି ମଗଧ ଦେଶର ନନ୍ଦବଂଶୀ ରାଜାମାନଙ୍କ ରାଜ କ୍ଷମତାକୁ ସର୍ବନାଶ କରି 'ମୌର୍ଯ୍ୟ ରାଜ୍ୟ'ର ସ୍ଥାପନା କରିଥିଲେ ।

ଚାଣକ୍ୟଙ୍କ ଜନ୍ମ କାଳୀନ ନାମ ଥିଲା ବିଷ୍ଣୁଗୁପ୍ତ ଏବଂ ଚାଣକ୍ୟ ନାମକ ଆଚାର୍ଯ୍ୟଙ୍କ ପୁତ୍ର ହୋଇଥିବାରୁ ସେ ପରବର୍ତ୍ତୀ କାଳରେ 'ଚାଣକ୍ୟ' ନାମରେ ନାମିତ ହୋଇଗଲେ । କେତେକଙ୍କର ମତ ଯେ ଅତ୍ୟନ୍ତ ସୂକ୍ଷ୍ମ ବୁଦ୍ଧିଧାରୀ ହେତୁ ତାଙ୍କୁ ଚାଣକ୍ୟ କୁହା ଯାଇଥାଏ । କୁଟୀଳ ରାଜନୀତି ବିଶାରଦ ହୋଇଥିବାରୁ ତାଙ୍କୁ 'କୌଟିଲ୍ୟ' ନାମରେ ମଧ ସମ୍ବୋଧିତ କରା ଯାଉଥିଲା । ହେଲେ ସଂଭବତଃ ଏହା ତାଙ୍କର ଗୋତ୍ର ମଧ୍ୟ ହୋଇଥାଇ ପାରେ, କିନ୍ତୁ ଅନେକ ବିଦ୍ୱାନ ସମାଲୋଚକଙ୍କ ମତାନୁଯାୟୀ କୁଟୀଳ ନୀତିର ନିର୍ମାତା ହୋଇଥିବାରୁ ତାଙ୍କ ନାମ କୋଟିଲ୍ୟ ବୋଲି ରଖା ଯାଇଛି । ମହାମହୋପଧ୍ୟାୟ ଗଣପତି ଶାସ୍ତ୍ରୀଙ୍କ ମତାନୁଯାୟୀ 'କୁଟିଳ' ଗୋତ୍ରତ୍ପନ୍ନ ପୁମାନ୍ କୌଟିଲ୍ୟ: ଏହି ବ୍ୟୁତ୍ପତି ଅନୁସାରେ ତାଙ୍କୁ କୋଟିଲ୍ୟ ଗୋତ୍ର ଅନ୍ତର୍ଗତ ବୋଲି ପ୍ରାଧାନ୍ୟ ଦିଆ ଯାଇଥାଏ । ସେ ଚନ୍ଦ୍ରଗୁପ୍ତ ମୋର୍ଯ୍ୟଙ୍କ ମହାମନ୍ତ୍ରୀ, ଗୁରୁ, ହିତୈଷୀ ତଥା ରାଜ୍ୟର ସଂସ୍ଥାପକ ଥିଲେ । ଚନ୍ଦ୍ରଗୁପ୍ତ ମୋର୍ଯ୍ୟଙ୍କୁ ରାଜପଦରେ ଅଭିଶିକ୍ତ କରିବାର କାର୍ଯ୍ୟ ତାଙ୍କ ବୁଦ୍ଧି-କୌଶଳର ପରିଣାମ ଥିଲା ।

ଚାଣକ୍ୟଙ୍କ ଜନ୍ମ ସ୍ଥାନ ସଂପର୍କରେ ଇତିହାସ କିନ୍ତୁ ନିରବ । ପରନ୍ତୁ ତାଙ୍କର ଶିକ୍ଷା-ଦୀକ୍ଷା ତକ୍ଷଶୀଳା ବିଶ୍ୱବିଦ୍ୟାଳୟରେ ହିଁ ହୋଇଅଛି । ସେ ସ୍ୱଭାବରେ ଅତ୍ୟନ୍ତ ଅଭିମାନୀ, ଚାରିତ୍ରିକ ଏବଂ ବିଷୟ-ଦୋଷ ରହିତ, ଶାରରୀକ ଆକୃତିରେ ଅନାକର୍ଷଣୀୟ, ବୁଦ୍ଧିରେ ତୀକ୍ଷ୍ଣ, ଦୃଢ଼ ମନୋବୃତି, ପ୍ରତିଭା ସଂପନ୍ନ, ଯୁଗଦ୍ରଷ୍ଟା ଏବଂ ଯୁଗସ୍ରଷ୍ଟା ଥିଲେ । ଜନ୍ମରୁ ପାଟଳିପୁତ୍ରର ଅଧିବାସୀ ଚାଣକ୍ୟଙ୍କ ବୁଦ୍ଧି-ବଳର ସଂପୂର୍ଣ୍ଣ ବିକାଶ ତକ୍ଷଶୀଳାର ଆଚାର୍ଯ୍ୟମାନଙ୍କ ପ୍ରତ୍ୟକ୍ଷ ତତ୍ତ୍ୱାବଧାନରେ ସଂଗଠିତ ହୋଇଥିଲା । ନିଜର ପରିପକ୍ୱ ଜ୍ଞାନର ପ୍ରଭାବରେ ସେ ସେଠାକାର ବିଦ୍ୱାନମାନଙ୍କୁ ପ୍ରସନ୍ନ କରାଇ ରାଜନୀତିର ପ୍ରାଧ୍ୟାପକ ଭାବରେ ଅଧିଷ୍ଠିତ ହୋଇ ପାରିଥିଲେ । ଦେଶର ଦୁର୍ବ୍ୟବସ୍ଥାକୁ ଲକ୍ଷ୍ୟ କରି ତାଙ୍କର ହୃଦୟ ଦ୍ରବୀଭୂତ ହୋଇ ଉଠିଥିଲା । ଏହି କାରଣରୁ ସେ ଏକ ବିସ୍ତୃତ କାର୍ଯ୍ୟକ୍ରମର ପରିକଳ୍ପନା କରି ଦେଶକୁ ଏକ ସୂତ୍ରରେ ବାନ୍ଧି ରଖିବାର ସଂକଳ୍ପ ଗ୍ରହଣ କରିଥିଲେ ଏବଂ ଏଥିରେ ମଧ୍ୟ ତାଙ୍କୁ ବିପୁଳ ସଫଳତା ମିଳିଥିଲା ।

ଚାଣକ୍ୟଙ୍କ ଜୀବନର ଉଦ୍ଦେଶ୍ୟ କେବଳ **'ବୁଦ୍ଧି ଯାହାର ବଳ ତାହାର'** ହିଁ ଥିଲା । ଏହି କାରଣରୁ ଚାଣକ୍ୟଙ୍କର ନିଜର ବୁଦ୍ଧି ଓ ପୁରୁଷାର୍ଥ ଉପରେ ସଂପୂର୍ଣ୍ଣ ଆସ୍ଥା ରହିଥିଲା । ସେ 'ଦୈବାଧୀନ ଜଗତ୍ସର୍ବ' ସିଦ୍ଧାନ୍ତକୁ ଭୁଲ ବୋଲି ମନେ କରୁଥିଲେ ।

ଚାଣକ୍ୟ ଓ ଚନ୍ଦ୍ରଗୁପ୍ତ ମୌର୍ଯ୍ୟଙ୍କ ସମୟ ହେଉଛି ଗୋଟିଏ- ଖ୍ରୀ.ପୂ. ୩୨୫ । ତାହା ଥିଲା ମୌର୍ଯ୍ୟ ସମ୍ରାଟ୍ ଚନ୍ଦ୍ରଗୁପ୍ତଙ୍କ ସମୟ, ସେହି ସମୟ ମଧ୍ୟ ଥିଲା ଚାଣକ୍ୟଙ୍କର । ଚାଣକ୍ୟଙ୍କ ନିବାସ ସ୍ଥଳୀ ଥିଲା ସହରର ଦୂରରେ ଥିବା ଗୋଟିଏ ପର୍ଣ୍ଣ କୁଟୀର, ଯାହାକୁ ଦେଖି ଚୀନ ଐତିହାସିକ ପରିବ୍ରଜକ ଫାଇହାନ କହିଥିଲେ, "ଏପରି ଏକ ବିଶାଳ ଦେଶର ପ୍ରଧାନ ମନ୍ତ୍ରୀ ଏକ ସାଧାରଣ କୁଟୀରରେ ବାସ କରୁଛନ୍ତି ଓ ତାଙ୍କର ପ୍ରଜା ସାଧାରଣ ଭବ୍ୟ ବଭନରେ କଣ ବାସ କରୁଛନ୍ତି ଏବଂ ଯେଉଁ ଦେଶରେ ପ୍ରଧାନ ମନ୍ତ୍ରୀ ରାଜପ୍ରାସାଦରେ ରହୁଛନ୍ତି ସେଠାରେ ସାମାନ୍ୟ ଜନତା ଝୁଂପୁଡି ଘରେ କାଳାତିପାତ କରୁଛନ୍ତି ।"

ଚାଣକ୍ୟଙ୍କ ଝୁଂପୁଡି ଘରେ ଗୋବରର ଘଷିକୁ ଛଡାଇବାପାଇଁ ଗୋଟିଏ ପଥର ପଡିଥିଲା, ଆଉ ଗୋଟିଏ ସ୍ଥାନରେ ଶିଷ୍ୟମାନଙ୍କଦ୍ୱାରା ଅଣା ଯାଇଥିବା ଘାସର ବିଡ଼ା ରଖା ଯାଇଥିଲା । ଛାତ ଉପରେ ଶୁଖା-ଶୁଖିପାଇଁ ତଲେଇଟିଏ ପଡିଥିଲା, ଯାହାର ଓଜନରେ ଛାତ ସାମାନ୍ୟ ନଇଁ ଯାଇଥିଲା । ଏତାଦୃଶ ଜୀର୍ଣ୍ଣ-ଶୀର୍ଣ୍ଣ କୁଟୀର ଚାଣକ୍ୟଙ୍କ ନିବାସ ସ୍ଥଳୀ ଥିଲା ।

ଆହା ! ସେହି ଦେଶ ମହାନ କାହିଁକି ନ ହେବ, ଯାହାର ପ୍ରଧାନ ମନ୍ତ୍ରୀ ଏତେ ସଚ୍ଚୋଟ, ସଚେତନ, ଚରିତ୍ର ସଂପନ୍ନ ଏବଂ ବିଶେଷ କରି କର୍ତବ୍ୟ ପରାୟଣ ।

ଏହି ଭାବକୁ ଦେଖି ଜନ ସାଧାରଣ ତଟସ୍ଥ ହୋଇ ରହି ଯାଉଥିଲେ । ଆମର ମନ ବୀଣାରେ ରହିଥିବା ସମସ୍ତ ସମ୍ବେଦନଶୀଳ ତନ୍ତ୍ରୀଗୁଡ଼ିକ ଏତାଦୃଶ ଦୃଶ୍ୟକୁ ଦେଖି ଏକକାଳୀନ ଝଂକୃତ ହୋଇଉଠେ । ସେହି ତାର ଗୁଡିକରୁ ଏପରି କରୁଣାର ଧ୍ୱନି ନିର୍ଗତ ହୋଇଉଠେ ଯେ ଚାଣକ୍ୟଙ୍କ ସଂପୂର୍ଣ୍ଣ ରାଜନୀତିର ଉଚ୍ଛୃଙ୍ଖଳତା ସେହିଥିରେ ଧୀରେ ଧୀରେ ବିଲୀନ ହୋଇଉଠେ । ତାଙ୍କର ଜ୍ୟୋତି ନିକଟରେ ମୁଦ୍ରିତ ଚକ୍ଷୁରେ ଚାଣକ୍ୟଙ୍କୁ ତ୍ୟାଗୀ ଏବଂ ତପସ୍ୱୀ ବୋଲି ସ୍ୱୀକାର କରି ତାଙ୍କ ନିକଟରେ ମସ୍ତକ ନତ ହୋଇ ଉଠେ ।

ଖ୍ରୀ.ପୂ. ୨୫୦୦ରେ ଚାଣକ୍ୟଙ୍କ ପୁତ୍ର ବିଷ୍ଣୁଗୁପ୍ତ ଭାରତୀୟ ରାଜନୀତିଜ୍ଞଙ୍କୁ ରାଜନୀତି ଶିକ୍ଷା ଦେବାପାଇଁ ଅର୍ଥଶାସ୍ତ୍ର, ଲଘୁ ବ୍ୟାକରଣ, ବୃଦ୍ଧ ଚାଣକ୍ୟ, ଚାଣକ୍ୟ ନୀତି ଶାସ୍ତ୍ର ଆଦି ଗ୍ରନ୍ଥ ରଚନା କରିବା ସହିତ ତାହାର ବ୍ୟାଖ୍ୟାମୟ ସୂତ୍ରମାନର ପ୍ରସ୍ତୁତ କରିଥିଲେ ।

ସଂସ୍କୃତ ସାହିତ୍ୟରେ ରହିଥିବା ହଜାର ହଜାର ନୀତିପୂର୍ଣ୍ଣ ଗ୍ରନ୍ଥମାନଙ୍କ ମଧ୍ୟରେ ଚାଣକ୍ୟ ନୀତିର ଏକ ମହତ୍ତ୍ୱପୂର୍ଣ୍ଣ ସ୍ଥାନ ରହିଛି । ଏଥିରେ ସୂତ୍ରାତ୍ମକ ଶୈଳୀରେ ଜୀବନକୁ ସୁଖମୟ ଏବଂ ସଫଳ-ସଂପନ୍ନ କରାଇବାପାଇଁ ଉପଯୋଗୀ ଅନେକ ବିଷୟରେ ଆଲୋକପାତ କରାଯାଇଛି । ଚାଣକ୍ୟଙ୍କ ଦୃଷ୍ଟିରେ ଆଦର୍ଶ ରାଜ୍ୟ ସଂସ୍ଥା ହେଉଛି ସେହି, ଯେଉଁଠି ଯୋଜନାସବୁ ପ୍ରଜାମାନଙ୍କୁ ଭୂମି, ଧନ-ଧାନ୍ୟାଦି ପ୍ରାପ୍ତି ଦିଗରେ ରହିଥିବା ସେମାନଙ୍କର ମୌଳିକ ଅଧିକାରକୁ କ୍ଷୁଣ୍ଣ କରୁ ନଥିବ, ତାହକୁ ଏକ ଲମ୍ବା-ଚୌଡା ଯୋଜନାର ନାମାନୁସାରେ କରଭାରରେ ଆକ୍ରାନ୍ତ କରୁ ନଥିବ । ରାଷ୍ଟ୍ର ଉଦ୍ଧାରକ ଯୋଜନାମାନ ରାଜକୀୟ ବ୍ୟୟଗୁଡ଼ିକରୁ କିଛି ସଂଚୟ କରି ପାରୁଥିବା ଦରକାର । ରାଜାଙ୍କର ଗ୍ରାହ୍ୟ ଭାଗକୁ ପ୍ରଦାନ କରି ସାରିବା ପରେ ଅବଶିଷ୍ଟ ପ୍ରଜାଂଶରେ ଆସ୍ଥା ରଖି ଦୀର୍ଘ ଯୋଜନାମାନ ପ୍ରସ୍ତୁତ କଲେ ତାହା ପ୍ରଜାମାନଙ୍କ ଉପରେ ଉତ୍ପୀଡନହିଁ ହେବ ।

ଚାଣକ୍ୟଙ୍କ ସାହିତ୍ୟ ସମାଜରେ ଶାନ୍ତି, ନ୍ୟାୟ, ସୁଶିକ୍ଷା, ସର୍ବତୋନ୍ମୁଖୀ ପ୍ରଗତି ଶିକ୍ଷା ପ୍ରଦାନକାରୀ ଜ୍ଞାନର ଭଣ୍ଡାର । ରାଜନୀତି ଶିକ୍ଷାର ଦାୟିତ୍ୱ ହେଉଛି ଯେ ତାହା ସମାଜକୁ ରାଜ୍ୟ ସଂସ୍ଥାପନ, ସଂଚାଳନ ଓ ରାଷ୍ଟ୍ର ସଂରକ୍ଷଣ - ଏହି ତିନିଗୋଟି କାର୍ଯ୍ୟକୁ ଶିକ୍ଷା ଦେବ ।

ଭାରତର ଦୁର୍ଭାଗ୍ୟ ହେଉଛି ଯେ ସେ ଚାଣକ୍ୟଙ୍କ ଜ୍ଞାନକୁ ଉପେକ୍ଷା କରି ଦେଶୀ-ବିଦେଶୀ ଶତ୍ରୁମାନଙ୍କୁ ଆକ୍ରମଣ କରିବାକୁ ନିମନ୍ତ୍ରଣ ଜଣାଇ ନିଜକୁ ଶତ୍ରୁମାନଙ୍କ ନିକଟରେ ନିରୁପାୟ ବୋଲି ଦେଖାଇବାର ଆସୁରିକ ଶିକ୍ଷାକୁ ଆପଣେଇ ନେଇଛି । ନୈତିକ ଶିକ୍ଷା, ଧର୍ମ ଶିକ୍ଷା ଆଦି ଆଜି ଲୋପ ହୋଇ ଯାଇଛି । ଚରିତ୍ର ନିର୍ମାଣକୁ ତ ବହିଷ୍କୃତ କରି ଦିଆ ଗଲାଣି । ମାତ୍ର କିରାଣୀ ସୃଷ୍ଟିକାରୀ, ସିଦ୍ଧାନ୍ତହୀନ, ପେଟପାଳନର ଶିକ୍ଷା ଆଜି ସର୍ବତ୍ର ବିରାଜିତ । ସମାଜ ଆସ୍ତେ ଆସ୍ତେ ଆସୁରିକ ରୂପକୁ ଧାରଣ କରି ନେଉଛି । ଅର୍ଥର ଦାସ ହୋଇ ଆଜି ମଣିଷ ସମ୍ମାନ ବା ଆତ୍ମ ଗୌରବକୁ ଉପେକ୍ଷା କରୁଛି । ସ୍ୱାଭିମାନର ଆଜି ସୁଦୂର ପରାହତ ।

ଆଜିର ସ୍ୱାର୍ଥପୂର୍ଣ୍ଣ, ଅଜ୍ଞାନ ଅନ୍ଧକାରରେ ମଗ୍ନ ରହିଥିବା ଶୁଦ୍ଧ ସ୍ୱାର୍ଥୀ ରାଜନୈତିକ ସ୍ଥିତାବସ୍ଥାରେ ଚାଣକ୍ୟଙ୍କ ଜ୍ଞାନାମୃତ ହିଁ ଭାରତକୁ ପଥ ପ୍ରଦର୍ଶକ ଭାବେ ନିର୍ମାଣ କରାଇବାର କ୍ଷମତାକୁ ଧାରଣ କରୁଛି । ତାହା ଆମକୁ ରାଜନୈତିକ, ସାମାଜିକ, ଆଧ୍ୟାତ୍ମିକ ମୁକ୍ତିର ମାର୍ଗ ପ୍ରଦର୍ଶନ କରି ପାରିବ । ଆଜିର ତ୍ରୁଟିପୂର୍ଣ୍ଣ ରାଷ୍ଟ୍ରିୟ ପରିସ୍ଥିତି କେବଳ ବର୍ତ୍ତମାନ ପ୍ରଚଳିତ କୁଶିକ୍ଷାର ଚରମ ପରିଣାମ । ରାଷ୍ଟ୍ରିୟ ଭାବନା, ରାଷ୍ଟ୍ରହିତ ତଥା ମନୁଙ୍କ ଆଦର୍ଶ ଆଜି ସଂପୂର୍ଣ୍ଣ ଭାବରେ ବିଲୁପ୍ତ ହୋଇ ଯାଇଛି । ସର୍ବତ୍ର ଅଂହକାରୀ ବିଦ୍ୟାର ଜୟ ଜୟକାର । ସାଂସ୍କୃତିକ ସ୍ୱରୂପ ଆଜି ବିଧ୍ୱଂସିତ । ନିଷ୍କାମ ସେବା ଭାବର ଉତ୍ସାହ ଆଜି ଅନ୍ତର୍ହିତ । କ୍ଷମତାଲୋଭୀ ନେତାଗିରୀର ନିଶା ଆଜି ସମସ୍ତଙ୍କ ପାଗଳ କରି ଦେଇଛି । ଚାଣକ୍ୟଙ୍କ ରାଜନୈତିକ ଚିନ୍ତାଧାରାକୁ ସମାବିଷ୍ଟ କରିପାରିଲେ ହିଁ ଭାରତକୁ ଉଦ୍ଧାର କରି ହେବ । ସଦାଚାରୀ, ବ୍ୟବହାର କୁଶଳ ଏବଂ ଧର୍ମନିଷ୍ଠ ଓ କର୍ମଶୀଳ ମନୁଷ୍ୟର ସାମଗ୍ରିକ ବିକାଶର ପର୍ଯ୍ୟାପ୍ତ ସଂଭାବନା ରହିଛି । ଏଣୁକରି ଏହି ନୀତି ଅଧ୍ୟୟନର ଆଜି ଏକାନ୍ତ ପ୍ରାସଙ୍ଗିକତା ରହିଛି ।

୩୪- କାଦମ୍ବରୀ
୧୯ / ୯ ରୋହିଣୀ,
ନୂଆ ଦିଲ୍ଲୀ - ୧୧୦୦୮୫
- ଅଶ୍ୱିନୀ ପାରାଶର

ସାଧୁଭ୍ୟସ୍ତେ ନିବର୍ତ୍ତନ୍ତେ ପୁତ୍ରା ମିତ୍ରାଣି ବାନ୍ଧବାଃ ।
ଯେ ଚ ତୈଃ ସହ ଗନ୍ତାରସ୍ତଦ୍‌ଧର୍ମାତ୍ ସୁକୃତଂ କୁଲମ୍ ।।

ଚାଣକ୍ୟ ନୀତି 4 / 2

କାମଧେନୁ ଗୁଣା ବିଦ୍ୟା ହ୍ୟ କାଲେ ଫଲଦାୟିନୀ ।
ପ୍ରବାସେ ମାତୃ ସଦୃଶୀ ବିଦ୍ୟା ଗୁପ୍ତଂ ଧନଂ ସ୍ମୃତମ୍ ।।

ଚାଣକ୍ୟ ନୀତି 4 / 5

ଚାଣକ୍ୟ ନୀତି

ପ୍ରଥମ ଅଧ୍ୟାୟ

ଈଶ୍ୱର ପ୍ରାର୍ଥନା :

ପ୍ରଣମ୍ୟ ଶିରସା ବିଷ୍ଣୁଂ ତ୍ରୈଲୋକ୍ୟାଧିପତିଂ ପ୍ରଭୁମ୍ ।
ନାନା ଶାସ୍ତ୍ରୋଦ୍ଧୃତଂ ବକ୍ଷେ ରାଜନୀତି ସମୁଚ୍ଚୟମ୍ ॥ 1 ॥

ତିନି ଲୋକ ଅର୍ଥାତ୍ ସ୍ୱର୍ଗ, ମର୍ତ୍ତ୍ୟ ଓ ପାତାଳର ପ୍ରଭୁ ଭଗବାନ ବିଷ୍ଣୁଙ୍କ ଚରଣରେ ମଥା ନତ ପୂର୍ବକ ପ୍ରଣାମ କରି ବିଭିନ୍ନ ଶାସ୍ତ୍ରରେ ଉଦ୍ଧୃତ ରାଜନୀତିକୁ ସଂକଳନ ରୂପରେ ବର୍ଣ୍ଣନା କରୁଛି ।

ଚାଣକ୍ୟ ଏଠାରେ ରାଜନୀତି ସମ୍ବନ୍ଧୀୟ ବିଚାରମାନର ପ୍ରତିପାଦନ ସମୟରେ କାର୍ଯ୍ୟର ନିର୍ବିଘ୍ନ ସମାପ୍ତିର ଭାବନାରେ କହିଛନ୍ତି ଯେ - ମୁଁ କୌଟିଲ୍ୟ ଚାଣକ୍ୟ ସର୍ବ ପ୍ରଥମେ ତିନିଲୋକର ନାଥ ଭଗବାନ ବିଷ୍ଣୁଙ୍କୁ ମଥାନତ ପୂର୍ବକ ପ୍ରଣାମ କରୁଛି । ଏହି ପୁସ୍ତକରେ ମୁଁ ଅନେକ ଶାସ୍ତ୍ରରୁ ବାଛି ବାଛି ରାଜନୀତିର କଥାମାନ ଏକତ୍ରିତ କରଛି । ତାହାକୁ ମୁଁ ଏଠାରେ ବର୍ଣ୍ଣନା କରୁଅଛି ।

ଚାଣକ୍ୟ (ବିଷ୍ଣୁଗୁପ୍ତ)ଙ୍କ ପାଇଁ 'କୌଟିଲ୍ୟ' ସମ୍ବୋଧନ ତାଙ୍କର କୁଟନୀତିରେ ପ୍ରବୀଣତା ହେତୁ ପ୍ରୟୋଗ କରାଯାଇଛି । ଏକଥା ସତ୍ୟ ଯେ ଚାଣକ୍ୟଙ୍କ ନୀତି ଉଭୟ ରାଜା ଓ ପ୍ରଜାଙ୍କପାଇଁ ପ୍ରଯୋଜ୍ୟ ଥିଲା । ରାଜାଙ୍କ ଦ୍ୱାରା ନିର୍ବାହ କରା ଯାଉଥିବା ପ୍ରଜାଙ୍କ ପ୍ରତି ଧର୍ମକୁ ହିଁ ରାଜଧର୍ମ ବୋଲି କୁହା ଯାଇଛି । ଏହି ଧର୍ମ ଉପଦେଶ ହିଁ ନୀତିବାଣୀ ରୂପରେ ନିର୍ବିଘ୍ନ ରୂପରେ ସଂପୂର୍ଣ୍ଣ ହେଉ ବୋଲି କାମନା କରାଯାଇ ପ୍ରାରମ୍ଭରୁ ମଙ୍ଗଳାଚରଣ ରୂପରେ ବିଷ୍ଣୁଙ୍କୁ ଆରାଧନା ପୂର୍ବକ କାର୍ଯ୍ୟାରମ୍ଭ କରାଯାଇଛି ।

ଶ୍ରେଷ୍ଠ ମନୁଷ୍ୟ କିଏ ?

ଅଧୀତ୍ୟେଦଂ ଯଥାଶାସ୍ତ୍ରଂ ନରୋ ଜାନାତି ସତ୍ତମଃ ।
ଧର୍ମୋପଦେଶବିଖ୍ୟାତଂ କାର୍ଯ୍ୟାଽକାର୍ଯ୍ୟାଶୁଭାଶୁଭମ୍ ॥ 2 ॥

ଧର୍ମ ଉପଦେଶ ଦେଉଥିବା, କାର୍ଯ୍ୟ-ଅକାର୍ଯ୍ୟ, ଶୁଭ-ଅଶୁଭ ଇତ୍ୟାଦିକୁ ବର୍ଣ୍ଣନା କରୁଥିବା ନୀତିଶାସ୍ତ୍ରକୁ ପଢ଼ି ଯିଏ ଠିକ୍ ଭାବରେ ତାହାକୁ ଉପଲବ୍ଧ କରେ, ସିଏ ହିଁ ଶ୍ରେଷ୍ଠ ମଣିଷ ।

ଏହି ନୀତି ଶାସ୍ତ୍ରରେ ଧର୍ମର ବ୍ୟାଖ୍ୟା କରିବାକୁ ଯାଇ କଣ କରିବା ଦରକାର, କଣ କରିବା ଦରକାର ନୁହେଁ; କଣ ଭଲ ଓ କଣ ଖରାପ ଇତ୍ୟାଦି ଜ୍ଞାନର ବର୍ଣ୍ଣନା କରାଯାଇଛି । ଏହାର ଅଧ୍ୟୟନ କରି ଏହାକୁ ନିଜର ଜୀବନରେ ପ୍ରୟୋଗ କରୁଥିବା ମନୁଷ୍ୟ ହିଁ ଶ୍ରେଷ୍ଠ ମନୁଷ୍ୟ ।

ଆଚାର୍ଯ୍ୟ ବିଷ୍ଣୁଗୁପ୍ତ (ଚାଣକ୍ୟ)ଙ୍କର ବକ୍ତବ୍ୟ ହେଉଛି ଯେ ଜ୍ଞାନୀ ବ୍ୟକ୍ତି ନୀତିଶାସ୍ତ୍ରକୁ ପଢ଼ି ଅତ୍ୟନ୍ତ ଏତିକି ଜାଣି ପାରନ୍ତି ଯେ ତାଙ୍କ ପାଇଁ କଣ କରଣୀୟ ଓ କଣ ପରିତ୍ୟଜ୍ୟ । ତା' ସହିତ ମଧ

କର୍ମର ଭଲ-ମନ୍ଦ ଦିଗ ପ୍ରତି ମଧ୍ୟ ତାଙ୍କର ସାଧାରଣ ଜ୍ଞାନ ହୋଇଥାଏ । କର୍ତ୍ତବ୍ୟ ପ୍ରତି ବ୍ୟକ୍ତିର ଏହି ପ୍ରକାର ଜ୍ଞାନଦୃଷ୍ଟି ହିଁ ଧର୍ମୋପଦେଶର ମୁଖ୍ୟ ଆବଶ୍ୟକତା । କାର୍ଯ୍ୟ ପ୍ରତି ବ୍ୟକ୍ତିର ଧର୍ମକୁ (ମାନବ ଧର୍ମ) କୁହା ଯାଇଥାଏ ଅର୍ଥାତ୍ ମନୁଷ୍ୟ ବା କୌଣସି ବସ୍ତୁର ଗୁଣ ଓ ସ୍ୱଭାବ ସେହିପରି, ଯେପରି ଅଗ୍ନିର ଧର୍ମ ହେଉଛି ପ୍ରଜ୍ୱଳିତ ହେବା ବା ପାଣିର ଧର୍ମ ହେଉଛି ନିର୍ବାପିତ କରିବା, ସେହି ପ୍ରକାରରେ ରାଜନୀତିରେ ମଧ୍ୟ କେତେକ କର୍ମ ଧର୍ମାନୁକୁଳ ଏବଂ ଅନେକ କିଛି ଧର୍ମର ବିରୁଦ୍ଧାଚରଣ କରିଥାଏ ।

ଗୀତାରେ କୃଷ୍ଣ ଯୁଦ୍ଧକ୍ଷେତ୍ରରେ ଅର୍ଜ୍ଜୁନଙ୍କୁ କ୍ଷତ୍ରୀୟଙ୍କ ଧର୍ମ ସଂପର୍କରେ ଏହି କାରଣରୁ ସଚେତନ କରାଇଥିଲେ ଯେ ରଣଭୂମିରେ ସମସ୍ତ ଶତ୍ରୁଙ୍କୁ ସମ୍ମୁଖ ଭାଗରେ ଦେଖି ମଧ୍ୟ ଯୁଦ୍ଧ କରିବା ହେଉଛି କ୍ଷତ୍ରୀୟ ମାନଙ୍କର ଏକମାତ୍ର ଧର୍ମ । ଯୁଦ୍ଧକ୍ଷେତ୍ରରୁ ପଳାୟନ ବା ବିମୁଖ ହୋଇ ଉଠିବାକୁ ଭୀରୁତା କୁହାଯାଇଥାଏ । ଏହି କାରଣରୁ ଆଚାର୍ଯ୍ୟ ଚାଣକ୍ୟ ଧର୍ମକୁ ଜ୍ଞାନସମ୍ମତ ବୋଲି ମନେ କରିଥାନ୍ତି ।

ରାଜନୀତି : ଜଗତର କଲ୍ୟାଣପାଇଁ

ତଦହଂ ସମ୍ପ୍ରବକ୍ଷାମି ଲୋକାନାଂ ହିତକାମ୍ୟୟା ।
ଯେନ ବିଜ୍ଞାନ ମାତ୍ରେଣ ସର୍ବଜ୍ଞତ୍ୱଂ ପ୍ରପଦ୍ୟତେ ॥ 3 ॥

ମୁଁ (ଚାଣକ୍ୟ) ଲୋକମାନଙ୍କର ମଙ୍ଗଳ କାମନାର୍ଥେ ଅର୍ଥାତ ଲୋକମାନଙ୍କର ହିତାର୍ଥେ ରାଜନୀତିର ସେହି ରହସ୍ୟମୟ ଦିଗକୁ ପ୍ରସ୍ତୁତ କରିବି, ଯାହାକୁ ଜାଣିବା ମାତ୍ରେ ହିଁ ବ୍ୟକ୍ତି ନିଜକୁ ସର୍ବଜ୍ଞ ବୋଲି ମନେ କରି ପାରିବ ।

ଏଥିରୁ ଅତ୍ୟନ୍ତ ସ୍ପଷ୍ଟ ହୋଇଉଠେ ଯେ ରାଜନୀତିର ସିଦ୍ଧାନ୍ତକୁ ଗ୍ରହଣ କରିନେବା ଏତେ ମହତ୍ୱପୂର୍ଣ୍ଣ ନୁହେଁ ଯେତିକି ପରିମାଣରେ ଏହା କ'ଣ ଓ ଏହାର ପ୍ରଭାବ କ'ଣ ହୋଇପାରେ ବୋଲି ବୁଝିବା ବା ଜାଣିବା । ଏହି କାରଣରୁ ତାଙ୍କର ନୀତିଶାସ୍ତ୍ରକୁ ପାରାୟଣ କରୁଥିବା ବ୍ୟକ୍ତି ରାଜନୀତିର ପଣ୍ଡିତ ହୋଇ ପାରନ୍ତି, ଏହି କାରଣରୁ ଆତ୍ମ-କଲ୍ୟାଣ କେବଳ ନୁହେଁ ଜଗତର କଲ୍ୟାଣପାଇଁ ରାଜନୀତିକୁ ଜାଣିବା ଅତ୍ୟନ୍ତ ଆବଶ୍ୟକ ।

ସୁପାତ୍ରଙ୍କ ଶିକ୍ଷା :

ମୂର୍ଖଶିଷ୍ୟୋପଦେଶେନ ଦୁଷ୍ଟାସ୍ତ୍ରୀଭରଣେନ ଚ ।
ଦୁଃଖିତୈଃ ସମ୍ପ୍ରୟୋଗେଣ ପଣ୍ଡତୋଽପ୍ୟବସୀଦତି ॥ 4 ॥

ମୂର୍ଖ ଶିଷ୍ୟକୁ ପଢ଼ାଇବା ଦ୍ୱାରା, ଉପଦେଶ ଦେବା ଦ୍ୱାରା, ଦୁଷ୍ଟ ସ୍ତ୍ରୀର ଭରଣ ପୋଷଣ କରିବା ଦ୍ୱାରା ତଥା ଦୁଃଖୀ ଲୋକମାନଙ୍କର ସାଙ୍ଗରେ ରହିଲେ ବିଦ୍ୱାନ ବ୍ୟକ୍ତି ମଧ୍ୟ ଦୁଃଖ ଭୋଗ କରିଥାଏ । ଅର୍ଥାତ୍ କୁହା ଯାଇଥାଏ ଯେ ଯିଏ ଯେତେ ବଡ଼ ଜ୍ଞାନୀ ହୁଅନ୍ତୁ ନା କାହିଁକି ଯଦି ମୂର୍ଖ ଶିଷ୍ୟଙ୍କୁ ପଢ଼ାନ୍ତି, ଦୁଷ୍ଟା ସ୍ତ୍ରୀ ସହିତ ଜୀବନ ଅତିବାହିତ କରନ୍ତି ବା ଦୁଃଖୀ-ରୋଗୀମାନଙ୍କ ଗହଣରେ ରୁହନ୍ତି ତେବେ ବିଦ୍ୱାନ ବ୍ୟକ୍ତି ମଧ୍ୟ ଦୁଃଖୀ ହୋଇ ଯାଆନ୍ତି; ସେତେବେଳେ ସାଧାରଣ ବ୍ୟକ୍ତିଙ୍କ କଥା କଣ କହିବା ? ଏଣୁ ନୀତି ସୂଚାଇ ଦିଏ ଯେ ମୂର୍ଖ ଶିଷ୍ୟଙ୍କୁ ଶିକ୍ଷାଦାନ ଦେବା ଅନୁଚିତ । ଦୁଷ୍ଟା ସ୍ତ୍ରୀ ସହିତ ସମ୍ବନ୍ଧ ରଖିବା ଅନୁଚିତ, ବରଂ ତାହାଠାରୁ ଦୂରେଇ ଯିବା ଶ୍ରେୟସ୍କର ଏବଂ ଦୁଃଖୀ ଲୋକମାନଙ୍କ ଗହଣକୁ ତ୍ୟାଗ କରିବା ଦରକାର ।

ହୋଇପାରେ ଯେ, ଏହି କଥା କୌଣସି ବ୍ୟକ୍ତିକୁ ସାଧାରଣ ବା ସାମାନ୍ୟ ବୋଲି ମନେ ହୋଇପାରେ, ହେଲେ ଯଦି ଏହା ଉପରେ ଗମ୍ଭୀରତାର ସହିତ ବିଚାର କରାଯାଏ ତାହାହେଲେ ଅତ୍ୟନ୍ତ ସ୍ପଷ୍ଟ ହୋଇ ଉଠିବ ଯେ ଶିକ୍ଷା ବା ବିଦ୍ୟାଦାନ ସେହି ବ୍ୟକ୍ତିକୁ ଦେବା ଦରକାର ଯିଏ ତାହାର ସୁପାତ୍ର ହୋଇଥିବ ବା ଯାହାର ମନରେ ସେହି ଶିକ୍ଷାପ୍ରଦ କଥାମାନଙ୍କୁ ଗ୍ରହଣ କରିବାର ଇଚ୍ଛା ରହିଥିବ ।

ଆପଣ ନିଶ୍ଚୟ ଜାଣିଥିବେ ଯେ ଥରେ ବର୍ଷାରେ ଭିଜି ଯାଇଥିବା ମାଙ୍କଡ଼କୁ ବାଇ ଚଢ଼େଇ ନିଜର ବସା ବନେଇବାପାଇଁ ଶିକ୍ଷା ପ୍ରଦାନ କଲା, ହେଲେ ମାଙ୍କଡ଼ ସେହି ଶିକ୍ଷା ଗ୍ରହଣ କରିବାର ଯୋଗ୍ୟ ନଥିଲା । ତେଣୁ ବିରକ୍ତି ସହକାରେ ମାଙ୍କଡ଼ ଶେଷରେ ବାଇ ଚଢ଼େଇର ବସାକୁ ହିଁ ଭାଙ୍ଗି ଦେଲା । ଏହି କାରଣରୁ କୁହା ଯାଇଥାଏ ଯେ ଯେଉଁ ବ୍ୟକ୍ତିର କୌଣସି ବିଷୟରେ ସାଧାରଣତମ ଜ୍ଞାନ ନଥିବ, ତାହାକୁ ଯେ କୌଣସି କଥା ଅତି ସହଜରେ ବୁଝାଇ ଦେଇ ହେବ, ହେଲେ ଯେଉଁମାନେ ଅର୍ଦ୍ଧଜ୍ଞାନୀ ତାହାକୁ ସ୍ୱୟଂ ବ୍ରହ୍ମା ହେଲେ ମଧ ବୁଝାଇ ପାରିବେ ନାହିଁ । ଏହି ପ୍ରସଙ୍ଗରେ ଚାଣକ୍ୟ କହି ରଖିଛନ୍ତି ଯେ ମୂର୍ଖ ସମ ଦୁଷ୍ଟା ସ୍ତ୍ରୀ ସହିତ ସଂପର୍କ ରଖିବା ବା ତାହାର ପାଳନ-ପୋଷଣ କରିବା ମଧ୍ୟ ବ୍ୟକ୍ତିପାଇଁ ଦୁଃଖର କାରଣ ହୋଇ ଯାଇଥାଏ । କାରଣ ଯେଉଁ ସ୍ତ୍ରୀ ନିଜର ସ୍ୱାମୀ ପ୍ରତି ଆସ୍ଥାବାନ ହୋଇ ପାରେ ନାହିଁ, ସିଏ ଅନ୍ୟ କୌଣସି ପାଇଁ ବିଶ୍ୱସନୀୟ ହେବ ବା କିପରି ? ନୁହେଁ । ଏହିପରି ଦୁଃଖୀ ଲୋକ ଯିଏ ଆତ୍ମବଳହୀନ ହୋଇ ସାରିଛି, ନିରାଶାରେ ଡୁବି ରହିଛି ତାହାକୁ କିଏ ବା ଉଦ୍ଧାର କରି ପାରିବ । ଏଣୁକରି ବୁଦ୍ଧିମାନର ସେହି ମୂର୍ଖ ଶିଷ୍ୟ, ଦୁଷ୍ଟା ସ୍ତ୍ରୀ ବା ଦୁଃଖୀ ବ୍ୟକ୍ତି- ଏହି ତିନିଜଣଙ୍କ ଠାରୁ ଦୂରେଇ ରହି ଆଚରଣ କରିବା ବିଧେୟ । ପଂଚତନ୍ତ୍ରରେ ମଧ କୁହା ଯାଇଛି -

"ମାତା ଯସ୍ୟ ଗୃହେ ନାସ୍ତି ଭାର୍ଯ୍ୟା ଚାପ୍ରିୟବାଦିନୀ ।
ଅରଣ୍ୟଂ ତେନ ଗନ୍ତବ୍ୟଂ ଯଥାରଣ୍ୟଂ ତଥା ଗୃହମ୍ ॥"(ପଂଚତନ୍ତ୍ର - 4 / 53)

ଅର୍ଥାତ୍ ଯାହାର ଗୃହରେ ମା ନଥାଏ ଓ ସ୍ତ୍ରୀ ବ୍ୟଭିଚାରିଣୀ ହୋଇଥାଏ, ତାଙ୍କଠାରୁ ଦୂରେଇ ଯାଇ ବଣକୁ ପଳାଇବା ଦରକାର, କାରଣ ତାହାପାଇଁ ଗୃହ ଓ ବଣ ଉଭୟ ଏକାପରି ।

ଦୁଃଖୀର ଲାଳନ-ପାଳନ କରିବା ମଧ ସନ୍ତାପକାରକ । ବୈଦ୍ୟ 'ପରଦୁଃଖେନ ତପ୍ୟତେ' ଅନ୍ୟର ଦୁଃଖରେ ଦୁଃଖୀ ହୋଇଥାଏ । ହେଲେ ଦୁଃଖୀମାନଙ୍କ ସହିତ ସମରୂପୀ ବ୍ୟବହାର କରି ପଣ୍ଡିତ ମଧ ଦୁଃଖୀ ହୋଇ ଯାଏ ।

ମୃତ୍ୟୁର କାରଣଠାରୁ ଦୂରେଇ ରହିବା ଦରକାର :

ଦୁଷ୍ଟା ଭାର୍ଯ୍ୟା ଶଠଂ ମିତ୍ରଂ ଭୃତ୍ୟଶ୍ଚୋତ୍ତରଦାୟକଃ ।
ସମର୍ପେ ଗୃହେ ବାସୋ ମୃତ୍ୟୁରେବ ନ ସଂଶୟଃ ॥ **5** ॥

ଦୁଷ୍ଟା ପତ୍ନୀ, ଶଠ ମିତ୍ର, ପ୍ରତ୍ୟୁତ୍ତର ଦେଉଥିବା ସେବକ ତଥା ସାପ ପୂର୍ଣ୍ଣ ଗୃହରେ ରହିଲେ, ତାହା ମୃତ୍ୟୁର କାରଣ ହୋଇଥାଏ । ଏଥିରେ ସନ୍ଦେହ ନାହିଁ ।

ଆଚାର୍ଯ୍ୟ ଚାଣକ୍ୟ କୁହନ୍ତି ଏହି ଚାରିଜଣ ଯେ କୌଣସି ବ୍ୟକ୍ତିପାଇଁ ଜୀବନ୍ତ କାଳରେ ମୃତ୍ୟୁ ସମାନ ମନେ ହୋଇଥାଏ - ଦୁଶ୍ଚରିତ୍ର ପତ୍ନୀ, ଦୁଷ୍ଟ ମିତ୍ର, ଜବାବ୍ ଦେଉଥିବା ବା ମୁଖରା ଚାକର, ଏ ସମସ୍ତଙ୍କୁ ତ୍ୟାଗ କରିଦେବା ଦରକାର । ଘରେ ରହୁଥିବା ସାପକୁ ଯେପରି ହେଉ ମାରିଦେବା ଦରକାର । ଏପରି ନ କଲେ ବ୍ୟକ୍ତିର ଜୀବନ ଉପରେ ସଦା ସର୍ବଦା ବିପଦ ମାଡି ଆସିଥାଏ । କାରଣ ଯେ କୌଣସି ସଦ୍ ଗୃହସ୍ଥଙ୍କ ପାଇଁ ତାଙ୍କର ପତ୍ନୀ ଦୁଷ୍ଟା ହେବା ଏକ ମୃତ୍ୟୁ ସମାନ ମନେ ହୋଇଥାଏ ।

ସେହି ଲୋକ ଆତ୍ମହତ୍ୟା କରିବାପାଇଁ ଅନନ୍ୟୋପାୟ ହୋଇଉଠେ । ଏହି ସ୍ତ୍ରୀ ସବୁବେଳେ ସେହି ଲୋକଟିପାଇଁ ଦୁଃଖର କାରଣ ହୋଇ ରହିଥାଏ । ଏହି ପ୍ରକାର ନୀଚ ବ୍ୟକ୍ତି, ଧୂର୍ତ୍ତ ହୋଇବି ମଧ୍ୟ ମିତ୍ର ରୂପରେ ଯଦି କୌଣସି ବ୍ୟକ୍ତିଙ୍କ ପାଖକୁ ଆସି ବସନ୍ତି, ତେବେ ସେ ନିଶ୍ଚିତ ଭାବରେ ସେହି ବ୍ୟକ୍ତିଙ୍କପାଇଁ ଅହିତକର ହୋଲି ସାବ୍ୟସ୍ତ ହୋଇଥାନ୍ତି । ସେବକ ବା ଚାକର ମଧ୍ୟ ଘରର ଗୁପ୍ତ ଭେଦକୁ ଜାଣିଥାନ୍ତି । ସେ ଯଦି ନିଜ ମାଲିକଙ୍କ ଆଜ୍ଞାକୁ ପାଳନ ନକରୁ ଥାଏ, ତେବେ ସେ ବିପଦର କାରଣ ହୋଇଉଠେ । ତାହକୁ ମଧ୍ୟ ସାବଧାନତାର ସହିତ ନଜର ଦେବାକୁ ପଡ଼ିଥାଏ । ତେଣୁ ଦୁଷ୍ଟା ସ୍ତ୍ରୀ, ଛଳନାପ୍ରିୟ ବଂଧୁ ଓ ମୁଖୁରା ଚାକର କେତେବେଳେ ବି ହେଲେ ଧୋକ୍କା ଦେଇ ଦେବାର ସମ୍ଭାବନା ରହିଥାଏ । ଏଣୁକରି ଏହି ସ୍ଥଳରେ ପତ୍ନୀର ଆଜ୍ଞାକାରିଣୀ ବା ପତିବ୍ରତା ହେବା, ମିତ୍ରର ବୁଦ୍ଧିମାନତା ଓ ବିଶ୍ୱସନୀୟ ହେବା ଏବଂ ଚାକରର ମାଲିକଙ୍କ ପ୍ରତି ଶ୍ରଦ୍ଧାବାନ ହେବା ଏକାନ୍ତ ଆବଶ୍ୟକ । ଏହାର ବିପରୀତ କ୍ରିୟା ହେଲେ କେବଳ କଷ୍ଟ ହି କଷ୍ଟ ମିଳିଥାଏ । ଏହିଥିରୁ ବ୍ୟକ୍ତିଙ୍କୁ ଦୂରେଇ ରହିବା ଦରକାର, ନହେଲେ ଏପରି ବ୍ୟକ୍ତି କେତେବେଳେ ବି ହେଲେ ମୃତ୍ୟୁ ଦ୍ୱାରା ଆକ୍ରାନ୍ତ ହୋଇ ଉଠିବେ ।

ବିପଦ ବେଳେ କଣ କରିବା ଉଚିତ :

ଆପଦର୍ଥେ ଧନଂ ରକ୍ଷେଦ୍ ଦାରାନ୍ ରକ୍ଷେଦ୍ ଧନୈରପି ।
ଆତ୍ମାନଂ ସତତଂ ରକ୍ଷେଦ୍ ଦାରୈରପି ଧନୈରପି ॥ **6** ॥

ବିପଦ ସମୟପାଇଁ ଧନ ସଂଚୟ କରିବା ଦରକାର । ଧନଠାରୁ ଅଧିକ ପତ୍ନୀର ରକ୍ଷା କରିବା ଦରକାର । କିନ୍ତୁ ନିଜର ଆତ୍ମରକ୍ଷାର ପ୍ରଶ୍ନ ଉଠିଲେ ଧନ ଓ ପତ୍ନୀର ବଳିଦାନ କରିବାକୁ ହେଲେ ମଧ୍ୟ ତାହା କରିବା ଅନୁଚିତ୍ ।

ସଂକଟ, ଦୁଃଖ ସମୟରେ ଧନ ହିଁ ମଣଷର କାମରେ ଆସିଥାଏ । ଏଣୁ ଏପରି ସଂକଟ କାଳରେ ସଂଚିତ ଧନରାଶି ମଣିଷର କାମରେ ଲାଗିଥାଏ, ଏଣୁକରି ମଣିଷକୁ ଧନର ସୁରକ୍ଷା କରିବା ଦରକାର । ପତ୍ନୀ ଧନଠାରୁ ମଧ୍ୟ ଅତ୍ୟନ୍ତ ସାହାଯ୍ୟକାରୀ, ଏଣୁ ତାହାର ରକ୍ଷା ଧନରକ୍ଷାର ପୂର୍ବରୁ ହିଁ କରିବା ଦରକାର । କିନ୍ତୁ ଧନ ଓ ପତ୍ନୀର ରକ୍ଷା ପୂର୍ବରୁ ନିଜକୁ ରକ୍ଷା କରିବା ଦରକାର । ନିଜେ ରକ୍ଷା ପାଇଲେ ସେମାନଙ୍କର ତଥା ଅନ୍ୟ ସମସ୍ତଙ୍କର ରକ୍ଷା କରା ଯାଇପାରିବ ।

ଆଚାର୍ଯ୍ୟ ଚାଣକ୍ୟ ଧନର ମହତ୍ୱକୁ ନ୍ୟୂନ କରି ନାହାନ୍ତି । କାରଣ ଧନଦ୍ୱାରା ବ୍ୟକ୍ତିର ଅନେକ କାର୍ଯ୍ୟ ସାଧିତ ହୋଇଥାଏ । କିନ୍ତୁ ପରିବାରର ଭଦ୍ର ମହିଳା, ସ୍ତ୍ରୀ ଅଥବା ପତ୍ନୀଙ୍କର ସମ୍ମାନର ପ୍ରଶ୍ନ ଆସିଲେ ଧନର କଳନା କରିବା ଅନାବଶ୍ୟକ । ପରିବାରର ସମ୍ମାନ ଓ ମର୍ଯ୍ୟାଦା ଉପରେ ବ୍ୟକ୍ତିର ସମ୍ମାନ ଓ ମର୍ଯ୍ୟାଦା ନିର୍ଭର କରିଥାଏ । ତେଣୁ ତାହା ଯଦି ନଷ୍ଟ ହୋଇ ଯାଏ ତେବେ ଜୀବନରେ ବଂଚିବାର ଅର୍ଥ କଣ ଓ ସେହି ଧନ ରହି ମଧ୍ୟ ଲାଭ କଣ ? ହେଲେ ଯଦି ବ୍ୟକ୍ତିର ସ୍ୱୟଂ ଜୀବନ ଉପରେ ବିପଦ ଆସି ପହଂଚେ, ତେବେ ଧନ, ସ୍ତ୍ରୀ ଆଦି ସମସ୍ତ ଚିନ୍ତାକୁ ତ୍ୟାଗ କରି ନିଜର ଜୀବନ ରକ୍ଷା କରିବା ଦରକାର । ସେ ବଂଚି ରହିଲେ ତ ପତ୍ନୀ ଓ ଧନର ଉପଭୋଗ କରି ପାରିବ, ନହେଲେ ସବୁ କିଛି ବ୍ୟର୍ଥ ହୋଇଯିବ । ରାଜପୁତ ସ୍ତ୍ରୀମାନେ ଯେତେବେଳେ ତାହା ଅନୁଭବ କଲେ ଯେ ରାଜ୍ୟକୁ ରକ୍ଷା କରିବା ବା ନିଜକୁ ରକ୍ଷା କରିବା ଅସମ୍ଭବ ହୋଇ ଉଠୁଛି ସେତେବେଳେ ସେମାନେ ବିଷପାନର ବ୍ରତ ପାଳନ କଲେ ଓ ନିଜ ପ୍ରାଣକୁ ଆହୁତି ଦେଇଦେଲେ । ତାହା ହିଁ ଜୀବନର ଧର୍ମ ଥିଲା ।

ଅପଦାର୍ଥେ ଧନଂ ରକ୍ଷେଚ୍ଛ୍ରୀମତାଂ କୁତଃ କିମାପଦଃ ।

କଦାଚିଚ୍ଚଳିତା ଲକ୍ଷ୍ମୀ ସଂଚିତାଽପି ବିନଶ୍ୟତି ॥ **7** ॥

ବିପଦ ସମୟପାଇଁ ଧନର ସୁରକ୍ଷିତ ଭାବରେ ସଂଚୟ କରିବା ଦରକାର । ହେଲେ ଧନବାନଙ୍କର ବିପଦ କଣ କରିବ ବା ତାଙ୍କ ପ୍ରତି ଅବା ବିପଦ କେବେ ଆସୁଛି ? ତାହାହେଲେ ପ୍ରଶ୍ନ ହେଉଛି ଯେ ଲକ୍ଷ୍ମୀ ତ ଚଂଚଳା, ତେବେ ଧନ କେବେ ହେଲେବି ନଷ୍ଟ ହୋଇଯିବ । ଯଦି ତାହାହିଁ ହୁଏ, ତେବେ କଦାଚିତ୍ ସଂଚିତ ଧନ ମଧ୍ୟ ନଷ୍ଟ ହୋଇ ଯାଇପାରେ ।

ଦୁର୍ଦ୍ଦିନରେ ବ୍ୟକ୍ତିର ସବୁ କିଛି ନଷ୍ଟ ହୋଇ ଯାଇପାରେ । ଲକ୍ଷ୍ମୀ ସ୍ୱଭାବିକ ଭାବରେ ତ ଚଂଚଳା । ତାଙ୍କ ଉପରେ କିଛି ଭରସା ନାହିଁ; ସେ କେତେବେଳେ ବି ପାଖରୁ ଅନ୍ତର ହୋଇଯିବେ । ଏଣୁକରି ଧନବାନ ବ୍ୟକ୍ତିଙ୍କୁ ମଧ୍ୟ ଏପରି ଭାବିବା ଉଚିତ ନୁହେଁ ଯେ ତାଙ୍କ ଉପରେ କେବେ ହେଲେ ମଧ୍ୟ ବିପ୍ ଆସିବ ନାହିଁ ବୋଲି । ତେଣୁ ଦୁଃଖପୂର୍ଣ୍ଣ ସମୟ ପାଇଁ କିଛି ଧନ ଅବଶ୍ୟ ସଂଚୟ କରିବା ଦରକାର ।

ବସ୍ତୁତଃ ଏହି ଶ୍ଳୋକ **'ଭୋଜ ପ୍ରବନ୍ଧ'**ରୁ ହିଁ ଉଦ୍ଧୃତ କରା ଯାଇଅଛି । ସେଠାରେ ରାଜା ଭୋଜ ଓ ତାଙ୍କର କୋଷାଧ୍ୟକ୍ଷଙ୍କ ମଧ୍ୟରେ ହୋଇଥିବା କଥାବାର୍ତ୍ତାର ପ୍ରସଙ୍ଗ ରହିଅଛି । ରାଜା ଭୋଜ ଅତ୍ୟଧିକ ଦାନୀ ଥିଲେ । ତାଙ୍କର ଏତାଦୃଶ ଦାନଶୀଳତାକୁ ଦେଖି ଲିପିକାର ଗୋଟିଏ ପଦ ଲେଖି ଦିଅନ୍ତି ତ ରାଜା ଦ୍ୱିତୀୟ ପଦରେ ତାହାର ଉତର ଦେଇ ଦିଅନ୍ତି । ପରିଶେଷରେ ଲିପିକାର ରାଜାଙ୍କ ମନ୍ତବ୍ୟ ଓ ଦାନର ମହତ୍ତ୍ୱକୁ ଉପଲବ୍ଧି କରି ନିଜର ଭୁଲ ସ୍ୱୀକାର କରି ନିଅନ୍ତି ।

ଏଠାରେ ଅଭିପ୍ରାୟ ହେଉଛି ଯେ ଧନର ପ୍ରୟୋଗ ଅନୁଚିତ କାର୍ଯ୍ୟରେ ବିନିଯୋଗ କରାଗଲେ ତାହାର ନଷ୍ଟ ହେବା ଦ୍ୱାରା ବ୍ୟକ୍ତିପ୍ରତି ବିପଦ ମାଡି ଆସେ; ମାତ୍ର ସତ୍କାର୍ଯ୍ୟରେ ବ୍ୟୟ କରା ଯାଉଥିବା ଧନ ବ୍ୟକ୍ତିଙ୍କୁ ମାନ ସମ୍ମାନ, ପ୍ରତିଷ୍ଠା ଏବଂ ସମାଜରେ ଆଦରଣୀୟ ପାତ୍ର ଭାବରେ ପରିଚୟ ପ୍ରଦାନ କରେ, କାରଣ ଧନ-ସଂପତି ସବୁ କିଛି ଅସ୍ଥାୟୀ ମାତ୍ର । ତାହା ଉପରେ କଣ ଗର୍ବ କରି ହେବ ? ବ୍ୟକ୍ତି ତାହାକୁ ଅର୍ଜ୍ଜନ କରୁଛି । ବାସ୍ତବିକ ଶକ୍ତି ତ ଏହି କ୍ଷେତ୍ରରେ ଭଗବାନଙ୍କ ଦ୍ୱାରା ପ୍ରଦାନ କରା ହୋଇଅଛି । ଯେତେବେଳ ପର୍ଯ୍ୟନ୍ତ ତାଙ୍କର କୃପା ରହିଛି, ସେତେବେଳ ପର୍ଯ୍ୟନ୍ତ ତ ସବୁକିଛି ରହିଛି । ହେଲେ ଏହା ମଧ୍ୟ ନିଶ୍ଚିତ ଯେ ଧନ-ସଂପତି ବ୍ୟକ୍ତିର ପରିଶ୍ରମ, ବୁଦ୍ଧିମତ୍ତା ଓ କାର୍ଯ୍ୟ କ୍ଷମତାଦ୍ୱାରା ଲାଭ କରା ଯାଇଥାଏ ଓ ତାହା ବଳବତ୍ତର ଥିବା ପର୍ଯ୍ୟନ୍ତ ତାହା କେବେହେଲେ ନଷ୍ଟ ହୁଏ ନାହିଁ । ଶ୍ରମ, ବୁଦ୍ଧି ଓ କାର୍ଯ୍ୟ କରିବାର କ୍ଷମତାର ଅଭାବରେ ତାହା ସବୁବେଳେ ସଂଗ ତ୍ୟାଗ କରିଥାଏ । ତେଣୁ ମୂଳ କଥା ହେଉଛି ଯଦି ଶ୍ରମ, ବୁଦ୍ଧି ଓ କାର୍ଯ୍ୟ କରିବାର କ୍ଷମତା ବଳବତ୍ତର ରହିଥିବ, ତେବେ ଲକ୍ଷ୍ମୀ ମଧ୍ୟ ସ୍ଥିର ରହି ପାରିବେ ।

ଏସବୁ ସ୍ଥାନରେ ରୁହନ୍ତୁ ନାହିଁ :

ୟସ୍ମିନ୍ ଦେଶେ ନ ସମ୍ମାନୋ ନ ବୃତ୍ତିର୍ନ ଚ ବାନ୍ଧବାଃ ।

ନ ଚ ବିଦ୍ୟାଗମୋଽପ୍ୟସ୍ତି ବାସସ୍ତତ୍ର ନ କାରୟେତ୍ ॥ **8** ॥

ଯେଉଁ ଦେଶରେ ସମ୍ମାନ ନ ଥାଏ, ଯେଉଁଠାରେ ବଂଚିବାପାଇଁ ବ୍ୟବସାୟ ନ ମିଳେ, ଯେଉଁଠି ନିଜର ଭାଇ-ବଂଧୁ ରହୁ ନଥାନ୍ତି, ଯେଉଁଠି ବିଦ୍ୟା ଅଧ୍ୟୟନ ସମ୍ଭବପର ହୋଇ ନଥାଏ, ସେହି ସବୁ ସ୍ଥାନରେ ନ ରହିବା ଦରକାର ।

ଅର୍ଥାତ୍ ଯେଉଁ ଦେଶ ବା ସହରରେ ନିମ୍ନ ଲିଖିତ ସୁବିଧାମାନ ନ ଥିବ, ସେହି ସ୍ଥାନଗୁଡିକରେ ନିଜର ନିବାସ ସ୍ଥଳ ନିର୍ମାଣ କରିବା ଅନୁଚିତ -

■ ଯେଉଁଠାରେ କୌଣସି ବ୍ୟକ୍ତିର ସମ୍ମାନ ନଥାଏ ।

■ ଯେଉଁଠାରେ ବ୍ୟକ୍ତିକୁ ଅର୍ଥ ଉପାର୍ଜ୍ଜନ କରିବା ପାଇଁ କୌଣସି କାମ ମିଳେ ନାହିଁ ।

■ ଯେଉଁଠାରେ ନିଜର କୌଣସି ଭାଇ-ବନ୍ଧୁ କି ସଂପର୍କୀୟ ବା ପରିଚିତ ବ୍ୟକ୍ତି ରହୁ ନଥିବେ ।

■ ଯେଉଁଠାରେ ବିଦ୍ୟା ଗ୍ରହଣ କରିବାର ସାଧନ ନଥାଏ, ଅର୍ଥାତ୍ ଯେଉଁଠାରେ ସ୍କୁଲ-କଲେଜ ବା ପୁସ୍ତକାଳୟ ଆଦି ନଥାଏ ।

ଏହିପରି ସ୍ଥାନମାନଙ୍କରେ ରହିଲେ କୌଣସି ପ୍ରକାରରେ ଲାଭ ମିଳି ନଥାଏ । ଏଣୁ ଏହିଭଳି ସ୍ଥାନକୁ ତ୍ୟାଗ କରିବା ଏକାନ୍ତ ଆବଶ୍ୟକ ।

ଏଣୁ ମନୁଷ୍ୟକୁ ନିଜର ଆଜୀବିକାପାଇଁ କୌଣସି ଉପଯୁକ୍ତ ସ୍ଥାନର ଚୟନ କରିବା ଦରକାର । ସେଠିକାର ସମାଜ ହିଁ ତାର ପ୍ରକୃତ ସମାଜ ହେବ କାରଣ ମନୁଷ୍ୟ ଏକ ସମାଜିକ ପ୍ରାଣୀ, ସେ କେବଳ ଆଜୀବିକା ଉପରେ ଆସ୍ଥାଶୀଳ ହୋଇ ବଂଚି ପାରିବ ନାହିଁ । ଯେଉଁଠାରେ ତାର ମିତ୍ର-ବଂଧୁ ରହିଥିବେ ଓ ଆଜୀବିକା ପାଇଁ ସ୍ଥାନ ବି ରହିଥିବ, ତାହା ନିଶ୍ଚିତ ଭାବରେ ତାହାପାଇଁ ଉପଯୁକ୍ତ ସ୍ଥାନ ହେବ । ବିଚାରଶକ୍ତିକୁ ସକ୍ରିୟ ରଖିବାକୁ ହେଲେ ଜ୍ଞାନ ପ୍ରାପ୍ତିର ସାଧନ ମଧ୍ୟ ରହିଥିବା ଦରକାର । କାରଣ ତାହା ବିନା ମନୁଷ୍ୟ ଆଦୌ ବଂଚି ପାରିବ ନାହିଁ ।

ଏହି କାରଣରୁ ଆଚାର୍ଯ୍ୟ ଚାଣକ୍ୟ ନୀତି ବାଣୀ ଭାବରେ କହୁଛନ୍ତି ଯେ ବ୍ୟକ୍ତିକୁ ଏପରି ଦେଶରେ ନିବାସ କରିବା ଉଚିତ ନୁହେଁ ଯେଉଁଠି ତାହାର ସମ୍ମାନ ନଥିବ, ବଂଚିବାର କୌଣସି ସାଧନ ନଥିବ, ନା ବଂଧୁ-ବାଂଧବ ଥିବେ, ନା ବିଦ୍ୟାପ୍ରାପ୍ତିର କୌଣସି ସାଧନ ଥିବ; ବରଂ ଏହି ସବୁ ଯେଉଁଠାରେ ଉପଲବ୍ଧ ଥିବ ସେହିଠାରେ ବାସ କରିବା ଦରକାର ।

ଧନିକଃ ଶ୍ରୋତ୍ରିୟୋ ରାଜା ନଦୀ ବୈଦ୍ୟସ୍ତୁ ପଂଚମଃ

ପଂଚ ଯତ୍ର ନ ବିଦ୍ୟନ୍ତେ ନ ତତ୍ର ଦିବସେ ବସେତ ॥ **୨** ॥

ଯେଉଁଠାରେ କୌଣସି ସେଠ, ବେଦପଡି ବିଦ୍ୱାନ, ରାଜା ଓ ବୈଦ୍ୟ ନ ଥିବେ, ଯେଉଁଠାରେ କୌଣସି ନଦୀ ନ ଥିବ, ଏହି ପାଂଚଟି ସ୍ଥାନରେ ଗୋଟିଏ ଦିନ ହେଲେ ମଧ୍ୟ ରହିବା ଅନୁଚିତ ।

ଅର୍ଥାତ ଏହି ସ୍ଥାନମାନଙ୍କରେ ଗୋଟିଏ ଦିନ ହେଲେ ମଧ୍ୟ ରହିବା ଉଚିତ ନୁହେଁ -

■ ଯେଉଁ ସହରରେ କେହି ହେଲେ ଧନୀ ବ୍ୟକ୍ତି ନଥିବେ ।

■ ଯେଉଁ ଦେଶରେ ବେଦକୁ ଜାଣିଥିବା ବିଦ୍ୱାନ ନଥିବେ ।

■ ଯେଉଁ ଦେଶରେ କୌଣସି ରାଜା ବା ସରକାର ନଥିବେ ।

■ ଯେଉଁ ସହରରେ ବା ଗ୍ରାମରେ କୌଣସି ବୈଦ୍ୟ (ଡାକ୍ତର) ନଥିବେ ।

■ ଯେଉଁ ସ୍ଥାନ ନିକଟରେ କୌଣସି ନଦୀ ପ୍ରବାହିତ ହେଉ ନଥିବ ।

କାରଣ ଆଚାର୍ଯ୍ୟ ଚାଣକ୍ୟ ମନେ କରନ୍ତି ଯେ ଜୀବନର ସମସ୍ୟାମାନରେ ଏହି ପାଂଚଟି ଜିନିଷର ଅତ୍ୟନ୍ତ ଆବଶ୍ୟକତା ରହିଛି । ବିପଦ ଆପଦ ସମୟରେ ଧନର ଆବଶ୍ୟକତା ହୋଇଥାଏ, ଯାହାର ପୂର୍ଣ୍ଣତା କେବଳ ଧନୀ ବ୍ୟକ୍ତିଙ୍କ ଦ୍ୱାରା ହୋଇ ପାରିଥାଏ । କର୍ମକାଣ୍ଡପାଇଁ ପାରଙ୍ଗତ ପୁରୋହିତଙ୍କ ଆବଶ୍ୟକତା ରହିଥାଏ । ରାଜ୍ୟ ଶାସନପାଇଁ ରାଜ ପ୍ରମୁଖ ବା ରାଜାଙ୍କ ଆବଶ୍ୟକତା ହୋଇଥାଏ । ଜଳର ଆବଶ୍ୟକତାକୁ ମେଂଟାଇବା ପାଇଁ ନଦୀ ଓ ରୋଗର ନିବାରଣପାଇଁ ଯଥାର୍ଥ ଚିକିତ୍ସକର ଆବଶ୍ୟକତା ରହିଥାଏ । ଏହି କାରଣରୁ ଆଚାର୍ଯ୍ୟ ଚାଣକ୍ୟ ପୂର୍ବୋକ୍ତ ପାଂଚଗୋଟି ସୁବିଧାକୁ ଜୀବନଧାରଣପାଇଁ ଅପେକ୍ଷିତ ସୁବିଧା ବୋଲି ଗ୍ରହଣ କରି ତାହାର ଆବଶ୍ୟକତା ଉପରେ ଗୁରୁତ୍ୱ ପ୍ରଦାନ କରିଛନ୍ତି ଏବଂ ଏହି ସମସ୍ତ ସୁବିଧା ସଂପନ୍ନ ସ୍ଥାନକୁ ହିଁ ରହିବାର ଯୋଗ୍ୟ ସ୍ଥାନ ବୋଲି ବିଚାର କରିଛନ୍ତି ।

ଲୋକଯାତ୍ରା ଭୟଂ ଲଜ୍ଜା ଦାକ୍ଷିଣ୍ୟଂ ତ୍ୟାଗଶୀଲତା ।
ପଂଚ ଯତ୍ର ନ ବିଦ୍ୟନ୍ତେ କୁର୍ଯାତ୍ତତ୍ର ସଂଗତିମ୍ ॥ 10 ॥

ଆଚାର୍ଯ୍ୟ ଚାଣକ୍ୟ କୁହନ୍ତି ଯେ ଯେଉଁ ସ୍ଥାନରେ ଜୀବନ ଧାରଣ କରିବାପାଇଁ କର୍ମସଂସ୍ଥାନ ନ ମିଳେ, ଲୋକମାନଙ୍କ ମଧ୍ୟରେ ଭୟ, ଲଜ୍ଜା, ଉଦାରତା ତଥା ଦାନ ଦେବାର ଇଚ୍ଛାଶକ୍ତି ନଥାଏ, ଏପରି ପାଂଚଗୋଟି ସ୍ଥାନକୁ ମନୁଷ୍ୟ ନିଜର ନିବାସ ସ୍ଥଳୀ ଭାବରେ ଚୟନ କରିବା ଅନୁଚିତ । ଏହି ପାଂଚଟି ଜିନିଷକୁ ବିସ୍ତୃତ ଭାବରେ ବର୍ଣ୍ଣନା କରିବାକୁ ଯାଇ ସେ କୁହନ୍ତି ଯେ ଯେଉଁଠାରେ ନିମ୍ନଲିଖିତ ପାଂଚଟି ଜିନିଷ ନଥିବ, ସେହି ସ୍ଥାନରେ କୌଣସି ଜନସାଧାରଣ ନ ରହିବା ଦରକାର ।

- ଯେଉଁଠାରେ ଜୀବନ ଧାରଣ କରିବାପାଇଁ କୌଣସି ଆଜୀବିକା ସ୍ଥଳୀ ବା ବେପାର-ବାଣିଜ୍ୟ ସ୍ଥଳୀ ବା ସେହିପରି କୌଣସି ସାଧନ ନଥିବ ।
- ଯେଉଁଠାରେ ଲୋକମାନଙ୍କ ମଧ୍ୟରେ ଲୋକଲଜ୍ଜା ବା କୌଣସି ପ୍ରକାରର ଭୟ ନଥିବ ।
- ଯେଉଁ ସ୍ଥାନମାନରେ ପରୋପକାରୀ ଲୋକ ନଥିବେ ଏବଂ ତ୍ୟାଗର ଭାବନା ମିଳୁ ନଥିବ ।
- ଯେଉଁଠାରେ ଲୋକମାନଙ୍କର ସମାଜ ବା ନିୟମ ପ୍ରତି କୌଣସି ଭୟ ନଥିବ ।
- ଯେଉଁଠାରେ ଲୋକମାନେ ଦାନ ଦେବାକୁ ଶିଖି ନଥିବେ ।

ଏହିଭଳି ସ୍ଥାନମାନଙ୍କରେ ବ୍ୟକ୍ତିର କୌଣସି ସମ୍ମାନ ନଥାଏ ଏବଂ ସେଠାରେ ରହିବା ମଧ୍ୟ କଷ୍ଟଦାୟକ ହୋଇ ଉଠେ । ଏଣୁକରି ବ୍ୟକ୍ତିକୁ ନିଜର ନିବାସପାଇଁ ସବୁ ପ୍ରକାରର ସାଧନ ସଂପନ୍ନ ଓ ବ୍ୟବହାରିକ ସ୍ଥାନକୁ ଚୟନ କରିବା ଦରକାର, ଯାହା ଫଳରେ ସେ ଏକ ସୁସ୍ଥ ବାତାବରଣରେ ନିଜ ପରିବାର ସହିତ ସୁରକ୍ଷିତ ଏବଂ ସୁଖପୂର୍ବକ ରହି ପାରିବ । କାରଣ ଯେଉଁଠାରେ ଲୋକମାନଙ୍କ ମଧ୍ୟରେ ଈଶ୍ୱର, ଲୋକ ଓ ପରଲୋକ ଆଦିରେ ଆସ୍ଥା ଓ ବିଶ୍ୱାସ ରହିଥବ, ସେଠାରେ ନିଶ୍ଚିତ ଭାବରେ ସାମାଜିକ ଆଦରର ଭାବନା ରହିଥିବ, ଅକରଣୀୟ କାର୍ଯ୍ୟ କରିବାରେ ଭୟ, ସଂକୋଚ ଓ ଲଜ୍ଜା ଭାବ ରହିଥିବ । ଲୋକମାନଙ୍କ ମଧ୍ୟରେ ପରସ୍ପର ତ୍ୟାଗ ଭାବନା

ଥିବ ଏବଂ ସେହି ବ୍ୟକ୍ତିମାନଙ୍କ ମଧ୍ୟରେ ସ୍ୱାର୍ଥରେ ଅନ୍ଧ ହୋଇ ନିୟମ ଭଙ୍ଗ କରିବାର ପ୍ରବୃତି ମଧ୍ୟ ନଥିବ; ବରଂ ଅନ୍ୟର ହିତାର୍ଥେ ଦାନଶୀଳ ହୋଇଥିବେ ।

ଠିକ୍ ସମୟରେ ପରିଚୟ ମିଳିଥାଏ :

ଜାନୀୟାତ୍ପ୍ରେଷଣେଭୃତ୍ୟାନ୍ ବାନ୍ଧବାନ୍ ବ୍ୟସନାଽଽଗମେ ।
ମିତ୍ରଂ ୟାଽଽପତିକାଲେଷୁ ଭାର୍ୟାଂ ଚ ବିଭବକ୍ଷୟେ ॥ **11** ॥

ଆଚାର୍ଯ୍ୟ ଚାଣକ୍ୟ ସମୟ ଆସିଲେ ସଂପର୍କୀୟଙ୍କ ପରୀକ୍ଷା କରାଯିବା ସମ୍ବନ୍ଧରେ କହିଛନ୍ତି, କୌଣସି ମହତ୍ତ୍ୱପୂର୍ଣ୍ଣ କାର୍ଯ୍ୟରେ ପଠାଇଲାବେଳେ ଚାକର ବା ସେବକକୁ ପରୀକ୍ଷା କରାଯାଇଥାଏ । ଦୁଃଖ ସମୟରେ ବନ୍ଧୁ-ବାନ୍ଧବମାନଙ୍କୁ, ବିପଦ-ଆପଦ ବେଳେ ମିତ୍ରଙ୍କୁ ତଥା ଧନ ନଷ୍ଟ ହୋଇଗଲେ ପତ୍ନୀଙ୍କୁ ପରୀକ୍ଷା କରା ଯାଇଥାଏ ।

ଯଦି କୌଣସି ବିଶେଷ ଅବସରରେ ସେବକକୁ କେଉଁଠାକୁ ଏକ ଗୁରୁତ୍ୱପୂର୍ଣ୍ଣ କାମରେ ପଠା ଯାଉଥାଏ, ତେବେ ତାହାର ସଚ୍ଚୋଟପଣିଆ ଓ ବିଶ୍ୱସନୀୟତା ଉପରେ ପରୀକ୍ଷା କରାଯାଇଥାଏ । ରୋଗ ବା ବିପଦ କାଳରେ ବନ୍ଧୁ-ବାନ୍ଧବମାନଙ୍କର ତଥା ମିତ୍ରମାନଙ୍କର ପରିଚୟ ମିଳିଥାଏ ଏବଂ ଦାରିଦ୍ର୍ୟ କାଳରେ ବା ଧନାଭାବ କାଳରେ ପତ୍ନୀର ପରୀକ୍ଷା କରା ଯାଇଥାଏ ।

ସମସ୍ତେ ଜାଣନ୍ତି ଯେ ମନୁଷ୍ୟ ଏକ ସମାଜିକ ପ୍ରାଣୀ । ସେ କେବେ ଏକେଲା ରହି ପାରେ ନାହିଁ । ତାହାକୁ ନିଜର ପ୍ରତ୍ୟେକ କାମ କଲାବେଳେ ସହାୟକ, ମିତ୍ର, ବଂଧୁ, ସଖା ଓ ପରିଜନଙ୍କ ଆବଶ୍ୟକତା ପଡ଼ିଥାଏ । କିନ୍ତୁ କୌଣସି କାରଣ ବଶତଃ ତାହାକୁ ସେହି ସାହାଯ୍ୟ ଠିକ୍ ସମୟରେ ନ ମିଳିଲେ ସେହି ବ୍ୟକ୍ତିର ଜୀବନ ନିଷ୍ଫଳ ହୋଇଉଠେ । ଏଣୁ ସତ୍ ସେବକ ସେହି ଯିଏ ଅସମୟରେ ମଧ୍ୟ ସହାୟକ ହୋଇଥାଏ । ମିତ୍ର, ସଖା ବା ବନ୍ଧୁ ସେହି ଯିଏ ବିପଦ-ଆପଦ ସମୟରେ ସହାୟକ ହୁଅନ୍ତି, ବ୍ୟସନଠାରୁ ମୁକ୍ତି ପ୍ରଦାନକାରୀ ହୋଇଥାନ୍ତି ଏବଂ ପତ୍ନୀ ସେହି ସହାୟିକା ଓ ପ୍ରକୃତ ଜୀବନସଂଗିନୀ ଯିଏ ଧନର ଅଭାବ ଘଟିଲେ ମଧ୍ୟ ପତିକୁ ସର୍ବଦା ସହଯୋଗ ପ୍ରଦାନ କରୁଥିବ । ସେପରି ନ ହେଲେ ସେମାନଙ୍କର ଉପସ୍ଥିତି ବେକାର ବା ଅର୍ଥହୀନ ବୋଲି ମନେ ହୋଇଥାଏ ।

ଆତୁରେ ବ୍ୟସନେ ପ୍ରାପ୍ତେ ଦୁର୍ଭିକ୍ଷେ ଶତ୍ରୁସଂକଟେ ।
ରାଜଦ୍ୱାରେ ଶ୍ମଶାନେ ଚ ୟାତ୍ତିଷ୍ଠତି ସ ବାନ୍ଧବଃ ॥ **12** ॥

ଏଠାରେ ଆଚାର୍ଯ୍ୟ ଚାଣକ୍ୟ ବନ୍ଧୁ-ବାନ୍ଧବମାନଙ୍କର, ମିତ୍ରମାନଙ୍କର ଓ ପରିବାରଲୋକମାନଙ୍କର ପରିଚୟ ଦେବାକୁ ଯାଇ କୁହନ୍ତି ଯେ ରୋଗ ଦଶାରେ- ଯେବେ କେହି ବେମାର ହୋଇ ପଡ଼ିଥାନ୍ତି, ଅସମୟରେ ଶତ୍ରୁମାନଙ୍କଦ୍ୱାରା ଆବଦ୍ଧ ହେବା କାଳରେ, ରାଜକାର୍ଯ୍ୟରେ ସହାୟକ ରୂପରେ ଠିଆ ହେଉଥିବା ବ୍ୟକ୍ତି ତଥା ମୃତ୍ୟୁ ବେଳେ ଶ୍ମଶାନ ଭୂମିକୁ ନେଇ ଯାଉଥିବା ବ୍ୟକ୍ତିକୁ ହିଁ ପ୍ରକୃତ ବନ୍ଧୁ କୁହାଯାଏ ।

ଦେଖିବାକୁ ଗଲେ ସାମାଜିକ ପ୍ରାଣୀ ହୋଇ ଥିବାରୁ ମନୁଷ୍ୟର ସଂପର୍କ ବନ୍ଧନ ମଧ୍ୟରେ ବହୁତ ଲୋକ ଆସି ଯାଇଥାନ୍ତି ଏବଂ ନିଜର ଲାଭପାଇଁ ସେହି ବ୍ୟକ୍ତି ସହିତ ମିଶି ରହିବାର ଭାବ ମଧ୍ୟ ସୃଷ୍ଟି କରିଥାଏ, କିନ୍ତୁ ସେମାନେ ଯେ କେତେ ସଚ୍ଚୋଟ ଓ ସତ୍ ମିତ୍ର ବା କେତେ ସୁବିଧାବାଦୀ, ତାହାର ଅନୁଭବ ସମୟ ଆସିଲେ ହିଁ ଜଣା ପଡ଼ିଥାଏ ।

ଉପରୋକ୍ତ ପରିସ୍ଥିତିମାନ ସେହିସବୁ ଅବସରର ଉଦାହରଣ ମାତ୍ର । ଯେତେବେଳେ କୌଣସି ବ୍ୟକ୍ତି ରୋଗଗ୍ରସ୍ତ ହୋଇ ପଡ଼େ ସେତେବେଳେ ତାହାକୁ ସାହାଯ୍ୟ କରିବା ପାଇଁ ଆବଶ୍ୟକତା

ଦରକାର ହୋଇଥାଏ, ଏହିଭଳି ସ୍ଥିତିରେ ଯେଉଁ ପରିବାରଲୋକ ଓ ମିତ୍ର, ବଂଧୁ ଇତ୍ୟାଦି ସହାୟକ ଭାବରେ ପାଖରେ ଠିଆ ହୁଅନ୍ତି ବାସ୍ତବରେ ସେହିମାନଙ୍କୁ ସତ୍ ମିତ୍ର ବୋଲି କୁହା ଯାଇଥାଏ । ବାକି ସମସ୍ତଙ୍କର କେବଳ ମୁହଁ ଦେଖାଇବା କଥା । ସେହିପରି କୌଣସି ଲୋକକୁ ଶତ୍ରୁ ଘେରି ହୋଇ ରହିଥିବା ବେଳେ, ତାହାର ପ୍ରାଣ ସଂକଟରେ ପଡ଼ି ଯାଇଥାଏ, ସେତେବେଳେ ବନ୍ଧୁ-ବାନ୍ଧବମାନେ ତାକୁ ସେହି ବିପଦରୁ କିପରି ମୁକ୍ତି ମିଳି ପାରିବ ତା'ର ପଥ ପ୍ରଦର୍ଶନ କରିଥାନ୍ତି, ପ୍ରାଣରକ୍ଷାର ସହାୟକ ହୋଇ ତା' ନିକଟରେ ଠିଆ ହୋଇଥାନ୍ତି; ସେମାନେ ହିଁ ତାହାର ପ୍ରକୃତ ମିତ୍ର ଓ ହିତୈଷୀ ଭାବରେ ସର୍ବଦା ପରିଗଣିତ ହୋଇଥାନ୍ତି । ଅନ୍ୟ ସମସ୍ତେ କେବଳ ନିଜର ସ୍ୱାର୍ଥ ସାଧନପାଇଁ ସଂପର୍କ ମଧ୍ୟରେ ରହିଥାନ୍ତି ମାତ୍ର ।

ଏହିପରି ଭାବରେ ମଧ୍ୟ ରାଜା ଓ ସରକାରଙ୍କ ତରଫରୁ ଜନସାଧାରଣଙ୍କ ପ୍ରତି ନ୍ୟାୟ ପ୍ରଦର୍ଶନ କାଳରେ ତାଙ୍କ ପ୍ରତି ଅଭିଯୋଗ କରାଯାଇଥାଏ ବା କୌଣସି ରାଜକୀୟ କର୍ମରେ ସମସ୍ୟା ଆସି ଅକସ୍ମାତ ଦେଖା ଦେଇଥାଏ । ସେତେବେଳେ କେବଳ ମିତ୍ର ବା ବଂଧୁମାନେ (ଯଦି ସେମାନେ ସତ୍ ହୋଇଥିବେ) ହିଁ ସହଯୋଗ କରିଥାନ୍ତି ଏବଂ ମୃତ୍ୟୁ ପରେ ତ ଆମେ ସମସ୍ତେ ଜାଣୁ ଯେ ସେହି ବ୍ୟକ୍ତି ଆଉ ଚାରିଜଣ ବ୍ୟକ୍ତିଙ୍କ କାନ୍ଧରେ ଲଦା ହୋଇ ଶ୍ମଶାନ ପର୍ଯ୍ୟନ୍ତ ଯାଇଥାଏ । ଏହି କର୍ମ ମଧ୍ୟ ମିତ୍ର-ସଂପର୍କୀୟଙ୍କ ଅପେକ୍ଷା ରଖେ । ଏହିପରି ସମୟରେ ମଧ୍ୟ ସତ୍ ଓ ବିଶ୍ୱସ୍ତ ମିତ୍ରର ପ୍ରକୃତ ପରିଚୟ ମିଳିଥାଏ ।

ହାତକୁ ଆସୁଥିବା ଦ୍ରବ୍ୟକୁ ହରାଇ ବସ ନାହିଁ:

ଯୋ ଧ୍ରୁବାଣି ପରିତ୍ୟଜ୍ୟ ହ୍ୟଧ୍ରୁବଂ ପରିସେବତେ ।

ଧ୍ରୁବାଣି ତସ୍ୟ ନଶ୍ୟନ୍ତି ଚାଧ୍ରୁବଂ ନଷ୍ଟମେବ ତତ୍ ॥ **13** ॥

ଆଚାର୍ଯ୍ୟ ଚାଣକ୍ୟ କୁହନ୍ତି ଯେ, ଯିଏ ନିଶ୍ଚିତକୁ ଛାଡି ଅନିଶ୍ଚିତର ଆଶ୍ରୟ ଗ୍ରହଣ କରେ, ତାହାର ନିଶ୍ଚିତ ମଧ୍ୟ ନଷ୍ଟ ହୋଇଯାଏ । ଅଭିପ୍ରାୟ ଏହି ଯେ ଯେଉଁ ଜିନିଷ ମିଳିବାର ନିଶ୍ଚିତତା ଥାଏ, ତାହାକୁ ପ୍ରଥମେ ଲାଭ କରିବା ଦରାକାର ବା ସେହି କାମକୁ ପ୍ରଥମେ କରିଦେବା ଦରକାର । ଏପରି ନ କରି ଯେଉଁ ବ୍ୟକ୍ତି ଅନିଶ୍ଚିତ ତଥା ଯାହାର ହେବା ବା ମିଳିବା ନିଶ୍ଚିତ ନଥାଏ, ସେଦିଗକୁ ପ୍ରଥମେ ଗୁରୁତ୍ୱ ପ୍ରଦାନ କରି ଦୌଡିଥାଏ, ତାହାର ନିଶ୍ଚିତ ମଧ୍ୟ ନଷ୍ଟ ହୋଇ ଯାଇଥାଏ ଅର୍ଥାତ୍ ମିଳିବା ବସ୍ତୁ ମଧ୍ୟ ହାତଛଡ଼ା ହୋଇଯାଏ । ଅନିଶ୍ଚିତତାକୁ ବିଶ୍ୱାସ କରିବା ହିଁ ତ ମୂର୍ଖତା, ତାହାକୁ ତ ନଷ୍ଟ ହୋଇଗଲା ବୋଲି ଧରି ନେବାକୁ ହେବ । ଅର୍ଥାତ୍ ଏପରି ଲୋକ **'ଆଧୀ ତଜ ପୂରୀ କୋ ଧାବେ; ଆଧୀ ମିଲେ ନ ପୂରୀ ପାବେ'**ର ଶୀକାର ହୋଇଥାନ୍ତି ।

ଏହି ସଂଦର୍ଭରେ ଅନେକ ଉଦାହରଣ ଦିଆ ଯାଇ ପାରିବ । କେତେକ ଲୋକ କେବଳ ମନେ ମନେ କର୍ମର ପ୍ରାପ୍ତିକୁ ସ୍ୱୀକାର କରି ନିଅନ୍ତି, ଯାହା କିଛି ପାପ୍ୟ ଯୋଗ ହାତ ପାହାନ୍ତାରେ ରହିଛି ତାହାକୁ ଗୌଣ ମନେ କରି ଯାହା ହାତ ପାହାନ୍ତାରେ ନାହିଁ ତାହାରି ଲୋଭରେ ମୋହଗ୍ରସ୍ତ ହୋଇ ଉଠନ୍ତି । ଫଳରେ ଏହା ହିଁ ହୁଏ ଯେ ଯାହା ପାଇବାର ସମ୍ଭାବନା ରହିଥିଲା, ତାହାକୁ ମଧ୍ୟ ହରାଇ ବସିଥାନ୍ତି । ଏଭଳି ବ୍ୟକ୍ତି କେବଳ ଆତ୍ମ ବଡ଼ିମା ବଖାଣି ଥାଆନ୍ତି, କାର୍ଯ୍ୟରେ ଢ଼ିଲା ମାରନ୍ତି ଓ ସର୍ବଜ୍ଞାତା ବୋଲି ଦେଖାଇ ହୋଇ ରହି ଯାଆନ୍ତି । ଏଣୁ ବ୍ୟକ୍ତି ତାହାର ସାଧନ ଅନୁସାରେ କାର୍ଯ୍ୟ-

ଯୋଜନା ପ୍ରସ୍ତୁତ କରି ସେ ଦିଗରେ କର୍ମ ତତ୍ପର ହେବା ଦରକାର । ତେବେ ସେ ଜୀବନ ରୂପକ ସମୁଦ୍ରକୁ ଶରୀର ରୂପକ ନୌକାରେ ପାର ହୋଇ ପାରିବ ନତୁବା ନୌକା ମଝି ସମୁଦ୍ରରେ ମନୋରଥର ଭ୍ରମରେ ଦିଗହରା ହୋଇଯିବ । ଏଣୁ ମନୁଷ୍ୟଙ୍କୁ ନିଜର କ୍ଷମତାନୁଯାୟୀ କାର୍ଯ୍ୟ କରିବା ଦରକାର କାରଣ କାମ କରିଲେ ହିଁ ହୁଏ, କେବଳ କଳ୍ପନାରେ ହୁଏ ନାହିଁ ।

ବିବାହ ସମାସ୍କନ୍ଧରେ ହିଁ ଶୋଭା ପାଇଥାଏ :

ବରୟେତ୍କୁଲଜାଂ ପ୍ରାଜ୍ଞୋ ନିରୁପାମପି କନ୍ୟକାମ୍ ।

ରୂପବତୀଂ ନ ନୀଚସ୍ୟ ବିବାହଃ ସଦୃଶେ କୁଲେ ॥ **14** ॥

ଆଚାର୍ଯ୍ୟ ଚାଣକ୍ୟ ବିବାହ ସନ୍ଦର୍ଭରେ ରୂପ ଓ କୁଳ ମଧ୍ୟରୁ କୁଳକୁ ଶ୍ରେଷ୍ଠତ୍ୱ ପ୍ରଦାନ କରିବାକୁ ଯାଇ କୁହନ୍ତି ଯେ ବୁଦ୍ଧିମାନ ମନୁଷ୍ୟ ରୂପବତୀ ନ ହେଲେ ମଧ୍ୟ କୁଳୀନ କନ୍ୟାକୁ ବିବାହ କରିବା ଦରକାର, କିନ୍ତୁ ନୀଚ କୁଳର କନ୍ୟା ଯଦି ରୂପବତୀ ଓ ସୁଶୀଳ ହୋଇ ଥାଆନ୍ତି, ତଥାପି ମଧ୍ୟ ତାହାକୁ ବିବାହ କରିବ ନାହିଁ । କାରଣ ବିବାହ ସମାନ କୁଳରେ କରିବା କରଣୀୟ ।

(ବିବାହ ପାଇଁ ବର ଓ ବଧୂ, ଉଭୟଙ୍କର ବଂଶ ପରଂପରା ସମାନ ହେବା ଉଚିତ । ବୁଦ୍ଧିମାନ ମନୁଷ୍ୟ ନିଜ କୁଳର କନ୍ୟା, ସିଏ ସାଧାରଣ ରୂପ-ରଂଗ ବିଶିଷ୍ଟ ହେଲେ ମଧ୍ୟ ତାହାରି ସହିତ ବିବାହ କରିବା ଉଚିତ । ମାତ୍ର ନୀଚ କୁଳର କନ୍ୟା ଯେତେ ସୁନ୍ଦର ଓ ସୁଶୀଳ ହେଲେ ମଧ୍ୟ ତାହାକୁ ବିବାହ କରିବା ଅନୁଚିତ ।)

ଗରୁଡ଼ ପୁରାଣରେ ମଧ୍ୟ ଏହି ଶ୍ଳୋକ କିଂଚିତ୍ ପାଠଭେଦରେ ଉପଲବ୍ଧ ହୋଇଥାଏ । ସେଥିରେ ମଧ୍ୟ କୁହା ଯାଇଛି ଯେ **'ସମାନ କୁଳବ୍ୟସନେ ଚ ସଖ୍ୟମ୍'** ଅର୍ଥାତ୍ ମିତ୍ରତା ଏବଂ ବିବାହ ସମାନତାରେ ହିଁ ଶୋଭା ଦେଇଥାଏ । ବିଜାତୀୟ ଅଥବା ଅସମାନ (ଅମେଳ ବିବାହ)ରେ ଅନେକ କଷ୍ଟ ଆସିଥାଏ । ଅନେକ ସମସ୍ୟା ସୃଷ୍ଟି ହୋଇ ଯାଏ । ଯଦ୍ୟପି ମନୁସ୍ମୃତିରେ ପ୍ରତିକୂଳ ବିବାହର ମଧ୍ୟ ବିଧାନ ରହିଛି, ହେଲେ ଦେଖିବାକୁ ଗଲେ ଏହା ସ୍ପଷ୍ଟ ହୋଇଥାଏ ଯେ ଅସମାନ ବିବାହ ଅନେକ କାରଣରୁ ହିଁ ଅସଫଳ ହୋଇ ଉଠିଥାଏ ବା ତାହାର ପରିଣାମ ସୁଖଦ ହୋଇ ପାରେନାହିଁ । ଏହି କାରଣରୁ ଜୀବନର ସନ୍ଦର୍ଭରେ ବିବାହ ପରି ମହତ୍ୱପୂର୍ଣ୍ଣ ପ୍ରଶ୍ନକୁ ଭାବୁକତାର ଶୀକାର ହେବାଠାରୁ ବଂଚିତ ରଖିବା ହିଁ ଅତ୍ୟନ୍ତ ନିତି ସଂଗତ ।

ଦେଖି ଚାହିଁ ଭରସା କରିବା ଉଚିତ :

ନଖୀନାଂ ଚ ନଦୀନାଂ ଚ ଶୃଂଗୀଣାଂ ଶସ୍ତ୍ରପାଣିନାମ୍ ।

ବିଶ୍ୱାସୋ ନୈବଂ କର୍ତବ୍ୟଃ ସ୍ତ୍ରୀଷୁ ରାଜକୁଲେଷୁ ଚ ॥ 15 ॥

ଆଚାର୍ଯ୍ୟ ଚାଣକ୍ୟ ଏଠାରେ ବିଶ୍ୱସନୀୟତାର ଲକ୍ଷଣମାନଙ୍କୁ ଆଲୋଚନା କରିବାକୁ ଯାଇ କୁହନ୍ତି ଯେ ଲମ୍ବା ନଖ ଥିବା ହିଂସ୍ର ପଶୁ, ନଦୀ, ବଡ଼ ବଡ଼ ଶିଙ୍ଘ ଥିବା ପଶୁ, ଶସ୍ତ୍ରଧାରୀ ମନୁଷ୍ୟ, ନାରୀ ଏବଂ ରାଜ-ପରିବାରଙ୍କୁ କେବେହେଲେ ବିଶ୍ୱାସ କରିବା ଉଚିତ ନୁହେଁ । କାରଣ ଏମାନେ କେତେବେଳେ ଆକ୍ରମଣ କରିବେ ତାହାର ଠିକ୍ ନଥାଏ । ଯେପରି ଲମ୍ବା ନଖ ଥିବା ସିଂହ, ଭାଲୁ ବା ବାଘ ଇତ୍ୟାଦିଙ୍କ ଉପରେ ଭରସା କରି ହେବ ନାହିଁ । କାରଣ ସେମାନଙ୍କ ସଂପର୍କରେ ଆପଣମାନେ କେବେ ହେଲେ ମଧ୍ୟ ଆଶ୍ୱସ୍ତ ହୋଇ ପାରିବେ ନାହିଁ । ଏହି କାରଣରୁ ସେମାନଙ୍କ ଉପରେ ଭରସା

କରୁଥିବା ବ୍ୟକ୍ତି ସର୍ବଦା ଠକି ଯାଏ । ଏପରିକି ଯଦି ଆପଣ କୌଣସି ନଦୀକୁ ପାରି ହେବାକୁ ଚାହାନ୍ତି ତେବେ ଆପଣଙ୍କୁ ନଦୀର ଗଭୀରତା ଓ ପ୍ରବାହମାନତା ସଂପର୍କରେ କୌଣସି ବ୍ୟକ୍ତିର ମନ୍ତବ୍ୟ ଉପରେ ବିଶ୍ୱାସ କରିବା ଅନୁଚିତ୍ । କାରଣ ନଦୀର ଗଭୀରତା ଓ ପ୍ରବହମାନତା ସଂପର୍କରେ କେହି କେବେହେଲେ ମଧ୍ୟ ସଠିକ ଭାବରେ କହି ପାରନ୍ତି ନାହିଁ । ଏହି କାରଣରୁ ଆପଣ ଯଦି ନଦୀକୁ ଓହ୍ଲାଉଛନ୍ତି ତେବେ ଆପଣଙ୍କୁ ଅତ୍ୟନ୍ତ ସତର୍କତା ଅବଲମ୍ବନ କରିବାକୁ ପଡ଼ିବ ଓ ନିଜର ବିବେକକୁ ପ୍ରୟୋଗ କରିବାକୁ ପଡ଼ିବ ।

ଏହି ପ୍ରକାରରେ ଆଚାର୍ଯ୍ୟ ଚାଣକ୍ୟଙ୍କର ବକ୍ତବ୍ୟ ହେଉଛି ଯେ ଶିଙ୍ଘଥିବା ପଶୁ ଓ ଶସ୍ତ୍ରଧାରୀ ବ୍ୟକ୍ତିକୁ ମଧ୍ୟ ବିଶ୍ୱାସ କରାଯାଇ ପାରିବ ନାହିଁ । କାରଣ କେଉଁ ସମୟରେ ସେମାନେ ନିଜର ସ୍ୱାର୍ଥ ଦୃଷ୍ଟିରୁ ଆପଣଙ୍କୁ ମରଣାତ୍ମକ ଆକ୍ରମଣ କରିବେ ତାହା କହି ହେବ ନାହିଁ ।

ଏହିପରି ଭାବରେ ସ୍ତ୍ରୀଲୋକ ମାନଙ୍କୁ ମଧ୍ୟ ଆଖି ବୁଜି ବିଶ୍ୱାସ କରି ହେବ ନାହିଁ । କାରଣ ତାଙ୍କ ମନରେ କଣ ଅଛି ଏବଂ ନିଜର ସଂକୀର୍ଣ୍ଣ ଭାବନା, ପ୍ରୀତି, ଈର୍ଷା-ଦ୍ୱେଷଗ୍ରସ୍ତ ହୋଇ ସେ କେବେ ତୁମକୁ ଭୁଲ ପରାମର୍ଶ ଦେଇ ବିଭ୍ରାନ୍ତ କରାଇବେ, ତାହା କିଏ କହିବ ? ଆଚାର୍ଯ୍ୟ ଚାଣକ୍ୟଙ୍କର ସ୍ପଷ୍ଟ ମତ ହେଉଛି ଯେ, ଅନେକ ସ୍ତ୍ରୀ କୁହନ୍ତି ଗୋଟିଏ କଥା ଓ କରନ୍ତି ଆଉ ଅନ୍ୟ ଗୋଟିଏ କଥା । ସେ ଅନ୍ୟ କାହାକୁ ପ୍ରେମ କରୁଥିବେ ତଥା ପ୍ରେମ କରୁଥିବାର ଅଭିନୟ ଆଉ କାହା ସହିତ କରୁଥିବେ । ଏଣୁକରି ତାଙ୍କର ସ୍ୱାମୀଭକ୍ତି ଓ ପତିବ୍ରତା ହେବା ଉପରେ ବିଶ୍ୱାସ କରା ଯାଇ ପାରିବ ନାହିଁ । ଏଥିପ୍ରତି ସାବଧାନ ରହିବା ଦରକାର ।

ଏହି ପ୍ରକାରରେ ଆଚାର୍ଯ୍ୟ ଚାଣକ୍ୟ ରାଜକୁଳର ମଧ୍ୟ ଆଲୋଚନା କରିଛନ୍ତି । ତାଙ୍କ ବିଚାରରେ ରାଜନୀତି ସର୍ବଦା ପରିବର୍ତନଶୀଳ । ରାଜ ପରିବାରର ଲୋକମାନେ କ୍ଷମତାସୀନଙ୍କ ସହିତ ସଂପୃକ୍ତ ରହିବା ହେତୁ ବା ସତ୍ତାକୁ ଆସିବା (ଲାଭ କରିବାର) ଲୋଭରେ କୁଟନୀତିରେ ଗ୍ରସ୍ତ ରୁହନ୍ତି, ତାହାର ଶିକାର ମଧ୍ୟ ହୋଇଥାନ୍ତି । ସେମାନଙ୍କର ମିତ୍ର ବା ଶତ୍ରୁ ସାମାଜିକ ହାନି-ଲାଭ ଉପରେ ନିର୍ଭର କରିଥାନ୍ତି । ଏହି କାରଣରୁ ଐତିହାସିକ ପୃଷ୍ଠଭୂମିରୁ ଦେଖିଲେ ଏହା ସ୍ପଷ୍ଟ ହୋଇ ଉଠେ ଯେ କ୍ଷମତା ଲୋଭୀ ରାଜ୍ୟ ପ୍ରାପ୍ତି ପାଇଁ ପୁତ୍ର ବା ପିତାଙ୍କୁ ମଧ୍ୟ ହତ୍ୟା କରି ଦେଇଥାନ୍ତି । କଂସ ଲୋଭଗ୍ରସ୍ତ ହୋଇ ନିଜର ପିତା ଉଗ୍ରସେନଙ୍କୁ କାରାଗାରରେ ବନ୍ଦୀ କରି ଦେଇଥିଲେ ଓ ନିଜ ପ୍ରାଣକୁ ସୁରକ୍ଷିତ ରଖିବାର ଭାବନାରୁ ନିଜର ଭଉଣୀ ଦେବକୀଙ୍କୁ ତାଙ୍କ ସ୍ୱାମୀ ବାସୁଦେବଙ୍କ ସମେତ ବନ୍ଦୀ କରି ରଖିଥିଲା । କୃଷ୍ଣଙ୍କ ଜନ୍ମ କଂସର କାରାଗାରରେ ହିଁ ସଂପନ୍ନ ହୋଇଥିଲା ।

ଏଣୁକରି ଚାଣକ୍ୟଙ୍କ ଅନୁଯାୟୀ ଏହି ଛଅ ସମ୍ବନ୍ଧ ଶକ୍ତି ଉପରେ ଅନ୍ଧବିଶ୍ୱାସ କରିବା ଅନୁଚିତ, କାରଣ ସେମାନଙ୍କର ଚିତବୃତ୍ତି ପ୍ରତିକ୍ଷଣରେ ପରିବର୍ତିତ ହେଉଥାଏ । ନୀତି ଏହା ହିଁ ସ୍ପଷ୍ଟ କରିଥାଏ ।

ସାରକଥା ଗ୍ରହଣୀୟ :

ବିଷାଦପ୍ୟମୃତଂ ଗ୍ରାହ୍ୟମମେଧ୍ୟାଦପି କାଂଚନମ୍ ।
ନୀଚାଦପ୍ୟୁତ୍ତମାଂ ବିଦ୍ୟାଂ ସ୍ତ୍ରୀରତ୍ନଂ ଦୁଷ୍କୁଲାଦପି ॥ 16 ॥

ଆଚାର୍ଯ୍ୟ ଚାଣକ୍ୟ ଏଠାରେ ସାଧର ମହତ୍ୱ ଦର୍ଶାଇବାକୁ ଯାଇ ଓ ସାଧନକୁ ଗୌଣ ମନେକରି କହିଛନ୍ତି ଯେ ବିଷରେ ମଧ୍ୟ ଅମୃତ ତଥା ଆବର୍ଜନାରୁ ସୁବର୍ଣ୍ଣକୁ ନେଇ ଆଣିବା ଦରକାର । ନୀଚ

ବ୍ୟକ୍ତିଠାରୁ ମଧ୍ୟ ଶ୍ରେଷ୍ଠ ବିଦ୍ୟା ଗ୍ରହଣ କରି ନେବା ଦରକାର ଏବଂ ଦୁଷ୍ଟ କୁଳରୁ ମଧ୍ୟ ସ୍ତ୍ରୀ ରତ୍ନକୁ ନେଇ ଆସିବା ଦରକାର ।

ଅମୃତ ତ ଅମୃତ, ତାହା ଜୀବନଦାୟୀ । ଏଣୁ ବିଷରେ ପଡ଼ିଥିବା ଅମୃତକୁ ମଧ୍ୟ ଉଠାଇ ଆଣିବା ଉଚିତ । ସୁବର୍ଣ୍ଣ ଯଦି ଆବର୍ଜ୍ଜନାରେ ପଡିଥାଏ, ତେବେ ମଧ୍ୟ ତାହାକୁ ସେଠାରୁ ଉଠାଇ ଆଣିବା ଦରକାର । ଶ୍ରେଷ୍ଠ ଜ୍ଞାନ ବା ବିଦ୍ୟା ଯଦି କୌଣସି ନୀଚ କୁଳର ବ୍ୟକ୍ତିଠାରୁ ମିଳୁଥାଏ, ତେବେ ତାହାକୁ ଖୁସିରେ ଗ୍ରହଣ କରିନେବା ବିଧେୟ । ଏହିପରି ଭାବରେ ଯଦି ଦୁଷ୍ଟକୁଳରେ କୌଣସି ଗୁଣବାନ, ସୁଶୀଳ ଶ୍ରେଷ୍ଠ କନ୍ୟା ଥାଏ, ତେବେ ତାହାକୁ ସ୍ୱୀକାର କରିନେବା ଆବଶ୍ୟକ ।

କହିବାର ତାତ୍ପର୍ଯ୍ୟ ହେଉଛି ଯେ ବ୍ୟକ୍ତିକୁ ଅମୃତ, ସ୍ୱର୍ଣ୍ଣ ତଥା ଗୁଣ ଏବଂ ସ୍ତ୍ରୀ ରତ୍ନକୁ ଗ୍ରହଣ କରିବାରେ କେବେହେଲେ କୁଣ୍ଠାବୋଧ କରିବା ଉଚିତ ନୁହେଁ । ସେ ଏହିସବୁକୁ ଗ୍ରହଣ କରିବାଦ୍ୱାରା ଗୁଣକୁ ମହତ୍ୱ ପ୍ରଦାନ କରିଥାଏ । ସ୍ରୋତକୁ ନୁହେଁ, ମାତ୍ର ଖରାପ ସ୍ରୋତରେ ଯଦି କୌଣସି ଶେଷ୍ଠ ପଦାର୍ଥ ମିଳୁଥାଏ ତେବେ ତାହାକୁ ପ୍ରାପ୍ତ କରିବାରେ ବ୍ୟକ୍ତିକୁ ସଂକୋଚ କରିବା ଅନାବଶ୍ୟକ । କାରଣ ଉପଲକ୍ଷ୍ୟ ତ ସାଧ୍ୟ, ତାହା କେବେ ସାଧନ ନୁହେଁ । ଚାଣକ୍ୟ ଏକଦା ଏହା ମଧ୍ୟ କହିଛନ୍ତି କି ନୀଚ କୁଳରେ ଥିବା ସୁନ୍ଦର କନ୍ୟାକୁ ମଧ୍ୟ କେବେ ହେଲେ ବିବାହ କରିବ ନାହିଁ । ପରନ୍ତୁ ଏଠାରେ ତାଙ୍କର ସଂକେତ ଅନ୍ୟ ଦିଗପ୍ରତି ଅଭିପ୍ରେତ ରହିଛି । କନ୍ୟା ନୀଚ କୁଳର ହେଲେ ମଧ୍ୟ ଯଦି ସେ ଗୁଣବତୀ, ତେବେ ତାହାକୁ ଗ୍ରହଣ କରିବାକୁ ସେ କୁଂଠା ପ୍ରକାଶ କରି ନାହାନ୍ତି । ଏଠାରେ ସେ ସ୍ତ୍ରୀର ଗୁଣ ଉପରେ ଗୁରୁତ୍ୱ ପ୍ରଦାନ କରିଛନ୍ତି; କେବଳ ମାତ୍ର ରସିକ ପରି ସ୍ତ୍ରୀର ରୂପ ଚର୍ଯ୍ୟା ପ୍ରତି ଧ୍ୟାନ ଦେଇ ନାହାନ୍ତି । ବିବାହ ସମ୍ବନ୍ଧରେ ତ ଚାଣକ୍ୟଙ୍କର ସ୍ପଷ୍ଟ ମତ ହେଉଛି ଯେ ତାହା ସମାସ୍କନ୍ଧ ପରିବାର ସହିତ ହେବା ଉଚିତ୍ । ଏଥରୁ ଏହା ମଧ୍ୟ ସ୍ପଷ୍ଟ ହେଉଚି ଯେ ଚାଣକ୍ୟ ବିବାହ ଉପରାନ୍ତ ହେବାକୁ ଯାଉଥିବା ପରିଣାମ ପ୍ରତି ପୂର୍ଣ୍ଣତଃ ପରିଚିତ ଥିଲେ । ଯେପରିକି ଆଜିକାଲି ଆମେ ଦେଖିବାକୁ ପାଉଛୁ କି ସମାନ ସ୍ତର ବା ସମାନ ବିଚାର ଥିବା ପରିବାର ମଧ୍ୟରେ ବିବାହ ନ ହେଉ ଥିବାରୁ ବ୍ୟକ୍ତିକୁ ବିଭିନ୍ନ ସଂକଟ ମଧ୍ୟ ଦେଇ ସମୟ ଅତିବାହିତ କରିବାକୁ ପଡୁଛି । କିନ୍ତୁ ଏହା ପରେବି ଗୁଣର ମହ□୍ୱ ସର୍ବୋପରି ହୋଇଥିବାରୁ ତାହାକୁ ପରୀକ୍ଷା କରିବାରେ ଭୁଲ କରିବା ଅନୁଚିତ ।

ସ୍ତ୍ରୀ ପୁରୁଷଙ୍କଠାରୁ ଆଗରେ:

ସ୍ତ୍ରୀଣାଂ ଦ୍ୱିଗୁଣ ଅହାରେ ଲଜ୍ଜା ଚାପି ଚତୁର୍ଗୁଣା ।
ସାହସଂ ଷଡ୍‌ଗୁଣଂ ଚୈବ କାମଶ୍ଚାଷ୍ଟଗୁଣଃ ସ୍ମୃତଃ ॥ **17** ॥

ଆଚାର୍ଯ୍ୟ ଚାଣକ୍ୟ ଏଠାରେ ପୁରୁଷମାନଙ୍କ ଅପେକ୍ଷା ସ୍ତ୍ରୀମାନଙ୍କ କ୍ରିୟାବୃତିକୁ ତୁଳନା କରି କହିଛନ୍ତି ଯେ, ସ୍ତ୍ରୀମାନଙ୍କଠାରେ ଆହାର ଦ୍ୱିଗୁଣ, ଲଜ୍ଜା ଚତୁର୍ଗୁଣ, ସାହସ ଛଅଗୁଣ ତଥା କାମୋତେଜନା (ସମ୍ଭୋଗର ଇଚ୍ଛା) ଆଠ ଗୁଣ ରହିଥାଏ ।

ଏଠାରେ ବସ୍ତୁତଃ ନାରୀଙ୍କ ସଂପର୍କରେ ଯାହା କିଛି କୁହା ଯାଇଛି, ସେଥିରେ ସେମାନଙ୍କର ନିନ୍ଦା କରାଯାଇ ନାହିଁ ବରଂ ଗୁଣର ଦୃଷ୍ଟିକୋଣରୁ ପ୍ରଶଂସା କରାଯାଇଛି । କୁହାଯାଇଛି ଯେ ପୁରୁଷଙ୍କ ତୁଳନାରେ ସ୍ତ୍ରୀ ଲୋକର ଆହାର ଦୁଇଗୁଣ, ଲଜ୍ଜା ଚାରିଗୁଣ, କୌଣସି ଖରାପ କାମ କରିବାକୁ

ଗଲାବେଳେ ସ୍ତ୍ରୀଲୋକ ମାନଙ୍କର ମନୋବୃତି ପୁରୁଷଙ୍କଠାରୁ ଛଅ ଗୁଣ ଅଧିକ ତଥା କାମୋତେଜନା-ସମ୍ଭୋଗର ଇଛା ପୁରୁଷଙ୍କ ଅପେକ୍ଷା ସ୍ତ୍ରୀଙ୍କର ଇଚ୍ଛାଶକ୍ତି ଆଠ ଗୁଣ ହୋଇଥାଏ । ଏବଂ ସେହି ଗୁଣବତ୍ତା ତାଙ୍କର ଶାରରୀକ ଦାୟିତ୍ୱ- ଯାହାକୁ କି ସେ ବିବାହ ଉପରାନ୍ତ ବହନ କରିଥାଏ । ସ୍ତ୍ରୀଲୋକମାନଙ୍କୁ ଗର୍ଭଧାରଣ କରିବାକୁ ହୋଇଥାଏ, ସନ୍ତାନୋପ୍ତତି ପରେ ସେମାନଙ୍କୁ ପାଳନ-ପୋଷଣ କରିବାକୁ ପଡ଼ଥାଏ । ଏହି ସବୁ କାର୍ଯ୍ୟ କଲାବେଳେ ତାକୁ ଯେ କେତେ କଷ୍ଟ ହୋଇଥାଏ, ତାହାର କଳ୍ପନା ସ୍ତ୍ରୀ ବ୍ୟତିରେକ ଆଉ କେହି କିପରି କରିପାରିବ । ବାଂଝ କେମିତି ଜାଣିବ ପ୍ରସବ ପୀଡା ? 'ବାଞ୍ଝ କେମିତି ଜାଣିବ ପ୍ରସବ ବେଦନା' ପ୍ରସବ ପୀଡାକୁ ବହନ କରିବାର ଗୌରବ ସମ୍ମୁଖରେ ସେହି କଷ୍ଟ ଅତି ସାମାନ୍ୟ ପ୍ରକ୍ରିୟା ବୋଲି ବିବେଚିତ ହୋଇଥିଏ ।

ଯେତେଦୂର କାମ ଭାବନାର ପ୍ରଶ୍ନ ଉଠୁଥାଏ, ସେତେବେଳେ ପୁରୁଷଙ୍କ ଅପେକ୍ଷା ନାରୀମାନଙ୍କଠାରେ କାମ ବାସନା ଅଧିକ ରହିଥିବାର ମନେ ହୋଇଥାଏ । କାରଣ ମୈଥୁନ ପରେ ପରେ ପୁରୁଷର ବୀର୍ଯ୍ୟ ସ୍ଖଳନ ସହିତ କାମଶାନ୍ତି ଓ କାମବୈରାଗ୍ୟ ମଧ୍ୟ ଉତ୍ପନ୍ନ ହୋଇଥାଏ । ସ୍ତ୍ରୀମାନଙ୍କଠାରେ ମଧ୍ୟ କାମନା ଶାନ୍ତ ହୋଇଥାଏ ।

ତାହା ସାଙ୍ଗକୁ ଅତୃପ୍ତତାବସ୍ଥାରେ ସ୍ୱଭାବିକ କ୍ରିୟା ନ ହୋଇ ପାରୁଥିବାରୁ ଅନ୍ୟ ପୁରୁଷଙ୍କ ସହିତ ସମ୍ଭୋଗ ସ୍ଥାପନ କରିବାର ଅଦମ୍ୟ ଇଚ୍ଛା ତାଙ୍କଠାରେ ବେଶ୍ୟାପଣ (ପରପୁରୁଷଗାମୀ) ସୃଷ୍ଟି କରିଥାଏ । ହେଲେ ପୁରୁଷମାନଙ୍କଠାରେ ତତ୍କାଳରେ ଏପରି ଇଚ୍ଛା ଦୃଷ୍ଟି ଗୋଚର ହୁଏ ନାହିଁ । ଅର୍ଥାତ କାମ ଭାବନା କ୍ଷେତ୍ରରେ ପୁରୁଷଙ୍କ ଅପେକ୍ଷା ନାରୀମାନଙ୍କଠାରେ ଅଧିକ ହେଉଥବାର ଅନୁମାନ କରାଯାଇଥାଏ । ହେଲେ ପୁରୁଷମାନଙ୍କଠାରେ ତତ୍କାଳରେ ଏପରି ଇଚ୍ଛା ଦୃଷ୍ଟି ଗୋଚର ହୁଏ ନାହିଁ ।

ଦ୍ୱିତୀୟ ଅଧ୍ୟାୟ

ସ୍ତ୍ରୀ ଲୋକମାନଙ୍କର ସ୍ୱଭାବିକ ଦୋଷ:

ଅନୃତଂ ସାହସଂ ମାୟା ମୂର୍ଖତ୍ୱମତିଲୋଭିତା ।
ଅଶୌଚତ୍ୱଂ ନିର୍ଦୟତ୍ୱ ସ୍ତ୍ରୀଣାଂ ଦୋଷାଃ ସ୍ୱଭାବଜାଃ ॥ 1 ॥

ଏଠାରେ ଆଚାର୍ଯ୍ୟ ଚାଣକ୍ୟ ସ୍ତ୍ରୀମାନଙ୍କର ସ୍ୱଭାବ ଉପରେ ଟିପ୍‌ପଣୀ ପ୍ରଦାନ କରିବାକୁ ଯାଇ କୁହନ୍ତି କୁହନ୍ତି ଯେ ମିଛ କହିବା, ସାହସ, ଛଳ-କପଟ, ମୂର୍ଖତା, ଅତ୍ୟନ୍ତ ଲୋଭ, ଅପବିତ୍ରତା ଓ ନିର୍ଦ୍ଦୟତା- ଏହା ସ୍ତ୍ରୀମାନଙ୍କର ସ୍ୱଭାବିକ ଦୋଷ, ଅର୍ଥାତ ସ୍ତ୍ରୀଲୋକମାନଙ୍କର ଏହି ପ୍ରବତି ଜନ୍ମରୁ ହିଁ ରହିଥାଏ । ସେମାନେ ସେମାନଙ୍କର ଦୁଃସାହସ ବଳରେ ଏପରି କାମମାନ କରି ପାରନ୍ତି, ଯାହା ଉପରେ ଆଦୌ ଭରସା କରି ହେବ ନାହିଁ ।

ଆଚାର୍ଯ୍ୟ ଚାଣକ୍ୟ ଏଠାରେ ନାରୀମାନଙ୍କର କେବଳ ସ୍ୱଭାବକୁ ବର୍ଣ୍ଣନା କରିଛନ୍ତି ଏବଂ ସ୍ୱୀକାର ମଧ କରିଛନ୍ତି ଯେ ସୃଷ୍ଟିର ସର୍ଜନା ଦିଗରେ ନାରୀର ଅକ୍ଷୁଣ୍ଣ ଯୋଗଦାନ ରହିଛି ବୋଲି । ହେଲେ ଯେତେବେଳେ ସ୍ୱଭାବର ପ୍ରଶ୍ନ ଉଠେ ସେତେବେଳେ ଏହି ଦୋଷମାନ ଦୃଷ୍ଟିପଥକୁ ଆସିଥାଏ, ଏହାର ଅର୍ଥ ନୁହେଁ ଯେ ନାରୀ ବୁଦ୍ଧିମାନ ନୁହନ୍ତି । ଆଦି ଶଙ୍କରାଚାର୍ଯ୍ୟ ପ୍ରଶ୍ନୋତ୍‌ତର ଛଳରେ ଉଲ୍ଲେଖ କରିଛନ୍ତି ଯେ **'ଦ୍ୱାରଂ କିମେକଂ ନରକସ୍ୟ ନାରୀ'** ଅର୍ଥାତ୍ ନର୍କର ମୁଖ୍ୟ ଦ୍ୱାର ବା ଏକ ମାତ୍ର ଦ୍ୱାର ରୂପରେ ନାରୀକୁ ଉଦ୍ଧୃତ କରାଯାଇଛି । ତୁଳସୀ ଦାସ ମଧ କହିଛନ୍ତି **'ନାରୀ ସ୍ୱଭାବ ସତ୍ୟ କବି କହହୀଂ, ଅବଗୁଣ ଆଠ ସଦା ଉର ରହହୀଂ ॥'** ଏହି ଆଠ ଗୋଟି ଅବଗୁଣ ମଧ୍ୟରୁ ଏହି ଶ୍ଳୋକରେ ବର୍ଣ୍ଣିତ ରହିଥିବା ନାମଗୁଡିକ ଅନୂଦିତ ହୋଇଅଛି । ତାହା ସାଙ୍ଗକୁ ସାମାନ୍ୟ ନିୟମମାନକୁ ମଧ କେତେକ ବିଶେଷ ନିୟମ ପ୍ରଭାବିତ କରିଥାଏ । କାରଣ ନାରୀ ମମତା, ଦୟା, କ୍ଷମା ଆଦିର ଏକମାତ୍ର ସ୍ଥାନ । ତାଙ୍କ ବିନା ସୃଷ୍ଟି ଅପୂର୍ଣ୍ଣ । ଏଣୁ ସୀତା, ରାଧା, ଜୀଜାବାଈ, ଲକ୍ଷ୍ମୀବାଈ ପ୍ରମୁଖଙ୍କ ମଧରେ ନାରୀର ଅବଗୁଣକୁ ଖୋଜିବା ନିଜର ଅବିବେକିତା ହେବ । ସେମାନେ ତ କହିବାକୁ ଗଲେ ନାରୀମାନଙ୍କର ଆଦର୍ଶ । ଅନ୍ୟପକ୍ଷରେ ଆଚାର୍ଯ୍ୟ ଚାଣକ୍ୟ ନାରୀମାନଙ୍କର ଯେଉଁ ଦୋଷ ଉପରେ ଚର୍ଚ୍ଚା କରିଛନ୍ତି, ତାହା କେବେଳ ମାତ୍ର ତାଙ୍କର ସ୍ୱାଭାବିକ ପ୍ରବୃତି । ଏହା ସବୁ ନାରୀମାନଙ୍କ ପାଖରେ ଯେ ବର୍ତମାନ ରହିବ, ସେପରି ମଧ ନୁହେଁ ।

ଜୀବନରେ ସୁଖ ଭାଗ୍ୟଶାଳୀଙ୍କୁ ହିଁ ମିଳିଥାଏ :

ଭୋଜ୍ୟ ଭୋଜନଶକ୍ତିଶ୍ଚ ରତିଶକ୍ତିର ବରାଂଗନା
ବିଭବୋ ଦାନଶକ୍ତିଶ୍ଚ ନାଽଲ୍ପସ୍ୟ ତପସଃ ଫଲମ୍ ॥ 2 ॥

ଏଠାରେ ଆଚାର୍ଯ୍ୟ ଚାଣକ୍ୟଙ୍କ କହିବାର କଥା ଯେ ଭୋଜ୍ୟ ପଦାର୍ଥ, ଭୋଜନ ଶକ୍ତି, ରତିଶକ୍ତି, ସୁନ୍ଦର ସ୍ତ୍ରୀ, ବୈଭବ ବା ଦାନଶକ୍ତି - ଏହି ସବୁ ସୁଖ କେବେ ସାମାନ୍ୟ ତପସ୍ୟାର ଫଳ ନୁହେଁ । ଅର୍ଥାତ ସୁନ୍ଦର ଖାଦ୍ୟ ମିଳୁଥିବ ଓ ଜୀବନର ଶେଷ ପର୍ଯ୍ୟନ୍ତ ଖାଦ୍ୟ ହଜମ ହେଇ ପାରୁଥିବାର ଶକ୍ତି ରହିଥିବ । ସ୍ତ୍ରୀ ସମ୍ଭୋଗର ଇଚ୍ଛା ଜାଗ୍ରତ ହେଉଥିବ ଓ ସୁନ୍ଦର ସ୍ତ୍ରୀ ମଧ୍ୟ ମିଳିଥିବ । ଧନ-ସଂପତି ଥିବ ଓ ଦାନ ଦେବାର ଇଚ୍ଛାଶକ୍ତି ମଧ୍ୟ ରହିଥିବ । ଏହି ସମସ୍ତ ସୁଖ କେବଳ ଜଣେ ଭାଗ୍ୟଶାଳୀକୁ ହିଁ ମିଳିଥାଏ, ପୂର୍ବଜନ୍ମରେ ଅଖଣ୍ଡ ତପସ୍ୟା ଫଳରେ ହିଁ ଏପରି ସୌଭାଗ୍ୟ ପ୍ରାପ୍ତ ହୋଇଥାଏ ।

ସଚରାଚର ଦୃଷ୍ଟି ଗୋଚର ହୋଇଥାଏ ଯେ ଯେଉଁ ବ୍ୟକ୍ତି ପାଖରେ ଖାଇବାର କୌଣସି ଅଭାବ ନାହିଁ, ତା' ନିକଟରେ ଖାଦ୍ୟ ଖାଇ ହଜମ କରିବାର ସାମର୍ଥ୍ୟ ନାହିଁ । ଆପଣ ତାକୁ ଏପରି ମଧ୍ୟ କହି ପାରନ୍ତି ଯେ ଯାହା ପାଖରେ ଚଣା ଅଛି; ତା' ପାଖରେ ତାକୁ ଚୋବାଇବାପାଇଁ ଦାନ୍ତ ନାହିଁ ବା ଦାନ୍ତ ଥିଲେ ମଧ୍ୟ ପାଖରେ ଚୋବାଇବାପାଇଁ ଚଣା ନାହିଁ । କହିବାର ଅଭିପ୍ରାୟ ହେଉଛି ଯେ ଅତ୍ୟନ୍ତ ଧନବାନ ବ୍ୟକ୍ତି ମଧ୍ୟ ଏପରି ରୋଗରେ ପଡ଼ିଥାନ୍ତି, ଯାହାଙ୍କର ଅତ୍ୟନ୍ତ ହାଲକା ଓ ସାଧା-ସିଧା ଖାଦ୍ୟ ମଧ୍ୟ ହଜମ ହୁଏ ନାହିଁ । ପରନ୍ତୁ ଯେଉଁ ବ୍ୟକ୍ତି ଅତ୍ୟନ୍ତ ହୃଷ୍ଟ-ପୁଷ୍ଟ, ଟଗଡ଼ା ଓ ଯାହାର ପାଚନ ଶକ୍ତି ମଧ୍ୟ କ୍ରିୟାଶୀଳ, ତାହା ପାଖରେ ଅଭାବ ହେତୁ ଖାଇବାକୁ କିଛି ନାହିଁ । ସେହି ପ୍ରକାରରେ ଅନେକ ବ୍ୟକ୍ତିଙ୍କ ପାଖରେ ଧନ-ଦୌଲତ ପର୍ଯ୍ୟାପ୍ତ ପରିମାଣରେ ଥିଲେ ମଧ୍ୟ ତାହକୁ ଉପଭୋଗ ବା ଉପଯୋଗ କରିବାର, ଏପରିକି ଦାନ ଦେବାର ଇଚ୍ଛାଶକ୍ତି ରହି ନଥାଏ । ଯେଉଁ ବ୍ୟକ୍ତିଙ୍କ ନିକଟରେ ଏହି ସବୁ ସମାନ ଭାବରେ ରହିଥାଏ, ଚାଣକ୍ୟ ତାକୁ ତାଙ୍କର ପୂର୍ବଜନ୍ମର ତପସ୍ୟାର ଫଳ ବୋଲି ମନେ କରିଛନ୍ତି । ଅର୍ଥାତ୍ ତାଙ୍କର କହିବାର କଥା ହେଉଛି ଯେ ଖାଇବା ପିଇବାର ଦ୍ରବ୍ୟ ସହିତ ପାଚନ ଶକ୍ତି , ସୁନ୍ଦର ସ୍ତ୍ରୀ ସାଙ୍ଗକୁ ସମ୍ଭୋଗଶକ୍ତି ଏବଂ ଧନ-ଦୌଲତ ସହିତ ତାହାର ସଦୁପଯୋଗ କରିବା ବା ଦାନ କରି ପାରିବାର ଆବେଗ ଆଦି ଯେଉଁ ବ୍ୟକ୍ତିଙ୍କ ପାଖରେ ରହିଥାଏ, ସେ ଅତ୍ୟନ୍ତ ଭାଗ୍ୟଶାଳୀ । ତାହାକୁ ସେ ତାଙ୍କର ପୂର୍ବଜନ୍ମର ସୁଫଳ ବୋଲି ବିବେଚନା କରିବା ଉଚିତ ।

ଜୀବନ ସୁଖରେ ହିଁ ସ୍ୱର୍ଗ :

ୟସ୍ୟ ପୁତ୍ରୋ ବଶୀଭୂତୋ ଭାର୍ଯ୍ୟା ଛନ୍ଦାନୁଗାମିନୀ ।
ବିଭବେ ୟସ୍ୟ ସନ୍ତୁଷ୍ଟିସ୍ତସ୍ୟ ସ୍ୱର୍ଗ ଇହୈବ ହି ॥ 3 ॥

ଆଚାର୍ଯ୍ୟ ଚାଣକ୍ୟଙ୍କ କହିବାର କଥା ହେଉଛି ଯେ ଯାହାର ପୁତ୍ର ବଶୀଭୂତ, ପତ୍ନୀ ବେଦର ମାର୍ଗରେ ପରିଚାଳିତ ଏବଂ ଯିଏ ନିଜର ବୈଭବରେ ସନ୍ତୁଷ୍ଟ, ତାଙ୍କପାଇଁ ଏହିଠାରେ ହିଁ ସ୍ୱର୍ଗ ।

ଅଭିପ୍ରାୟ ହେଉଛି ଯେ ଯେଉଁ ମନୁଷ୍ୟର ପୁତ୍ର ଆଜ୍ଞାକାରୀ ହୋଇଥିବ, ସବୁ କଥାକୁ ଠିକ ଭାବରେ ମାନି ଚଳୁଥିବ, ପତ୍ନୀ ଅତ୍ୟନ୍ତ ଧାର୍ମିକ ଓ ଆଦର୍ଶ ଚାଲି-ଚଳଣ ସଂପନ୍ନ ହୋଇଥିବ, ସତ୍ ଗୃହୀଣୀ ହୋଇଥିବ ତଥା ନିଜ ପାଖରେ ଯେତିକି ବି ଧନ-ସଂପତି ଥିବ ସେହିଥିରେ ସେ ଖୁସି

ହେଉଥିବ - ସବୁବେଳେ ସନ୍ତୁଷ୍ଟ ରହୁଥିବ, ସେହ ବ୍ୟକ୍ତିକୁ ଏହି ସଂସାରରେ ହିଁ ସ୍ୱର୍ଗ ସୁଖ ମିଳିଥାଏ । ତାହାପାଇଁ ଏହି ପୃଥିବୀ ହିଁ ହେଉଛି ସ୍ୱର୍ଗ ।

କାରଣ ପୁତ୍ରର ଆଜ୍ଞାପାଳକ ହେବା, ସ୍ତ୍ରୀର ପତିବ୍ରତା ହେବା ଏବଂ ମନୁଷ୍ୟର ଧନ ପ୍ରତି ଲୋଭ-ଲାଳସା ନ ରହୁଥିବା ଅଥବା ମନରେ ସର୍ବଦା ସନ୍ତୋଷକୁ ଅକ୍ଷୁର୍ଣ୍ଣ ରହୁଥିବା ଦ୍ୱାରା ତାକୁ ମିଳୁଥିବା ସୁଖ ସ୍ୱର୍ଗରେ ମିଳିବା ସୁଖ ସମାନ । ଏପରି ବିଶ୍ୱାସ କରାଯାଏ ଯେ ସ୍ୱର୍ଗ ଅନେକ ଶୁଭ ଅଥବା ପୁଣ୍ୟ କାର୍ଯ୍ୟର ଫଳାଫଳରୁ ଲାଭ ହୋଇଥାଏ, ଏବଂ ଯେଉଁ ବ୍ୟକ୍ତିକୁ ଏହି ତିନି ସୁଖ ମିଳିଛି, ତାହାକୁ ବହୁତ ଭାଗ୍ୟଶାଳୀ ବୋଲି ବୁଝିବାକୁ ପଡ଼ିବ ।

ସାର୍ଥକତାରେ ହିଁ ସମ୍ବନ୍ଧର ସୁଖ :

ତେ ପୁତ୍ରା ଯେ ପିତୁର୍ଭକ୍ତାଃ ସଃ ପିତା ଯସ୍ତୁ ପୋଷକଃ ।
ତାନ୍ମିତ୍ରମ୍ ଯତ୍ର ବିଶ୍ୱାସଃ ସା ଭାର୍ଯ୍ୟା ଯା ନିର୍ବୃତି ॥ 4 ॥

ଆଚାର୍ଯ୍ୟ ଚାଣକ୍ୟଙ୍କ କହିବାର କଥା ହେଉଛି ଯେ ସେହି ହେଉଛି ପୁତ୍ର ଯିଏ ପିତୃଭକ୍ତ । ପିତା ହେଉଛି ସେହି ଯିଏ ପୋଷଣ କରେ, ମିତ୍ର ସେହି ଯିଏ ବିଶ୍ୱାସର ପାତ୍ର, ପତ୍ନୀ ସେହି ଯିଏ ହୃଦୟକୁ ଆନନ୍ଦିତ କରେ ।

ଅର୍ଥାତ୍ ପିତାର ଆଜ୍ଞାକୁ ପାଳନ କରୁଥିବା ଓ ନିରନ୍ତର ସେବା କରୁଥିବା ପୁତ୍ରକୁ ହିଁ ପୁତ୍ର କୁହା ଯାଇଥାଏ । ସେହିପରି ନିଜର ସନ୍ତାନକୁ ପାଳନ-ପୋଷଣ, ଦେଖା-ଶୁଣା କରୁଥିବା ଓ ସେମାନଙ୍କୁ ଉଚିତ୍ ଶିକ୍ଷା ପ୍ରଦାନ ପ୍ରଦାନ କରି ଯୋଗ୍ୟ କରାଉଥିବା ବ୍ୟକ୍ତିକୁ ହିଁ ପ୍ରକୃତ ଅର୍ଥରେ ପିତା କୁହା ଯାଇଥାଏ । ଯାହା ଉପରେ ବିଶ୍ୱାସ ହେଉଛି, ଯିଏ ବିଶ୍ୱାସଘାତ ନ କରେ, ସେହି ପ୍ରକୃତ ମିତ୍ର ହୋଇଥାଏ । ପତିକୁ କେବେହେଲେ ଦୁଃଖୀ କରୁ ନଥିବା ତଥା ସବୁବେଳେ ତାଙ୍କର ସୁଖକୁ ଧ୍ୟାନ ରଖୁଥିବା ନାରୀଙ୍କୁ ବାସ୍ତବ ଅର୍ଥରେ ପତ୍ନୀ କୁହା ଯାଇଥାଏ ।

କହିବାର ଅଭିପ୍ରାୟ ହେଉଛି ଯେ ଏହି ସଂସାରରେ ପାରସ୍ପରିକ ସମ୍ବନ୍ଧ ତ ଅନେକ ପ୍ରକାର ରହିଛି, ପରନ୍ତୁ ନିକଟ ସମ୍ବନ୍ଧ ରୂପରେ ପିତା, ପୁତ୍ର, ମାତା ଓ ପତ୍ନୀକୁ ହିଁ ସଚରାଚରରେ ଗ୍ରହଣ କରା ଯାଇଥାଏ । ଏହିଥିପାଇଁ କୁହାଯାଇଥାଏ ଯେ ଉପଯୁକ୍ତ ସନ୍ତାନ ସେହି ଯିଏ ପିତା-ମାତାଙ୍କର କଥା ମାନୁଥିବ ଓ ସେବା କରୁଥିବ, ଅନ୍ୟଥା ସେହି ସନ୍ତାନ ବ୍ୟର୍ଥ । ସେହି ପ୍ରକାର ନିଜର ସନ୍ତାନ ଓ ନିଜର ପରିବାରର ଭରଣ-ପୋଷଣ କରୁଥିବା ବ୍ୟକ୍ତିକୁ ହିଁ ପିତା କୁହା ଯାଇଥାଏ ଏବଂ ମିତ୍ର ମଧ୍ୟ ଏପରି ବ୍ୟକ୍ତିକୁ କୁହା ଯାଇପାରିବ ଯାହା ପ୍ରତି କେବେ ହେଲେ ମଧ୍ୟ କୌଣସି ପ୍ରକାରର ଅବିଶ୍ୱାସ କରା ଯାଇ ପାରିବ ନାହିଁ । ଯିଏ ସବୁବେଳେ ବିଶ୍ୱାସୀ ରହିଥିବ, ନିଜର ଅନୁକୂଳ ଆଚରଣରେ ପତିକୁ ସୁଖ ପ୍ରଦାନକାରୀ ସ୍ତ୍ରୀକୁ ପ୍ରକୃତ ଅର୍ଥରେ ପତ୍ନୀ କୁହା ଯାଇଥାଏ । ଏହାର ଅର୍ଥ ହେଉଛି ଯେ ନାମ ଓ ସମ୍ବନ୍ଧର ବାହାନାରେ ପରସ୍ପର ସହିତ ବାନ୍ଧି ହୋଇ ରହିବାର କୌଣସି ଅର୍ଥ ନାହିଁ । ସମ୍ବନ୍ଧର ବାସ୍ତବିକତା ତ ସେତେବେଳ ପର୍ଯ୍ୟନ୍ତ ଥିବ ଯେତେବେଳ ପର୍ଯ୍ୟନ୍ତ ସମସ୍ତେ ନିଜ ନିଜର କର୍ତ୍ତବ୍ୟକୁ ପାଳନ କରିବାକୁ ଯାଇ ପରସ୍ପରକୁ ସୁଖୀ କରାଇବାରେ ପ୍ରଯତ୍ନ କରୁଥିବେ ଓ ସମ୍ବନ୍ଧର ବାସ୍ତବିକତାକୁ ସର୍ବଦା ନିର୍ବାହ କରୁଥିବେ ।

ଛଳନାବାଦୀ ମିତ୍ରକୁ ତ୍ୟାଗ କର:

ପରୋକ୍ଷେ କାର୍ଯ୍ୟହନ୍ତାରଂ ପ୍ରତ୍ୟକ୍ଷେ ପ୍ରିୟବାଦିନମ୍ ।
ବର୍ଜୟେତ୍ତାଦୃଶଂ ମିତ୍ରଂ ବିଷକୁମ୍ଭଂ ପୟୋମୁଖମ୍ ॥ 5 ॥

ଆଚାର୍ଯ୍ୟ ଚାଣକ୍ୟଙ୍କର କହିବାର କଥା ଯେ ସମ୍ମୁଖରେ ପ୍ରିୟ କଥା କହି ପିଠି ପଛରେ ଛୁରୀ ମାରିବା ଭଳି କାର୍ଯ୍ୟ କରି ମିତ୍ର ବୋଲାଉଥିବା ବ୍ୟକ୍ତି ମୁହଁରେ ଅମୃତ ହାଣ୍ଡି ଆଣି ଦେଲେ ମଧ୍ୟ ତାହାକୁ ବିଷ ତୁଲ୍ୟ ମନେ କରି ତୁରନ୍ତ ତ୍ୟାଗ କରିଦେବା ଉଚିତ ।

କହିବାର ଅଭିପ୍ରାୟ ହେଉଛି ଯେ ବିଷ ଭରା ପାତ୍ର ଉପରେ ଯଦି ସାମାନ୍ୟ ଅମୃତ ଢ଼ାଳି ଦିଆଯାଏ, ତେବେ ମଧ୍ୟ ତାକୁ ବିଷ ପାତ୍ର ବୋଲି କୁହାଯିବ । ଅନୁରୂପ ଭାବରେ ମୁହଁ ସାମ୍ନାରେ ଚିକ୍‌କଣ କଥା କହୁଥିବା ଓ ପଛରେ ସମସ୍ତ ପ୍ରକାର କାର୍ଯ୍ୟରେ ବିଡ଼ମ୍ବନା ସୃଷ୍ଟି କରୁଥିବା ମିତ୍ର ମଧ୍ୟ ସେହି ବିଷପାତ୍ର ସହିତ ସମାନ । ବିଷପାତ୍ରକୁ କୌଣସି ବ୍ୟକ୍ତି କେବେହେଲେ ଆଦରି ନଥାନ୍ତି । ସେହିପରି ଏହି ପ୍ରକାର ମିତ୍ରକୁ ତୁରନ୍ତ ତ୍ୟାଗ କରିବା ଉଚିତ । ସତ କହିବାକୁ ଗଲେ ଏପରି ବ୍ୟକ୍ତିକୁ ମିତ୍ର କୁହାଯାଇ ପାରିବ ନାହିଁ । ତାହାକୁ ଶତ୍ରୁ ବୋଲି ଭାବିବା ଦରାକର ।

ନ ବିଶ୍ୱସେତ୍କୁମିତ୍ରେ ଚ ମିତ୍ରେ ଚାପି ନ ବିଶ୍ୱସେତ୍ ।
କଦାଚିତ୍କୁପିତଂ ମିତ୍ରଂ ସର୍ବଂ ଗୁହ୍ୟଂ ପ୍ରକାଶୟେତ୍ ॥ 6 ॥

ଆଚାର୍ଯ୍ୟ ଚାଣକ୍ୟଙ୍କ କହିବାର କଥା ହେଉଛି ଯେ କୁମିତ୍ର ଉପରେ କୌଣସି ପ୍ରକାରରେ ବିଶ୍ୱାସ କରି ହେବ ନାହିଁ କି ସଂପୂର୍ଣ୍ଣ ଭାବରେ ମିତ୍ରଙ୍କ ଉପରେ ମଧ୍ୟ ଭରସା କରି ହେବନାହିଁ । କେବେ ରାଗରେ ସେ ମିତ୍ର ହେଲେ ମଧ୍ୟ ତୁମର ଗୁପ୍ତ କଥାକୁ ସମସ୍ତଙ୍କ ସମ୍ମୁଖରେ ପ୍ରକାଶ କରି ଦେଇପାରେ ।

ଅଭିପ୍ରାୟ ହେଉଛି କି ଦୁଷ୍ଟ-ଚୁଗୁଲିଖୋର ମିତ୍ରକୁ ଭୁଲରେ ମଧ୍ୟ ବିଶ୍ୱାସ କରିବା ଉଚିତ ନୁହେଁ । ତାହା ସହିତ କେତେ ବି ବାଲ୍ୟସାଥି ହୁଅନ୍ତୁ ନା କାହିଁକି ତାଙ୍କ ନିକଟରେ ନିଜର ଅସଲ ଉଦ୍ଦେଶ୍ୟ ପ୍ରକାଶ କରିବା ଅନୁଚିତ । କାରଣ ହୋଇପାରେ ଏମିତି ସମୟ ଆସିବ ଯେତେବେଳେ ସେ ଆପଣଙ୍କଠାରେ ରୁଷ୍ଟ ହୋଇ ଆପଣଙ୍କର ସମସ୍ତ ଗୁପ୍ତ ଯୋଜନାକୁ ସମସ୍ତଙ୍କ ସମ୍ମୁଖରେ ପ୍ରକାଶ କରିଦେବ । ସେତିକିବେଳେ ଆପଣଙ୍କୁ ପଶ୍ଚାତାପ କରିବାକୁ ପଡ଼ିପାରେ । କାରଣ ଆପଣଙ୍କ ଭେଦକୁ ଜାଣି ସ୍ୱାର୍ଥପରତା ବଶତଃ ସେ ଆପଣଙ୍କ ଭେଦକୁ ଅନ୍ୟମାନଙ୍କ ନିକଟରେ ପ୍ରକାଶ କରି ଦେବାର ଧମକ୍ ଦେଇ ଆପଣଙ୍କଠାରୁ କୌଣସି ଅନୈତିକ କାର୍ଯ୍ୟ କରାଇ ନେବାପାଇଁ ବାଧ୍ୟ କରିପାରେ । ଏଣୁ ଆଚାର୍ଯ୍ୟ ଚାଣକ୍ୟଙ୍କର ବିଶ୍ୱାସ ଯେ ଆପଣଙ୍କର ଅତ୍ୟନ୍ତ ବିଶ୍ୱସ୍ତ ମିତ୍ର ନିକଟରେ ମଧ୍ୟ ନିଜର ଗୁପ୍ତକଥା ବା ଯୋଜନାର ରହସ୍ୟକୁ ପ୍ରକଶ କରିବା ଅନୁଚିତ । କେତେକ କଥାରେ ଆବରଣ ରହିବା ଏକାନ୍ତ ଅପରିହାର୍ଯ୍ୟ ।

ମନର ଭାବନାକୁ ଗୁପ୍ତ ରଖିବା ଦରକାର :

ମନସା ଚିନ୍ତିତଂ କାର୍ଯ୍ୟଂ ବାଚା ନୈବ ପ୍ରକାଶୟେତ୍ ।
ମନ୍ତ୍ରେଣ ରକ୍ଷୟେଦ୍ ଗୂଢ଼ଂ କାର୍ଯ୍ୟଂ ଚାଽପି ନିୟୋଜୟେତ୍ ॥ 7 ॥

ଆଚାର୍ଯ୍ୟ ଚାଣକ୍ୟଙ୍କର ବକ୍ତବ୍ୟ ହେଉଛି ଯେ ମନରେ କଳ୍ପନା କରିଥିବା କାର୍ଯ୍ୟକୁ ଅନ୍ୟଙ୍କ

ନିକଟରେ ପ୍ରକାଶ କରିବା ଅନୁଚିତ । ମନ୍ତ୍ର ପରି ଏହାକୁ ଗୁପ୍ତ ରଖି ତାହାକୁ ରକ୍ଷା କରିବା ଦରକାର । ଗୁପ୍ତରଖି ସେହି କାର୍ଯ୍ୟକୁ କରିବା ମଧ୍ୟ ଦରକାର ।

ଅଭିପ୍ରାୟ ହେଉଛି ଯେ ମନରେ ଯେଉଁ କାମ କରିବାର ସଂକଳ୍ପ ରହିଛି, ତାହାକୁ ମନରେ ହିଁ ରଖିବା ଦରକାର; କାହା ନିକଟରେ ପ୍ରକାଶ କରିବା ଅନୁଚିତ । ମନ୍ତ୍ରପରି ତାହାକୁ ଗୋପନୀୟ ରଖି ଚୁପ୍‌ଚାପ୍ କାମକୁ ଆରମ୍ଭ କରିଦେବା ଦରକାର । ଯେତେବେଳେ କାମ ଚାଲିଥିବ, ସେତେବେଳେ ମଧ୍ୟ ତାହାକୁ ଡେଙ୍ଗୁରା ପିଟି ସମସ୍ତଙ୍କ ଆଗରେ ପ୍ରକାଶ କରିବା ଅନୁଚିତ । ପ୍ରକାଶ କରିଦେବା ଫଳରେ ତାହା ଯଦି ଶେଷ ପର୍ଯ୍ୟନ୍ତ ସଂପୂର୍ଣ୍ଣ ନ ହୋଇ କୌଣସି ସ୍ଥାନରେ ଅଟକି ଯାଏ, ତେବେ ସମସ୍ତଙ୍କ ନିକଟରେ ସେହି କାର୍ଯ୍ୟ ପାଇଁ ଲୋକହଂସା ହେବାକୁ ପଡ଼ିବ । କୌଣସି ଶତ୍ରୁ ମଧ୍ୟ ଆପଣଙ୍କ କାର୍ଯ୍ୟରେ ବାଧା ସୃଷ୍ଟି କରି ପାରନ୍ତି । କାର୍ଯ୍ୟ ଶେଷ ପରେ ତ ତାହା ସମସ୍ତଙ୍କ ନିକଟରେ ପ୍ରକାଶିତ ହେବ । କାରଣ ମନୋବିଜ୍ଞାନର ନିୟମ ହେଉଛି ଯେ ଆପଣ ଯେଉଁ କାର୍ଯ୍ୟପାଇଁ ଅଧିକ ଚିନ୍ତିତ ଓ ମନନଶୀଳ ରହି ତାହାକୁ ପରିସମାପ୍ତି କରିଥିବେ, ତାହାର ସିଦ୍ଧିପ୍ରାପ୍ତି ନିଶ୍ଚିତ ଭାବରେ ହେବ । ତେଣୁ ଆଚାର୍ଯ୍ୟ ଚାଣକ୍ୟ କୁହନ୍ତି ମନରେ କଳ୍ପନା କରିଥିବା କାର୍ଯ୍ୟକୁ କାହାରି ସମ୍ମୁଖରେ ପ୍ରକାଶ କରିବା ଅନୁଚିତ । ଏହା ଫଳରେ ସଜ୍ଜନମାନଙ୍କର ମଙ୍ଗଳ ହୋଇଥାଏ ।

ପରାଧୀନତା :

କଷ୍ଟଂ ଚ ଖଲୁ ମୂର୍ଖତ୍ୱଂ କଷ୍ଟଂ ଚ ଖଲୁ ଯୌବନମ୍ ।
କଷ୍ଟାତ୍କଷ୍ଟତରଂ ଚୈବ ପରଗେହନିବାସନମ୍ ॥ 8 ॥

ଆଚାର୍ଯ୍ୟ ଚାଣକ୍ୟ କୁହନ୍ତି, ମୂର୍ଖତା ହେଉଛି କଷ୍ଟ, ଯୌବନ ମଧ୍ୟ କଷ୍ଟ, କିନ୍ତୁ ଅନ୍ୟର ଘରେ ବାସ କରିବା ହେଉଛି କଷ୍ଟଠାରୁ ବଳି ଅତ୍ୟନ୍ତ କଷ୍ଟ ।

ବସ୍ତୁତଃ ମୂର୍ଖତା ମନକୁ ମନ ଗୋଟିଏ ପ୍ରକାରର କଷ୍ଟ ଓ ଯୌବନ ମଧ୍ୟ ବ୍ୟକ୍ତିକୁ କଷ୍ଟ ପ୍ରଦାନ କରିଥାଏ । ଇଚ୍ଛା ପୂର୍ଣ୍ଣ ନହେଲେ ମଧ୍ୟ ଦୁଃଖ ଆସିଥାଏ ତଥା କୌଣସି ଭଲ-ମନ୍ଦ କାମ ମଧ୍ୟ ହୋଇଗଲେ ମଧ୍ୟ ଦୁଃଖ ଆସିଥାଏ । ଏହି ଦୁଃଖମାନଙ୍କଠାରୁ ମଧ୍ୟ ଏକ ବଡ଼ ଦୁଃଖ ରହିଛି- ତାହା ହେଉଛି ପର ଘରେ ରହିବାର ଦୁଃଖ । ପରଘରେ ବ୍ୟକ୍ତି ନା ସ୍ୱାଭିମାନର ସହିତ ରହିପାରେ ନା ନିଜ ଇଚ୍ଛାରେ କାମ କରିପାରେ । କାରଣ ମୂର୍ଖ ବ୍ୟକ୍ତି ନିକଟରେ ଉଚିତ ଓ ଅନୁଚିତର ଜ୍ଞାନ ନଥିବାରୁ ତାକୁ ସଦୈବ କଷ୍ଟ ଭୋଗିବାକୁ ପଡ଼ିଥାଏ । ଏହିଥିପାଇଁ କୁହା ଯାଇଛି ଯେ ମୂର୍ଖ ହେବାଟା ହିଁ ହେଉଛି ଏକ ବଡ଼ ଅଭିଶାପ । କେଉଁ କଥା ଉଚିତ ଓ କେଉଁ କଥା ଅନୁଚିତ, ତାହା ଜାଣିବା ଜୀବନରେ ଏକାନ୍ତ ଦରକାର । ଏହିପରି ଭାବରେ ଯୌବନ ମଧ୍ୟ ସମସ୍ତ ପ୍ରକାର କୁପ୍ରବୃତିର ମୂଳ । ଏପରି ମଧ୍ୟ କୁହା ଯାଇଛି ଯେ ଯୌବନତା ହେଉଛି ଅନ୍ଧ ଓ ପାଗଳ । ଯୌବନରେ ବ୍ୟକ୍ତି କାମନାରେ ଛନ୍ଦି ହୋଇ ବିବେକ ହରାଇଥାଏ, ତାହାକୁ ସେତେବେଳେ ନିଜର ଶକ୍ତି ଉପରେ ଅଭିମାନ ଆସି ଯାଇଥାଏ । ସେତେବେଳେ ତା' ନିକଟକୁ ଏତେ ଅହଂ ଭାବ ଆସି ଯାଇଥାଏ ଯେ ସେତେବେଳେ ସେ ନିଜ ସମ୍ମୁଖରେ କୌଣସି ଦ୍ୱିତୀୟ ବ୍ୟକ୍ତିକୁ ଅତ୍ୟନ୍ତ ତୁଚ୍ଛ ମନେ କରିଥାଏ । ଯୌବନତା ମନୁଷ୍ୟକୁ କେବଳ ବିବେକହୀନ କରି ନଥାଏ, ନିର୍ଲ୍ଲଜ ମଧ୍ୟ କରି ଦେଇଥାଏ; ଯେଉଁଥି ପାଇଁ ତାକୁ ଅନେକ କଷ୍ଟ ସ୍ୱୀକାର କରିବାକୁ ପଡ଼ିଥାଏ । ଏପରି ସ୍ଥଳରେ ଯଦି ବ୍ୟକ୍ତିକୁ ଅନ୍ୟର ଘରେ ରହିବାକୁ ପଡ଼େ ତେବେ

ତାହାକୁ ଅନ୍ୟର ଦୟା ଉପରେ ଓ ତାଙ୍କ ଘରର ବ୍ୟବସ୍ଥାନୁଯାୟୀ ରହିବାକୁ ହୋଇଥାଏ । ଏହି ପ୍ରକାରରେ ବ୍ୟକ୍ତି ନିଜର ସ୍ୱତନ୍ତ୍ରତାକୁ ହରାଇ ବସେ । ସେହି କାରଣରୁ ତ କୁହାଯାଇଛି – **'ପରାଧୀନ ସପନେହୁ ସୁଖ ନାହୀଂ'** । ଏହି କାରଣରୁ ଏହା ଉପରେ ବିଚାର କରିବା ଦରକାର ।

ସାଧୁ ପୁରୁଷ:

ଶୈଲେ ଶୈଲେ ନ ମାଣିକ୍ୟଂ ମୌକ୍ତିକଂ ନ ଗଜେ ଗଜେ ।
ସାଧବୋ ନ ହି ସର୍ବତ୍ର ଚନ୍ଦନଂ ନ ବନେ ॥ 5 ॥

ଆଚାର୍ଯ୍ୟ ଚାଣକ୍ୟ କହିଛନ୍ତି ଯେ ପ୍ରତ୍ୟେକ ପର୍ବତମାନଙ୍କରେ ମଣି-ମାଣିକ୍ୟ ଯେପିରି ମିଳି ନଥାଏ, ଠିକ୍ ସେହିପରି ପ୍ରତ୍ୟେକ ହାତୀର ମସ୍ତକରେ ମଧ୍ୟ ମୁକ୍ତା-ମଣି ନଥାଏ । ସଂସାରରେ ମନୁଷ୍ୟ ସଂଖ୍ୟା ସୀମିତ ନ ହେଲେ ମଧ୍ୟ ସର୍ବତ୍ର ସାଧୁ ପୁରୁଷ ଉପଲବ୍ଧ ହୋଇ ନଥାନ୍ତି । ସେହି ପ୍ରକାରରେ ସବୁ ଜଙ୍ଗଲରେ ମଧ୍ୟ ଚନ୍ଦନ ବୃକ୍ଷ ଉପଲବ୍ଧ ହୋଇ ନଥାଏ ।

ଏଠାରେ କହିବାର ଅଭିପ୍ରାୟ ହେଉଛି ଯେ ଅନେକ ପର୍ବତ ଉପରେ ମଣି-ମାଣିକ୍ୟ ଉପଲବ୍ଧ ହୋଇଥାଏ, ମାତ୍ର ସବୁ ପର୍ବତରେ କିନ୍ତୁ ନୁହେଁ । ଏପରି ମଧ୍ୟ ବିଶ୍ୱାସ କରା ଯାଇଥାଏ ଯେ କେତେକ ହାତୀ ଏପରି ଅଛନ୍ତି ଯେଉଁମାନଙ୍କର ମସ୍ତକରେ ମଣି ବିଦ୍ୟମାନ ରହିଥାଏ, ପରନ୍ତୁ ଏହା ସବୁ ହାତୀଙ୍କଠାରେ ଏହା ସମ୍ଭବ ନୁହେଁ । ଏହିପରି ଭାବରେ ଏହି ପୃଥିବୀରେ ପର୍ବତ ପରି ମଧ୍ୟ ଜଙ୍ଗଲର ସଂଖ୍ୟା ଅସୀମିତ । ପରନ୍ତୁ ସବୁ ଜଙ୍ଗଲରେ ଚନ୍ଦନ ବୃକ୍ଷ ଅନୁପଲବ୍ଧ । ଠିକ୍ ସେହି ପ୍ରକାରରେ ସାଧୁ ବ୍ୟକ୍ତି ସବୁଠାରେ ମିଳନ୍ତି ନାହିଁ ।

ସାଧୁ ଶବ୍ଦ ପ୍ରୟୋଗ କରି ଆଚାର୍ଯ୍ୟ ଚାଣକ୍ୟ ଏଠାରେ ସଜ୍ଜନ ବ୍ୟକ୍ତିମାନଙ୍କୁହିଁ ନିର୍ଦ୍ଦେଶ କରିଛନ୍ତି ଅର୍ଥାତ ଏପରି ବ୍ୟକ୍ତି ଯିଏ ଅନ୍ୟର ଭୁଲ ଭାଲ ହୋଇ ଯାଇଥିବା କାମକୁ ଠିକ୍ କରି ଦିଅନ୍ତି, ଯିଏ ଅନ୍ୟଙ୍କ ମନକୁ ନିବୃତି ଦିଗକୁ ନେଇ ଯାଆନ୍ତି ଓ ନିଃସ୍ୱାର୍ଥପର ଭାବରେ ସମାଜ କଲ୍ୟାଣ କରିଥାନ୍ତି । ସାଧୁର ଅର୍ଥ ଏଠାରେ କେବଳ ଗୈରିକ ବସନ ଧାରୀ ବା ବାବାଜୀରୂପଧାରୀ ବ୍ୟକ୍ତି ନୁହେଁ, ପରନ୍ତୁ ଏଠାରେ ତାହାର ଅର୍ଥ ଆଦର୍ଶ ସମାଜ ସେବୀ ବ୍ୟକ୍ତିଙ୍କୁ ହିଁ ବୁଝାଇଥାଏ । ହେଲେ ଏଭଳି ଆଦର୍ଶ ବ୍ୟକ୍ତି ସର୍ବତ୍ର କେଉଁଠି ଅବା ମିଳନ୍ତି ! ସେମାନେ ତ ଅତ୍ୟନ୍ତ ଦୁର୍ଲ୍ଲଭ । ଏବଂ ଯେଉଁଠାରେ ବି ସେମାନେ ମିଳନ୍ତି, ସେଠାରେ ସେମାନଙ୍କର ଯଥାବିଧି ଆଦର-ସମ୍ମାନ କରାଯିବା ବିଧେୟ ।

ପୁତ୍ର ପ୍ରତି କର୍ତବ୍ୟ:

ପୁନଶ୍ଚ ବିବିଧୈଃ ଶୀଲୈର୍ନିୟୋଜ୍ୟା ସତତଂ ବୁଧୈଃ ।
ନୀତିଜ୍ଞା ଶୀଲସମ୍ପନ୍ନାଃ ଭବନ୍ତି କୁଳପୂଜିତାଃ ॥ 10 ॥

ଆଚାର୍ଯ୍ୟ ଚାଣକ୍ୟ ଏଠାରେ ପୁତ୍ର ସମ୍ବନ୍ଧରେ ଉପଦେଶ ଦେବାକୁ ଯାଇ କୁହନ୍ତି ଯେ ବୁଦ୍ଧିମାନ ଲୋକମନଙ୍କର କର୍ତବ୍ୟ ହେଉଛି ପୁତ୍ରଙ୍କୁ ବିଭିନ୍ନ ପ୍ରକାରର ସଦାଚାରର ଶିକ୍ଷା ପ୍ରଦାନ କରିବା । ନୀତିଜ୍ଞ ସଦାଚାରୀ ପୁତ୍ର କୁଳକୁ ଉଜ୍ଜ୍ୱଳ କରିଥାଏ । ଅର୍ଥାତ ପିତାର ସବୁଠାରୁ ବଡ଼ କର୍ତବ୍ୟ ହେଉଛି ଯେ ପୁତ୍ରକୁ ସର୍ବୋଚ୍ଚ ଶିକ୍ଷା ପ୍ରଦାନ କରିବା । ଶିକ୍ଷା କେବଳ ବିଦ୍ୟାଳୟରେ ହିଁ ସମ୍ପନ୍ନ ହୋଇ ନଥାଏ । ଭଲ ଆଚରଣର, ବ୍ୟବହାରର ଶିକ୍ଷା ପ୍ରଦାନ କରିବା ହେଉଛି ପିତାର ପବିତ୍ର କର୍ତବ୍ୟ । ଶ୍ରେଷ୍ଠ ଆଚରଣ କରୁଥିବା ପୁତ୍ର ହି ନିଜ କୁଳର ନାମକୁ ଶୀର୍ଷସ୍ଥାନକୁ ନେଇଯାଏ । ସେହି କାରଣରୁ ନୀତିଜ୍ଞ ଓ ଶ୍ରେଷ୍ଠ ଆଚରଣ ସଂପନ୍ନ ପୁତ୍ର ହିଁ କୁଳରେ ସମ୍ମାନ ଲାଭ କରିଥାଏ ।

ନେତାଗଣ କହିଥାନ୍ତି ଯେ ଆଜିର ଯୁବକ ହିଁ ଆସନ୍ତାକାଲିର ନାଗରିକ । ସେମାନେ ଦେଶର ଭବିଷ୍ୟତ । ହେଲେ ସେହି ଭବିଷ୍ୟତକୁ ନିର୍ମାଣ କରିବା ଦିଗରେ ଦୃଢ଼ ତଥା ପ୍ରକୃତ ପଦକ୍ଷେପ ଗ୍ରହଣ କରିବା ହେଉଛି ମାତା-ପିତା ଏବଂ ସମାଜର ପରମ କର୍ତ୍ତବ୍ୟ ।

ମାତା ଶତ୍ରୁଃ ପିତା ବୈରୀ ଯେନବାଲୋ ନ ପାଠିତଃ ।
ନ ଶୋଭତେ ସଭାମଧ୍ୟେ ହଂସମଧ୍ୟେ ବକୋ ଯଥା ॥ 11 ॥

ଏଠାରେ ଚାଣକ୍ୟ ଶିକ୍ଷା ସମ୍ବନ୍ଧରେ ମାତା-ପିତାଙ୍କ କର୍ତ୍ତବ୍ୟର କଥା କହୁ କହୁ କହିଛନ୍ତି ଯେ ସନ୍ତାନକୁ ପାଠ ପଢ଼ାଉ ନଥିବା ମାତା ଶତ୍ରୁ ତଥା ପିତା ବୈରୀ ସମାନ ଅଟନ୍ତି । ପାଠ ଶାଠ ପଢ଼ିନଥିବା ବ୍ୟକ୍ତି ହଂସ ମେଳରେ ବଗ ପରି, ପଢ଼ାଶୁଣା କରିଥିବା ଲୋକମାନଙ୍କ ମଧ୍ୟରେ ଶୋଭା ପାଆନ୍ତି ନାହିଁ ।

ଅଭିପ୍ରାୟ ହେଉଛି ଯେ ହଂସଙ୍କ ମେଳରେ ବଗଟିଏ ଆସି ପହଂଚି ଗଲେ ତାହାର ଅବସ୍ଥା ଯାହା ହୁଏ, ଶିକ୍ଷିତ ମଣ୍ଡଳୀ ମେଳରେ ପାଠଶାଠ ପଢ଼ି ନଥିବା ବ୍ୟକ୍ତିର ଅବସ୍ଥା ମଧ୍ୟ ତାହା ହିଁ ହୋଇଥାଏ । ସେହି କାରଣରୁ ପିଲାମାନଙ୍କୁ ପାଠ ପଢ଼ାଉ ନଥିବା ମାତା-ପିତା ପିଲାମାଙ୍କର ଶତ୍ରୁ ହୋଇଥାନ୍ତି । ଏହି ସଂକ୍ରାନ୍ତରେ ଆଚାର୍ଯ୍ୟ ଚାଣକ୍ୟ ସ୍ୱୀକାର କରିଥାନ୍ତି ଯେ ଧନ ନୁହେଁ ପରନ୍ତୁ ଶିକ୍ଷା ହିଁ ବ୍ୟକ୍ତିକୁ ସମାଜରେ ଆଦରଣୀୟ କରିଥାଏ ଏବଂ ଶିକ୍ଷାହୀନ ବ୍ୟକ୍ତି ବିନା ଲାଞ୍ଜ ଓ ଶିଙ୍ଘ ଥିବା ଏକ ପଶୁ ସମାନ ମାତ୍ର ହୋଇଥାନ୍ତି ।

ଲାଲନାଦ୍ ବହବୋ ଦୋଷାସ୍ତାଡନାଦ୍ ବହବୋ ଗୁଣାଃ ।
ତସ୍ମାତ୍ପୁତ୍ରଂ ଚ ଶିଷ୍ୟଂ ଚ ତାଡ଼ୟେନ୍ନ ତୁ ଲାଲୟେତ୍ ॥ 12 ॥

ଆଚାର୍ଯ୍ୟ ବାଳକଙ୍କ ଲାଳନ-ପାଳନ, ସ୍ନେହ-ଶ୍ରଦ୍ଧା ସଂପର୍କରେ ତାହାର ଅନୁପାତ ଏବଂ ସାର ସଂପର୍କରେ ଉପଦେଶ ଦେବାକୁ ଯାଇ କହିଛନ୍ତି ଯେ ଅଧିକ ସ୍ନେହରେ ଅନେକ ଦୋଷ ବା ଅନ୍ୟପକ୍ଷରେ ଅଧିକ ଅନୁଶାସନରେ ଅନେକ ଗୁଣ ପ୍ରକାଶ ପାଇଥାଏ । ଏହି କାରଣରୁ ପୁତ୍ରଙ୍କୁ ଓ ଶିଷ୍ୟଙ୍କୁ ଲାଳନ ନୁହେଁ ଅନୁଶାସନର ଆବଶ୍ୟକତା ରହିଥାଏ ।

ଅଭିପ୍ରାୟ ହେଉଛି ଯେ ଅଧିକ ସ୍ନେହ-ପ୍ରେମରେ ପିଲାମାନେ ବିଶୃଙ୍ଖଳିତ ହୋଇ ଯାଆନ୍ତି । ସେମାନଙ୍କୁ କଟକଣା ମାଧ୍ୟମରେ ହିଁ ସୁଧାରି ହେବ । ଏହି କାରଣରୁ ପିଲାମାନଙ୍କୁ ଓ ଶିଷ୍ୟମାନଙ୍କୁ ଅଧିକ ଗେହ୍ଲା କରିବା ଅନୁଚିତ । ସେମାନଙ୍କୁ କଡ଼ା ଅନୁଶାସନ ମଧ୍ୟରେ ରଖିବା ଦରକାର ।

ଏହି କାରଣରୁ ଚାଣକ୍ୟଙ୍କ ପରାମର୍ଶ ହେଉଛି ଯେ ମାତା-ପିତା ଅଥବା ଗୁରୁଙ୍କର କର୍ତ୍ତବ୍ୟ ହେଉଛି ଯେ ସେମାନେ ନିଜର ପୁତ୍ର ଅଥବା ଶିଷ୍ୟଙ୍କ ମଧ୍ୟରେ ଯେପରି କୌଣସି ଖରାପ ଭାବନା ବସା ବାନ୍ଧି ରହି ନଯାଏ, ସେ ଦିଗରେ ସଦୈବ ଧ୍ୟାନ ଦେବା ଓ ସତର୍କ ରହିବା ଉଚିତ; ଯାହା ଫଳରେ ପିଲାମାନେ ସୁଗୁଣ ଦିଗକୁ ଆକର୍ଷିତ ହେବେ ଓ ଦୋଷରୁ ଦୂରେଇ ରହିବେ ।

ସ୍ୱାଧ୍ୟାୟ :

ଶ୍ଳୋକେନ ବ ତଦର୍ଦ୍ଧେନ ତଦର୍ଦ୍ଧାର୍ଦ୍ଧାକ୍ଷରେଣ ବା ।
ଅବନ୍ଧ୍ୟଂ ଦିବସଂ କୁର୍ଯ୍ୟାଦ୍ ଦାନାଧ୍ୟୟନକର୍ମଭି ॥ 13 ॥

ଏଠାରେ ଆଚାର୍ଯ୍ୟ ସ୍ୱାଧ୍ୟାୟର ମହତ୍ୱକୁ ପ୍ରତିପାଦନ କରିବାକୁ ଯାଇ କହୁଛନ୍ତି ଯେ ବ୍ୟକ୍ତିକୁ କୌଣସି ଏକ ଶ୍ଳୋକକୁ ବା ତା'ର ଅଧାକୁ ବା ଏକ ଚତୁର୍ଥାଂଶକୁ ବା ଅତି କମ୍‌ରେ ଗୋଟିଏ ଅକ୍ଷରକୁ

ଠିକ୍ ଭାବରେ ମନନ କରିବା ଦରକାର । ମନନ, ଅଧ୍ୟୟନ, ଦାନ ଆଦି କାର୍ଯ୍ୟ କରି ଦିନକୁ ସାର୍ଥକ କରିବା ଦରକାର ।

ଅଭିପ୍ରାୟ ହେଉଛି ଯେ ଅତି କମ୍‌ରେ ଯେତିକି ହେଉଛି ମନୁଷ୍ୟକୁ ନିଜର କଲ୍ୟାଣପାଇଁ ମନନ ଅବଶ୍ୟ କରିବା ଦରକାର । ମନନ କରିବା, ଅଧ୍ୟୟନ କରିବା ତଥା ଲୋକମାନଙ୍କର ସହାୟତା କରିବା ଇତ୍ୟାଦି ମନୁଷ୍ୟ ଜୀବନର ଅନିବାର୍ଯ୍ୟ କର୍ତ୍ତବ୍ୟ । ଏପରି କରିବା ଦ୍ୱାରା ଜୀବନ ସାର୍ଥକ ହୋଇଥାଏ । କାରଣ ମନୁଷ୍ୟ ଜୀବନ ହେଉଛି ଅମୂଲ୍ୟ । ତା'ର ଗୋଟିଏ ଗୋଟିଏ ଦିନ, ଗୋଟିଏ ଗୋଟିଏ ମୁହୂର୍ତ୍ତ ଅମୂଲ୍ୟ ଅଟେ; ତେଣୁ ତାହାକୁ ସାଫଲ୍ୟ ମଣ୍ଡିତ କରିବାପାଇଁ ସ୍ୱାଧ୍ୟାୟ, ଚିନ୍ତନ-ମନନ ଏବଂ ଦାନ ଆଦି ସତ୍କର୍ମ କରିବା ଏକାନ୍ତ ଦରକାର । ଏହାକୁ ଜୀବନର ନିୟମ ବୋଲି ସ୍ୱୀକାର କରିନେବା ହିଁ ବିଧେୟ ।

ଅଧିକ ମୋହ-ମାୟା ରଖିବା ବିପଦଜନକ :

କାନ୍ତାବିୟୋଗ ସ୍ୱଜନାପମାନୋ ଋଣସ୍ୟ ଶେଷଃ କୁନୃପସ୍ୟ ସେବା ।
ଦରିଦ୍ରଭାବୋ ବିଷୟା ସଭା ଚ ବିନାଗ୍ନିମେତେ ପ୍ରଦହନ୍ତି କାୟମ୍ ॥ 14 ॥

ଏଠାରେ ଆଚାର୍ଯ୍ୟ ଜୀବନରେ ତ୍ୟାଜ୍ୟ ସ୍ଥିତିରେ ବିଚାର କରିବା ଅବସରରେ ବ୍ୟକ୍ତିକୁ ଉପଦେଶ ଦେବାକୁ ଯାଇ କହିଛନ୍ତି ଯେ ପ୍ରିୟତମା ବା ପତ୍ନୀ ବିୟୋଗ, ସ୍ୱଜନମାନଙ୍କ ଦ୍ୱାରା ଅପମାନିତ ହେବା, ଋଣ କରି ନ ସୁଝି ପାରିବା, ଦୁଷ୍ଟ ରାଜାଙ୍କ ସେବା କରିବା, ଦରିଦ୍ରତା ଓ ଧୂର୍ତ୍ତ ଲୋକମାନଙ୍କର ସଭା ଇତ୍ୟାଦି ବିନା ଅଗ୍ନିରେ ମଧ୍ୟ ଶରୀରକୁ ଜାଳି ଦେଇଥାଏ ।

ଅଭିପ୍ରାୟ ହେଉଛି ଯେ ଗୋଟିଏ ଅଗ୍ନି ସମସ୍ତଙ୍କୁ ଜଣା ପଡ଼ିଥାଏ, ଯାହାକୁ ବାହ୍ୟ ଅଗ୍ନି ବୋଲି କହି ପାରିବା । କିନ୍ତୁ ଆଉ ଏକ ଅଗ୍ନି ରହିଛି, ଯାହା ବ୍ୟକ୍ତିକୁ ଭିତରେ ଭିତରେ ଜାଳି ଦେଇଥାଏ, ତାହାକୁ ଆଉ କେହି ଦେଖି ମଧ୍ୟ ପାରନ୍ତି ନାହିଁ । ପତ୍ନୀକୁ ଅତ୍ୟଧିକ ପ୍ରେମ କରୁଥିବା ବେଳେ ତାହାଠାରୁ ବିଚ୍ଛେଦ ଘଟିଲେ, ପରିବାର ଲୋକଙ୍କର କେଉଁଠାରେ ଅସମ୍ମାନ ଘଟିଲେ, ଉଧାର ପରିଶୋଧ କରିବା ଯଦି କଷ୍ଟକର ହୋଇଯାଏ, ଅତ୍ୟନ୍ତ ଦୁଷ୍ଟ ରାଜାଙ୍କ ନିକଟରେ ଚାକିରୀ କରିବାକୁ ପଡ଼ିଲେ, ଦାରିଦ୍ର୍ୟତାରୁ ମୁକ୍ତି ନ ମିଳିଲେ, ଦୁଷ୍ଟଲୋକମାନେ ମିଶି କୌଣସି ସଭା ସମିତି କଲେ; ଏହିଭଳି ସ୍ଥିତିରେ ବ୍ୟକ୍ତି ଭିତରେ ଭିତରେ ଜଳିବା ଆରମ୍ଭ କରିଥାଏ । ତାହାର ଯନ୍ତ୍ରଣାକୁ କେହି ମଧ୍ୟ ଦେଖି ପାରନ୍ତି ନାହିଁ । ତାହା ସେହିଭଳି ଏକ ଅଦେଖା ଅଗ୍ନି ଅଟେ ।

ବିନାଶର କାରଣ :

ନଦୀତୀରେ ଚ ଯେ ବୃକ୍ଷାଃ ପରଗେହେଷୁ କାମିନୀ ।
ମନ୍ତ୍ରୀହୀନାଷ୍ଟ ରାଜନଃ ଶୀଘ୍ରଂ ନଶ୍ୟନ୍ତ୍ୟସଂଶୟମ୍ ॥ 15 ॥

ଆଚାର୍ଯ୍ୟ ଚାଣକ୍ୟ ତାଙ୍କର ନୀତିବାଣୀରେ କହୁଛନ୍ତି ଯେ ସ୍ରୋତସ୍ୱିନୀ ନଦୀ କୂଳରେ ଲାଗିଥିବା ଗଛ, ଅନ୍ୟଲୋକର ଘରେ ରହୁଥିବା ସ୍ତ୍ରୀ, ମନ୍ତ୍ରୀଗଣଙ୍କ ବିନା ରାଜା- ଏ ସମସ୍ତ ଶୀଘ୍ର ନଷ୍ଟ ହୋଇଯାଏ ।

ଏହାର ଭାବାର୍ଥ ହେଉଛି ଯେ ନଦୀର ଧାରା ଅନିଶ୍ଚିତ ଥିବା ହେତୁ ତାହାର କୂଳରେ ଉଠୁଥିବା ଗଛ ଶୀଘ୍ର ନଷ୍ଟ ହୋଇଯାଏ । କାରଣ ତାହାର ଭୂମି ଗଛର ବୋଝକୁ ସମ୍ଭାଳି ପାରିବ ନାହିଁ ଓ

ମୂଳକୁ ଉପାଡି ଦେବ । ସେହି ପ୍ରକାରରେ ଅନ୍ୟର ଘରେ ରହୁଥିବା ସ୍ତ୍ରୀ ମଧ୍ୟ ଚରିତ୍ର ଦୃଷ୍ଟିକୋଣରୁ ସୁରକ୍ଷିତ ରହି ପାରୁ ନଥିବ; ତେଣୁ ତାର ସତୀତ୍ୱ ସନ୍ଦେହ ଜନକ ହୋଇପଡେ । ଏହି ସଂକ୍ରାନ୍ତରେ କୌଣସି ନୀତିକାର କହି ରଖିଛନ୍ତି-

ଲେଖନୀ ପୁସ୍ତିକା ଦାରାଃ ପରହସ୍ତେ ଗତା ଗତାଃ ।
ଆଗତା ଦୈବଯୋଗେନ ନଷ୍ଟା ଭ୍ରଷ୍ଟା ଚ ମର୍ଦ୍ଦିତା ॥

ଅର୍ଥାତ୍ ଲେଖନୀ (କଲମ), ପୁସ୍ତକ ଓ ସ୍ତ୍ରୀ ଅନ୍ୟ ହାତକୁ ଯିବା ମାତ୍ରେ ତାହା ଆଉ ଫେରିବ ନାହିଁ ବୋଲି ଧରି ନେବାକୁ ପଡିବ । ଯଦି ଦୈବ ଯୋଗରୁ ତାହା ପୁଣି ଫେରି ବି ଆସିଲା, ତେବେ ତାହାର ଦଶା ନଷ୍ଟ, ଭ୍ରଷ୍ଟ ଓ ମର୍ଦ୍ଦିତ ହୋଇ ସାରିଥିବ ।

ଏହି ପ୍ରକାରରେ ରାଜାର ବଳ ମନ୍ତ୍ରୀ ବୋଲି ବିବେଚିତ ହୋଇଥାଏ । ମନ୍ତ୍ରୀ ରାଜାଙ୍କୁ ସନ୍ମାର୍ଗରେ ଯିବାକୁ ପ୍ରଭାବିତ କରିଥାଏ ଓ କୁମାର୍ଗରୁ ଦୂରେଇ ଆଣିଥାଏ । ତେଣୁ ତାଙ୍କର ଅନୁପସ୍ଥିତି ରାଜାଙ୍କ ପାଇଁ ଘାତକ ସିଦ୍ଧ ହୋଇଥାଏ । ତେଣୁ ରାଜାଙ୍କ ନିକଟରେ ମନ୍ତ୍ରୀ ନିଶ୍ଚିତ ଭାବରେ ରହିବା ଦରକାର ।

ବ୍ୟକ୍ତିର ବଳ :

ବଳଂ ବିଦ୍ୟା ଚ ବିପ୍ରାଣାଂ ରାଜ୍ଞଃ ସୈନ୍ୟଂ ବଳଂ ତଥା ।
ବଳଂ ବିତ୍ତଂ ଚ ବୈଶ୍ୟାନାଂ ଶୂଦ୍ରାଣାଂ ଚ କନିଷ୍ଠତା ॥ 16 ॥

ଆଚାର୍ଯ୍ୟ ଚାଣକ୍ୟ ଏଠାରେ କହିଛନ୍ତି ଯେ ବିଦ୍ୟା ହିଁ ବ୍ରାହ୍ମଣଙ୍କ ବଳ, ରାଜାଙ୍କ ବଳ ହେଉଛି ତାଙ୍କର ସୈନ୍ୟ-ସାମନ୍ତ । ବୈଶ୍ୟଙ୍କ ବଳ ଧନ-ସଂପତି ତଥା ସେବା କରିବା ଶୂଦ୍ରଙ୍କର ବଳ ।

ଅଭିପ୍ରାୟ ହେଉଛି ଯେ ଜ୍ଞାନ-ବିଦ୍ୟା ହିଁ ବ୍ରାହ୍ମଣମାନଙ୍କର ବଳ ବୋଲି ସ୍ୱୀକାର କରା ଯାଇଥାଏ । ଅଧ୍ୟୟନ ଓ ସ୍ୱାଧ୍ୟାୟ ହେଉଛି ସେମାନଙ୍କର କର୍ମକ୍ଷେତ୍ର । ତେଣୁ ସେଥିରେ ସେମାନେ ନିପୁଣ ହେବା ଆବଶ୍ୟକ । ତାହାହେଲେ ସେମାନେ ସଂସାରରେ ଆଦରଣୀୟ ହୋଇପାରିବେ । ସେହିପରି ରାଜାଙ୍କର ବଳ ତାଙ୍କର ସୈନ୍ୟ-ସାମନ୍ତମାନେ । କାରଣ ସୈନ୍ୟଶକ୍ତି ବଳରେ ସେ ନିଜ ରାଜ୍ୟର ସୀମାକୁ ସୁରକ୍ଷିତ ରଖି ପାରିବେ । ଅନୁରୂପ ଭାବରେ ଧନ ହେଉଛି ବୈଶ୍ୟମାନଙ୍କର ବଳ ଓ ସେବା ହେଉଛି ଶୂଦ୍ରମାନଙ୍କର ବଳ । ତାହହିଁ ସେମାନଙ୍କର କାର୍ଯ୍ୟକ୍ଷେତ୍ରର ବୈଶିଷ୍ଟ୍ୟ ।

ସଂସାରର ରୀତି :

ନିର୍ଦ୍ଧନଂ ପୁରୁଷଂ ବେଶ୍ୟାଂ ପ୍ରଜା ଭଗ୍ନଂ ନୃପଂ ତ୍ୟଜେତ୍ ।
ଖଗାଃ ବୀତଫଳଂ ବୃକ୍ଷଂ ଭୁକ୍ତ୍ୱା ଚାଭ୍ୟାଗତୋ ଗୃହମ୍ ॥ 17 ॥

ଆଚାର୍ଯ୍ୟ ଚାଣକ୍ୟ ଏଠାରେ ପ୍ରାପ୍ତି ପରେ ବସ୍ତୁ ପ୍ରତି ଉପଯୋଗିତା ହ୍ରାସର ନିୟମକୁ ଲକ୍ଷ୍ୟ କରି କହିଛନ୍ତି ଯେ ପ୍ରକୃତିର ହେଉଛି ପୁରୁଷ ନିର୍ଦ୍ଧନ ହୋଇଗଲା ପରେ ବେଶ୍ୟା ସେହି ପୁରୁଷକୁ ତ୍ୟାଗ କରି ଦେଇଥାଏ । ପ୍ରଜାମାନେ ଶକ୍ତିହୀନ ରାଜାଙ୍କୁ ଏବଂ ପକ୍ଷୀ ଫଳହୀନ ବୃକ୍ଷକୁ ତ୍ୟାଗ କରିଥାନ୍ତି । ଏହି କ୍ରମରେ ଭୋଜନ କଲାପରେ ଅତିଥି ଗୃହକୁ ଛାଡ଼ି ଚାଲି ଯାଇଥାନ୍ତି ।

କହିବାର ଅଭିପ୍ରାୟ ହେଉଛି ଯେ ବେଶ୍ୟା ନିଜର ପୁରୁଣା ଗ୍ରାହକଙ୍କୁ ମଧ୍ୟ ତାର ଦାରିଦ୍ର୍ୟତା ସମୟରେ ତ୍ୟାଗ କରିଦିଏ । ରାଜା ମଧ୍ୟ ଯେତେବେଳେ ନିଜର ଦୁର୍ଦ୍ଦିନରେ ଶକ୍ତିହୀନ ହୋଇ ଯାଆନ୍ତି,

ପ୍ରଜାମାନେ ମଧ୍ୟ ତାଙ୍କର ପକ୍ଷ ତ୍ୟାଗ କରି ଦେଇଥାନ୍ତି । ବୃକ୍ଷରେ ଫଳ ଶେଷ ହୋଇଗଲାପରେ ପକ୍ଷୀ ସେହି ବୃକ୍ଷକୁ ତ୍ୟାଗ କରି ଦେଇଥାଏ । ଘରକୁ ଭୋଜନ କରିବାର ଲାଳସା ରଖି ଆସିଥିବା ଅଭ୍ୟାଗତ ମଧ୍ୟ ଭୋଜନ କରି ସାରିଲା ପରେ ଘରକୁ ତ୍ୟାଗ କରି ଚାଲି ଯାଇଥାନ୍ତି । ନିଜର ଉଦ୍ଦେଶ୍ୟ ସାଧିତ ହେବା ପର୍ଯ୍ୟନ୍ତ ହିଁ ଲୋକମାନେ ନିଜର ସଂପର୍କକୁ ନିବିଡ଼ କରି ରଖିଥାନ୍ତି । ପ୍ରକୃତିର ଉପଯୋଗିତା ସମାପ୍ତ ହୋଇ ଗଲାପରେ ବସ୍ତୁ ପ୍ରତି ସୃଷ୍ଟି ହେଉଥିବା ପରିବର୍ତ୍ତିତ ଦୃଷ୍ଟିକୋଣକୁ ଏଠାରେ ସାଂକେତିକ ଭାବେ ପ୍ରଦର୍ଶନ କରାଯାଇଛି ।

ଏହି ସଂନ୍ଦର୍ଭରେ ଏଠାରେ ଆଚାର୍ଯ୍ୟ ଚାଣକ୍ୟ କେତେକ ଉଦାହରଣ ମାଧ୍ୟମରେ ବ୍ୟକ୍ତିଙ୍କର କର୍ତବ୍ୟ ପାଳନ ଉପରେ ଗୁରୁତ୍ୱ ପ୍ରଦାନ କରିଛନ୍ତି । ଧନକୁ ଆଖି ଆଗରେ ରଖି ବେଶ୍ୟା ଯେପରି ଧନବାନ ବ୍ୟକ୍ତିକୁ ନିଜର ପ୍ରେମୀ ବୋଲି କହିଥାଏ ଏବଂ ନିର୍ଦ୍ଧନ ହୋଇ ଯିବା ପରେ ସେହି ତଥାକଥିତ ପ୍ରେମୀକୁ ମୁହଁ ମୋଡ଼ି ତ୍ୟାଗ କରି ଚାଲିଯାଏ; ଠିକ୍ ସେହି ପ୍ରକାରରେ ଅପମାନିତ ରାଜାଙ୍କୁ ପ୍ରଜାମାନେ ତ୍ୟାଗ କରି ଦେଇଥାଆନ୍ତି ଓ ଶୁଷ୍କ ତଥା ଥୁଂଟା ଗଛରୁ ପକ୍ଷୀମାନେ ଅନ୍ୟତ୍ର ଉଡ଼ି ଚାଲି ଯାଆନ୍ତି । ଅନୁରୂପ ଭାବରେ ଅତିଥିଙ୍କର ମଧ୍ୟ କର୍ତବ୍ୟ ହେଉଛି ଯେ ଭୋଜନ ଉପରାନ୍ତ ସେ ଗୃହସ୍ଥଙ୍କୁ ସାଧୁବାଦ ଜ୍ଞାପନ ପୂର୍ବକ ଘରକୁ ତ୍ୟାଗ କରି ଚାଲିଯିବା । ସେଠାରେ କିଛି ଦିନ ରହି ଯିବାପାଇଁ ଭାବିବା ତାଙ୍କର ଭାବିବା ଅନୁଚିତ । ବରଂ ଭୋଜନ ପରେ ସ୍ୱୟଂ ଚାଲିଯିବାପାଇଁ ଅନୁମତି କାମନା କରି ପାରିବେ । ଏହା ହିଁ ଉଚିତ ହେବ ।

ଗୃହୀତ୍ୱା ଦକ୍ଷିଣାଂ ବିପ୍ରାସ୍ତ୍ୟଜନ୍ତି ଯଜମାନକମ୍ ।
ପ୍ରାପ୍ତିବିଦ୍ୟାଂ ଗୁରୁଂ ଶିଷ୍ୟାଃ ଦଗ୍ଧାରଣ୍ୟଂ ମୃଗାସ୍ତଥା ॥ 18 ॥

ଏଠାରେ ଆଚାର୍ଯ୍ୟ ଚାଣକ୍ୟ ସଂସାରର ରୀତି-ନୀତି ଉପରେ ଆଲୋଚନା କରିବାକୁ ଯାଇ କହୁଛନ୍ତି ଯେ ଦକ୍ଷିଣା ନେଲାପରେ ବ୍ରାହ୍ମଣ ଯଜମାନଙ୍କୁ ଛାଡି ଚାଲି ଯାଆନ୍ତି, ବିଦ୍ୟାପ୍ରାପ୍ତ ହେଲାପରେ ଶିଷ୍ୟ ଗୁରୁଙ୍କୁ ତ୍ୟାଗକରି ଚାଲି ଯାଇଥାନ୍ତି ଏବଂ ବଣରେ ନିଆଁ ଲାଗିଗଲା ପରେ ବଣ୍ୟପ୍ରାଣୀମାନେ ବଣକୁ ତ୍ୟାଗ କରି ଅନ୍ୟତ୍ର ଚାଲି ଯାଇଥାନ୍ତି ।

କହିବାର ଅଭିପ୍ରାୟ ହେଉଛି ଯେ ବ୍ରାହ୍ମଣ ଦକ୍ଷିଣା ନେବା ପର୍ଯ୍ୟନ୍ତ ଯଜମାନଙ୍କ ପାଖରେ ରହିଥାନ୍ତି । ଦକ୍ଷିଣା ମିଳିଗଲା ପରେ ସେ ଯଜମାନକୁ ତ୍ୟାଗ କରି ଚାଲି ଯାଇଥାନ୍ତି ଓ ଅନ୍ୟତ୍ର ଯିବା ଶୋଚନାରେ ଲିପ୍ତ ରୁହନ୍ତି । ଶିଷ୍ୟ ମଧ୍ୟ ଅଧ୍ୟୟନ କରୁଥିବା ପର୍ଯ୍ୟନ୍ତ ଗୁରୁଙ୍କ ପାଖରେ ରହିଥାନ୍ତି । ଶିକ୍ଷାଲାଭପରେ ସେ ଗୁରୁଙ୍କୁ ତ୍ୟାଗ କରି ଚାଲି ଯାଆନ୍ତି ଓ ଜୀବନଧାରଣ ପ୍ରତି ବିଚାରଶୀଳ ହୋଇ ଭବିଷ୍ୟତ ଯୋଜନାରେ ଲିପ୍ତ ରୁହନ୍ତି । ସେହି ପ୍ରକାରରେ ହରିଣାଦି ବଣ୍ୟପଶୁମାନେ ମଧ୍ୟ ବଣରେ ସେତେବେଳ ପର୍ଯ୍ୟନ୍ତ ରହିଥାନ୍ତି, ଯେତେବେଳ ପର୍ଯ୍ୟନ୍ତ ବଣ ସର୍ବତ୍ର ସବୁଜିମାରେ ପରିପୂର୍ଣ୍ଣ ରହିଥାଏ । ଯଦି ବଣରେ କୌଣସି କାରଣରୁ ନିଆଁ ଲାଗିଯାଏ, ତେବେ ପକ୍ଷୀଟିଏ ମଧ୍ୟ ସେଠାରେ ରହିବାର ସମ୍ଭାବନା ସମାପ୍ତ ହୋଇଗଲା ବୋଲି ଜାଣି ଅନ୍ୟତ୍ର ବସାବାନ୍ଧି ରହିବାର ଯୋଜନା କରି ଉଡ଼ି ଚାଲିଯାନ୍ତି ବା ଦୌଡ଼ି ପଳାନ୍ତି । ଅର୍ଥାତ୍ ବ୍ୟକ୍ତି କୌଣସି ଆଶ୍ରୟ ବା ଉପଲବ୍ଧିର ସ୍ରୋତ ଉପରେ ସେତେବେଳ ପର୍ଯ୍ୟନ୍ତ ନିର୍ଭର କରି ରହିଥାଏ, ଯେତେବେଳ ପର୍ଯ୍ୟନ୍ତ ତାର ଲକ୍ଷ୍ୟ ସେଠାରେ ପରିପୂର୍ଣ୍ଣ

ହୋଇ ପାରୁଥିବାର ସୁବିଧା ପର୍ଯ୍ୟାପ୍ତ ରହିଥିବ । ମାତ୍ର ଲକ୍ଷ୍ୟର ପରିପୂର୍ଣ୍ଣତା ପରେ ଉପଯୋଗୀତା ହ୍ରାସର ନିୟମ ସଂଚାଳିତ ହୋଇଉଠେ ।

ଦୁଷ୍କର୍ମ ପ୍ରତି ସଚେତନ ରହିବା ଦରକାର :

ଦୁରାଚାରୀ ଚ ଦୁର୍ଦୃଷ୍ଟିର୍ଦୁରାଃଃବାସୀ ଚ ଦୁର୍ଜନଃ ।
ଯନ୍ମୈତ୍ରୀ କ୍ରିୟତେ ପୁମ୍ଭିର୍ନରଃ ଶୀଘ୍ର ବିନଶ୍ୟତି ॥ 19 ॥

ଏଠାରେ ଆଚାର୍ଯ୍ୟ ଚାଣକ୍ୟ ଦୁଷ୍କର୍ମର ପରିଣାମ ପ୍ରତି ସଚେତନ କରିବାକୁ ଯାଇ କହୁଛନ୍ତି ଯେ ଦୁରାଚାରୀ, ଦୁଷ୍ଟ ସ୍ୱଭାବଧାରୀ, ବିନା କାରଣରେ ଅନ୍ୟର କ୍ଷତି କରୁଥିବା ତଥା ଦୁଷ୍ଟ ବ୍ୟକ୍ତି ସହିତ ମିତ୍ରତା ସ୍ଥାପନକାରୀ ଶେଷ୍ଟ ପୁରୁଷ ମଧ ଶୀଘ୍ର ବିନଶ ହୋଇ ଯାଆନ୍ତି । କାରଣ ସଂଗତିର ପ୍ରଭାବ ବିନା ପ୍ରଭାବରେ କେବେ ମଧ ତିଷ୍ଟି ରହି ପାରେନାହିଁ ।

ଏକ ପ୍ରସିଦ୍ଧ ଉକ୍ତି ରହିଛି ଯେ ପତ୍ରଗହଳରେ ରହି ବହୁରୂପୀ ଏଣ୍ଡୁଅ ଯେପରି ନିଜର ରଂଗ ପତ୍ର ସମ କରି ବଦଳାଇ ଦେଇଥାଏ ଠିକ୍ ସେହି ପ୍ରକାରରେ କୌଣସି ବ୍ୟକ୍ତି ଦୁଷ୍ଟ ବ୍ୟକ୍ତିର ସହିତ କିଛି ଦିନ ରହିଗଲା ପରେ ତା' ଉପରେ ସେହି ସଂଗତିର ପ୍ରଭାବ ଅବଶ୍ୟ ପଡ଼ିଥାଏ । ଦୁର୍ଜନ ସହିତ ରହୁଥିବା ବ୍ୟକ୍ତି ଅବଶ୍ୟ ଦୁଃଖ ଲାଭ କରିଥାନ୍ତି । ଏହି କଥାକୁ ଲକ୍ଷ୍ୟ କରି ସନ୍ଥ ତୁଲସୀ ଦାସ କହି ରଖିଛନ୍ତି, **"ଦୁର୍ଜନ ସଂଗ ନ ଦେହ ବିଧାତା । ଇସସେ ଭଲୋ ନରକ କା ବାସା ।।"** ଏହି କାରଣରୁ ବ୍ୟକ୍ତି ସର୍ବଦା କୁସଂଗଠାରୁ ଦୂରେଇ ରହିବା ଦରକାର ।

ଶୋଭା ଅନୁରୂପ କର୍ମ :

ସମାନେ ଶୋଭତେ ପ୍ରୀତୀ ରାଜ୍ଞି ସେବା ଚ ଶୋଭତେ ।
ବାଣିଜ୍ୟଂ ବ୍ୟବହାରେଷୁ ସ୍ତ୍ରୀ ଦିବ୍ୟା ଶୋଭତେ ଗୃହେ ॥ 20 ॥

ଏଠାରେ ଆଚାର୍ଯ୍ୟ ମିତ୍ରତା ଓ ବ୍ୟବହାରରେ ସମାନତାର ସ୍ତରରେ ସୁନ୍ଦରତାର ମହ□କୁ ପ୍ରତିପାଦିତ କରିବାକୁ ଯାଇ କୁହନ୍ତି ସମାନ ସ୍ତର କ୍ଷେତ୍ରରେ ମିତ୍ରତା ଶୋଭା ପାଇଥାଏ । ରାଜାଙ୍କୁ ସେବା ଶୋଭା ପାଏ । ବୈଶ୍ୟମାନଙ୍କୁ ବେପାର କରିବା ଶୋଭା ପାଇଥାଏ । ଘରକୁ ସୁଲକ୍ଷଣୀ ସ୍ତ୍ରୀ ଶୋଭା ପାଇଥାଏ ।

ବକ୍ତବ୍ୟର ଅଭିପ୍ରାୟ ହେଉଛି ଯେ ମିତ୍ରତା ସମାସ୍କନ୍ଧଙ୍କ ସହିତତ କରିବା ଉଚିତ । ସେବା ତ ରାଜାଙ୍କୁ ହଁ କରିବାକୁ ପଡିବ । ସେପରି କରିବା ହିଁ ତାଙ୍କ କାର୍ଯ୍ୟର ଶୋଭା । ବୈଶ୍ୟମାନଙ୍କର ଶୋଭ ହେଉଛି ବ୍ୟପାର ବାଣିଜ୍ୟ କରିବା ଓ ଘରର ଶୋଭା ହେଉଛି ଅତ୍ୟନ୍ତ ସୁଲକ୍ଷଣୀ ସ୍ତ୍ରୀ । କାରଣ କୁହା ଯାଇଛି ଯେ, **"ଜାହୀ କା କାମ ଓ୍ୱାହି କୋ ସାଜେ, ଔର କରେ ତୋ ଡଣ୍ଡା ବାଜେ ।।"** ଅର୍ଥାତ୍ ଯାହାର କାମ ଯାହା, ତାହାକୁ ସିଏ କରିବା ଉଚିତ; ଅନ୍ୟଥା ପରିଣାମ ଠିକ୍ ହେବ ନାହିଁ ।

ତୃତୀୟ ଅଧ୍ୟାୟ

ଦୋଷ କେଉଁଠି ନାହିଁ ?

କସ୍ୟ ଦୋଷଃ କୁଲେ ନାସ୍ତି ବ୍ୟାଧିନା କୋ ନ ପୀଡିତଃ ।
ବ୍ୟସନଂ କେନ ନ ପ୍ରାପ୍ତଂ କସ୍ୟ ସୌଖ୍ୟଂ ନିରନ୍ତରମ୍ ॥ 1 ॥

ଏଠାରେ ଆଚାର୍ଯ୍ୟ ଚାଣକ୍ୟଙ୍କ ବକ୍ତବ୍ୟ ହେଉଛି ଯେ ଦୋଷ କେଉଁଠି ନାହିଁ? ଏହି ପରିପ୍ରେକ୍ଷୀରେ ତାଙ୍କର କହିବାର କଥା ଯେ କାହାର କୁଳରେ ଦୋଷ ରହିନାହିଁ? ରୋଗ କାହାକୁ ବା ଦୁଃଖୀ କରେ ନାହିଁ? ଦୁଃଖ କାହାକୁ ମିଳେ ନାହିଁ ବା ଏ ସଂସାରରେ ନିରନ୍ତର ସୁଖୀ କିଏ ଅଛି ? ଅର୍ଥାତ୍ ସବୁ ସ୍ଥାନରେ କିଛି ନା କିଛି ଅପୂର୍ଣ୍ଣତା ରହିଛି; ଏବଂ ତାହାହିଁ ହେଉଛି ଏକମାତ୍ର ଅପ୍ରିୟ ସତ୍ୟ । ଏହି ଦୁନିଆରେ ଏପରି କେହି ବ୍ୟକ୍ତି ନାହାନ୍ତି ଯିଏ କେବେ ମଧ୍ୟ ବେମାର ପଡ଼ି ନାହିଁ, ଯାହାକୁ କେବେ ହେଲେ କୌଣସି ପ୍ରକାରର ଦୁଃଖ ଭୋଗିବାକୁ ପଡ଼ିନାହିଁ ବା ଯିଏ ସଦା ସୁଖୀ ହୋଇ ରହିଅଛି । ତାହାହେଲେ ସଂକୋଚ ବା ଦୁଃଖ କେଉଁଥି ପାଇଁକି ?

ଏହି କାରଣରୁ ବ୍ୟକ୍ତିକୁ ନିଜର ଅପୂର୍ଣ୍ଣତାକୁ ନେଇ ଅତ୍ୟଧିକ ଚିନ୍ତା କରିବା ଅନୁଚିତ । ପରନ୍ତୁ ସେହି ଅପୂର୍ଣ୍ଣତା ମଧ୍ୟରେ ରହି ମଧ୍ୟ ଆଚରଣରେ ଧ୍ୟାନ ଦେଇ ନିଜକୁ ସେହି ସବୁ ମାନବୀୟ ଗୁଣରେ ସମୃଦ୍ଧ କରିବା ଦରକାର, ଯାହା ଫଳରେ ବ୍ୟକ୍ତିତ୍ୱକୁ ପୂର୍ଣ୍ଣତା ପ୍ରାପ୍ତି ହୋଇପାରିବ । କାରଣ ନିରନ୍ତର ସୁଖ ତ ସଂସାରରେ କାହାରିକୁ ମଧ୍ୟ ମିଳି ନଥାଏ । ଆଜି ଦୁଃଖ ଅଛି; କାଲି ନିଶ୍ଚିତ ଭାବରେ ସୁଖ ଆସିବ । ଅନ୍ୟ ପକ୍ଷରେ ଆଜି ସୁଖ ରହିଛି ତ କାଲି ଦୁଃଖ ମଧ୍ୟ ଆସିବ । କାରଣ ଜଗତର ଏହା ହିଁ ନିୟମ ।

ଲକ୍ଷଣମାନରୁ ଆଚରଣକୁ ଆକଳନ କରି ହେବ :

ଆଚାରଃ କୁଲାମାଖ୍ୟାତି ଦେଶମାଖ୍ୟାତି ଭାଷଣମ୍ ।
ସଂଭ୍ରମଃ ସ୍ନେହମାଖ୍ୟାତି ବପୁରାଖ୍ୟାତି ଭୋଜନମ୍ ॥ 2 ॥

ଆଚାର୍ଯ୍ୟ ଚାଣକ୍ୟ ଲକ୍ଷଣରୁ ମିଳୁଥିବା ସଂକେତମାନର ଆଲୋଚନା କରିବାକୁ ଯାଇ କୁହନ୍ତି ଯେ ଆଚରଣରୁ ହିଁ ବ୍ୟକ୍ତିର କୁଳ ସଂପର୍କରେ ପରିଚୟ ମିଳିଥାଏ । ମୁହଁରେ କୁହାଯାଉଥିବା ଭାଷାରୁ ହିଁ ଦେଶର ପରିଚୟ ମିଳିଥାଏ । ଆଦର-ସତ୍କାରରୁ ବ୍ୟକ୍ତିର ଭଲ ପାଇବା ଓ ଶାରରୀକ ଗଠନରୁ ବ୍ୟକ୍ତିର ଭୋଜନ ସଂପର୍କରେ ଆକଳନ କରାଯାଇ ପାରିଥାଏ ।

ଅଭିପ୍ରାୟ ହେଉଛି ଯେ ଉଚ୍ଚ ବଂଶୀୟ ବ୍ୟକ୍ତି ଶାଳୀନ, ଶାନ୍ତ ଓ ଭଦ୍ର ସ୍ୱଭାବ ବିଶିଷ୍ଟ ହୋଇଥାନ୍ତି ବୋଲି ସଚରାଚରରେ ଗୃହୀତ ହୋଇଥାଏ । ଏବଂ ନୀଚ ବଂଶର ବ୍ୟକ୍ତି ଉଦ୍ଧତ ଓ କଥା କୁହାଳିଆ ହେବା ସଂଗେ ସଂଗେ ମାନ ମର୍ଯ୍ୟାଦା ପ୍ରତି ଆଦୌ ଦୃଷ୍ଟି ଦେଇ ନଥାନ୍ତି । ଏହି କଥାରେ ପ୍ରାୟ ସମସ୍ତେ ପରିଚିତ ଥିବେ ଯେ ବ୍ୟକ୍ତି ନିଜର ବୋଲି ଓ ଉଚ୍ଚାରଣ ଦ୍ୱାରା ତା'ର ପରିଚିତ ହୋଇଥାନ୍ତି ଯେ

ସେ କେଉଁ ଅଂଚଳର ଅଧିବାସୀ ବୋଲି । ଏମିତିତ ଦେଖିବାକୁ ଗଲେ ବୋଲି ସ୍ଥାନର ଦୂରତା ଅନୁଯାୟୀ କିଛି କିଛି ବଦଳି ଯାଇଥାଏ । ହେଲେ ବହୁତ ବଡ଼ ବଡ଼ କ୍ଷେତ୍ରରେ ବୋଲିର ମୁଖ୍ୟ ଢଙ୍ଗ ପ୍ରାୟ ଏକ ରହିଥାଏ, କଥାବାର୍ତ୍ତାର ମୌଳିକ ଭାଷା କିନ୍ତୁ ଗୋଟିଏ ରହିଥାଏ । ଏଣୁକରି ବ୍ୟକ୍ତି କେଉଁ ଅଂଚଳର ଅଧିବାସୀ ବୋଲି ଜାଣିବାରେ ଆଦୌ ଅସୁବିଧା ହୋଇ ନଥାଏ । ଏହି ପ୍ରକାରରେ ବ୍ୟକ୍ତିର ହାବ-ଭାବ ଓ କ୍ରିୟା-କଳାପରୁ ତାର ମନର ଭାବନା ବେଶ୍ ବାରି ହୋଇ ଯାଏ ଯେ ତା' ଦ୍ୱାରା ପ୍ରଦର୍ଶିତ ହେଉଥିବା ସ୍ନେହ-ଶ୍ରଦ୍ଧା ବାସ୍ତବିକ ନା ଲୋକଦେଖାଣିଆ । କାରଣ ମନର ଭାବନା ଅନୁସାରେ ହିଁ ବ୍ୟକ୍ତି କାର୍ଯ୍ୟ କରିଥାଏ । ମନର ଭାବନାକୁ କେବେହେଲେ ଲୁଚାଇ ରଖି ହେବନାହିଁ । ଆଚାର୍ଯ୍ୟ ଚାଣକ୍ୟଙ୍କର ଏପରି ବକ୍ତବ୍ୟ ଅତ୍ୟନ୍ତ ପ୍ରାସଙ୍ଗିକତା ରକ୍ଷା କରେ ଯେ ବ୍ୟକ୍ତିର ଶାରରୀକ ଗଠନରୁ ତାର ଖୋରାକିର ଅନୁମାନ କରି ହୋଇଥାଏ । ଚାଣକ୍ୟ ଏଠାରେ ସଚରାଚରରେ ପ୍ରମାଣିତ ହେଉଥିବା ତଥ୍ୟକୁ ହିଁ ଏଠାରେ ଉପସ୍ଥାପିତ କରିଛନ୍ତି ଓ ସେହି ସଂକେତ ମଧ୍ୟ ପ୍ରାୟ ବ୍ୟକ୍ତିକୁ ଦେଖିଦେଲେ ଜଣାପଡି ଯାଇଥାଏ ।

ବ୍ୟବହାର କୁଶଳ ହେଉ:

ସକୁଲେ ଯୋଜୟେତ୍କନ୍ୟା ପୁତ୍ରଂ ବିଦ୍ୟାସୁ ଯୋଜୟେତ୍ ।
ବ୍ୟସନେ ଯୋଜୟେଚ୍ଛତ୍ରୁଂ ମିତ୍ରଂ ଧର୍ମେ ନିୟୋଜୟେତ୍ ॥ 3 ॥

ଏଠାରେ ଚାଣକ୍ୟ ବ୍ୟବହାରିକତା ସଂପର୍କରେ ଆଲୋଚନା କରିବାକୁ ଯାଇ କହିଛନ୍ତି ଯେ କନ୍ୟାର ବିବାହ କୌଣସି କୁଳୀନ ତଥା ଭଦ୍ର ଘରେ କରିବା ଦରକାର । ପୁତ୍ରକୁ ଲେଖା-ପଢ଼ାରେ, ମିତ୍ରକୁ କୌଣସି ଭଲ କାମରେ ଓ ଶତ୍ରୁକୁ କୌଣସି ଖରାପ୍ କାର୍ଯ୍ୟରେ ଲଗାଇ ରଖିବା ଦରକାର । ଏହା ହିଁ ବ୍ୟବହାରିକତା ଓ ସମୟର ଆବଶ୍ୟକତା ମଧ୍ୟ ।

ସଚରାଚରରେ ଆଶା କରାଯାଇଥାଏ ଯେ କୁଶଳ ବ୍ୟକ୍ତି ହେଉଛି ସେହି ଯିଏ କନ୍ୟା ବିବାହ ଯୋଗ୍ୟା ହୋଇ ଗଲା ପରେ ତାକୁ କୌଣସି ଯଥାର୍ଥ ସଂସ୍କାରମୟ ଘରେ ବିବାହ ଦେବା ଦରକାର ଓ ପୁତ୍ରକୁ ଅଧିକରୁ ଅଧିକ ଶିକ୍ଷା ପ୍ରଦାନ କରିବା ଦରକାର ଯେପରି ସେ ନିଜ ଜୀବନରେ ଆଜୀବିକା ଦୃଷ୍ଟିକୋଣରୁ ଆତ୍ମନିର୍ଭରଶୀଳ ହୋଇ ପାରୁଥିବ । ମିତ୍ରକୁ ପରିଶ୍ରମ ଓ ବିଶ୍ୱସ୍ତତା ଉପରେ ସତ୍ ପରାମର୍ଶ ପ୍ରଦାନ କରିବା ଦରକାର ଯେପରି ସେ ନିଜ ଜୀବନକୁ ସୁଧାରି ପାରିବ ଓ କୌଣସି ଭଲ କାମରେ ନିଜକୁ ବିନିଯୋଗ କରି ପାରିବ, କିନ୍ତୁ ଶତ୍ରୁକୁ ଖରାପ ପ୍ରବୃତିର ଶିକାର ହେବାକୁ ଛାଡ଼ିଦେବା ଦରକାର କାରଣ ସେ ସେହିଥିରେ ମଗ୍ନ ରହି ଆପଣଙ୍କୁ ଅନାବଶ୍ୟକ ଭାବରେ ବ୍ୟତିବ୍ୟସ୍ତ ନକରୁ ।

ଦୁଷ୍ଟଠାରୁ ଦୂରେଇ ରୁହ :

ଦୁର୍ଜନେଷୁ ଚ ସର୍ପେଷୁ ବରଂ ସର୍ପୋ ନ ଦୁର୍ଜନଃ ।
ସର୍ପୋ ଦଂଶତି କାଲେନ ଦୁର୍ଜନସ୍ତୁ ପଦେ-ପଦେ ॥ 4 ॥

ଆଚାର୍ଯ୍ୟ ଚାଣକ୍ୟ ଏଠାରେ ଦୁଷ୍ଟତାକୁ ତୁଳନାତ୍ମକ ରୀତିରେ ଆଲାଚନା କରିବାକୁ ଯାଇ ଏପରି ଏକ ପକ୍ଷ କଥାକୁ ଆଲୋଚନା ମାଧ୍ୟମରେ କହିଛନ୍ତି ଯେପରି ଦୁଷ୍ଟତାର ଦୁଷ୍ପ୍ରଭାବ ଯେତେ କମ୍ ହୋଇପାରିବ । ତାଙ୍କର କହିବାନୁସାରେ ଦୁଷ୍ଟ ଓ ସାପ, ଏହି ଦୁହିଁଙ୍କ ମଧ୍ୟରେ ସାପ ବରଂ ଖୁବ୍

ଭଲ; ଦୁଷ୍ଟ ତ କେବେ ନୁହେଁ । ସାପ ତ ଥରେ ମାତ୍ର ଦଂଶନ କରିବ, କିନ୍ତୁ ଦୁଷ୍ଟ ତ ପଦେ ପଦେ ଦଂଶନ କରୁଥିବ । ଏହି କାରଣରୁ ଦୁଷ୍ଟମାନଙ୍କଠାରୁ ସଦା ସର୍ବଦା ଦୂରେଇ ରହିବା ଏକାନ୍ତ ବିଧେୟ ।

କହିବାର ଅଭିପ୍ରାୟ ହେଉଛି ଯେ ଯଦି ପ୍ରଶ୍ନ ଆସେ, ଦୁଷ୍ଟ ଓ ସାପ ମଧ୍ୟରୁ କିଏ ଶ୍ରେୟସ୍କର ? ତେବେ ତାହାର ଉତର ହେଉଛି ସାପ ଦୁଷ୍ଟଠାରୁ ହଜାର ଗୁଣରେ ଭଲ । କାରଣ ସାପ ତ କେତେବେଳେ କେମିତି କୌଣସି ଏକ ବିଶେଷ କାରଣରୁ ମନୁଷ୍ୟକୁ ଦଂଶନ କରିଥାଏ; କିନ୍ତୁ ଦୁଷ୍ଟତ ପ୍ରତ୍ୟେକ ପଦକ୍ଷେପରେ ମଣିଷକୁ ଦଂଶନ କରୁଥାଏ । ଦୁଷ୍ଟର କୌଣସି ଭରସା ନାହିଁ କି କେତେବେଳେ ସେ କଣ କରି ବସିବ ଏବଂ ଏହା ମଧ୍ୟ ସତ୍ୟ ଯେ ସାପ ସେତେବେଳେ ଦଂଶନ କରିବ ଯେତେବେଳେ ତା' ଉପରେ ପାଦ ପଡ଼ିଯିବ ବା ସେ କୌଣସି କାରଣରୁ ଭୟଭୀତ ହେଇ ଯାଇଥିବ; ହେଲେ ଦୁର୍ଜନ (ଦୁଷ୍ଟ) ତ ବିନା କାରଣରେ ଦୁଃଖ ଦେବାପାଇଁ ସବୁବେଳେ ପ୍ରଯତ୍ନ କରୁଥାଏ ।

ବନ୍ଧୁତ୍ୱ କୁଳୀନଙ୍କ ସହିତ କରାଯାଉ:

ଏତଦର୍ଥ କୁଲୀନାନାଂ ନୃପାଃ କୁର୍ବନ୍ତି ସଂଗ୍ରହମ୍ ।
ଆଦିମଧ୍ୟାବସାନେଷୁ ନ ତ୍ୟଜନ୍ତି ଚ ତେ ନୃପମ୍ ॥ 5 ॥

ଆଚାର୍ଯ୍ୟ ଚାଣକ୍ୟ ଏଠାରେ କୁଳୀନତାର ବୈଶିଷ୍ଟ୍ୟକୁ ପ୍ରକାଶ କରିବାକୁ ଯାଇ କୁହନ୍ତି ଯେ କୁଳୀନ ବ୍ୟକ୍ତି ଆରମ୍ଭରୁ ଶେଷ ପର୍ଯ୍ୟନ୍ତ ପାଖେ ପାଖେ ରହିଥିବ; ସଂଗ ତ୍ୟାଗ କରି କେବେ ଚାଲି ଯିବନାହିଁ । ସେ ବାସ୍ତବରେ ସଂଗତିର ଧର୍ମ ପାଳନ କରିଥାନ୍ତି । ସେହି କାରଣରୁ ରାଜାମାନେ କୁଳୀନ ବ୍ୟକ୍ତିମାନଙ୍କୁ ସଂଗ୍ରହ କରିଥାନ୍ତି କାରଣ ସମୟ ସମୟରେ ସେମାନଙ୍କଠାରୁ ସତ୍ ପରାମର୍ଶ ମିଳି ପାରିବ ।

କହିବାର ଅଭିପ୍ରାୟ ହେଉଛି ଯେ ସଂସ୍କାର ସଂପନ୍ନ ପରିବାରର ବ୍ୟକ୍ତି ଯାହାଙ୍କ ସହିତ ମିତ୍ରତା କରିଥାନ୍ତି, ତାଙ୍କ ସହିତ ମିତ୍ରତା ଧର୍ମକୁ ସାରାଜୀବନ ପାଳନ କରିଥାନ୍ତି । ସେମାନେ ଆରମ୍ଭରୁ ଶେଷ ପର୍ଯ୍ୟନ୍ତ ସୁଖ ଓ ଦୁଃଖ ଉଭୟ ଦଶାରେ କେତେବେଳେ ହେଲେ ସଂଗ ତ୍ୟାଗ କରି ନଥାନ୍ତି । ସେହି କାରଣରୁ ରାଜା-ମହାରାଜାମାନେ ଏପରି ସଂସ୍କାର ସଂପନ୍ନ ପରିବାର ବା କୁଳୀନ ବ୍ୟକ୍ତିମାନଙ୍କୁ ନିଜ ପାଖରେ ରଖିବାକୁ ଆଗ୍ରହ ପ୍ରକାଶ କରିଥାନ୍ତି । ଏହି କାରଣରୁ ରାଜା ଓ ରାଜ-ପରିବାରର ଲୋକମାନେ ମହତ୍ୱପୂର୍ଣ୍ଣ ତଥା ବିଶିଷ୍ଟ ରାଜକୀୟ ସେବାମାନଙ୍କରେ ସେହି କୁଳୀନ ପୁରୁଷମାନଙ୍କର ନିଯୁକ୍ତି, ସେମାନଙ୍କର ଉଚ୍ଚ ସଂସ୍କାର ଓ ପରଂପରାଗତ ଶିକ୍ଷା-ଦୀକ୍ଷା କାରଣରୁ ସଂପନ୍ନ କରିଥାନ୍ତି । ସେମାନେ କେବେହେଲେ ନୀଚ ଅଥବା ସ୍ୱାର୍ଥବାଦୀ ହୋଇ ନିଜର ସ୍ୱାମୀପ୍ରତି ଛଳନା ବା ଧୋକ୍କାବାଜୀ କରି ନଥାନ୍ତି ।

ସଜ୍ଜନମାନଙ୍କୁ ସମ୍ମାନ ଦିଅ :

ପ୍ରଲୟେ ଭିନ୍ନମର୍ଯ୍ୟାଦା ଭବନ୍ତି କିଲ ସାଗରାଃ ।
ସାଗରା ଭେଦମିଚ୍ଛନ୍ତି ପ୍ରଲୟେଽପି ନ ସାଧବଃ ॥ 6 ॥

ଏଠାରେ ଆଚାର୍ଯ୍ୟ ଚାଣକ୍ୟ ପରିସ୍ଥିତିବଶତଃ ଆଚରଣରେ ଆସୁଥିବା ପରିବର୍ତନର ସ୍ତର ଓ ସ୍ଥିତି ପ୍ରତି ଇଂଗିତ ପ୍ରଦର୍ଶନ କରିବା ପୂର୍ବକ ଧୀର ଗମ୍ଭୀର ବ୍ୟକ୍ତିର ଶ୍ରେଷ୍ଠତା ପ୍ରତିପାଦନ କରିବାକୁ ଯାଇ କୁହନ୍ତି ସମୁଦ୍ର ତୁଳନାରେ ଧୀର-ଗମ୍ଭୀର ପୁରୁଷଙ୍କୁ ଶ୍ରେଷ୍ଠତର ବୋଲି ଗ୍ରହଣ କରାଯାଇଥାଏ । କାରଣ

ଯେଉଁ ସମୁଦ୍ରକୁ ଲୋକମାନେ ଏତେ ଗମ୍ଭୀର ବୋଲି ମନେ କରିଥାନ୍ତି, ପ୍ରଳୟ ଆସିବା ସମୟରେ ସେ ମଧ୍ୟ ନିଜର ମର୍ଯ୍ୟାଦାକୁ ଭୁଲି ଯାଇଥାଏ ଓ କୂଳ ଲଂଘନ କରି ଜଳ-ସ୍ଥଳ ଏକାକାର କରି ଦେଇଥାଏ । ପରନ୍ତୁ ସାଧୁ ବା ସନ୍ଥ ବ୍ୟକ୍ତି ସଂକଟର ପାହାଡ଼ ନିଜ ଉପରେ ଭାଙ୍ଗି ପଡ଼ିଲେ ମଧ୍ୟ ସେମାନେ ନିଜ ମର୍ଯ୍ୟାଦାର ଉଲଂଘନ କରନ୍ତି ନାହିଁ । ଏଣୁକରି ସାଧୁବ୍ୟକ୍ତିମାନେ ସମୁଦ୍ରଠାରୁ ମଧ୍ୟ ମହାନ୍ ଭାବରେ ପରିଗଣିତ ହୋଇଥାନ୍ତି । ଏମିତି ତ ମର୍ଯ୍ୟାଦା ପାଳନପାଇଁ ସମୁଦ୍ରକୁ ଆଦର୍ଶ ବୋଲି ଗ୍ରହଣ କରିଥାଉ, ବର୍ଷାରେ ଉଛୁଳି ଉଠୁଥିବା ନଦୀକୁ ନିଜ ମଧ୍ୟରେ ସମାହିତ କରୁଥିଲେ ମଧ୍ୟ ସମୁଦ୍ର କେବେହେଲେ ନିଜର ସୀମା ଲଂଘନ କରି ନଥାଏ; ପ୍ରଳୟ ଆସିବା ମାତ୍ରେ ସେହି ସମୁଦ୍ରର ଜଳ କୂଳ ଲଂଘନ କରି ସାରା ପୃଥିବୀକୁ ଜଳମୟ କରି ଦେଇଥାଏ । ସମୁଦ୍ର ପ୍ରଳୟ ସମୟରେ ମଧ୍ୟ ନିଜର ମର୍ଯ୍ୟାଦାକୁ ସୁରକ୍ଷିତ କରି ରକ୍ଷା କରି ପାରେ ନାହିଁ । କିନ୍ତୁ ଏହାର ବିପରୀତ ଦିଗରେ ଦେଖିବାକୁ ଗଲେ ସାଧୁ ଲୋକମାନେ ବଡ଼ ବଡ଼ ସଂକଟ ଆସି ଉପସ୍ଥିତ ହେଲେ ମଧ୍ୟ ନିଜ ଚରିତ୍ରର ଉଦାରତାକୁ ପରିତ୍ୟାଗ କରନ୍ତି ନାହିଁ । ସେମାନେ ପ୍ରତ୍ୟେକ ଅବସ୍ଥାରେ ନିଜ ମର୍ଯ୍ୟାଦାକୁ ରକ୍ଷା କରିଥାନ୍ତି । ଏହି କାରଣରୁ ସନ୍ଥ ପୁରୁଷମାନଙ୍କୁ ସମୁଦ୍ରଠାରୁ ମଧ୍ୟ ଅଧିକ ଗମ୍ଭୀର ବୋଲି ସ୍ୱୀକାର କରା ଯାଇଥାଏ; ସେହି କାରଣରୁ ସେମାନଙ୍କୁ ସମ୍ମାନ କରାଯିବା ବିଧେୟ ।

ମୂର୍ଖଙ୍କୁ ତ୍ୟାଗ କର :

ମୂର୍ଖସ୍ତୁ ପରିହର୍ତବ୍ୟଃ ପ୍ରତ୍ୟେକ୍ଷୋ ଦ୍ୱିପଦଃ ପଶୁଃ ।
ଭିନତି ବାକ୍ୟଶୂଳେନ ଅଦୃଶ୍ୟଂ କଂଟକଂ ଯଥା ॥ 7 ॥

ଆଚାର୍ଯ୍ୟ ଚାଣକ୍ୟ ଏଠାରେ ନରପଶୁ ସମ୍ବନ୍ଧରେ ଆଲୋଚନା କରିବାକୁ ଯାଇ କହୁଛନ୍ତି ଯେ ମୂର୍ଖ ବ୍ୟକ୍ତିଙ୍କୁ ଦ୍ୱିପଦ ବିଶିଷ୍ଟ ପଶୁ ବୋଲି ମନେକରି ତ୍ୟାଗ କରିଦେବା ଉଚିତ । କାରଣ ସେ ନିଜ ଶବ୍ଦ ପ୍ରୟୋଗ ଦ୍ୱାରା ଶୂଳ ପରି ଠିକ୍ ସେହି ପ୍ରକାରରେ ଭେଦ କରେ ଯେପରି ଅଦୃଶ୍ୟ କଂଟା ଫୁଟି ଯାଉଛି ।

ଅର୍ଥ ପ୍ରତିପାଦିତ ହେଉଛି ଯେ ମୂର୍ଖ ବ୍ୟକ୍ତି ମନୁଷ୍ୟ ହୋଇ ମଧ୍ୟ ପଶୁ ବୋଲି ବିବେଚିତ ହୋଇଥାଏ । ଯେପରି ପାଦରେ କଂଟା ଫୁଟି ଯାଇଥିବା କଂଟା ଆଖିକୁ ଦେଖା ନ ଗଲେ ମଧ୍ୟ ତା'ର କଷ୍ଟକୁ ସହି ହୁଏ ନାହିଁ; ଠିକ୍ ସେହି ପ୍ରକାରରେ ମୂର୍ଖ ବ୍ୟକ୍ତିର କଥା ଆଖିକୁ ନ ଦେଖା ଗଲେ ମଧ୍ୟ ହୃଦୟରେ ଶୂଳବିଦ୍ଧ ହେଲା ପରି ମନେହୁଏ । ତେଣୁ ମୂର୍ଖକୁ ତ୍ୟାଗ କରିବାହିଁ ବିଧେୟ ।

ବିଦ୍ୟାର ମହତ୍ତ୍ୱକୁ ବୁଝ :

ରୂପଯୌବନସମ୍ପନ୍ନା ବିଶାଲକୁଲମଂଭବାଃ ।
ବିଦ୍ୟାହୀନା ନ ଶୋଭନ୍ତେ ନିର୍ଗନ୍ଧା ଇବ କିଂଶୁକାଃ ॥ 8 ॥

ଆଚାର୍ଯ୍ୟ ଚାଣକ୍ୟ ବିଦ୍ୟାର ମହତ୍ତ୍ୱକୁ ପ୍ରତିପାଦିତ କରିବାକୁ ଯାଇ କୁହନ୍ତି ଯେ ମନୁଷ୍ୟ ରୂପ ଓ ଯୌବନରେ ସମ୍ପନ୍ନ ହେବା ସଂଗେ ସଂଗେ ଉଚ୍ଚକୁଳରେ ଜନ୍ମ ଲାଭ କରିଥିଲେ ମଧ୍ୟ ବିଦ୍ୟାହୀନ ହେବା ଫଳରେ ସୁଗନ୍ଧହୀନ ଫୁଲ ପରି ହୋଇଥାନ୍ତି ଓ ଆଦୌ ଶୋଭା ପାଆନ୍ତି ନାହିଁ ।

ଏହିଥିରୁ ଜଣା ପଡୁଛି ଯେ ମନୁଷ୍ୟ ଯେତେ ସୁନ୍ଦର ହେଉ ନା କାହିଁକି, ଯୌବନ ଥିବ ଓ ଧନୀ ପରିବାରରେ ଜନ୍ମ ନେଇ ଥାଉନା କାହିଁକି, ଯଦି ସେ ବିଦ୍ୟାହୀନ ହୋଇଥାଏ, ମୂର୍ଖ ହୋଇଥାଏ

ତେବେ ତାହାକୁ ସମ୍ମାନ ମିଳି ନଥାଏ । ବିଦ୍ୟା ମନୁଷ୍ୟ ଠାରେ ସୁଗନ୍ଧ ସମାନ ଶୋଭା ପାଇଥାଏ । ଯେପରି ସୁଗନ୍ଧ ନ ଥିବାରୁ ପଳାଶ ପୁଷ୍ପକୁ କେହି ହେଲେ ଆଦର କରନ୍ତି ନାହିଁ; ଠିକ୍ ସେହି ପ୍ରକାରରେ ଅଶିକ୍ଷିତ ବ୍ୟକ୍ତିଙ୍କୁ ମଧ୍ୟ ସମାଜରେ କୌଣସି ସମ୍ମାନ ମିଳି ନଥାଏ । ଏଣୁ ବିଦ୍ୟା ବାସ୍ତବରେ ବ୍ୟକ୍ତିକୁ ଗୁଣୀ ମନୁଷ୍ୟରେ ପରିଣତ କରେ ।

ରୂପ-ସୌନ୍ଦର୍ଯ୍ୟ ଅପେକ୍ଷା ସୁଗୁଣ ଭଲ :

କୋକିଳାନାଂ ସ୍ୱରୋ ରୂପଂ ନାରୀ ରୂପଂ ପତିବ୍ରତମ୍ ।
ବିଦ୍ୟା ରୂପଂ କୁରୁପାଣାଂ କ୍ଷମା ରୂପଂ ତପସ୍ୱିନାମ୍ ॥ 9 ॥

ଆଚାର୍ଯ୍ୟ ଚାଣକ୍ୟ ରୂପ-ଚର୍ଚା କରିବା ଅବସରରେ ରୂପ-ସୌନ୍ଦର୍ଯ୍ୟ ଅପେକ୍ଷା ସୁଗୁଣ ଉପରେ ଅଧିକ ଗୁରୁତ୍ୱ ପ୍ରଦାନ କରିବାକୁ ଯାଇ କହିଛନ୍ତି ଯେ କୋଇଲିର ସୌନ୍ଦର୍ଯ୍ୟ ହେଉଛି ତା'ର ସ୍ୱର । ପତିବ୍ରତା ହେବା ସ୍ତ୍ରୀମାନଙ୍କର ସୌନ୍ଦର୍ଯ୍ୟତା । କୁରୂପ ଲୋକମାନଙ୍କର ଜ୍ଞାନ ହିଁ ସେମାନଙ୍କର ରୂପ ତଥା ତପସ୍ୱୀମାନଙ୍କର ରୂପ ହେଉଛି ସେମାନଙ୍କ ମଧ୍ୟରେ ରହିଥିବା କ୍ଷମା ଭାବ ।

ଅର୍ଥ ପ୍ରତିପାଦିତ ହେଉଅଛି ଯେ କୋଇଲିର ସୁନ୍ଦର ସ୍ୱରହିଁ ତାର ସୁନ୍ଦରତା । ସେହି କାରଣରୁ ସେ ନିଜପ୍ରତି ଅନ୍ୟମାନଙ୍କର ଆକର୍ଷଣ ସୃଷ୍ଟି କରିଥାଏ । ସ୍ତ୍ରୀମାନଙ୍କର ପ୍ରକୃତ ସୁନ୍ଦରତା ହେଉଛି ତାଙ୍କର ପତିବ୍ରତା ଧର୍ମ । ସେହିଥିରେ ତାଙ୍କର ସ୍ତ୍ରୀ-ଧର୍ମର ସାର୍ଥକତା ନିହିତ ରହିଥାଏ । କୁରୂପ ବ୍ୟକ୍ତିର ସୁନ୍ଦରତା ହେଉଛି ତାଙ୍କର ବିଦ୍ୟା । କାରଣ ଜ୍ଞାନ ବଳରେ ସେ ସ୍ୱୟଂ ନିଜର ଆତ୍ମ ପରିଷ୍କାର କରି ଜଗତକୁ ଆଲୋକିତ କରିଥାନ୍ତି । ଠିକ୍ ସେହି ପ୍ରକାରରେ ତପସ୍ୱୀମାନଙ୍କର ସୁନ୍ଦରତା ହେଉଛି ସେମାନଙ୍କର କ୍ଷମାପୂର୍ଣ୍ଣ ଆଚରଣ । କାରଣ ତପସ୍ୟା ଦ୍ୱାରା କ୍ରୋଧ ଉପରେ ବିଜୟ ପ୍ରାପ୍ତ କରିହେବ । ଶାଳୀନତା ଆସିଲା ମାତ୍ରେ ଅତି ସହଜରେ କ୍ଷମା ଭାବ ଜାଗ୍ରତ ହୋଇଉଠିବ ।

ଶ୍ରେଷ୍ଠତାକୁ ଅକ୍ଷୁଣ୍ଣ ରଖ :

ତ୍ୟଜେଦେକଂ କୁଳସ୍ୟାର୍ଥେ ଗ୍ରାମସ୍ୟାର୍ଥେଂ କୁଳଂ ତ୍ୟଜେତ୍ ।
ଗ୍ରାମଂ ଜନପଦସ୍ୟାର୍ଥେ ଆତ୍ମାର୍ଥେ ପୃଥିବୀଂ ତ୍ୟଜେତ୍ ॥ 10 ॥

ଆଚାର୍ଯ୍ୟ ଚାଣକ୍ୟ ଏଠାରେ କ୍ରମାନ୍ୱୟରେ ଶ୍ରେଷ୍ଠତାକୁ ପ୍ରତିପାଦନ କରିବାକୁ ଯାଇ କୁହନ୍ତି ଯେ କୁଳପାଇଁ ଗୋଟିଏ ବ୍ୟକ୍ତିକୁ ତ୍ୟାଗ କରିବା ଦରକାର । ଗ୍ରାମପାଇଁ କୁଳକୁ ତ୍ୟାଗ କରିବା ଦରକାର । ରାଜ୍ୟର ରକ୍ଷାପାଇଁ ଗ୍ରାମର ତ୍ୟାଗ ଓ ଆତ୍ମରକ୍ଷା ପାଇଁ ସଂସାରକୁ ମଧ୍ୟ ତ୍ୟାଗ କରିଦେବା ଦରକାର ।

ଅର୍ଥ ହେଉଛି ଯେ ଯଦି କୌଣସି ଏକ ବ୍ୟକ୍ତିକୁ ତ୍ୟାଗ କରିବା ଫଳରେ ସଂପୂର୍ଣ୍ଣ କୁଳ-ଆଭିଜାତ୍ୟର ମଙ୍ଗଳ ହୋଇଥାଏ, ତେବେ ସେହି ବ୍ୟକ୍ତିକୁ ତ୍ୟାଗ କରିଦେବାରେ କୌଣସି କ୍ଷତି ନାହିଁ । ଯଦି କୁଳକୁ ତ୍ୟାଗ କରିବା ଫଳରେ ଗ୍ରାମର ମଙ୍ଗଳ ସାଧିତ ହୋଇଥାଏ, ତାହାହେଲେ କୁଳକୁ ମଧ୍ୟ ତ୍ୟାଗ କରିଦେବା ଦରକାର । ଠିକ୍ ସେହି ପ୍ରକାରରେ ଯଦି ଗ୍ରାମକୁ ତ୍ୟାଗ କରିବା ଫଳରେ ଦେଶର ମଙ୍ଗଳ ସାଧିତ ହୋଇଥାଏ, ତେବେ ଗ୍ରାମର ତ୍ୟାଗ ନିଶ୍ଚିତ ଭାବରେ କରିବା ଦରକାର । କିନ୍ତୁ ନିଜର ଜୀବନ ସର୍ବୋପରି । ଯଦି ନିଜର ଜୀବନ ରକ୍ଷାପାଇଁ ସମଗ୍ର ସଂସାରକୁ ତ୍ୟାଗ କରିବାକୁ ପଡ଼େ, ତାହାହେଲେ ସଂସାରକୁ ତ୍ୟାଗ କରିଦେବା ଦରକାର । ଜୀବନ ଅଛି ତ ସ୍ୱର୍ଗ ଅଛି । ଏହାହିଁ ଶ୍ରେଷ୍ଠ କର୍ତବ୍ୟ ।

ପରିଶ୍ରମରେ ହିଁ ଫଳ ମିଳିଥାଏ :

ଉଦ୍ୟୋଗେ ନାସ୍ତି ଦାରିଦ୍ର୍ୟଂ ଜପତୋ ନାସ୍ତି ପାତକମ୍ ।
ମୌନେନ କଲହୋ ନାସ୍ତି ଜାଗ୍ରତସ୍ୟ ଚ ନ ଭୟମ୍ ॥ 11 ॥

ଏଠାରେ ଆଚାର୍ଯ୍ୟ ଚାଣକ୍ୟ ଆଚରଣର ଚର୍ଚ୍ଚା କରିବାକୁ ଯାଇ କୁହନ୍ତି ଯେ ଉଦ୍ୟମ କଲେ ଦରିଦ୍ରତା ତଥା ଜପ ଦ୍ୱାରା ପାପ ଦୂର ହୋଇଥାଏ । ମୌନ ରହିବା ଫଳରେ କଳହ ଏବଂ ଜାଗ୍ରତ ରହିବା ଫଳରେ ଭୟ ଦୂରୀଭୂତ ହୋଇଥାଏ ।

ଏହାର ଅର୍ଥ ହେଉଛି ଯେ ପରିଶ୍ରମ-ଉଦ୍ୟମ କରା ଯିବା ଫଳରେ ଦାରିଦ୍ର୍ୟତା ଦୂର ହୋଇ ଯାଇଥାଏ । ଏଣୁ ବ୍ୟକ୍ତିକୁ ପରିଶ୍ରମ କରିବା ଦରକାର, ଯାହା ଫଳରେ ଜୀବନ ସୁସଂପନ୍ନ ହୋଇ ଉଠିବ । ଭଗବାନଙ୍କ ନାମ ଜପିବା ଫଳରେ ପାପ ଦୂରୀଭୂତ ହୋଇଥାଏ, ମନ ଓ ଆତ୍ମା ଶୁଦ୍ଧ ହୋଇଥାଏ, ଶୁଦ୍ଧ କର୍ମର ପ୍ରେରଣା ମିଳିଥାଏ, ବ୍ୟକ୍ତି ଦୁଷ୍କର୍ମରୁ ମୁକ୍ତି ପାଏ । ନିରବ ରହିବା ଦ୍ୱାରା କଳି-ଝଗଡ଼ା ଆଗକୁ ଗତି କରେ ନାହିଁ ଏବଂ ଅପ୍ରିୟ ସ୍ଥିତି ଟଳି ଯାଏ ତଥା ଜାଗ୍ରତ ରହିବା ଫଳରେ ମନରେ କୌଣସି ପ୍ରକାରର ଭୟ ଆସେ ନାହିଁ । କାରଣ ସଜାଗତା ଫଳରେ ବ୍ୟକ୍ତି ସମସ୍ତ ପ୍ରକାରର ବିପଦକୁ ସମ୍ମୁଖୀନ ହେବାପାଇଁ ପ୍ରଚେଷ୍ଟା କରିଥାଏ ।

ଅତିକୁ ତ୍ୟାଗ କର :

ଅତି ରୂପେଣ ବୈ ସୀତା ଚାତିଗର୍ବେଣ ରାବଣଃ ।
ଅତିଦାନାଦ୍ ବଲିର୍ବଦ୍ଧୋ ହ୍ୟତି ସର୍ବତ୍ର ବର୍ଜୟେତ୍ ॥ 12 ॥

ଏଠାରେ ଆଚାର୍ଯ୍ୟ ଚାଣକ୍ୟ **'ଅତି ସର୍ବତ୍ର ବର୍ଜୟେତ'**ର ସିଦ୍ଧାନ୍ତକୁ ପ୍ରତିପାଦିତ କରିବାକୁ ଯାଇ କୁହନ୍ତି ଯେ ଅଧିକ ସୁନ୍ଦରତା କାରଣରୁ ସୀତା ହରଣ ହୋଇଥିଲା, ଅତି ଗର୍ବୀ ହୋଇ ଯାଇଥିବାରୁ ରାବଣକୁ ମାରି ଦିଆ ଯାଇଥିଲା ତଥା ଅତି ଧନୀ ହେବା ଯୋଗୁଁ ରାଜା ବଳିଙ୍କୁ ଛଳନା ପୂର୍ବକ ପାତାଳରେ ଚାପି ଦିଆ ଯାଇଥିଲା । ଏହି କାରଣରୁ ଅତି ସବୁ ସ୍ଥାନରେ ବର୍ଜନୀୟ ।

ଅର୍ଥ ପ୍ରତିପାଦି ହେଉଛି ଯେ ସୀତାମାତା ଅତ୍ୟନ୍ତ ସୁନ୍ଦରୀ ଥିଲେ । ଏହି କାରଣରୁ ରାବଣ ତାଙ୍କୁ ହରଣ ରକି ନେଇଥିଲେ । ରାବଣଙ୍କୁ ଅତ୍ୟଧିକ ଗର୍ବ ହୋଇ ଯାଇଥିଲା ; ଏହି କାରଣରୁ ତାର ବିନାଶ ହେଲା । ଅନ୍ୟ ପକ୍ଷରେ ରାଜା ବଳି ମଧ୍ୟ ଅତ୍ୟନ୍ତ ଦାନୀ ଥିଲେ । ଏହି କାରଣରୁ ଭଗବାନଙ୍କ ହାତରେ ସେ ଠକି ଗଲେ । ଭଲରେ ବା ଖରାପ କାମରେ 'ଅତି' ସବୁବେଳେ ଖରାପ୍ । ଅତି ଦାନରେ ମଧ୍ୟ ଖରାପ ଭାବ ରହିଛି ।

କଥା କହିବାରେ ମଧୁରତା ଆଣିବା ଦରକାର:

କୋ ହି ଭାରଃ ସମର୍ଥାନାଂ କିଂ ଦୂର ବ୍ୟବସାୟିନାମ୍ ।
କୋ ବିଦେଶ ସୁବିଦ୍ୟାନାଂ କୋ ପରଃ ପ୍ରିୟବାଦିନାମ୍ ॥ 13 ॥

ଆଚାର୍ଯ୍ୟ ଚାଣକ୍ୟ ଏଠାରେ ମଧୁରଭାଷଣକୁ ବ୍ୟକ୍ତିତ୍ୱର ମହତ୍ତ୍ୱପୂର୍ଣ୍ଣ ଗୁଣ ଭାବରେ ପ୍ରକାଶ କରିବାକୁ ଯାଇ କହୁଛନ୍ତି ଯେ ସାମର୍ଥ୍ୟବାନ ବ୍ୟକ୍ତିକୁ କୌଣସି ବସ୍ତୁ ଓଜନିଆ ଲାଗେ ନାହିଁ । ବେପାରୀଙ୍କପାଇଁ କୌଣସି ସ୍ଥାନ ମଧ୍ୟ ଦୂର ନୁହେଁ । ବିଦ୍ୱାନଙ୍କ ପାଇଁ କୌଣସି ସ୍ଥାନ ମଧ୍ୟ ବିଦେଶ ନୁହେଁ । ମଧୁର କଥା କହୁଥିବା ଲୋକର କେହି ପର ହୋଇ ପାରନ୍ତି ନାହିଁ ।

କହିବାର ଅଭିପ୍ରାୟ ହେଉଛି ଯେ ସମର୍ଥ ବ୍ୟକ୍ତିଙ୍କପାଇଁ କୌଣସି ବସ୍ତୁ ଭାରୀ ହୋଇ ନଥାଏ । ସେ ନିଜର ସାମର୍ଥ୍ୟର ବଳରେ ଯେ କୌଣସି ପ୍ରକାର ବିଚାର ବିମର୍ଶ କରିପାରେ । ବେପାରୀଙ୍କପାଇଁ ଦୂର ପୁଣି କଣ ? ସେମାନେ ବ୍ୟବସାୟପାଇଁ ଯେ କୌଣସି ସ୍ଥାନକୁ ଯାଇ ପାରନ୍ତି । ବିଦ୍ୱାନଙ୍କପାଇଁ କୌଣସି ଦେଶ ମଧ୍ୟ ବିଦେଶ ନୁହେଁ । କାରଣ ନିଜର ଜ୍ଞାନ ଦ୍ୱାରା ସେମାନେ ଯେ କୌଣସି ସ୍ଥାନରେ ନିଜପାଇଁ ଅନୁକୂଳ ବାତାବରଣ ସୃଷ୍ଟି କରିପାରନ୍ତି । ଠିକ୍ ସେହିପରି ମଧୁର କଥା କହୁଥିବା ବ୍ୟକ୍ତିଙ୍କପାଇଁ କୌଣସି ଲୋକ ପର ହୋଇ ରୁହନ୍ତି ନାହିଁ । କାରଣ ମଧୁରଭାଷଣ ଦ୍ୱାରା ସେ ସମସ୍ତଙ୍କୁ ନିଜର କରି ନିଅନ୍ତି ।

ଗୋଟିଏ ହେଲେ ମଧ ଗୁଣବାନ ହିଁ ପର୍ଯ୍ୟାପ୍ତ:

ଏକେନାପି ସୁବର୍ଣ୍ଣ ପୁଷ୍ପିତେନ ସୁଗନ୍ଧିନା ।
ବସିତଂ ତଦ୍ୱନଂ ସର୍ବଂ ସୁପୁତ୍ରେଣ କୁଳଂ ଯଥା ॥ 14 ॥

ଆଚାର୍ଯ୍ୟ ଚାଣକ୍ୟ କୁହନ୍ତି ଯେ ଗୁଣବାନ ନିଜର ଗୋଟିଏ ମାତ୍ର ଗୁଣର ବିକାଶରେ ସୁନାମ ଅର୍ଜନ କରି ପାରନ୍ତି । ତାଙ୍କର କହିବାର କଥା ହେଉଛି ଯେ ବଣରେ ସୁନ୍ଦର ଫୁଲମାନ ଫୁଟିଥିବା ଗୋଟିଏ ମାତ୍ର ବୃକ୍ଷ ନିଜର ସୁଗନ୍ଧରେ ସାରା ବଣକୁ ସୁଗନ୍ଧିତ କରି ଦେଇଥାଏ । ଠିକ୍ ସେହି ପ୍ରକାରରେ ଗୋଟିଏ ମାତ୍ର ସୁପୁତ୍ର ସାରା କୁଳର ନାମକୁ ଶୀର୍ଷ ସ୍ଥାନରେ ପହୁଁଚାଇ ଦେଇଥାଏ ।

ଏଥିରୁ ଅର୍ଥ ପ୍ରତିପାଦିତ ହେଉଛି ଯେ ବଣର କୌଣସି ଏକ ସ୍ଥାନରେ ସୁନ୍ଦର ତଥା ସୁଗନ୍ଧିତ ଫୁଲଟିଏ ଫୁଟିଲେ, ତା'ର ସୁବାସରେ ଚତୁର୍ଦ୍ଦିଗ ମହକି ଉଠିଥାଏ । ଅନୁରୂପ ଭାବରେ ଗୋଟିଏ ମାତ୍ର ସୁପୁତ୍ର ସଂପୂର୍ଣ୍ଣ ବଂଶର ନାମକୁ ନିଜର ସୁଗୁଣରେ ଉଜ୍ଜ୍ୱଳ କରି ଦେଇଥାଏ । କାରଣ ଯେ କୌଣସି ବଂଶ ଗୁଣବାନ ପୁତ୍ରଙ୍କଦ୍ୱାରା ସମୃଦ୍ଧ ହୋଇଥାଏ । ଏହି କାରଣରୁ ଅନେକ ଗୁଣହୀନ ପୁତ୍ରଙ୍କ ଅପେକ୍ଷା ଗୋଟିଏ ମାତ୍ର ଗୁଣବାନ ପୁତ୍ର ବାସ୍ତବରେ ପର୍ଯ୍ୟାପ୍ତ ।

ଏକେନ ଶୁଷ୍କବୃକ୍ଷେଣ ଦହ୍ୟମାନେନ ବହ୍ନିନା ।
ଦହ୍ୟତେ ତଦ୍ୱନଂ ସର୍ବଂ କୁପୁତ୍ରେଣ କୁଳଂ ଯଥା ॥ 15 ॥

ଆଚାର୍ଯ୍ୟ ଚାଣକ୍ୟ ଗୁଣର ବୈଶିଷ୍ଟ୍ୟକୁ ପ୍ରତିପାଦିତ କରିବାକୁ ଯାଇ କୁହନ୍ତି ଯେ ଗୋଟିଏ ଶୁଖିଲା ଗଛରେ ନିଆଁ ଲାଗିଗଲା ପରେ ଯେପରି ସମଗ୍ର ବଣଟି ଜଳି ଉଠେ; ଠିକ୍ ସେହି ପ୍ରକାରରେ ଗୋଟିଏ କୁପୁତ୍ର ସମଗ୍ର ବଂଶକୁ ବଦନାମ୍ କରି ଦେଇଥାଏ ।

ଏଥିରୁ ଅର୍ଥ ପ୍ରତିପାଦିତ ହେଉଛି ଯେ ବଣରେ ଯଦି ଗୋଟିଏ ଗଛ ଶୁଖି ଯାଇଛି, ତାହାଲେ ସେଥିରେ ଶୀଘ୍ର ହିଁ ନିଆଁ ଲାଗି ଯାଇଥାଏ, ଏବଂ ସେହିକ୍ରମରେ ପୂରା ବଣଟି ଜଳି ପାଉଁଶ ହୋଇଯାଏ । ଠିକ୍ ସେହି ପ୍ରକାରରେ ଯଦି କୁଳରେ ଗୋଟିଏ କୁପୁତ୍ର ଜନ୍ମ ଲାଭ କରେ, ତେବେ ସେ ସାରା ବଂଶକୁ କଳଂକିତ କରି ଦେଇଥାଏ । ଏଣୁ ନିଜ ସନ୍ତାନକୁ ମର୍ଯ୍ୟାଦା ମଧରେ ରଖିବା ସହିତ ତା' ମଧରେ ସତ୍‌ଗୁଣର ବିକାଶ କରିବା ହେଉଛି ସତ୍ ଗୃହସ୍ଥର କର୍ତବ୍ୟ ।

ଏକେନାପି ସୁପୁତ୍ରେଣ ବିଦ୍ୟାୟୁକ୍ତେ ଚ ସାଧୁନା ।
ଆହ୍ଲାଦିତଂ କୁଳଂ ସର୍ବଂ ଯଥା ଚନ୍ଦ୍ରେଣ ଶର୍ବରୀ ॥ 16 ॥

ଏଠାରେ ମଧ ଆଚାର୍ଯ୍ୟ ଚାଣକ୍ୟ ଗୁଣବାନର ଏକାକୀତ୍ୱ ହେବା ସତ୍ତ୍ୱେ ମଧ ବହୁ ସଂଖ୍ୟକ ବର୍ଗଙ୍କପାଇଁ ସାହାରା ହୋଇ ଠିଆ ହେବା ପ୍ରସଂଗକୁ ପ୍ରତିପାଦିତ କରିବାକୁ ଯାଇ କହିଛନ୍ତି ଯେ, ଯେଉଁ

ପ୍ରକାରରେ ଏକା ଚନ୍ଦ୍ରମା ରାତିର ଶୋଭାକୁ ପରିବର୍ଦ୍ଧିତ କରିଥାଏ, ଠିକ୍ ସେହି ପ୍ରକାରରେ କେବଳ ଏକମାତ୍ର ବିଦ୍ୱାନ-ସଜ୍ଜନ ପୁତ୍ର କୁଳକୁ ଆହ୍ଲାଦିତ କରିଥାଏ ।

କହିବାର ଅଭିପ୍ରାୟ ହେଉଛି ଯେ ଗୋଟିଏ ଚନ୍ଦ୍ରମା ଏକୁଟିଆ ସଂପୂର୍ଣ୍ଣ ରାତିର ଅନ୍ଧକାରକୁ ଦୂର କରିବା ସହିତ ସାରା ଦୁନିଆକୁ ନିଜର ଜ୍ୟୋତ୍ସ୍ନାରେ ଆଲୋକିତ କରି ଦେଇଥାଏ । ସେହି ପ୍ରକାରରେ ପୁତ୍ର ଗୋଟିଏ ହେଲେ ମଧ୍ୟ ଯଦି ଗୁଣବାନ ହୋଇଥାଏ ତେବେ ସେ ସାରା କୁଳର ନାମକୁ ଉଜ୍ଜ୍ୱଳ କରିବାକୁ ସମର୍ଥ ହୋଇଥାଏ । ଏହି କାରଣରୁ ଭଦ୍ର ସ୍ୱଭାବର ଗୋଟିଏ ମାତ୍ର ପୁତ୍ର ସାରା ବଂଶର ନାମକୁ ଆଲୋକିତ କରିବା ସହିତ ପରିବାରର ସମସ୍ତ ସଦସ୍ୟମାନଙ୍କୁ ଆନନ୍ଦିତ କରିଥାଏ, କାରଣ ସେହି ଗୋଟିଏ ପୁତ୍ରପାଇଁ ସେମାନେ ନିଜର ବଂଶ ଉପରେ ଗର୍ବ ଓ ଗୌରବକୁ ଅନୁଭବ କରିଥାନ୍ତି । ଅନ୍ଧର ରାତି କାହାରିକୁ ମଧ୍ୟ ଭଲ ଲାଗେ ନାହିଁ, ଠିକ୍ ସେହି ପ୍ରକାରରେ କୁପୁତ୍ର ମଧ୍ୟ କୁଳକୁ ଶୋଭା ପାଏ ନାହିଁ । ସେ କୁଳପାଇଁ କଳଂକିତ ହୋଇ କୁଳ ବୁଡ଼ାଇ ଦିଏ ।

କିଂ ଜାତୈର୍ବହୁଭିଃ ପୁତ୍ରୈଃ ଶୋକସନ୍ତାପକାରକୈଃ ।
ବରମେକଃ କୁଲାବଲମ୍ବୋ ଯତ୍ର ବିଶ୍ରାମ୍ୟତେ କୁଲାମ୍ ॥ 17 ॥

ଏଠାରେ ମଧ୍ୟ ଆଚାର୍ଯ୍ୟ ଚାଣକ୍ୟ ଗୋଟିଏ ମାତ୍ର ଗୁଣବାନ ପୁତ୍ରର ପର୍ଯ୍ୟାପ୍ତତା କୁ ପ୍ରତିପାଦିତ କରିବାକୁ ଯାଇ କୁହନ୍ତି ଯେ ଶୋକ ଓ ସନ୍ତାପ ସୃଷ୍ଟି କରୁଥିବା ଅନେକ ପୁତ୍ର ଜନ୍ମ ହେବାରେ କି ଲାଭ ! କୁଳକୁ ସାହାରା ଦେବା ଭଳି ଗୋଟିଏ ମାତ୍ର ପୁତ୍ର ହିଁ ଶ୍ରେଷ୍ଠ; ଯାହାକୁ ଆଶ୍ରୟ କରି ସାରା ବଂଶ ବିଶ୍ରାମ କରିଥାନ୍ତି ।

ତାତ୍ପର୍ଯ୍ୟ ହେଉଛି ଯେ ଅନେକ ଅବଗୁଣୀ ପୁତ୍ରରେ କିଛି ଲାଭ ନଥାଏ । ବହୁ ସଂଖ୍ୟାରେ ସେମାନେ ଜନ୍ମ ନେଇଥିବାରୁ ସମସ୍ତଙ୍କୁ କେବଳ ଦୁଃଖ ପ୍ରଦାନ କରିଥାନ୍ତି । ତାହା ଅପେକ୍ଷା କୁଳକୁ ସାହାରା ଦେବା ଭଳି ଓ କୁଳର ନାମକୁ ଉଜ୍ଜ୍ୱଳ କରିପାରିଲା ପରି ଗୋଟିଏ ମାତ୍ର ଉତ୍ତମ ପୁତ୍ର ବରଂ ଶ୍ରେୟସ୍କର । ଏପରି ପୁତ୍ରପାଇଁ କୁଳ ନିଜକୁ ଧନ୍ୟ ମନେକରିଥାଏ ।

ମାତା-ପିତା ମଧ୍ୟ ନିଜ ଦାୟିତ୍ୱ ବୁଝନ୍ତୁ :

ଲାଲୟେତ୍ ପଂଚବର୍ଷାଣି ଦଶବର୍ଷାଣି ତାଡୟେତ ।
ପ୍ରାପ୍ତେ ତୁ ଷୋଡଶେ ବର୍ଷେ ପୁତ୍ରଂ ମିତ୍ରବଦାଚରେତ୍ ॥ 18 ॥

ଏଠାରେ ଆଚାର୍ଯ୍ୟ ଚାଣକ୍ୟ ପୁତ୍ର ପାଳିବାରେ ମାତା-ପିତାଙ୍କ ଦାୟିତ୍ୱକୁ ପ୍ରତିପାଦିତ କରିବାକୁ ଯାଇ କୁହନ୍ତି ଯେ ପୁତ୍ରକୁ ପାଂଚବର୍ଷ ପର୍ଯ୍ୟନ୍ତ ଲାଳନ ପାଳନ କରିବା ଦରକାର, ଦଶବର୍ଷ ପର୍ଯ୍ୟନ୍ତ ଦଣ୍ଡବିଧାନ କରିବା ଦରକାର ଏବଂ ଷୋଳବର୍ଷ ହୋଇଗଲା ପରେ ପୁତ୍ର ସହିତ ମଧ୍ୟ ମିତ୍ର ପରି ବ୍ୟବହାର କରିବା ଦରକାର ।

ଏଥିରୁ ଅର୍ଥ ପ୍ରତିପାଦିତ ହେଉଛି ଯେ ପାଂଚ ବର୍ଷ ହେବା ପର୍ଯ୍ୟନ୍ତ ପୁତ୍ରକୁ ଅତ୍ୟନ୍ତ ସ୍ନେହ-ଶ୍ରଦ୍ଧା ପୂର୍ବକ ଲାଳନ ପାଳନ କରିବା ଦରକାର । ଏହାପରେ ଦଶବର୍ଷ ପର୍ଯ୍ୟନ୍ତ ଅର୍ଥାତ୍ ତାହାକୁ ପନ୍ଦର ବର୍ଷ ହେବା ପର୍ଯ୍ୟନ୍ତ କଠୋର ଅନୁଶାସନ ମଧ୍ୟରେ ରଖିବା ଦରକାର । କିନ୍ତୁ ଯେତେବେଳେ ପୁତ୍ର ପନ୍ଦର ବର୍ଷକୁ ଅତିକ୍ରମ କରି ଷୋଳ ବର୍ଷରେ ପଦାର୍ପଣ କରିବ, ସେତେବେଳେ ସେ ବୟସ୍କରେ ପରିଗଣିତ ହେବ । ସେହି ସମୟଠାରୁ କିନ୍ତୁ ପୁତ୍ର ସହିତ ଏକ ମିତ୍ର ପରି ସମ୍ମାନର ସହିତ ବ୍ୟବହାର କରିବା ଦରକାର ।

ସମୟର ଆବଶ୍ୟକତା :

ଉପସର୍ଗେଽନ୍ୟଚକ୍ରେ ଚ ଦୁର୍ଭିକ୍ଷେ ଚ ଭୟାବହେ ।
ଅସାଧୁଜନସଂପର୍କେ ପଲାୟତି ସ ଜୀବତି ॥ 19 ॥

ଆଚାର୍ଯ୍ୟ ଚାଣକ୍ୟ ଏଠାରେ ସମୟର ଆବଶ୍ୟକତା ସଂପର୍କରେ ଚର୍ଚ୍ଚା କରିବାକୁ ଯାଇ କହୁଛନ୍ତି ଯେ ଉପଦ୍ରବ ବା ଯୁଦ୍ଧ ସମୟରେ, ଭୟଂକର ଦୁର୍ଭିକ୍ଷ ପଡ଼ିବା ସମୟରେ ଓ ଦୁଷ୍ଟଲୋକମାନଙ୍କ ସହିତ ସମ୍ମୁଖୀନ ହୋଇଗଲା ପରେ ପଳାୟନ କରିପାରୁଥିବା ବ୍ୟକ୍ତି ହିଁ ବଂଚି ଯାଇଥାଏ ।

ଏଥିରୁ ଏହି ଅର୍ଥ ନିଷ୍ପନ୍ନ ହେଉଛି ଯେ ଅନ୍ୟ ଲୋକମାନଙ୍କ ମଧ୍ୟରେ ଲଢ଼େଇ ଝଗଡ଼ା ହେଲେ ବା ଯୁଦ୍ଧ ଲାଗିଲେ, ଭୟଂକର ଦୁର୍ଭିକ୍ଷ ପଡ଼ିଲେ ଏବଂ ଦୁଷ୍ଟଲୋକମାନଙ୍କ ସଂପର୍କ ମଧ୍ୟକୁ ଚାଲି ଆସିଥିଲେ, ତୁରନ୍ତ କୌଶଳ କ୍ରମେ ସେଠାରୁ ଅନ୍ୟତ୍ର ସୁସ୍ଥାନକୁ ଖସି ପଳାଇ ଯାଉଥିବା ବ୍ୟକ୍ତି ନିଜକୁ ବଂଚାଇ ପାରିଥାଏ । ଏପରି ସ୍ଥାନରୁ ଖସି ପଳାଇବା ହିଁ ହେଉଛି ତତ୍କାଳୀନ ସମୟର ସବୁଠାରୁ ବଡ଼ ଆବଶ୍ୟକତା ।

ଜୀବନର ନିଷ୍ଫଳତା :

ଧର୍ମାର୍ଥକାମମୋକ୍ଷେଷୁ ଯସ୍ୟୈକୋଽପି ନ ବିଦ୍ୟତେ ।
ଜନ୍ମ ଜନ୍ମାନି ମର୍ତ୍ତ୍ୟେଷୁ ମରଣଂ ତସ୍ୟ କେବଲମ୍ ॥ 20 ॥

ଏଠାରେ ଆଚାର୍ଯ୍ୟ ଚାଣକ୍ୟ ଜୀବନର ନିରର୍ଥକତାକୁ ଚର୍ଚ୍ଚା କରିବାକୁ ଯାଇ କୁହନ୍ତି ଯେ ଯେଉଁ ମନୁଷ୍ୟକୁ ଧର୍ମ, ଅର୍ଥ, କାମ (ଭୋଗ) ଓ ମୋକ୍ଷ ମଧ୍ୟରୁ କୌଣସି ଗୋଟିଏ ବି ମିଳି ନଥାଏ, ତାହାର ଜନ୍ମ କେବଳ ମରିବା ପାଇଁ ସୃଷ୍ଟି ହୋଇଛି ।

ଏଥିରୁ ଅର୍ଥ ନିଷ୍ପନ୍ନ ହେଉଛି ଯେ ଧର୍ମ, ଅର୍ଥ, କାମ ଓ ମୋକ୍ଷ -ଏହି ଚତୁର୍ବର୍ଗ ଫଳପ୍ରାପ୍ତି ହେଉଛି ମନୁଷ୍ୟ ଜୀବନର ପ୍ରମୁଖ କାର୍ଯ୍ୟ । ଯେଉଁ ବ୍ୟକ୍ତି କିଛି ଭଲ କାମ ନକରି ଧର୍ମକୁ ସଂଚୟ କରେ ନାହିଁ, ଅର୍ଥ ରୋଜଗାର କରେ ନାହିଁ, କାମ-ଭୋଗାଦିର ଇଚ୍ଛାକୁ ପୂର୍ଣ୍ଣ କରି ପାରେ ନାହିଁ କି ମୋକ୍ଷକୁ ମଧ୍ୟ ଲାଭ କରିବାକୁ ପ୍ରଯତ୍ନ କରେ ନାହିଁ, ତାହାର ଜୀଇଁବା ଓ ମରିବା ଏକାପରି । ସେ ଯେପରି ଏହି ଦୁନିଆକୁ ଆସିଥାଏ, ଠିକ୍ ସେହିପରି ଏ ଦୁନିଆରୁ ଚାଲିଯାଏ । ତାହାର ଜୀବନ ନିରର୍ଥକ ହୋଇଥାଏ ।

ଲକ୍ଷ୍ମୀଙ୍କ ନିବାସ ସ୍ଥଳୀ :

ମୂର୍ଖାଃ ଯତ୍ର ନ ପୂଜ୍ୟନ୍ତେ ଧାନ୍ୟ ଯତ୍ର ସୁସଂଚିତମ୍ ।
ଦାମ୍ପତ୍ୟୋଃ କଲହୋ ନାସ୍ତି ତତ୍ର ଶ୍ରୀ ସ୍ୱୟାଗତା ॥ 21 ॥

ଆଚାର୍ଯ୍ୟ ଚାଣକ୍ୟ ଏଠାରେ ବିଦ୍ୱାନମଣ୍ଡଳୀ ଓ ସ୍ତ୍ରୀଙ୍କ ସମ୍ମାନରେ ଖୁସି ଓ ଶାନ୍ତିର ସ୍ଥିତିକୁ ପ୍ରତିପାଦିତ କରିବାକୁ ଯାଇ କୁହନ୍ତି ଯେ ଯେଉଁଠାରେ ମୂର୍ଖଙ୍କୁ ସମ୍ମାନ ମିଳେ ନାହିଁ, ଅନ୍ନ ଭଣ୍ଡାର ପୂର୍ଣ୍ଣ ରହିଥାଏ ଏବଂ ଯେଉଁଠାରେ ଦାମ୍ପତ୍ୟ ଜୀବନରେ କେବେହେଲେ କଳହ ସୃଷ୍ଟି ହୁଏ ନାହିଁ; ସେଠାକୁ ଲକ୍ଷ୍ମୀ ଦେବୀ ସ୍ୱୟଂ ଆଗମନ କରିଥାନ୍ତି ।

ଏଥିରୁ ଅର୍ଥ ପ୍ରତିପାଦିତ ହେଉଛି ଯେ ଯେଉଁ ଗୃହରେ କୌଣସି ଲୋକ ମଧ୍ୟ ମୂର୍ଖ ହୋଇ ନଥାନ୍ତି, ଶସ୍ୟ ଓ ଖାଦ୍ୟ ଦ୍ରବ୍ୟରେ ଭଣ୍ଡାର ଘର ପରିପୂର୍ଣ୍ଣ ରହିଥାଏ ତଥା ଯେଉଁ ଗୃହରେ ପତି-ପତ୍ନୀଙ୍କ ମଧ୍ୟରେ କେବେହେଲେ ଲଢ଼େଇ-ଝଗଡ଼ା କି ମନୋମାଳିନ୍ୟ ଆଦି ନଥାଏ, ତାଙ୍କ ଘରେ ସୁଖ-ଶାନ୍ତି, ଧନ-ସଂପଦ ଆଦି ସଦୈବ ଭରପୂର ରହିଥାଏ । ଏହି କାରଣରୁ ଏପରି କୁହା ଯାଇପାରିବ ଯେ ଯଦି ଦେଶର ସମୃଦ୍ଧି ଓ ଦେଶବାସୀଙ୍କ ସନ୍ତୁଷ୍ଟି ଲକ୍ଷ୍ୟ ରହିଥାଏ, ତେବେ ମୂର୍ଖଙ୍କ ସ୍ଥାନରେ ଗୁଣବାନ ବ୍ୟକ୍ତିଙ୍କୁ ସମ୍ମାନ ଦେବା ଦରକାର । ଦୁଃସମୟ ପାଇଁ ଅନ୍ନାଦିକୁ ସଂଚୟ କରିବା ଦରକାର । ଏବଂ ଘର-ଗୃହସ୍ଥିରେ ବାଦ-ବିବାଦର ବାତାବରଣ ସୃଷ୍ଟି କରିବାକୁ ନଦେବା ପ୍ରତି ଦୃଷ୍ଟି ଦେବା ଦରକାର । ଯେତେବେଳେ ବିଦ୍ୱାନମାନଙ୍କର ଆଦର-ସତ୍କାର ସହିତ ମୂର୍ଖମାନଙ୍କୁ ତିରସ୍କାର କରାଯିବ, ଅନ୍ନ-ଶସ୍ୟର ପ୍ରଚୁରତା ବଢ଼ିଯିବ ଓ ପତି-ପତ୍ନୀଙ୍କ ମଧ୍ୟରେ ସଦ୍ ଭାବ ବୃଦ୍ଧି ପାଇବ; ସେତେବେଳେ ଗୃହସ୍ଥଙ୍କ ଗୃହରେ ବା ଦେଶରେ ଧନ-ଦ୍ରବ୍ୟାଦିର କ୍ରମୋନ୍ନତି ବିଶେଷ ଭାବରେ ସାଧିତ ହୋଇ ପାରିବ- ଏଥିରେ ସନ୍ଦେହ ନାହିଁ ଏବଂ ଏତାଦୃଶ ଆଚରଣ ବ୍ୟକ୍ତି ଓ ଦେଶକୁ ସମୁନ୍ନତ କରିବାରେ ସହାୟକ ହୋଇଉଠିବ ।

ଚତୁର୍ଥ ଅଧ୍ୟାୟ

କିଛି ଜିନିଷ ଭାଗ୍ୟକୁ ମିଳିଥାଏ:

ଆୟୁଃ କର୍ମ ବିତ୍ତଂଚ ବିଦ୍ୟା ନିଧନମେବ ଚ ।
ପଂଚୈତାନି ହି ସୃଜ୍ୟନ୍ତେ ଗର୍ଭସ୍ଥସ୍ୟୈବ ଦେହିନଃ ॥ 1 ॥

ଆଚାର୍ଯ୍ୟ ଚାଣକ୍ୟ ଏଠାରେ ଭାଗ୍ୟକୁ ଲକ୍ଷ୍ୟ କରି ମାନବ ଜୀବନ ପ୍ରାରମ୍ଭରେ ତାହାର ଲିଖନ ସଂପର୍କରେ କହିବାକୁ ଯାଇ କୁହନ୍ତି ଯେ ଆୟୁ, ଧନ-ଦ୍ରବ୍ୟ, ବିଦ୍ୟା, ନିଧନ - ଏହି ପାଂଚଟି ଜିନିଷ ପ୍ରାଣୀ ଭାଗ୍ୟରେ ସେତେବେଳେ ଲେଖି ଦିଆ ଯାଇଥାଏ, ଯେତେବେଳେ ସେ ମାତୃଗର୍ଭରେ ପ୍ରଥମେ ଅବସ୍ଥାନ କରେ ।

କହିବାର ଅଭିପ୍ରାୟ ହେଉଛି ଯେ ପ୍ରାଣୀ ଯେତେବେଳେ ମାଆ ଗର୍ଭରେ ରୁହେ, ସେତେବେଳେ ପାଂଚଟି ଜିନିଷ ତାହାର ଭାଗ୍ୟରେ ଲେଖି ଦିଆ ଯାଇଥାଏ- ଆୟୁ, କର୍ମ, ଧନ-ଦ୍ରବ୍ୟା, ବିଦ୍ୟା ଓ ମୃତ୍ୟୁ । ଏହା ପରବର୍ତ୍ତୀ କାଳରେ କେବେହେଲେ ମଧ୍ୟ ପରିବର୍ତ୍ତିତ ହୋଇ ପାରିବ ନାହିଁ । ତାହାର ଯେତିକି ପରମାୟୁ ରହିଛି, ତାହାଠାରୁ ଗୋଟିଏ ମୁହୂର୍ତ୍ତ ପୂର୍ବରୁ ତାହାକୁ କେହି ମାରି ପାରିବେ ନାହିଁ । ସେ ଯାହା କର୍ମ କରୁ ନା କାହିଁକି, ତାକୁ ଯାହା ବି ଧନ ସଂପତ୍ତି ଓ ବିଦ୍ୟା ମିଳୁଛି, ସେସବୁ ପୂର୍ବରୁ ହିଁ ସ୍ଥିରୀକୃତ ହୋଇ ସାରିଛି । ଯେତେବେଳେ ତାହାର ମୃତ୍ୟୁ ସମୟ ଆସି ଉପସ୍ଥିତ ହୋଇଥାଏ, ସେତେବେଳେ ଗୋଟିଏ ମୁହୂର୍ତ୍ତପାଇଁ ମଧ୍ୟ ତାହାକୁ କେହି ବଂଚାଇ ପାରିବେ ନାହିଁ ।

ସନ୍ଥଙ୍କ ସେବା କଲେ ଫଳ ମିଳିଥାଏ:

ସାଧୁଭ୍ୟସ୍ତେ ନିବର୍ତନ୍ତେ ପୁତ୍ରଃ ମିତ୍ରାଣି ବାନ୍ଧବାଃ ।
ୟେ ଚ ତୈଃ ସହ ଗନ୍ତାରସ୍ତଦ୍ଧର୍ମାତ୍ସୁକୃତଂ କୁଳମ୍ ॥ 2 ॥

ଆଚାର୍ଯ୍ୟ ଚାଣକ୍ୟ ଏଠାରେ ସନ୍ଥମାନଙ୍କ ସେବାକୁ ମହତ୍ୱ ପ୍ରଦାନ କରିବାକୁ ଯାଇ କୁହନ୍ତି ଯେ ସଂସାରରେ ସବୁଠାରୁ ଅଧିକ ପୁତ୍ର, ମିତ୍ର, ଭାଇ, ସାଧୁ-ମହାତ୍ମା ଓ ବିଦ୍ୱାନମାନେ ସଂଗତିଠାରୁ ଦୂରରେ ରହିଥାନ୍ତି । ଯେଉଁମାନେ ସତ୍ ସଂଗତି କରିଥାନ୍ତି, ସେମାନେ ନିଜର କୁଳକୁ ପବିତ୍ର କରି ଦେଇଥାନ୍ତି ।

ଏଥିରୁ ଏହି ଅର୍ଥ ପ୍ରତିପାଦିତ ହେଉଛି ଯେ ସଂସାରର ପ୍ରାୟ ସବୁ ଲୋକମାନେ ସତ୍‌ସଂଗ ଠାରୁ ଦୂରରେ ରହିଥାନ୍ତି । କିନ୍ତୁ ଯେଉଁ ବ୍ୟକ୍ତି ପ୍ରକୃତ ଜ୍ଞାନୀ-ମହାତ୍ମାମାନଙ୍କ ଗହଣରେ କାଳାତିପାତ କରନ୍ତି, ସେମାନେ ବାସ୍ତବରେ କୁଳକୁ ପବିତ୍ର କରିବା ସଂଗେ ସଂଗେ ତହାକୁ ତ୍ରାଣ ମଧ୍ୟ କରିଥାନ୍ତି ।

ସେମାନେ ସେହି ସଦାଚରଣ ଦ୍ୱାରା ନିଜର ପୂରା ପରିବାରକୁ ଉଜ୍ଜ୍ୱଳ କରିଥାନ୍ତି । ତାଙ୍କର ସେହି କାର୍ଯ୍ୟପାଇଁ ସମଗ୍ର ପରିବାର ଗର୍ବ କରିବା ଉଚିତ । ତାହାଙ୍କୁ ସେମାନେ ନିଜର ଆଦର୍ଶ ବୋଲି

ମାନି ନେବା ଉଚିତ ଏବଂ ତାଙ୍କଠାରୁ ଅନ୍ୟମାନେ ପ୍ରେରଣା ଲାଭ କରିବା ଦରକାର । ମଣିଷ ଜାଣେ ଯେ ଏହି ଶରୀର ହେଉଛି ନଶ୍ୱର । ଏହାର ଯଥାର୍ଥତା ଜାଣି ମଧ୍ୟ ସଂସାରିକ କାର୍ଯ୍ୟରୁ ନିଜକୁ ନିର୍ଲିପ୍ତ ରଖିବା ପରିବର୍ତ୍ତେ ସେ ସେଥିରେ ଅତ୍ୟଧିକ ପରିମାଣରେ ଲିପ୍ତ ରହି ଅନ୍ୟାନ୍ୟ କାର୍ଯ୍ୟ କରିଥାଏ ।

ଦର୍ଶନଧ୍ୟାନସଂସ୍ପର୍ଶୈର୍ମତ୍ସ୍ୟୀ କୂର୍ମୀ ଚ ପକ୍ଷିଣୀ ।
ଶିଶୁ ପାଲୟତେ ନିତ୍ୟଂ ତଥା ସଜ୍ଜନସଂଗତିଃ ॥ 3 ॥

ଆଚାର୍ଯ୍ୟ ଚାଣକ୍ୟ ଏଠାରେ ସତ୍‌ସଂଗତିର ଚର୍ଚ୍ଚା କରିବାକୁ ଯାଇ କୁହନ୍ତି ଯେ ଯେପରି ମାଛ, କଇଁଛ ଓ ଚଢ଼େଇମାନେ ନିଜ ନିଜର ଛୁଆକୁ କ୍ରମଶଃ ଦେଖି, ମନଦେଇ ତଥା ସ୍ପର୍ଶ କରି ପାଳନ କରିଥାନ୍ତି, ଠିକ ସେହି ପ୍ରକାରରେ ସତ୍‌ସଂଗତି ମଧ୍ୟ ମନୁଷ୍ୟକୁ ପ୍ରତ୍ୟେକ ସ୍ଥିତିରେ ପାଳନ କରିଥାଏ ।

ଏଥିରୁ ଏହି ଅର୍ଥ ପ୍ରତିପାଦିତ ହେଉଛି ଯେ ମାଛ ନିଜର ଛୁଆକୁ ବାରମ୍ବାର ଦେଖି ପାଳନ କରିଥାଏ, କଇଁଛ ମନଦେଇ ତା' ଛୁଆକୁ ଦେଖିବା ପୂର୍ବକ ପାଳନ କରିଥାଏ ଏବଂ ପକ୍ଷୀ ତା' ଛୁଆକୁ ନିଜର ଡେଣା ଘୋଡ଼ାଇ ପାଳନ କରିଥାଏ । ଠିକ୍ ସେହି ପ୍ରକାରରେ ସଜ୍ଜନମାନେ ମଧ୍ୟ ମନୁଷ୍ୟମାନଙ୍କୁ ସେହି ପ୍ରକାରରେ ଦେଖା-ଶୁଣା କରିଥାନ୍ତି ।

ଯେତେ ଦୂର ସଂଭବ ପୁଣ୍ୟ କାର୍ଯ୍ୟ କର :

ଯାବତ୍‌ସ୍ୱସ୍ଥୋ ହ୍ୟୟଂ ଦେହଃ ତାବନ୍ମୃତ୍ୟୁଶ୍ଚ ଦୂରତଃ ।
ତାବଦାତ୍ମହିତଂ କୁର୍ଯ୍ୟାତ୍ ପ୍ରଣାନ୍ତେ କିଂ କରିଷ୍ୟତି ॥ 4 ॥

ଆଚାର୍ଯ୍ୟ ଚାଣକ୍ୟ ଏଠାରେ ଆତ୍ମ କଲ୍ୟାଣର ମାର୍ଗ ପ୍ରଶସ୍ତ କରିବାକୁ ଯାଇ କହିଛନ୍ତି ଯେ ଯେତେବେଳ ପର୍ଯ୍ୟନ୍ତ ଜଣଙ୍କର ଶରୀର ସୁସ୍ଥ ଥିବ, ସେତେବେଳ ପର୍ଯ୍ୟନ୍ତ ମୃତ୍ୟୁ ମଧ୍ୟ ତା' ପାଖରୁ ଦୂରେଇ ରହିଥିବ । ଏଣୁ ଆତ୍ମାର କଲ୍ୟାଣ କରି ନେବା ଦରକାର । ପ୍ରାଣ ଚାଲିଗଲା ପରେ କଣ କରା ଯାଇପାରିବ ? କେବଳ ପଶ୍ଚାତାପ ହିଁ କରିବାକୁ ବାକି ରହିଥିବ ।

ଏଠାରେ ଅର୍ଥ ପ୍ରତିପାଦିତ ହେଉଛି ଯେ ଯେତେବେଳ ପର୍ଯ୍ୟନ୍ତ ଶରୀର ସୁସ୍ଥ ରହିଥିବ, ସେତେବେଳ ପର୍ଯ୍ୟନ୍ତ ମୃତ୍ୟୁଭୟ ଆଦୌ ନଥିବ । ଏଣୁ ଏହି ସମୟରେ ଆତ୍ମା ଓ ପରମାତ୍ମାଙ୍କୁ ଜାଣି ଆତ୍ମକଲ୍ୟାଣ କରିବା ଦରକାର । ମୃତ୍ୟୁ ହୋଇଗଲା ପରେ ଆଉ କିଛି ମଧ୍ୟ କରି ହେବନାହିଁ ।

ଆଚାର୍ଯ୍ୟ ଚାଣକ୍ୟଙ୍କ ବକ୍ତବ୍ୟ ହେଉଛି ଯେ ସମୟ ମାଡ଼ି ମାଡ଼ି ଆଗକୁ ଚାଲି ଯାଉଛି, ହେଲେ ବ୍ୟକ୍ତିକୁ କେତେବେଳେ ରୋଗ ଆକ୍ରାନ୍ତ କରି ବସିବ ବା କେତେବେଳେ ମୃତ୍ୟୁର ବର୍ତ୍ତାକୁ ବହନ କରି ସ୍ୱୟଂ ଯମରାଜାଙ୍କ ଦୂତ ଆସି ଦ୍ୱାରବନ୍ଧ ନିକଟରେ ଆସି ଠିଆ ହୋଇଯିବେ; ତାହା କହି ହେବ ନାହିଁ ।

ଏହି କାରଣରୁ ମନୁଷ୍ୟକୁ ଏହି ଜୀବନରେ ଅଧିକରୁ ଅଧିକ ପୁଣ୍ୟ କର୍ମ କରିବା ଦରକାର । କାରଣ ସମୟ ଉପରେ କଣ ଭରସା କରିହେବ ? ଯାହା କିଛି କରିବାର କଥା, ବେଳ ଥାଉଁ ଥାଉଁ ତାହା କରିଦେବା ଦରକାର ।

ବିଦ୍ୟା କାମଧେନୁ ପରି :

କାମଧେନୁଗୁଣା ବିଦ୍ୟା ହ୍ୟୟକାଲେ ଫଳଦାୟିନୀ ।
ପ୍ରବାସେ ମାତୃସଦୃଶା ବିଦ୍ୟା ଗୁପ୍ତଂ ଧନଂ ସ୍ମୃତମ୍ ॥ 5 ॥

ଆଚାର୍ଯ୍ୟ ଚାଣକ୍ୟ ଏଠାରେ ବିଦ୍ୟାର ମହତ୍ୱକୁ ପ୍ରତିପାଦିତ କରିବାକୁ ଯାଇ ତାହାର ପ୍ରୟୋଜନ ଓ ଉପଯୋଗିତା ସଂପର୍କରେ ଚର୍ଚ୍ଚା କରିବା ପୂର୍ବକ କହୁଛନ୍ତି ଯେ ବିଦ୍ୟା ହେଉଛି କାମଧେନୁ ପରି ଅନେକ ଗୁଣରେ ସଂପନ୍ନା; ଯାହା ଦୁଃସମୟରେ ମଧ୍ୟ ଫଳ ପ୍ରଦାନ କରିଥାଏ ଓ ପ୍ରବାସରେ ମାଆ ପରି ତଥା ଗୁପ୍ତଧନ ପରି କାର୍ଯ୍ୟ କରିଥାଏ ।

ଏଠାରେ କୁହାଯାଇଛି ଯେ ବିଦ୍ୟା କାମଧେନୁ ପରି ସମସ୍ତ ଇଚ୍ଛାକୁ ପୂର୍ଣ୍ଣ କରିଥାଏ । ଅତ୍ୟନ୍ତ ଦୁଃସମୟରେ ମଧ୍ୟ ତାହା ସଂଗ ତ୍ୟାଗ କରେ ନାହିଁ । ଘରଠାରୁ କେଉଁ ଦୂର ସ୍ଥାନକୁ ଯାତ୍ରା କଲେ ମଧ୍ୟ ତାହା ମାଆ ପରି ସଦୈବ ରକ୍ଷାକର୍ତ୍ତା ହୋଇଥାଏ । ଏହା ଏପରି ଏକ ଗୁପ୍ତଧନ, ଯାହାକୁ କେହି ଦେଖି ମଧ୍ୟ ପାରନ୍ତି ନାହିଁ ।

ଆଚାର୍ଯ୍ୟ ଚାଣକ୍ୟ ସ୍ୱୀକାର କରନ୍ତି ଯେ ବିଦ୍ୟା ହେଉଛି ଏକ ପ୍ରକାରର ଗୁପ୍ତଧନ, ଯାହା ଆଖିକୁ ଦେଖାଯାଏ ନାହିଁ ମାତ୍ର ଏହାକୁ ଅନୁଭବ କରି ହୁଏ, ଏହାକୁ ବିଭାଜନ କରି ହେବ ନାହିଁ କି ଏହାର ଚୋରୀ ମଧ୍ୟ ହୋଇ ପାରିବ ନାହିଁ । ଏଣୁ ଏହା ସବୁଦିଗରୁ ସୁରକ୍ଷିତ ଓ ବିଶ୍ୱଶନୀୟ ମଧ୍ୟ । ବେଳ ପଡ଼ିଲେ ଏହା ଲୋକର କାମରେ ମଧ୍ୟ ଆସିଥାଏ ।

ଏହି ପ୍ରକାର ବିଦ୍ୟା ସଂକଟ କାଳରେ କାମଧେନୁ ପରି ଓ ବିଦେଶ କାଳରେ ମାତା ପରି ମନେ ହେଇଥାନ୍ତି । ସବୁଠାରୁ ବଡ଼ କଥା ହେଉଛି ଯେ ଏହା ଏକ ପ୍ରକାରର ପ୍ରଚ୍ଛନ୍ନ ଓ ସୁରକ୍ଷିତ ଧନ । ସୁନା ଗହଣାକୁ କେହି ଚୋରୀ ବା ଛଡ଼େଇ ନେଇଗଲା ପରି ଏହାକୁ କେହି ଚୋରୀ କରି ପାରିବେ ନାହିଁ କି ଛଡ଼େଇ ନେଇ ପାରିବେ ନାହିଁ ।

ଗୋଟିଏ ମାତ୍ର ଗୁଣବାନ ପୁତ୍ର ପର୍ଯ୍ୟାପ୍ତ :

ଏକୋଽପି ଗୁଣବାନ ପୁତ୍ରୋ ନିର୍ଗୁଣୈଷ୍ଟ ଶତୈର୍ବରଃ
ଏକଷ୍ଚନ୍ଦ୍ରସ୍ତମୋ ହନ୍ତି ନ ତାରାଃ ସହସ୍ରଶଃ ॥ 6 ॥

ଆଚାର୍ଯ୍ୟ ଚାଣକ୍ୟ ଏଠାରେ ଉପାଦେୟତା, ଗୁଣ ତଥା ଯୋଗ୍ୟତା ଆଧାରରେ ପୁତ୍ରର ମହତ୍ୱକୁ ପ୍ରତିପାଦିତ କରିବାକୁ ଯାଇ କହିଛନ୍ତି ଯେ କେବଳ ଗୋଟିଏ ଗୁଣବାନ ଓ ବିଦ୍ୱାନ ପୁତ୍ର ହଜାରେ ଗୁଣହୀନ, ନିଷ୍କର୍ମା ପୁତ୍ରମାନଙ୍କଠାରୁ ଅତ୍ୟନ୍ତ ପକ୍ଷେ ଶ୍ରେୟସ୍କର । ଯେଉଁ ପ୍ରକାରରେ ଗୋଟିଏ ଚନ୍ଦ୍ରମା ରାତ୍ରିର ଅନ୍ଧକାରକୁ ଦୂରୀଭୂତ କରିଥାଏ, ଅସଂଖ୍ୟ ତାରାମାନେ ମିଳିତ ଭାବରେ ମଧ୍ୟ ରାତ୍ରୀର ଗହନ ଅନ୍ଧକାରକୁ ଦୂର କରି ପାରନ୍ତିନାହିଁ; ଏହି ପ୍ରକାରରେ ଗୋଟିଏ ଗୁଣବାନ ପୁତ୍ର ନିଜର କୁଳର ନାମକୁ ଉଜ୍ଜ୍ୱଳ କରିଥାଏ, ତାହାକୁ ଉର୍ଦ୍ଧ୍ୱଗାମୀ କରିଥାଏ; ସୁଖ୍ୟାତି ଆଣି ଦେଇଥାଏ । ହଜାରେ ନିଷ୍କର୍ମା ପୁତ୍ର ମିଳିତ ଭାବରେ କୁଳର ପ୍ରତିଷ୍ଠାକୁ ଉଚ୍ଚକୁ ନେଇ ପାରିବେ ନାହିଁ । ନିଷ୍କର୍ମା ଗୁଣହୀନ ପୁତ୍ର ବରଂ ନିଜର କୁକର୍ମ ଦ୍ୱରା କୁଳକୁ କଳଂକିତ କରିଥାନ୍ତି । ସେମାନେ ଥାଇ ମଧ୍ୟ କୌଣସି କାମକୁ ଆସନ୍ତି ନାହିଁ । ସେମାନେ ତ କେବଳ ଅନର୍ଥକାରୀ ହୋଇଥାନ୍ତି ।

ମୂର୍ଖ ପୁତ୍ର କେଉଁ କାମକୁ ?

ମୂର୍ଖଶ୍ଚିରାୟୁର୍ଜାତୋଽପି ତସ୍ମାଜ୍ଜାତମୃତୋ ବରଃ ।
ମୃତଃ ସ ଚାଳ୍ପଦୁଃଖାୟ ଯାବଜ୍ଜୀବଂ ଜଡୋ ଦହେତ୍ ॥ 7 ॥

ଆଚାର୍ଯ୍ୟ ଏଠାରେ ଏହି ଶ୍ଲୋକରେ ମୂର୍ଖ ପୁତ୍ରର ନିରର୍ଥକତା ଉପରେ ଟିପ୍ପଣୀ ପ୍ରଦାନ କରିବାକୁ ଯାଇ କୁହନ୍ତି ଯେ ମୂର୍ଖ ପୁତ୍ର ଚିରାୟୁ ହେବା ଅପେକ୍ଷା ମରି ଯିବା ବରଂ ଭଲ, କାରଣ

ଏପରି ପୁତ୍ରର ମୃତ୍ୟୁ ହେଲେ ଥରେ ଜୀବନରେ ଥରେ ମାତ୍ର ଦୁଃଖ ଆସିଥାଏ ମାତ୍ର ବଂଚି ରହିବା ଫଳରେ ସିଏ ସାରା ଜୀବନ ଜଳାଇ ପୋଡାଇ ମାରିଥାଏ ।

ଏଠାରେ ଅର୍ଥ ପ୍ରତିପାଦିତ ହେଉଛି ଯେ ମୂର୍ଖ ପୁତ୍ର ଦୀର୍ଘ ଦିନ ଧରି ବଂଚି ରହିବା ଅପେକ୍ଷା ଖୁବ୍ ଶୀଘ୍ର ମରିଯିବା ବରଂ ଭଲ । କାରଣ ମର୍ଖ ପୁତ୍ରର ମୃତ୍ୟୁ ଘଟିଲେ ଜୀବନରେ କିଛି ଦିନ ପର୍ଯ୍ୟନ୍ତ ନିଶ୍ଚିତ ଭାବରେ ଦୁଃଖ ଆସିବ; କିନ୍ତୁ ବଂଚି ରହିଲେ ଜୀବନ ସାରା ସେ ମାଆ-ବାପାଙ୍କୁ ଦୁଃଖୀ କରାଇଥାଏ ।

ସଂସାରରେ ଏପରି ଅନେକ ଉଦାହରଣ ରହିଛି ଯେ ମୂର୍ଖ ପୁତ୍ରମାନେ ଉତ୍ତରାଧିକାର ସୂତ୍ରରେ ବା ଖାନ୍‌ଦାନୀ କ୍ରମରେ ଲାଭ କରିଥିବା ବିଶାଳ ସାମ୍ରାଜ୍ୟକୁ ମାଟିରେ ମିଶାଇ ଦେଇଛନ୍ତି । ପିତାଙ୍କର ଅତୁଳ ସଂପତିକୁ ନଷ୍ଟ ଭ୍ରଷ୍ଟ କରି ଦେଇଛନ୍ତି । ମନୁଷ୍ୟତ ସ୍ୱଭାବିକ ଭାବରେ ନିଜର ସନ୍ତାନକୁ ସ୍ନେହ କରିଥାଏ; ମାତ୍ର ତାହା ସହିତ ଯଦି ତା' ସହିତ ସେ ପୁତ୍ରର ବାସ୍ତବିକତା ପ୍ରତି ଆଖି ବୁଜିଦିଏ, ତାହାହେଲେ ପରିଣାମ କଣ ହେବ ? ଆଚାର୍ଯ୍ୟ ଚାଣକ୍ୟ ଏଠାରେ ସେହି ପ୍ରବୃତି ଦିଗରେ ମାନବ ସମାଜକୁ ସଚେତନ କରିଛନ୍ତି ।

ଏମାନଙ୍କଠାରୁ ସର୍ବଦା ଦୂରେଇ ରୁହ :

କୁଗ୍ରାମବାସଃ କୁଳହୀନ ସେବା କୁଭୋଜନଂ କ୍ରୋଦମୁଖୀ ଚ ଭାର୍ଯ୍ୟା ।
ପୁତ୍ରଶ୍ଚ ମୂର୍ଖୋଂ ବିଧବା ଚ କନ୍ୟା ବିନାଗ୍ନିମେତେ ପ୍ରଦହନ୍ତି କାୟମ୍ ॥ 8 ॥

ଆଚାର୍ଯ୍ୟ ଚାଣକ୍ୟ ଏଠାରେ ସେହି କଥାକୁ ଉଲ୍ଲେଖ କରିଛନ୍ତି ଯାହାଦ୍ୱାରା ବ୍ୟକ୍ତିର ସର୍ବଦା କ୍ଷତି ହୋଇଥାଏ । ତାଙ୍କର ବକ୍ତବ୍ୟ ହେଉଛି ଯେ ଦୁଷ୍ଟଲୋକମାନଙ୍କ ଗ୍ରାମରେ ରହିବା, କୁଳହୀନଙ୍କ ସେବା କରିବା, କୁଭୋଜନ କରିବା, କର୍କଶା ପତ୍ନୀ ଓ ମୂର୍ଖ ପୁତ ତଥା ବିଧବା କନ୍ୟା- ଏ ସମସ୍ତେ ବ୍ୟକ୍ତିକୁ ବିନା ଅଗ୍ନିରେ ମଧ ଜୀବନ ସାରା ଜଳାଇ ଥାଆନ୍ତି ।

ଏଠାରେ ଅର୍ଥ ପ୍ରତିପାଦିତ ହେଉଛି ଯେ ଏହି ସବୁ କଥା ବ୍ୟକ୍ତିକୁ ବହୁତ ଦୁଃଖ ପ୍ରଦାନ କରିଥାଏ- ଯଦି ଦୁଷ୍ଟଙ୍କ (ଲଂପଟମାନଙ୍କ) ଗହଣରେ ରହିବାକୁ ପଡ଼େ, ନୀଚ ଖାନଦାନ ଲୋକମାନଙ୍କ ଯଦି ସେବା କରିବାକୁ ପଡ଼େ, ଯଦି ଗୃହରେ କଳିଆଖୋର ତଥା କର୍କଶ କଥା କହୁଥିବା ପତ୍ନୀ ଥାଆନ୍ତି, ପୁତ୍ର ପାଠ-ଶାଠ ନ ପଢ଼ି ମୂର୍ଖ ହୋଇଥାଏ ଓ କନ୍ୟା ବିଧବା ହୋଇଥିବ; ତେବେ ଏହି ସମସ୍ତ ଦୁଃଖ ବିନା ନିଆଁରେ ବ୍ୟକ୍ତିର ସାରା ଜୀବନକୁ ଭିତରେ ଭିତରେ ଜାଳି ଦେଇଥାଏ । ସେ ଜୀବନରେ ଶାନ୍ତି ପାଇ ପାରେନାହିଁ ।

ଯାହାର ଉପଯୋଗିତା ନାହିଁ, ତାହା ଥାଇ ଲାଭ କଣ ?

କିଂ ତୟା କ୍ରିୟତେ ଧେନ୍ୱା ୟା ନ ଦୋଗ୍ଧ୍ରୋ ନ ଗର୍ଭିଣୀ ।
କୋଽର୍ଥଃ ପୁତ୍ରେଣ ଜାତେନ ୟୋ ନ ବିଦ୍ୱାନ୍ନ ଭକ୍ତିମାନ୍ ॥ 9 ॥

ଏଠାରେ ଆଚାର୍ଯ୍ୟ ଚାଣକ୍ୟ ଏହି ଶ୍ଳୋକରେ ବସ୍ତୁର ଉପଯୋଗିତା ସଂପର୍କରେ ଚର୍ଚା କରିବାକୁ ଯାଇ କୁହନ୍ତି ଯେ ସେହି ଗାଈକୁ ନେଇ କଣ କରା ଯାଇପାରିବ, ଯିଏ ଦୁଧ ଦେଉ ନଥିବ କି ଗର୍ଭିଣୀ ମଧ୍ୟ ହୋଇ ପାରୁନଥିବ । ଏହିପରି ସେହି ପୁତ୍ର ଜନ୍ମ ହେବାରେ କି ଲାଭ, ଯଦି ସିଏ ବିଦ୍ୱାନ ହେଲା ନାହିଁ କି ଈଶ୍ୱରଙ୍କୁ ଭକ୍ତି କଲାନାହିଁ ।

ଏଠରେ ଅର୍ଥ ପ୍ରତିପାଦିତ ହେଉଛି ଯେ ଯେଉଁ ଗାଈ ଦୁଧ ଦେଉ ନାହିଁ କି ଗର୍ଭିଣୀ ମଧ୍ୟ ହେଉନାହିଁ; ସେହି ଗାଈ ରହିଥିବା ନଥିବା ସହିତ ସମାନ । ଏଭଳି ଗାଈକୁ ପାଳନ କରିବା ସଂପୂର୍ଣ୍ଣ ନିରର୍ଥକ । ଠିକ୍ ସେହିପରି ଭାବରେ ଯେଉଁ ପୁତ୍ର ବିଦ୍ୱାନ ନୁହେଁ କି ଭକ୍ତ ମଧ୍ୟ ନୁହେଁ, ସେଭଳି ପୁତ୍ର ହେବା ହିଁ ନହେବା ସହିତ ସମାନ ।

ଏହିଥିରୁ ସୁଖ ମିଳିଥାଏ :

ସଂସାରାତପଦଗ୍ଧାନାଂ ତ୍ରୟୋ ବିଶ୍ରାନ୍ତିହେତବଃ ।
ଅପତ୍ୟଂ ଚ କଲତ୍ରଂ ଚ ସତାଂ ସଂଗତିରେବ ଚ ॥ 10 ॥

ଏଠାରେ ଆଚାର୍ଯ୍ୟ ଚାଣକ୍ୟ ବ୍ୟକ୍ତିକୁ ଦୁଃଖରେ ଶାନ୍ତିଦାୟୀ ବସ୍ତୁମାନର ଚର୍ଚ୍ଚା କରିବାକୁ ଯାଇ କହିଛନ୍ତି ଯେ ସାଂସାରିକ ତାପରେ ଜଳୁଥିବା ଲୋକମାନଙ୍କୁ ତିନି ଗୋଟି ଜିନିଷ ଆରାମ ଦେଇଥାଏ - ସନ୍ତାନ, ପତ୍ନୀ ତଥା ସଜ୍ଜନମାନଙ୍କର ସଂଗତି ।

ଏଥିରୁ ଅର୍ଥ ପ୍ରତିପାଦିତ ହୋଇଥାଏ ଯେ ନିଜର ସନ୍ତାନ-ସନ୍ତତି, ପତ୍ନୀ ତଥା ଭଲଲୋକଙ୍କ ସଂଗତି- ଏହି ତିନିଗୋଟି ଜିନିଷ ବ୍ୟକ୍ତିପାଇଁ ବାସ୍ତବରେ ଅତ୍ୟନ୍ତ ଉପକାରୀ । ବ୍ୟକ୍ତି ଯେତେବେଳେ କାମ-ଦାମ କରି କ୍ଳାନ୍ତ ହୋଇପଡ଼େ, ସେତେବେଳେ ଏହି ତିନି ଗୋଟି ଜିନିଷ ତାଙ୍କୁ ଏକାନ୍ତ ଶାନ୍ତି ପ୍ରଦାନ କରିଥାଏ । କାରଣ ପ୍ରାୟ ଦେଖା ଯାଇଥାଏ ଯେ ମଣିଷ ବାହ୍ୟ ସଂଘର୍ଷ ସହିତ ସଂଗ୍ରାମ କରିଥାଏ, ଦିନ ସାରା ପରିଶ୍ରମ କରି କରି କ୍ଳାନ୍ତ ହୋଇଗଲା ପରେ ସେ ଯେତେବେଳେ ସନ୍ଧ୍ୟାରେ ଘରକୁ ଫେରେ ସେତେବେଳେ ସେ ନିଜର ସନ୍ତାନଙ୍କୁ ଦେଖି ନିଜର କ୍ଳାନ୍ତି, ପୀଡ଼ା ଓ ମାନସିକ ଯନ୍ତ୍ରଣାକୁ ଭୁଲି ଯାଇ ସୁସ୍ଥ, ସଂତୁଳିତ ଓ ଶାନ୍ତ ହୋଇଯାଏ । ସେହିପରି ସ୍ୱାମୀର ଗୃହାଗମନ ଦେଖି ଯେତେବେଳେ ପତ୍ନୀ ସ୍ମିତ ହାସ୍ୟରେ ପତିକୁ ସ୍ୱାଗତ କରିଥାଏ, ନିଜର ସୁମଧୁର ବାଣୀରେ ପତିର ଖବର-ଅନ୍ତର କଥା ପଚାରି ବୁଝିଥାଏ ଓ ହାତରନ୍ଧା ଖାଦ୍ୟକୁ ଖୁଆଇ ଥାଏ, ସେତେବେଳେ ମଣିଷ ନିଜର ସବୁ କ୍ଳାନ୍ତିକୁ ମଧ୍ୟ ଭୁଲି ଯାଇ ମନରେ ଶାନ୍ତି ପାଇଥାଏ । ଏବଂ ଏହିପରି ଭାବରେ ଯେତେବେଳେ କୌଣସି ମହାପୁରୁଷ କେଉଁ ଏକ ଅସହ୍ୟ ଦୁଃଖରେ ସନ୍ତପ୍ତଥିବା ବ୍ୟକ୍ତିକୁ ଜ୍ଞାନୋପଦେଶ ଦେଇଥାଏ, ସେତେବେଳେ ତାର ପ୍ରଭାବରେ ମଣିଷ ମଧ୍ୟ ଶାନ୍ତ ଓ ସଂଯତ ହୋଇଉଠେ । ଏହିପରି ଭାବରେ ଦେଖିବାକୁ ଗଲେ ଆଜ୍ଞାକାରୀ ସନ୍ତାନ, ପତିବ୍ରତା ସ୍ତ୍ରୀ ଓ ସାଧୁ ସଂଗ ମଣିଷକୁ ସୁଖ ପ୍ରଦାନକାରୀ ତିନିଗୋଟି ସାଧନ ଭାବରେ କାର୍ଯ୍ୟ କରିଥାନ୍ତି । ବାସ୍ତବରେ ମଣିଷ ଜୀବନରେ ଏହି ତିନିଗୋଟି ସାଧନର ବଡ଼ ମହତ୍ୱ ରହିଛି ।

ଏହି କଥା ଥରେ ମାତ୍ର ହିଁ ହୋଇଥାଏ :

ସକୃଜ୍ଜଲ୍ପନ୍ତି ରାଜନଃ ସକୃଜ୍ଜଲ୍ପନ୍ତି ପଂଡ଼ିତାଃ ।
ସକୃତ୍କନ୍ୟାଃ ପ୍ରଦୀୟନ୍ତେ ତ୍ରିଣ୍ୟେତାନି ସକୃତ୍ସକୃତ୍ ॥ 11 ॥

ଆଚାର୍ଯ୍ୟ ଚାଣକ୍ୟ ଏଠାରେ ସଂଯତ ଓ ଏକାଥରକେ କାର୍ଯ୍ୟ କରିବା ସଂପର୍କରେ କୁହନ୍ତି ଯେ ରାଜାମାନେ ଥରେ ମାତ୍ର କହିଥାନ୍ତି, ପଣ୍ଡିତମାନେ ମଧ୍ୟ ଥରେ କହିଥାନ୍ତି ତଥା କନ୍ୟାଦାନ ମଧ୍ୟ ଥରେ ମାତ୍ର କରାଯାଇଥାଏ । ଏହିପରି ଏହି ତିନିଗୋଟି କାର୍ଯ୍ୟ ଥରେ ମାତ୍ର ସଂପନ୍ନ କରାଯାଇଥାଏ ।

- ଅର୍ଥ ହେଉଛି ଯେ ଥରେ ମାତ୍ର ରାଜାଙ୍କ ଆଦେଶ ହୋଇଥାଏ ।
- ବିଦ୍ୱାନ ଲୋକମାନେ ମଧ୍ୟ ଗୋଟିଏ କଥାକୁ ଥରେ ମାତ୍ର କହିଥାନ୍ତି ।
- କନ୍ୟାଦାନ ମଧ୍ୟ ଜୀବନରେ ଥରେ ମାତ୍ର କରା ଯାଇଥାଏ ।

ଏହି ପ୍ରକାରରେ ରାଜା ହୁଅନ୍ତୁ ବା ବିଦ୍ୱାନ ବା ପୁଣି କନ୍ୟାର ବିବାହ ସମ୍ବନ୍ଧ ଆଦିରେ ମାତା-ପିତାଙ୍କ ବଚନ ଅଟଳ ରହିଥାଏ । ତିନିଜଣ- ରାଜା, ପଣ୍ଡିତ ତଥା ମାତା-ପିତା ଦ୍ୱାରା କୁହା ଯାଇଥିବା ବଚନ କେବେହେଲେ ବଦଳି ପାରେନାହିଁ; ବରଂ ତାହାକୁ ପାଳନ କରା ଯାଇଥାଏ । ସେସବୁକୁ ପାଳନ କରିବା ବା ପୂରଣ କରିବା ଦ୍ୱାରା ହିଁ ତାହାର ମହାନତାକୁ ପ୍ରତିପାଦନ କରା ଯାଇଥାଏ । ଅର୍ଥାତ୍ ଯାହାର ଯେଉଁପରି ଭଲ କାମ କରିବା କଥା, ତାହାକୁ ଥରେ ମାତ୍ର କୁହା ଯାଏ; ବାରମ୍ବାର କହି ତାହା କରାଯାଇ ନଥାଏ । ତାହାହିଁ ହେଉଛି ବଡ଼ ଲୋକମାନଙ୍କର ଆଦର୍ଶ ।

କେତେବେଳେ ଏକେଲା ତ କେତେବେଳେ ଏକାଠି :

ଏକାକିନା ତପୋ ଦ୍ୱାଭ୍ୟାଂ ପଠନଂ ଗାୟନଂ ତ୍ରିଭିଃ ।
ଚତୁର୍ଭିଗମନଂ କ୍ଷେତ୍ରଂ ପଂଚଭିର୍ବହୁଭିଃ ରଣମ୍ ॥ 12 ॥

ଆଚାର୍ଯ୍ୟ ଚାଣକ୍ୟ ଏଠାରେ ଏକୁଟିଆ ଥିବା ବେଳେ ମନରେ ଏକାଗ୍ରତା ହେବାର ପକ୍ଷକୁ ପ୍ରତିପାଦିତ କରିବାକୁ ଯାଇ କୁହନ୍ତି ଯେ ତପସ୍ୟା ଏକୁଟିଆ ଅବସ୍ଥାରେ କରିବା ଉଚିତ, ପାଠ ପଢ଼ିଲା ବେଳେ ଦୁଇଜଣ, ଗୀତ ଗାଇବା ବେଳେ ତିନିଜଣ, କୁଆଡ଼କୁ ଯିବା ସମୟରେ ଚାରିଜଣ, କ୍ଷେତରେ ପାଂଚଜଣ ତଥା ଯୁଦ୍ଧକ୍ଷେତ୍ରରେ ଅନେକ ବ୍ୟକ୍ତି ହେବା ଉଚିତ ।

ଏଠାର ଅର୍ଥ ନିଷ୍ପନ୍ନ ହେଉଛି ଯେ ତପସ୍ୟା କଲାବେଳେ ବ୍ୟକ୍ତିକୁ ଏକୁଟିଆ ରହିବା ଦରକାର । ପାଠ ପଢ଼ିବା ସମୟରେ ଦୁଇଜଣ ଏକସଂଗେ ପଢ଼ିବା ଉଚିତ । ଗୀତ ଗାଇବା ବେଳେ ତିନିଜଣ ଜଣଙ୍କ ଉପସ୍ଥିତି ଅତ୍ୟନ୍ତ ଭଲ । କୁଆଡ଼େ ଯିବା-ଆସିବା ସମୟରେ ଯଦି ଚାଲିକି ଯିବାକୁ ହେଉଥାଏ, ତେବେ ଚାରିଜଣ ଯିବାହିଁ ଶୁଭପ୍ରଦ । କ୍ଷେତରେ କାମ କରୁଥିବାବେଳେ ପା□ଜଣ ଯାଇ କାମ କରିବା ବିଧେୟ । ମାତ୍ର ଯୁଦ୍ଧକ୍ଷେତ୍ରରେ ଯେତେ ଅଧିକ ଲୋକ ବା ସୈନ୍ୟ ହେବେ, ତାହା ସେତେ ପରିମାଣରେ ଗ୍ରହଣୀୟ ବୋଲି ସାବ୍ୟସ୍ତ ହେବ ।

ପତିବ୍ରତା ହିଁ ପତ୍ନୀ :

ସା ଭାର୍ଯ୍ୟା ଯା ଶୁଚିଦକ୍ଷା ସା ଭାର୍ଯ୍ୟା ଯା ପତିବ୍ରତା ।
ସା ଭାର୍ଯ୍ୟା ଯା ପତିପ୍ରିୟା ସା ଭାର୍ଯ୍ୟା ସା ସତ୍ୟବାଦିନୀ ॥ 13 ॥

ଏଠାରେ ଆଚାର୍ଯ୍ୟ ଚାଣକ୍ୟ ପତ୍ନୀଙ୍କ ସ୍ୱରୂପକୁ ଚର୍ଚ୍ଚା କରିବା ଅବସରରେ କହିଛନ୍ତି ଯେ ସିଏ ହେଉଛି ପତ୍ନୀ, ଯିଏ ପବିତ୍ର ଓ ନିପୁଣା । ସିଏ ପତ୍ନୀ, ଯିଏ ପତିବ୍ରତା । ସିଏ ପତ୍ନୀ, ଯାହାର ନିଜ ସ୍ୱାମୀ ପ୍ରତି ପ୍ରଗାଢ଼ ପ୍ରେମ ଥିବ । ସେହି ପତ୍ନୀ, ଯିଏ ସ୍ୱାମୀଙ୍କୁ ସତ୍ୟ କହିଥାନ୍ତି ।

ଏଥିରୁ ଅର୍ଥ ପ୍ରତିପାଦିତ ହେଉଛି ଯେ ଯେଉଁ ନାରୀର ଆଚରଣ ପବିତ୍ର, ଯିଏ କର୍ମ ନିପୁଣା ଗୃହିଣୀ, ଯିଏ ପତିବ୍ରତା, ଯିଏ ନିଜର ପତିଙ୍କୁ ପ୍ରକୃତ ପ୍ରେମ କରନ୍ତି ଓ ତାଙ୍କୁ କେବେହେଲେ ମିଥ୍ୟା କୁହନ୍ତି ନାହିଁ; ସେହିଭଳି ସ୍ତ୍ରୀଙ୍କୁ ପତ୍ନୀ କୁହା ଯାଇ ପାରିବ । ଯେଉଁ ନାରୀଙ୍କଠାରେ ଏହି ସବୁ ଗୁଣ ନଥିବ, ତାହାଙ୍କୁ ପତ୍ନୀ କୁହା ଯାଇ ପାରିବ ନାହିଁ ।

ଅର୍ଥାତ୍ ଆଦର୍ଶ ପତ୍ନୀ ସେହି ନାରୀ ଯିଏ ମନ, ବଚନ ତଥା କର୍ମରେ ପବିତ୍ର ହୋଇଥିବ, ତାଙ୍କର ଗୁଣକୁ ଗଭୀର ଭାବରେ ବିବେଚନା କରିବାକୁ ଯାଇ କୁହା ଯାଇଛି ଯେ ଶରୀର ଓ ଅନ୍ତଃକରଣରେ ଶୁଦ୍ଧ, ଆଚାର-ବିଚାର ଅତ୍ୟନ୍ତ ସ୍ୱଚ୍ଛ, ଗୃହକାର୍ଯ୍ୟ ଯେପରି ରୋଷେଇ-ବାସ କରିବା, ଘରୋଇ ଜିନିଷର ଯତ୍ନ ନେବା, କାଟିବା-ବାଟିବା-ଧୋଇବା-ଶୁଖାଇବା ଆଦି କାମକରିବା ଓ ଗୃହକୁ ସାଜସଜ୍ଜା କରି ରଖିବାରେ ନିପୁଣା, ମନ, ବଚନ ଓ ଶରୀରରେ ପତିଙ୍କ ପ୍ରତି ଅନୁରକ୍ତ ରହିବା ଓ ପତିକୁ ସଦୈବ ପ୍ରସନ୍ନ ରଖିବା ଆଦି ଯାବତୀୟ କର୍ମକୁ ନିଜର ମୌଳିକ କର୍ମ ବୋଲି ମନେ କରୁଥିବା ନାରୀହିଁ ବାସ୍ତବରେ ପତ୍ନୀ ହେବାର ଯୋଗ୍ୟତା ଲାଭ କରିଥାନ୍ତି । ସ୍ୱାମୀଙ୍କ ନିକଟରେ ନିରନ୍ତର ସତ୍ୟ କହୁଥିବ ଓ ଥଟ୍ଟା-ମଜ୍ଜାରେ ଏପରି କିଛି କଥା କେବେ କହୁ ନଥିବ, ଯାହାକି ପରବର୍ତ୍ତୀ କାଳରେ କାହାରି ମନରେ ସନ୍ଦେହ ସୃଷ୍ଟି କରିବ; ସେହି ଭଳି ନାରୀମାନଙ୍କର ଗୃହ ବାସ୍ତବରେ ସ୍ୱର୍ଗ ସମାନ ହୋଇଉଠେ । ଅନ୍ୟଥା ଉପରୋକ୍ତ ଗୁଣମାନର ଅଭାବରେ ନାରୀମାନଙ୍କପାଇଁ ଗୃହ ନର୍କରେ ପରିଣତ ହୋଇ ଯାଇଥାଏ ।

ନିର୍ଦ୍ଧନତା ଏକ ଅଭିଶାପ :

ଅପୁତ୍ରସ୍ୟ ଗୃହଂ ଶୂନ୍ୟଂ ଦିଶଃ ଶୂନ୍ୟାସ୍ତ୍ୱବାନ୍ଧବାଃ ।
ମୂର୍ଖସ୍ୟ ହୃଦୟଂ ଶୂନ୍ୟଂ ସର୍ବଶୂନ୍ୟଂ ଦରିଦ୍ରତା ॥ 14 ॥

ନିର୍ଦ୍ଧନତାକୁ ଅଭିଶାପ ମନେ କରି ଆଚାର୍ଯ୍ୟ ଚାଣକ୍ୟ ଏହି ଶ୍ଳୋକ ମାଧମରେ କହିଛନ୍ତି ଯେ ପୁତ୍ରହୀନଙ୍କ ପାଇଁ ନିଜ ଘର ଶୂନ୍ୟ ଲାଗେ, ଯାହାର ଭାଇ ନଥାଏ ତାହାକୁ ଚତୁର୍ଦ୍ଦିଗ ଶୂନ୍ୟ ଲାଗେ, ମୂର୍ଖର ହୃଦୟ ସବୁବେଳେ ଶୂନ୍ୟ ଥାଏ ଏବଂ ନିର୍ଦ୍ଧନୀର ସବୁକିଛି ଶୂନ୍ୟତା ହିଁ ଶୂନ୍ୟତା ରହିଥାଏ ।

ଅର୍ଥାତ୍ ଯାହାର ଗୋଟିଏ ହେଲେ ମଧ ପୁତ୍ର ନାହିଁ, ତାକୁ ତାର ନିଜ ଘର ମଧ ଖାଲି ଖାଲି ଲାଗିଥାଏ । ଯାହାର କୌଣସି ଭାଇ ନଥାଏ, ତାକୁ ତାର ପରିବେଶ ଅର୍ଥାତ ଚତୁର୍ଦ୍ଦିଗ ଖାଲି ଖାଲି ଲାଗେ । ମୂର୍ଖ ଲୋକର ଭଲ-ମନ୍ଦ ଜ୍ଞାନ ହିଁ ନଥାଏ, ତେଣୁ ତାର ହୃଦୟ ସବୁବେଳପାଇଁ ଶୂନ୍ୟତାରେ ଭରି ରହିଥାଏ । କିନ୍ତୁ ଗୋଟିଏ ଗରିବପାଇଁ ତା'ର ଘର, ତାର ଦେଶ-ପରିବେଶ, ହୃଦୟ ଓ ସଂସାର ସବୁକିଛି ଶୂନ୍ୟତାରେ ପୂରି ଯାଇଥାଏ । ତେଣୁ ଦାରିଦ୍ର୍ୟତା ଏକ ମହାନ୍ ଅଭିଶାପ ବୋଲି କୁହା ଯାଇଛି ।

ଜ୍ଞାନର ମଧ ଅଭ୍ୟାସ କରିବା ଉଚିତ :

ଅନଭ୍ୟାସେ ବିଷଂ ଶାସ୍ତ୍ରମଜୀର୍ଣ୍ଣେ ଭୋଜନଂ ବିଷମ୍ ।
ଦରିଦ୍ରସ୍ୟ ବିଷଂ ଗୋଷ୍ଠୀ ବୃଦ୍ଧସ୍ୟ ତରୁଣୀ ବିଷମ୍ ॥ 15 ॥

ଏଠାରେ ଆଚାର୍ଯ୍ୟ ଚାଣକ୍ୟ କହିଛନ୍ତି ଯେ ଜ୍ଞାନକୁ ଅଭ୍ୟାସ ନ କରୁଥିବା ପଣ୍ଡିତଙ୍କ ନିକଟରେ ଜ୍ଞାନ, ବଦହଜମୀ ରୋଗରେ ପୀଡ଼ିତ ବ୍ୟକ୍ତିଙ୍କ ନିକଟରେ ସୁସ୍ୱାଦ୍ୟ ଭୋଜନ, ଦରିଦ୍ର ବ୍ୟକ୍ତିଙ୍କପାଇଁ ସଭା-ସମିତି ଓ ବୃଦ୍ଧଲୋକପାଇଁ ତରୁଣୀ - ଏହିପରି ଭାବରେ ଦେଖିବାକୁ ଗଲେ ବର୍ଣ୍ଣିତ ଚାରିଗୋଟି ଜିନିଷ ସେଥି ସହିତ ସଂପୃକ୍ତ ଚାରିଜଣ ବ୍ୟକ୍ତି ବିଶେଷଙ୍କ ନିକଟରେ ବିଷ ତୁଲ୍ୟ ହିଁ ମନେ ହୋଇଥାନ୍ତି ।

ଅର୍ଥାତ ଆଚାର୍ଯ୍ୟ ଚାଣକ୍ୟଙ୍କର କହିବାର ଅଭିପ୍ରାୟ ହେଉଛି ଯେ ନିଜର ଜ୍ଞାନକୁ ଚିରସ୍ଥାୟୀ ଓ ଉପଯୋଗୀ କରିବାପାଇଁ ଅଭ୍ୟାସ ଉପରେ ଗୁରୁତ୍ୱ ପ୍ରଦାନ କରି କହିଛନ୍ତି ଯେ ଯେଉଁପରି ବଢ଼ିଆ

ବଢ଼ିଆ ଖାଦ୍ୟ ଭୋଜନ କଲେ ବଦହଜମୀ ହେତୁ ଲାଭ ହେବା ପରିବର୍ତ୍ତେ କ୍ଷତି କରାଇଥାଏ ଓ ବିଷ ତୁଲ୍ୟ ମନେ ହୋଇଥାଏ; ଠିକ୍ ସେହି ପ୍ରକାରରେ ନିରନ୍ତର ଅଭ୍ୟାସ ନକଲେ ବିଦ୍ୟା ମଧ୍ୟ ବିଷରେ ପରିଣତ ହୋଇଯାଏ । ଏମିତି ତ କହିବାକୁ ଗଲେ ସିଏ ପଣ୍ଡିତ, ମାତ୍ର ଅଭ୍ୟାସ ନଥିବାରୁ ସେ ଶାସ୍ତ୍ରର ଭଲ-ମନ୍ଦକୁ ଠିକ୍ ଭାବରେ ବିଶ୍ଳେଷଣ କରି ପାରନ୍ତି ନାହିଁ । ତେଣୁ ଏହିପରି କ୍ଷେତ୍ରରେ ସେ ଉପହାସ ଓ ଅପମାନର ପାତ୍ର ହୋଇଯାନ୍ତି । ଏହିଭଳି କ୍ଷେତ୍ରରେ ସମ୍ମାନିତ ବ୍ୟକ୍ତିଙ୍କୁ ନିଜର ଅପମାନ ମୃତ୍ୟୁଠାରୁ ମଧ୍ୟ ଅଧିକ ଦୁଃଖ ପ୍ରଦାନ କରିଥାଏ । ସେହିପରି ଭାବରେ ଯେଉଁ ବ୍ୟକ୍ତି ନିର୍ଦ୍ଧନ ଓ ଦରିଦ୍ର, ତାହାପାଇଁ କୌଣସି ପ୍ରକାରର ସଭା, ଉତ୍ସବ ଇତ୍ୟାଦି ବିଷ ତୁଲ୍ୟ ମନେ ହୋଇଥାଏ । କାରଣ ସଭା, ଉତ୍ସବ ଇତ୍ୟାଦିରେ ଧନୀଲୋକାନଙ୍କର ଭିଡ଼ ରହିଥାଏ ଓ ସେହିମାନଙ୍କର ଆନନ୍ଦ ଉଲ୍ଲାସ ପାଇଁ ହିଁ ସେହି ତଥାକଥିତ ସଭା-ସମିତିର ଆୟୋଜନ କରାଯାଇଥାଏ । ସେଭଳି କ୍ଷେତ୍ରରେ ଯଦି କୌଣସି ଏକ ଦରିଦ୍ର ଏତାଦୃଶ ସଭାରେ ଭୁଲରେ ପ୍ରବେଶ କରିଗଲେ ମଧ୍ୟ ଅପମାନିତ ହୋଇ ସେଠାରୁ ତଡ଼ା ଖାଆନ୍ତି; ଯାହାକି ସେତେବେଳେ ତାଙ୍କୁ ବିଷ ତୁଲ୍ୟ ମନେ ହୋଇଥାଏ । ତେଣୁ ମେଳା-ମୌଛବ, ସଭା-ସମିତି ବା ସେହିଭଳି କିଛି ଆନୁଷ୍ଠାନିକ କର୍ମରେ କୌଣସି ଦରିଦ୍ର ବ୍ୟକ୍ତି କେବେ ଯୋଗଦେବା କଥା ନୁହେଁ । ଅନୁରୂପ ଭାବରେ ବୃଦ୍ଧଲୋକଙ୍କ ନିକଟରେ ତରୁଣୀମାନେ ମଧ୍ୟ ବିଷ ତୁଲ୍ୟ । କାରଣ ତରୁଣୀମାନେ ସେମାନଙ୍କର ତାରୁଣ୍ୟତା ହେତୁ ଜୀବନକୁ ବିଭିନ୍ନ ଉପାୟରେ ଉପଭୋଗ କରିବାକୁ ପସନ୍ଦ କରିଥାନ୍ତି । ଏହିଭଳି ସ୍ଥିତିରେ ଯଦି କୌଣସି ବୃଦ୍ଧ ନିଜ ବାର୍ଦ୍ଧକ୍ୟକାଳରେ ତରୁଣୀର କାମନା କରନ୍ତି, ତେବେ ତାଙ୍କୁ ସଂସାର ଦୃଷ୍ଟିରେ ଉପହସିତ ହେବାକୁ ପଡିଥାଏ । କାରଣ ଗୋଟିଏ ପକ୍ଷରେ ସେମାନେ ନିଜର ବାର୍ଦ୍ଧକ୍ୟରେ ତରୁଣୀମାନଙ୍କ ସମସ୍ତ ପ୍ରକାର କାମନାକୁ ପରିପୂର୍ଣ୍ଣ କରିବାକୁ ଅକ୍ଷମ ହୋଇଥାନ୍ତି ଓ ଅନ୍ୟ ପକ୍ଷରେ ତରୁଣୀମାନେ ମଧ୍ୟ ନିଜର ତାରୁଣ୍ୟକାଳରେ ତରୁଣ ପରିବର୍ତ୍ତେ ବୃଦ୍ଧଙ୍କୁ ଅବା କେଉଁ କାରଣରୁ ଗ୍ରହଣ କରିବେ ? ବାର୍ଦ୍ଧକ୍ୟ କାଳରେ ଯେଉଁଠି ମନୁଷ୍ୟ ସମସ୍ତଙ୍କର ନମସ୍ୟ ହେବାର କଥା; ସେତେବେଳେ ନିଜର ଉଦଗ୍ର କାମନାକୁ ପରିପ୍ରକାଶ କଲେ ଯେଉଁ ଅପମାନ ମିଳିଥାଏ, ତାହା ମୃତ୍ୟୁଠାରୁ ମଧ୍ୟ ଅତ୍ୟନ୍ତ ଭୟଂକର । ତେଣୁ ବୃଦ୍ଧଙ୍କ ନିକଟରେ ତରୁଣୀ ବିଷତୁଲ୍ୟ ବୋଲି କୁହାଯାଇଛି ।

ଏସବୁକୁ ତ୍ୟାଗ କରିବା ଉଚିତ :

ତ୍ୟଜେଦ୍ଧର୍ମଂ ଦୟାହୀନଂ ବିଦ୍ୟାହୀନଂ ଗୁରୁଂ ତ୍ୟଜେତ୍ ।
ତ୍ୟଜେତ୍‌କ୍ରୋଧମୁଖୀ ଭାର୍ଯ୍ୟା ନିଃସ୍ନେହାନ୍‌ବାନ୍ଧବାଂତ୍ୟଜେତ୍ ॥ 16 ॥

ଆଚାର୍ଯ୍ୟ ଚାଣକ୍ୟ ଏଠାରେ ଯୋଗ୍ୟ ଧର୍ମକୁ ଉଲ୍ଲେଖ କରିବାକୁ ଯାଇ କହିଛନ୍ତି ଯେ ଧର୍ମରେ ଯଦି ଦୟା ନଥିବ ତେବେ ତାହାକୁ ତ୍ୟାଗ କରିଦେବା ଦରକାର । ବିଦ୍ୟାହୀନ ଗୁରୁଙ୍କୁ, କ୍ରୋଧୀ ପତ୍ନୀଙ୍କୁ ତଥା ସ୍ନେହହୀନ ବନ୍ଧୁ-ବାନ୍ଧବଙ୍କୁ ତ୍ୟାଗ କରିଦେବା ଦରକାର ।

ଅର୍ଥାତ ଯେଉଁ ଧର୍ମରେ ଦୟା ଭାବନା ଆଦୌ ନଥିବ, ସେଭଳି ଧର୍ମକୁ ତ୍ୟାଗ କରିଦେବା ଦରକାର । ସେହିଭଳି ଯେଉଁ ଗୁରୁ ବିଦ୍ୱାନ ନୁହନ୍ତି, ତାଙ୍କୁ ତ୍ୟାଗ କରିଦେବା ଦରକାର । ସେହିପରି ରାଗ-ଅଭିମାନ କରି ଅଶାନ୍ତି ସୃଷ୍ଟି କରୁଥିବା ପତ୍ନୀଙ୍କୁ ମଧ୍ୟ ତ୍ୟାଗ କରି ଦେବା ଉଚିତ । ଅନୁରୂପ ଭାବରେ ଯେଉଁ ବଂଧୁ-ବାଂଧବ ବା ସଂପର୍କୀୟମାନେ ସ୍ନେହ-ଶ୍ରଦ୍ଧା କରନ୍ତି ନାହିଁ ବା ଭଲ-ମନ୍ଦରେ

ପଚାରନ୍ତି ନାହିଁ; ସେମାନଙ୍କ ସହିତ ମଧ୍ୟ ସଂପର୍କ ରଖିବା ଠିକ୍ ନୁହେଁ । ତେଣୁ ଦୟାହୀନ ଧର୍ମ, ବିଦ୍ୟାହୀନ ଗୁରୁ, କ୍ଷୁବ୍ଧା ପତ୍ନୀ ଓ ସ୍ନେହ-ଶ୍ରଦ୍ଧାହୀନ ବଂଧୁ-ବାଂଧବ ବା ସଂପର୍କୀୟଙ୍କୁ ତ୍ୟାଗ କରିଦେବାରେହିଁ ମଙ୍ଗଳ ।

ବାର୍ଦ୍ଧକ୍ୟର ଲକ୍ଷଣ :

ଅଧ୍ୱାଜରଂ ମନୁଷ୍ୟାଣାଂ ବାଜିନାଂ ବନ୍ଧନଂ ଜରା ।
ଅମୈଥୁନଂ ଜରା ସ୍ତ୍ରୀଣାଂ ବସ୍ତ୍ରାଣାତପଂ ଜରା ॥ 17 ॥

ଏହିଠାରେ ଆଚାର୍ଯ୍ୟ ଚାଣକ୍ୟ ବୃଦ୍ଧାବସ୍ଥା ଉପରେ ଟିପ୍‌ପଣୀ ଦେଇ କହିଛନ୍ତି ଯେ ରାସ୍ତାରେ ଚାଲି ଚାଲି କ୍ଳାନ୍ତ ହୋଇଥିବା ମନୁଷ୍ୟ, ବଂଧନରେ ଥିବା ଘୋଡ଼ା, ମୈଥୁନ ନ କରୁଥିବା ସ୍ତ୍ରୀ ଓ ଖରାରେ ଶୁଖୁଥିବା ବସ୍ତ୍ର ହିଁ ହେଉଛି ବାର୍ଦ୍ଧକ୍ୟ ।

ଅର୍ଥାତ ରାସ୍ତାରେ ଚାଲି ଚାଲି ଥକି ପଡ଼ିଥିବା ମନୁଷ୍ୟ ତା'ର କ୍ଳାନ୍ତିରୁ ବାର୍ଦ୍ଧକ୍ୟକୁ ଚିହ୍ନିଥାଏ; ଠିକ୍ ଯେପରି ବନ୍ଧା ହୋଇ ରହିଥିବା ଘୋଡ଼ା ଦୌଡ଼ି ପାରୁନଥିବାରୁ, ମୈଥୁନ କରି ପାରୁନଥିବା ସ୍ତ୍ରୀ ଓ ଉଦୁଉଦିଆ ଖରରେ ଶୁଖିଥିବା ବସ୍ତ୍ରମାନଙ୍କରୁ ସେମାନଙ୍କର ବାର୍ଦ୍ଧକ୍ୟ ଚିହ୍ନି ହୋଇ ଯାଇଥାଏ ।

କାମ କରିବା ପୂର୍ବରୁ ବିଚାର ବିମର୍ଶ କର :

କଃ କାଲଃ କାନି ମିତ୍ରାଣି କୋ ଦେଶଃ କୋ ବ୍ୟୟାଗମୋଃ ।
କସ୍ୟାହଂ କା ଚ ମେ ଶକ୍ତିରିତି ଚିନ୍ତ୍ୟଂ ମୁହୁର୍ମୁହୁଃ ॥ 18 ॥

ଏଠାରେ ଆଚାର୍ଯ୍ୟ ଚାଣକ୍ୟ ଜୀବନରେ ବ୍ୟବହାର ଯୋଗ୍ୟ ସମସ୍ତ ବସ୍ତୁକୁ ଭଲ ଭାବରେ ଚିହ୍ନି ତାକୁ ବ୍ୟବହାରରେ ପ୍ରୟୋଗ କରାଯିବା କଥା ଉଲ୍ଲେଖ କରିବାକୁ ଯାଇ କହିଛନ୍ତି ଯେ ସମୟ କିପରି ? କିଏ ମିତ୍ର ? ସ୍ଥାନ କିପରି ? ଆୟ-ବ୍ୟୟ କେତେ ? ମୁଁ କାହାର ? ଓ ମୋର ଶକ୍ତି କେତେ ? ଏହାକୁ ବାରମ୍ବାର ଚିନ୍ତା କରିବା ଦରକାର ।

ଅର୍ଥାତ ବ୍ୟକ୍ତିକୁ କୌଣସି କାର୍ଯ୍ୟ ଆରମ୍ଭ କରିବା ପୂର୍ବରୁ ଏହି କଥା ଉପରେ ପୂର୍ଣ୍ଣ ଭାବରେ ବିଚାର କରିନେବା ଦରକାର ଯେ, ସେହି କାମକୁ କରିବା ପାଇଁ ଏହି ସମୟଟି କଣ ପ୍ରକୃତ ସମୟ ? ଏହି କାର୍ଯ୍ୟଟି କରବା ଦିଗରେ ମୋର ପ୍ରକୃତ ବଂଧୁ ବା ସହାୟକମାନେ କିଏ କିଏ ? ଏହି ସ୍ଥାନରେ ସେହି ନିର୍ଦ୍ଦିଷ୍ଟ କାମଟି କଲେ କ'ଣ ଲାଭ ହେବ ? ଏହି କାମରେ କେତେ ଖର୍ଚ୍ଚ ହେବ ଓ କେତେ ଆୟ ହେବ ? ମୁଁ କାହାକୁ ସାହାଯ୍ୟ କରିଛି ? ଏବଂ ଶେଷରେ ସେହି କାର୍ଯ୍ୟଟି କରିବାକୁ ମୋ ପାଖରେ କେତେ ଶକ୍ତି ଅଛି ?

ଏହି ସବୁ ପ୍ରଶ୍ନ ଉପରେ ବିଚାର-ବିମର୍ଶ କଲାପରି ମନୁଷ୍ୟ ମଧ୍ୟ ନିଜର ଜୀବନ ଅତିବାହିତ କରିବା ଦରକାର ତଥା ଆତ୍ମ-କଲ୍ୟାଣ ପାଇଁ ସଦା ସର୍ବଦା ପ୍ରୟତ୍ନଶୀଳ ରହିବା ଦରକାର । ଯେଉଁମାନେ ଏହି କଥା ଉପରେ ବିଚାର କରନ୍ତି ନାହିଁ, ସେମାନେ ପଥର ପରି ନିର୍ଜୀବ ହୋଇଥାନ୍ତି ଓ ସବୁବେଳେ ଲୋକମାନଙ୍କର ପାଦତଳେ ପଡ଼ି ଗୋଇଠା ମାଡ଼ ଖାଆନ୍ତି । ଏଣୁ ମନୁଷ୍ୟକୁ ବୁଝି ବିଚାରି କାମ କରିବା ଦରକାର ।

ମାତା-ପିତାଙ୍କର ଭିନ୍ନ ରୂପ :

(କ) ପିତା:

ଜନିତା ଚୋପନେତା ଚ ଯସ୍ତୁ ବିଦ୍ୟାଂ ପ୍ରୟଚ୍ଛତି ।
ଅନ୍ନଦାତା ଭୟତ୍ରାତା ପଂଚୈତା ପିତରଃ ସ୍ମୃତଃ ॥ 19 ॥

ଏଠାରେ ଏହି ଶ୍ଳୋକରେ ଆଚାର୍ଯ୍ୟ ଚାଣକ୍ୟ ସଂସ୍କାର ଦୃଷ୍ଟିକୋଣରୁ ଏହି ସଂସାରରେ ପାଂଚ ପ୍ରକାରର ପିତା ରହିଥାନ୍ତି ବୋଲି କହିଛନ୍ତି । ଯେପରି : ଜନ୍ମଦାତା , ଉପନୟନର ସଂସ୍କାର କର୍ତ୍ତା, ବିଦ୍ୟାଦାତା, ଅନ୍ନଦାତା ତଥା ଭୟତ୍ରାତା - ଏହି ପାଂଚଜଣଙ୍କୁ ପିତା ବୋଲି କୁହା ଯାଇଥାଏ ।

ଅର୍ଥାତ୍ ସ୍ୱୟଂ ନିଜର ପିତା, ଯିଏ ଜନ୍ମ ଦେଇଛନ୍ତି, ଉପନୟନ (ଯଜ୍ଞୋପବୀତ) ସଂସ୍କାର କରାଇଥିବା ଗୁରୁ, ଅନ୍ନ-ଭୋଜନ ପ୍ରଦାନ କରୁଥିବା ଦାତା ଓ କୌଣସି କଠିନ ସମୟରେ ପ୍ରାଣୀକୁ ବିପଦରୁ ରକ୍ଷା କରୁଥିବା ତ୍ରାଣକର୍ତ୍ତା- ଏହି ପାଂଚଜଣ ବ୍ୟକ୍ତିଙ୍କୁ ପିତା ବୋଲି ଗ୍ରହଣ କରାଯାଇଥାଏ । କିନ୍ତୁ ବ୍ୟବହାର ଦୃଷ୍ଟିକୋଣରୁ ଦେଖିବାକୁ ଗଲେ ପିତାର ଅର୍ଥ ହେଉଛି କେବଳ ଜନ୍ମ ଦେଇଥିବା ବ୍ୟକ୍ତି ।

(ଖ) ମାତା:

ରାଜପତ୍ନୀ ଗୁରୋଃ ପତ୍ନୀ ମିତ୍ରପତ୍ନୀ ତଥୈବ ଚ ।
ପତ୍ନୀମାତା ସ୍ୱମାତା ଚ ପଂଚୈତାଃ ମାତରଃ ସ୍ମୃତାଃ ॥ 20 ॥

ଏହି ଶ୍ଳୋକରେ ଆଚାର୍ଯ୍ୟ ଚାଣକ୍ୟ ମାଆଙ୍କ ସମ୍ବନ୍ଧରେ ଚର୍ଚ୍ଚା କରିବାକୁ ଯାଇ କହିଛନ୍ତି ଯେ ରାଜାଙ୍କ ପତ୍ନୀ, ଗୁରୁଙ୍କ ପତ୍ନୀ, ମିତ୍ରଙ୍କ ପତ୍ନୀ, ପତ୍ନୀଙ୍କ ମାତା ତଥା ନିଜର ଜନ୍ମଦାତ୍ରୀ ମାଆ- ଏହି ପାଂଚଜଣଙ୍କୁ ସଂସାରରେ ମାତା ବୋଲି ସମ୍ମାନ ପ୍ରଦାନ କରାଯଇଥାଏ ।

ଅର୍ଥାତ ନିଜ ଦେଶର ରାଜାଙ୍କ ପତ୍ନୀ, ଗୁରୁଙ୍କ ପତ୍ନୀ, ମିତ୍ରଙ୍କ ପତ୍ନୀ, ନିଜର ପତ୍ନୀଙ୍କ ମାଆ ଅର୍ଥାତ ଶାଶୁ ଏବଂ ନିଜକୁ ଜନ୍ମ ଦେଇଥିବା ମାଆ- ଏହି ପାଂଚଜଣଙ୍କୁ ମାଆ ବୋଲି ସ୍ୱୀକାର କରାଯାଇଥାଏ ।

ବସ୍ତୁତଃ ଦେଖା ଯାଇଥାଏ ଯେ ମାଆ ସବୁବେଳେ ମମତା ଓ କରୁଣାର ପ୍ରତିମୂର୍ତ୍ତୀ ହୋଇ ରହିଥାନ୍ତି । ଯେଉଁଠୁ ମମତାର ପ୍ରବାହ ପୁତ୍ରଙ୍କ ପାଇଁ ରହିଥାଏ, ତାହାଙ୍କୁ ମାତା ବୋଲି କୁହା ଯାଇଥାଏ । ଏଣୁ ଉପରୋକ୍ତ ପାଂଚଗୋଟି ସ୍ଥାନରୁ ଭାବନାମୟୀ, କରୁଣାମୟୀ ହୃଦୟରୁ ଭାବମୟ ପ୍ରବାହ ପ୍ରବାହିତ ହୋଇଥାଏ । ଏହି କାରଣରୁ ଏହି ପାଂଚଜଣଙ୍କୁ ମାଆ ବୋଲି ସ୍ୱୀକାର କରାଯାଇଥାଏ । ଏହିଥିପାଇଁ ବ୍ୟକ୍ତି ଜୀବନରେ ଏମାନେ ମାଆଙ୍କ ପରି ସମାନ ମହତ୍ତ୍ୱର ଅଧିକାରିଣୀ ହୋଇଥାନ୍ତି । କିନ୍ତୁ ବ୍ୟବହାର ଦୃଷ୍ଟିକୋଣରୁ ଦେଖିବାକୁ ଗଲେ ମାଆର ଅର୍ଥ ହେଉଛି କେବଳ ଜନ୍ମଦାତ୍ରୀ ।

ପଂଚମ ଅଧ୍ୟାୟ

ଅତିଥି ହେଉଛନ୍ତି ଶ୍ରେଷ୍ଠ :

ଗୁରୁରଗ୍ନିର୍ଦ୍ୱିଜାତୀନାଂ ବର୍ଣ୍ଣାନାଂ ବ୍ରାହ୍ମଣୋ ଗୁରୁଃ ।
ପତିରେବ ଗୁରୁଃ ସ୍ତ୍ରୀଣାଂ ସର୍ବସ୍ୟାଭ୍ୟଗତୋ ଗୁରୁଃ ॥ 1 ॥

ଆଚାର୍ଯ୍ୟ ଚାଣକ୍ୟ ଏଠାରେ ଗୁରୁଙ୍କର ବ୍ୟାଖ୍ୟା-ବିବେଚନା ଏବଂ ସ୍ୱରୂପକୁ ବ୍ୟାଖ୍ୟା କରିବାକୁ ଯାଇ କହିଛନ୍ତି ଯେ ବ୍ରାହ୍ମଣ, କ୍ଷତ୍ରିୟ ଓ ବୈଶ୍ୟ ଏହି ତିନି ବର୍ଣ୍ଣର ଗୁରୁ ହେଉଛନ୍ତି ଅଗ୍ନି । କେବଳ ବ୍ରାହ୍ମଣଙ୍କୁ ଛାଡ଼ିଦେଲେ ଅନ୍ୟ ସବୁ ବର୍ଣ୍ଣପାଇଁ ଗୁରୁ ରହିଛନ୍ତି । ସ୍ତ୍ରୀଙ୍କ ଗୁରୁ ହେଉଛନ୍ତି ପତି । ଘରକୁ ଆସିଥିବା ଅତିଥି ହେଉଛନ୍ତି କିନ୍ତୁ ସମସ୍ତଙ୍କର ଗୁରୁ ।

ତାଙ୍କର କହିବାର କଥା ହେଉଛି ଯେ ଅଗ୍ନିକୁ ବ୍ରାହ୍ମଣମାନଙ୍କର, କ୍ଷତ୍ରିୟମାନଙ୍କର ଏବଂ ବୈଶ୍ୟମାନଙ୍କର ଗୁରୁ ବୋଲି ଗ୍ରହଣ କରା ଯାଇଥାଏ । ବ୍ରାହ୍ମଣଙ୍କୁ କ୍ଷତ୍ରିୟ, ବୈଶ୍ୟ ଓ ଶୂଦ୍ରମାନଙ୍କର ଗୁରୁ ବୋଲି ବିଚାର କରିବା ବିଧେୟ । ସେହିଭଳି ସ୍ତ୍ରୀମାନଙ୍କ ଗୁରୁ ହେଉଛନ୍ତି ସେମାନଙ୍କର ପତି । ଘରକୁ ଆସିଥିବା ଅତିଥି ସାରା ଗୃହର ଗୁରୁ ବୋଲି ଗୃହୀତ ହୋଇଥାନ୍ତି । ଅର୍ଥାତ୍ ଅଭ୍ୟାଗତ ତାଙ୍କୁ ହିଁ କୁହା ଯାଇଥାଏ ଯିଏ ଅତିଥି ରୂପରେ ଗୃହସ୍ଥଙ୍କ ଘରକୁ ଅକସ୍ମାତ୍ ଆସି ଯାଇଥାନ୍ତି । ତାଙ୍କର କୌଣସି ସ୍ୱାର୍ଥ ନଥାଏ । ସେ ତ କେବଳ ନିଜର ଆତିଥେୟର କଲ୍ୟାଣ ଚାହିଥାନ୍ତି । ଏହି କାରଣରୁ ଆଚାର୍ଯ୍ୟ ଚାଣକ୍ୟ ଅତିଥିଙ୍କୁ ଶ୍ରେଷ୍ଠ ବ୍ୟକ୍ତି ଭାବରେ ଗ୍ରହଣ କରିଛନ୍ତି ।

ପୁରୁଷଙ୍କ ପରୀକ୍ଷା ତାଙ୍କ ଗୁଣରୁ ହୋଇଥାଏ:

ଯଥା ଚତୁର୍ଭିଃ କନକଂ ପରୀକ୍ଷ୍ୟତେ ନିର୍ଘଷଣଚ୍ଛେଦନ ତାପତାଡନୈଃ ।
ତଥା ଚତୁର୍ଭିଃ ପୁରୁଷଃ ପରୀକ୍ଷ୍ୟତେ ତ୍ୟାଗେନ ଶୀଲେନ ଗୁଣେନ କର୍ମଣା ॥ 2 ॥

ଆଚାର୍ଯ୍ୟ ଚାଣକ୍ୟ ଏଠାରେ ଗୁଣ କର୍ମ ଇତ୍ୟାଦିରୁ ପୁରୁଷଙ୍କ ପରୀକ୍ଷା କରିବାର ଚର୍ଚ୍ଚା କରିବାକୁ ଯାଇ କହିଛନ୍ତି ଯେ ଘଷିବା, କାଟିବା, ତତେଇବା ଓ ପିଟିବା- ଏହି ଚାରି ପ୍ରକାର କର୍ମ ଦ୍ୱାରା ଯେପରି ସୁନାର ପରୀକ୍ଷଣ କରା ଯାଇଥାଏ, ସେହି ପ୍ରକାରରେ ତ୍ୟାଗ, ଶୀଳ, ଗୁଣ ଓ କର୍ମ ଦ୍ୱାରା ପୁରୁଷଙ୍କ ପରୀକ୍ଷା ହୋଇଥାଏ ।

ଅର୍ଥାତ ସୁନା ଖାଂଟି କି ଖାଦମିଶା, ତାହା ଜାଣିବାପାଇଁ ଯେପରି ପ୍ରଥମେ ତାହାକୁ କଷଟି ପଥରରେ ଘଷା ଯାଏ, ପୁଣି ତାକୁ କଟାଯାଏ, ପୁଣି ତାକୁ ନିଆଁରେ ତରଳା ଯାଏ ଓ ଶେଷରେ ତାହାକୁ ପିଟା ଯାଏ; ଠିକ୍ ସେହି ପ୍ରକାରରେ କୁଳୀନ ବ୍ୟକ୍ତିଙ୍କ ପରୀକ୍ଷା ମଧ୍ୟ ତାଙ୍କର ତ୍ୟାଗରୁ, ସ୍ୱଭାବରୁ, ଗୁଣରୁ ତଥା କାର୍ଯ୍ୟରୁ ବଚାର କରାଯାଇଥାଏ । କାରଣ କୁଳୀନ ବ୍ୟକ୍ତି ହିଁ ତ୍ୟାଗ କରୁଥିବା ସୁଶୀଳ, ବିଦ୍ୟା ଆଦି ଗୁଣରେ ସଂପନ୍ନ ତଥା ସଦୈବ ମହତ୍ କାର୍ଯ୍ୟ କରିବାରେ ଆଗ୍ରହୀ ଥିବା ବ୍ୟକ୍ତି ହୋଇଥାନ୍ତି ।

ବିପଦକୁ ସାହସର ସହିତ ମୁକାବିଲା କର :

ତାବଦ୍ ଭୟେଷୁ ଭେତବ୍ୟଂ ଯାବତ୍‌ଭୟମନାଗତମ୍ ।
ଆଗତଂ ତୁ ଭୟଂ ଦୃଷ୍ଟ୍ୱା ପ୍ରହର୍ତବ୍ୟମଶଂକୟା ॥ 3 ॥

ଆଚାର୍ଯ୍ୟ ଚାଣକ୍ୟ ଏଠାରେ ମୁଣ୍ଡ ଉପରକୁ ମାଡ଼ି ଆସିଥିବା ବିପଦ ସହିତ କିପରି ସାହସର ସହିତ ମୁକାବିଲା କରିବା ଦରକାର, ସେ ପ୍ରସଂଗରେ ଚର୍ଚ୍ଚା କରି କୁହନ୍ତି ଯେ ବିପଦ-ଆପଦକୁ ସେତେବେଳ ପର୍ଯ୍ୟନ୍ତ ଡରିବା ଦରକାର ଯେତେବେଳ ପର୍ଯ୍ୟନ୍ତ ତାହା ଦୂରରେ ଥିବ । ପରନ୍ତୁ ଯଦି ସେହି ସଂକଟ ମୁଣ୍ଡ ଉପରକୁ ମାଡ଼ି ଆସିଲା ତାହାହେଲେ ବିନା ସଂକୋଚରେ ତାହା ସହିତ ମୁକାବିଲା କରିବା ଦରକାର ଓ ତାହାକୁ ଦୂର କରିବାର ଉପାୟ କରିବା ଦରକାର ।

ଅର୍ଥାତ୍ ଯେତେବେଳ ପର୍ଯ୍ୟନ୍ତ ଭୟ ଦୂରରେ ରହିଛି, ସେତେବେଳ ପର୍ଯ୍ୟନ୍ତ ବ୍ୟକ୍ତି ତାହାକୁ ଡରିବା ଦରକାର । ଅର୍ଥାତ୍ ଏପରି କୌଣସି କାମ କରିବା ଅନୁଚିତ ଯାହାଦ୍ୱାରା କି ଆହୁରି ଭୟ ସୃଷ୍ଟି ହେବ । କିନ୍ତୁ ଥରେ ବିପଦ ମାଡ଼ି ଆସିଲା ପରେ ଆଉ ଡରିଲେ କାମ ଚଳିବ ନାହିଁ । ସେତେବେଳେ ତାହାର ନିଦାନ ଖୋଜିବା ଏକାନ୍ତ ଦରକାର । ଏବଂ ସାହସର ସହିତ ସେହି ବିପଦର ମୁକାବିଲା କରିବା ଦରକାର । ଅନ୍ୟଥା ସଂସାରରେ ଏପରି ସ୍ଥାନ ନାହିଁ, ଯେଉଁଠି ଭୟ ନଥିବ ବା ବିପଦ ନଥିବ ଓ ସେଠାକୁ ଯାଇ ସବୁଦିନପାଇଁ ନିଜକୁ ସୁରକ୍ଷିତ ରଖିହେବ । ଭୟଭୀତ ଲୋକ କେବେହେଲେ ଓ କେଉଁଠାରେ ମଧ୍ୟ କୌଣସି କାର୍ଯ୍ୟ କରିପାରେ ନାହିଁ । ଭୟରେ ଜୀବନ ମଧ୍ୟ ପାଦେ ହେଲେ ଆଗେଇ ପାରିବ ନାହିଁ । ଏହି କାରଣରୁ ଭୟରୁ ମୁକ୍ତି ପାଇବା ପାଇଁ ସମସ୍ୟାର ସମାଧାନର ମାର୍ଗ ଖୋଜିବା ଶ୍ରେୟସ୍କର । ବୀର ଓ ସାହସୀ ପୁରୁଷଙ୍କ ଏହା ହିଁ ଧର୍ମ ।

ଦୁଇଜଣଙ୍କ ସ୍ୱଭାବ ଏକାଭଳି ନୁହେଁ :

ଏକୋଦରସମୁଦ୍ଭୁତା ଏକ ନକ୍ଷତ୍ର ଜାତକା ।
ନ ଭବନ୍ତି ସମା ଶୀଲେ ଯଥା ବଦରିକଂଟକା ॥ 4 ॥

ଏଠାରେ ଆଚାର୍ଯ୍ୟ ଚାଣକ୍ୟ କହିଛନ୍ତି ଯେ ଗୋଟିଏ ମାଆ ଗର୍ଭରୁ, ଗୋଟିଏ ଗ୍ରହ-ନକ୍ଷତ୍ରରେ ଜନ୍ମ ନେଇଥିବା ଦୁଇଜଣ ଲୋକଙ୍କର ସ୍ୱଭାବ ଏକାପରି ହୋଇ ପାରିବ ନାହିଁ । ଉଦାହରଣ ପାଇଁ ବେଲ ଓ କଂଟାକୁ ଗ୍ରହଣ କରାଯାଇ ପାରିବ ।

ଅର୍ଥାତ୍ ଯେପରି ବେଲ ଓ କଂଟା ଗୋଟିଏ ବୃକ୍ଷରେ ଗୋଟିଏ ସ୍ଥାନରେ ଉତ୍ପନ୍ନ ହୋଇଥିଲେ ମଧ୍ୟ ସେମାନଙ୍କର ସ୍ୱଭାବ ଅଲଗା ଅଲଗା ହୋଇଥାଏ । ଠିକ୍ ସେହି ପ୍ରକାରରେ ଗୋଟିଏ ମାଆଙ୍କ ଠାରୁ ଗୋଟିଏ ନକ୍ଷତ୍ରରେ ଜନ୍ମ ନେଇଥିବା ଦୁଇଟି ଜାଆଁଳା ପିଲାର ସ୍ୱଭାବ ଓ ଆଚରଣ ସମାନ ହୋଇ ନଥାଏ ।

ସ୍ପଷ୍ଟବାଦୀ ହୁଅ :

ନିସ୍ପୃହୋ ନାଧିକାରୀ ସ୍ୟାନ୍ନ କାମୀ ଭଣ୍ଡନପ୍ରିୟା ।
ନୋ ବିଦଗ୍ଧଃ ପ୍ରିୟଂ ବ୍ରୂୟାତ୍ ସ୍ପଷ୍ଟ ବକ୍ତା ନ ବଂଚକଃ ॥ 5 ॥

ଏଠାରେ ଆଚାର୍ଯ୍ୟ ଚାଣକ୍ୟ ସ୍ପଷ୍ଟବକ୍ତାର ଗୁଣାବଳୀକୁ ଚର୍ଚ୍ଚା କରିବାକୁ ଯାଇ କହୁଛନ୍ତି ଯେ ବିରକ୍ତ ବ୍ୟକ୍ତି କୌଣସି ବିଷୟର ଅଧିକାରୀ ହୋଇପାରି ନଥାଏ, ଯେଉଁ ବ୍ୟକ୍ତି କାମୀ ନୁହେଁ ତାହାପାଇଁ

ଶୃଙ୍ଗାର ରଚାଇବାର ଆବଶ୍ୟକତା ନାହିଁ । ବିଦ୍ୱାନ ବ୍ୟକ୍ତି ପ୍ରିୟକଥା କୁହନ୍ତି ନାହିଁ ତଥା ସ୍ପଷ୍ଟ କଥା କହୁଥିବା ଲୋକ ଠକ ହୋଇ ନଥାନ୍ତି ।

ଅର୍ଥାତ ଯେଉଁ ବ୍ୟକ୍ତିକୁ ଦୁନିଆଦାରୀରେ ବୈରାଗ୍ୟ ଆସି ଯାଇଥାଏ, ତାହାକୁ କୌଣସି କାର୍ଯ୍ୟ ସମର୍ପଣ କରିବା ଅନୁଚିତ । ବନେଇବା ବା ସମ୍ଭାଳିବା ଲୋକ ହିଁ ହେଉଛନ୍ତି କାମୀ । କାରଣ ଅନ୍ୟଙ୍କ ଦୃଷ୍ଟି ଆକର୍ଷଣ କରିବା ପାଇଁ ଶୃଙ୍ଗାର ରଚନା କରାଯାଇଥାଏ । ଏଣୁ ଯେଉଁ ବ୍ୟକ୍ତି କାମୀ ନୁହଁ, ତାକୁ ଶୃଙ୍ଗାରରେ ପ୍ରେମ କେବେ ହେବ ନାହିଁ । ପ୍ରଚଣ୍ଡ ବିଦ୍ୱାନ ବ୍ୟକ୍ତି ସଦୈବ ସତ୍ୟ କଥା କହିଥାନ୍ତି । ସେମାନେ ପ୍ରିୟ କଥା କେବେ କହି ନଥାନ୍ତି । ଏବଂ ମୁହଁ ଉପରେ ସଫା ସଫା କଥା କହୁଥିବା ଲୋକ କପଟୀ ହୋଇ ନଥାନ୍ତି ।

ଏମାନଙ୍କଠାରେ ଦ୍ୱେଷ ଭାବନା ରହିଥାଏ:

ମୂର୍ଖଣାଂ ପଣ୍ଡିତା ଦ୍ୱେଷ୍ୟା ଅଧନନାଂ ମହାଧନା ।
ବାରାଂଗନା କୁଲୀନାନାଂ ସୁଭଗାନାଂ ଚ ଦୁର୍ଭଗା ॥ 6 ॥

ଏଠାରେ ଆଚାର୍ଯ୍ୟ ଚାଣକ୍ୟ ଦ୍ୱେଷ କରୁଥିବା ଲୋକଙ୍କ ଚର୍ଚ୍ଚା କରିବାକୁ ଯାଇ କୁହନ୍ତି ଯେ ମୂର୍ଖ ପଣ୍ଡିତଙ୍କ ଠାରେ, ନିର୍ଦ୍ଧନ ଧନୀଙ୍କଠାରେ, ବେଶ୍ୟା କୁଳବଧୁଙ୍କଠାରେ ତଥା ବିଧବାମାନେ ସୁହାଗିନୀଙ୍କ ଠାରେ ଦ୍ୱେଷ କରିଥାନ୍ତି ।

ଅର୍ଥାତ୍ ମୂର୍ଖ ବ୍ୟକ୍ତି ପଣ୍ଡିତମାନଙ୍କଠାରେ ତଥା ବିଦ୍ୱାନ ବ୍ୟକ୍ତିମାନଙ୍କଠାରେ ଦ୍ୱେଷ କରିଥାନ୍ତି । ନିର୍ଦ୍ଧନ-ଗରିବ ବ୍ୟକ୍ତି ସେଠ ବା ଧନୀବ୍ୟକ୍ତିମାନଙ୍କଠାରେ ଦ୍ୱେଷ କରିଥାନ୍ତି କାରଣ ସେମାନଙ୍କର ସଂପନ୍ନତା ତାଙ୍କୁ ଉପହସିତ କରାଇଥାଏ । ବେଶ୍ୟାମାନେ ଉତ୍ତମ ଗୃହର ବଧୁମାନଙ୍କଠାରେ ଦ୍ୱେଷ ପ୍ରକାଶ କରିଥାନ୍ତି । କାରଣ ସେମାନଙ୍କଠାରେ କୁଳୀନ ବଧୁମାନଙ୍କ ପରି ଭାବାତ୍ମକ ସ୍ନେହ ନଥାଏ, ସେମାନଙ୍କର କେବଳ ଶରୀର ଶୋଷଣ ହୋଇଥାଏ । ତଥା ବିଧବା ସ୍ତ୍ରୀମାନେ ମଧ୍ୟ ସୁହାଗିନୀଙ୍କୁ ଦେଖି ମନକୁ ମନ ନିଜ ଭାଗ୍ୟ ପାଇଁ କ୍ରନ୍ଦନ କରିଥାନ୍ତି । କାରଣ ସେମାନଙ୍କର ସୌଭାଗ୍ୟ-ସୁଖକୁ ଦୈବ ଛଡ଼ାଇ ନେଇଛି । ପତି ବିହୀନ ହେବା ସେମାନଙ୍କପାଇଁ ତ ଏକ ଅଭିଶାପ ।

ଏମାନଙ୍କ ଦ୍ୱାରା ଜିନିଷମାନ ନଷ୍ଟ ହୁଏ :

ଆଲସ୍ୟୋପହତା ବିଦ୍ୟା ପରହସ୍ତଂ ଗତଂ ଧନମ୍ ।
ଅଳ୍ପବୀଜହତଂ କ୍ଷେତ୍ରଂ ହତଂ ସୈନ୍ୟମନାୟକମ୍ ॥ 7 ॥

ଏଠାରେ ଆଚାର୍ଯ୍ୟ ଚାଣକ୍ୟ କିଏ କଣ ନଷ୍ଟ କରିଥାଏ, ତାହାକୁ ଆଲୋଚନା କରିବାକୁ ଯାଇ କହିଛନ୍ତି ଯେ ଆଳସ୍ୟ ଦ୍ୱାରା ବିଦ୍ୟା ନଷ୍ଟ ହୋଇଯାଏ । ଅନ୍ୟ ହାତକୁ ଧନ ଚାଲିଗଲା ପରେ ତାହା ନଷ୍ଟ ହୋଇ ଯାଇଥାଏ । ଅଳ୍ପ ବୀଜରେ କ୍ଷେତ ଓ ବିନା ସେନାପତିରେ ସୈନ୍ୟବାହିନୀ ନଷ୍ଟ ହୋଇ ଯାଇଥାଏ ।

କହିବାର ଅଭିପ୍ରାୟ ହେଉଛି ଯେ ଅଳସୁଆ ଲୋକ ବିଦ୍ୟାକୁ ରକ୍ଷା କରି ପାରେନାହିଁ । କାରଣ ସେ ସ୍ୱାଧ୍ୟାୟ ମନନ ଠାରୁ ଦୂରରେ ରହିଥାଏ । ସେହିପରି ଅନ୍ୟ ଲୋକର ହାତକୁ ଚାଲିଯାଇଥିବା ଧନ ଠିକ୍ ସମୟରେ ମିଳି ନଥାଏ । କାରଣ ନେଇଥିବା ଲୋକ ତାହାକୁ ଠିକ୍ ସମୟରେ ଫେରସ୍ତ କରି ପାରେନାହିଁ । କ୍ଷେତରେ ସାମାନ୍ୟ ମାତ୍ର ବୀଜ ବୁଣିଲେ ତାହା ଭରପୂର ଫସଲ କେବେ ଦେବ

ନାହିଁ । କାରଣ ଯେତିକି ମଞ୍ଜି ବୁଣା ଯାଇଥିବ, ସେହି ଅନୁସାରେ ଫସଲ ତ ହେବ । ଠିକ୍ ସେହି ପ୍ରକାରରେ ମଧ୍ୟ ସେନାପତିଙ୍କ ଅନୁପସ୍ଥିତିରେ ସୈନ୍ୟମାନେ ରଣନୀତିକୁ ଠିକ ଭାବରେ ନିର୍ଦ୍ଧାରଣ କରି ପାରନ୍ତି ନାହିଁ । ଏଥିରୁ ସ୍ପଷ୍ଟ ହେଉଛି ଯେ ବିଦ୍ୟା ପରିଶ୍ରମର ଅପେକ୍ଷା ରଖେ । ପାଖରେ ଥିବା ଧନ ହିଁ ହେଉଛି ପ୍ରକୃତ ଧନ । ଅଧିକ ଫସଲ ସେତିକି ବେଳେ ଆଶା କରା ଯାଇପାରିବ, ଯେତେବେଳେ ଶ୍ରେଷ୍ଠ ମାନର ଓ ପର୍ଯ୍ୟାପ୍ତ ପରିମାଣରେ ବୀଜ କ୍ଷେତରେ ବୁଣା ଯାଇଥିବ । ସେହି ସୈନ୍ୟମାନେ ଜିତି ପାରିବେ, ଯେଉଁ ସୈନ୍ୟବାହିନୀ କୁଶଳ ସେନାପତିଙ୍କ ଦ୍ୱାରା ଠିକ୍ ଭାବରେ ସଂଚାଳିତ ହେଉଥିବ । ଏହିସବୁ କଥାକୁ ଧ୍ୟାନ ଦେବା ଦରକାର ।

ଏହାଦ୍ୱାରା ଗୁଣକୁ ଚିହ୍ନିହୁଏ :

ଅଭ୍ୟାସାଦ୍ଧାର୍ୟତେ ବିଦ୍ୟା କୁଳଂ ଶୀଲେନ ଧାର୍ୟତେ ।
ଗୁଣେନ ଜ୍ଞାୟତେ ତ୍ୱାର୍ୟଂ କୋପୋ ନେତ୍ରେଣ ଗମ୍ୟତେ ॥ ୪ ॥

ଆଚାର୍ଯ୍ୟ ଚାଣକ୍ୟ ଏଠାରେ ବିଦ୍ୟା, କୁଳ-ଶ୍ରେଷ୍ଠତା ଓ କ୍ରୋଧକୁ ଚିହ୍ନାଇ ପାରୁଥିବା ତତ୍ତ୍ୱ ସମ୍ବନ୍ଧରେ ଚର୍ଚ୍ଚା କରିବାକୁ ଯାଇ କହୁଛନ୍ତି ଯେ ଅଭ୍ୟାସ ଦ୍ୱାରା ବିଦ୍ୟାର, ଶୀଳ ସ୍ୱଭାବରେ କୁଳର, ସୁଗୁଣରୁ ଶ୍ରେଷ୍ଠତାର ତଥା ଆଖିରୁ କ୍ରୋଧର ଚିହ୍ନଟ କରିହୁଏ ।

ଅର୍ଥାତ ବ୍ୟକ୍ତି ସହିତ ରହିବା ଦ୍ୱାରା ତାହାର ପରିଶ୍ରମ, କଥା କହିବାର ଢଙ୍ଗ ଆଦି ଦ୍ୱାରା ତା' ବିଦ୍ୟାର ତଥା ତାହାର ଆଚରଣରୁ ତାହାର କୁଳ-ଖାନଦାନର ପରିଚୟ ଜଣା ପଡ଼ି ଯାଇଥାଏ । ସେ ଯେ ଜଣେ ଶ୍ରେଷ୍ଠ ମଣିଷ ସେ ସଂପର୍କରେ ବ୍ୟକ୍ତିର ଭଲ ଗୁଣ ହିଁ ସୂଚୀତ କରିଥାଏ । ବ୍ୟକ୍ତି ମୁହଁରେ କିଛି ନ କହିଲେ ମଧ୍ୟ ତା'ର ଆଖି ହିଁ ତା'ର ଅସନ୍ତୋଷକୁ ଅତ୍ୟନ୍ତ ସ୍ପଷ୍ଟ ଭାବରେ ସୂଚିତ କରିଥାଏ ।

କାହାଦ୍ୱାରା କଣ ରକ୍ଷା ହୋଇଥାଏ :

ବିତ୍ତେନ ରକ୍ଷ୍ୟତେ ଧର୍ମୋଂ ବିଦ୍ୟା ଯୋଗେନ ରକ୍ଷ୍ୟତେ ।
ମୃଦୁନା ରକ୍ଷ୍ୟତେ ଭୂପଃ ସତ୍ସ୍ତ୍ରିୟା ରକ୍ଷ୍ୟତେ ଗୃହମ୍ ॥ ୨ ॥

ଆଚାର୍ଯ୍ୟ ଚାଣକ୍ୟ ଧର୍ମ, ବିଦ୍ୟା, ରାଜା ଓ ଗୃହର ରକ୍ଷାକାରକ ତତ୍ତ୍ୱ ସମ୍ବନ୍ଧରେ ପରିଚିତ କରାଇବାକୁ ଯାଇ କୁହନ୍ତି ଯେ ଧନ ଦ୍ୱାରା ଧର୍ମର, ଯୋଗ ଦ୍ୱାରା ବିଦ୍ୟାର, ମୃଦୁତା ଦ୍ୱାରା ରାଜାଙ୍କର ତଥା ଉତ୍ତମା ସ୍ତ୍ରୀ ଦ୍ୱାରା ଗୃହର ରକ୍ଷା ହୋଇଥାଏ ।

ଅର୍ଥାତ ଧନ ଦ୍ୱାରା ମନୁଷ୍ୟ ନିଜର ଧର୍ମ-କର୍ତ୍ତବ୍ୟକୁ ଠିକ୍ ଭାବରେ ପାଳନ କରି ପାରିଥାଏ । ସଦାଚାର-ସଂଯମ ଆଦି ଗୁଣ ଦ୍ୱାରା ବିଦ୍ୟାର ରକ୍ଷା ହୋଇ ପାରିଥାଏ । ରାଜାଙ୍କର ମଧୁର ସ୍ୱଭାବ ହିଁ ତାଙ୍କୁ ସ୍ୱୟଂ ରକ୍ଷା କରିଥାଏ ଏବଂ ଉତ୍ତମ ଆଚରଣ ପ୍ରକାଶ କରୁଥିବା ସ୍ତ୍ରୀ ଦ୍ୱାରା ଗୃହର ରକ୍ଷା ହୋଇଥାଏ ।

ଏଥିରୁ ସ୍ପଷ୍ଟ ହେଉଛି ଯେ ଧର୍ମ ପାଳନ ପାଇଁ ଧନର, ବିଦ୍ୟାର ଗୌରବକୁ ରକ୍ଷା କରିବାପାଇଁ କର୍ମ-କୁଶଳତାର, ରାଜା ତାଙ୍କର ଲୋକପ୍ରିୟତାକୁ ଅକ୍ଷୁଣ୍ଣ ରଖିବା ପାଇଁ ନିଜର ମଧୁର ବ୍ୟବହାରର ତଥା ପରିବାରର ସମ୍ମାନକୁ ସୁରକ୍ଷିତ ରଖିବା ପାଇଁ ସ୍ତ୍ରୀର ସଚ୍ଚରିତ୍ରର ଆବଶ୍ୟକତା ହୋଇଥାଏ ।

ମୂର୍ଖକୁ ତ୍ୟାଗ କର:

ଅନ୍ୟଥା ବେଦପାଣ୍ଡିତ୍ୟଂ ଶାସ୍ତ୍ରମାଚାରମନ୍ୟଥା ।
ଅନ୍ୟଥା ବଦତଃ ଶାନ୍ତଂ ଲୋକାଃ କ୍ଲିଶ୍ୟନ୍ତି ଚାନ୍ୟଥା ॥ 10 ॥

ଆଚାର୍ଯ୍ୟ ଚାଣକ୍ୟ ଏଠାରେ ମହତ୍ୱପୂର୍ଣ୍ଣ ଭାବରେ ସ୍ଥାପିତ ସ୍ଥିତିଗୁଡ଼ିକୁ ନିରର୍ଥକ ଓ ବେକାର ବୋଲି କହୁଥିବା ଲୋକମାନଙ୍କ ପ୍ରତି ନିଜର ବିଚାରକୁ ବ୍ୟକ୍ତ କରିବାକୁ ଯାଇ କହୁଛନ୍ତି ଯେ ଯେଉଁ ଲୋକ ବେଦକୁ, ପାଣ୍ଡିତ୍ୟକୁ, ଶାସ୍ତ୍ରମାନଙ୍କୁ, ସଦାଚାର ଓ ଶାନ୍ତ-ଶିଷ୍ଟ ମନୁଷ୍ୟକୁ ବଦନାମ କରନ୍ତି, ସେମାନେ କେବଳ ବୃଥାରେ କଷ୍ଟ କରିଥାନ୍ତି ।

ଅର୍ଥାତ ଯଦି କେହି ବେଦଗୁଡ଼ିକୁ, ଶାସ୍ତ୍ରଗୁଡ଼ିକୁ, ବୁଦ୍ଧିମାନ, ସଦାଚାରୀ ତଥା ଶାନ୍ତ ବ୍ୟକ୍ତିକୁ ଖରାପ ବୋଲି କୁହେ ଓ ସେମାନଙ୍କ ପ୍ରତି ଖରାପ ଆଚରଣ ପ୍ରଦର୍ଶନ କରେ; ତାହାଲେ ସେ ତ ମୂର୍ଖ । କାରଣ ଏପରି କଳାପରେ ମଧ୍ୟ ସେମାନଙ୍କର ମହତ୍ୱ ତ କମି ଯାଉନାହିଁ । କାରଣ ଅନେକ ଋଷି-ମୁନିମାନେ ବର୍ଷ ବର୍ଷ ଧରି ଯେଉଁ ସାଧନା କରି ଲାଭ କରିଛନ୍ତି ଓ ଜନସାଧାରଣଙ୍କ କଲ୍ୟାଣ ଦିଗରେ ତାହାକୁ ବିନିଯୋଗ କରିବା ପୂର୍ବକ ଯେଉଁ ସବୁ ନିୟମମାନର ବିଧାନ କରିଛନ୍ତି, ସେହି ତତ୍ତ୍ୱଜ୍ଞାନର ତଥା ଆଚାର-ପରଂପରାର ବିରୋଧ କରିବା ଓ ସେହି ମହାନ ତପୋଧର୍ମା, ପରୋପକାରୀ ଧର୍ମାତ୍ମା ମହାତ୍ମାମାନଙ୍କ ପ୍ରତି ଅବଜ୍ଞା ଭାବ ପ୍ରକାଶ କରିବା ଯେଉଁଠି ବ୍ୟକ୍ତିର ମୂର୍ଖତାର ପରାକାଷ୍ଠା, ସେଠାରେ ପରଂପରାଗତ ତଥା ଲୋକପ୍ରତିଷ୍ଠିତ ଧର୍ମାଚରଣକୁ ଉପେକ୍ଷା କରି ସମାଜକୁ ଅଧର୍ମର ଗଭୀର ଗର୍ତ୍ତ ମଧ୍ୟକୁ ଠେଲିଦେବା କିଛି ବିଚିତ୍ର କଥା ନୁହେଁ । ଏଣୁ ବେଦ-ଶାସ୍ତ୍ର ଏବଂ ମହାତ୍ମାବିରୋଧୀ ବ୍ୟକ୍ତି ସର୍ବଦୈବ ତ୍ୟାଜ୍ୟ ଓ ନିନ୍ଦନୀୟ । ସମାଜର ବ୍ୟାପକ ହିତ ଦୃଷ୍ଟିକୋଣରୁ ଏପରି ବ୍ୟକ୍ତି ସବୁ ପ୍ରକାରରେ ଦୁଃଖଦାୟୀ ହୋଇଥାନ୍ତି, ତେଣୁ ଏମାନଙ୍କୁ ତ୍ୟାଗ କରିବା ଦ୍ୱାରା ସମାଜର ହିତ ସାଧିତ ହୋଇଥାଏ ।

ଦାରିଦ୍ର୍ୟନାଶନଂ ଦାନଂ ଶୀଳଂ ଦୁର୍ଗତିନାଶନମ୍ ।
ଅଜ୍ଞାନତାନାଶିନୀ ପ୍ରଜ୍ଞା ଭାବନା ଭୟନାଶିନୀ ॥ 11 ॥

ଆଚାର୍ଯ୍ୟ ଚାଣକ୍ୟ ଏଠାରେ ଏପରି ଆଚରଣ ସଂପର୍କରେ ନିଜର ବିଚାର ବ୍ୟକ୍ତ କରୁଛନ୍ତି, ଯାହାର ପ୍ରୟୋଗ ଫଳରେ ବ୍ୟକ୍ତି ମହାନ୍ ଉପଲବ୍ଧକୁ ଲାଭ କରିଥାଏ । ତାଙ୍କର କହିବାର କଥା ଯେ ଦାନ ଦରିଦ୍ରତାକୁ ନଷ୍ଟ କରିଦିଏ । ଶୀଳ ସ୍ୱଭାବ ଦ୍ୱାରା ଦୁଃଖର ଅବସାନ ଘଟେ । ବୁଦ୍ଧି ଅଜ୍ଞାନକୁ ଦୂର କରିଦିଏ । ଏବଂ ଭାବନା ଦ୍ୱାରା ଭୟର ସମାପ୍ତି ଘଟେ ।

ଅର୍ଥାତ୍ ସାମର୍ଥ୍ୟ ଅନୁସାରେ ଦାନ ଦେବା ଉଚିତ, ଏହା ଦ୍ୱାରା ନିଜର ଦରିଦ୍ରତା ଦୂର ହୋଇ ଯାଇଥାଏ । ସଦାଚାରରେ ବ୍ୟକ୍ତିର ଦୁଃଖ ନଷ୍ଟ ହୋଇଯାଏ । ଭଲ-ମନ୍ଦର ବିଚାର କରି ପାରୁଥିବା ବୁଦ୍ଧି ବ୍ୟକ୍ତିର ଅଜ୍ଞାନକୁ ଦୂର କରିଦିଏ । ଅନୁରୂପ ଭାବରେ ସାହସ କରି ଦୃଢ଼ ଭାବନା ମନକୁ ଆଣିଲେ ମନରୁ ସମସ୍ତ ପ୍ରକାରର ଭୟ ଦୂର ହୋଇ ଯାଇଥାଏ ।

ଆତ୍ମାକୁ ଚିହ୍ନ:

ନାସ୍ତି କାମସମୋ ବ୍ୟାଧିର୍ନାସ୍ତି ମୋହସମୋ ରିପୁଃ ।
ନାସ୍ତି କୋପ ସମୋ ବହ୍ନି ନାସ୍ତି ଜ୍ଞାନାତ୍ପରଂ ସୁଖମ୍ ॥ 12 ॥

ଏଠାରେ ଆଚାର୍ଯ୍ୟ ପରମ ସୁଖର ମହତ୍ୱକୁ ପ୍ରତିପାଦିତ କରିବାକୁ ଯାଇ ସୁଖର ବ୍ୟାଖ୍ୟା ପ୍ରକାଶ ପୂର୍ବକ କହିଛନ୍ତି ଯେ 'କାମ' ପରି ବ୍ୟାଧି ନାହିଁ, ମୋହ ଅଜ୍ଞାନ ପରି କେହି ଶତ୍ରୁ ନାହାନ୍ତି, କ୍ରୋଧ ପରି କୌଣସି ଅଗ୍ନି ନାହିଁ ତଥା ଜ୍ଞାନ ପରି କୌଣସି ସୁଖ ନାହିଁ।

ଅର୍ଥାତ କାମ-ବାସନା ମନୁଷ୍ୟର ସବୁଠାରୁ ବଡ଼ ରୋଗ, ମୋହ-ମାୟା ବା ଅଜ୍ଞାନ ହେଉଛି ସବୁଠାରୁ ବଳି ବଡ଼ ଶତ୍ରୁ। ଅନୁରୂପ ଭାବରେ ଏହି ସଂସାରରେ ମନୁଷ୍ୟପାଇଁ କ୍ରୋଧ ପରି କୌଣସି ଅଗ୍ନି ନାହିଁ ତଥା ଜ୍ଞାନ ପରି କୌଣସି ସୁଖ ନାହିଁ।

ଏଠାରେ ମୋହ ଓ ଜ୍ଞାନ ବେଦାନ୍ତ ଦର୍ଶନର ପାରିଭାଷିକ ଶବ୍ଦ। ମାୟାର ଭ୍ରମରେ ଜୀବ ଆତ୍ମାକୁ ଭୁଲି ଯାଇଥାଏ, ତାହାକୁ ମୋହ, ଅଜ୍ଞାନ ବା ମାୟା ବୋଲି କୁହା ଯାଇଥାଏ। ଏବଂ ଆତ୍ମାକୁ ଜାଣିବା ହିଁ ହେଉଛି ପ୍ରକୃତ ଜ୍ଞାନ।

ମନୁଷ୍ୟ ଏକୁଟିଆ :

ଜନ୍ମମୃତ୍ୟୁର୍ନିୟତ୍ୟେକୋ ଭୁନକ୍ତ୍ୟେକୋ ଭୁନକ୍ତ୍ୟେକଃ ଶୁଭାଶୁଭମ୍ ।
ନରକେଷୁ ପତତ୍ୟେକଃ ଏକୋ ଯାତି ପରାଂ ଗତିମ୍ ॥ 13 ॥

ଏଠାରେ ଆଚାର୍ଯ୍ୟ ଚାଣକ୍ୟ ଏକାକୀ ଭାବକୁ ସ୍ପଷ୍ଟ କରିବାକୁ ଯାଇ କୁହନ୍ତି ଯେ ବ୍ୟକ୍ତି ସଂସାରରେ ଏକୁଟିଆ ଜନ୍ମ ନେଇଥିଲା, ଏକୁଟିଆ ଭାବରେ ମୃତ୍ୟୁକୁ ପ୍ରାପ୍ତ କରିଥାଏ, ଏକେଲା ହିଁ ଶୁଭ-ଅଶୁଭ କର୍ମକୁ ଭୋଗ କରିଥାଏ, ଏକେଲା ହିଁ ନର୍କରେ ପଡ଼ିଥାଏ ତଥା ଏକେଲା ହିଁ ପରମଗତିକୁ ମଧ୍ୟ ପ୍ରାପ୍ତ କରିଥାଏ। ଅର୍ଥାତ୍-

- ମନୁଷ୍ୟ ଏକେଲା ହିଁ ଜନ୍ମ ନେଇଥାଏ।
- ମନୁଷ୍ୟ ଏକେଲା ହିଁ ଭାଗ୍ୟର ଶୁଭ-ଅଶୁଭ ଫଳ ଭୋଗ କରିଥାଏ
- ମନୁଷ୍ୟ ଏକେଲା ହିଁ ନର୍କରେ ପଡ଼ିଥାଏ ଏବଂ ଏକେଲା ହିଁ ପରମପଦ (ମୋକ୍ଷ) ଲାଭ କରିଥାଏ।

ଏହି ସମସ୍ତ କାର୍ଯ୍ୟରେ ତା' ସହିତ କାହାରି ସଂପର୍କ ନଥାଏ।

ସଂସାର ହେଉଛି ଦୁବଘାସ :

ତୃଣଂ ବ୍ରହ୍ମବିଦ୍ ସ୍ୱର୍ଗଂ ତୃଣଂ ଶୂରସ୍ୟ ଜୀବନମ୍ ।
ଜିମାକ୍ଷସ୍ୟ ତୃଣଂ ନାରୀ ନିଃସ୍ପୃହସ୍ୟ ତୃଣଂ ଜଗତ୍ ॥ 14 ॥

ଏଠରେ ଆଚାର୍ଯ୍ୟ ଚାଣକ୍ୟ ସଂସାରିକତାକୁ ଘାସ ପରି ବୁଝାଇ କହିଛନ୍ତି ଯେ ବ୍ରହ୍ମଜ୍ଞାନୀଙ୍କୁ ସ୍ୱର୍ଗ, ବୀରଙ୍କୁ ନିଜର ଜୀବନ, ସଂଯମୀଙ୍କୁ ସ୍ତ୍ରୀ ତଥା ତ୍ୟାଗୀଙ୍କୁ ସାରା ସଂସାର ଘାସ ପରି ମନେ ହୋଇଥାଏ।

ଅର୍ଥ ନିଷ୍ପନ୍ନ ହେଉଛି ଯେ ଯେଉଁ ବ୍ୟକ୍ତି ବ୍ରହ୍ମକୁ ଜାଣି ନେଇଥାଏ, ତା' ମନରେ ସ୍ୱର୍ଗ ପାଇଁ କୌଣସି ଇଚ୍ଛା ରହି ନଥାଏ, କାରଣ ସ୍ୱର୍ଗ ସୁଖକୁ ଭୋଗ କଲା ପରେ ପୁନଶ୍ଚ ଜନ୍ମ ନେବାକୁ ପଡ଼ିଥାଏ। ବ୍ରହ୍ମଜ୍ଞାନୀ ବ୍ରହ୍ମରେ ମିଶି ଯାଆନ୍ତି। ତେଣୁ ତାଙ୍କପାଇଁ ସ୍ୱର୍ଗ କୌଣସି ମହତ୍ୱ ରଖେ ନାହିଁ। ଯୁଦ୍ଧଭୂମିରେ ବୀରତ୍ୱ ପ୍ରଦର୍ଶନକାରୀ ଯୋଦ୍ଧା ତା' ଜୀବନକୁ ଖାତିର କରି ନଥାଏ। ଯେଉଁ ବ୍ୟକ୍ତି ନିଜ ଇନ୍ଦ୍ରିୟକୁ ଜୟ କରି ନେଇଛି, ତା' ପାଇଁ ସ୍ତ୍ରୀ ଘାସ ପରି ଏକ ମାମୁଲି ବା ତୁଚ୍ଛ ଜିନିଷ ପରି ମନେ

ହୋଇଥାଏ । ଯେଉଁ ଯୋଗୀର ସମସ୍ତ ଇଛା ସମାପ୍ତ ହୋଇ ସାରିଛି, ସିଏ ସାରା ସଂସାରକୁ ଘାସ ପରି ମନେ କରିଥାଏ ।

ମିତ୍ରଙ୍କ ଭିନ୍ନ ରୂପ :

ବିଦ୍ୟା ମିତ୍ରଂ ପ୍ରବାସେଷୁ ଭାର୍ଯ୍ୟା ମିତ୍ରଂ ଗୃହେଷୁ ଚ ।
ବ୍ୟାଧିତସ୍ୟୌଷଧଂ ମିତ୍ରଂ ଧର୍ମୋଂ ମିତ୍ରଂ ମୃତସ୍ୟ ଚ ॥ 15 ॥

ଏଠାରେ ଆଚାର୍ଯ୍ୟ ଚାଣକ୍ୟ ମିତ୍ରଙ୍କ ଚର୍ଚା କରିବାକୁ ଯାଇ କୁହନ୍ତି ଯେ ଘରୁ ଯାଇ ବିଦେଶରେ ରହିଲା ବେଳେ ବିଦ୍ୟା ମିତ୍ର ହୋଇଥାଏ, ଘରେ ପତ୍ନୀ ମିତ୍ର ହୋଇଥାଏ, ରୋଗୀପାଇଁ ଔଷଧ ମିତ୍ର ଓ ମୃତ୍ୟୁ ପରେ ବ୍ୟକ୍ତିର ଧର୍ମହିଁ ମିତ୍ର ହୋଇଥାନ୍ତି । ଏହି ପ୍ରକାରରେ ପ୍ରତ୍ୟେକ ପ୍ରକାରର ମିତ୍ରଙ୍କୁ ସମ୍ମାନ ଦେବା ଉଚିତ କାରଣ ସମୟାନୁସାରେ ସେହିପରି ମିତ୍ରମାନେ ହିଁ ଶ୍ରେୟସ୍କର ବୋଲି ପ୍ରତିପାଦିତ ହୋଇଥାନ୍ତି ।

କିଏ କେତେବେଳେ ବେକାର :

ବୃଥା ବୃଷ୍ଟିଃ ସମୁଦ୍ରେଷୁ ବୃଥା ତୃପ୍ତେଷୁ ଭୋଜନମ୍ ।
ବୃଥା ଦାନଂ ଧନାଢ୍ୟେଷୁ ବୃଥା ଦୀପୋ ଦିବାପି ଚ ॥ 16 ॥

ଆଚାର୍ଯ୍ୟ ଚାଣକ୍ୟ 'ବୃଥା' ଉପରେ ବିଚାର କରିବାକୁ ଯାଇ କୁହନ୍ତି ଯେ ସମୁଦ୍ରରେ ବର୍ଷା ବ୍ୟର୍ଥ, ତୃପ୍ତ ବ୍ୟକ୍ତିକୁ ଭୋଜନ କରାଇବା ବୃଥା, ଧନୀଙ୍କୁ ଦାନ ଦେବା ବୃଥା ଓ ଦିନରେ ପ୍ରଦୀପର ପ୍ରଜ୍ଜ୍ୱଳନ ମଧ୍ୟ ବୃଥା ଅଟେ ।

ଅର୍ଥାତ୍ ସମୁଦ୍ରରେ ବର୍ଷା ହେଲେ କଣ ଲାଭ ମିଳିବ ? ଯାହାର ପେଟ ପୂରି ଯାଇଛି, ତାକୁ ପୁଣି ଖୁଆଇଲେ, ଧନୀବ୍ୟକ୍ତିଙ୍କୁ ଦାନ ଦେଲେ ବା ଦିନରେ ଦୀପ ଜଳାଇଲେ କିଛି ଲାଭ ହେବ ନାହିଁ । କାରଣ ତହା ସବୁ ବ୍ୟର୍ଥ କାର୍ଯ୍ୟରେ ପରିଣତ ହୋଇଯାଇଥାଏ । ତେଣୁ କୌଣସି କାର୍ଯ୍ୟକୁ କରିବା ବେଳେ ସ୍ଥାନ, କାଳ ଓ ପାତ୍ରକୁ ଦେଖି କରିବା ଉଚିତ ।

ପ୍ରିୟ ବସ୍ତୁ:

ନାସ୍ତି ମେଘସମଂ ତୋୟଂ ନାସ୍ତି ଚାତ୍ମସମଂ ବଲମ୍ ।
ନାସ୍ତି ଚକ୍ଷୁସମଂ ତେଜୋ ନାସ୍ତି ଚାନ୍ନସମଂ ପ୍ରିୟମ୍ ॥ 17 ॥

ଏଠାରେ ଆଚାର୍ଯ୍ୟ ଚାଣକ୍ୟ ସବୁଠାରୁ ପ୍ରିୟ ବସ୍ତୁ ସଂପର୍କରେ ଚର୍ଚା କରିବାକୁ ଯାଇ କୁହନ୍ତି ଯେ ବାଦଲ ପରି କୌଣସି ଜଳ ନାହିଁ । ନିଜର ବଳ ପରି କୌଣସି ବଳ ନାହିଁ । ଆଖି ପରି କୌଣସି ଜ୍ୟୋତି ନାହିଁ । ଏବଂ ଅନ୍ନ ପରି କୌଣସି ପ୍ରିୟ ବସ୍ତୁ ନାହିଁ ।

ଅର୍ଥାତ୍ ବାଦଲର ଜଳ ସବୁଠାରୁ ଅଧିକ ଉପଯୋଗୀ । ନିଜର ବଳ ହିଁ ହେଉଛି ସବୁଠାରୁ ବଡ଼ ବଳ; ଅନ୍ୟ କୌଣସି ବଳ ତାହାର ସମକକ୍ଷ ହୋଇ ପାରିବ ନାହିଁ କି ସେପରି ବଳ ଉପରେ କେବେ ଭରସା କରି ହେବନାହିଁ । ଆଖିର ଜ୍ୟୋତି ହିଁ ହେଉଛି ସବୁଠାରୁ ବଡ଼ ଜ୍ୟୋତି । ଏବଂ ଭୋଜନ ସବୁ ପ୍ରାଣୀମାନଙ୍କର ଅତ୍ୟନ୍ତ ପ୍ରିୟ ବସ୍ତୁ ଭାବରେ ପରିଗଣିତ ହୋଇଥାଏ ।

ଯାହା ନାହିଁ, ତାହା ଉପରେ କି ଭରସା:

ଅଧନା ଧନମିଚ୍ଛନ୍ତି ବାଚଂ ଚୈବ ଚତୁଷ୍ପଦାଃ ।
ମାନବାଃ ସ୍ୱର୍ଗମିଚ୍ଛନ୍ତି ମୋକ୍ଷମିଚ୍ଛନ୍ତି ଦେବତାଃ ॥ 18 ॥

ଏଠାରେ ଆଚାର୍ଯ୍ୟ ଚାଣକ୍ୟ ଅପ୍ରାପ୍ତ ବସ୍ତୁ ପ୍ରତି ବ୍ୟକ୍ତି ମାତ୍ରଙ୍କ ଆସକ୍ତି ପୂର୍ବକ ପ୍ରବୃତ୍ତି ଉପରେ ଟୀପ୍ପଣୀ ଦେବାକୁ ଯାଇ କୁହନ୍ତି ଯେ ନର୍ଦ୍ଧନ ବ୍ୟକ୍ତି ଧନର କାମନ କରିଥାନ୍ତି, ପଶୁ କଥା କହିବାର ଶକ୍ତିକୁ କାମନା କରିଥାନ୍ତି । ମନୁଷ୍ୟ ସ୍ୱର୍ଗର କାମନା କରେ ଓ ସ୍ୱର୍ଗରେ ରହୁଥିବା ଦେବତାମାନେ ମୋକ୍ଷ ପ୍ରାପ୍ତିର କାମନା କରିଥାନ୍ତି । ଏହିପରି ଭାବରେ ଦେଖିବାକୁ ଗଲେ ଯାହା ପ୍ରାପ୍ତ ହୋଇଛି, ସମସ୍ତେ ତାହାଠାରୁ ଆଉ ଟିକିଏ ଆଗକୁ କିଛି ପାଇବାର କାମନା କରିଥାନ୍ତି ।

ବସ୍ତୁତଃ ଦେଖିବାକୁ ଗଲେ ଏହି ସଂସାରର ତାହାହିଁ ଏକ ସରଳ ସତ୍ୟ । ଯେଉଁ ବ୍ୟକ୍ତିଙ୍କ ପାଖରେ ଯାହା କିଛି ଅଭାବ ରହିଥାଏ, ସେ ତାକୁ ହିଁ ପାଇବାର ଦୁର୍ବାର କାମନ କରିଥାଏ, ତାହାକୁ ପ୍ରଥମେ ଖୋଜିଥାଏ, ତାହାକୁ ହିଁ ଅଧିକ ମହତ୍ୱ ପ୍ରଦାନ କରିଥାଏ । ଯେପରି ନିର୍ଦ୍ଧନ ବ୍ୟକ୍ତି ଧନକୁ ସବୁଠାରୁ ଅଧିକ ମହତ୍ୱ ପ୍ରଦାନ କରିଥାନ୍ତି । ସେ ତାହାକୁ ପାଇବା ପାଇଁ ସବୁବେଳେ ବ୍ୟାକୁଳ ରହିଥାନ୍ତି । ପଶୁମାନଙ୍କଠାରେ ସବୁଠାରୁ ବଡ଼ ଅଭାବ ହେଉଛି ବାଣୀ । ସେମାନେ ତାହାକୁ ପାଇବା ପାଇଁ ଲାଳସା ରଖିଥାନ୍ତି । ମନୁଷ୍ୟ ଏହି ଲୋକ ଅପେକ୍ଷା ସ୍ୱର୍ଗ ଲୋକର କାମନା କରିଥାଏ ଏବଂ ସ୍ୱର୍ଗରେ ରହୁଥିବା ଦେବତାମାନେ ମୋକ୍ଷ ପ୍ରାପ୍ତିର ଆଶା କରିଥାନ୍ତି ।

ଆଚାର୍ଯ୍ୟ ଚାଣକ୍ୟଙ୍କ ଏହି ଶ୍ଳୋକର ମୂଳ କଥା ହେଉଛି ଯେ ଏହି ସଂସାରରେ ପ୍ରତ୍ୟେକ ପ୍ରାଣୀ କୌଣସି ନା କୌଣସି ଅଭାବରେ ପୀଡ଼ିତ ରହିଛନ୍ତି । ଯାହା କିଛି ସେମାନଙ୍କୁ ପ୍ରାପ୍ତ ହୋଇଛି ତାହାପ୍ରତି ସେମାନେ ମହତ୍ୱ ପ୍ରଦାନ ନ କରି ସବୁବେଳେ ଆପ୍ରାପ୍ତ ବସ୍ତୁର କାମନା କରିଥାନ୍ତି ।

ସତ୍ୟେନ ଧାର୍ୟତେ ପୃଥ୍ୱୀ ସତ୍ୟେନ ତପତେ ରବିଃ ।
ସତ୍ୟେନ ବାତି ବାୟୁଶ୍ଚ ସର୍ବଂ ସତ୍ୟେ ପ୍ରତିଷ୍ଠିତମ୍ ॥ 19 ॥

ଏଠାରେ ଆଚାର୍ଯ୍ୟ ଚାଣକ୍ୟ ସତ୍ୟର ପ୍ରତିଷ୍ଠା କରିବାକୁ ଯାଇ କହିଛନ୍ତି ଯେ ସତ୍ୟ ହିଁ ପୃଥିବୀକୁ ଧାରଣ କରିଛି । ସତ୍ୟଦ୍ୱାରା ସୂର୍ଯ୍ୟ ଉତପ୍ତ ହେଉଛନ୍ତି । ସତ୍ୟଦ୍ୱାରା ବାୟୁ ପ୍ରବାହିତ ହେଉଅଛି । ସବୁକିଛି ସତ୍ୟଦ୍ୱାରା ପ୍ରତିଷ୍ଠିତ ହେଉଅଛି ।

ଅର୍ଥାତ୍ ପରମାତ୍ମାଙ୍କୁ ହିଁ ଏଠାରେ ସତ୍ୟ ବୋଲି କୁହା ଯାଇଛି । ସତ୍ୟରେ ହିଁ ପୃଥିବୀ ରହିଅଛି । ସତ୍ୟ କାରଣରୁ ହିଁ ସୂର୍ଯ୍ୟ ଓ ବାୟୁ ନିଜ ନିଜର କାର୍ଯ୍ୟକୁ ନିୟମିତ ଭାବରେ କରୁଛନ୍ତି ଏବଂ ଏହି ସାରା ସଂସାର ସତ୍ୟ ପାଇଁ ହିଁ କାର୍ଯ୍ୟ କରିଚାଲିଛି । ତେଣୁ ସତ୍ୟ ହେଉଛି ସବୁକିଛିର ଆଧାର ।

ଧର୍ମ ହିଁ ସ୍ଥିର :

ଚଲା ଲକ୍ଷ୍ମୀଶ୍ଚଲାଃ ପ୍ରାଣାଶ୍ଚଲେ ଜୀବିତମନ୍ଦିରେ ।
ଚଲାଚଲେ ଚ ସଂସାରେ ଧର୍ମ ଏକୋ ହି ନିଶ୍ଚଲଃ ॥ 20 ॥

ଏଠାରେ ଆଚାର୍ଯ୍ୟ ଚାଣକ୍ୟ ଧର୍ମ ଚର୍ଚ୍ଚା କରିବାକୁ ଯାଇ କହୁଛନ୍ତି ଯେ ଲକ୍ଷ୍ମୀ ଚଂଚଳା, ପ୍ରାଣ, ଜୀବନ, ଶରୀର ସବୁକିଛି ଚଂଚଳ ଓ ବିନାଶଶୀଳ । ସଂସାରରେ କେବଳ ଧର୍ମ ହିଁ ନିଶ୍ଚଳ, ସ୍ଥିର ।

କହିବାର ଅଭିପ୍ରାୟ ହେଉଛି ଯେ ଲକ୍ଷ୍ମୀ, ଧନ-ଦ୍ରବ୍ୟାଦି ସବୁକିଛି ଚଂଚଳ, ତାହା କେତେବେଳେ ଜଣଙ୍କ ପାଖରେ ଥାଏ ତ କେତେବେଳେ ତାହା ଆଉ ଜଣଙ୍କ ପାଖରେ ରହିଥାଏ । ତେଣୁ ତାହା ଉପରେ ବିଶ୍ୱାସ କରି ହେବ ନାହିଁ; ତାହାକୁ ନେଇ ଗର୍ବ ମଧ୍ୟ ଅନୁଭବ କରି ହେବ ନାହିଁ । ପ୍ରାଣ, ଜୀବନ, ଶରୀର ଏବଂ ଏହି ସାରା ସଂସାର ମଧ୍ୟ ଚିରକାଳ ପାଇଁ କେବେ ସ୍ଥିର ନୁହେଁ । ଏସବୁ ଦିନେ ନା ଦିନେ ଅବଶ୍ୟ ନଷ୍ଟ ହୋଇଯିବ । ସଂସାରରେ କେବଳ ଧର୍ମ ଏପରି ଏକ ଜିନିଷ, ଯାହା କେବେହେଲେ ନଷ୍ଟ ହୁଏ ନାହିଁ । ତାହା ବ୍ୟକ୍ତିର ପ୍ରକୃତ ସାଥୀ, ସବୁଠାରୁ ବଡ଼ ସଂପତି; ଯାହା ଜୀବନରେ ମଧ୍ୟ କାମରେ ଆସେ ତଥା ଜୀବନ ପରେ ମଧ୍ୟ । ଏଣୁ ଏହାର ସବୁବେଳେ ସଂଚୟ କରିବା ଦରକାର । ଧନ-ସଂପତି, ପ୍ରାଣ, ଶରୀର ଆଦିର ମୋହ ଅଧିକ ହେବା ଅନୁଚିତ ।

ଏମାନେ ଅତ୍ୟନ୍ତ ଧୂର୍ତ୍ତ :

ନରାଣାଂ ନାପିତୋ ଧୂର୍ତ୍ତଃ ପକ୍ଷିଣାଂ ଚୈବ ବାୟସଃ ।
ଚତୁଷ୍ପଦାଂ ଶୃଗାଲସ୍ତୁ ସ୍ତ୍ରୀଣାଂ ଧୂର୍ତ୍ତା ଚ ମାଳିନୀ ॥ 21 ॥

ଏଠାରେ ଆଚାର୍ଯ୍ୟ ଚାଣକ୍ୟ ଧୂର୍ତ୍ତଙ୍କ ଚର୍ଚ୍ଚା କରିବାକୁ ଯାଇ କୁହନ୍ତି ଯେ ପୁରୁଷମାନଙ୍କ ମଧ୍ୟରେ ନାପିତ, ପକ୍ଷୀମାନଙ୍କ ମଧ୍ୟରେ କାକ, ଚତୁଷ୍ପଦ ପ୍ରାଣୀମାନଙ୍କ ମଧ୍ୟରେ ଶୃଗାଳ ତଥା ସ୍ତ୍ରୀମାନଙ୍କ ମଧ୍ୟରେ ମାଳିନୀ ହେଉଛନ୍ତି ଅତ୍ୟନ୍ତ ଧୂର୍ତ୍ତ ।

ଏହାର ଅର୍ଥ ହେଉଛି ଯେ ପୁରୁଷମାନଙ୍କ ମଧ୍ୟରେ ବାରିକ ସବୁଠାରୁ ବଡ଼ ଧୂର୍ତ୍ତ । ସେହିପରି ପକ୍ଷୀମାନଙ୍କ ମଧ୍ୟରେ କାଉ ଅଧିକ ଧୂର୍ତ୍ତ । ଚାରିଗୋଡ଼ିଆ ପ୍ରାଣୀମାନଙ୍କ ମଧ୍ୟରେ ବିଲୁଆକୁ ଏବଂ ନାରୀମାନଙ୍କ ମଧ୍ୟରେ ମାଲୁଣୀକୁ ସବୁଠାରୁ ଅଧିକ ଧୂର୍ତ୍ତ ବୋଲି ମନେ କରାଯାଇଥାଏ ।

ଷଷ୍ଠ ଅଧ୍ୟାୟ

ଶୁଣିବା ମଧ୍ୟ ଦରକାର :

ଶ୍ରୁତ୍ୱା ଧର୍ମ ବିଜାନାତି ଶ୍ରୁତ୍ୱା ତ୍ୟଜତି ଦୁର୍ମତିମ୍ ।
ଶ୍ରୁତ୍ୱା ଜ୍ଞାନମବାପ୍ନୋତି ଶ୍ରୁତ୍ୱା ମୋକ୍ଷମବାପ୍ନୁୟାତ୍ ॥ 1 ॥

ଆଚାର୍ଯ୍ୟ ଚାଣକ୍ୟ ଏଠାରେ ଶୁଣିକି ଜ୍ଞାନ ଲାଭ କରିବାର ପ୍ରକ୍ରିୟାକୁ ସ୍ପଷ୍ଟ କରିବାକୁ ଯାଇ କହୁଛନ୍ତି ଯେ ଶୁଣିକି ମନୁଷ୍ୟ ନିଜର ଧର୍ମ ବିଷୟରେ ଜାଣିଥାଏ, ଏବଂ ଶୁଣିକି ସେ ନିଜର ଦୁର୍ବୁଦ୍ଧି ତ୍ୟାଗ କରିଥାଏ । ଶୁଣିକି ସେ ଜ୍ଞାନ ପ୍ରାପ୍ତ ହୁଏ ଓ ଶୁଣିକି ସେ ମୋକ୍ଷ ଲାଭ କରିଥାଏ ।

କହିବାର ଅଭିପ୍ରାୟ ହେଉଛି ଯେ ନିଜର ପୁଜ୍ୟ ଲୋକମାନଙ୍କ ମୁହଁରୁ ବା ମହାପୁରୁଷମାନଙ୍କ ମୁହଁରୁ ବିଭିନ୍ନ ନୀତିକଥା ଶୁଣି ମନୁଷ୍ୟ ନିଜର ଧର୍ମ ଅର୍ଥାତ୍ କର୍ତବ୍ୟ ସଂପର୍କରେ ଜ୍ଞାନ ଲାଭ କରିଥାଏ, ଯାହା ଫଳରେ ସେ ତାକୁ ଧ୍ୱଂସ ପଥକୁ ନେଇ ଯାଉଥିବା ସମସ୍ତ କାର୍ଯ୍ୟକୁ ତ୍ୟାଗ କରି ଦେଇଥାଏ । ଶୁଣିକି ମଧ୍ୟ ତାକୁ ଦିବ୍ୟ ଜ୍ଞାନ ଓ ମୋକ୍ଷ ମିଳିଥାଏ । ଏଣୁ ଏହା ସ୍ପଷ୍ଟ ଯେ କଥାକୁ ପଢ଼ି ବୁଝିବା ଅପେକ୍ଷା ତାହାକୁ କୌଣସି ଜ୍ଞାନୀ ଗୁରୁଙ୍କ ମୁଖରୁ ଶୁଣିବାକୁ ଅଧିକ ଗ୍ରାହ୍ୟ ବୋଲି ମନେ କରାଯାଇଥାଏ । ଏମିତି ଅନେକ ମହାପୁରୁଷ ରହିଛନ୍ତି ଯେଉଁମାନେ କି ଶୁଣି ଶୁଣି ବହୁତ କିଛି ଜାଣିଛନ୍ତି । ଏଣୁ ମନୁଷ୍ୟର କର୍ତବ୍ୟ ହେଉଛି ଯେ ଯଦି ସେ ସ୍ୱୟଂ ଶାସ୍ତ୍ରକୁ ପଢ଼ି ପାରେନାହିଁ, ତାହାଲେ ଧର୍ମ ଉପଦେଶକୁ ଶୁଣିକି ଗ୍ରହଣ କରେ ତେବେ ମଧ୍ୟ ତାହାକୁ ସେଥିରୁ ପୂର୍ଣ୍ଣ ଲାଭ ମିଳିବ ।

ଚଣ୍ଡାଳ ପ୍ରକୃତି :

ପକ୍ଷୀଣାଂ କାକଶ୍ଚାଣ୍ଡାଲ ପଶୁନାଂ ଚୈବ କୁକ୍କୁରଃ ।
ମୁନୀନାଂ ପାପଶ୍ଚାଣ୍ଡାଲଃ ସର୍ବେଷୁ ନିନ୍ଦକଃ ॥ 2 ॥

ଏଠାରେ ଆଚାର୍ଯ୍ୟ ଚାଣକ୍ୟ ଚଣ୍ଡାଳ ସଂପର୍କରେ ସୂଚିତ କରିବାକୁ ଯାଇ କୁହନ୍ତି ଯେ ପକ୍ଷୀମାନଙ୍କ ମଧ୍ୟରେ କାକ, ପଶୁମାନଙ୍କ ମଧ୍ୟରେ ଶ୍ୱାନ, ମୁନିମାନଙ୍କ ମଧ୍ୟରେ ପାପୀ ତଥା ନିନ୍ଦୁକ ସମସ୍ତ ପ୍ରାଣୀମାନଙ୍କ ମଧ୍ୟରେ ଚଣ୍ଡାଳ ରୂପରେ ବିବେଚିତ ହୋଇଥାନ୍ତି ।

ଭାବ ହେଉଛି ଯେ ଚଢ଼େଇମାନଙ୍କ ମଧ୍ୟରେ କାଉକୁ ଚଣ୍ଡାଳ ବୋଲି ବୁଝିବାକୁ ହେବ । ପଶୁମାନଙ୍କ ମଧ୍ୟରେ କୁକୁରକୁ ତଥା ମୁନି-ଋଷିମାନଙ୍କ ମଧ୍ୟରେ ପାପୀକୁ ଚଣ୍ଡାଳ ବୋଲି ଗ୍ରହଣ କରାଯାଇଥାଏ । ଅନ୍ୟର ଅନିଷ୍ଟ କରୁଥିବା ବ୍ୟକ୍ତି ପକ୍ଷୀ, ପଶୁ ତଥା ମନୁଷ୍ୟମାନଙ୍କ ମଧ୍ୟରେ ବଡ଼ ଚଣ୍ଡାଳ ବୋଲି ପରିଗଣିତ ହୋଇଥାଏ । ଅର୍ଥାତ୍ ନିନ୍ଦୁକ ଚଣ୍ଡାଳମାନଙ୍କ ମଧ୍ୟରେ ମଧ୍ୟ ଚଣ୍ଡାଳ ବୋଲି ଗୃହୀତ ହୋଇଥାନ୍ତି । କାରଣ ଯେଉଁ ବ୍ୟକ୍ତିକୁ ପରୋକ୍ଷ ଭାବରେ ନିନ୍ଦା କରାଯାଉଥାଏ, ତାହାର ଅନୁପସ୍ଥିତିରେ ନିନ୍ଦୁକକୁ ତାହାର ପାପ ଭୋଗିବାକୁ ପଡ଼ିଥାଏ । ତେଣୁ ସବୁଠାରୁ ଭଲ ହେଉଛି ନିନ୍ଦା

ପ୍ରବୃତ୍ତିଠାରୁ ଦୂରେଇ ରହିବା । ମନୁଷ୍ୟର ଏହା ହିଁ ସବୁଠାରୁ ବଡ଼ ଦୁର୍ବଳତା ହେଉଛି ଯେ ସେ ନିନ୍ଦା କରିବାରେ ଅଧିକ ଆନନ୍ଦିତ ହୋଇଥାଏ । କିନ୍ତୁ ଏହା ଫଳରେ କେବଳ ସମୟ ନଷ୍ଟ ହେବା ଛଡ଼ା ଅନ୍ୟ କିଛି ଲାଭ ହାତକୁ ଆସି ନଥାଏ ।

ଏହା ଦ୍ୱାରା ଶୁଦ୍ଧତା ଆସିଥାଏ :

ଭସ୍ମନା ଶୁଦ୍ଧ୍ୟତେ କାଂସ୍ୟଂ ତାମ୍ରମମ୍ଳେନ ଶୁଦ୍ଧ୍ୟତି ।
ରଜସା ଶୁଦ୍ଧ୍ୟତେ ନାରୀ ନଦୀ ବେଗେନ ଶୁଦ୍ଧ୍ୟତି ॥ 3 ॥

ଏଠାରେ ଆଚାର୍ଯ୍ୟ ଶୁଦ୍ଧି ହେବା ସଂପର୍କରେ ଚର୍ଚ୍ଚା କରି କୁହନ୍ତି ଯେ କଂସା ପାଉଁଶରେ ଶୁଦ୍ଧ ହୋଇଥାଏ, ତମ୍ବା ଅମ୍ଳରେ, ନାରୀ ରଜସ୍ୱଳାରେ ତଥା ନଦୀ ନିଜର ବେଗରେ ଶୁଦ୍ଧ ହୋଇଥାନ୍ତି ।

ଭ୍ରମଣ ଆବଶ୍ୟକ :

ଭ୍ରମନ୍ସମ୍ପୂଜ୍ୟତେ ରାଜା ଭ୍ରମନ୍ସମ୍ପୂଜ୍ୟତେ ଦ୍ୱିଜଃ ।
ଭ୍ରମନ୍ସମ୍ପୂଜ୍ୟତେ ଯୋଗୀ ସ୍ତ୍ରୀ ଭ୍ରମତୀ ବିନଶ୍ୟତି ॥ 4 ॥

ଏଠାରେ ଆଚାର୍ଯ୍ୟ ଚାଣକ୍ୟ ଭ୍ରମଣର ମହତ୍ତ୍ୱକୁ ପ୍ରତିପାଦିତ କରିବାକୁ ଯାଇ କୁହନ୍ତି ଯେ ଭ୍ରମଣ କରୁଥିବା ରାଜା ପୂଜିତ ହୁଅନ୍ତି, ଭ୍ରମଣ କରୁଥିବା ବ୍ରାହ୍ମଣ ପୂଜିତ ହୋଇଥାନ୍ତି, ଭ୍ରମଣ କରୁଥିବା ଯୋଗୀ ପୂଜିତ ହୁଅନ୍ତି । ମାତ୍ର ଭ୍ରମଣ କରୁଥିବା ନାରୀ ନଷ୍ଟ ହୋଇ ଯାଇଥାନ୍ତି ।

ଏଠାରେ ଭାବ ହେଉଛି ଯେ ଗୋଟିଏ ସ୍ଥାନରୁ ଆଉ ଗୋଟିଏ ସ୍ଥାନକୁ ଭ୍ରମଣ କରୁଥିବା ରାଜା, ବିଦ୍ୱାନ ତଥା ଯୋଗୀ ତ ସର୍ବତ୍ର ପୂଜିତ ହୋଇଥାନ୍ତି, କିନ୍ତୁ ଏପରି କରୁଥିବା ନାରୀ ନଷ୍ଟ ହୋଇ ଯାଇଥାନ୍ତି । ତେଣୁ ଭ୍ରମଣ କରିବା କାର୍ଯ୍ୟ ରାଜା, ବିଦ୍ୱାନ ଏବଂ ଯୋଗୀ- ଏହି ତିନି ଜଣଙ୍କୁ ହିଁ ଶୋଭା ପାଇଥାଏ; ମାତ୍ର ସ୍ତ୍ରୀଙ୍କୁ ନୁହେଁ ।

ଧନର ପ୍ରଭାବ :

ଯସ୍ୟାର୍ଥସ୍ତସ୍ୟ ମିତ୍ରାଣି ଯସ୍ୟାର୍ଥାସ୍ତସ୍ୟ ବାନ୍ଧବାଃ ।
ଯସ୍ୟାର୍ଥାଃ ସ ପୁମାଂଲ୍ଲୋକେ ଯସ୍ୟାର୍ଥାଃ ସ ଚ ପଣ୍ଡିତଃ ॥ 5 ॥

ଏଠାରେ ଆଚାର୍ଯ୍ୟ ଚାଣକ୍ୟ ଧନବାନ ହେବାଦ୍ୱାରା ନିଜ ମଧ୍ୟରେ ସୃଷ୍ଟି ହେଉଥିବା ଗୁଣାବଳୀ ସଂପର୍କରେ ଆଲୋଚନା କରିବାକୁ ଯାଇ କୁହନ୍ତି ଯେ ଯେଉଁ ବ୍ୟକ୍ତିଙ୍କ ପାଖରେ ଟଙ୍କା-ପଇସା ରହିଛି, ଲୋକମାନେ ସ୍ୱତଃ ସେମାନଙ୍କର ମିତ୍ର ହୋଇ ଯାଆନ୍ତି । ବଂଧୁ-ବାଂଧବ ମଧ୍ୟ ସବୁବେଳେ ତାଙ୍କ ନିକଟକୁ ଯିବା-ଆସିବା ଲଗେଇ ରଖନ୍ତି । ଯିଏ ଧନବାନ୍ ତାଙ୍କୁ ଆଜିର ଯୁଗରେ ବିଦ୍ୱାନ ଓ ସମ୍ମାନିତ ବ୍ୟକ୍ତି ବୋଲି ବିଚାର କରାଯାଉଛି । ଧନବାନ୍ ବ୍ୟକ୍ତିଙ୍କୁ ବିଦ୍ୱାନ ଓ ଜ୍ଞାନବାନ୍ ବୋଲି ମଧ୍ୟ ବିଚାର କରାଯାଉଛି ।

ବସ୍ତୁତଃ ହଜାର ବର୍ଷ ତଳେ ଆଚାର୍ଯ୍ୟ ଚାଣକ୍ୟଙ୍କ ଦ୍ୱାରା କୁହା ଯାଇଥିବା ଏହି କଥା ଆଜିର ଯୁଗରେ ମଧ୍ୟ ସଂପୂର୍ଣ୍ଣ ଭାବରେ ସତ୍ୟ ସିଦ୍ଧ ହେଉଅଛି । ଏପରି ମଧ୍ୟ ଦେଖା ଯାଇଛି ଯେ ଯାହା ପାଖରେ ଧନ ନାହିଁ, ତା' ଠାରୁ ମିତ୍ର ଓ ସାଙ୍ଗ-ସାଥୀମାନେ ଦୂରେଇ ଯାଆନ୍ତି, ବନ୍ଧୁ-ବାନ୍ଧବ ଓ ପରିବାରବର୍ଗ ତାକୁ ତ୍ୟାଗ କରି ଚାଲି ଯାଆନ୍ତି । ଏପରିକି ନିର୍ଦ୍ଧନ ବ୍ୟକ୍ତିଙ୍କୁ ମଣିଷ ବୋଲି ମନେ କରିବାକୁ ଲୋକେ କୁଣ୍ଠାବୋଧ କରନ୍ତି । ଏପରି ଲୋକକୁ କେହି ମଣିଷ ବୋଲି ସ୍ୱୀକାର କରନ୍ତି ନାହିଁ ।

ଅନେକ ଗୁଣରେ ପରିପୂର୍ଣ୍ଣ ନିର୍ଦ୍ଧନ ବ୍ୟକ୍ତି ଆଜିର ଯୁଗରେ ଉପେକ୍ଷିତ ରହି ଥାଆନ୍ତି । ଏହା ହିଁ ଧନର ଶ୍ରେଷ୍ଠ ଲୌକିକ ପ୍ରଭାବ ।

ବୁଦ୍ଧି ଭାଗ୍ୟର ଅନୁଗାମୀ :

ତାଦୃଶୀ ଜାୟତେ ବୁଦ୍ଧିର୍ବ୍ୟବସାୟୋଽପି ତାଦୃଶଃ ।
ସହାୟାସ୍ତାଦୃଶା ଏବ ଯାଦୃଶୀ ଭବିତବ୍ୟତା ॥ 6 ॥

ଆଚାର୍ଯ୍ୟ ଚାଣକ୍ୟ ଏଠାରେ ଭାଗ୍ୟ ଉପରେ ଗୁରୁତ୍ୱ ପ୍ରଦାନ କରି ବୁଦ୍ଧିକୁ ଭାଗ୍ୟର ଅନୁଗାମୀ ବୋଲି ପ୍ରତିପାଦିତ କରିବାକୁ ଯାଇ କହିଛନ୍ତି ଯେ ମନୁଷ୍ୟ ଯେପରି ଭାଗ୍ୟ ନେଇ ଆସିଛି ତାହାର ବୁଦ୍ଧି ମଧ୍ୟ ସେହି ପ୍ରକାରରେ ହୋଇ ଯାଇଥାଏ, କାର୍ଯ୍ୟ-ବ୍ୟପାର ମଧ୍ୟ ସେହି ଅନୁରୂପରେ ହୋଇଥାଏ । ତାଙ୍କର ସାଙ୍ଗ-ସାଥୀ, ସହଯୋଗୀ ମଧ୍ୟ ସେହି ଅନୁକ୍ରମରେ ମିଳିଥାନ୍ତି । ତେଣୁ ସମସ୍ତ କ୍ରିୟା କଳାପ କେବଳ ଭାଗ୍ୟ ଅନୁସାରେ ହିଁ ହୋଇଥାଏ ।

କହିବାର ଅଭିପ୍ରାୟ ହେଉଛି ଯେ ମନୁଷ୍ୟର ହେବାଟା ହିଁ ନିଶ୍ଚିତ । ଯାହା ହେବାର ଥାଏ, ତାହା ନିଶ୍ଚିତ ଭାବରେ ହେବ । ଏହି କାରଣରୁ ଅନେକ ସମୟରେ ମନୁଷ୍ୟ ଦ୍ୱାରା ଚିନ୍ତା କରାଯାଇଥବା କଥା, ତାହା କୁଶଳତା ଓ ସେ ଦିଗରେ ତାହାର ସମସ୍ତ ପ୍ରକାର ପ୍ରୟାସ ସବୁ କିଛି ବେକାର ହୋଇଯାଏ । ଶାସ୍ତ୍ରରେ ମଧ୍ୟ ଏହା ଲେଖା ଯାଇଛି ଯେ ବିପଦ ଆସିଲେ ମଣିଷର ନିର୍ମଳ ବୁଦ୍ଧି ମଧ୍ୟ ମଳୀନ ହୋଇଉଠେ, ଅର୍ଥାତ୍ ଯାହା କୁହାଯାଏ ଯେ ବିନାଶ କାଳେ ବିପରୀତ ବୁଦ୍ଧି । ଇତିହାସରେ ମଧ୍ୟ ଏହିପରି ଅନେକ ଉଦାହରଣ ମିଳି ପାରିବ ଯେ ଅନେକ ମହାପୁରୁଷ ଭବିଷ୍ୟତର ଏହି ଚକ୍ରବ୍ୟୁହରେ ପଡ଼ି ଭୟଂକର ଭୁଲ କରି ବସିଛନ୍ତି । ଉଦାହରଣ ପାଇଁ ଶ୍ରୀ ରାମଚନ୍ଦ୍ରଙ୍କୁ ହିଁ ଗ୍ରହଣ କରାଯାଇ ପାରିବ । ମର୍ଯ୍ୟାଦା ପୁରୁଷୋତ୍ତମ ହୋଇ ମଧ୍ୟ ସେ ମାୟାବୀ ସ୍ୱର୍ଣ୍ଣମୃଗ ପଛରେ ଦୌଡ଼ିବାକୁ ଲାଗିଲେ, ଯାହା ଫଳରେ ସୀତାହରଣ ପୂର୍ବକ ମହାନ ଘଟଣା ଘଟିଗଲା । ଏହି ଘଟଣା ସହିତ ପ୍ରାୟ ସମସ୍ତେ ଆମେ ପରିଚିତ । କିନ୍ତୁ ଏହାର ଅଭିପ୍ରାୟ ଏହା ନୁହେଁ ଯେ ମନୁଷ୍ୟ ଯୋଗ୍ୟ ହୋଇ ମଧ୍ୟ ନିଜର ଉଦ୍ୟମ କରିବ ନାହିଁ । ତାହାକୁ କର୍ମଫଳ ଉପରେ ନିର୍ଭର ନ କରି କର୍ମ କରିବାକୁ ପଡ଼ିବ । କାରଣ କର୍ମ ଭାଗ୍ୟକୁ ମଧ୍ୟ ବଦଳାଇବାର କ୍ଷମତା ରଖିଥାଏ ।

ସମୟ ବଡ଼ ବଳବାନ :

କାଳଃ ପଚତି ଭୂତାନି କାଳଃ ସଂହରତେ ପ୍ରଜାଃ ।
କାଳଃ ସୁପ୍ତେଷୁ ଜାଗର୍ତି କାଳେଶ ହି ଦୁରତିକ୍ରମଃ ॥ 7 ॥

ଆଚାର୍ଯ୍ୟ ଚାଣକ୍ୟ ଏଠାରେ କାଳର ପ୍ରଭାବ ସଂପର୍କରେ ଚର୍ଚ୍ଚା କରିବାକୁ ଯାଇ କହୁଛନ୍ତି ଯେ କାଳ ହିଁ ପ୍ରାଣୀମାନଙ୍କୁ କବଳିତ କରିଥାଏ । କାଳ ସୃଷ୍ଟିକୁ ବିନାଶ କରି ଦେଇଥାଏ । ଏହା ପ୍ରାଣୀମାନେ ଶୋଇ ପଡ଼ିବା ପରେ ମଧ୍ୟ ତାଙ୍କ ଉପରେ ସବାର ହୋଇ ରହିଥାଏ । ତାହାକୁ କେହି ହେଲେ ଅତିକ୍ରମ କରି ପାରିବେ ନାହିଁ ।

ଏଠାରେ ଏହି ଭାବ ପ୍ରକଟିତ ହେଉଛି ଯେ କାଳ ବା ସମୟ ସବୁଠାରୁ ବଡ଼ ବଳବାନ । ସମୟ ଧୀରେ ଧୀରେ ସବୁ ପ୍ରାଣୀମାନଙ୍କୁ ଏପରିକି ସାରା ସଂସାରକୁ କବଳିତ କରି ରଖିଥାଏ । ପ୍ରାଣୀମାନେ ଶୋଇଗଲା ପରେ ମଧ୍ୟ କାଳ ପ୍ରବାହିତ ହେଉଥାଏ । ପ୍ରତ୍ୟେକ ମୁହୂର୍ତ୍ତ ଅତିକ୍ରାନ୍ତରେ

ତାହାର ଆୟୁଷ କମି କମି ଯାଉଥାଏ । ଏହାକୁ କେହି ଟାଳି ପାରିବେ ନାହିଁ । କାରଣ କାଳର ପ୍ରଭାବରୁ ବଂଚିବା ବ୍ୟକ୍ତି ପକ୍ଷରେ ସମ୍ଭବ ନୁହେଁ । ମନୁଷ୍ୟ ଯୋଗ ସାଧନ କରୁ ବା ବୈଜ୍ଞାନିକ ଉପାୟର ସାହାରା ଗ୍ରହଣ କରୁ, କାଳର ପ୍ରଭାବକୁ ଦୂର କରିବା ଅସମ୍ଭବ । ସମୟର ପ୍ରଭାବ ତ ପ୍ରତ୍ୟେକ ବସ୍ତୁ ଉପରେ ପଡ଼ିଥାଏ । ଶରୀର ଦୁର୍ବଳ ହୋଇଯାଏ, ବସ୍ତୁମାନ ଜୀର୍ଣ୍ଣ ଏବଂ କ୍ଷରିତ ହୋଇ ଯାଆନ୍ତି । ସମସ୍ତେ ଦେଖୁଥାନ୍ତି ଓ ଜାଣୁଥାନ୍ତି ଯେ ବ୍ୟକ୍ତି ତା'ର ଯୌବନରେ ଯେପରି ଉଦ୍ଦାମତା ପୂର୍ଣ୍ଣ କାମ ଅତ୍ୟନ୍ତ ସାହସର ସହିତ କରିଥାଏ, ବାର୍ଦ୍ଧକ୍ୟରେ ସେପରି କିଛି କରି ପାରେନାହିଁ । ବ୍ୟକ୍ତିର ଶରୀର ଉପରେ ବାର୍ଦ୍ଧକ୍ୟର ଚିହ୍ନ ତ କହିବାକୁ ଗଲେ ସେହି କାଳର ପଦଚିହ୍ନ । କାଳକୁ କେବେ ପଛକୁ ଫେରାଇ ନେଇ ହେବ ନାହିଁ । କହିବାକୁ ଗଲେ ବିତି ଯାଇଥିବା ସମୟକୁ କେବେ ଫେରାଇ ଆଣି ହେବ ନାହିଁ । ଏହାହିଁ ଚିରନ୍ତନ ସତ୍ୟ ଯେ କାଳର ଗତିକୁ ଦେବତା ହେଲେ ମଧ୍ୟ ରୋକି ପାରିବେ ନାହିଁ । ଅନେକ କବି ମଧ୍ୟ କାଳର ମହିମାକୁ ବର୍ଣ୍ଣନା କରିଛନ୍ତି । ଭର୍ତୃହରି ମଧ୍ୟ କହିଛନ୍ତି କାଳ ଶେଷ ହୁଏ ନାହିଁ; ବରଂ ମଣିଷର ଶରୀର କାଳଗର୍ଭରେ ଲୀନ ହୋଇଯାଏ । ଏହା ହିଁ ପ୍ରକୃତିର ନିୟମ । ଏଣୁ ସମୟର ମହତ୍ତ୍ୱକୁ ବୁଝି ଆଚରଣ କରିବା ଦରକାର ।

ଯେତେବେଳେ କିଛି ଦେଖା ଯାଉ ନଥିବ :

ନୈବ ପଶ୍ୟତି ଜନ୍ମାନ୍ଧଃ କାମାନ୍ଧୋ ନୈବ ପଶ୍ୟତି ।
ମଦୋନ୍ମତ୍ତା ନ ପଶ୍ୟନ୍ତି ଅର୍ଥୀ ଦୋଷଠ ନ ପଶ୍ୟତି ॥ ୪ ॥

ଆଚାର୍ଯ୍ୟ ଚାଣକ୍ୟ ଏଠାରେ ବ୍ୟକ୍ତିର ଦୃଷ୍ଟି କ୍ଷମତା ଉପରେ ବିଚାର ପ୍ରକଟ କରିବାକୁ ଯାଇ କୁହନ୍ତି ଯେ ଜନ୍ମାନ୍ଧ କିଛି ମଧ୍ୟ ଦେଖି ପାରେନାହିଁ । ଏପରି ଭାବରେ କାମାନ୍ଧ ଓ ନିଶାରେ ପାଗଳ ହୋଇ ରହିଥିବା ବ୍ୟକ୍ତି କିଛି ମଧ୍ୟ ଦେଖି ପାରନ୍ତି ନାହିଁ । ସ୍ୱାର୍ଥୀ ବ୍ୟକ୍ତି ମଧ୍ୟ କାହାରି ମଧ୍ୟରେ ଦୋଷ ଦେଖି ନଥାନ୍ତି ।

ଏହାର ଭାବାର୍ଥ ହେଉଛି ଯେ ଜନ୍ମାନ୍ଧ ବ୍ୟକ୍ତି ଦୁନିଆର କୌଣସି ଜିନିଷକୁ ଦେଖି ପାରେନାହିଁ ।

କାମ-ବାସନାର ଭୁତ ସବାର ହେଲେ କାମୀ ବ୍ୟକ୍ତି ମଧ୍ୟ ଲୋକ-ଲଜ୍ଜା, ସମାଜ-ବ୍ୟବହାରର କୌଣସି ଚିନ୍ତା କରି ନଥାଏ । ଏଥିରୁ ସ୍ପଷ୍ଟ ହୋଇଥାଏ ଯେ କାମରେ ପୀଡିତ, ମଦ ଓ ନିଶାଦ୍ରବ୍ୟରେ ପ୍ରଭାବିତ ଏବଂ ନିଜର ଆବଶ୍ୟକତାକୁ ପୂର୍ଣ୍ଣ କରିବାକୁ ଚାହୁଥିବା ଲୋଭୀ ବ୍ୟକ୍ତି ମଧ୍ୟ ଅନ୍ଧ ଅର୍ଥାତ୍ ବିବେକହୀନ ହୋଇଥାନ୍ତି ।

କର୍ମର ପ୍ରଭାବ :

ସ୍ୱୟଂ କର୍ମ କୋତ୍ୟାତ୍ମା ସ୍ୱୟଂ ତତ୍‌ଫଳମଶ୍ନୁତେ ।
ସ୍ୱୟଂ ଭ୍ରମତି ସଂସାରେ ସ୍ୱୟଂ ତସ୍ମାଦ୍ୱିମୁଚ୍ୟତେ ॥ ୨ ॥

ଆଚାର୍ଯ୍ୟ ଚାଣକ୍ୟ ଏଠାରେ କର୍ମ-ଫଳର ପ୍ରଭାବକୁ ସ୍ପଷ୍ଟ କରିବାକୁ ଯାଇ କୁହନ୍ତି ଯେ ପ୍ରାଣୀ ସ୍ୱୟଂ କର୍ମ କରିଥାଏ ଓ ସ୍ୱୟଂ ତାହାର ଫଳ ଭୋଗ କରିଥାଏ । ସ୍ୱୟଂ ସଂସାରରେ ବାଟବଣା ହୋଇ ବୁଲୁଥାଏ ଓ ସ୍ୱୟଂ ସେଥିରୁ ମୁକ୍ତ ହୋଇ ଯାଇଥାଏ ।

ଏଠାରେ ଭାବ ପ୍ରକାଶ ହେଉଛି ଯେ ମନୁଷ୍ୟ ସ୍ୱୟଂ କର୍ମ କରିଥାଏ । ତେଣୁ କର୍ମର ଆଧାରାନୁସାରେ ତାକୁ ଭଲ ବା ମନ୍ଦ ଫଳ ମିଳିଥାଏ । ଏହି ଫଳ ଆଧାରରେ ସେ ସଂସାରରେ

ବାରମ୍ବାର ଜନ୍ମ ଗ୍ରହଣ କରୁଥାଏ ଏବଂ ବାରମ୍ବାର ମୃତ୍ୟୁ ବରଣ କରୁଥାଏ । ଭଲ କର୍ମ ହେବା ଫଳରେ ପରଜନ୍ମରେ ସୁଖ ତଥା ଖରାପ କର୍ମ ହେବା ଫଳରେ ପର ଜନ୍ମରେ ଦୁଃଖ ଭୋଗ କରିବାକୁ ପଡ଼ିଥାଏ । ବାରମ୍ବାର ଏହି ଜନ୍ମ ଓ ମୃତ୍ୟୁର ଚକ୍ରରେ ପଡ଼ି ସେ ସଂସାରରେ ବାଟବଣା ହୋଇ ବୁଲୁଥାଏ । ପ୍ରାଣୀ ସ୍ୱୟଂ ଏହିସବୁର ସମ୍ମୁଖୀନ ହୋଇଥାଏ । ଯେତେବେଳେ ତା'ର ଜ୍ଞାନୋଦୟ ଘଟେ, ସେତେବେଳେ ସେ ଏହି ଚକ୍ରବ୍ୟୁହରୁ ମୁକ୍ତି ଲାଭ କରି ମୋକ୍ଷ ପ୍ରାପ୍ତ କରିଥାଏ ।

ରାଜା ରାଷ୍ଟ୍ରକୃତଂ ପାପଂ ରାଜ୍ଞଃ ପାପଂ ପୁରୋହିତଃ ।
ଭର୍ତା ଚ ସ୍ତ୍ରୀକୃତଂ ପାପଂ ଶିଷ୍ୟ ପାପ ଗୁରୁସ୍ତଥା ॥ 10 ॥

ଆଚାର୍ଯ୍ୟ ଚାଣକ୍ୟ ଏଠାରେ କର୍ମର ସୁଦୂର ପ୍ରଭାବ ସଂପର୍କରେ ଚର୍ଚା କରିବାକୁ ଯାଇ କୁହନ୍ତି ଯେ ରାଷ୍ଟ୍ର ଦ୍ୱାରା କରାଯାଇଥିବା ପାପକୁ ରାଜା ଭୋଗ କରନ୍ତି, ରାଜାଙ୍କ ପାପକୁ ତାଙ୍କ ପୁରୋହିତ ଭୋଗନ୍ତି । ସେହିପରି ପତ୍ନୀର ପାପାକୁ ପତି ତଥା ଶିଷ୍ୟର ପାପକୁ ଗୁରୁ ଭୋଗିଥାନ୍ତି ।

ଏହାର ଭାବାର୍ଥ ହେଉଛି ଯେ ପ୍ରଜାଙ୍କ ପାପକୁ ରାଜା, ରାଜାଙ୍କ ପାପକୁ ପୁରୋହିତ, ସ୍ତ୍ରୀର ପାପକୁ ସ୍ୱାମୀ ତଥା ଶିଷ୍ୟର ପାପକୁ ଗୁରୁ ଭୋଗ କରିଥାନ୍ତି । ଦେଖିବାକୁ ଗଲେ ଏସବୁ ରାଜା ଦ୍ୱାରା ନିଜର କର୍ତବ୍ୟ ନ ପାଳନ କରିବା ସହିତ ସିଧା ସଳଖ ସମ୍ବନ୍ଧ ରଖିଥାଏ । ରାଜା ଯଦି ନିଜ ରାଜ୍ୟରେ କର୍ତବ୍ୟ ପାଳନ ନ କରିନ୍ତି ଓ ଉଦାସୀନ ରୁହନ୍ତି, ତେବେ ରାଜ୍ୟରେ ପାପବୃତ୍ତି ବଢ଼ିବାକୁ ଲାଗେ, ଅରାଜକତା ଆସି ଯାଇଥାଏ । ତେଣୁ ଏସବୁର ଦୋଷ ଯେହେତୁ ରାଜାଙ୍କର; ତେଣୁ ତାକୁ ନିୟନ୍ତ୍ରଣରେ ରଖିବା ମଧ୍ୟ ରାଜାଙ୍କର । ସେହି ପ୍ରକାରରେ ପତିଙ୍କର କର୍ତବ୍ୟ ହେଉଛି ପତ୍ନୀକୁ ପାପକର୍ମ ଦିଗକୁ ପ୍ରେରିତ ନ କରିବା ଓ ତାକୁ ନିଜର ନିୟନ୍ତ୍ରଣରେ ରଖିବା । ପତ୍ନୀ ଯଦି କୌଣସି ଭୁଲ କାମ କରୁଛନ୍ତି ତ ତେବେ ତାହାର ଫଳ ବା ପରିଣାମ ପତିକୁ ତ ଭୋଗିବାକୁ ପଡ଼ିବ । ସେହି ପ୍ରକାରରେ ଗୁରୁର କର୍ତବ୍ୟ ହେଉଛି ଶିଷ୍ୟକୁ ଠିକ୍ ମାର୍ଗ ଦେଖାଇବା, ତାଙ୍କୁ ସତ୍‌କର୍ମ ଦିଗରେ ପ୍ରେରିତ କରିବା । ଯଦି ସେ ସେହି କର୍ତବ୍ୟ ପ୍ରତି ସାବଧାନ ନ ରହିବେ, ତେବେ ଶିଷ୍ୟ ପାପ ମାର୍ଗରେ ଲିପ୍ତ ରହିବ । ସେତେବେଳେ ତାହାର ଦୋଷ ଗୁରୁଙ୍କ ମୁଣ୍ଡକୁ ଯିବ । ରାଜା, ପୁରୋହିତ ଓ ପତିଙ୍କ କର୍ତବ୍ୟ ହେଉଛି ସେମାନେ ପ୍ରଜା, ରାଜା, ପତ୍ନୀ ଓ ଶିଷ୍ୟଙ୍କୁ ସତ୍ ମାର୍ଗରେ ପରିଚାଳିତ ହେବାପାଇଁ ପ୍ରବର୍ତାଇବେ ।

ଶତ୍ରୁ କିଏ ?

ଋଣକର୍ତା ପିତା ଶତ୍ରୁର୍ମାତା ଚ ବ୍ୟଭିଚାରିଣୀ ।
ଭାର୍ୟା ରୂପବତୀ ଶତ୍ରୁଃ ପୁତ୍ର ଶତ୍ରୁର୍ନ ପଣ୍ଡିତଃ ॥ 11 ॥

ଆଚାର୍ଯ୍ୟ ଚାଣକ୍ୟ ଏଠାରେ ଶତ୍ରୁଙ୍କ ସ୍ୱରୂପକୁ ଚର୍ଚା କରିବାକୁ ଯାଇ କହୁଛନ୍ତି ଯେ ଋଣ କରିଥିବା ପିତା ଶତ୍ରୁ ହୋଇଥାନ୍ତି । ବ୍ୟଭିଚାରିଣୀ ମାତା ମଧ୍ୟ ଶତ୍ରୁ ହୋଇଥାନ୍ତି । ରୂପବତୀ ପତ୍ନୀ ଶତ୍ରୁ ହୋଇଥାନ୍ତି ତଥା ମୂର୍ଖ ପୁତ୍ର ମଧ୍ୟ ଶତ୍ରୁ ହୋଇଥାନ୍ତି ।

ଏହାର ଭାବାର୍ଥ ହେଉଛି ଯେ ପୁତ୍ରପାଇଁ କରଜ ଛାଡ଼ି ଯାଇଥିବା ପିତା ଶତ୍ରୁ ପରି ହୋଇଥାନ୍ତି । ଖରାପ ଚାଲି-ଚଳଣରେ ଅଭ୍ୟସ୍ତା ମାତା ମଧ୍ୟ ସନ୍ତାନପାଇଁ ଶତ୍ରୁ ସମାନ ହୋଇଥାନ୍ତି । ଅଧିକ ସୁନ୍ଦର ପତ୍ନୀକୁ ମଧ୍ୟ ଶତ୍ରୁ ପରି ମନେ କରା ଯାଇଥାଏ ତଥା ମୂର୍ଖ ପୁତ୍ର ମଧ୍ୟ ମାଆ-ବାପଙ୍କ ପାଇଁ ଶତ୍ରୁ ପରି ହୋଇଥାନ୍ତି ।

ବସ୍ତୁତଃ କରଜ ନେଇ ଘରଖର୍ଚ୍ଚ କରିଥିବା ପିତା ଶତ୍ରୁ ହୋଇଥାନ୍ତି, କାରଣ ତାଙ୍କର ମରିବା ପରେ ସେହି କରଜକୁ ତା' ସନ୍ତାନକୁ ସୁଝିବାକୁ ପଡ଼ିଥାଏ । ବ୍ୟଭିଚାରିଣୀ ମାତା ମଧ୍ୟ ଶତ୍ରୁ ଭାବରେ ନିନ୍ଦନୀୟ ହୋଇଥାନ୍ତି ଓ ତ୍ୟାଜ୍ୟ ହୋଇଥାନ୍ତି । କାରଣ ସେ ଧର୍ମରୁ ଓହରି ଯାଇ ପିତା ଓ ପତିର କୁଳକୁ କଳଂକିତ କରିଥାଏ । ଏପରି ମାତାର ପୁତ୍ରକୁ ସାମାଜିକ ଅପମାନ ସହିବାକୁ ପଡ଼ିଥାଏ । ସେହିଭଳି ଯେଉଁ ସ୍ତ୍ରୀ ନିଜର ସୌନ୍ଦର୍ଯ୍ୟ ପାଇଁ ଅଭିମାନ କରି ପତିକୁ ଉପେକ୍ଷା କରିଥାଏ, ତାଙ୍କୁ ମଧ୍ୟ ଶତ୍ରୁ ଭାବରେ ଗ୍ରହଣ କରିବ ଉଚିତ । କାରଣ ସେ କର୍ତବ୍ୟ ବିମୁଖ ହୋଇ ସାରିଛି । ମୂର୍ଖ ପୁତ୍ର ମଧ୍ୟ କୁଳକୁ କଳଂକିତ କରିଥାଏ । ସେ ମଧ୍ୟ ତ୍ୟାଜ୍ୟ ।

ଏହି କାରଣରୁ ନିଜ ଉଦ୍ୟମରେ ପରିବାରର ନିର୍ବାହ କରୁଥିବା ପିତା, ପତିବ୍ରତା ମାତା ଓ ନିଜର ରୂପ ଓ ସୌନ୍ଦର୍ଯ୍ୟ ପ୍ରତି ଅହଂକାର ପ୍ରଦର୍ଶନ କରୁନଥିବା ସ୍ତ୍ରୀ ଓ ବିଦ୍ୱାନ ପୁତ୍ର ହିଁ ସଦୈବ ହିତକାରୀ ହୋଇଥାନ୍ତି ।

ଏମାନଙ୍କୁ ନିୟନ୍ତ୍ରଣରେ ରଖ :

ଲୁବ୍ଧମର୍ଥେନ ଗୃହ୍ଣୀୟାତ୍ସ୍ତବ୍ଧମଂଜଳିକର୍ମଣା ।
ମୂର୍ଖଷ୍ଛନ୍ଦାନୁରୋଧେନ ଯଥାର୍ଥବାଦେନ ପଣ୍ଡିତମ୍ ॥ 12 ॥

ଏଠାରେ ଆଚାର୍ଯ୍ୟ ଚାଣକ୍ୟ ବଶୀକରଣ ସମ୍ବନ୍ଧରେ ସୂଚିତ କରିବାକୁ ଯାଇ କୁହନ୍ତି ଯେ ଲୋଭୀକୁ ଧନ ଦେଇ, ଅହଂକାରୀକୁ ହାତ ଯୋଡ଼ି, ମୂର୍ଖକୁ ଉପଦେଶ ଦେଇ ତଥା ପଣ୍ଡିତଙ୍କୁ ଯଥାର୍ଥ କଥା କହି ବଶୀଭୂତ କରିବା ଦରକାର ।

ଏହାର ଭାବାର୍ଥ ହେଉଛି ଯେ ଲୋଭୀଲୋକକୁ ଧନ ଦେଇ କାମ କରାଇ ନେବାର ବା ବଶୀଭୂତ କରିବାର ଉଦ୍ଦେଶ୍ୟ ଥିଲେ, ତା' ନିକଟରେ ହାତ ଯୋଡ଼ି, ମୁଣ୍ଡ ନୁଆଁଇ ଚାଲିବା ଦରକାର । ମୂର୍ଖ ଲୋକକୁ କେବଳ ବୁଝା-ସୁଝା କରିଦେଲେ ସେ ବଶୀଭୂତ ହୋଇ ଯାଇଥାଏ । ବିଦ୍ୱାନ ବ୍ୟକ୍ତିକୁ ସତ୍ୟ କଥା କହିବା ଦରକାର, ତେଣୁ ତାଙ୍କୁ ସ୍ପଷ୍ଟ କଥା କହି ବଶୀଭୂତ କରି ହୋଇଥାଏ ।

ଦୁଷ୍ଟଙ୍କ ଠାରୁ ଦୂରେଇ ରୁହ :

କୁରାଜରାଜ୍ୟେନ କୁତଃ ପ୍ରଜାସୁଖଂ କୁମିତ୍ରମିତ୍ରେଣ କୁତୋଽଭିନିବୃତ୍ତିଃ ।
କୁଦାରଦାରୈଶ୍ଚ କୁତୋ ଗୃହେ ରତିଃ କୁଶିଷ୍ୟମଧ୍ୟାପୟତଃ କୁତୋ ଯଶଃ ॥ 13 ॥

ଏଠାରେ ଆଚାର୍ଯ୍ୟ ଚାଣକ୍ୟ ଦୁଷ୍ଟଲୋକମାନଙ୍କର ପ୍ରଭାବକୁ ପ୍ରତିପାଦିତ କରିବାକୁ ଯାଇ କୁହନ୍ତି ଯେ ଦୁଷ୍ଟ ରାଜାଙ୍କ ରାଜ୍ୟରେ ପ୍ରଜା କିପରି ସୁଖୀ ହୋଇ ରହି ପାରିବେ ? ଦୁଷ୍ଟ ମିତ୍ରଦ୍ୱାରା ଆନନ୍ଦ କିପରି ପାଇ ପାରିବେ ? ଦୁଷ୍ଟ ପତ୍ନୀ ସହିତ ଗୃହରେ କିପରି ସୁଖ ଆସିବ ? ତଥା ଦୁଷ୍ଟ-ମୂର୍ଖ ଶିଷ୍ୟକୁ ପଢ଼ାଇବା ଦ୍ୱାରା କି ଯଶ ବା ମିଳିବ ?

ଏହାର ଭାବାର୍ଥ ହେଉଛି ଯେ ଦୁଷ୍ଟ-ନିଷ୍କର୍ମା ରାଜାଙ୍କ ରାଜ୍ୟରେ ପ୍ରଜା ସବୁବେଳେ ଦୁଃଖୀ ହୋଇ ରହିଥାନ୍ତି । ଦୁଷ୍ଟ ସାଙ୍ଗମାନେ ସଦୈବ ଦୁଃଖ ପ୍ରଦାନ କରିଥାନ୍ତି । ଦୁଷ୍ଟ ପତ୍ନୀ ଘରର ସୁଖକୁ ନଷ୍ଟ କରି ଦେଇଥାନ୍ତି । ସେହିପରି ଭାବରେ ଦୁଷ୍ଟ ଶିଷ୍ୟଙ୍କୁ ପଢ଼ାଇବା ଫଳରେ କୌଣସି ଯଶ ମଧ୍ୟ ମିଳି ନଥାଏ । ଏଣୁ ଦୁଷ୍ଟ ରାଜା, ଦୁଷ୍ଟ ମିତ୍ର, ଦୁଷ୍ଟ ପତ୍ନୀ ତଥା ଦୁଷ୍ଟ ଶିଷ୍ୟ - ଏମାନଙ୍କ ରହିବା ଅପେକ୍ଷା ନରହିବା ବରଂ ଭଲ । ଏଣୁ ସୁଖୀ ରହିବାକୁ ହେଲେ ଶ୍ରେଷ୍ଠ ରାଜାଙ୍କ ରାଜ୍ୟରେ ରହିବା ଦରକାର,

ସଂକଟରୁ ବଂଚିବାକୁ ହେଲେ ଉତ୍ତମ ବ୍ୟକ୍ତିଙ୍କୁ ମିତ୍ର କରିବା ଦରକାର, ରତିଭୋଗର ସୁଖ ପାଇଁ କୁଳୀନ କନ୍ୟାକୁ ବିବାହ କରିବା ଦରକାର ତଥା ଯଶ ବା କୀର୍ତିଲାଭ ପାଇଁ ଯୋଗ୍ୟ ପୁରୁଷଙ୍କୁ ଶିଷ୍ୟ କରିବା ଦରକାର ।

ଶିକ୍ଷା କାହାଠାରୁ ମଧ୍ୟ ଗ୍ରହଣ କରିବା ଦରକାର :

ସିଂହାଦେକଂ ବକାଦେକଂ ଶିକ୍ଷେଚ୍ଚତ୍ୱାରି କୁକ୍କୁଟାତ୍ ।
ବାୟସାତ୍ପଂଚ ଶିକ୍ଷେଚ୍ଚ ଷଟ୍ ଶୁନସ୍ତ୍ରୀଣି ଗର୍ଦ୍ଦଭାତ୍ ॥ 14 ॥

ଏଠାରେ ଆଚାର୍ଯ୍ୟ ଚାଣକ୍ୟ ଶିକ୍ଷଣକୁ କାହାଠାରୁ ମଧ୍ୟ ଗ୍ରହଣ କରିନେବା ସଂପର୍କରେ କୁହନ୍ତି ଯେ ସିଂହଠାରୁ ଗୋଟିଏ, ବଗଠାରୁ ଗୋଟିଏ, ମୃଗଠାରୁ ଚାରୋଟି, କାଉଠାରୁ ପାଂଚଟି, କୁକୁରଠାରୁ ଛଅଟି ତଥା ଗଧଠାରୁ ସାତଟି କଥା ଶିଖିବା ଦରକାର ।

ଚାଣକ୍ୟ କହିଛନ୍ତି ଯେ ଶିଖିବାକୁ ଚାହିଁଲେ ମନୁଷ୍ୟ ତ କେଉଁଠାରୁ କିଛି ମଧ୍ୟ ଶିଖିପାରିବ । ମାତ୍ର ଯେତେବେଳେ କୌଣସି ଗୁଣ ଶିଖିବାର ପ୍ରଶ୍ନ ଆସୁଛି, ସେତେବେଳ ସେ ସିଂହଠାରୁ ଓ ବଗଠାରୁ ଗୋଟିଏ ଲେଖାଁଏ, ଗଧଠାରୁ ତିନିଗୋଟି, ମୃଗଠାରୁ ଚାରିଗୋଟି, କାଉଠାରୁ ପାଂଚଗୋଟି ଓ କୁକୁରଠାରୁ ଛଅଗୋଟି ଗୁଣ ଶିଖି ନେବା ଦରକାର ।

ଏହାର ମୌଳିକ ଭାବ ହେଉଛି ଯେ ବ୍ୟକ୍ତିକୁ ଯେଉଁଠାରୁ ମଧ୍ୟ କିଛି ଭଲ କଥା ଶିଖିବାକୁ ମିଳୁଛି, ତାହାକୁ ସଂକୋଚ ନକରି ଗ୍ରହଣ କରିନେବା ଉଚିତ । ଯଦି ନୀଚ ବ୍ୟକ୍ତି ନିକଟରୁ କିଛି ଶିକ୍ଷଣୀୟ କଥା ଶିଖିବାକୁ ଥାଏ, ତେବେ କୌଣସି ପ୍ରକାରରେ ସଂକୋଚ ନକରି ତାହାକୁ ଅବିଲମ୍ବେ ଶିଖିନେବା ଦରକାର ।

ଏହାର ପରବର୍ତୀ ଚାରିଗୋଟି ଶ୍ଳୋକରେ ଏହି ଗୁଣଗୁଡ଼ିକ ବିସ୍ତୃତ ଭାବରେ ବର୍ଣ୍ଣିତ ହୋଇଅଛି ।

ସିଂହ ଠାରୁ:

ପ୍ରଭୂତଂ କାର୍ଯମପି ବା ତତ୍ନରଃ ପ୍ରକର୍ତୁମିଚ୍ଛତି ।
ସର୍ବାରମ୍ଭେଣ ତତ୍କାର୍ଯଂ ସିଂହାଦେକ ପ୍ରଚକ୍ଷତେ ॥ 15 ॥

ଏଠାରେ ଆଚାର୍ଯ୍ୟ ଚାଣକ୍ୟ ସିଂହଠାରୁ ଶିକ୍ଷା ଲାଭ କରିବାକୁ ଥିବା ଗୁଣ ସଂପର୍କରେ କହୁଛନ୍ତି ଯେ ଛୋଟ ହେଉ ବା ବଡ଼ ହେଉ, ଯେଉଁ କାମ କରିବାକୁ ଅଛି ତାହାକୁ ନିଜର ପୂର୍ଣ୍ଣ ଶକ୍ତି ଦେଇ ସଂପୂର୍ଣ୍ଣ କରିବା ଦରକାର; ଏହା ସିଂହଠାରୁ ଶିକ୍ଷା ଲାଭ କରିବା ଦରକାର ।

ଏହାର ଭାବାର୍ଥ ହେଉଛି ସିଂହ ଯେଉଁ କାମ କରେ, ସେଥିରେ ସେ ନିଜର ପୂର୍ଣ୍ଣ ଶକ୍ତି ଲଗାଇ କରିଥାଏ । ଏଣୁ ଆମେ ଯେଉଁ କାମ କରିବା ଠିକ ସିଂହ ପରି ପୂରା ଶକ୍ତି ଲଗାଇ କରିବା ଦରକାର ।

ବଗ ଠାରୁ :

ଇନ୍ଦ୍ରିୟାଣି ଚ ସଂୟମ୍ୟ ବକବତ୍ପଣ୍ଡିତୋ ନରଃ ।
ଦେଶକାଲ ବଲଂ ଜ୍ଞାତ୍ୱା ସର୍ବକାର୍ଯାଣି ସାଧୟେତ୍ ॥ 16 ॥

ଏଠାରେ ଆଚାର୍ଯ୍ୟ ଚାଣକ୍ୟ ବଗଠାରୁ ମିଳୁଥିବା ଶିକ୍ଷଣ ସଂପର୍କରେ କହିଛନ୍ତି । ବଗପରି ଇନ୍ଦ୍ରିୟକୁ ବଶୀଭୂତ କରି ଦେଶ, କାଳ ଓ ବଳକୁ ଜାଣି ବିଦ୍ୱାନ ନିଜର କାର୍ଯ୍ୟକୁ ସଫଳ କରିଥାଏ ।

ଭାବାର୍ଥ ହେଉଛି ଯେ ବଗ ସବୁକିଛି ଭୁଲି ଏକ ଲୟରେ ମାଛକୁ ଅନେଇଁ ବସିଥାଏ ଓ ସୁଯୋଗ ଦେଖି ମାଛକୁ ଝାଂପି ନେଇଥାଏ । ମନୁଷ୍ୟକୁ ମଧ୍ୟ କାମ କରୁଥିବା ବେଳେ ଅନ୍ୟ ସବୁକଥାକୁ ଭୁଲି କେବଳ ଦେଶ, କାଳ ଓ ବଳ ଉପରେ ବିଚାର କରିବା ଦରକାର ।

ଦେଶ : ଏହି ସ୍ଥାନରେ କାମ କଲେ କି ଲାଭ ମିଳିବ? ଏହି ସ୍ଥାନରେ ସେହି ବସ୍ତୁର କେତେ ଆବଶ୍ୟକତା ରହିଛି ? ଏହି ସବୁର ବିଚାର ଦେଶ ସ୍ଥାନରେ ଆସିଥାଏ ।

କାଳ : କେଉଁ ସମୟ ସେହି କାମ ପାଇଁ ଅନୁକୂଳ ହେବ ?

ବଳ : ମୋ ପାଖରେ କେତେ ଅର୍ଥବଳ ରହିଛି ? କାର୍ଯ୍ୟକୁ କରିବା ପାଇଁ କେତେ ଲୋକବଳ ରହିଛି ? ସେହି କାର୍ଯ୍ୟ ଦିଗରେ ନିଜର ଶକ୍ତିବଳ କେତେ ? ଏବଂ ଶେଷରେ ସେହି କାମପାଇଁ କେତେ ସାଧନବଳ ରହିଛି ?

ଏହିସବୁ କଥାକୁ କାମ ଆରମ୍ଭ କରିବା ପୂର୍ବରୁ ବିଚାର କରିନେବା ଦରକାର ।

ଗଧ ଠାରୁ :

ସୁଶ୍ରାନ୍ତୋଽପି ବୃହଦ୍ ଭାରଂ ଶୀତୋଷ୍ଣଂ ନ ପଶ୍ୟତି ।
ସନ୍ତୁଷ୍ଟଶଚରତେ ନିତ୍ୟଂ ତ୍ରୀଣି ଶିକ୍ଷେଚ ଗର୍ଦଭାତ୍ ॥ 17 ॥

ଏଠାରେ ଆଚାର୍ଯ୍ୟ ଚାଣକ୍ୟ ଗଧଠାରୁ ମିଳୁଥିବା ଶିକ୍ଷଣ ସମ୍ବନ୍ଧରେ ଚର୍ଚ୍ଚା କରିବାକୁ ଯାଇ କୁହନ୍ତି ଯେ ଗଧଠାରୁ ତିନିଗୋଟି ଗୁଣକୁ ଶ୍ରେଷ୍ଠ ଓ ବିଦ୍ୱାନ ବ୍ୟକ୍ତିମାନେ ଶିଖିବା ଉଚିତ । ଯେପରି ଅତ୍ୟଧିକ ମାତ୍ରାରେ ଥକି ପଡ଼ିଥିଲେ ମଧ୍ୟ ଗଧ ବୋଝକୁ ବୋହି ଚାଲିଥାଏ; ଠିକ୍ ସେହି ପ୍ରକାରରେ ବୁଦ୍ଧିମାନ ବ୍ୟକ୍ତି ଆଳସ୍ୟ ତ୍ୟାଗ କରି ନିଜ ଲକ୍ଷ୍ୟ ପ୍ରାପ୍ତି ଓ ସିଦ୍ଧି ଉଦ୍ଦେଶ୍ୟରେ ସଦୈବ ପ୍ରଯତ୍ନ କରିବା ଦରକାର । କର୍ତ୍ତବ୍ୟ ସାଧନ ଦିଗରେ ସଦା ତତ୍ପର ରହିବା ଦରକାର । କାର୍ଯ୍ୟ ସିଦ୍ଧି ଦିଗରେ ଗ୍ରୀଷ୍ମ ଋତୁ କି ଶୀତ ଋତୁ ତାହା ମଧ୍ୟ ଚିନ୍ତା କରିବା ଅନୁଚିତ । ଗଧ ଯେପରି ସନ୍ତୁଷ୍ଟ ରହି ଏଣେ ତେଣେ ଗତି କରୁଥାଏ, ଠିକ ସେହି ଭାବରେ ବୁଦ୍ଧିମାନ ବ୍ୟକ୍ତି ସବୁବେଳେ ସନ୍ତୋଷ ରହି, ଫଳପ୍ରାପ୍ତିର ଆଶା ନରଖି, ଯଥାବତ୍ କର୍ମରେ ମଗ୍ନ ରହିବା ଦରକାର ।

ମୃଗ ଠାରୁ :

ପ୍ରତ୍ୟୁତ୍ଥାନଂ ଚ ଯୁଦ୍ଧଂ ଚ ସଂବିଭାଗଷ୍ଟ ବନ୍ଧୁଷୁ ।
ସ୍ୱୟମାକ୍ରମ୍ୟ ଭୋକ୍ତଂ ଚ ଶିକ୍ଷେଚତ୍ୱାରି କୁକ୍କୁଟାତ୍ଚ ॥ 18 ॥

ଏଠରେ ଆଚାର୍ଯ୍ୟ ଚାଣକ୍ୟ ମୃଗଠାରୁ ଶିଖିବା ଯୋଗ୍ୟ ଚାରିଗୋଟି ମହତ୍ୱପୂର୍ଣ୍ଣ କଥାକୁ ଆଲୋଚନା କରିବାକୁ ଯାଇ କୁହନ୍ତି ଯେ ଠିକ ସମୟରେ ଜଗିବା, ଲଢ଼ିବା, ଭାଇମାନଙ୍କୁ ଭାଗ ଦେବା ଓ ନିଜର ଭାଗକୁ ଶୀଘ୍ର ନେଇ ଖାଇନେବା; ଏହି ଚାରିଗୋଟି କଥା ମୃଗଠାରୁ ଶିଖିନେବା ଦରକାର ।

କହିବାର କଥା ହେଉଛି ଯେ ମୃଗର ଚାରିଗୋଟି ବିଶେଷତା ରହିଛି । ତାହା ହେଉଛି- ଝଅଟ କିନା ଉଠିଯିବା, ଅନ୍ୟମୃଗମାନଙ୍କ ସହିତ ଲଢ଼େଇ କରିବା, ତାଙ୍କୁ ବଳପୂର୍ବକ ତଡ଼ି ଦେବା ତଥା ନିଜ ଭାଗକୁ ସ୍ୱୟଂ ଖାଇଯିବା । ମୃଗଠାରୁ ଏହି ଚାରିଗୋଟି କଥା ଶିଖିନେବା ହେଉଛି ବ୍ୟକ୍ତି ଜୀବନରେ ସବୁଠାରୁ ମହତ୍ୱପୂର୍ଣ୍ଣ କାଯାଁ ଓ ମାନବୀୟ ଦୃଷ୍ଟିକୋଣରୁ ମଧ୍ୟ ଏହା ଅତ୍ୟନ୍ତ ମୂଲ୍ୟବାନ୍ ।

କାଉ ଠାରୁ :

ଗୂଢ଼ ମୈଥୁନକାରିତ୍ୱଂ କାଲେ କାଲେ ଚ ସଂଗ୍ରହମ୍ ।
ଅପ୍ରମତ୍ତବଚନମବିଶ୍ୱାସଂ ପଂଚ ଶିକ୍ଷେଚ ବାୟସାତ୍ ॥ 19 ॥

କାଉଠାରୁ ଶିଖିବା ଯୋଗ୍ୟ କଥା ଉପରେ ଆଲୋଚନା କରିବାକୁ ଯାଇ ଆଚାର୍ଯ୍ୟ ଚାଣକ୍ୟ କୁହନ୍ତି ଯେ, ଲୁଚିକି ମୈଥୁନ କରିବା, ସମୟ-ସମୟରେ ସଂଗ୍ରହ କରିବା, ସାବଧାନ ରହିବା, କାହା ଉପରେ ବିଶ୍ୱାସ ନ କରିବା ଓ ଆଓ୍ୱାଜ ଦେଇ ସମସ୍ତଙ୍କୁ ଏକାଠି କରିବା- ଏହି ପା□ ଗୋଟି ଗୁଣ କାଉଠାରୁ ଶିଖିବା ଉଚିତ ।

ଏଥିରୁ ଅର୍ଥ ନିଷ୍ପନ୍ନ ହେଉଛି ଯେ ବ୍ୟକ୍ତିକୁ କିଛି କାର୍ଯ୍ୟ ଠିକ୍ କାଉ ଭଳି କରିବା ଦରକାର । ଯେପରି କାଉ ସବୁବେଳେ ଲୁଚିକି ମୈଥୁନ କରିଥାଏ, କାରଣ ସେହି କାର୍ଯ୍ୟ ହିଁ ହେଉଛି ଏକାନ୍ତ ବ୍ୟକ୍ତିଗତ କାର୍ଯ୍ୟ । ଛୋଟିଆ ମୋଟିଆ ଜିନିଷକୁ ନିଜ ବସାରେ ସାଇତି ରଖେ, କାରଣ ବେଳ ପଡ଼ିଲେ ତାକୁ ଅନ୍ୟର ଦ୍ୱାରସ୍ଥ ହେବାକୁ ଯେପରି ନ ପଡ଼େ । ସବୁବେଳେ ସତର୍କ ରହିଥାଏ ଓ ଦରକାର ପଡ଼ିଲେ କାଆ କାଆ ରାବ ଦେଇ ସମସ୍ତଙ୍କୁ ଡାକି ଏକାଠି କରିଥାଏ । ସେ କେବେହେଲେ କାହାରିକୁ ବିଶ୍ୱାସ କରି ନଥାଏ । କାରଣ ପରୀକ୍ଷା ନିରୀକ୍ଷା କରି ବିଶ୍ୱାସ କଲେ ସେଥିରେ ଛଳନା ରହି ନଥାଏ । ତେଣୁ ଏହିସବୁ ଗୁଣକୁ କାଉଠାରୁ ଶିଖି ନେବା ଦରକାର ।

କୁକୁର ଠାରୁ:

ବହ୍ୱଶୀ ସ୍ୱଲ୍ପସନ୍ତୁଷ୍ଟଃ ସୁନିଦ୍ରୋ ଲଘୁଚେତନଃ ।
ସ୍ୱାମିଭକ୍ତଶ୍ଚ ଶୂରଶ୍ଚ ଷଡ଼େତେ ଶ୍ୱାନତୋ ଗୁଣାଃ ॥ 20 ॥

ଆଚାର୍ଯ୍ୟ ଚାଣକ୍ୟ ଏଠାରେ ସନ୍ତୋଷ, ସତର୍କତା ଓ ସ୍ୱାମୀଭକ୍ତି ଆଦିର ଚର୍ଚ୍ଚା କରିବାକୁ ଯାଇ କୁକୁରର ଛଅଗୋଟି ଗୁଣକୁ ବର୍ଣ୍ଣନା କରିବାକୁ ଯାଇ କହିଛନ୍ତି ଯେ ସେ ସର୍ବଦା ନିଜର କ୍ଷୁଧାପାଇଁ ଅଧିକ ଆଶା କରିଥାଏ, ଇଚ୍ଛାନୁଯାୟୀ ନ ମିଳିଲେ ମଧ୍ୟ ଅଳ୍ପରେ ସନ୍ତୁଷ୍ଟ ରୁହେ ଓ ପରେ ଅଧିକ ଖାଦ୍ୟ ମିଳିଲେ ଗ୍ରହଣ କରେ, ଗଭୀର ନିଦରେ ଶୋଇପଡିବା, ଶୋଇଥିବା ବେଳେ ମଧ୍ୟ ସତର୍କ ରହିବା, ସ୍ୱାମୀ ଭକ୍ତ ହେବା ଓ ସ୍ୱାମୀକୁ ରକ୍ଷା କରିବାପାଇଁ ବୀରତ୍ୱ ପ୍ରଦର୍ଶନ କରିବା- ଏହି ଛଅ ଗୋଟି ଗୁଣ କୁକୁରଠାରୁ ଶିଖିବା ଉଚିତ ।

ଏଥିରୁ ଅର୍ଥ ପ୍ରତିପାଦିତ ହେଉଛି ଯେ କୁକୁର ଯେତେବି ଭୋକିଲା ହେଇ ଥାଉ ନା କାହିଁକି, ତାହାକୁ ଯେତିକି ମିଳେ ସେହିଥିରେ ସେ ସନ୍ତୋଷ ହୋଇଥାଏ । ତା' ପରେ ମଧ୍ୟ ତାକୁ ଯଦି ଆଉ ଅଧିକ ଖାଇବାକୁ ଦେବ, ତେବେ ତାହାକୁ ମଧ୍ୟ ଖାଇନେବ । ଅଳ୍ପ ସମୟ ମଧ୍ୟରେ ତାକୁ ଗଭୀର ନିଦ ଆସି ଯାଏ, ମାତ୍ର ଗଭୀର ନିଦ ମଧ୍ୟରେ ବି ସେ ସତର୍କ ରହିଥାଏ । କେଉଁଠି ଟିକିଏ ଶବ୍ଦ ହେଲେ ସେ ଉଠିପଡ଼େ । ମାଲିକ ବା ପ୍ରଭୁ ସହିତ ତାର ବିଶ୍ୱସନୀୟତା ରହିଥାଏ । ମାଲିକକୁ ରକ୍ଷା କରିବା ପାଇଁ ସେ ବୀରତ୍ୱର ସହିତ ଅନ୍ୟ ସହିତ ଲଢ଼ିଥାଏ । କୁକୁରର ଏହି ଛଅ ଗୋଟି ଗୁଣକୁ ମନୁଷ୍ୟ ଶିଖି ନେବା ଏକାନ୍ତ ଆବଶ୍ୟକ ।

ଶିକ୍ଷା ସଫଳ ହୋଇ ରହିଥାଏ:

ୟ ଏତାନ୍ ବିଂଶତିଗୁଣାନାଚରିଷ୍ୟତି ମାନବଃ ।
କାର୍ୟାଽବସ୍ଥାସୁ ସର୍ବାସୁ ଅଜେୟଃ ସ ଭବିଷ୍ୟତି ॥ 21 ॥

ଏଠାରେ ଆଚାର୍ଯ୍ୟ ଚାଣକ୍ୟ ପୂର୍ବୋକ୍ତ ସାଧନମାନଙ୍କଠାରୁ ପ୍ରାପ୍ତ ଗୁଣମାନରେ ସଂଯୁକ୍ତ ରହିଥିବା ବ୍ୟକ୍ତିଙ୍କ ସଫଳତା ସଂପର୍କରେ ଚର୍ଚ୍ଚା କରିବାକୁ ଯାଇ କହିଛନ୍ତି ଯେ ମନୁଷ୍ୟ ଏହି କୋଡ଼ିଏଟି ଗୁଣକୁ ଜୀବନରେ ଧାରଣ କରିବା ଦ୍ୱାରା ଜୀବନର ସବୁ କ୍ଷେତ୍ରରେ ଓ ସବୁ ଅବସ୍ଥାରେ ବିଜୟୀ ହୋଇଥାଏ ।

ଏହାର ଭାବାର୍ଥ ହେଉଛି ଯେ ଏହି କୋଡ଼ିଏଟି ଗୁଣକୁ ସେହି ସବୁ ପଶୁମାନଙ୍କଠାରୁ ଶିଖିବାର ଅଭିପ୍ରାୟ ମନୁଷ୍ୟକୁ ସାହସୀ, ଅଭିମାନହୀନ ଓ ଦୃଢ଼ନିଶ୍ଚୟୀ କରି ଦେଇଥାଏ । ତାହା ସହିତ ମଧ୍ୟ ଜୀବନରେ ଭଲଗୁଣକୁ ପ୍ରୟୋଗ କରିଥାଏ ଓ ସମସ୍ତ ଦୁର୍ଗୁଣକୁ ପରିତ୍ୟାଗ କରି ସତ୍‌ସଂକଳ୍ପ ଓ ସତ୍‌ସମାଜର ନିର୍ମାଣରେ ଯୋଗ ଦେଇଥାଏ । ଏଣୁ ପଶୁ-ପକ୍ଷୀ ମଧ୍ୟ ଆମ ପାଇଁ ଗୋଟିଏ ଗୋଟିଏ ଦୃଷ୍ଟାନ୍ତ । ଏହି କାରଣରୁ ପଣ୍ଡିତ ବିଷ୍ଣୁ ଶର୍ମା ତାଙ୍କର ପଂଚତନ୍ତ୍ରରେ ସବୁ ପଶୁ-ପକ୍ଷୀମାନଙ୍କୁ କଥାକୁହା ପାତ୍ରରେ ପରିଣତ କରି ମାନବଙ୍କ ଲକ୍ଷ୍ୟ ସିଦ୍ଧି ଦିଗରେ ସହାୟକ କାହାଣୀମାନ ପ୍ରସ୍ତୁତ କରିଛନ୍ତି; ଯାହାଙ୍କର ଉଦ୍ଦେଶ୍ୟ ଥିଲା ରାଜାଙ୍କ ଚାରି ମୂର୍ଖ ପୁତ୍ରଙ୍କୁ ଛଅ ମାସ ମଧ୍ୟରେ ରାଜନୀତିରେ କୁଶଳ ଓ ବିଦ୍ୱାନ କରାଇବା ।

ଏହି ପ୍ରକାରରେ ଯେଉଁ ବ୍ୟକ୍ତି ଉପରୋକ୍ତ ବର୍ଣ୍ଣିତ ଗୁଣାବଳୀକୁ ଧାରଣ କରିବାକୁ ପ୍ରଯତ୍ନ କରିଥାଏ, ସେସବୁ ଆପଣେଇ ନେଇଥାଏ, ସେ ଜୀବନରେ କେବେହେଲେ ଓ କୌଣସି ପରିସ୍ଥିତିରେ ପରାଜିତ ହୋଇ ନଥାନ୍ତି । ତାଙ୍କର ଜୀବନରେ ସବୁବେଳେ ବିଜୟ ପ୍ରାପ୍ତ ହୋଇଥାଏ । ଏପରି ବ୍ୟକ୍ତିମାନଙ୍କଠାରେ ସ୍ୱାଭିମାନ ଜାଗୃତ ହୋଇଥାଏ ଓ ସେମାନେ ନିଜର ପ୍ରତ୍ୟେକ କାର୍ଯ୍ୟକୁ ନିଷ୍ଠା ଓ ମନନର ସହିତ ସଂପୂର୍ଣ୍ଣ କରି ଉନ୍ନତି ଲାଭ କରିଥାନ୍ତି । ସେହିମାନେ ହିଁ ସମାଜରେ ସଫଳ ବ୍ୟକ୍ତି ବୋଲି ବିବେଚିତ ହୋଇଥାନ୍ତି ।

ସପ୍ତମ ଅଧ୍ୟାୟ

ମନର କଥା ମନରେ ରଖ :

ଅର୍ଥନାଶ ମନସ୍ତାପଂ ଗୃହିଣ୍ୟାଶ୍ଚରିତାନି ଚ ।

ନୀଚଂ ବାକ୍ୟଂ ଚାପମାନଂ ମତିମାନ୍ନ ପ୍ରକାଶୟେତ୍ ॥ 1 ॥

ଏଠାରେ ଆଚାର୍ଯ୍ୟ ଚାଣକ୍ୟ କେତେକ ବ୍ୟବହାରରେ ଗୋପନୀୟତା ପ୍ରକାଶ କରିବା ପ୍ରସଙ୍ଗରେ ଆଲୋଚନା କରିବାକୁ ଯାଇ କହିଛନ୍ତି ଯେ ଧନର ବିନାଶ ହେଲେ, ମନରେ ଦୁଃଖ ଆସିଲା ପରେ, ପତ୍ନୀଙ୍କ ଚାଲି ଚଳନ ସମ୍ବନ୍ଧରେ ସବିଶେଷ ଜାଣି ସାରିଲା ପରେ, ନୀଚ ଲୋକଙ୍କ ଠାରୁ କେତେକ ଅଶାଳୀନ କଥା ଶୁଣି ସାରିଲା ପରେ ତଥା ସ୍ୱୟଂ କେଉଁଠି ଅପମାନିତ ହେବା ପରେ ନିଜ ମନର କଥାକୁ କାହାରି ଆଗରେ ପ୍ରକାଶ ନ କରି ମନର କଥାକୁ ମନରେ ରଖିବା ଦରକାର । ଏହା ହିଁ ବୁଦ୍ଧିମାନର କର୍ତବ୍ୟ ।

ଏହାର ଭାବାର୍ଥ ହେଉଛି ଯେ ଧନହୀନ, ଗୃହିଣୀର ଚରିତ୍ର, ନୀଚଲୋକର କୁବାକ୍ୟ ତଥା ନିଜର ଅନାଦର ସଂପର୍କରେ କାହାକୁ କହିବା ଫଳରେ ନିଜର ହିଁ ଅଧିକ ଲୋକଲଜ୍ଜା ହୋଇଥାଏ । ଏଣୁ ଏହି ସବୁ କଥାରେ ସର୍ବଦୈବ ନିରବ ରହିବା ଶ୍ରେୟସ୍କର । କାରଣ ଏହା ସ୍ୱଭାବିକ ଯେ ବ୍ୟକ୍ତିର ଧନ ନାଶ ଗଲା ପରେ ତାକୁ ବହୁତ କଷ୍ଟ ହୋଇଥାଏ । ସେତେବେଳେ ସେ ବିପନ୍ନତାକୁ ଅନୁଭବ କରିଥାଏ । ଯଦି ପତ୍ନୀ ଦୁଷ୍ଚରିତ୍ରା ହୋଇଥାଏ, ତେବେ ସେଭଳି ଅବସ୍ଥାରେ ମଧ୍ୟ ବ୍ୟକ୍ତିକୁ ଗଭୀର ମାନସିକ ବ୍ୟଥା ସହିବାକୁ ପଡ଼ିଥାଏ । ଯଦି କୌଣସି ଦୁଷ୍ଟ ଲୋକ ବ୍ୟକ୍ତିକୁ ଠକି ଦିଏ ଅଥବା ଅପମାନିତ କରି ଅଶାଳୀନ ବାକ୍ୟ ପ୍ରୟୋଗ କରିଥାଏ, ତେବେ ସେଭଳି କ୍ଷେତ୍ରରେ ମଧ୍ୟ ବ୍ୟକ୍ତିକୁ ଗଭୀର ମାନସିକ ଯନ୍ତ୍ରଣା ସହିବାକୁ ପଡ଼ିଥାଏ । କିନ୍ତୁ ସବୁଠାରୁ ବଡ଼ ବୁଦ୍ଧିମାନର କାର୍ଯ୍ୟ ହେଉଛି ଯେ ବ୍ୟକ୍ତି ଏହିସବୁ କଥାକୁ କାହାରି ନିକଟରେ ପ୍ରକାଶ ନକରି ଚୁପ୍‌ଚାପ୍ ନିଜର ଦୁଃଖକୁ ସହି ଯିବା ଉଚିତ । କାରଣ ଏହିସବୁ କଥା ଅନ୍ୟଙ୍କ ନିକଟରେ ପ୍ରକାଶ କରିବା ଦ୍ୱାରା ସେମାନେ ମୁହଁ ଉପରେ ସମବେଦନା ପ୍ରକାଶ କଲେ ମଧ୍ୟ ପଛରେ ବା ଦରକାର ପଡ଼ିଲେ ମୁହଁ ଉପରେ ସେହି କଥାକୁ ଉଲୁଗୁଣା ଦେଇ ହସିବେ । ବରଂ ସବୁଠାରୁ ଶ୍ରେୟସ୍କର କଥା ହେଉଛି ଯେ ଏହିଭଳି ଅପମାନକୁ ବିଷ ମନେକରି ଚୁପୁଚାପ ସେହି ଦୁଃଖକୁ ପିଇ ଯିବା ଦରକାର ।

ଲାଜ-ସଂକୋଚ ଦେଖି କାମ କର :

ଧନଧାନ୍ୟ ପ୍ରୟୋଗେଷୁ ବିଦ୍ୟା ସଂଗ୍ରହେଷୁ ଚ ।

ଆହାରେ ବ୍ୟବହାରେ ଚ ତ୍ୟକ୍ତଲଜ୍ଜଃ ସୁଖୀ ଭବେତ୍ ॥ 2 ॥

ଏଠାରେ ଆଚାର୍ଯ୍ୟ ଚାଣକ୍ୟ ବ୍ୟକ୍ତିର ଲଜ୍ଜା-ସଂକୋଚ ସଂପର୍କରେ କହିଛନ୍ତି ଯେ ଧନ ଓ ଶସ୍ୟର କିଣା-ବିକା ବେଳେ, ଶିକ୍ଷାଗ୍ରହଣ ସମୟରେ, ଭୋଜନ ତଥା ପାରସ୍ପରିକ ବ୍ୟବହାରରେ ଲଜ୍ଜା

ପ୍ରକାଶ ନ କରୁଥିବା ବ୍ୟକ୍ତି ସଦୈବ ସୁଖୀ ରହିଥାନ୍ତି ।

ଏହାର ଭାବାର୍ଥ ହେଉଛି ଯେ ନିମ୍ନଲିଖିତ କଥାରେ ଲଜ୍ଜା ନ କରିବା ହିଁ ଲାଭ ଦାୟକ ବୋଲି ସିଦ୍ଧ ହୋଇଥାଏ । ଯେପରି: କାହାକୁ ଧନ ଉଧାର ଦେଉଥିବା ସମୟରେ ବା କାହାଠାରୁ ଧନ ଉଧାର ଆକାରରେ ନେଉଥିବା ସମୟରେ ବା କାହାରିଠାରୁ ନିଜର ପଇସା ଅସୁଲ କରୁଥିବା ସମୟରେ, ଧାନ-ଚାଉଳର ବିକ୍ରି ବଟା ସମୟରେ ମଧ୍ୟ କୌଣସି ପ୍ରକାରର ଲଜ୍ଜା ଅନୁଭବ କରିବା ଉଚିତ ନୁହେଁ । ଅନୁରୂପ ଭାବରେ ବିଦ୍ୟା ଗ୍ରହଣ ସମୟରେ ଯଦି କୌଣସି ପାଠ ଅବୋଧ ରୁହେ ବା ପାଠରେ କୌଣସି ପ୍ରକାରର ସନ୍ଦେହ ରୁହେ ବା ଭୋଜନ ସମୟରେ ବା କୌଣସି ପ୍ରକାରର କଥାବାର୍ତ୍ତା ବେଳେ ଲଜ୍ଜା-ସଂକୋଚ କରିବା ଅନୁଚିତ ।

ବସ୍ତୁତଃ ମନୁଷ୍ୟ ପାଇଁ ଉଚିତ ହେଉଛି ଯେ ସେ କିଣା-ବିକା ସମୟରେ ସେ ସଂକ୍ରାନ୍ତରେ ଲେଖା-ପଢ଼ି କରାଇ ନେବା ଦରକାର । ବିଦ୍ୟା ଆହାରଣ କାଳରେ ଓ ଖାଇବା-ପିଇବା ବେଳେ ଯଦି ସଂକୋଚ କରାଯାଏ, ତେବେ ସମ୍ବନ୍ଧ ସ୍ଥିର ହୋଇ ରହି ପାରିବ ନାହିଁ । ଏଣୁ ବ୍ୟକ୍ତିକୁ ପ୍ରଥମେ ସଂକୋଚ ତ୍ୟାଗ କରି କଥାବର୍ତ୍ତା ଓ ବ୍ୟବହାରିକ କାର୍ଯ୍ୟକୁ ଆପଣେଇ ନେବା ଦରକାର । ଟଙ୍କା-ପଇସାର ଲେ'ଣ-ଦେ'ଣ ସମୟରେ ମଧ୍ୟ ଲଜ୍ଜା ତ୍ୟାଗ ପୂର୍ବକ ହିସାବ-କିତାବ ହେବା ଏକାନ୍ତ ଜରୁରୀ ।

ସନ୍ତୋଷ ସବୁଠାରୁ ବଡ଼ କଥା :

ସନ୍ତୋଷାମୃତତୃପ୍ତାନାଂ ଯତ୍ସୁଖଂ ଶାନ୍ତିରେବ ଚ ।
ନ ଚ ତଦ୍ଧନଲୁବ୍ଧାନାମିତଶ୍ଚେତଶ୍ଚ ଧାବତାମ ॥ 3 ॥

ଆଚାର୍ଯ୍ୟ ଚାଣକ୍ୟ ଏଠାରେ ସନ୍ତୋଷର ମହାତ୍ମ୍ୟକୁ ପ୍ରତିପାଦିତ କରିବାକୁ ଯାଇ କୁହନ୍ତି ଯେ ସନ୍ତୋଷର ଅମୃତ ଦ୍ୱାରା ତୃପ୍ତ ମଣିଷମାନଙ୍କୁ ଯେଉଁ ସୁଖ-ଶାନ୍ତି ମିଳିଥାଏ, ସେହି ସୁଖ-ଶାନ୍ତି ଧନ ପଛରେ ଇତସ୍ତତଃ ହୋଇ ଦୌଡୁଥିବା ବ୍ୟକ୍ତିକୁ ମିଳି ନଥାଏ ।

ଏହାର ଭାବାର୍ଥ ହେଉଛି ଯେ ସନ୍ତୋଷ ହେଉଛି ସବୁଠାରୁ ବଡ଼ ସୁଖ । ଯେଉଁ ବ୍ୟକ୍ତି ସନ୍ତୋଷୀ ହୋଇଥାଏ, ତାହାକୁ ପରମ ସୁଖ ଓ ଶାନ୍ତି ପ୍ରାପ୍ତ ହୋଇଥାଏ । ଧନ କମାଇବା ପାଇଁ ଏଣେ ତେଣେ ଦୌଡୁ ଥିବା ଲୋକକୁ ଏପରି ସୁଖ-ଶାନ୍ତି କେବେ ହେଲେ ମଧ୍ୟ ମିଳି ନଥାଏ ।

ବସ୍ତୁତଃ ଚାଣକ୍ୟଙ୍କ ମତ ହେଉଛି ଯେ ମନୁଷ୍ୟ ତୃଷ୍ଣାର କୌଣସି ଅନ୍ତ ନାହିଁ । ସେହି କାରଣରୁ ବ୍ୟକ୍ତିର କାମନା ଓ ଇଚ୍ଛା ନିରନ୍ତର ବୃଦ୍ଧି ପାଉଥାଏ । ଇଚ୍ଛାର ବୃଦ୍ଧି ଘଟିଲେ ତାହାକୁ ପରିପୂର୍ଣ୍ଣ କରିବାପାଇଁ ଜୀବନରେ ବିଚଳିତତା ଆସେ ଓ ସେ ସେହି ଇଚ୍ଛାର ପରିପୂରଣ ପାଇଁ ଥିବା ମୌଳିକ ଆବଶ୍ୟକତା ଅର୍ଥର ସନ୍ଧାନରେ ବ୍ୟସ୍ତ ରୁହେ । ତେଣୁ ବ୍ୟକ୍ତିକୁ ଯେତିକି ମିଳିଛି ବା ମିଳୁଛି ସେତିକିରେ ସନ୍ତୁଷ୍ଟ ରହିରେ, ତାହାକୁ ସୁଖ ପ୍ରାପ୍ତି ହେବ । କାରଣ ସନ୍ତୋଷର ଏକ ବଡ଼ ମହନୀୟତା ରହିଛି ।

ସନ୍ତୋଷସ୍ତ୍ରିଷଉ କର୍ତବ୍ୟଃ ସ୍ୱଦାରେ ଭୋଜନେ ଧନେ ।
ତ୍ରିଷୁ ଚୈବ ନ କର୍ତବ୍ୟୋଽଧ୍ୟୟନେ ଜପଦାନୟୋଃ ॥ 4 ॥

ଏଠାରେ ଆଚାର୍ଯ୍ୟ ଚାଣକ୍ୟ ସନ୍ତୋଷର ମହନୀୟତାକୁ ପ୍ରତିପାଦନ କରିବାକୁ ଯାଇ କହିଛନ୍ତି ଯେ ବ୍ୟକ୍ତିକୁ ନିଜ ସ୍ତ୍ରୀଠାରେ ସନ୍ତୁଷ୍ଟ ରହିବା ଦରକାର, ସେ ସେଣିକି ରୂପବତୀ ହେଉ ବା ସାଧାରଣ,

ସୁଶିକ୍ଷିତା ହେଉ ବା ନିରକ୍ଷର; ତା'ର ଯେ ପତ୍ନୀ ଅଛି ତାହାହିଁ ସବୁଠୁ ବଡ଼ କଥା । ଏହି ପ୍ରକାରରେ ବ୍ୟକ୍ତିକୁ ଯେଉଁ ଭୋଜନ ମିଳୁଛି, ସେହିଥିରେ ସେ ସନ୍ତୋଷ ରହିବା ଦରକାର । ଆଜୀବିକାରୁ ପ୍ରାପ୍ତ ଧନ ସଂପର୍କରେ ମଧ୍ୟ ଚାଣକ୍ୟଙ୍କର ବିଚାର ହେଉଛି ଯେ ବ୍ୟକ୍ତିକୁ ଅସନ୍ତୋଷରେ ଦୁଃଖ ପ୍ରକାଶ କରିବା ଉଚିତ ନୁହେଁ । କାରଣ ଏହାଦ୍ୱାରା ମାନସିକ ଶାନ୍ତି ତ ନଷ୍ଟ ହେଉନାହିଁ । ପ୍ରକାରାନ୍ତରେ ସେ ଯଦି ସେପରି ନ କରି ଦୁଃଖିତ ହୁଏ, ତେବେ ସେ ନିରନ୍ତର ଦୁଃଖ ପାଇଥାଏ । ବିପରୀତ କ୍ରରେ ଚାଣକ୍ୟଙ୍କର ବକ୍ତବ୍ୟ ହେଉଛି ଯେ ଅଧ୍ୟୟନ, ଭଗବାନଙ୍କ ନାମ ସ୍ମରଣ ଓ ଦାନକାର୍ଯ୍ୟ- ଏହି ତିନିଗୋଟି କ୍ରିୟାରେ କେବେ ହେଲେ ସନ୍ତୋଷ ପ୍ରକାଶ କରିବା ଉଚିତ ନୁହେଁ । ବରଂ ଏହି ତିନିଗୋଟି କର୍ମକୁ ଅଧିକରୁ ଅଧିକ କରିବା ପାଇଁ ଇଚ୍ଛା କରିବା ଦରକାର । ଏହା ଫଳରେ ମାନସିକ ଶାନ୍ତି ଓ ଆତ୍ମିକ ସୁଖ ମିଳିଥାଏ ।

ବସ୍ତୁତଃ ପ୍ରାୟ ଏପରି ବୁଝିବାକୁ ହୋଇଥାଏ ଯେ ବ୍ୟକ୍ତିର ଭାଗ୍ୟରେ ଯାହା ଲେଖା ହୋଇ ରହିଛି, ତାହାକୁ ପ୍ରଯତ୍ନ କଲେ ମଧ୍ୟ ବଦଳାଇ ହେବ ନାହିଁ । ଏଣୁ ଯଦି ସେ ଏହିସବୁ କଥା ଉପରେ ସର୍ବଦା ସନ୍ତୋଷ ପ୍ରକଟ କରେ, ତେବେ ସେ ସାରା ଜୀବନ ଖୁସୀରେ ବିତାଇଥାଏ ଓ ତାହାର କେବେ କିଛି କ୍ଷତି ହୋଇନଥାଏ କାରଣ ମଣିଷ ଜୀବନ ପାଣିଫୋଟକା ପରି । ଯାହା ଆଜି ଅଛି; ହୁଏତ କାଲି ସକାଳେ ତାହା ନଥିବ । ଏଣୁ ଚାଣକ୍ୟ କୁହନ୍ତି, ମଣିଷ ସବୁବେଳେ ଶୁଭକାର୍ଯ୍ୟରେ ଲିପ୍ତ ରହିବା ଦରାକାର ।

ଏଗୁଡ଼ିକ ଠାରୁ ଦୂରେଇ ରୁହ :

ବିପ୍ରୟୋର୍ବିପ୍ରବହ୍ନେଶ୍ଚ ଦମ୍ପତ୍ୟୋଃ ସ୍ୱାମିଭୃତ୍ୟୟୋଃ ।
ଅନ୍ତରେଣ ନ ଗନ୍ତବ୍ୟଂ ହଲସ୍ୟ ବୃଷଭସ୍ୟ ଚ ॥ 5 ॥

ଆଚାର୍ଯ୍ୟ ଚାଣକ୍ୟ ଯିବା-ଆସିବା ମାର୍ଗରେ ଯେଉଁ ବାରଣକୁ ମାନିବାକୁ ହୋଇଥାଏ, ସେ ସଂପର୍କରେ କହିଛନ୍ତି ଯେ ଦୁଇଜଣ ବ୍ରାହ୍ମଣଙ୍କ ମଝିରେ, ବ୍ରାହ୍ମଣ ଓ ଅଗ୍ନି ମଝିରେ, ମାଲିକ ଓ ଚାକରଙ୍କ ମଝିରେ, ପତି ଓ ପତ୍ନୀଙ୍କ ମଝିରେ ଏବଂ ହଳ ଓ ବଳଦ ଦ୍ୱୟଙ୍କ ମଝିରେ ଯିବା-ଆସିବା କରିବା ଅନୁଚିତ ।

କାରଣ ସ୍ୱୀକାର କରା ଯାଇଥାଏ ଯେ ଯେଉଁଠି ଦୁଇଜଣ ଲୋକ ଛିଡ଼ା ହୋଇ ବା ବସି କୌଣସି କଥାବାର୍ତ୍ତା ହେଉଥିବେ ସେତେବେଳେ ସେମାନଙ୍କ ମଝିରେ ନ ଯାଇ ବରଂ ଅନ୍ୟ ବାଟରେ ଆଗକୁ ଗତି କରିବା ଭଲ । ଯେଉଁଠି ଦୁଇ ଜଣ ବ୍ରାହ୍ମଣ ଏକାଠି ଠିଆ ହୋଇ କିଛି କଥାବାର୍ତ୍ତା କରୁଥିବେ ସେତେବେଳେ ତାଙ୍କ ମଝି ଦେଇ ଯିବା ବା ଆସିବା ନକରିବା ଦରକାର । କାରଣ ହୁଏତ ସେମାନେ କୌଣସି ଶାସ୍ତ୍ର ଚର୍ଚ୍ଚାରେ ମଗ୍ନ ରହିଥିବେ । ପତି ଓ ପତ୍ନୀ ବା ମାଲିକ ଓ ଚାକର ଯେତେବେଳେ ଏକାଠି ଥିବେ, ସେତେବେଳେ ତାଙ୍କ ପାଖକୁ ଯିବା ଉଚିତ ନୁହେଁ କି ତାଙ୍କ ମଧ୍ୟ ଦେଇ ଗତି କରିବା ମଧ୍ୟ ଅନୁଚିତ । ଏହି ପ୍ରକାରରେ ହଳ ଓ ବଳଦଙ୍କ ମଧ୍ୟ ଦେଇ ଯିବା ମଧ୍ୟ ଠିକ୍ ନୁହେଁ । କାରଣ ଏପରି କରିବା ଦ୍ୱାରା ଆଘାତ ପ୍ରାପ୍ତ ହେବାର ସମ୍ଭାବନା ଯଥେଷ୍ଟ ରହିଥାଏ । ଏଣୁ ବ୍ୟକ୍ତିକୁ ଯିବା - ଆସିବା କରିବା ସମୟରେ ପଥର ବାତାବରଣକୁ ଦେଖି କାର୍ଯ୍ୟ କରିବା ବିଧେୟ ।

ପାଦାଭ୍ୟାଂ ନ ସ୍ପୃଶେଦଗ୍ନିଂ ଗୁରୁଂ ବ୍ରାହ୍ମଣମେବ ଚ ।
ନୈବ ଗାବଂ କୁମାରୀଂ ଚ ନ ବୃଦ୍ଧଂ ନ ଶିଶୁଂ ତଥା ॥ 6 ॥

ଏଠାରେ ଆଚାର୍ଯ୍ୟ ଚାଣକ୍ୟ କହୁଛନ୍ତି ଯେ ଅଗ୍ନି, ଗୁରୁ, ବ୍ରାହ୍ମଣ, ଗାଈ, କୁମାରୀ କନ୍ୟା, ବୁଢ଼ାଲୋକ ତଥା ପିଲାମାନଙ୍କୁ କେବେ ପାଦରେ ଛୁଇଁବା ଉଚିତ ନୁହେଁ । ଏପରି କରିବା ଅସଭ୍ୟତା । ଏପରି କରିବା ଦ୍ୱାରା ସେମାନଙ୍କର ତ ଅନାଦର ହୋଇଥାଏ, ଉପେକ୍ଷାଭାବ ମଧ୍ୟ ପ୍ରକଟିତ ହୋଇଥାଏ । ସେମାନଙ୍କୁ ପାଦରେ ସ୍ପର୍ଶ କରବା ଫଳରେ ନିଜର ମୂର୍ଖତା ପ୍ରକାଶିତ ହୋଇଥାଏ । କାରଣ ଏମାନେ ସମସ୍ତଙ୍କର ଆଦରଣୀୟ, ପୂଜ୍ୟ ଓ ପ୍ରିୟ ହୋଇଥାନ୍ତି ।

ଶକଟଂ ପଂଚହସ୍ତେନ ଦଶହସ୍ତେନ ବାଜିନମ୍ ।
ହସ୍ତିନଂ ଶତହସ୍ତେନ ଦେଶତ୍ୟାଗେନ ଦୁର୍ଜନମ୍ ॥ 7 ॥

ଆଚାର୍ଯ୍ୟ ଚାଣକ୍ୟ କୁହନ୍ତି ଯେ ବଳଦ ଗାଡ଼ିଠାରୁ ପାଂଚ ହାତ, ଘୋଡ଼ାଗାଡ଼ିଠାରୁ ଦଶ ହାତ ଓ ହାତୀଠାରୁ ଶହେ ହାତ ଦୂରରେ ରହିବା ଦରକାର । କିନ୍ତୁ ଦୁଷ୍ଟ ଲୋକଠାରୁ ରକ୍ଷା ପାଇବାକୁ ହେଲେ ଅଳ୍ପ-ବହୁତ ଦୂରତାରେ କୌଣସି ପାର୍ଥକ୍ୟ ନଥାଏ । ସେମାନଙ୍କ ଠାରୁ ରକ୍ଷା ପାଇବାକୁ ହେଲେ ଦରକାର ପଡ଼ିଲେ ଦେଶକୁ ମଧ୍ୟ ତ୍ୟାଗ କରି ଚାଲିଯିବା ଉଚିତ ।

ଏହିମାନଙ୍କଠାରୁ ଏକ ନିର୍ଦ୍ଦିଷ୍ଟ ପରିମାଣର ଦୂରତ୍ୱରେ ରହିବାର ତାତ୍ପର୍ଯ୍ୟ ହେଉଛି ଯେ ବଳଦ ଗାଡ଼ିରେ ବନ୍ଧା ହୋଇଥିବା ବଳଦ ଦ୍ୱାରା ଆଘାତ ଲାଗିପାରେ, ଘୋଡ଼ାଗାଡ଼ିରେ ଘୋଡ଼ାର ନାତରୁ ମଧ୍ୟ ଆଘାତ ଲାଗିପାରେ । ସେହି କ୍ରମରେ ହାତୀଠାରୁ ମଧ୍ୟ ଦୂରେଇ ରହିବା ଦରକାର । ମାତ୍ର ଦୁଷ୍ଟଲୋକମାନଙ୍କ ଠାରୁ ରକ୍ଷା ପାଇବାପାଇଁ ଏପରି ସ୍ଥାନକୁ ଯିବା ଦରକାର, ଯେଉଁଠି ଶତ୍ରୁର ମୁହଁକୁ ମଧ୍ୟ ଦେଖିବାକୁ ମିଳିବ ନାହିଁ । ଏଣୁ ଚାଣକ୍ୟଙ୍କ ମତ ହେଉଛି ଯେ ଯେଉଁଠି ଶତ୍ରୁ ରହୁଛନ୍ତି ସେହି ସ୍ଥାନକୁ ମଧ୍ୟ ତ୍ୟାଗ କରି ଚାଲି ଯିବା ଉଚିତ ।

ହସ୍ତୀ ତ୍ୱଂକୁଶମାତ୍ରେଣ ବାଜୋ ହସ୍ତେନ ତାପତେ ।
ଶୃଂଗୀଲକୁଟହସ୍ତେନ ଖଡ୍‌ଗହସ୍ତେନ ଦୁର୍ଜନଃ ॥ 8 ॥

ଏଠାରେ ଚାଣକ୍ୟ ଦୁଷ୍ଟ ସହିତ ଦୁଷ୍ଟତା କରିବାର ତତ୍ତ୍ୱକୁ ବୁଝାଇବାକୁ ଯାଇ କୁହନ୍ତି ଯେ ଦୁଷ୍ଟମାନଙ୍କ ସହିତ ମୁକାବିଲା କରିବା ସମୟରେ ପ୍ରଥମେ ସାବଧାନତା ଅବଲମ୍ବନ କରିବା ଦରକାର, ଠିକ୍ ଯେପରି ହାତୀକୁ ଅଂକୁଶ ଦ୍ୱାରା, ଘୋଡ଼ାକୁ ହାତ ଦ୍ୱାରା, ସିଙ୍ଗଥିବା ପଶୁମାନଙ୍କୁ ବାଡ଼ି ଦ୍ୱାରା ଓ ଦୁଷ୍ଟଲୋକମାନଙ୍କୁ ଖଡ୍‌ଗ ଦ୍ୱାରା ପିଟା ଯାଇଥାଏ ।

ଏଠାରେ ପ୍ରତିପାଦିତ ଅର୍ଥ ହେଉଛି ଯେ ହାତୀକୁ ଅଂକୁଶରେ ପିଟି ବଶୀଭୂତ କରା ଯାଇଥାଏ । ସେହିପରି ଘୋଡ଼ାକୁ ହାତରେ ଓ ଗାଈ,ମହିଁଷି ଆଦି ପଶୁ ମାନଙ୍କୁ ବାଡ଼ିରେ ପିଟା ଯାଇଥାଏ; ଠିକ୍ ସେହିପରି ଦୁଷ୍ଟଲୋକମାନଙ୍କୁ ପିଟିବା ସମୟରେ ଖଡ୍‌ଗ ବା ସେହିପରି କୌଣସି ହାତ-ହତିଆରକୁ ବ୍ୟବହାର କରିବା ଦରକାର । ଦୁଷ୍ଟଙ୍କୁ ହାତରେ ହତିଆର ଧରି ସିଧା ସଳଖ ଆକ୍ରମଣ କରିବା ସମୟରେ ସତର୍କତା ଓ ସାବଧାନତା ଅବଲମ୍ବନ କରିବା ମଧ୍ୟ ଦରକାର ହୋଇଥାଏ । ଯେହେତୁ ସେମାନଙ୍କୁ ଭଲ କଥା ଆଦୌ ଭଲ ଲାଗେ ନାହିଁ; ତେଣୁ ଯେସାକୁ ତେସା ନ୍ୟାୟରେ ତାଙ୍କମାନଙ୍କ ସହିତ ଯୁଝିବାକୁ ପଡ଼ିବ ।

ତୁଷ୍ୟନ୍ତି ଭୋଜନେ ବିପ୍ରା ମୟୂରା ଧନଗର୍ଜିତେ ।
ସାଧବଃ ପରସଂପତ୍ତୌ ଖଲାଃ ପର ବପିତ୍ତିଷୁ ॥ 9 ॥

ଆଚାର୍ଯ୍ୟ ଚାଣକ୍ୟ ଏଠାରେ ଅନ୍ୟଙ୍କ ଦୁଃଖରେ ଦୁଷ୍ଟମାନଙ୍କର ଖୁସୀ ହେବାର କୁଅଭ୍ୟାସକୁ ବର୍ଣ୍ଣନା କରିବାକୁ ଯାଇ କୁହନ୍ତି ଯେ ବ୍ରାହ୍ମଣ ଭୋଜନରେ ପ୍ରସନ୍ନ ହୋଇଥାନ୍ତି, ମୟୂର ମେଘର ଗର୍ଜନରେ ଆନନ୍ଦିତ ହେଇଉଠେ । ସେହିପରି ସଜ୍ଜନମାନେ ଅନ୍ୟର ସଂପନ୍ନତାକୁ ଦେଖି ସୁଖୀ ହୋଇଥାନ୍ତି; ଠିକ୍ ସେହି ପ୍ରକାରରେ ଅନ୍ୟର ବିପଦକୁ ଦେଖି ଖଳ ବା ଦୁଷ୍ଟ ଲୋକମାନେ ଖୁସୀ ହୋଇଥାନ୍ତି । ବାସ୍ତବରେ ଏହା ହିଁ ବଡ଼ ବିଚିତ୍ର କଥା ।

ଏହାର ଭାବାର୍ଥ ହେଉଛି ଯେ ବ୍ରାହ୍ମଣଙ୍କୁ ଭୋଜନ ମିଳିଲେ, ମୟୂର ଆକାଶରେ ମେଘର ଗର୍ଜନ ଶୁଣିଲେ ତଥା ସଜ୍ଜନମାନେ ଅନ୍ୟର ସୁଖ-ଆନନ୍ଦ, ଧନ-ସଂପଦର ବୃଦ୍ଧି ହେବା ଦେଖିଲେ ଅତ୍ୟନ୍ତ ପ୍ରସନ୍ନ ହୋଇଥାନ୍ତି; ମାତ୍ର ଏହାର ବିପରୀତ କ୍ରମରେ ଅନ୍ୟମାନଙ୍କର ଦୁଃଖକୁ ଦେଖି ଦୁଷ୍ଟମାନେ ହିଁ କେବଳ ଖୁସୀ ହୋଇଥାନ୍ତି । ସେମାନେ ଅନ୍ୟର ଦୁଃଖରେ ହିଁ ସଦୈବ ପ୍ରସନ୍ନ ରହିଥାନ୍ତି ।

ଅନୁଲୋମେନ ବଲିନଂ ପ୍ରତିଲୋମେନ ଦୁର୍ଜ୍ଜନମ୍ ।
ଆତ୍ମତୁଲ୍ୟବଲଂ ଶତ୍ରୁଂ ବିନୟେନ ବଲେନ ବା ॥ 10 ॥

ଆଚାର୍ଯ୍ୟ ଚାଣକ୍ୟ ବ୍ୟବହାରଧର୍ମିତାକୁ ବୁଝାଇବାକୁ ଯାଇ କୁହନ୍ତି ଯେ ବଳବାନ ଶତ୍ରୁଙ୍କୁ ତାଙ୍କ ଅନୁକୂଳରେ ଗତି କରି, ଦୁଷ୍ଟଲୋକମାନଙ୍କୁ ସେମାନଙ୍କର ପ୍ରତିକୂଳରେ ଯାଇ ତଥା ସମାନ ବଳ ସଂପନ୍ନ ଶତ୍ରୁଙ୍କୁ ବିନୟ ଦ୍ୱାରା ବା ବଳ ଦ୍ୱାରା ବଶୀଭୂତ କରିବା ଦରକାର ।

ଏଥିରୁ ଅର୍ଥ ପ୍ରତିପାଦିତ ହେଉଛି ଯେ ଯଦି ଶତ୍ରୁ ନିଜଠାରୁ ଅଧିକ ବଳବାନ, ତେବେ ତାଙ୍କ ଇଚ୍ଛାନୁସାରେ କାର୍ଯ୍ୟ କରିବା ଉଚିତ । ଯଦି ସେ ନିଜ ସମକକ୍ଷ ହୋଇଥିବେ, ତେବେ ତାଙ୍କ ସହିତ ବିନମ୍ରତାର ସହିତ ବ୍ୟବହାର କରିବା ଉଚିତ ବା ତାଙ୍କ ସହିତ ମୁକାବିଲା ବଳଦ୍ୱାରା କରିବା ଉଚିତ । ମାତ୍ର ଦୁଷ୍ଟଙ୍କ ସହିତ ଦୁଷ୍ଟତା ହିଁ କରିବା ବିଧେୟ ।

ଯୌବନ ହିଁ ସ୍ତ୍ରୀଲୋକଙ୍କ ବଳ :

ବାହୁବୀର୍ଯ୍ୟ ବଲଂ ରାଜା ବ୍ରାହ୍ମଣୋ ବ୍ରହ୍ମବିଦ୍ ବଲୀ ।
ରୂପଯୌବନମାଧୁର୍ଯ୍ୟଂ ସ୍ତ୍ରୀଣାଂ ବଲମୁତ୍ତମମ୍ ॥ 11 ॥

ଆଚାର୍ଯ୍ୟ ଚାଣକ୍ୟ ସ୍ତ୍ରୀଲୋକମାନଙ୍କର ଗୁଣାବଳୀର ଚର୍ଚ୍ଚା କରିବାକୁ ଯାଇ କହୁଛନ୍ତି ଯେ ବାହୁରେ ବଳ ଥିବା ରାଜା ବଳବାନ ହୋଇଥାନ୍ତି । ବ୍ରହ୍ମକୁ ଜାଣିଥିବାରୁ ବ୍ରାହ୍ମଣଙ୍କୁ ବଳବାନ ବୋଲି ସ୍ୱୀକାର କରାଯାଇଥାଏ । ସୁନ୍ଦରତା, ଯୌବନ ଓ ମାଧୁର୍ଯ୍ୟତା ହିଁ ସ୍ତ୍ରୀଲୋକମାନଙ୍କର ଶ୍ରେଷ୍ଠ ବଳ ବୋଲି ପରିଗଣିତ ହୋଇଥାଏ ।

ଏହିଥିରୁ ଅର୍ଥ ପ୍ରତିପାଦିତ ହେଉଅଛି ଯେ ଯେଉଁ ରାଜାଙ୍କ ବାହୁରେ ବଳ ଅଛି ସେହି ରାଜାଙ୍କୁ ପରାକ୍ରମୀ ରାଜା ବୋଲି ସମସ୍ତେ ମାନି ଥାଆନ୍ତି । ଠିକ୍ ସେହି ପ୍ରକାରରେ ବ୍ରହ୍ମକୁ ଜାଣିଥିବାରୁ ବ୍ରାହ୍ମଣଙ୍କୁ ବଳବାନ ବୋଲି କୁହା ଯାଇଥାଏ । କାରଣ ବ୍ରହ୍ମଜ୍ଞାନ ହିଁ ବ୍ରାହ୍ମଣଙ୍କ ବଳ । ଠିକ୍ ସେହିପରି ଭାବରେ ସୁନ୍ଦରତା, ଯୌବନତା ଓ ବାଣୀର ମଧୁରତା ନାରୀର ସବୁଠାରୁ ବଡ଼ ଗୁଣ ବୋଲି ସଚରାଚରରେ ବିବେଚିତ ହୋଇଥାଏ ।

ନାତ୍ୟନ୍ତଂ ସରଳେନ ଭାଗ୍ୟଂ ଗତ୍ୱା ପଶ୍ୟ ବନସ୍ଥଳୀମ୍ ।
ଛିଦ୍ୟନ୍ତେ ସରଳାସ୍ତତ୍ର କୁବ୍‌ଜାସ୍ତିଷ୍ଠନ୍ତି ପାଦପାଃ ॥ 12 ॥

ଜୀବନର ସିଦ୍ଧାନ୍ତ ହେଉଛି ଯେ 'ଅତି' ସର୍ବତ୍ର ବର୍ଜିତ ହୋଇଥାଏ; ତାହା ଜୀବନର ସଂଦର୍ଭରେ ଯେତେ ପରିମାଣରେ ସାଧାରଣ ହେଉନା କାହିଁକି । ଏଣୁ ଆଚାର୍ଯ୍ୟଙ୍କ କହିବା କଥା ଯେ ଅଧିକ କେବେ ସାଧାରଣ ହୋଇ ନପାରେ । ଜଙ୍ଗଲକୁ ଯାଇ ଦେଖିଲେ ଜଣା ଯିବ ଯେ ସିଧା ଗଛକୁ କାଟି ନିଆଯାଏ, ଯଦିଓ ବଙ୍କା ତେଢ଼ା ଗଛକୁ ସେମିତି ଛାଡ଼ି ଦିଆ ଯାଇଥାଏ । ତେଣୁ ବ୍ୟକ୍ତିକୁ ଅଧିକ ସିଧା-ସାଧା ହେବା ବା ସରଳ ହେବା ଅନୁଚିତ । ଅତିମାତ୍ରାରେ ସାଧା-ସିଧା ଲୋକମାନଙ୍କୁ ସମସ୍ତେ ମୂର୍ଖ କରିବା ପାଇଁ ଚେଷ୍ଟା କରିଥାନ୍ତି । ଫଳରେ ତାହାର ବଂଚିବା କଷ୍ଟକର ବ୍ୟାପାର ହୋଇପଡ଼େ । ଯଦିଓ ଅନ୍ୟ ପ୍ରକାରର ଲୋକମାନଙ୍କ ସହିତ ଅର୍ଥାତ ତେଢ଼ା ମେଢ଼ା ଲୋକଙ୍କ ସହିତ ଲୋକମାନଙ୍କୁ ଲୋକମାନେ କେବେ କିଛି କହି ନଥାନ୍ତି । ଏହା ପ୍ରକୃତିର ନିୟମ । ବଣରେ ଯେଉଁ ଗଛ ଗୁଡ଼ିକ ସିଧା ସିଧା ହୋଇଥାଏ, ଲୋକମାନେ ତାକୁ କାଟି ନିଅନ୍ତି; ଏବଂ ଅନ୍ୟ ପକ୍ଷରେ ତେଢ଼ା-ମେଢ଼ା ଗଛ ଗୁଡ଼ିକୁ ସେମିତି ଛାଡ଼ି ଯାଆନ୍ତି ଓ ସେହି ଗଛ ଗୁଡ଼ିକ ଭୂମି ଉପରେ ସେମିତି ଠିଆ ହୋଇ ଥାଆନ୍ତି ।

ହଂସ ସାମନାକୁ ଯାଅ ନାହିଁ :

ୟତ୍ରୋଦକଂ ତତ୍ର ବସନ୍ତି ହଂସାଃ, ସ୍ତୟୈବ ଶୁଷ୍କଂ ପରିବର୍ଜୟନ୍ତି ।
ନ ହଂସତୁଲ୍ୟେନ ନରେଣଭାବ୍ୟମ, ପୁନସ୍ତ୍ୟଜନ୍ତେ ପୁନରାଶ୍ରୟନ୍ତେ ॥ 13 ॥

ଆଚାର୍ଯ୍ୟ ଚାଣକ୍ୟ ଏଠାରେ ହଂସର ବ୍ୟବହାରକୁ ଆଦର୍ଶ ଭାବରେ ଗ୍ରହଣ କରି ଉପଦେଶ ଦେଇଛନ୍ତି ଯେ ଯେଉଁ ପୋଖରୀରେ ପାଣି ଅଧିକ ଥାଏ, ହଂସମାନେ ସେହିଠାରେ ହିଁ ବାସ କରିଥାନ୍ତି । ଯଦି ସେଠାରେ ପାଣି ଶୁଖିଯାଏ, ତେବେ ସେମାନେ ସେହି ସ୍ଥାନକୁ ଛାଡ଼ି ଅନ୍ୟତ୍ର ଚାଲି ଯାଆନ୍ତି । ଯେତେବେଳେ ବର୍ଷା ହୋଇ ସେଥିରେ ପୁନଶ୍ଚ ଜଳ ପୂର୍ଣ୍ଣ ହୋଇଯାଏ ତ ସେତେବେଳେ ପୁଣି ହଂସମାନେ ସେଠାକୁ ପ୍ରତ୍ୟାବର୍ତନ କରିଥାନ୍ତି । ତେଣୁ ହଂସମାନେ ନିଜର ଆବଶ୍ୟକତା ଅନୁସାରେ କେତେବେଳେ କେଉଁ ଜଳାଶୟକୁ ଛାଡ଼ି ଚାଲି ଯାଆନ୍ତି ତ କେତେବେଳେ ପୁଣି ସେଠାରେ ନିଜର ଆଶ୍ରୟ ନେଇଥାନ୍ତି ।

ଆଚାର୍ଯ୍ୟ ଚାଣକ୍ୟ ଏଠାରେ ବୁଝାଇଛନ୍ତି ଯେ ମନୁଷ୍ୟକୁ ହଂସ ପରି ବ୍ୟବହାର କରିବା ଅନୁଚିତ । ତାହାର କର୍ତବ୍ୟ ହେଉଛି ଯେ ସେ ଯେଉଁଠି ଆଶ୍ରୟ ନେଇଥାଏ; ତାହାକୁ କେବେ ତ୍ୟାଗ କରି ଯିବାକୁ ଚେଷ୍ଟା କରିବ ନାହିଁ । ଏବଂ ଯଦି କୌଣସି କାରଣ ବଶତଃ ତାକୁ ସେହି ସ୍ଥାନ ଛାଡ଼ି ଯିବାକୁ ହୁଏ ତ ପୁଣି ସେ ସେଠାକୁ କୌଣସି ପ୍ରକାରରେ ଫେରିବା ମଧ୍ୟ ଅନୁଚିତ । ନିଜ ଆଶ୍ରୟ ଦାତାଙ୍କୁ ବାରମ୍ୱାର ତ୍ୟାଗ କରିବା ଓ ତାଙ୍କ ପାଖକୁ ପୁନଶ୍ଚ ଫେରି ଆସିବା କେବେ ମାନବତାର ଲକ୍ଷଣ ନୁହେଁ । ଏଣୁ ନୀତି କହୁଛି ଯେ ଥରେ ମୈତ୍ରୀ ବା ସମ୍ବନ୍ଧ ସୃଷ୍ଟି ହୋଇ ସାରିଲା ପରେ ତାହାକୁ ବିନା କାରଣରେ ଭାଂଗିବା ଉଚିତ ନୁହେଁ ।

ଅର୍ଜିତ ଧନକୁ ତ୍ୟାଗ କରି ଚାଲ :

ଉପାର୍ଜିତାନାଂ ବିତ୍‌ତାନାଂ ତ୍ୟାଗ ଏବ ହି ରକ୍ଷଣମ୍ ।
ତଡ଼ାଗୋଦରସଂସ୍ଥାନାଂ ପରିଦାହ ଇବାମ୍ଭସାମ୍ ॥ 14 ॥

ଏଠାରେ ଆଚାର୍ଯ୍ୟ ଚାଣକ୍ୟ ଅର୍ଜିତ ଧନକୁ ସଦୁପଯୋଗରେ ବ୍ୟୟ କରିବାପାଇଁ ପରାମର୍ଶ ଦେଇ କୁହନ୍ତି ଯେ ପୁଷ୍କରଣୀର ଜଳକୁ ସ୍ୱଚ୍ଛ ରଖିବାକୁ ହେଲେ ତାକୁ ପ୍ରବାହିତ ହେବା ଦରକାର । ଠିକ ସେହି ପ୍ରକାରରେ ଅର୍ଜିତ ଧନକୁ ତ୍ୟାଗ କରି ଚାଲିଲେ ତାହାର ରକ୍ଷା ହୋଇ ପାରିବ ।

ଏଥିରୁ ଏହି ଅର୍ଥ ନିଷ୍ପନ୍ନ ହେଉଛି ଯେ କୌଣସି ପୋଖରୀରେ ପାଣିକୁ ପରିଷ୍କାର ରଖିବାକୁ ହେଲେ ତାହାର ପାଣି ଯେପରି ବହି ଯିବା ଦରକାର । କାରଣ ପାଣି ରହିଗଲେ ତାହା ଖରାପ ହୋଇଯାଏ । ସେହିପରି ଭାବରେ ଧନକୁ ମଧ୍ୟ ତ୍ୟାଗ କରିବା ଦରକାର । ଏପରି ନ କରିବା ଦ୍ୱାରା ବ୍ୟକ୍ତି ନିକଟରେ ଅନେକ ଖରାପ ଅଭ୍ୟାସ ଦେଖା ଦେବ । ତେଣୁ ଧନକୁ ଭଲ କାମରେ ଲଗାଇଲେ, ବାସ୍ତବ କ୍ଷେତ୍ରରେ ତାହାର ବଡ଼ ରକ୍ଷା କରିହେବ ।

ସତ୍କର୍ମରେ ହିଁ ମହାନତା :

ସ୍ୱର୍ଗସ୍ଥିତାନାମିହ ଜୀବଲୋକେ
ଚତ୍ୱାରି ଚିହ୍ନାନି ବସନ୍ତି ଦେହେ ।
ଦାନ ପ୍ରସଂଗୋ ମଧୁରା ଚ ବାଣୀ
ଦେବାର୍ଚନଂ ବ୍ରାହ୍ମଣତର୍ପଣଂ ଚ ॥ 15 ॥

ସତ୍କର୍ମର ଆଚରଣ କରୁଥିବା ବ୍ୟକ୍ତିଙ୍କୁ ମହାତ୍ମା ଭାବରେ ବ୍ୟକ୍ତ କରିବାକୁ ଯାଇ ଆଚାର୍ଯ୍ୟ ଚାଣକ୍ୟ କୁହନ୍ତି ଯେ ଦାନ ଦେବାର ରୁଚି, ମଧୁର ବାଣୀ, ଦେବତାମାନଙ୍କର ପୂଜା ତଥା ବ୍ରାହ୍ମଣମାନଙ୍କୁ ସନ୍ତୁଷ୍ଟ ରଖିବା- ଏହି ଚାରିଗୋଟି ଲକ୍ଷଣରେ ଶୋଭିତ ବ୍ୟକ୍ତି ଏହି ଲୋକରେ ଜନ୍ମ ହୋଇଥିବା କୌଣସି ଏକ ସ୍ୱର୍ଗର ଆତ୍ମା ମାତ୍ର ।

ଏଥିରୁ ଅର୍ଥ ସ୍ପଷ୍ଟ ହେଉଛି ଯେ ଦାନ ଦେବାର ଅଭ୍ୟାସ ଥିବା ବ୍ୟକ୍ତି, ସବୁଠାରୁ ପ୍ରିୟକଥା କହୁଥିବା ବ୍ୟକ୍ତି ବା ଦେବତାଙ୍କୁ ପୂଜାର୍ଚ୍ଚନା କରୁଥିବା ବ୍ୟକ୍ତି ହିଁ ଦିବ୍ୟାତ୍ମା ହୋଇଥାନ୍ତି । ଯେଉଁ ବ୍ୟକ୍ତି ନିକଟରେ ଏହି ସବୁ ଗୁଣ ମିଳିଥାଏ, ସେ ମହାନ୍ ପୁରୁଷ ଭାବରେ ପରିଗଣିତ ହୋଇ ଥାଆନ୍ତି । ଏପରି ବ୍ୟକ୍ତିଙ୍କୁ କୌଣସି ସ୍ୱର୍ଗୀୟ ଆତ୍ମାର ଅବତାର ବୋଲି ମନେ କରିବା ଦରକାର ।

ଦୁଷ୍କର୍ମୀ ନର୍କ ଭୋଗ କରନ୍ତି :

ଅତ୍ୟନ୍ତଲେପଃ କଟୁତା ଚ ବାଣୀ ଦରିଦ୍ରତା ଚ ସ୍ୱଜନେଷୁ ବୈରମ୍ ।
ନୀଚ ପ୍ରସଂଗଃ କୁଳହୀନସେବା ଚିହ୍ନାନି ଦେହେ ନରକସ୍ଥିତାନାମ୍ ॥ 16 ॥

ଆଚାର୍ଯ୍ୟ ଚାଣକ୍ୟ ଦୁଷ୍ଟ ବା ନୀଚ କର୍ମ କରୁଥିବା ବ୍ୟକ୍ତି ନର୍କର ଅଧିକାରୀ ହେବା ସଂପର୍କରେ କୁହନ୍ତି ଯେ ଅତ୍ୟନ୍ତ କ୍ରୋଧ, କଟୁବାଣୀ, ଦରିଦ୍ରତା, ସ୍ୱଜନମାନଙ୍କ ସହିତ ଶତ୍ରୁତା, ନୀଚଲୋକଙ୍କ ସହିତ ବଂଧୁତ୍ୱ, କୁଳହୀନଙ୍କ ସେବା- ନର୍କାତ୍ମା ମାନଙ୍କର ଏହିସବୁ ମାତ୍ର ଲକ୍ଷଣ ।

ଏହିଥିରୁ ପ୍ରତିପାଦିତ ହେଉଛି ଯେ ଦୁଷ୍ଟ ବ୍ୟକ୍ତି ଅତ୍ୟନ୍ତ କ୍ରୋଧୀ ସ୍ୱଭାବର ହୋଇ ଥାଆନ୍ତି । ସେମାନଙ୍କର କଥାବାର୍ତା ଅତ୍ୟନ୍ତ କଠିନ ସ୍ୱଭାବର ହୋଇ ଥିବାରୁ ତାଙ୍କ ମୁହଁରୁ କେବେ ମଧୁର କଥା ବାହାରି ନଥାଏ । ସେମାନେ ସବୁବେଳେ ଗରିବ ଓ ଦରିଦ୍ର ହୋଇ ରହିଥାନ୍ତି । ଅନ୍ୟମାନଙ୍କର କଥାକୁ ଛାଡ଼ନ୍ତୁ, ତାହାର ନିଜ ପରିବାର ସହିତ ମଧ୍ୟ ଶତ୍ରୁତା ରହିଥାଏ । ନୀଚ ଲୋକ ସହିତ କାମ କରିବା ଓ ସେମାନଙ୍କର ସେବା କରିବା ହିଁ ସେମାନଙ୍କର କାମ ହୋଇ ଯାଇଥାଏ । ଯେଉଁ ବ୍ୟକ୍ତି ନିକଟରେ

ସେହି ସବୁ ଅବଗୁଣ ଦେଖା ଦେଇଥାଏ, ତେବେ ତାହାକୁ କୌଣସି ନର୍କାତ୍ମାର ଅବତାର ବୋଲି ବୁଝିବାକୁ ହେବ ।

ଗମ୍ୟତେ ଯଦି ମୃଗେନ୍ଦ୍ରମନ୍ଦିରେ ଲଭ୍ୟତେ କରିକପୋଲମୌକ୍ତିକମ୍ ।
ଜମ୍ବୁକାଶ୍ରୟଗତଂ ଚ ପ୍ରାପ୍ୟତେ ବତ୍ସପୁଚ୍ଛଖରଚର୍ମଖଂଡମ୍ ॥ 17 ॥

ସଂଗତିର ପ୍ରଭାବକୁ ଦର୍ଶାଇବାକୁ ଯାଇ ଆଚାର୍ଯ୍ୟ ଚାଣକ୍ୟ କହିଛନ୍ତି ଯେ ଯଦି କେହି ସିଂହ ଗୁମ୍ଫାକୁ ଯାଆନ୍ତି, ତେବେ ତାହକୁ ସେଠାରେ ହାତୀ କପାଳରୁ ନିର୍ଗତ ମୋତି ପ୍ରାପ୍ତ ହୋଇଥାଏ । ଯଦି ସେହି ବ୍ୟକ୍ତି ଗଧିଆର ରହିବା ସ୍ଥାନକୁ ଯିବ, ତେବେ ତାକୁ ବାଛୁରୀର ଲାଙ୍ଗୁଳ ତଥା ଗଧର ଚମଡ଼ାଂଶ ମିଳିବ ।

ଏଥିରୁ ଅର୍ଥ ପ୍ରତିପାଦିତ ହେଉଅଛି ଯେ ସିଂହ ଗୁମ୍ଫାକୁ ଗଲେ ବ୍ୟକ୍ତିକୁ ହାତୀ ଖପୁରୀରେ ଥିବା ମୋତିକୁ ପାଉଥିବା ବେଳେ; ଯଦି ସେ ପୁଣି ଗଧିଆ ସ୍ଥାନକୁ ଯାଉଛି ତ ସେଠାରେ ବାଛୁରୀର ଲାଞ୍ଜ ଓ ଗଧର ଚମଡ଼ାକୁ ପାଉଛି । କହିବାର ଅର୍ଥ ହେଉଛି ଯେ ଯଦି ବ୍ୟକ୍ତି ମହାନ ଲୋକଙ୍କ ସହିତ ସଂଗତି କଲା ତ ତାକୁ ଜ୍ଞାନର କଥା ଶିଖିବାକୁ ମିଳୁଛି ଓ ନୀଚ ଲୋକମାନଙ୍କ ସହିତ ସଂଗତି କରିବା ଫଳରେ ତାକୁ ଦୁଷ୍ଟତା ଶିଖିବାକୁ ମିଳୁଛି । ଏଣୁ ସବୁବେଳେ ସଜ୍ଜନମାନଙ୍କ ସହିତ ରହିବା ଦରକାର ।

ବିଦ୍ୟା ବିନା ଜୀବନ ବୃଥା :

ଶୁନଃ ପୁଚ୍ଛମିବ ବ୍ୟର୍ଥଂ ଜୀବିତଂ ବିଦ୍ୟୟା ବିନା ।
ନ ଗୁହ୍ୟଗୋପନେ ଶକ୍ତଂ ନ ଚ ଦଂଶନିବାରଣେ ॥ 18 ॥

ଆଚାର୍ଯ୍ୟ ଚାଣକ୍ୟ କୁହନ୍ତି ଯେ ଯେପରି କୁକୁରର ଲାଙ୍ଗୁଳ ଦ୍ୱାରା ତାର ଗୁପ୍ତାଂଗ ଲୁଚି ରୁହେ ନାହିଁ କି ମାଛି କାମୁଡ଼ିଲେ ତାହା ଦ୍ୱାରା ସେ ସେମାନଙ୍କୁ ଘଉଡ଼ାଇ ପାରେନାହିଁ; ଠିକ୍ ସେହିପରି ଭାବରେ ବିଦ୍ୟାରହିତ ଜୀବନ କୌଣସି କାମକୁ ଆସେ ନାହିଁ- ତାହା ବ୍ୟର୍ଥ ହୋଇଥାଏ । କାରଣ ବିଦ୍ୟାବିହୀନ ମନୁଷ୍ୟ ମୂର୍ଖ ହୋଇଥିବାରୁ ସେ ନା ନିଜକୁ ରକ୍ଷା କରିପାରେ, ନା ନିଜର ଭରଣ-ପୋଷଣ ।

ବିଦ୍ୟାହୀନ ମନୁଷ୍ୟ ନିଜ ପରିବାରର ଦରିଦ୍ରତାକୁ ଦୂର କରି ପାରେନାହିଁ କି ଶତ୍ରୁମାନଙ୍କ ଆକ୍ରମଣଠାରୁ ନିଜକୁ ରକ୍ଷା କରି ପାରେ ନାହିଁ । ତେଣୁ ବିଦ୍ୟାର ମହନୀୟତା ବ୍ୟକ୍ତି ଜୀବନରେ ନିଶ୍ଚିତ ଭାବରେ ଅପେକ୍ଷଣୀୟ ।

ସବୁଠାରୁ ବଡ଼ ଶୁଦ୍ଧତା :

ବାଚା ମନସଃ ଶୌଚଂ ଶୌଚମିନ୍ଦ୍ରିୟନିଗ୍ରହଃ ।
ସର୍ବଭୂତଦୟା ଶୌଚମେତଚ୍ଛୌଚଂ ପରମାର୍ଥିନାମ୍ ॥ 19 ॥

ଆଚାର୍ଯ୍ୟ ଚାଣକ୍ୟ କୁହନ୍ତି ଯେ ମନ, ବାଣୀକୁ ପବିତ୍ର ରଖିବା, ଇନ୍ଦ୍ରିୟମାନଙ୍କର ନିଗ୍ରହ, ସମସ୍ତ ପ୍ରାଣୀମାନଙ୍କ ଉପରେ ଦୟା କରିବା ତଥା ଅନ୍ୟମାନଙ୍କର ଉପକାର କରିବା ହେଉଛି ସବୁଠାରୁ ବଡ଼ ଶୁଦ୍ଧତା ।

ଅର୍ଥ ପ୍ରତିପାଦିତ ହେଉଛି ଯେ ମନରେ ଖରାପ ଚିନ୍ତାଧାରାକୁ ସ୍ଥାନ ନ ଦେବା, ମୁହଁରେ କୌଣସି ଖରାପ କଥା ନ କହିବା, ନିଜର ସମସ୍ତ ଇନ୍ଦ୍ରିୟମାନଙ୍କୁ ବଶୀଭୂତ କରି ରଖିବା, ସମସ୍ତ

ପ୍ରାଣୀମାନଙ୍କ ଉପରେ ଦୟା କରିବା ଓ ସମସ୍ତଙ୍କର ମଙ୍ଗଳ କାମନା କରିବା ହେଉଛି ମନୁଷ୍ୟପାଇଁ ସବୁଠାରୁ ବଡ଼ ପବିତ୍ରତା ।

ଦେହରେ ଆତ୍ମାକୁ ଦେଖ :

ପୁଷ୍ପେ ଗନ୍ଧଂ ତିଲେ ତୈଲଂ କାଷ୍ଠେ ବହ୍ନିଃ ପୟୋଘୃତମ୍ ।
ଇକ୍ଷୌ ଗୁଡଂ ତଥା ଦେହେ ପଶ୍ୟାତ୍ମାନଂ ବିବେକତଃ ॥ 20 ॥

ଆଚାର୍ଯ୍ୟ ଚାଣକ୍ୟ ଆତ୍ମା ସଂପର୍କରେ କହୁଛନ୍ତି ଯେ ପୁଷ୍ପରେ ଗଂଧ, ତିଳରେ ତେଲ, କାଷ୍ଠରେ ଅଗ୍ନି, ଦୁଧରେ ଘିଅ ତଥା ଆଖୁରୁ ଗୁଡ଼ ପରି ବିବେକ ମାଧମରେ ଦେହରେ ଥିବା ଆତ୍ମାକୁ ଦେଖ ।

ଏଥିରୁ ଅର୍ଥ ପ୍ରତିପାଦିତ ହେଉଛି ଯେ ଫୁଲରେ ସୁଗନ୍ଧ ତାର କୌଣସି ଗୋଟିଏ ସ୍ଥାନରେ ନଥାଏ, ବରଂ ସାରା ଫୁଲରେ ତାହା ଖେଳେଇ ହୋଇ ରହିଥାଏ । ସେହିପରି ତିଳରେ ତେଲ ରହିଥାଏ, କାଠରେ ନିଆଁ, ଦୁଧରେ ମାଖନ ତଥା ଆଖୁରେ ଗୁଡ଼- ଏହିପରି ବସ୍ତୁରେ ତାର ଗୁଣ କୌଣସି ଗୋଟିଏ ସ୍ଥାନରେ ନ ରହି ପୂରା ବସ୍ତୁରେ ହିଁ ରହିଥାଏ । ଏହି ପ୍ରକାରରେ ପରମାତ୍ମା ମଧ୍ୟ ମନୁଷ୍ୟର ସାରା ଶରୀରରେ ରହିଥାନ୍ତି । ଆବଶ୍ୟକତା କେବଳ ତାଙ୍କୁ ଚିହ୍ନିବା । ତାଙ୍କୁ ଯେ କେହି ଚାହିଲେ ଦେଖି ପାରିବେ ନାହିଁ; କେବଳ ଜ୍ଞାନୀ ପୁରୁଷମାନେ ହିଁ ଚିହ୍ନି ପାରିଥାନ୍ତି ।

ଅଷ୍ଟମ ଅଧ୍ୟାୟ

ସମ୍ମାନ ହିଁ ମହାପୁରୁଷମାନଙ୍କର ଧନ :

ଅଧମା ଧନମିଚ୍ଛନ୍ତି ଧନଂ ମାନଂ ଚ ମଧ୍ୟମାଃ ।
ଉତ୍ତମା ମାନମିଚ୍ଛନ୍ତି ମାନୋ ହି ମହତାଂ ଧନମ୍ ॥ 1 ॥

ମହାପୁରୁଷମାନଙ୍କର ଧନ ସଂପର୍କରେ ଚର୍ଚ୍ଚା କରିବାକୁ ଯାଇ ଆଚାର୍ଯ୍ୟ ଚାଣକ୍ୟ କୁହନ୍ତି ଯେ ଅଧମ ଧନର ଇଚ୍ଛା କରି ଥାଆନ୍ତି, ମଧ୍ୟମ ଧନ ଓ ମାନ ଚାହାନ୍ତି, କିନ୍ତୁ ଉତ୍ତମ କେବଳ ମାନ ହିଁ ଚାହି ଥାଆନ୍ତି । ମହାପୁରୁଷମାନଙ୍କ ଧନ ହେଉଛି ସମ୍ମାନ ।

ନୀଚ ଲୋକମାନଙ୍କ ପାଇଁ ଧନ ହିଁ ହେଉଛି ସବୁକିଛି । ତାହାକୁ ଲାଭ କରିବା ପାଇଁ ସେମାନେ ଭଲ-ମନ୍ଦ ଇତ୍ୟାଦି ସବୁ ମାର୍ଗକୁ ଆପଣେଇ ନେଇ ଥାଆନ୍ତି । ମଧ୍ୟମ ଶ୍ରେଣୀର ଲୋକମାନେ ଧନ ତ ଚାହାନ୍ତି, ତେବେ ଅପମାନର ସହିତ ନୁହେଁ; ବରଂ ସମ୍ମାନର ସହିତ । ଅର୍ଥାତ ସେମାନେ ଧନ ଓ ସମ୍ମାନ - ଉଭୟଙ୍କୁ ଚାହିଥାନ୍ତି । କିନ୍ତୁ ମହାପୁରୁଷମାନଙ୍କର ଧନ ପ୍ରତି କେବେ ମଧ୍ୟ ଆସକ୍ତି ନଥାଏ । ସେମାନେ ସଦୈବ ମାନ-ସମ୍ମାନକୁ ହିଁ ମହନୀୟତା ପ୍ରଦାନ କରି ଥାଆନ୍ତି । ତେଣୁ ମାନ-ସମ୍ମା ହେଉଛି ସେହି ମହାପୁରୁଷମାନଙ୍କର ପ୍ରକୃତ ଧନ ।

ଦାନର କୌଣସି ସମୟ ନଥାଏ :

ଇକ୍ଷୁରାପଃ ପୟୋମୂଲଂ ତାମ୍ବୁଲଂ ଫଲମୌଷଧମ୍ ।
ଭକ୍ଷୟିତ୍ୱାପି କର୍ତବ୍ୟା ସ୍ନାନଦାନାଦିକାଃ କ୍ରିୟା ॥ 2 ॥

ଏଠାରେ ଆଚାର୍ଯ୍ୟ ଚାଣକ୍ୟ ସ୍ନାନ ଓ ଦାନପାଇଁ କୌଣସି ସମୟର ବାଧ୍ୟତାକୁ ଅସ୍ୱୀକାର କରିବା ପୂର୍ବକ କହୁଛନ୍ତି ଯେ ଆଖୁ, ଜଳ, ଦୁଧ, ମୂଳ, ପାନ, ଫଳ ଓ ଔଷଧକୁ ଖାଇବା ପରେ ମଧ୍ୟ ସ୍ନାନ ଓ ଦାନ ପ୍ରଭୃତି କର୍ମ କରା ଯାଇପାରିବ ।

ଏଥିରୁ ଅର୍ଥ ପ୍ରତିପାଦିତ ହେଉଛି ଯେ ଆଖୁକୁ ଚୋବାଇବା ପରେ, ପାଣି ବା ଦୁଧକୁ ପିଇବା ପରେ, ପାନ ଚୋବାଇବା ପରେ, କିଛି କନ୍ଦ, ମୂଳ, ଫଳ ବା ଔଷଧ ଇତ୍ୟାଦି ଦ୍ରବ୍ୟ ଖାଇ ସାରିବା ପରେ ମଧ୍ୟ ସ୍ନାନ, ପୂଜା, ଦାନ ଇତ୍ୟାଦି କାର୍ଯ୍ୟ କରା ଯାଇପାରିବ । ଯଦିଓ ଅନ୍ୟ ଜିନିଷ ଖାଇ-ପିଇ ସାରିଲା ପରେ ଏହି କାର୍ଯ୍ୟ କରା ଯାଏନାହିଁ ।

ଯେପରି ଅନ୍ନ ସେପରି ସନ୍ତାନ :

ଦୀପୋ ଭକ୍ଷୟତେ ଧ୍ୱାନ୍ତଂ କଜ୍ଜଲଂ ଚ ପ୍ରସୂୟତେ ।
ୟଦନ୍ନଂ ଭକ୍ଷ୍ୟତେ ନିତ୍ୟଂ ଜାୟତେ ତାଦୃଶୀ ପ୍ରଜା ॥ 3 ॥

ଯଥା ଅନ୍ନ ତଥା ମନର ଚର୍ଚ୍ଚା କରିବାକୁ ଯାଇ ଆଚାର୍ଯ୍ୟ ଚାଣକ୍ୟ କହିଛନ୍ତି ଯେ ପ୍ରଦୀପ ଅନ୍ଧକାରକୁ ଭକ୍ଷଣ କରିନିଏ ଓ କଜ୍ଜଳକୁ ଜନ୍ମ ଦିଏ । ଏଣୁ ଯିଏ ନିତ୍ୟ ଯେପରି ଅନ୍ନ ଭକ୍ଷଣ କରିଥାଏ; ସେ ସେପରି ସନ୍ତାନକୁ ହିଁ ଜନ୍ମ ଦେଇଥାଏ ।

ବ୍ୟକ୍ତିର ଭୋଜନ ଯେପରି ହୋଇଥାଏ, ଅନୁରୂପ ଭାବରେ ତାହାର ସନ୍ତାନ ମଧ୍ୟ ସେହିପରି ଜନ୍ମ ହୋଇଥାଏ । ସତ୍ୱିକ ଭୋଜନ କରିବା ଫଳରେ ସନ୍ତାନ ଯୋଗ୍ୟ ଓ ବୁଦ୍ଧିମାନ ହୋଇଥାନ୍ତି ତଥା ତାମସିକ ଭୋଜନ କରିବା ଦ୍ୱାରା ମୂର୍ଖ ସନ୍ତାନ ହିଁ ଜନ୍ମ ଲାଭ କରି ଥାଆନ୍ତି । କାରଣ ଦୀପର ଆଲୋକ ଅନ୍ଧାରକୁ ଖାଇ କଳାକୁ ତ ପୁଣି ସୃଷ୍ଟି କରିଥାଏ ।

ସବୁଠାରୁ ବଡ଼ ନୀଚ :

ଚାଣ୍ଡାଳାନାଂ ସହସ୍ରୈଶ୍ଚ ସୂରିଭିସ୍ତତ୍ୱଦର୍ଶିଭିଃ ।
ଏକୋ ହି ଯବନଃ ପ୍ରୋକ୍ତୋ ନ ନୀଚୋ ଯବନାତ୍ପରଃ ॥ 4 ॥

ଯବନଙ୍କୁ ନିମ୍ନତମ ଶ୍ରେଣୀରେ ପରିଗଣିତ କରି ଆଚାର୍ଯ୍ୟ ଚାଣକ୍ୟ ମତବ୍ୟକ୍ତ କରନ୍ତି ଯେ ତତ୍ୱଦର୍ଶୀ ବିଦ୍ୱାନମାନେ କହିଛନ୍ତି ଯେ ଜଣେ ଯବନ ହିଁ ହଜାରେ ଚଣ୍ଡାଳଙ୍କ ସହିତ ସମାନ । ଯବନଙ୍କ ଠାରୁ ଆଉ କେହି ସଂସାରରେ ନୀଚ ନୁହନ୍ତି ।

ଏଥିରୁ ଅର୍ଥ ନିଷ୍ପନ୍ନ ହେଉଛି ଯେ ବିଦ୍ୱାନ ମହାପୁରୁଷମାନଙ୍କ ମତାନୁସାରେ ଏକ ହଜାର ଚଣ୍ଡାଳଙ୍କ କୁଅଭ୍ୟାସ ଗୋଟିଏ ଯବନ ନିକଟରେ ହିଁ ଦେଖା ଦେଇଥାଏ । ଏହି କାରଣରୁ ଯବନଙ୍କୁ ମଣିଷମାନଙ୍କ ମଧ୍ୟରେ ସବୁଠାରୁ ନୀଚ ବୋଲି ମନେ କରାଯାଏ । ଯବନଙ୍କଠାରୁ ଆଉ କେହି ନୀଚ ନାହାନ୍ତି ।

ଧନର ସଦୁପଯୋଗ :

ବିତ୍ତଂ ଦେହି ଗୁଣାନ୍ୱିତେଷୁ ମତିମାନ୍ନାନ୍ୟତ୍ର ଦେହି କ୍ୱଚିତ୍,
ପ୍ରାପ୍ତଂ ବାରିନିଧେର୍ଜଳଂ ଧନୟୁତାଂ ମାଧୁର୍ୟ୍ୟୁକ୍ତଂ ସଦା ।
ଜୀବାଃ ସ୍ଥାବର ଜଂଗମାଶ୍ଚ ସକଳା ସଂଜୀବ୍ୟ ଭୂମଣ୍ଡଳମ୍
ଭୂୟଂ ପଶ୍ୟ ତଦୈବ କୋଟିଗୁଣିତଂ ଗଚ୍ଛନ୍ତ୍ୟମ୍ଭୋନିଧିମ୍ ॥ 5 ॥

ଧନର ପାତ୍ରକୁ ବୁଝାଇବାକୁ ଯାଇ ଆଚାର୍ଯ୍ୟ ଚାଣକ୍ୟ କୁହନ୍ତି, ହେ ବୁଦ୍ଧିମାନ! ଗୁଣୀଲୋକମାନଙ୍କୁ ଧନ ପ୍ରଦାନ କର, ଅଗୁଣୀ ଲୋକମାନଙ୍କୁ କେବେହେଲେ ମଧ୍ୟ ନୁହେଁ । କାରଣ ବାଦଲ ସମୁଦ୍ରରୁ ଜଳ ନେଇ ମଧୁର ଜଳର ବର୍ଷା କରାଇଥାଏ, ଯାହା ଫଳରେ ପୃଥିବୀର ଚରାଚର ପ୍ରାଣୀମାନେ ଜୀବିତ ରହିଥାନ୍ତି । ପୁଣି ସେହି ଜଳ ହଜାରଗୁଣରେ ପରିଣତ ହୋଇ ଶେଷରେ ସମୁଦ୍ରରେ ଯାଇ ମିଶିଥାଏ ।

ଏଥିରୁ ଅର୍ଥ ପ୍ରତିପାଦିତ ହେଉଛି ଯେ ବାଦଲ ସମୁଦ୍ରରୁ ଜଳ ନେଇ ପୃଥିବୀ ଉପରେ ବର୍ଷା କରାଇଥାଏ । ଏହି ବର୍ଷା ଫଳରେ ପୃଥିବୀରେ ମନୁଷ୍ୟ, ପଶୁ-ପକ୍ଷୀ, ବୃକ୍ଷ ଆଦି ଜୀବିତ ରହିଥାନ୍ତି । ପୁନଶ୍ଚ ଏହି ଜଳ ଅନେକ ଗୁଣରେ ପରିବର୍ଦ୍ଧିତ ହୋଇ ନଦୀ ମାଧ୍ୟରେ ବହି ଯାଇ ସମୁଦ୍ରରେ ମିଶିଥାଏ । ଧନୀଲୋକଙ୍କ ମଧ୍ୟରୁ କୌଣସି ସାଧୁ ପ୍ରକୃତିର ଲୋକଙ୍କୁ ମଧ୍ୟ କୌଣସି ମହତ୍ କାର୍ଯ୍ୟରେ ସହାୟତା କରିବା ପାଇଁ ଧନ ଦେବା ଆବଶ୍ୟକ । ଏହି ଅର୍ଥରେ ସେ ସାଧାରଣ ଲୋକମାନଙ୍କପାଇଁ ହିତକର କାର୍ଯ୍ୟ କରିଥାନ୍ତି ଓ ଏହା ଫଳରେ ସହାୟତା କରିଥିବା ଲୋକର ମଧ୍ୟ ଲାଭ ହୋଇଥାଏ ।

ସ୍ନାନ ଦ୍ୱାରା ଶୁଦ୍ଧତା :

ତୈଳାଭ୍ୟଂଗେ ଚିତାଧୂମେ ମୈଥୁନେ କ୍ଷୌର କର୍ମାଣି ।
ତାବଦ୍‌ଭବତି ଚାଣ୍ଡାଲୋ ଯାବସ୍ନାନଂ ନ ସମାଚରେତ୍ ॥ 6 ॥

ସ୍ନାନ କରି ବ୍ୟକ୍ତି ପବିତ୍ର ହୋଇଥାଏ, ଅନ୍ୟଥା ଶୂଦ୍ର । ଏହାକୁ ସ୍ପଷ୍ଟ କରିବାକୁ ଯାଇ ଆଚାର୍ଯ୍ୟ ଚାଣକ୍ୟ କହିଛନ୍ତି ଯେ- ତେଲ ଲଗାଇବା ପରେ, ଚିତାଗ୍ନିର ଧୂଆଁ ଦେହରେ ଲାଗିବା ପରେ, ମୈଥୁନ କଲା ପରେ ତଥା ବାଳ କାଟିବା ପରେ ଯେତେବେଳ ପର୍ଯ୍ୟନ୍ତ ମଣିଷ ସ୍ନାନ ନ କରିଥାଏ, ସେତେବେଳ ପର୍ଯ୍ୟନ୍ତ ସେ ଚାଣ୍ଡାଳ ଭାବରେ ପରିଗଣିତ ହୋଇଥାଏ ।

କହିବାର ତାତ୍ପର୍ଯ୍ୟ ହେଉଛି ଯେ ଶରୀରରେ ତେଲ ମାଲିସ୍ କଲାପରେ, ଚିତାରେ ନିଆଁ ଲାଗିଗଲା ପରେ, ସଂଭୋଗ କଲା ପରେ ତଥା ଦାଢ଼ି, ନଖ ବା ବାଳ କାଟିବା ପରେ ଗାଧୋଇବା ହେଉଛି ମଣିଷର ପରମ କର୍ତ୍ତବ୍ୟ । କାରଣ ଏହିସବୁ କର୍ମ କଲାପରେ ବ୍ୟକ୍ତି ଯେତେବେଳ ପର୍ଯ୍ୟନ୍ତ ସ୍ନାନ ନ କରିଛନ୍ତି ସେତେବେଳ ପର୍ଯ୍ୟନ୍ତ ସେ ପବିତ୍ର ହୋଇ ପାରନ୍ତି ନାହିଁ ଓ ତାଙ୍କୁ ଚଣ୍ଡାଳ ଭାବରେ ଗ୍ରହଣ କରାଯାଇଥାଏ ।

ପାଣି ଏକ ଔଷଧ :

ଅଜୀର୍ଣ୍ଣେ ଭେଷଜଂ ବାରି ଜୀର୍ଣ୍ଣେ ତଦ୍ ବଳପ୍ରଦମ୍ ।
ଭୋଜନେ ଚାମୃତଂ ବାରି ଭୋଜନାନ୍ତେ ବିଷପ୍ରଦମ ॥ 7 ॥

ଜଳର ଗୁଣାବଳୀକୁ ବର୍ଣ୍ଣନା କରିବାକୁ ଯାଇ ଆଚାର୍ଯ୍ୟ କହିଛନ୍ତି ଯେ ଭୋଜନ ହଜମ ନ ହେଲେ ଜଳ ଔଷଧ ପରି କାର୍ଯ୍ୟ କରିଥାଏ । ଭୋଜନ କରିବା ବେଳେ ପାଣି ଅମୃତ ଓ ଭୋଜନ ପରେ ତାହା ବିଷ ହୋଇଥାଏ ।

ଏଥିରୁ ଅର୍ଥ ପ୍ରତିପାଦିତ ହେଉଛି ଯେ ଅଜୀର୍ଣ୍ଣ ହେବାର ସଂକେତ ମିଳିଲା ମାତ୍ରେ ମନବୋଧ କରି ଅର୍ଥାତ ଯେତିକି ପରିମାଣରେ ପିଇ ହେବ, ସେତିକି ପାଣି ପିଇବା ଦରକାର । କାରଣ ସେତେବେଳେ ପାଣି ଔଷଧର କାର୍ଯ୍ୟ କରିଥାଏ । ଖାଦ୍ୟ ହଜମ ହୋଇଗଲା ପରେ ପାଣି ଶରୀରରେ ଶକ୍ତି ତୁଲ୍ୟ କାର୍ଯ୍ୟ କରିଥାଏ । ଭୋଜନ କଲା ବେଳେ ମଝିରେ ମଝିରେ ପାଣି ପିଇଲେ, ତାହା ଶରୀରରେ ଅମୃତ ତୁଲ୍ୟ କାର୍ଯ୍ୟ କରେ । ମାତ୍ର ସେହି ପାଣିକୁ ଯଦି ଖାଦ୍ୟ ଖାଇସାରିବା ପରେ ପିଆ ଯାଏ, ତେବେ ତାହା ଶରୀରରେ ବିଷ ପରି କାର୍ଯ୍ୟ କରେ । ତେଣୁ ଖାଇଲା ବେଳେ ମଝିରେ ମଝିରେ ପାଣି ପିଇବା ଦରକାର; ତୁରନ୍ତ ଶେଷ ହେଲା ପରେ କେବେ ନୁହେଁ ।

ଜ୍ଞାନକୁ ବ୍ୟବହାରରେ ଲଗାଅ :

ହତଂ ଜ୍ଞାନଂ କ୍ରିୟାହୀନଂ ହତଶ୍ଚାଜ୍ଞାନତା ନରଃ ।
ହତଂ ନିର୍ଣ୍ଣାୟକଂ ସୈନ୍ୟଂ ସ୍ତ୍ରୀୟୋ ନଷ୍ଟା ହ୍ୟଭର୍ତୃକା ॥ 8 ॥

ଆଚାର୍ଯ୍ୟ ଚାଣକ୍ୟ କୁହନ୍ତି ଯେ ଯେଉଁ ଜ୍ଞାନକୁ ଆଚରଣରେ ନ ଲଗାଯାଏ, ସେହି ଜ୍ଞାନ ନଷ୍ଟ ହୋଇଯାଏ । ଅଜ୍ଞାନ ଦ୍ୱାରା ମନୁଷ୍ୟର ବିନାଶ ଘଟେ । ସେନାପତିଙ୍କ ବିନା ସୈନ୍ୟବାହିନୀ ତଥା ପତି ବିନା ସ୍ତ୍ରୀ ନଷ୍ଟ ହୋଇ ଯାଇ ଥାଆନ୍ତି ।

ଏଥିରୁ ଅର୍ଥ ପ୍ରତିପାଦିତ ହୋଇଥାଏ ଯେ ଜ୍ଞାନକୁ ବ୍ୟବହାରରେ ଆଣିବା ଦରକାର । ଏପରି ନକଲେ ଜ୍ଞାନ ନଷ୍ଟ ହୋଇ ଯାଇଥାଏ । ଅଜ୍ଞାନୀ ମନୁଷ୍ୟ, ବିନା ସେନାପତିର ସେନାବାହିନୀ ତଥା ପତି ବିନା ସ୍ତ୍ରୀ ନଷ୍ଟ ହୋଇ ଯାଇ ଥାଆନ୍ତି ।

ଏହାକୁ ବିଡ଼ମ୍ବନା ବୋଲି ଭାବିନିଅ :

ବୃଦ୍ଧକାଲେ ମୃତା ଭାର୍ଯ୍ୟା ବନ୍ଧୁହସ୍ତଗତଂ ଧନମ୍ ।
ଭୋଜନଂ ଚ ପରାଧୀନଂ ତିସ୍ର ପୁଂସାଂ ବିଡମ୍ବନା ॥ 9 ॥

ଆଚାର୍ଯ୍ୟ ଚାଣକ୍ୟ କୁହନ୍ତି ଯେ ବୃଦ୍ଧକାଳରେ ପତ୍ନୀର ମୃତ୍ୟୁ, ଧନ ଭାଇମାନଙ୍କ ହାତକୁ ଚାଲିଯିବା, ଭୋଜନପାଇଁ ମଧ ପରାଧୀନତା; ଏହା ସବୁ ପୁରୁଷମାନଙ୍କ କ୍ଷେତ୍ରରେ ଦୁଃଖର ପାହାଡ଼ ଭାଙ୍ଗି ପଡ଼ିଲା ପରି ବୋଧ ହୋଇଥାଏ ।

ଏଥିରୁ ଅର୍ଥ ପ୍ରତିପାଦିତ ହୋଇଥାଏ ଯେ ବ୍ୟକ୍ତି ବୁଢ଼ା ହୋଇଗଲା ପରେ ପତ୍ନୀର ଦେହାନ୍ତ ହେବା ଅତ୍ୟନ୍ତ ଦୁର୍ଭାଗ୍ୟର କଥା । କାରଣ ବାର୍ଦ୍ଧକ୍ୟ କାଳରେ ପତ୍ନୀ ହିଁ ଏକମାତ୍ର ସାହା ଭରସା ହୋଇଥାଏ । ସେହିପରି ଧନ ଭାଇମାନଙ୍କ ଦ୍ୱାରା କବଳିତ ହୋଇଗଲା ପରେ ବ୍ୟକ୍ତି କେବଳ ହଟହଟାରେ ରହିଯାଏ । ଏପରି ବିବଶତାକୁ ତ ସହି ହେବ, ମାତ୍ର ଭୋଜନପାଇଁ ବିବଶ ହେବା, ଅନ୍ୟର ହାତ ଟେକା ଉପରେ ନିର୍ଭର କରିବା ଇତ୍ୟାଦିକୁ ଆପଣମାନେ କଣ କହିବେ ? ଏହାକୁ କେବଳ ଭାଗ୍ୟର ବିଡମ୍ବନା ବୋଲି ଭାବିନେବା ଦରକାର । ଏହିଭଳି ସ୍ଥିତିରେ ବ୍ୟକ୍ତିର ବଂଚିବା ଅସହ୍ୟ ହୋଇଉଠେ ।

ଶୁଭ କର୍ମ କର :

ନାଗ୍ନିହୋତ୍ରଂ ବିନା ବେଦା ନ ଚ ଦାନଂ ବିନା କ୍ରିୟା ।
ନ ଭାବେନ ବିନା ସିଦ୍ଧିସ୍ତସ୍ମାଦ୍ ଭାବୋ ହି କାରଣମ୍ ॥ 10 ॥

ଆଚାର୍ଯ୍ୟ ଚାଣକ୍ୟଙ୍କ କହିବାର କଥା ଯେ ଅଗ୍ନିହୋତ୍ର, ଯଜ୍ଞ-ଯଜ୍ଞାଦି ବିନା ବେଦର ଅଧ୍ୟୟନ ଅତ୍ୟନ୍ତ ନିରର୍ଥକ । କାରଣ ଦାନ ବିନା ଯଜ୍ଞ-ଯଜ୍ଞାଦି ଶୁଭ କର୍ମ ସଂପନ୍ନ ହୋଇ ନଥାଏ । କିନ୍ତୁ ବିନା ଶ୍ରଦ୍ଧାରେ ଯଦି ଦାନ କେବଳ ଲୋକ ଦେଖାଣିଆ ଭାବରେ କରାଯିବ, ତେବେ ନିଜର ଅଭୀଷ୍ଟ କାର୍ଯ୍ୟ କେବେ ସମ୍ଭବ ହେବ ନାହିଁ । ଅର୍ଥାତ୍ ମନୁଷ୍ୟର ଭାବନା ହିଁ ସେଠାରେ ପ୍ରଧାନ ଭୂମିକା ନିର୍ବାହ କରିଥାଏ । ଶୁଦ୍ଧ ଭାବନା ଦ୍ୱାରା କରାଯାଇଥିବା ଯଜ୍ଞ-ଯଜ୍ଞାଦି ଦ୍ୱାରା ମନୁଷ୍ୟକୁ ନିଶ୍ଚିତ ରୂପରେ ତା'ର ଅଭୀଷ୍ଟ ଲାଭ ହୋଇଥାଏ । ଏଣୁ ଶ୍ରଦ୍ଧା ଭାବରେ ହିଁ ଶୁଭକର୍ମମାନ ସଂପାଦନ କରିବା ଉଚିତ ।

ଆଚାର୍ଯ୍ୟ ଚାଣକ୍ୟ ଏଠାରେ ଶ୍ରେଷ୍ଠ ମାନବଙ୍କ ମହତ୍ୱକୁ ପ୍ରତିପାଦିତ କରିବାକୁ ଯାଇ କୁହନ୍ତି ଯେ ଦେବତାଙ୍କ ନିବାସ ନା କାଠରେ ହୋଇଥାଏ, ନା ପଥରରେ । ବସ୍ତୁତଃ ଦେବତାଙ୍କ ନିବାସ ତ ମନୁଷ୍ୟଙ୍କ ଭାବନାରେ ହୋଇଥାଏ; ନିଜର ହୃଦୟରେ ହୋଇଥାଏ । ଯଦି ଭାବନା ଅଛି, ତେବେ ଦେବତାଙ୍କ ମୂର୍ତ୍ତୀ ହିଁ ହୋଇ ଉଠନ୍ତି ସ୍ୱୟଂ ଦେବତା; ଅନ୍ୟଥା ତାହା କାଠ-ପଥର ଛଡ଼ା ଅନ୍ୟ କିଛି ମାତ୍ର ନୁହେଁ । ଏହି ପ୍ରକାରରେ ନିଶ୍ଚିତ ହେଉଛି ଯେ କାଠରେ ବା ପଥରରେ ଦେବତାଙ୍କ ପ୍ରତିଷ୍ଠାର ଆଧାର ହେଉଛି ଏକ ପ୍ରକାରର ଭାବନା । ଭାବନା ହିଁ ପ୍ରତିମାରେ ଦେବତ୍ୱ ଉତ୍ପନ୍ନ କରିଥାଏ; ଏହା ହିଁ ତାହାର ମୂଳ ତଥ୍ୟ ।

ଭାବନାରେ ହିଁ ଭଗବାନ ଥାଆନ୍ତି :

କାଷ୍ଠପାଷାଣ ଧାତୂନାଂ କୃତ୍ୱା ଭାବେନ ସେବନମ୍ ।
ଶ୍ରଦ୍ଧୟା ଚ ତଥା ସିଦ୍ଧିସ୍ତସ୍ୟ ବିଷ୍ଣୋଃ ପ୍ରସାଦତଃ ॥ 11 ॥

ଆଚାର୍ଯ୍ୟ ଚାଣକ୍ୟ ଏଠାରେ ମଧ୍ଧ ଭାବନାକୁ ଭଗବାନଙ୍କ ପ୍ରତି ମହତ୍ ସାଧନ ବୋଲି ସ୍ୱୀକାର ପୂର୍ବକ କହିଛନ୍ତି ଯେ କାଷ୍ଠ, ପାଷାଣ ବା ଧାତୁର ମୂର୍ତିମାନଙ୍କୁ ଦେବତ୍ୱର ଭାବନା ଓ ଶ୍ରଦ୍ଧାରେ ଉପାସନା କରିଲେ ଭଗବାନଙ୍କ କୃପାରୁ ହିଁ ସିଦ୍ଧି ମିଳିଥାଏ ।

ଏଥିରୁ ଅର୍ଥ ନିଷ୍କର୍ଷ ହେଉଛି ଯେ ଯଦିଓ ମୂର୍ତି ସ୍ୱୟଂ ଭଗବାନ ନୁହନ୍ତି, ତଥାପି ଯଦି କେହି ସତ୍ ଭାବନାରେ ଏବଂ ଶ୍ରଦ୍ଧାରେ ସେହି କାଠ, ପଥର ବା କୌଣସି ଧାତୁରେ ନିର୍ମିତ ମୂର୍ତିକୁ ଈଶ୍ୱର ମନେ କରି ପୂଜା କରନ୍ତି, ତେବେ ଭଗବାନ ତାଙ୍କ ଉପରେ ଅବଶ୍ୟ ପ୍ରସନ୍ନ ହୋଇଥାନ୍ତି । ତାଙ୍କୁ ଅବଶ୍ୟ ସଫଳତା ମିଳିଥାଏ ।

ନ ଦେବୋ ବିଦ୍ୟତେ କାଷ୍ଠେ ନ ପାଷାଣେ ନ ମୃଣ୍ମୟେ ।
ଭାବେ ହି ବିଦ୍ୟତେ ଦେବସ୍ତସ୍ମାଦ୍ ଭାବୋ ହି କାରଣମ୍ ॥ 12 ॥

ଆଚାର୍ଯ୍ୟ ଚାଣକ୍ୟ କୁହନ୍ତି ଯେ ଈଶ୍ୱର କାଠରେ, ମାଟିରେ, ଧାତୁରେ ନିର୍ମିତ ମୂର୍ତିମାନରେ ନଥାନ୍ତି । ସେ କେବଳ ଭାବନା ମଧ୍ୟରେ ରହିଥାଆନ୍ତି । ଏଣୁ ଭାବନା ହିଁ ସବୁଠାରୁ ମୁଖ୍ୟ କଥା ।

ଅର୍ଥାତ ଈଶ୍ୱର ବାସ୍ତବରେ କାଠ, ମାଟି ଆଦିରେ ନିର୍ମିତ ମୂର୍ତିରେ ନଥାନ୍ତି; ବାସ୍ତବରେ ଈଶ୍ୱର ତ ବ୍ୟକ୍ତିର ଭାବନରେ ଥାଆନ୍ତି । ତେଣୁ ବ୍ୟକ୍ତିର ଯେପରି ଭାବନା ହୋଇଥାଏ, ସେ ଈଶ୍ୱରଙ୍କୁ ଠିକ୍ ସେପରି ଦେଖନ୍ତି । ଏଣୁ ଏହି ଭାବନାହିଁ ହେଉଛି ବାସ୍ତବରେ ସାରା ସଂସାରର ଆଧାର ।

ଶାନ୍ତି ହିଁ ତପସ୍ୟା :

ଶାନ୍ତିତୁଲ୍ୟଂ ତପୋ ନାସ୍ତି ନ ସନ୍ତୋଷାତ୍ପରଂ ସୁଖମ୍ ।
ନ ତୃଷ୍ଣୟା ପରୋ ବ୍ୟାଧିର୍ନ ଚ ଧର୍ମୋଂ ଦୟାପରଃ ॥ 13 ॥

ମହନୀୟ ସାଧନଗୁଡ଼ିକର ଚର୍ଚା କରିବାକୁ ଯାଇ ଆଚାର୍ଯ୍ୟ ଚାଣକ୍ୟ କୁହନ୍ତି ଯେ ଶାନ୍ତି ପରି କୌଣସି ତପସ୍ୟା ନାହିଁ, ସନ୍ତୋଷଠାରୁ ବଳି କୌଣସି ସୁଖ ନାହିଁ, ତୃଷ୍ଣାଠାରୁ ବଡ଼ ବ୍ୟାଧି ନାହିଁ ଓ ଦୟାଠାରୁ ବଡ଼ କୌଣସି ଧର୍ମ ନାହିଁ ।

ଅର୍ଥାତ ନିଜର ମନ ଓ ଇନ୍ଦ୍ରିୟମାନଙ୍କୁ ଶାନ୍ତ ରଖିବା ହିଁ ସବୁଠାରୁ ବଡ଼ ତପସ୍ୟା । ସନ୍ତୋଷ ହେଉଛି ସବୁଠାରୁ ବଡ଼ ସୁଖ । ମଣିଷର ଇଛା ହେଉଛି ସବୁଠାରୁ ବଡ଼ ରୋଗ, ଯାହାର କୌଣସି ଚିକିତ୍ସା ନାହିଁ । ଅନ୍ୟ ପକ୍ଷରେ ଦେଖିବାକୁ ଗଲେ ସମସ୍ତଙ୍କ ଉପରେ ଦୟା କରିବା ହେଉଛି ସବୁଠାରୁ ବଡ଼ ଧର୍ମ । ବାସ୍ତବରେ ଦେଖିବାକୁ ଗଲେ ଆମେ ଯାହା ସବୁ କରୁ, ତାହାର ମୂଳରେ ଯେହେତୁ ଶାନ୍ତି ପାଇବାର ଲକ୍ଷ୍ୟ ରହିଥାଏ ତେଣୁ ଶାନ୍ତିକୁ ସବୁଠାରୁ ବଡ଼ ତପସ୍ୟା ବୋଲି କୁହା ଯାଇଛି ।

ସନ୍ତୋଷ ହେଉଛି ସବୁଠାରୁ ବଡ଼ କଥା :

କ୍ରୋଧୋ ବୈବସ୍ୱତୋ ରାଜା ତୃଷ୍ଣା ବୈତରଣୀ ନଦୀ ।
ବିଦ୍ୟା କାମଦୁଧା ଧେନୁଃ ସଂତୋଷୋ ନନ୍ଦନଂ ବନମ୍ ॥ 14 ॥

ଆଚାର୍ଯ୍ୟ ଚାଣକ୍ୟ ଏଠାରେ କ୍ରୋଧ, ତୃଷ୍ଣା ବିପକ୍ଷରେ ବିଦ୍ୟା ଓ ସନ୍ତୋଷର ପ୍ରତୀକାତ୍ମକ ମହନୀୟତାକୁ ପ୍ରତିପାଦିତ କରିବାକୁ ଯାଇ କୁହନ୍ତି ଯେ କ୍ରୋଧ ହେଉଛି ସ୍ୱୟଂ ଯମରାଜା, ତୃଷ୍ଣା ହେଉଛି ବୈତରଣୀ ନଦୀ, ବିଦ୍ୟା କାମଧେନୁ ଗାଈ ଓ ସନ୍ତୋଷ ହେଉଛି ସ୍ୱର୍ଗର ସେହି ନନ୍ଦନ ବନ ।

ଏଥିରୁ ଅର୍ଥ ପ୍ରତିପାଦିତ ହେଉଛି ଯେ କ୍ରୋଧ ହେଉଛି ମଣିଷର ସବୁଠାରୁ ବଡ଼ ଶତ୍ରୁ । ତାହାକୁ ଯମରାଜା ପରି ଅତ୍ୟନ୍ତ ଭୟଂକର ବୋଲି ବୁଝିବାକୁ ପଡ଼ିବ । ତୃଷ୍ଣ ଅର୍ଥାତ ଇଚ୍ଛାଶକ୍ତି ବୈତରଣୀ ନଦୀ ପରି, ଯେଉଁଠୁ ମୁକ୍ତି ପାଇବା ହେଉଛି ସବୁଠାରୁ କଠିନ କାମ । ବିଦ୍ୟା କାମଧେନୁ ପରି ସମସ୍ତ ଇଚ୍ଛାକୁ ପରିପର୍ଣ୍ଣ କରି ପାରୁଥିବା କାମଧେନୁ ଗାଈ ସଦୃଶ । ଏବଂ ସନ୍ତୋଷ ପରମ ସୁଖ ପ୍ରଦାନ କରି ପାରୁଥିବା ସେହି ନନ୍ଦନ ବନ ମାତ ।

ଏମାନଙ୍କ ଦ୍ୱାରା ଶୋଭା ବର୍ଦ୍ଧନ ହୋଇଥାଏ:

ଗୁଣୋ ଭୂଷୟତେ ରୂପଂ ଶୀଲଂ ଭୂଷୟତେ କୁଲମ୍ ।
ସିଦ୍ଧିର୍ଭୂଷୟତେ ବିଦ୍ୟାଂ ଭୋଗୋ ଭୂଷୟତେ ଧନମ୍ ॥ 15 ॥

ଏଠାରେ ଆଚାର୍ଯ୍ୟ ଚାଣକ୍ୟ ଶୋଭାକାରକ ତତ୍ତ୍ୱର ଚର୍ଚ୍ଚା କରିବାକୁ ଯାଇ କହିଛନ୍ତି ଯେ ଗୁଣ ରୂପର ଶୋଭା ବୃଦ୍ଧି କରିଥାଏ, ଶୀଳ ସ୍ୱଭାବ କୁଳର ଶୋଭା ବଢ଼ାଇଥାଏ, ସିଦ୍ଧି ବିଦ୍ୟାର ଶୋଭା ବୃଦ୍ଧି କରିଥାଏ ଏବଂ ଭୋଗ କରିବା ଧନର ଶୋଭା ବର୍ଦ୍ଧନ କରିଥାଏ ।

ଅର୍ଥାତ ଗୁଣବାନ ବ୍ୟକ୍ତିର ଗୁଣ ହିଁ ତାହାର ସୁନ୍ଦରତା । ଶ୍ରେଷ୍ଠ ଆଚରଣ କୁଳର ନାମକୁ ଉଁଚା କରାଇ ତାହାର ସୁନ୍ଦରତାକୁ ବଢ଼ାଇ ଥାଏ । କୌଣସି ବିଷୟ-ବିଦ୍ୟାରେ ନିପୁଣତା ପ୍ରାପ୍ତ ହେଲେ ବିଦ୍ୟା ସାର୍ଥକ ହୋଇଥାଏ । ତାହା ହିଁ ବିଦ୍ୟାର ଶୋଭା । ସେହିପରି ଧନର ଉପଭୋଗ କରିବା ହେଉଛି ଧନର ଶୋଭା ।

ଦୁର୍ଗୁଣ ସଦ୍‌ଗୁଣକୁ ନାଶ କରେ :

ନିର୍ଗୁଣସ୍ୟ ହତଂ ରୂପଂ ଦୁଃଶୀଲସ୍ୟ ହତଂ କୁଲମ୍ ।
ଅସିଦ୍ଧସ୍ୟ ହତା ବିଦ୍ୟା ଅଭୋଗସ୍ୟ ହତଂ ଧନମ୍ ॥ 16 ॥

ଆଚାର୍ଯ୍ୟ ଚାଣକ୍ୟ ଦୁର୍ଗୁଣ ହେତୁ ସଦ୍‌ଗୁଣର ବିନାଶ ସଂପର୍କରେ ଚର୍ଚ୍ଚା କରିବାକୁ ଯାଇ କହିଛନ୍ତି ଯେ ଗୁଣହୀନର ରୂପ, ଦୁରାଚାରୀର କୁଳ ତଥା ଅଯୋଗ୍ୟ ବ୍ୟକ୍ତିର ବିଦ୍ୟା ନଷ୍ଟ ହୋଇ ଯାଇଥାଏ । ସେହିପରି ଧନର ଭୋଗ ନ ହେଲେ ତାହା ମଧ୍ୟ ନଷ୍ଟ ହୋଇ ଯାଇଥାଏ ।

ଅର୍ଥ ହେଉଛି ଯେ ବ୍ୟକ୍ତି ଯେତେବି ରୂପ ସଂପନ୍ନ ହେଉ ନା କାହିଁକି, ଯଦି ତାହାର ଗୁଣ ନଥାଏ ତେବେ ତାକୁ ସୁନ୍ଦର ବୋଲି କୁହା ଯାଇ ପାରିବ ନାହିଁ । ଖରାପ ଚାଲି-ଚଳନ ବଲା ବ୍ୟକ୍ତି ନିଜର ଖାନଦାନକୁ ବଦନାମ କରିଥାଏ । ଅଯୋଗ୍ୟ ବ୍ୟକ୍ତି ବିଦ୍ୟାର ସଦୁପଯୋଗ କରି ପାରେ ନାହିଁ । ଯେଉଁ ବ୍ୟକ୍ତି ନିଜ ଧନକୁ କୌଣସି ପ୍ରକାରରେ ଭୋଗ କରି ପାରନ୍ତି ନାହିଁ, ସେହି ଧନକୁ ନଷ୍ଟ ହେଲା ବୋଲି ବୁଝିବାକୁ ପଡ଼ିବ । ଏହିଥି ପାଇଁ କୁହା ଯାଇଛି ଯେ ଦୁରାଚାରୀର କୁଳ, ମୂର୍ଖର ରୂପ, ଅଯୋଗ୍ୟର ବିଦ୍ୟା ତଥା ଭୋଗ ହୋଇ ପାରୁ ନଥିବା ଧନ ନଷ୍ଟ ହୋଇ ଯାଇଥାଏ ।

ଏସବୁ ଶୁଦ୍ଧ :

ଶୁଦ୍ଧଂ ଭୂମିଗତଂ ତୋୟଂ ଶୁଦ୍ଧା ନାରୀ ପତିବ୍ରତା ।

ଶୁଚିଃ କ୍ଷେମକରୋ ରାଜା ସନ୍ତୋଷୀ ବ୍ରାହ୍ମଣ ଶୁଚିଃ ॥ 17 ॥

ଆଚାର୍ଯ୍ୟ ଚାଣକ୍ୟ ଏଠାରେ ଶୁଦ୍ଧତାର ଚର୍ଚ୍ଚା କରିବାକୁ ଯାଇ କୁହନ୍ତି ଯେ ଭୂମିଗତ ଜଳ ହେଉଛି ଶୁଦ୍ଧ । ପତିବ୍ରତା ନାରୀ ହେଉଛନ୍ତି ଶୁଦ୍ଧ । ପ୍ରଜାଙ୍କର କଲ୍ୟାଣ କରୁଥିବା ରାଜା ହେଉଛନ୍ତି ଶୁଦ୍ଧ । ତଥା ସନ୍ତୋଷୀ ବ୍ରହ୍ମଣ ମଧ୍ୟ ଶୁଦ୍ଧ ବୋଲି ସଚରାଚରରେ ପରିଗଣିତ ହୋଇଥାନ୍ତି ।

ଅର୍ଥ ପ୍ରତିପାଦିତ ହେଉଛି ଯେ ଭୂମି ତଳେ ଥିବା ପାଣି, ପତିବ୍ରତା ସ୍ତ୍ରୀ, ପ୍ରଜାଙ୍କ ସୁଖ-ଦୁଃଖ ପ୍ରତି ଧ୍ୟାନ ପ୍ରଦାନ କରୁଥିବା ରାଜା ତଥା ସନ୍ତୋଷ ପ୍ରକାଶ କରୁଥିବା ବ୍ରାହ୍ମଣ ସଦୈବ ଶୁଦ୍ଧ ବୋଲି ପରିଗଣିତ ହୋଇଥାନ୍ତି ।

ଦୁର୍ଗୁଣର ଦୁଷ୍ପ୍ରଭାବ :

ଅସନ୍ତୁଷ୍ଟା ଦ୍ୱିଜା ନଷ୍ଟାଃ ସନ୍ତୁଷ୍ଟାଶ୍ଚ ମହୀଭୃତଃ ।
ସଲଜ୍ଜା ଗଣିକା ନଷ୍ଟାନିର୍ଲଜ୍ଜାଶ୍ଚ କୁଳାଂଗନାଃ ॥ 18 ॥

ଆଚାର୍ଯ୍ୟ ଚାଣକ୍ୟ ଏଠାରେ ସେହି ଦୁର୍ଗୁଣମାନର ଚର୍ଚ୍ଚା କରୁଛନ୍ତି ଯାହା ଅତ୍ୟନ୍ତ ଦୁଷ୍ପ୍ରଭାବୀ ହୋଇଥାଏ । ଏହି ପ୍ରକାରରେ ଦେଖିବାକୁ ଗଲେ ଅସନ୍ତୁଷ୍ଟ ବ୍ରାହ୍ମଣ ତଥା ସନ୍ତୁଷ୍ଟ ରାଜା ନଷ୍ଟ ହୋଇ ଯାଇ ଥାଆନ୍ତି । ଲଜ୍ଜା କରୁଥିବା ବେଶ୍ୟା ତଥା ନିର୍ଲ୍ଲଜ କୁଳୀନ ଘରର ବହୁ ନଷ୍ଟ ହୋଇ ଯାଇ ଥାଆନ୍ତି ।

ଏଠାରେ ଅର୍ଥ ପ୍ରତିପାଦିତ ହେଉଛି ଯେ ବ୍ରାହ୍ମଣ ସନ୍ତୋଷ ହୋଇଥାନ୍ତି । ଯେଉଁ ବ୍ରାହ୍ମଣ ସନ୍ତୋଷୀ ହୋଇ ନଥାନ୍ତି, ସେମାନଙ୍କର ବିନାଶ ଘଟେ । ରାଜାଙ୍କୁ ଧନ ଓ ରାଜ୍ୟରେ ସନ୍ତୁଷ୍ଟି ଆସିବା ଅନୁଚିତ । ଏଥିରେ ସନ୍ତୁଷ୍ଟ ପ୍ରକାଶ କରୁଥିବା ରାଜା ନଷ୍ଟ ହୋଇ ଯାଇଥାଆନ୍ତି । ବେଶ୍ୟାର କର୍ମ ହେଉଛି ନିର୍ଲ୍ଲଜତାର କର୍ମ । ଏଣୁ ଲଜ୍ଜାଶୀଳା ବେଶ୍ୟା ନଷ୍ଟ ହୋଇ ଯାଇଥାନ୍ତି । ଗୃହିଣୀମାନେ-କୁଳବଧୂମାନେ ବା କୌଣସି କୁଳୀନ ଘରର ବହୁ-ଝିଅମାନଙ୍କ ଠାରେ ଲଜ୍ଜା ଏକାନ୍ତ ଆବଶ୍ୟକ । ତେଣୁ ଲଜ୍ଜାକୁ ସେମାନଙ୍କର ସବୁଠାରୁ ବଡ଼ ଆଭୂଷଣ ବୋଲି ଗ୍ରହଣ କରାଯାଇଥାଏ । ନିର୍ଲ୍ଲଜ ଗୃହିଣୀମାନେ ନଷ୍ଟ ହୋଇ ଯାଆନ୍ତି ।

ବିଦ୍ୱାନ ସର୍ବତ୍ର ପୂଜିତ ହୁଅନ୍ତି :

କିଂ କୁଲେନ ବିଶାଲେନ ବିଦ୍ୟାହୀନେ ବ ଦେହିନାମ୍ ।
ଦୁଷ୍କୁଲଂ ଚାପି ବିଦୁଷୀ ଦେବୈରପି ହି ପୂଜ୍ୟତେ ॥ 19 ॥

ବିଦ୍ୱାନଙ୍କ ମହତ୍ୱ ପ୍ରକାଶ କରିବାକୁ ଯାଇ ଆଚାର୍ଯ୍ୟ କହୁଛନ୍ତି ଯେ ବିଦ୍ୟାହୀନ ହେବାପରେ ବିଶାଳ କୁଳକୁ ନେଇ କଣ ବା କରା ଯାଇପାରିବ ? ବିଦ୍ୱାନ ନୀଚ କୁଳର ହେଲେ ମଧ୍ୟ ଦେବତାଙ୍କ ଦ୍ୱାରା ପୂଜିତ ହୋଇଥାନ୍ତି ।

ଏଥିରୁ ଅର୍ଥ ନିଷ୍କର୍ଷ ହେଉଛି ଯେ ବିଦ୍ୱାନଙ୍କର ସମ୍ମାନ କରା ଯାଇଥାଏ, ଖାନଦାନର ନୁହେଁ । ନୀଚ ଖାନଦାନରେ ଜନ୍ମ ହୋଇଥିବା ବ୍ୟକ୍ତି ଯଦି ବିଦ୍ୱାନ ହୋଇଥାନ୍ତି, ତେବେ ସେ ସମସ୍ତଙ୍କ ଦ୍ୱାରା ସମ୍ମାନିତ ହୁଅନ୍ତି ।

ବିଦ୍ୱାନ୍ ପ୍ରଶସ୍ୟତେ ଲୋକେ ବିଦ୍ୱାନ୍ ସର୍ବତ୍ର ଗୌରବମ୍ ।
ବିଦ୍ୱୟା ଲଭତେ ସର୍ବଂ ବିଦ୍ୟା ସର୍ବତ୍ର ପୂଜ୍ୟତେ ॥ 20 ॥

ଆଚାର୍ଯ୍ୟ ଚାଣକ୍ୟ ବିଦ୍ୱାନଙ୍କ ପ୍ରଶଂସା କରିବାକୁ ଯାଇ କୁହନ୍ତି ଯେ ବିଦ୍ୱାନମାନଙ୍କର ଜନସାଧାରଣରେ ପ୍ରଶଂସା କରାଯାଏ, ବିଦ୍ୱାନମାନଙ୍କୁ ସର୍ବତ୍ର ଗୌରବ ମିଳିଥାଏ, ବିଦ୍ୟା ଦ୍ୱାରା ସବୁକିଛି ପ୍ରାପ୍ତ ହୋଇଥାଏ ଏବଂ ବିଦ୍ୟାର ସର୍ବତ୍ର ପୂଜା କରା ଯାଇଥାଏ ।

ଏଠାରେ ଅର୍ଥ ପ୍ରତିପାଦିତ ହେଉଛି ଯେ ବିଦ୍ୟା ପାଇଁ ହିଁ ମନୁଷ୍ୟକୁ ସମାଜରେ ଆଦର, ପ୍ରଶଂସା, ମାନ-ସମ୍ମାନ ତଥା ଯାହା କିଛି ମଣିଷ ଚାହେ, ତାହା ସବୁ ମିଳି ଯାଇଥାଏ । କାରଣ ବିଦ୍ୟାକୁ ସମସ୍ତେ ସମ୍ମାନ ଦେଇଥାନ୍ତି ।

ମାଂସଭକ୍ଷୈଃ ସୁରାପାନୈର୍ମୂର୍ଖୈଶ୍ଚାକ୍ଷରବର୍ଜିତୈଃ ।
ପଶୁଭିଃ ପୁରୁଷାକାରୈର୍ଭାରାକ୍ରାନ୍ତାଽସ୍ତି ଚ ମେଦିନୀ ॥ 21 ॥

ଦୁର୍ଗୁଣରେ ଲିପ୍ତ ରହିଥିବା ମନୁଷ୍ୟର ସ୍ଥିତିକୁ ପ୍ରତିପାଦିତ କରିବାକୁ ଯାଇ ଆଚାର୍ଯ୍ୟ ଚାଣକ୍ୟ କୁହନ୍ତି ଯେ ମାଂସାହାରୀ, ମଦ୍ୟପ ତଥା ମୂର୍ଖ ଲୋକମାନେ ପୁରୁଷ ରୂପରେ ରହିଥିବା ପଶୁ ପରି । ସେହିମାନଙ୍କ ଭାରରେ ପୃଥିବୀ ତଳକୁ ତଳକୁ ଦବି ଯାଉଛି ।

ଏଥିରୁ ଅର୍ଥ ପ୍ରକାଶ ପାଉଛି ଯେ ମାଂସ ଖାଇବା ଲୋକ, ମଦ୍ୟପ ଓ ମୂର୍ଖ ଲୋକ- ଏହି ତିନି ଜଣଙ୍କୁ ପଶୁ ବୋଲି ଭାବିବା ଦରକାର । ସେମାନଙ୍କର ଶରୀର ମନୁଷ୍ୟ ପରି ହୋଇଥିଲେ ମଧ୍ୟ ବାସ୍ତବରେ ପ୍ରକୃତି ଦୃଷ୍ଟିକୋଣରୁ ସେମାନେ ପଶୁ ତୁଲ୍ୟ ହୋଇଥାନ୍ତି । ମନୁଷ୍ୟ ଆକରରେ ରହିଥିବା ଏହିଭଳି ପଶୁ ମାନଙ୍କ ପାଇଁ ପୃଥିବୀ ଦିନକୁ ଦିନ ଭାରି ହୋଇ ଯାଉଛି ।

ଏହାଦ୍ୱାରା କ୍ଷତି ହୋଇଥାଏ :

ଅନ୍ନହୀନୋ ଦହେଦ୍ରାଷ୍ଟ୍ରଂ ମନ୍ତ୍ରହୀନଶ୍ଚ ଋତ୍ୱିଜଃ ।
ଯଜମାନଂ ଦାନହୀନୋ ନାସ୍ତି ଯଜ୍ଞସମୋ ରିପୁଃ ॥ 22 ॥

ଆଚାର୍ଯ୍ୟ ଚାଣକ୍ୟ କ୍ଷତିକାରକ ଦ୍ରବ୍ୟକୁ ବର୍ଣ୍ଣନା କରିବାକୁ ଯାଇ କୁହନ୍ତି ଯେ ଅନ୍ନହୀନ ରାଜା ରାଷ୍ଟ୍ରକୁ ନଷ୍ଟ କରି ଦେଇଥାନ୍ତି । ମନ୍ତ୍ରହୀନ ଋତ୍ୱିଜ ତଥା ଦାନ ଦେଉ ନଥିବା ଯଜମାନ ମଧ୍ୟ ରାଷ୍ଟ୍ରକୁ ନଷ୍ଟ କରି ଦିଅନ୍ତି । ଏହି ପ୍ରକାରର ମନ୍ତ୍ରହୀନ ଋତ୍ୱିଜଙ୍କ ଦ୍ୱାରା ଯଜ୍ଞ କରାଇବା ଓ ଦାନ ଦେଉ ନଥିବା ଯଜମାନଙ୍କ ଦ୍ୱାରା ଯଜ୍ଞର ଆୟୋଜନ କରାଇବା ବାସ୍ତବରେ ରାଷ୍ଟ୍ର ସହିତ ଶତ୍ରୁତା ମାତ୍ର ।

ଏଠାରେ ଅର୍ଥ ପ୍ରତିପାଦିତ ହେଉଛି ଯେ ଯେଉଁ ରାଜ୍ୟରେ ଅନ୍ନର ଅଭାବ ରହିଥିବ, ଋତ୍ୱିଜ ବ୍ରାହ୍ମଣ ଯଜ୍ଞର ମନ୍ତ୍ର ଜାଣି ନଥିବେ, ଯଜମାନଙ୍କର ଦାନ ଦେବାର ଭାବନା ନଥିବ; ସେଭଳି ରାଜ୍ୟରେ ସେହି ରାଜା, ବ୍ରାହ୍ମଣ ଓ ଯଜମାନ- ଏହି ତିନି ଜଣ ରାଷ୍ଟ୍ରର ନଷ୍ଟ ସାଧନ କରିଥାନ୍ତି ।

ଶସ୍ୟର ଅଭାବ ଘଟିଲେ ସାଧାରଣତଃ ଯଜ୍ଞ କରା ଯାଇଥାଏ । ତେଣୁ ଯଜ୍ଞର ବ୍ରାହ୍ମଣ ବିଦ୍ୱାନ ହୋଇଥିବା ସହିତ ତାଙ୍କୁ ଯଜ୍ଞର ମନ୍ତ୍ର ସମ୍ବନ୍ଧରେ ପୂରା ଜ୍ଞାନ ରହିଥିବା ଆବଶ୍ୟକ । ଯଜ୍ଞ ପରେ ଯଜମାନ ବ୍ରାହ୍ମଣଙ୍କୁ ଦକ୍ଷିଣା ଦେଇଥାନ୍ତି । ତେଣୁ ଦାନଶୀଳ ଯଜମାନ ଋତ୍ୱିଜ ବ୍ରାହ୍ମଣଙ୍କୁ ଯଜ୍ଞ ପରେ ଦାନ ଦେଇ ଯଜ୍ଞର ସଫଳତା କାମନା କରିବା ବିଧେୟ । ଅନ୍ୟଥା ଏ ସବୁ କର୍ମ କରିବା ରାଷ୍ଟ୍ର ସହିତ ଶତ୍ରୁତା କରିବା ସହିତ ସମାନ ବୋଲି ପରିଗଣିତ ହେବ ।

ନବମ ଅଧ୍ୟାୟ

ମୋକ୍ଷ :

ମୁକ୍ତିମିଚ୍ଛସି ଚେତାତ ବିଷୟାନ୍ ବିଷବତ୍ ତ୍ୟଜ ।
କ୍ଷମାଽଽର୍ଜବଦୟାଶୌଚଂ ସତ୍ୟଂ ପୀୟୂଷବତ୍ ପିବ ॥ 1 ॥

ଆଚାର୍ଯ୍ୟ ଚାଣକ୍ୟ ଏଠାରେ ମୋକ୍ଷ ପାଇଁ ଅପେକ୍ଷିତ ସ୍ଥିତିମାନଙ୍କୁ ଚର୍ଚ୍ଚା କରିବାକୁ ଯାଇ କୁହନ୍ତି, ହେ ପ୍ରିୟ ! ଯଦି ତୁମେ ମୁକ୍ତି ଚାହୁଁଛ, ତେବେ ବିଷୟମାନଙ୍କୁ ବିଷ ମନେ କରି ତାକୁ ତ୍ୟାଗ କରି ଦିଅ । କ୍ଷମା, ଆର୍ଜବ, ଦୟା, ପବିତ୍ରତା, ସତ୍ୟ ଆଦି ଗୁଣକୁ ଅମୃତ ପରି ପାନ କର ।

ଏଥିରୁ ଅର୍ଥ ପ୍ରତିପାଦିତ ହେଉଛି ଯେ ଯଦି କୌଣସି ବ୍ୟକ୍ତି ମୋକ୍ଷ ଚାହୁଁଥାଏ, ତେବେ ସର୍ବ ପ୍ରଥମେ ସେ ନିଜର ଇନ୍ଦ୍ରିୟାନୁଗତ ବିଷୟମାନଙ୍କୁ ବିଷ ମନେ କରି ସେସବୁକୁ ତ୍ୟାଗ କରିଦେବା ଉଚିତ । ଅର୍ଥାତ ତାହାକୁ ତା'ର ସମସ୍ତ ଇଚ୍ଛା ରୂପକ ମନ୍ଦ ଅଭ୍ୟାସକୁ ତ୍ୟାଗ କରି ଦେବା ଉଚିତ । ପୁନଶ୍ଚ କ୍ଷମା, ଦୟା ଆଦି ଗୁଣଗୁଡ଼ିକୁ ଆପଣେଇ ନେବା ଦରକାର ତଥା ସତ୍ୟ ମାର୍ଗରେ ଗତିକରି ନିଜର ଆତ୍ମାକୁ ପବିତ୍ର କରିବା ଦରକାର । ତେବେ ମୋକ୍ଷ ମିଳି ପାରିବ ।

ପରସ୍ପରସ୍ୟ ମର୍ମାଣି ଯେ ଭାଷନ୍ତେ ନରାଧମାଃ ।
ତେ ଏବ ବିଲୟଂ ଯାନ୍ତି ବଲ୍ମୀକୋଦରସର୍ପବତ୍ ॥ 2 ॥

ଆଚାର୍ଯ୍ୟ କହିଛନ୍ତି ଯେ ଯେଉଁ ବ୍ୟକ୍ତି ପରସ୍ପର ଦୁଇ ଜଣଙ୍କ ମଧ୍ୟରେ ହେଉଥିବା କଥାବାର୍ତ୍ତାକୁ ଅନ୍ୟ ଲୋକମାନଙ୍କ ଆଗରେ ପ୍ରକାଶ କରିଥାଏ, ସେ ସାପ ପେଡ଼ି ମଧ୍ୟରେ ନଷ୍ଟ ହେଲା ପରି ନଷ୍ଟ ହୋଇ ଯାଏ ।

ଅର୍ଥାତ୍ ଯେଉଁ ଦୁଷ୍ଟ ପ୍ରଥମେ ଜଣ ଜଣଙ୍କୁ ନିଜର ଗୁପ୍ତ କଥା କହି ଦିଅନ୍ତି ଓ ସେହି କଥାକୁ ପୁନଶ୍ଚ ଅନ୍ୟମାନଙ୍କ ସମ୍ମୁଖରେ ପ୍ରକାଶ କରି ଦିଅନ୍ତି, ସେପରି ଲୋକମାନେ ଠିକ୍ ସାପ ପେଡ଼ି ମଧ୍ୟରେ ମରିଗଲା ପରି ନଷ୍ଟ ହୋଇ ଯାଆନ୍ତି; ଯାହାକୁ ବଂଚିବା ପାଇଁ କୌଣସି ପ୍ରକାରରେ ସୁଯୋଗ ମଧ୍ୟ ମିଳେ ନାହିଁ ।

ବିଡମ୍ବନା :

ଗନ୍ଧଂ ସୁବର୍ଣ୍ଣେ ଫଲମିକ୍ଷୁଦଣ୍ଡେ ନାକାରିପୁଷ୍ପଂ ଖଲୁ ଚନ୍ଦନସ୍ୟ ।
ବିଦ୍ୱାନ ଧନୀ ଭୂପତିର୍ଦୀର୍ଘଜୀବୀ ଧାତୁଃ ପୁରା କୋଽପି ନ ବୁଦ୍ଧିଦୋଽଭୂତ ॥ 3 ॥

ମହତ୍ ଗୁଣଥିବା ବସ୍ତୁରେ ପ୍ରଦର୍ଶନର ଗୁଣ ନଥାଏ । ଏହାର ଚର୍ଚ୍ଚା କରିବାକୁ ଯାଇ ଆଚାର୍ଯ୍ୟ କହିଛନ୍ତି ଯେ ସୁନାରେ ସୁଗନ୍ଧ, ଆଖୁରେ ଫଳ, ଚନ୍ଦନରେ ଫୁଲ ନଥାଏ । ବିଦ୍ୱାନ ଧନୀ ହୋଇ ନଥାନ୍ତି, ରାଜା ମଧ୍ୟ ଦୀର୍ଘଜୀବୀ ହୋଇ ନଥାନ୍ତି । ବ୍ରହ୍ମାଙ୍କୁ କଣ କେହି ଏହି ବୁଦ୍ଧି ଦେଇ ନଥିଲେ ?

ଏଥିରୁ ଅର୍ଥ ପ୍ରତିପାଦିତ ହେଉଛି ଯେ ସୁନା ହେଉଛି ଆର୍ଥିକ ଦୃଷ୍ଟିକୋଣରୁ ଅତ୍ୟନ୍ତ ମୂଲ୍ୟବାନ; କିନ୍ତୁ ଏଥିରେ ସୁଗନ୍ଧ ନଥାଏ । ଆଖୁରେ ଅତ୍ୟନ୍ତ ମିଠା ରହିଥାଏ; କିନ୍ତୁ ଏଥିରେ ଫଳ ଫଳି ନଥାଏ । ଚନ୍ଦନରେ ସୁଗନ୍ଧ ରହିଥାଏ; ମାତ୍ର ଏଥିରେ ଫୁଲ ଫୁଟି ନଥାଏ । ସେହିପରି ବିଦ୍ୱାନ ବ୍ୟକ୍ତି ନିର୍ଦ୍ଧନ ହୋଇଥାନ୍ତି ଏବଂ ରାଜାଙ୍କର ମଧ୍ୟ ଲମ୍ବା ଆୟୁଷ ନ ଥାଏ । ସୃଷ୍ଟିରେ ଏଭଳି ବ୍ୟତିକ୍ରମ ଦେଖି ମନରେ ସ୍ୱତଃ ପ୍ରଶ୍ନ ଉଠିଥାଏ ଯେ ସୃଷ୍ଟିକର୍ତା ବ୍ରହ୍ମାଙ୍କୁ କଣ ଏହି ସଂକ୍ରାନ୍ତରେ କୌଣସି ପରାମର୍ଶ ପୂର୍ବରୁ କେହି ଦେଇ ନଥିବେ ?

ସବୁଠାରୁ ବଡ଼ ସୁଖ :

ସର୍ବୌଷଧୀନାମମୃତଂ ପ୍ରଧାନଂ ସର୍ବେଷୁ ସୌଖ୍ୟେଷ୍ୱଶନଂ ପ୍ରଧାନମ୍ ।
ସର୍ବେନ୍ଦ୍ରିୟାଣାଂ ନୟନଂ ପ୍ରଧାନଂ ସର୍ବେଷୁ ଗାତ୍ରେଷୁ ଶିରଃ ପ୍ରଧାନମ୍ ।। 4 ।।

ଆଚାର୍ଯ୍ୟ ଚାଣକ୍ୟ ଏଠାରେ ସାଧାରଣ ବସ୍ତୁମାନଙ୍କ ମଧ୍ୟରେ ଗେଟିଏ ଗୋଟିଏର ଆସାଧାରଣ ମହିମାକୁ ପ୍ରତିପାଦନ କରିବାକୁ ଯାଇ କୁହନ୍ତି ଯେ ସମସ୍ତ ଔଷଧ ମଧ୍ୟରେ ଅମୃତ ହେଉଛି ପ୍ରଧାନ । ସମସ୍ତ ପ୍ରକାର ସୁଖ ମଧ୍ୟରେ ଭୋଜନ ପ୍ରଧାନ । ସମସ୍ତ ପ୍ରକାରର ଇନ୍ଦ୍ରିୟ ମାନଙ୍କ ମଧ୍ୟରେ ଆଖି ହେଉଛି ମୁଖ୍ୟ । ସମସ୍ତ ଅଂଗମାନଙ୍କ ମଧ୍ୟରେ ମସ୍ତିଷ୍କ ହେଉଛି ମହତ୍ୱପୂର୍ଣ୍ଣ ।

ଏଥିରୁ ଅର୍ଥ ପ୍ରତିପାଦିତ ହେଉଛି ଯେ ଔଷଧମାନଙ୍କ ମଧ୍ୟରେ ଅମୃତ ଅତ୍ୟନ୍ତ ମହ□ୱପୂର୍ଣ୍ଣ । ଭୋଜନ କରିବା ଓ ତାହାକୁ ହଜମ କରିବାର ଶକ୍ତି ନିଜ ମଧ୍ୟରେ ରହିବା ମଧ୍ୟ ସବୁଠାରୁ ବଡ଼ ସୁଖ । ହାତ, କାନ, ନାକ ଇତ୍ୟାଦି ସମସ୍ତ ଇନ୍ଦ୍ରିୟ ମାନଙ୍କ ମଧ୍ୟରେ ଆଖିର ସବୁଠାରୁ ବଡ଼ ଆବଶ୍ୟକତା ରହିଛି । ଏବଂ ମସ୍ତିଷ୍କ ଶରୀରରେ ସବୁଠାରୁ ମହତ୍ୱପୂର୍ଣ୍ଣ ଅଂଗ ।

ବିଦ୍ୟାର ସମ୍ମାନ :

ଦୂତୋ ନ ସଂଚରିତ ଖେ ନ ଚଲେଚ୍ଚ ବାର୍ତା
ପୂର୍ବଂ ନ ଜଲ୍ପିତମିଦଂ ନ ଚ ସଂଗମୋଽସ୍ତି ।
ବ୍ୟୋମ୍ନିସ୍ଥିଂ ରବିଶଶିଗ୍ରହଣଂ ପ୍ରଶସ୍ତଂ
ଜାନାତି ଯୋ ଦ୍ୱିଜବରଃ ସ କଥଂ ନ ବିଦ୍ୱାନ୍ ।। 5 ।।

ଆଚାର୍ଯ୍ୟଙ୍କ କହିବାର କଥା ଯେ ଆକାଶକୁ ନା କୌଣସି ଦୂତ ଯାଇ ପାରିବ ନା ସେଠାରୁ କାହା ସହିତ ବାର୍ତାଳାପ କରିହେବ, ନା ପୂର୍ବରୁ ଏଭଳି କଥା ସଂପର୍କରେ କେହି କହିଛନ୍ତି ନା ସେଠାରେ କେହି ମିଳାମିଶା କରିବାକୁ ମିଳିବେ । ତଥାପି ମଧ୍ୟ ବିଦ୍ୱାନ ବ୍ୟକ୍ତିମାନେ ସୂର୍ଯ୍ୟ ଓ ଚନ୍ଦ୍ରଙ୍କ ଗ୍ରହଣ ସମ୍ବନ୍ଧରେ ବହୁତ ପୂର୍ବରୁ ଆମମାନଙ୍କୁ କହି ଦେଇ ଥାଆନ୍ତି । ତାହାଲେ ସେହି ଭଳି ଲୋକମାନଙ୍କୁ କିଏ ବା ବିଦ୍ୱାନ ବୋଲି ନ କହିବ ?

ଏଥିରୁ ଅର୍ଥ ନିଷ୍କର୍ଷ ହେଉଛି ଯେ ବିଦ୍ୱାନ ଲୋକମାନେ ପ୍ରଥମରୁହିଁ ଗଣିତ ମାଧ୍ୟମରେ ସୂର୍ଯ୍ୟ ଓ ଚନ୍ଦ୍ରଙ୍କ ଗ୍ରହଣ ବିଷୟରେ ସ୍ପଷ୍ଟ ସୂଚନା ପ୍ରଦାନ କରି ଥାଆନ୍ତି । ଆଉ ଏକଥା ମଧ୍ୟ ସତ୍ୟ ଯେ ନା ଆକାଶକୁ କେଉଁ ଲୋକକୁ ପଠାଇ ହେବ, ନା ସେଠାକାର କାହା ସହିତ କଥାବା□ା କରିହେବ, ନା ସୂର୍ଯ୍ୟ ବା ଚନ୍ଦ୍ରଙ୍କ ସହିତ ମିଶି ହେବ ନା କେହି ଏ ସଂପର୍କରେ ପୂର୍ବରୁ ସୂଚିତ କରି ଯାଇଛନ୍ତି ଯେ

କେବେ କେବେ ସୂର୍ଯ୍ୟ ଓ ଚନ୍ଦ୍ରଙ୍କର ଗ୍ରହଣ ଲାଗିବ ବା ପଡ଼ିବ ବୋଲି । ତେଣୁ ଏହି ପ୍ରକାରର ଜ୍ଞାନୀ ବିଦ୍ୱାନମାନଙ୍କୁ କିଏ ବା ସମ୍ମାନ ନ କରିବ ?

ଏମାନଙ୍କୁ ଶୋଇବାକୁ ଦିଅ ନାହିଁ :

ବିଦ୍ୟାର୍ଥୀ ସେବକଃ ପାନ୍ଥଃ କ୍ଷୁଧାତ୍ର୍ତୋ ଭୟକାତରଃ ।
ଭାଣ୍ଡାରୀ ଚ ପ୍ରତିହାରୀ ସପ୍ତସୁପ୍ତାନ୍ ପ୍ରବୋଧୟେତ୍ ॥ 6 ॥

ଆଚାର୍ଯ୍ୟ ଚାଣକ୍ୟ ଶୋଇ ପଡ଼ିଥିବା ଲୋକମାନଙ୍କୁ ଉଠାଇବା ପ୍ରସଙ୍ଗରେ କୁହନ୍ତି ଯେ ବିଦ୍ୟାର୍ଥୀ, ସେବକ, ପଥିକ, କ୍ଷୁଧାର୍ତ୍ତ, ଭୟଭୀତ, ଭଣ୍ଡାରୀ, ଦ୍ୱାରପାଳ - ଏହି ସାତଜଣଙ୍କୁ ଶୋଇବାରୁ ଉଠାଇ ଦିଅ ।

ଏଠାରେ ଅର୍ଥ ପ୍ରତିପାଦିତ ହେଉଛି ଯେ ବିଦ୍ୟାର୍ଥୀ ବା ଛାତ୍ର-ଛାତ୍ରୀମାନଙ୍କୁ, ସେବକ ବା ଚାକରମାନଙ୍କୁ, ରାସ୍ତାକଡ଼ରେ ଶୋଇ ପଡ଼ିଥିବା ପଥିକଙ୍କୁ, ଭୋକିଲା ବ୍ୟକ୍ତିକୁ, କୌଣସି କଥାରେ ଖୁବ୍ ବେଶୀ ଡରି ଯାଇଥିବା ଲୋକକୁ, କୌଣସି ଗୋଦାମ ବା କାର୍ଯ୍ୟାଳୟର ଚୌକିଦାର ତଥା ଦ୍ୱାରପାଳଙ୍କୁ ଶୋଇ ପଡ଼ିବାକୁ ଦିଅନାହିଁ । ଯଦି ସେମାନେ ଶୋଇ ପଡ଼ିଛନ୍ତି ତ ସେମାନଙ୍କୁ ଡାକି ଶୋଇବାରୁ ଉଠାଇ ଦିଅ । ଅନ୍ୟଥା ସେମାନଙ୍କର ଓ କେତେକ ସ୍ଥଳରେ ସେମାନଙ୍କପାଇଁ ଅନ୍ୟମାନଙ୍କର ବହୁତ କ୍ଷତି ହେବ । ତେଣୁ ଏହି ସାତଜଣ ଶୋଇବା ଅନୁଚିତ ।

ଏମାନଙ୍କୁ ଶୋଇବାରୁ ଉଠାଅ ନାହିଁ :

ଅହିଂ ନୃପଂ ଚ ଶାର୍ଦ୍ଦୂଳଂ ବରାଟଂ ବାଲକଂ ତଥା ।
ପରଶ୍ୱାନଂ ଚ ମର୍ଖଂ ଚ ସପ୍ତସୁପ୍ତାନ୍ନ ବୋଧୟେତ୍ ॥ 7 ॥

ଏଠାରେ ଆଚାର୍ଯ୍ୟ ଚାଣକ୍ୟଙ୍କ ବକ୍ତବ୍ୟ ହେଉଛି ଯେ ସାପ, ରାଜା, ସିଂହ, ଗୋଧି, ଶିଶୁ, ଅନ୍ୟର କୁକୁର ତଥା ମୂର୍ଖ- ଏମାନଙ୍କୁ ନିଦରୁ କେବେ ଉଠାଇବା ଉଚିତ ନୁହେଁ ।

ଏଥିରୁ ଅର୍ଥ ନିଷ୍କର୍ଷ ହେଉଛି ଯେ ଯଦି ସାପ, ରାଜା, ସିଂହ, ଗୋଧି, ଶିଶୁ, ଅନ୍ୟ ଲୋକର କୁକୁର ତଥା ମୂର୍ଖଲୋକ- ଏହି ସାତଜଣ ଯଦି ଶୋଇଥିବେ, ତେବେ ସେମାନଙ୍କୁ ଶୋଇବାକୁ ଦିଅ । ଏମାନଙ୍କୁ ଉଠାଇଲେ ଭଲ ହେବ ନାହିଁ ।

ଏମାନଙ୍କଦ୍ୱାରା କ୍ଷତି ହେବ ନାହିଁ :

ଅର୍ଥାଧୀତାଶ୍ଚ ଯୈର୍ବେଦାସ୍ତଥା ଶୂଦ୍ରାନ୍ନଭୋଜିନଃ ।
ତେ ଦ୍ୱିଜାଃ କିଂ କରିଷ୍ୟନ୍ତି ନିର୍ବିଷା ଇବ ପନ୍ନାଗାଃ ॥ 8 ॥

ଆଚାର୍ଯ୍ୟଙ୍କ କହିବା କଥା ଏହି ଯେ ଧନପାଇଁ ବେଦ ଅଧ୍ୟୟନ କରୁଥିବା ବ୍ୟକ୍ତି ଓ ଶୂଦ୍ରଙ୍କ ଘରୁ ଅନ୍ନ ଖାଇଥିବା ବ୍ରାହ୍ମଣ ହେଉଛନ୍ତି ବିଷହୀନ ସର୍ପ ପରି । ଏପରି ବ୍ରାହ୍ମଣଙ୍କୁ ନେଇ କଣ ବା କରା ଯାଇପାରିବ ?

ଏଠରେ ଅର୍ଥ ପ୍ରତିପାଦିତ ହେଉଛି ଯେ ବେଦର ଅଧ୍ୟୟନ ଜ୍ଞାନ ପ୍ରାପ୍ତିପାଇଁ କରା ଯାଇଥାଏ, କିନ୍ତୁ ଯେଉଁ ବ୍ରହ୍ମଣ ଧନ ରୋଜଗାର କରିବାପାଇଁ ବେଦ ପଢୁଛି ବା ଶୂଦ୍ରଙ୍କ ଘରୁ ଅନ୍ନ ଖାଉଛି, ସେ ବ୍ରାହ୍ମଣ ବିଷହୀନ ସାପ ସଦୃଶ । ଏଭଳି ବ୍ରାହ୍ମଣ ନିଜ ଜୀବନରେ କେବେ ଭଲ କାମ କରି ପାରନ୍ତି ନାହିଁ ।

ଏମାନଙ୍କୁ ଭୟ କରନାହିଁ :

ୟସ୍ମିନ୍ ରୁଷ୍ଟେ ଭୟଂ ନାସ୍ତି ତୁଷ୍ଟେ ନୈବ ଧନାଗମଃ ।
ନିଗ୍ରହୋଽନୁଗ୍ରହୋ ନାସ୍ତି ସ ରୁଷ୍ଟଃ କିଂ କରିଷ୍ୟତି ॥ 9 ॥

ଏଠାରେ ଆଚାର୍ଯ୍ୟ ଚାଣକ୍ୟ କୁହନ୍ତି ଯେ ଯେଉଁମାନେ ଅସନ୍ତୁଷ୍ଟ ହେଲେ କିଛି ଭୟ ନଥାଏ କି ପ୍ରସନ୍ନ ହେଲେ ମଧ୍ୟ କିଛି ଧନ ମିଳି ନଥାଏ, ଯିଏ କାହାକୁ ଦଣ୍ଡ ଦେଇ ପାରିବ ନାହିଁ କି କାହାରି ଉପରେ ଦୟା କରି ପାରିବ ନାହିଁ; ଏଭଳି ଲୋକ ନାରାଜ ହେଲେ କାହାର କଣ କରି ପକେଇବେ ?

ଏଥିରୁ ଅର୍ଥ ନିଷ୍କର୍ଷ ହେଉଛି ଯେ ଯେଉଁ ବ୍ୟକ୍ତି କୌଣସି ଉଚ୍ଚ ପଦ-ପଦବୀରେ ନଥିବ ବା ଧନବାନ ମଧ୍ୟ ନ ହୋଇଥିବ, ଏଭଳି ବ୍ୟକ୍ତି ରାଗିଗଲେ କାହାର କଣ କରି ପକାଇବେ ବା ପ୍ରସନ୍ନ ହେଲେ କାହକୁ କଣ ଅଜାଡ଼ି ଦେବେ ? ଏପରି ବ୍ୟକ୍ତି ରାଗିବାରେ ବା ଖୁସି ହେବାରେ କୌଣସି ଅର୍ଥ ନଥାଏ ।

ଆଡ଼ମ୍ବର ମଧ୍ୟ ଆବଶ୍ୟକ :

ନିର୍ବିଷେଣାପି ସର୍ପେଣ କର୍ତବ୍ୟା ମହତୀ ଫଣା ।
ବିଷମସ୍ତୁ ନ ବାପ୍ୟସ୍ତୁ ଘଟାଟୋପୋ ଭୟଂକରଃ ॥ 10 ॥

ଆଚାର୍ଯ୍ୟ ଏଠାରେ ଆଡ଼ମ୍ବରର ଚର୍ଚା କରିବାକୁ ଯାଇ କହିଛନ୍ତି ଯେ ବିଷହୀନ ସାପକୁ ମଧ୍ୟ ତାହାର ଫଣା ମେଲାଇବା ଦରକାର । ବିଷ ଥାଉ କି ନଥାଉ, ତାଦ୍ୱାରା ଲୋକମାନଙ୍କୁ ତ ଭୟ ହିଁ ହୋଇଥାଏ ।

ଏଥିରୁ ଅର୍ଥ ନିଷ୍ପନ୍ନ ହେଉଛି ଯେ ସାପଠାରେ ବିଷ ଅଛି କି ନଅଛି ତାହା କିଏ ଜାଣିଛି ? କିନ୍ତୁ ଫଣା ଉଠାଇଥିବା ସାପକୁ ଦେଖି ଲୋକମାନେ ଅବଶ୍ୟ ଡରି ଯାଆନ୍ତି । ବିଷହୀନ ସାପକୁ ମଧ୍ୟ ନିଜର ଆତ୍ମରକ୍ଷାପାଇଁ ଫଣା ଉଠାଇବାକୁ ପଡ଼ିଥାଏ । ତେଣୁ ସମାଜରେ ବଂଚିବାକୁ ହେଲେ ବ୍ୟକ୍ତିକୁ କିଛି ଲୋକଦେଖାଣିଆ କ୍ରୋଧ ଅବଶ୍ୟ କରିବାକୁ ପଡ଼ିବ ।

ମହାପୁରୁଷମାନଙ୍କ ଜୀବନ :

ପ୍ରାପ୍ତ ଦ୍ୟୁତପ୍ରସଂଗେନ ମଧ୍ୟାହ୍ନେ ସ୍ତ୍ରୀପ୍ରସଂଗତଃ ।
ରାତ୍ରୌ ଚୌରପ୍ରସଂଗେନ କାଲୋ ଗଛତି ଧୀମତାମ୍ ॥ 11 ॥

ମହାପୁରୁଷମାନଙ୍କ ଜୀବନ ଚର୍ଚା ସଂପର୍କରେ କହିବାକୁ ଯାଇ ଆଚାର୍ଯ୍ୟ ଚାଣକ୍ୟ କୁହନ୍ତି ଯେ ବିଦ୍ୱାନମାନଙ୍କର ପ୍ରାତଃ କାଳ ଜୁଆଖେଳ (ମହାଭାରତ କଥା)ରେ କଟିଥାଏ, ଦ୍ୱିପ୍ରହର ସମୟ ସ୍ତ୍ରୀ ପ୍ରସଂଗ (ରାମାୟଣ କଥା)ରେ କଟିଥାଏ ଏବଂ ରାତ୍ରିରେ ସେମାନଙ୍କର ସମୟ ଚୋର ପ୍ରସଙ୍ଗ (କୃଷ୍ଣକଥା)ରେ କଟିଥାଏ । ଏହା ହିଁ ହେଉଛି ମହାନ ପୁରୁଷମାନଙ୍କର ଜୀବନ-ଚର୍ଯ୍ୟା ।

ଏଠାରେ ଅର୍ଥ ନିଷ୍ପନ୍ନ ହେଉଛି ଯେ ବିଦ୍ୱାନ ମହାପୁରୁଷ ପ୍ରାତଃ କାଳରେ ଜୁଆଖେଳ କଥା (ମହାଭାରତ)ର ଅଧ୍ୟୟନ କରିଥାନ୍ତି । ଏହି କଥାରୁ ଜୁଆ, ଛଳ, କପଟ ଇତ୍ୟାଦି ସଂପର୍କରେ ଜ୍ଞାନ ଲାଭ ହୋଇଥାଏ । ଦ୍ୱିପ୍ରହରରେ ସେମାନେ ସ୍ତ୍ରୀକଥା (ରାମାୟଣ)ର ଅଧ୍ୟୟନ କରିଥାନ୍ତି । ରାମାୟଣରେ ରାବଣର ସ୍ତ୍ରୀ ପ୍ରତି ଥିବା ଆସକ୍ତି ଭାବକୁ ବର୍ଣ୍ଣନା କରାଯାଇଛି, ଯେଉଁ ଆସକ୍ତି ତା'ର ବିନାଶର କାରଣ ହୋଇଥିଲା । ଏହି କଥାରୁ ଶିକ୍ଷା ମିଳୁଛି ଯେ ବ୍ୟକ୍ତିକୁ ଇନ୍ଦ୍ରିୟର ଦାସ ହେବା ଅନୁଚିତ । ଇନ୍ଦ୍ରିୟର ଦାସ ହୋଇ ପର ସ୍ତ୍ରୀ ଉପରେ କୁଦୃଷ୍ଟି ଦେବା ଫଳରେ ରାବଣର ନାଶ ହୋଇଥିଲା । ଏବଂ ରାତ୍ରିରେ ମହାପୁରୁଷ କୃଷ୍ଣଙ୍କ କଥାକୁ ଅଧ୍ୟୟନ କରି ଥାଆନ୍ତି ।

ତାତ୍ପର୍ଯ୍ୟ ହେଉଛି ଯେ ମହାପୁରୁଷଙ୍କ ଦିନଚର୍ଯ୍ୟା ଏକ ନିୟମିତ ସମୟ ସାରିଣୀ ଅନୁସାରେ ଗତି କରିଥାଏ । ସେମାନେ ସଦୈବ ଜ୍ଞାନ ପ୍ରାପ୍ତ କରିବାରେ ଲାଗି ରହିଥାନ୍ତି ।

ସୌନ୍ଦର୍ଯ୍ୟ ହ୍ରାସ :

ସ୍ୱହସ୍ତଗ୍ରଥିତା ମାଲା ସ୍ୱହସ୍ତଘୃଷ୍ଟଚନ୍ଦନମ୍ ।
ସ୍ୱହସ୍ତଲିଖିତସ୍ତୋତ୍ରଂ ଶକ୍ରସ୍ୟାପି ଶ୍ରିୟଂ ହରେତ୍ ॥ 12 ॥

ଆଚାର୍ଯ୍ୟ ଚାଣକ୍ୟଙ୍କ ବକ୍ତବ୍ୟ ହେଉଛି ଯେ ନିଜ ସ୍ୱହସ୍ତରେ ଗୁନ୍ଥା ହୋଇଥିବା ମାଳା, ନିଜ ହାତରେ ଘୋରା ଯାଇଥିବା ଚନ୍ଦନ ତଥା ସ୍ୱୟଂ ନିଜ ହାତରେ ଲେଖିଥିବା ସ୍ତୋତ୍ର ଇନ୍ଦ୍ରଙ୍କ ଶୋଭାକୁ ମଧ୍ୟ ଜିତି ନେଇଥାଏ ।

ଆଚାର୍ଯ୍ୟ ଚାଣକ୍ୟଙ୍କ କହିବାର କଥା ଯେ ନିଜ ହାତରେ ଗୁନ୍ଥିଥିବା ମାଳା ପିନ୍ଧିବା ଉଚିତ ନୁହେଁ କି ନିଜ ହାତରେ ଘୋରିଥିବା ଚନ୍ଦନକୁ ନିଜ ଶରୀରରେ ଲଗାଇବ ନାହିଁ । ଏପରି କଲେ ଯେ କୌଣସି ବ୍ୟକ୍ତିର ସୁନ୍ଦରତା ନଷ୍ଟ ହୋଇଯିବ । ନିଜ ହାତରେ ଲେଖିଥିବା ମନ୍ତ୍ର ବା ପୁସ୍ତକରେ ପୂଜା କରିବା ଅନୁଚିତ । ଏପରି କଲେ ପୂଜାର ଫଳ ମିଳେ ନାହିଁ ବରଂ କ୍ଷତି ହୋଇଥାଏ ।

ମର୍ଦ୍ଦନ :

ଇକ୍ଷୁଦଣ୍ଡାସ୍ତିଲାଃ ଶୂଦ୍ରା କାନ୍ତାକାଂଚନମେଦିନୀ ।
ଚନ୍ଦନଂ ଦଧି ତାମ୍ବୂଲଂ ମର୍ଦ୍ଦନଂ ଗୁଣବର୍ଧନମ୍ ॥ 13 ॥

ଆଚାର୍ଯ୍ୟ ଚାଣକ୍ୟ ଏଠାରେ ଦାବିବାର ଗୁଣବଳୀକୁ ପ୍ରତିପାଦିତ କରିବାକୁ ଯାଇ କୁହନ୍ତି ଯେ ଆଖୁ, ତିଳ, ଶୂଦ୍ର, ପତ୍ନୀ, ସୁନା, ପୃଥିବୀ, ଚନ୍ଦନ, ଦହି ତଥା ତାମ୍ବୁଲ ଇତ୍ୟାଦି ମର୍ଦ୍ଦନ ହେବା ଦ୍ୱାରା ତାହାର ପ୍ରାକୃତିକ ଗୁଣ ବୃଦ୍ଧି ହୋଇଥାଏ ।

ଏଥିରୁ ଅର୍ଥ ନିଷ୍ପନ୍ନ ହେଉଛି ଯେ ଆଖୁ ଓ ତିଳକୁ ପେଡ଼ିଲେ, ଶୂଦ୍ରମାନେ ସେବା କରିଲେ, ସୁନାକୁ ପିଟିଲେ, ପୃଥିବୀରେ ପରିଶ୍ରମ କରିଲେ, ଚନ୍ଦନକୁ ଘସିଲେ, ଦହିକୁ ମନ୍ଥିଲେ ଓ ପାନକୁ ଚୋବାଇଲେ; ସେସବୁର ନିହିତ ଗୁଣର ପରିବୃଦ୍ଧି ଘଟିଥାଏ ।

ଉପଚାର ଗୁଣ :

ଦରିଦ୍ରତା ଧରତୟା ବିରାଜତେ, କୁବସ୍ତ୍ରତା ସ୍ୱଚ୍ଛତୟା ବିରାଜତେ ।
କଦନ୍ନତା ଚୋଷ୍ଣତୟା ବିରାଜତେ କୁରୂପତା ଶୀଲତୟା ବିରାଜତେ ॥ 14 ॥

ଆଚାର୍ଯ୍ୟ ଚାଣକ୍ୟ ଏଠାରେ ସାପେକ୍ଷ ଗୁଣକୁ ଚର୍ଚ୍ଚା କରିବାକୁ ଯାଇ କହିଛନ୍ତି ଯେ ଧୈର୍ଯ୍ୟ ମଧ୍ୟ ନିର୍ଦ୍ଧନତାରେ ଶୋଭା ପାଇଥାଏ, ସଫା ସୁତୁରା ରହିଲେ ମାମୁଲି ବସ୍ତ୍ର ମଧ୍ୟ ବହୁତ ସୁନ୍ଦର ଲାଗେ, ଗରମ କଲେ ବାସି ଜିନିଷ ମଧ୍ୟ ଭଲ ଜଣାପଡ଼େ ଏବଂ ଶୀଳ ସ୍ୱଭାବରେ କୁରୂପତା ମଧ୍ୟ ସୁନ୍ଦର ଲାଗିଥାଏ ।

ଏଥିରୁ ଅର୍ଥ ପ୍ରତିପାଦିତ ହେଉଛି ଯେ ଧୀର ଓ ଗମ୍ଭୀର ରହିବା ଦ୍ୱାରା ବ୍ୟକ୍ତି ନିଜର ଦାରିଦ୍ର୍ୟତାରେ ମଧ୍ୟ ସୁଖରେ ରହିଥାଏ । ସ୍ୱଚ୍ଛତାରେ ପିନ୍ଧାଯାଉଥିବା ସାଧାରଣ ବସ୍ତ୍ର ମଧ୍ୟ ବହୁତ ଭଲ ଲାଗେ । ବାସି ଭୋଜନ ଗରମ କରାଗଲା ପରେ ସ୍ୱାଦିଷ୍ଟ ମନେ ହୋଇଥାଏ । ଯଦି କୁରୂପ ବ୍ୟକ୍ତି ଭଲ ଆଚରଣ ଓ ସ୍ୱଭାବ ସଂପନ୍ନ ହୋଇଥିବ, ତାହାଲେ ସମସ୍ତେ ତାଙ୍କୁ ପ୍ରେମ କରୁଥାନ୍ତି । ତେଣୁ ସାପେକ୍ଷ ଗୁଣର ଉପସ୍ଥିତିରେ ଅନେକ ଅପୂର୍ଣ୍ଣତାରେ ପୂର୍ଣ୍ଣ ଦ୍ରବ୍ୟରେ ମଧ୍ୟ ସୁନ୍ଦରତା ଫୁଟିଉଠେ ।

ଦଶମ ଅଧ୍ୟାୟ

ବିଦ୍ୟା ଅର୍ଥଠାରୁ ମଧ୍ୟ ମହାଧନ :

ଧନହୀନୋ ନ ଚ ହୀନଶ୍ଚ ଧନିକ ସ ସୁନିଶ୍ଚୟଃ ।
ବିଦ୍ୟା ରତ୍ନେନ ହୀନୋ ୟଃ ସ ହୀନଃ ସର୍ବବସ୍ତୁଷୁ ॥ 1 ॥

ଆଚାର୍ଯ୍ୟ ଚାଣକ୍ୟ ଏଠାରେ ବିଦ୍ୟାକୁ ଅର୍ଥଠାରୁ ବଡ଼ ଧନ ବୋଲି ପ୍ରତିପାଦିତ କରିବାକୁ ଯାଇ କୁହନ୍ତି ଯେ ଧନହୀନ ବ୍ୟକ୍ତିକୁ ହୀନ ବୋଲି କହି ହେବ ନାହିଁ । ତାହାକୁ ଧନୀ ଭାବରେ ହିଁ ବୁଝିବାକୁ ପଡ଼ିବ । କାରଣ ଯେ ବିଦ୍ୟା ରତ୍ନରେ ହୀନ, ବସ୍ତୁତଃ ସେ ସବୁ ଦିଗରୁ ହୀନ ବୋଲି ମନେ କରା ଯାଇଥାଏ ।

ଏଥିରୁ ଅର୍ଥ ପ୍ରତିପାଦିତ ହେଉଛି ଯେ ବିଦ୍ୱାନ ବ୍ୟକ୍ତି ଯଦି ନିର୍ଦ୍ଧନ ହୁଏ, ତେବେ ତାକୁ ହୀନ ବୋଲି କହିବା ଉଚିତ ନୁହେଁ । ବରଂ ତାକୁ ଶ୍ରେଷ୍ଠ ବୋଲି ବିଚାର କରିବାକୁ ପଡ଼ିବ । ବିଦ୍ୟାହୀନ ମନୁଷ୍ୟକୁ ସମସ୍ତ ଗୁଣରେ ହୀନ ବୋଲି କୁହାଯାଇଥାଏ, ଯଦିଓ ସେ ଧନୀ ମଧ୍ୟ ହୋଇଥାଏ । କାରଣ ବିଦ୍ୟାରେ ପରିପୂର୍ଣ୍ଣ ବ୍ୟକ୍ତିହିଁ ଅର୍ଥ ଉପାର୍ଜନ କରି ପାରିଥାଏ । ଏଣୁ ମଣିଷର କାର୍ଯ୍ୟ ହେଉଛି ସେ ବିଦ୍ୟା ଉପାର୍ଜନ କରିବ, ଯାହା ଫଳରେ ସେ ଧନ ରୋଜଗାର କରିବା ସଂଗେ ସଂଗେ ନିଜ ଜୀବନକୁ ଆବଶ୍ୟକତା ଅନୁସାରେ ପରିଚାଳିତ କରିପାରିବ ।

ବୁଝି ବିଚାରି କାମ କର :

ଦୃଷ୍ଟିପୂତଂ ନ୍ୟସେତ୍ ପାଦଂ ବସ୍ତ୍ରପୂତଂ ଜଲଂ ପିବେତ୍ ।
ଶାସ୍ତ୍ରପୂତଂ ବଦେଦ୍ ବାକ୍ୟଂ ମନଃ ପୂତଂ ସମାଚରେତ ॥ 2 ॥

ଏଠାରେ ଆଚାର୍ଯ୍ୟ ଚାଣକ୍ୟ କର୍ମ ପ୍ରତିପାଦନକୁ ଚର୍ଚ୍ଚା କରିବାକୁ ଯାଇ କୁହନ୍ତି ଯେ ଆଖିରେ ଭଲ ଭାବରେ ଦେଖି ପାଦ ସ୍ଥାପନା କରିବା ଦରକାର, ପାଣି ବସ୍ତ୍ରରେ ଛାଣିକି ପିଇବା ଦରକାର । ଶାସ୍ତ୍ରାନୁସାରେ କଥା କହିବା ଦରକାର, ଯେଉଁ କାମକୁ କରିବା ପାଇଁ ମନ ଆଜ୍ଞା ଦେଉଛି ସେହି କାମକୁ କରିବା ଦରକାର ।

ଏଥିରୁ ଅର୍ଥ ପ୍ରତିପାଦିତ ହେଉଛି ଯେ ଯେଉଁଠି ପାଦ ଥାପିବାକୁ ପଡ଼ିବ, ସେହି ସ୍ଥାନକୁ ପ୍ରଥମେ ଭଲ ଭାବରେ ଦେଖି ନେବା ଦରକାର । ପାଣି ପିଇଲା ବେଳେ ମଧ୍ୟ ପ୍ରଥମେ ତାହାକୁ ଲୁଗାରେ ଛାଣି ପିଇବା ଦରକାର । ସବୁବେଳେ ଧ୍ୟାନ ରହିବା ଦରକାର ଯେପରି ମୁହଁରୁ କୌଣସି ପ୍ରକାରରେ ଖରାପ ଶବ୍ଦ ବା ଅପଶବ୍ଦ ନ ବାହାରେ । ନିଜର ପବିତ୍ର ମନ ଯେଉଁ କାର୍ଯ୍ୟ ପାଇଁ ସ୍ୱୟଂ ସାକ୍ଷୀ ପ୍ରଦାନ କରିବ, ତାହାକୁ ହିଁ କରିବା ଶ୍ରେୟସ୍କର ହେବ । ଲକ୍ଷ୍ୟ କରିବାର କଥା ହେଉଛି ଯେ ଧ୍ୟାନ ପୂର୍ବକ (କାମ କରିବା ପୂର୍ବରୁ ସେ ଦିଗରେ ଭଲ ଭାବରେ ବିଚାର-ବିମର୍ଶ କରି) ଆଚରଣରେ ସାବଧାନତା ପୂର୍ଣ୍ଣ କାର୍ମ ଠିକ ଭାବରେ ସଂପନ୍ନ ହୋଇଥାଏ । ଏଥିରେ ସନ୍ଦେହର ଅବକାଶ ନାହିଁ ।

ସୁଖାର୍ଥୀ ଚେତ୍ ତ୍ୟଜେଦ୍ବିଦ୍ୟାଂ ତ୍ୟଜେତ୍ସୁଖମ୍ ।
ସୁଖାର୍ଥିନଃ କୁତୋ ବିଦ୍ୟା କୁତୋ ବିଦ୍ୟାର୍ଥିନଃ ସୁଖମ୍ ॥ 3 ॥

ଆଚାର୍ଯ୍ୟ ଚାଣକ୍ୟ କୁହନ୍ତି ଯେ ଭୌତିକ ସୁଖ ପ୍ରତି ଇଚ୍ଛ ଯଦି ରହିଛି, ତେବେ ବିଦ୍ୟାକୁ ତ୍ୟାଗ କରିଦିଅ । ଏବଂ ଯଦି ବିଦ୍ୟା ଗ୍ରହଣର ଇଚ୍ଛା ରହିଛି ତେବେ ସେହି ଭୌତିକ ସୁଖ ପ୍ରତି ଥିବା ମୋହକୁ ତ୍ୟାଗ କରିଦିଅ । କାରଣ ସୁଖ ଚାହୁଁଥିବା ଲୋକକୁ ବିଦ୍ୟା ବା ବିଦ୍ୟା ଚାହୁଁଥିବା ଲୋକକୁ ସୁଖ କେଉଁଠୁ ବା ମିଳିବ ?

କହିବାର ତାତ୍ପର୍ଯ୍ୟ ହେଉଛି ଯେ ବିଦ୍ୟା ଅତ୍ୟନ୍ତ ପରିଶ୍ରମରେ ଲାଭ କରାଯାଇଥାଏ । ବିଦ୍ୟା ପ୍ରାପ୍ତ କରିବା ବା ସୁଖ ପ୍ରାପ୍ତ କରିବା- ଏହି ଦୁଇ ଗୋଟି କାର୍ଯ୍ୟ ଏକ ସଂଗରେ ସଂପନ୍ନ ହୋଇ ପାରି ନଥାଏ । ଯିଏ ଭୌତିକ ସୁଖ-ଆରାମ ଚାହିଥାନ୍ତି, ତାହାକୁ ବିଦ୍ୟା ତ୍ୟାଗ କରିଦେବାକୁ ପଡେ ଓ ଯିଏ ବିଦ୍ୟା ପ୍ରାପ୍ତ କରିବାକୁ ଚାହିଥାଏ, ତାକୁ ସୁଖ-ଆରାମ ଆଦିକୁ ଛାଡ଼ିବାକୁ ପଡ଼ିଥାଏ ।

କବୟଃ କିଂ ନ ପଶ୍ୟନ୍ତି କିଂ ନ କୁର୍ବନ୍ତି ଯୋଷିତଃ ।
ମଦ୍ୟପା କିଂ ନ ଜଲ୍ପନ୍ତି କିଂ ନ ଖାଦନ୍ତି ବାୟସାଃ ॥ 4 ॥

ଆଚାର୍ଯ୍ୟ ଚାଣକ୍ୟ ବ୍ୟକ୍ତିର ଅପେକ୍ଷା (ସୀମା) ଠାରୁ ଅଧିକ କଳ୍ପନା ବା କର୍ମ ଉପରେ ଚର୍ଚ୍ଚା କରିବାକୁ ଯାଇ କୁହନ୍ତି ଯେ କବି କଣ ପୁଣି ନ ଦେଖନ୍ତି ? ସ୍ତ୍ରୀଲୋକମାନେ କଣ ପୁଣି ନ କରନ୍ତି ? ମଦୁଆ କଣ ପୁଣି ନ କୁହନ୍ତି (ବକନ୍ତି) ? କାଉ ପୁଣି କଣ ନ ଖାଏ ?

ଏଥିରୁ ଅର୍ଥ ପ୍ରତିପାଦିତ ହେଉଛି ଯେ ନିଜ କଳ୍ପନା ମାଧ୍ୟମରେ କବି ସୂର୍ଯ୍ୟଙ୍କଠାରୁ ମଧ୍ୟ ଆହୁରି ଦୂରକୁ ଚାଲି ଯାଆନ୍ତି । ସେମାନେ ଯାହା ଭାବି ନଥାନ୍ତି, ତାହାହିଁ କମ୍ ରହି ଯାଇଥାଏ । ସ୍ତ୍ରୀଲୋକମାନେ ସବୁ ପ୍ରକାରର ଭଲ-ମନ୍ଦ କାମକୁ କରି ପାରନ୍ତି । ମଦୁଆ ନିଶାସକ୍ତ ଭାବରେ ମନ ଇଚ୍ଛା ବକିଥାନ୍ତି, ଯାହା ନ ବକନ୍ତି ତାହା ବୋଧିହୁଏ ତା' ପାଇଁ କମ୍ ରହି ଯାଇଥାଏ । କାଉ ସବୁ ପ୍ରକାରର ଭଲ-ମନ୍ଦ ଖାଇ ଦେଇଥାଏ ।

ଭାଗ୍ୟ :

ରଙ୍କଂ କରୋତି ରାଜାନଂ ରାଜାନଂ ରଂକମେବ ଚ ।
ଧନିନଂ ନିର୍ଧନଂ ଚୈବ ନିର୍ଧନଂ ଧନିନଂ ବିଧିଃ ॥ 5 ॥

ଆଚାର୍ଯ୍ୟ ଚାଣକ୍ୟ ଏଠାରେ ଭାଗ୍ୟର ଚର୍ଚ୍ଚା କରିବାକୁ ଯାଇ କହିଛନ୍ତି ଯେ ଭାଗ୍ୟ ଭିକାରୀକୁ ରାଜା ଓ ରାଜାକୁ ଭିକାରୀ କରି ଦେଇଥାଏ । ଧନୀକୁ ନିର୍ଦ୍ଧନ ତଥା ନିର୍ଦ୍ଧନକୁ ଧନୀ କରି ଦେଇଥାଏ ।

ଏଥିରୁ ଅର୍ଥ ପ୍ରତିପାଦିତ ହେଉଛି ଯେ ଭାଗ୍ୟ ବଡ଼ ବଳବାନ । କାରଣ ତାହା ଏକ ଭିକାରୀକୁ ମୁହୂର୍ତ୍ତକ ମଧ୍ୟରେ ରାଜା ବା ରାଜାକୁ ଭିକାରୀରେ ପରିଣତ କରି ଦେଇଥାଏ । ସେହିପରି ଭାଗ୍ୟ ବିପରୀତ ହେଲେ ଏକ ସଂପନ୍ନ ବ୍ୟକ୍ତିକୁ ମୁହୂର୍ତ୍ତକ ମଧ୍ୟରେ ନିର୍ଦ୍ଧନ କରିଦିଏ ଓ ଭାଗ୍ୟ ଅନୁକୂଳ ରହିଲେ କୌଣସି ନିର୍ଦ୍ଧନ ବା ସାଧାରଣ ବ୍ୟକ୍ତକୁ ମଧ୍ୟ ଆଖି ପିଛୁଳାକେ ଧନୀ ସେଠରେ ପରିଣତ କରିଦେଇଥାଏ । କହିବାକୁ ଗଲେ ସବୁ ଭାଗ୍ୟର ଖେଳ ମାତ୍ର । କର୍ମ ପରେ କିନ୍ତୁ ଫଳ ଅନେକାଂଶରେ ଭାଗ୍ୟ ଉପରେ ହିଁ ନିର୍ଭର କରିଥାଏ ।

ଲୋଭୀକୁ କିଛି ମଧ୍ୟ ମାଗ ନାହିଁ :

ଲୁବ୍ଧାନାଂ ଯାଚକଃ ଶତ୍ରୁର୍ମୂର୍ଖାଣାଂ ବୋଧକଃ ରିପୁଃ ।
ଜାରସ୍ତ୍ରୀଣାଂ ପତିଃ ଶତ୍ରୁଶ୍ଚୌରାଣାଂ ଚନ୍ଦ୍ରମା ରିପୁଃ ॥ 6 ॥

ଆଚାର୍ଯ୍ୟ ଚାଣକ୍ୟ ଏଠାରେ କହୁଛନ୍ତି ଯେ ଲୋଭୀ ବ୍ୟକ୍ତିପାଇଁ ଭିକ, ଚାନ୍ଦା ତଥା ଦାନ ମାଗିବା ଲୋକମାନେ ଶତ୍ରୁ ସଦୃଶ । କାରଣ ମାଗିବା ଲୋକଙ୍କୁ ଦେବାପାଇଁ ତାଙ୍କୁ ନିଜର ସଂଚିତ ଧନକୁ ତ୍ୟାଗ କରିବାକୁ ବା ଛାଡ଼ିବାକୁ ପଡ଼ିବ । ସେହି ପ୍ରକାରରେ ମୂର୍ଖଙ୍କୁ ବୁଝା ସୁଝା କରୁଥିବା ବ୍ୟକ୍ତି ତାଙ୍କୁ ଶତ୍ରୁ ବୋଲି ମନେ ହୋଇଥାନ୍ତି, କାରଣ ସେ ମୂର୍ଖତାକୁ ସମର୍ଥନ କରନ୍ତି ନାହିଁ । ଦୁରାଚାରିଣୀ ସ୍ତ୍ରୀଙ୍କ ପାଇଁ ତାଙ୍କ ସ୍ୱାମୀ ହିଁ ତାଙ୍କର ଶତ୍ରୁ ହୋଇଥାନ୍ତି, କାରଣ ସେହି ପତି ପାଇଁ ତାଙ୍କର ସ୍ୱାଧୀନତା ଓ ସ୍ୱଚ୍ଛନ୍ଦତାରେ ବାଧା ଉତ୍ପନ୍ନ ହୋଇଥାଏ । ଚୋର ଚନ୍ଦ୍ରମାକୁ ନିଜର ଶତ୍ରୁ ମନେ କରିଥାଏ, କାରଣ ଅଂଧାରରେ ଲୁଚିବା ପାଇଁ ଚୋରକୁ ଅତ୍ୟନ୍ତ ସୁବିଧା ହୋଇଥାଏ; ଜହ୍ନର ଜ୍ୟୋସ୍ନାରେ ନୁହେଁ ।

ମାଙ୍କଡ଼ ଓ ବାଇ ଚଢ଼େଇର କାହାଣୀ ମଧ୍ୟ ମୂର୍ଖକୁ ଶିକ୍ଷା ଦେବାର ପରିଣାମକୁ ସୂଚାଇ ଥାଏ ଯେ ମୂର୍ଖ ଦ୍ୱାରା କେବଳ କ୍ଷତିହିଁ ହୁଏ; କେବେ ଲାଭ ନୁହେଁ । ଏଣୁକରି ମୂର୍ଖକୁ କେବେ ଶିକ୍ଷା ଦେବାର ବା ଲୋଭୀବ୍ୟକ୍ତିକୁ କିଛି କେବେ ମାଗିବାର ଭୁଲ କରିବା ଅନୁଚିତ; ଅନ୍ୟଥା ଦୁଃଖ ଓ ନିରାଶା ଭୋଗିବାକୁ ହିଁ ପଡ଼ିବ ।

ଗୁଣହୀନ ନର ପଶୁ ସମାନ :

ଯେଷାଂ ନ ବିଦ୍ୟା ନ ତପୋ ନ ଦାନଂ ଜ୍ଞାନଂ ନ ଶୀଳଂ ନ ଗୁଣୋ ନ ଧର୍ମଃ ।
ତେ ମର୍ତ୍ତ୍ୟଲୋକେ ଭୁବିଃ ଭାରଭୂତା ମନୁଷ୍ୟରୂପେଣ ମୃଗାଶ୍ଚରନ୍ତି ॥ 7 ॥

ଆଚାର୍ଯ୍ୟ ଚାଣକ୍ୟ ଏଠାରେ ବିଦ୍ୟା, ଦାନ, ଶୀଳ ଆଦି ଗୁଣାଦିରେ ହୀନ ବ୍ୟକ୍ତିଙ୍କ ନିରର୍ଥକତାର ଚର୍ଚ୍ଚା କରିବାକୁ ଯାଇ କୁହନ୍ତି ଯେ ଯାହାଙ୍କଠାରେ ବିଦ୍ୟା, ତପସ୍ୟା, ଦାନ ଦେବା, ଶୀଳ, ଗୁଣ ତଥା ଧର୍ମ ଇତ୍ୟାଦି ମଧ୍ୟରୁ କିଛି ମଧ୍ୟ ନାହିଁ; ସେଭଳି ମନୁଷ୍ୟ ପୃଥିବୀ ଉପରେ ଗୋଟାଏ ଭାର ସଦୃଶ । ସେ ମନୁଷ୍ୟ ରୂପରେ ଏକ ପଶୁ ମାତ୍ର, ଯିଏ କି ମଣିଷମାନଙ୍କ ମଧ୍ୟରେ କେବଳ ବିଚରଣ କରୁଥାଏ ।

ଏଥିରୁ ଅର୍ଥ ପ୍ରତିପାଦିତ ହେଉଛି ଯେ ଯେଉଁ ମଣିଷ ବିଦ୍ୟା ଅଧ୍ୟୟନ ନ କରେ ଅର୍ଥାତ୍ ଯିଏ ମୂର୍ଖ, ଯିଏ କେବେ ତପସ୍ୟା କରେ ନାହିଁ, ଯିଏ କାହାକୁ କେବେ କିଛି ଦିଏ ନାହିଁ, ଯାହାର ଆଚରଣ ଓ ସ୍ୱଭାବ ଠିକ୍ ନଥାଏ, ଯାହାଙ୍କଠାରେ କୌଣସି ପ୍ରକାରର ସଦ୍‌ଗୁଣ ନଥାଏ ତଥା ଯିଏ ପୁଣ୍ୟ-ଧର୍ମ କରେ ନାହିଁ; ଯାହାଙ୍କଠାରେ ଏହି ସବୁ ସଦଗୁଣରୁ କିଛି ବି ହେଲେ ନାହିଁ, ଏପରି ଲୋକ ବିନା କାରଣରେ ପୃଥିବୀ ଉପରେ ବୋଝ ହୋଇ ରହିଥାଏ ଓ ପୃଥିବୀର ଭାରା ବଢ଼ାଇଥାଏ । ଏପରି ଲୋକଙ୍କୁ ମନୁଷ୍ୟ ବେଶରେ ଚଳ-ପ୍ରଚଳ କରୁଥିବା ପଶୁ ବୋଲି ଭାବି ନେବାକୁ ପଡ଼ିବ ।

ଉପଦେଶ ସୁପାତ୍ରଙ୍କୁ ହିଁ ଦିଅ :

ଅନ୍ତଃସରୀ ବିହୀନାନାମୁପଦେଶୋ ନ ଜାୟତେ ।
ମଲୟାଚଲସଂସର୍ଗାତ୍ ନ ବେଣୁଶ୍ଚନ୍ଦନାୟତେ ॥ 8 ॥

ଆଚାର୍ଯ୍ୟ ଚାଣକ୍ୟ ଏଠାରେ ଉପଦେଶ ଦେବାପାଇଁ ଥିବା ସୁପାତ୍ରର ମହ□କୁ ଚର୍ଚ୍ଚା କରିବାକୁ ଯାଇ କୁହନ୍ତି ଯେ ଯେଉଁ ବ୍ୟକ୍ତି ଭିତରେ ଭିତରେ ପ୍ରଜ୍ଞା ଓ ତାହାର ବୁଝିବାର ଶକ୍ତି ଆଦୌ ନଥାଏ, ଏପରି ବ୍ୟକ୍ତିଙ୍କୁ ଉପଦେଶ ଦେଲେ କିଛି ଲାଭ ହୁଏ ନାହିଁ । କାରଣ ତାର ବୁଝିବା ଶକ୍ତିର ଅଭାବ ହେତୁ ସେ ଚାହିଲେ ମଧ୍ୟ ଠିକ୍ ଭାବରେ ଉପଦେଶକୁ ବୁଝି ପାରେନାହିଁ । ଯେପରି ମଳୟାଚଳରେ ବଢୁଥିବା ବାଉଁଶ ଗଛ ଚନ୍ଦନ ସହିତ ରହି ମଧ୍ୟ ତାହା ସୁଗନ୍ଧିତ ହୋଇ ଉଠେ ନାହିଁ; ସେହିପରି ଭାବରେ ବିବେକହୀନ ବ୍ୟକ୍ତିମାନଙ୍କଠାରେ ସଜ୍ଜନମାନଙ୍କ ସଂଗତିର ପ୍ରଭାବ କିଛି ମାତ୍ରାରେ ମଧ୍ୟ ପଡ଼ି ନଥାଏ ।

ବସ୍ତୁତଃ ପ୍ରଭାବ ତ ସେହି ଲୋକମାନଙ୍କ ଉପରେ ପଡ଼ିଥାଏ ଯେଉଁମାନଙ୍କର କିଛି ବୁଝିବା ବା କିଛି ଚିନ୍ତା କରି ପାରିବାର ଶକ୍ତି ରହିଥିବ । ଯାହା ପାଖରେ ସ୍ୱୟଂ କିଛି ଚିନ୍ତା କରିବା ବା ବୁଝିବା ପାଇଁ ବୁଦ୍ଧି ନଥାଏ, ସିଏ ଅନ୍ୟର ଗୁଣକୁ ଅବା କିପରି ଗ୍ରହଣ କରିବ ।

ଯସ୍ୟ ନାସ୍ତି ସ୍ୱୟଂ ପ୍ରଜ୍ଞା ଶାସ୍ତ୍ରଂ ତସ୍ୟ କରୋତି କିମ୍ ।

ଲୋଚନାଭ୍ୟାଂ ବିହୀନସ୍ୟ ଦର୍ପଣଃ କିଂ କରିଷ୍ୟତି ॥ 9 ॥

ଆଚାର୍ଯ୍ୟ ଚାଣକ୍ୟ କୁହନ୍ତି ଯେ ଯେଉଁ ଲୋକ ନିକଟରେ ଶାସ୍ତ୍ର ବୁଝିବାର ଶକ୍ତି ନଥିବ, ଶାସ୍ତ୍ର ତାଙ୍କର କିପରି ଓ କି କଲ୍ୟାଣ କରି ପାରିବ ? ଯାହାର ଦୁଇ ଆଖି ନାହିଁ ବା ଯିଏ ଜନ୍ମାନ୍ଧ, ସିଏ ବା ଦର୍ପଣରେ ନିଜ ମୁହଁକୁ କିପରି ଦେଖିବ ? ତେଣୁ ଅଂଧ ପାଇଁ ଦର୍ପଣ ଅତ୍ୟନ୍ତ ମୂଲ୍ୟହୀନ ।

ଏହି ପ୍ରକାରରେ ବୁଦ୍ଧିହୀନ ଲୋକ ନିକଟରେ ଶାସ୍ତ୍ର । ଶାସ୍ତ୍ର ବୁଦ୍ଧିହୀନ ବ୍ୟକ୍ତିଙ୍କୁ କୌଣସି ପ୍ରକାରରେ ଉଦ୍ଧାର କରି ପାରେ ନାହିଁ । ଶାସ୍ତ୍ର ବା ବିଦ୍ୟା ତାକୁ ହିଁ ଲାଭ ଦାୟକ ହୋଇଥାଏ, ଯିଏ ନିଜର ବୁଦ୍ଧି ପ୍ରୟୋଗ କରି ତାହାକୁ ବୁଝିପାରେ ଓ କାର୍ଯ୍ୟରେ ବିନିଯୋଗ କରିପାରେ ।

ଦୁର୍ଜନଂ ସଜ୍ଜନଂ କର୍ତ୍ତୁମୁପାୟୋ ନ ହି ଭୂତଲେ ।

ଅପାନଂ ଶତଧା ଧୌତଂ ନ ଶ୍ରେଷ୍ଠମିନ୍ଦ୍ରିୟଂ ଭବେତ୍ ॥ 10 ॥

ଆଚାର୍ଯ୍ୟ ଚାଣକ୍ୟ କୁହନ୍ତି ଯେ ମଳ ନିର୍ଗତ ହେଉଥିବା ଇନ୍ଦ୍ରିୟକୁ ଯେତେ ଜଳ ମାଧ୍ୟମରେ ଧୋଇ ସ୍ୱଚ୍ଛ କଲେ ବା ସାବୁନ୍-ପାଣିରେ ହଜାରେ ଥର ଧୋଇ ସଫାକଲେ ମଧ୍ୟ ତାହା ଯେପରି ପରିଶେଷରେ ସ୍ପର୍ଶ କରିବା ଯୋଗ୍ୟ ମଧ୍ୟ ହୋଇ ନଥାଏ; ଠିକ୍ ସେହି ପ୍ରକାରରେ ଦୁର୍ଜ୍ଜନଙ୍କୁ ଯେତେ ଉପଦେଶ ଦେଇ ବୁଝା-ସୁଝା କଲେ ବା ସଜ୍ଜନ-ସଂଗତି କରାଇଲେ ମଧ୍ୟ ସେମାନେ କେବେ ସଜ୍ଜନ ହୋଇ ପାରନ୍ତି ନାହିଁ ।

ଏଠାରେ ଅର୍ଥ ପ୍ରତିପାଦିତ ହେଉଛି ଯେ ସଂସାରରେ ଦୁର୍ଜ୍ଜନଙ୍କୁ ସୁଧାରିବାର ପ୍ରୟାସ କରିବା ଏକାନ୍ତ ଭାବରେ ନିରର୍ଥକ । କାରଣ ଏପରି କୌଣସି ସାଧନ ନାହିଁ ଯାହା ଦ୍ୱାରା ସେମାନେ ସୁଧୁରି ଯିବେ । ଏଥିରୁ ଅତ୍ୟନ୍ତ ସ୍ପଷ୍ଟ ହେଉଛି ଯେ କୁକୁର ଲାଞ୍ଜକୁ ଯେତେ ଦିନ ପାଇଁ କାଚ ନଳୀରେ ଦବେଇ ରଖିଲେ ମଧ୍ୟ ତାହା ଯେପରି ବାହାରକୁ ବାହାର କଲାପରେ ତାହା ତେଢ଼ା ହୋଇ ହିଁ ରହିଥାଏ । ତେଣୁ ମୂର୍ଖଙ୍କୁ ଯେତେବି ବୁଝାଇଲେ ସେମାନେ କିଛି ବୁଝନ୍ତି ନାହିଁ; ସେମାନେ ମୂର୍ଖ ହୋଇ ହିଁ ରୁହନ୍ତି ।

ଆପ୍ତଦ୍ୱେଷାଦ୍ ଭବେନ୍ମୃତ୍ୟୁଃ ପରଦ୍ୱେଷାତ୍ତୁ ଧନକ୍ଷୟଃ ।

ରାଜଦ୍ୱେଷାଦ୍ ଭବେନ୍ନାଶୋ ବ୍ରହ୍ମଦ୍ୱେଷାତ୍କୁଲକ୍ଷୟଃ ॥ 11 ॥

ଆଚାର୍ଯ୍ୟ ଚାଣକ୍ୟ କହୁଛନ୍ତି ଯେ ସାଧୁ-ମହାତ୍ମାମାନଙ୍କ ସହିତ ଶତ୍ରୁତା କରିବା ଦ୍ୱାରା ମୃତ୍ୟୁ ହୋଇଥାଏ । ଶତ୍ରୁଙ୍କଠାରେ ଦ୍ୱେଷ କଲେ ଧନ ନାଶ ହୋଇଥାଏ । ରାଜାଙ୍କ ସହିତ ଦ୍ୱେଷ କଲେ ସର୍ବନାଶ ହିଁ ହୋଇଥାଏ ଏବଂ ବ୍ରାହ୍ମଣଙ୍କ ଉପରେ ଦ୍ୱେଷ କଲେ କୁଳନାଶ ହୋଇଥାଏ ।

ଏଠାରେ ଅର୍ଥ ପ୍ରତିପାଦିତ ହେଉଛି ଯେ ସାଧୁ-ମହାତ୍ମା, ଋଷି-ମୁନି, ପୂଜ୍ୟ ଲୋକମାନଙ୍କଠାରେ ଦ୍ୱେଷ ଭାବନା ଆଣିଲେ ବ୍ୟକ୍ତିର ମୃତ୍ୟୁ ହୋଇ ଯାଇଥାଏ । ଶତ୍ରୁମାନଙ୍କ ସହିତ ଦ୍ୱେଷ କଲେ ଲଢ଼େଇ ଜଗଡ଼ା ବଢ଼େ ଓ ଏହାଦ୍ୱାରା ଧନର ନାଶ ଘଟେ । ରାଜାଙ୍କ ସହିତ ଶତ୍ରୁତା କଲେ ବ୍ୟକ୍ତିର ସବୁ କିଛି ନାଶ ହୋଇଥାଏ । ତଥା ବ୍ରହ୍ମଜ୍ଞାନୀ ବ୍ୟକ୍ତିଙ୍କଠାରେ ଦ୍ୱେଷ କରିବା ଅର୍ଥ ନିଜ କୁଳରେ କଳଂକ ଲଗାଇବା ସହିତ ସମାନ ହୋଇଥାଏ ।

ନିର୍ଦ୍ଧନତା ଏକ ଅଭିଶାପ :

ବରଂ ବନଂ ବ୍ୟାଘ୍ରଗଜେନ୍ଦ୍ରସେବିତଂ, ଦ୍ରୁମାଲୟଃ ପତ୍ରଫଲାମ୍ବୁ ସେବନମ୍ ।
ତୃଣେଷୁ ଶୟ୍ୟା ଶତଜୀର୍ଣବଲ୍କଲଂ, ନ ବନ୍ଧୁମଧ୍ୟେ ଧନହୀନଜୀବନମ୍ ॥ 12 ॥

ଆଚାର୍ଯ୍ୟ ଚାଣକ୍ୟ କହୁଛନ୍ତି ଯେ ମନୁଷ୍ୟ ହିଂସ୍ର ଜୀବ- ଯେପରି ବାଘ, ହାତୀ, ସିଂହ ଭଳି ଭୟଂକର ଜୀବମାନଙ୍କ ଦ୍ୱାରା ଘେରି ହୋଇ ରହିଥିବା ବଣରେ ପଛକେ ରହି ପାରିବ, ଗଛ ଉପରେ ଘର ବନେଇ, ଫଳ-ମୂଳ ଖାଇ ଓ ଝରଣାର ପାଣି ପିଇ ପଛକେ ରହିପାରିବ, ତଳେ ଘାସ ବିଛାଇ ପଛକେ ଶୋଇ ପାରିବ ଓ ଗଛ ବକଳକୁ ଦେହରେ ଘୋଡ଼ାଇ ଶରୀରକୁ ଲୁଚାଇ ପାରିବ; ପରନ୍ତୁ ଧନହୀନ ହେବା ପରେ ନିଜ ସଂପର୍କୀୟଙ୍କ ସହିତ କେବେ ରହି ପାରିବ ନାହିଁ । କାରଣ ଏହା ଫଳରେ ତାକୁ ଅପମାନ ଓ ଉପେକ୍ଷାର ଯେଉଁ ବିଷ ପାନ କରିବାକୁ ପଡ଼ିବ, ତାହା ଅତ୍ୟନ୍ତ ଅସହ୍ୟ ହୋଇଯିବ ।

ଏଥିରୁ ଅର୍ଥ ନିଷ୍ପନ୍ନ ହେଉଛି ଯେ ନିର୍ଦ୍ଧନ ହେବା ସବୁଠାରୁ ବଡ଼ ପାପ । କାରଣ ଏହା ଫଳରେ ତାକୁ ତା'ର ସଂପର୍କୀୟମାନେ ଯେଉଁ ଉପେକ୍ଷା ଭାବ ପ୍ରଦର୍ଶନ କରିବେ ବା ଅପମାନିତ କରିବେ ତାହା ଆଦୌ ସହିହେବ ନାହିଁ ।

ବ୍ରାହ୍ମଣ ଧର୍ମ :

ବିପ୍ରୋବୃକ୍ଷସ୍ତସ୍ୟ ମୂଳଂ ସନ୍ଧ୍ୟା, ବେଦାଃ ପତ୍ରମ ଶାସ୍ତ୍ରା ଧର୍ମକର୍ମାଣି ତସ୍ମାନ୍ମୂଳଂ
ଯତ୍ନତୋ ରକ୍ଷଣୀୟଂ, ଛିନ୍ନେ ମୂଳେ ନୈବ ଶାଖା ନ ପତ୍ରମ୍ ॥ 13 ॥

ଆଚାର୍ଯ୍ୟ ଚାଣକ୍ୟ କୁହନ୍ତି ଯେ ଯଦି ବିପ୍ର ଏକ ବୃକ୍ଷ ହୁଅନ୍ତି, ତେବେ ସନ୍ଧ୍ୟା ହେଉଛି ତାହାର ଜଡ଼, ବେଦ ହେଉଛି ତାହାର ଶାଖା-ପ୍ରଶାଖା ଓ ଧର୍ମ-କର୍ମ ହେଉଛି ତାହାର ପତ୍ର ସଦୃଶ । ଏଣୁ ଜଡ଼କୁ ଯଥାସମ୍ଭବ ରକ୍ଷା କରିବା ଦରକାର । କାରଣ ଜଡ଼ ନଷ୍ଟ ହୋଇଗଲେ ନା ଶାଖା ରହିବ, ନା ପତ୍ର ।

ଏଥିରୁ ଅର୍ଥ ପ୍ରତିପାଦିତ ହେଉଛି ଯେ ବ୍ରାହ୍ମଣଙ୍କର ସନ୍ଧ୍ୟା ପୂଜା ହେଉଛି ମୁଖ୍ୟ କାର୍ଯ୍ୟ । ଏପରି ନ କରୁଥିବା ବ୍ରାହ୍ମଣଙ୍କୁ ତାହାହେଲେ ବ୍ରାହ୍ମଣ ବୋଲି କୁହା ଯାଇ ପାରିବ ନାହିଁ । ସନ୍ଧ୍ୟା ପୂଜା କଲେ ହିଁ ବ୍ରାହ୍ମଣଙ୍କର ବେଦ ଉପରେ ପ୍ରକୃତ ଜ୍ଞାନ ଆସିଥାଏ । ତାହାଲେ ସେ ଧର୍ମ-କର୍ମ ମଧ୍ୟ କରିପାରେ । ଏଣୁ ତାହାକୁ ସନ୍ଧ୍ୟା ପୂଜା ନିଶ୍ଚିତ ଭାବରେ କରିବା ଦରକାର ।

ଘରେ ତ୍ରୈଲୋକ୍ୟ ସୁଖ :

ମାତା ଚ କମଲା ଦେବୀ ପିତା ଦେବୋ ଜନାର୍ଦନଃ ।
ବାନ୍ଧବା ବିଷ୍ଣୁଭକ୍ତାଶ୍ଚ ସ୍ୱଦେଶୋ ଭୁନତ୍ରୟମ୍ ॥ 14 ॥

ଆଚାର୍ଯ୍ୟ ଚାଣକ୍ୟ ତିନି ଲୋକର ସୁଖ କଥାକୁ ଚର୍ଚ୍ଚା କରି କୁହନ୍ତି ଯେ ଯେଉଁ ଲୋକର ମାତା ଲକ୍ଷ୍ମୀଙ୍କ ପରି, ପିତା ବିଷ୍ଣୁଙ୍କ ପରି ଓ ଭାଇ ବଂଧୁ ବିଷ୍ଣଭକ୍ତଙ୍କ ପରି; ତାହାପାଇଁ ନିଜ ଘର ତିନିଲୋକ ପରି ହୋଇଥାଏ ।

ଏଥିରୁ ଅର୍ଥ ନିଷ୍ପନ୍ନ ହେଉଛି ଯେ ଯେଉଁ ଲୋକର ମାଆଙ୍କ ଗୁଣ ସାକ୍ଷାତ୍ ଦେବୀ ଲକ୍ଷ୍ମୀ ପରି, ପିତାଙ୍କ ଗୁଣ ସାକ୍ଷାତ ପ୍ରଭୁ ବିଷ୍ଣୁଙ୍କ ପରି ଓ ବନ୍ଧୁ-ବାନ୍ଧବ ବିଷ୍ଣୁଭକ୍ତଙ୍କ ପରି ହୋଇଥାନ୍ତି, ସେହି ମନୁଷ୍ୟକୁ କହିବାକୁ ଗଲେ ଏହି ସଂସାରରେ ତିନି ଲୋକର ସୁଖ ମିଳିଥାଏ ।

ଭାବୁକତାରୁ ଦୂରେଇ ରୁହ :

ଏକ ବୃକ୍ଷେ ସମାରୂଢ଼ା ନାନାବର୍ଣବିହଂଗମାଃ ।
ପ୍ରଭାତେ ଦିକ୍ଷୁ ଗଚ୍ଛନ୍ତି ତତ୍ର କା ପରିବେଦନା ॥ 15 ॥

ଆଚାର୍ଯ୍ୟ ଚାଣକ୍ୟ ଏଠାରେ ବିଶ୍ରାମ ପାଇଁ ନିଜର ବସାକୁ ଆସି ସମସ୍ତେ ଏକାଠି ହେଉଥିବା ଓ ସକାଳ ହେଲେ ନିଜ ନିଜ ଭୋଜନର ଅନୁସନ୍ଧାନରେ ଅଲଗା ଅଲଗା ହୋଇ ଚାଲି ଯାଉଥିବା ପକ୍ଷୀମାନଙ୍କ ପ୍ରବୃତିକୁ ବୁଝାଇବାକୁ ଯାଇ କୁହନ୍ତି ଯେ ଗୋଟିଏ ବୃକ୍ଷରେ ବସିଥିବା ଅନେକ ରଂଗର ପକ୍ଷୀ ସକାଳ ହେଲେ ନିଜର ଖାଦ୍ୟ ଅନ୍ୱେଷଣରେ ଅଲଗା ଅଲଗା ହୋଇ ବିଭିନ୍ନ ଦିଗକୁ ଉଡ଼ି ଚାଲି ଯାଆନ୍ତି । ଏଥିରେ କିଛି ନୂଆ କଥା ନଥାଏ । ଏହି ପ୍ରକାରରେ ପରିବାରର ସମସ୍ତ ସଦସ୍ୟ ପରିବାର ରୂପୀ ବୃକ୍ଷ ଉପରେ ଆସି ବସୁଥିଲେ ମଧ୍ୟ ସମୟ ହେଲେ ଜଣ ଜଣ କରି ଅଲଗା ଅଲଗା ଭାବେ ଚାଲି ଯାଆନ୍ତି । ଏଥିରେ ଦୁଃଖ ବା ନିରାଶା କାହିଁକି ? ସଂସାରରେ ତ ଯିବା-ଆସିବା ବା ସଂଯୋଗ-ବିଯୋଗ ହେଉଛି ପ୍ରକୃତିର ନିତ୍ୟ ନିୟମ । ଯିଏ ଆସିଛି, ତାକୁ ତ ଦିନେ ନା ଦିନେ ଯିବାକୁ ହେବ । ଏଣୁ ଏହିପରି ଭାବୁକତାରୁ ଦୂରେଇ ରହିବା ହେଉଛି ମଣିଷର କର୍ତ୍ତବ୍ୟ ।

ବୁଦ୍ଧି ହିଁ ବଳ :

ବୁଦ୍ଧିର୍ଯସ୍ୟ ବଳଂ ତସ୍ୟ ନିର୍ବୁଦ୍ଧେସ୍ତୁ କୁତୋ ବଲମ୍ ।
ବନେ ସିଂହୋ ମଦୋନ୍ମତ୍ତଃ ଶଶକେନ ନିପାତିତଃ ॥ 16 ॥

ଆଚାର୍ଯ୍ୟ ଚାଣକ୍ୟ କହୁଛନ୍ତି ଯେ ଯେଉଁ ବ୍ୟକ୍ତି ପାଖରେ ବୁଦ୍ଧି ଥାଏ, ତାହାରି ପାଖରେ ହିଁ ବଳ ଥାଏ । ବୁଦ୍ଧିହୀନଙ୍କୁ ବଳ ମଧ୍ୟ ନିରର୍ଥକ, କାରଣ ବୁଦ୍ଧିର ବଳ ଦ୍ୱାରା ହିଁ ସେ ତାହାର ସଠିକ ପ୍ରୟୋଗ କରି ପାରିବ; ଅନ୍ୟଥା ନୁହେଁ । ଏହିପରି ତ ବୁଦ୍ଧିର ବଳରେ ଗୋଟିଏ ବୁଦ୍ଧିମାନ ଠେକୁଆ ଏକ ଅହଂକାରୀ ସିଂହକୁ ବଣରେ ଥିବା ଗୋଟିଏ କୂଅରେ ପକାଇ ଦେଇ ମାରି ପକାଇଥିଲା ।

ଏହି କଥା ପ୍ରସଂଗଟି ହେଉଛି ଏହି ପ୍ରକରର । ଥରେ ସିଂହ ସହିତ ବଣରେ ରହୁଥିବା ସବୁ ପଶୁମାନଙ୍କର ଏକ ରାଜିନାମା ଅନୁସାରେ ପ୍ରତିଦିନ ପାଳି କରିକି ବଣରେ ରହୁଥିବା ପଶୁମାନଙ୍କ ମଧ୍ୟରୁ ଜଣେ ସିଂହର ଭୋଜନ ପାଇଁ ଯାଉଥିଲା । ଦିନେ ଯେତେବେଳେ ଗୋଟିଏ ଠେକୁଆର ପାଳି ଆସିଲା, ସେତେବେଳେ ସେ ଜାଣିଶୁଣି ଖୁବ୍ ଡେରିରେ ସିଂହ ନିକଟକୁ ଗଲା ଓ ଡ଼େରି ହେବାର

କାରଣକୁ କହିବାକୁ ଯାଇ କହିଲା ଯେ ତାକୁ ଆଉ ଗୋଟିଏ ଅନ୍ୟ ସିଂହ ଖାଇବାକୁ ବସିଥିଲା । ସେ ତା' ନିକଟରେ ସତ୍ୟକରିବା ପୂର୍ବକ ପୁନଶ୍ଚ ଲୌଟିକି ଫେରି ଆସିବ ବୋଲି କହି ଆସିଥିଲା । ତେଣୁ ଯେତେବେଳେ ସିଂହ ଅନ୍ୟ ସିଂହକୁ ଦେଖିବାକୁ ଚାହିଲା, ଠେକୁଆ ତାକୁ ନେଇ କୂଅରେ ପଡ଼ିଥିବା ତାର ପ୍ରତିବିମ୍ବକୁ ଦେଖାଇ ଦେଲା । ମୂର୍ଖ ସିଂହ ନିଜର ଶତ୍ରୁ ସିଂହକୁ ଉଚିତ ଶିକ୍ଷା ଦେବାପାଇଁ କୂଅ ମଧ୍ୟକୁ ଡେଇଁ ପଡ଼ିଲା ଓ ସେଇଠି ମରିଗଲା ।

କହିବାର ଅଭିପ୍ରାୟ ହେଉଛି ଯେ ବୁଦ୍ଧିମାନ ହିଁ ବଳର ଠିକ୍ ଉପଯୋଗ କରିଥାଏ । ଅନ୍ୟ ପକ୍ଷରେ ବୁଦ୍ଧିହୀନର ବଳ ମଧ୍ୟ ତାହାର କିଛି କାମରେ ଲାଗେନାହିଁ । ଗୋଟିଏ ଛୋଟିଆ ବୁଦ୍ଧିମାନ ଠେକୁଆ ନିଜଠାରୁ ମଧ୍ୟ ଅଧିକ ଶକ୍ତିଶାଳୀ ସିଂହକୁ ମାରି ଦେଇ ପାରିଲା । 'ଜୋର ଯାହାର, ମୁଲକ ତାହାର' ରୂଢ଼ିଟି ଏହିଠାରେ ହିଁ ପୂର୍ଣ୍ଣତଃ ଚରିତାର୍ଥ ହୋଇଅଛି ।

ସବୁ ଈଶ୍ୱରଙ୍କ ମାୟା :

କା ଚିନ୍ତା ମମ ଜୀବନେ ଯଦି ହରିର୍ବିଶ୍ୱମ୍ଭରୋ ଗୀୟତେ,
ନୋ ଚେଦର୍ଭକଜୀବନାୟ ଜନନୀସ୍ତନ୍ୟଂ କଥଂ ନିର୍ମୟେତ୍ ।
ଇତ୍ୟାଲୋଚ୍ୟ ମୁହୁର୍ମୁହୁର୍ୟଦୁପତେ ଲକ୍ଷ୍ମୀପତେ କେବଲଂ,
ତ୍ୱାତ୍ପାଦାମ୍ବୁଜସେବନେନ ସତତଂ କାଲୋ ମୟା ନୀୟତେ ॥ 17 ॥

ଆଚାର୍ଯ୍ୟ ଚାଣକ୍ୟ କୁହନ୍ତି ଯେ ମୋର ବା ଜୀବନରେ କି ଚିନ୍ତା, ଯଦି ହରିଙ୍କୁ ବିଶ୍ୱମ୍ଭର କୁହାଯାଏ । ଯଦି ସେପରି ହୁଏ ନାହିଁ, ତେବେ ପିଲାର ଜୀବନ ଧାରଣ ପାଇଁ ମାଆର ସ୍ତନରେ ଦୁଧ ଆସେ କିପରି ? ଏହାକୁ ହିଁ ବୁଝି ସେ କହୁଛନ୍ତି, ହେ ଯଦୁପତି ! ଲକ୍ଷ୍ମୀପତି ! ମୁଁ ଆପଣଙ୍କ ଚରଣରେ ଧ୍ୟାନ ପୂର୍ବକ ସମୟ ଅତିବାହିତ କରୁଛି ।

ଏଥିରୁ ଏହି ଅର୍ଥ ପ୍ରତିପାଦିତ ହେଉଛି ଯେ ମୋର ନିଜ ଜୀବନ ଉପରେ କୌଣସି ପ୍ରକାରରେ ଚିନ୍ତା ନାହିଁ । କାରଣ ଭଗବାନଙ୍କୁ ସାରା ବିଶ୍ୱର ଭରଣ-ପୋଷଣ କରୁଛନ୍ତି ବୋଲି କୁହା ଯାଇଥାଏ । ଏହା ନିଶ୍ଚିତ ଭାବରେ ସତ୍ୟକଥା । କାରଣ ଶିଶୁଟିଏ ଜନ୍ମ ହେବା ପୂର୍ବରୁ ମାତା ସ୍ତନରେ ଦୁଧ ଆସି ଯାଇଥାଏ । ତାହା ତ ଈଶ୍ୱରଙ୍କ ମାୟା । ଏହି ସବୁକଥାକୁ ବିଚାର କରି ଆଚାର୍ଯ୍ୟ ଚାଣକ୍ୟ ଭଗବାନ ବିଷ୍ଣୁଙ୍କୁ ରାତି-ଦିନ ପ୍ରାର୍ଥନା ପୂର୍ବକ ତାଙ୍କ ଧ୍ୟାନରେ ମନୋନିବେଶ କରି କାଳାତିପାତ କରୁଛନ୍ତି ।

ଗୀର୍ବାଣବାଣୀଷୁ ବିଶିଷ୍ଟବୁଦ୍ଧି ସ୍ତଥାଽପି ଭାଷାନ୍ତର ଲୋଲୁପୋଽହମ୍ ।
ଯଥା ସୁରଗଣୈଷ୍ୱମୃତେ ଚ ସେବିତେ ସ୍ୱର୍ଗାଂଗନାନାମଧରାସବେ ରୁଚିଃ ॥ 18 ॥

ଆଚାର୍ଯ୍ୟ ଚାଣକ୍ୟ କୁହନ୍ତି, ସଂସ୍କୃତ ଭାଷାରେ ବିଶେଷ ଜ୍ଞାନ ଥିଲେ ମଧ୍ୟ ମୁଁ ଅନ୍ୟ ଭାଷାକୁ ଶିଖିବାକୁ ଚାହିଁଥାଏ । ସ୍ୱର୍ଗରେ ଦେବତାମାନଙ୍କ ପାଖରେ ପିଇବାପାଇଁ ଅମୃତ ଥିଲେ ମଧ୍ୟ, ସେମାନେ ତଥାପି ଅପ୍ସରାମାନଙ୍କ ଅଧରର ରସକୁ ପାନ କରିବାକୁ ଚାହିଥାନ୍ତି ।

ଘିଅରେ ସବୁଠାରୁ ବେଶି ଶକ୍ତି :

ଅନ୍ନାଦ୍ ଦଶଗୁଣଂ ପିଷ୍ଟଂ ପିଷ୍ଟାଦ୍ ଦଶଗୁଣଂ ପୟଃ ।
ପୟସୋଽଷ୍ଟ ଗୁଣଂ ମାଂସଂ ମାଂସାଦ୍ ଦଶଗୁଣଂ ଘୃତମ୍ ॥ 19 ॥

ଏଠାରେ ଆଚାର୍ଯ୍ୟ ଚାଣକ୍ୟ ଶକ୍ତିର ଚର୍ଚ୍ଚା କରିବାକୁ ଯାଇ କୁହନ୍ତି ଯେ ସାଧାରଣ ଭୋଜନ ମଧ୍ୟରେ ଅଟାରେ ଦଶଗୁଣ ଶକ୍ତି ରହିଛି, ଅଟାଠାରୁ ଦଶଗୁଣ ଶକ୍ତି ଦୁଧରେ ରହିଛି । ଦୁଧଠାରୁ ଦଶଗୁଣ ଶକ୍ତି ମାଂସରେ ତଥା ମାଂସଠାରୁ ଦଶଗୁଣ ଶକ୍ତି ଘିଅରେ ରହିଛି ।

ଏଥିରୁ ଅର୍ଥ ପ୍ରତିପାଦିତ ହେଉଛି ଯେ ସାଧାରଣ ଜୀବନର ଖାଦ୍ୟମାନଙ୍କ ମଧ୍ୟରୁ ଅଟାରେ ଦଶଗୁଣ ଶକ୍ତି ରହିଛି । ଅଟାଠାରୁ ଦଶଗୁଣ ଶକ୍ତି ଦୁଧରେ, ଦୁଧଠାରୁ ଦଶଗୁଣ ଶକ୍ତି ମାଂସରେ ତଥା ମାଂସଠାରୁ ଦଶଗୁଣ ଶକ୍ତି ଘିଅରେ ରହିଥାଏ । ଏଣୁ ସ୍ୱାସ୍ଥ୍ୟ ପାଇଁ ଘିଅ ହିଁ ହେଉଛି ସବୁଠାରୁ ବଡ଼ ଲାଭଦାୟକ ।

ଚିତା ସମ ଚିନ୍ତା :

ଶୋକେନ ରୋଗାଃ ବର୍ଦ୍ଧନ୍ତେ ପୟସା ବର୍ଦ୍ଧତେ ତନୁଃ ।
ଘୃତେନ ବର୍ଦ୍ଧତେ ବୀର୍ୟ ମାଂସାନ୍ମାଂସଂ ପ୍ରବର୍ଘତେ ॥ 20 ॥

ଆଚାର୍ଯ୍ୟ ଚାଣକ୍ୟ ଏଠାରେ କାର୍ଯ୍ୟ-କାରଣର ଚର୍ଚ୍ଚା କରିବାକୁ ଯାଇ କୁହନ୍ତି ଯେ ଶୋକ କଲେ ରୋଗ ବଢ଼େ । ଦୁଧରେ ଶରୀର ବଢ଼େ । ଘିଅରେ ବୀର୍ଯ୍ୟ ବୃଦ୍ଧି ହୁଏ । ମାଂସରେ ମାଂସ ବଢ଼ିଥାଏ ।

ଏଠାରେ ଅର୍ଥ ପ୍ରତିପାଦିତ ହେଉଛି ଯେ ଚିନ୍ତିତ ରହିଲେ ବା ଦୁଃଖୀ ରହିଲେ ମନୁଷ୍ୟକୁ ଅନେକ ପ୍ରକାରର ରୋଗ ଆସି ମାଡ଼ିବସେ । ଦୁଧ ପିଇଲେ ମଣିଷର ଶରୀର ବଢ଼େ, ଘିଅ ଖାଇଲେ ମଣିଷର ବଳ-ବୀର୍ଯ୍ୟ ବଢ଼େ ଓ ମାଂସ ଖାଇଲେ କେବଳ ମାଂସ ହିଁ ବଢ଼ିଥାଏ ।

ଏକାଦଶ ଅଧ୍ୟାୟ

ସଂସ୍କାରର ପ୍ରଭାବ :

ଦାତୃତ୍ୱଂ ପ୍ରିୟବକ୍ତୃତ୍ୱଂ ଧୀରତ୍ୱମୁଚିତଜ୍ଞତା ।
ଅଭ୍ୟାସେନ ନ ଲଭ୍ୟନ୍ତେ ଚତ୍ୱାରଃ ସହଜା ଗୁଣାଃ ॥ 1 ॥

ଆଚାର୍ଯ୍ୟ ଚାଣକ୍ୟ ବ୍ୟକ୍ତିର ଜନ୍ମଜାତ ଗୁଣମାନର ଚର୍ଚ୍ଚା କରିବାକୁ ଯାଇ କୁହନ୍ତି ଯେ ଦାନ ଦେବାର ଇଚ୍ଛାଶକ୍ତି, ପ୍ରିୟ କଥା କହିବା, ଧୈର୍ଯ୍ୟ ତଥା ସମୁଚିତ ଜ୍ଞାନ- ଏହି ଚାରିଗୋଟି ବ୍ୟକ୍ତିର ସହଜାତ ଗୁଣ, ଯାହାକି ଅଭ୍ୟାସ କଲେ କେବେ ମିଳେ ନାହିଁ ।

ଏଠାରେ ଅର୍ଥ ପ୍ରତିପାଦିତ ହେଉଛି ଯେ ଦାନ ଦେବାର ସ୍ୱଭାବ, ସମସ୍ତଙ୍କ ସହିତ ମଧୁରତାର ସହିତ କଥାବାର୍ତ୍ତା କରିବା ଓ ଧୈର୍ଯ୍ୟର ସହିତ ପ୍ରତ୍ୟେକ ଜିନିଷକୁ ପରୀକ୍ଷା କରିବା ହେଉଛି ବ୍ୟକ୍ତିର ସହଜାତ ଗୁଣ; ଅର୍ଥାତ ଏହି ଗୁଣ ବ୍ୟକ୍ତି ସହିତ ଜନ୍ମ ଲାଭ କରିଥାନ୍ତି । ଏହି ଗୁଣ କାହାକୁ ଶିଖାଇ ଦିଆ ଯାଏ ନାହିଁ କି ବ୍ୟକ୍ତି ଏହି ଗୁଣକୁ ଯେତେ ଅଭ୍ୟାସ କଲେ ମଧ୍ୟ ତାହାକୁ ପ୍ରାପ୍ତ କରି ପାରେ ନାହିଁ ।

ନିଜ ବର୍ଗ :

ଆତ୍ମବର୍ଗଂ ପରିତ୍ୟଜ୍ୟ ପରବର୍ଗଂ ସମାଶ୍ରୟେତ୍ ।
ସ୍ୱୟମେବ ଲୟଂ ଯାତି ଯଥା ରାଜ୍ୟମଧର୍ମତଃ ॥ 2 ॥

ଆଚାର୍ଯ୍ୟ ଚାଣକ୍ୟ ଜାତି ବା ବର୍ଗରୁ ଦୂରେଇ ଯାଇ ସହାୟତା ଗ୍ରହଣ କରିବାର ପ୍ରବୃତିକୁ ନିଷେଧ କରିବାକୁ ଯାଇ କୁହନ୍ତି ଯେ ନିଜ ବର୍ଗକୁ ତ୍ୟାଗ କରି ଅନ୍ୟବର୍ଗର ସାହାଯ୍ୟ କାମନ କରୁଥିବା ବ୍ୟକ୍ତି ଠିକ୍ ସେହି ପ୍ରକାରରେ ନଷ୍ଟ ହୋଇଯାନ୍ତି, ଯେପରି ଅଧର୍ମ ଫଳରେ ଗୋଟିଏ ରାଜ୍ୟ ନଷ୍ଟ ହୋଇ ଯାଇଥାଏ ।

ଏଥିରୁ ଅର୍ଥ ପ୍ରତିପାଦିତ ହୋଇଥାଏ ଯେ ଯେଉଁ ଦେଶରୁ ଧର୍ମ ବା ନ୍ୟାୟ ବ୍ୟବସ୍ଥା ଦୂରେଇ ଯାଇଥାଏ, ସେହି ଦେଶ ଧୀରେ-ଧୀରେ ନଷ୍ଟ ହୋଇ ଯାଇଥାଏ । ଏହି ପ୍ରକାରରେ ନିଜ ସମାଜ ବା ଦେଶ ସହିତ ଦ୍ରୋହ କରି ଅନ୍ୟ ସମାଜ ବା ଦେଶ ସହିତ ସଂପର୍କ ସ୍ଥାପନ କରୁଥିବା ବ୍ୟକ୍ତିର ମଧ୍ୟ ବିନାଶ ଘଟିଥାଏ ।

ବାହ୍ୟ ଚେହେରା ଠାରୁ ଶିକ୍ଷା ମହାନ :

ହସ୍ତୀ ସ୍ଥୂଳତନୁଃ ସ ଚାଂକୁଶ ବଶଃ କିଂ ହସ୍ତିମାତ୍ରୋଂଽକୁଶଃ ।
ଦୀପେ ପ୍ରଜ୍ୱଳିତେ ପ୍ରଣଶ୍ୟତି ତମଃ କିଂ ଦୀପମାତ୍ରଂ ତମଃ ॥
ବଜ୍ରେଣଭିହତାଃ ପତନ୍ତି ଗିରୟଃ କିଂ ବଜ୍ରମାତ୍ରଂ ନଗାଃ ।
ତେଜୋ ୟସ୍ୟ ବିରାଜତେ ସ ବଲବାନ୍ ସ୍ଥୂଳେଷୁ କଃ ପ୍ରତ୍ୟୟଃ ॥ 3 ॥

ଏଠାରେ ଆଚାର୍ଯ୍ୟ ଚାଣକ୍ୟ ବସ୍ତୁ ବା ବ୍ୟକ୍ତିର ଆକାର ଅପେକ୍ଷା ତା' ପାଖରେ ଥିବା ଗୁଣାବଳୀ ଉପରେ ପ୍ରାଧାନ୍ୟ ଦେଇ କହିଛନ୍ତି ଯେ ସ୍ଥୂଳ ଶରୀର ସଂପନ୍ନ ହୋଇ ମଧ୍ୟ ହାତୀକୁ ଅଂକୁଶରେ ବଶୀଭୂତ କରା ଯାଇଥାଏ, ତାହାହେଲେ କଣ ଅଂକୁଶ ହାତୀ ସହିତ ସମାନ? ଦୀପ ଜଳିବା ଦ୍ୱାରା ଘନ ଅନ୍ଧକାରକୁ ଦୂର କରି ଦେଇଥାଏ, ତାହାହେଲେ କଣ ଦୀପ ଘନ ଅଂଧାର ସହିତ ସମାନ? ବଜ୍ର ଆଘାତରେ ପାହାଡ଼ ଭାଙ୍ଗି ଖଣ୍ଡ-ବିଖଣ୍ଡିତ ହୋଇ ଯାଇଥାଏ, ତାହାହେଲେ କଣ ପାହାଡ଼ ବଜ୍ର ସହିତ ସମାନ? ନାଁ, କଦାପି ନୁହେଁ। ଯାହା ପାଖରେ ତେଜ ରହିଛି, ବାସ୍ତବରେ ସେ ହିଁ ବଳବାନ। କାରଣ ମୋଟା-ତାଗଡ଼ା ହେବା ଦ୍ୱାରା କିଛି ଲାଭ ହୋଇ ନଥାଏ।

ଏଥିରୁ ଅର୍ଥ ପ୍ରତିପାଦିତ ହେଉଅଛି ଯେ ଅଂକୁଶ ମୋଟା ତାଗଡ଼ା ହାତୀକୁ ବଶୀଭୂତ କରି ନେଇଥାଏ। ଏକ ଛୋଟ ଦୀପ ଘନ ଅନ୍ଧକାରକୁ ଦୂରୀଭୂତ କରିଦିଏ। ଅତି ଛୋଟ ହେଲେ ମଧ୍ୟ ବଜ୍ରଟିଏ ବିଶାଳ ପାହାଡ଼କୁ ଭାଙ୍ଗି ଖଣ୍ଡ ବିଖଣ୍ଡିତ କରି ଦେଇଥାଏ। ତାହାହେଲେ ଏଥିରୁ ଜଣାଯାଏ ଯେ ମୋଟା ତଗଡ଼ା ହେବା ଦ୍ୱାରା କିଛି ଲାଭ ହୁଏ ନାହିଁ। ବାସ୍ତବରେ ଯାହା ପାଖରେ ହିମ୍ମତ ଅଛି, ଯିଏ ତେଜୋଦୀପ୍ତ; ସେ ହିଁ ବଳବାନ। କାରଣ ସେ ତାହାର ସାହସ ଓ ବୀରତ୍ୱରେ ବଡ଼ ବଡ଼ ମୋଟା ତାଗଡ଼ାଙ୍କୁ ମଧ୍ୟ ଧୂଳିରେ ମିଶାଇ ଦେଇଥାଏ।

କଲୌ ଦଶସହସ୍ରାଣି ହରିସ୍ତ୍ୟଜତି ମେଦିନୀମ୍ ।
ତଦ୍‌ଉର୍ଦ୍ଧ୍ୱେ ଜାହ୍ନବୀ ତୋୟଂ ତଦ୍‌ଉର୍ଦ୍ଧ୍ୱେ ଗ୍ରାମଦେବତା ॥ 4 ॥

ଆଚାର୍ଯ୍ୟ ଚାଣକ୍ୟ କୁହନ୍ତି ଯେ କଳିଯୁଗର ଦଶ ବର୍ଷ ବିତିଗଲା ପରେ ଭଗବାନ ପୃଥିବୀକୁ ଛାଡ଼ି ଚାଲି ଯାଆନ୍ତି। ତାହାର ଅଧା ସମୟରେ ଗଂଗା ନିଜର ଜଳକୁ ତ୍ୟାଗ କରିଥାନ୍ତି। ତାହାର ମଧ୍ୟ ଅଧା ସମୟରେ ଗ୍ରାମ ଦେବତା ପୃଥିବୀକୁ ତ୍ୟାଗ କରି ଚାଲି ଯାଆନ୍ତି।

ଏଠାରେ ଅର୍ଥ ପ୍ରତିପାଦିତ ହେଉଛି ଯେ କଳି ଯୁଗର ଦଶହଜାର ବର୍ଷ ବିତିଗଲା ପରେ ଭଗବାନ ବିଷ୍ଣୁ ପୃଥିବୀ ତ୍ୟାଗ କରି ନିଜ ଭୁବନକୁ ଚାଲି ଯାଆନ୍ତି। ପାଂଚ ହଜାର ବର୍ଷ ପୂରା ହୋଇଗଲା ପରେ ଗଂଗା ନଦୀର ଜଳ ଶୁଖି ଯାଇଥାଏ ଏବଂ କେବଳ ଅଢ଼େଇ ହଜାର ବର୍ଷ ପୂରା ହୋଇଗଲେ ଗ୍ରାମ ଦେବତା (ଲୋକ ଦେବତା) ମଧ୍ୟ ଏହି ପୃଥିବୀକୁ ଛାଡ଼ି ଚାଲି ଯାଇଥାନ୍ତି।

ଯଥା ଗୁଣ ତଥା ପ୍ରବୃତି :

ଗୃହାସକ୍ତସ୍ୟ ନୋ ବିଦ୍ୟା ନ ଦୟା ମାଂସଭୋଜିନଃ ।
ଦ୍ରବ୍ୟ ଲୁବ୍ଧସ୍ୟ ନୋ ସତ୍ୟଂ ନ ସ୍ତ୍ରୈଣସ୍ୟ ପବିତ୍ରତା ॥ 5 ॥

ଆଚାର୍ଯ୍ୟ ଚାଣକ୍ୟ ଅସଂଭବ ଉପରେ ଚର୍ଚ୍ଚା କରିବାକୁ ଯାଇ କୁହନ୍ତି ଯେ ଗୃହାସକ୍ତକୁ ବିଦ୍ୟାପ୍ରାପ୍ତି ହୋଇ ନଥାଏ। ମାଂସ ଖାଉଥିବା ଲୋକ ପାଖରେ ଦୟାଭାବ ନଥାଏ। ଧନଲୋଭୀଙ୍କ ପାଖରେ ସତ୍ୟ ତଥା ସ୍ତ୍ରୈଣଙ୍କ ପାଖରେ ପବିତ୍ରତା ରହିବା ଅସମ୍ଭବ ହୋଇଥାଏ।

ଏଥିରୁ ଅର୍ଥ ପ୍ରତିପାଦିତ ହେଉଛି ଯେ ଯାହାକୁ ଘରଠାରୁ ଅତ୍ୟଧିକ ପ୍ରେମ ମିଳୁଥାଏ, ସେ ବିଦ୍ୟାପ୍ରାପ୍ତି କରି ପାରେନାହିଁ। ମାଂସ ଖାଉଥିବା ଲୋକଙ୍କ ଠାରୁ ଦୟାର କାମନା କରିବା ବୃଥା। ଧନ ଲୋଭରୁ ସତ୍ୟ ଦୂରରେ ରହିଥାଏ। ସେହିପରି ସ୍ତ୍ରୀଲୋକମାନଙ୍କ ପଛରେ ଗୋଡ଼ାଉଥିବା କାମୁକ ବ୍ୟକ୍ତିଙ୍କ ଠାରେ ପବିତ୍ରତା ଆଶା କରିବା ମଧ୍ୟ ବୃଥା।

ପ୍ରକୃତି ବଦଳିବ ନାହିଁ:

ନ ଦୁର୍ଜନଃ ସାଧୁଦଶାମୁପୈତି ବହୁ ପ୍ରକାରୈରପି ଶିକ୍ଷ୍ୟମାଣଃ ।
ଆମୂଳସିକ୍ତଂ ପୟସା ଘୃତେନ ନ ନିମ୍ବବୃକ୍ଷୋଃ ମଧୁରତ୍ୱମେତି ॥ 6 ॥

ଆଚାର୍ଯ୍ୟ ଚାଣକ୍ୟ ଏଠାରେ ଦୁଷ୍ଟ ସ୍ୱଭାବର ଚର୍ଚ୍ଚା କରିବାକୁ ଯାଇ କହିଛନ୍ତି ଯେ ଦୁଷ୍ଟଙ୍କୁ ସଜ୍ଜନରେ ପରିଣତ କରି ହେବ ନାହିଁ । ଦୁଧ ଓ ଘିଅରେ ନିମ ବୃକ୍ଷର ମୂଳରୁ ଚୂଳ ପର୍ଯ୍ୟନ୍ତ ଧୋଇଲେ ମଧ୍ୟ ନିମ ବୃକ୍ଷ ମିଠା ହୋଇ ନଥାଏ ।

ଏଥିରୁ ଅର୍ଥ ନିଷ୍ପନ୍ନ ହେଉଛି ଯେ ଦୁଷ୍ଟଲୋକଙ୍କୁ ଯେତେ ଶିଖାଅ, ବୁଝାଅ, ପାଠ-ଶାଠ ପଢ଼ାଅ; ତାଂକୁ କେବେ ସଜ୍ଜନ କରାଇ ହେବ ନାହିଁ । କାରଣ ନିମଗଛର ମୂଳରୁ ଅଗ ପର୍ଯ୍ୟନ୍ତ ଯଦି ଦୁଧ-ଘିଅରେ ଧୋଇ ଦିଆ ଯାଏ, ତେବେ ତାହା ମଧ୍ୟ କେବେ ମିଠା ହୋଇ ପାରିବ ନାହିଁ । ତେଣୁ ଯାହାର ମୌଳିକ ପ୍ରବୃତି ଯାହା ତାହାକୁ କେବେ ପରିବର୍ତ୍ତିତ କରି ହେବ ନାହିଁ ।

ଅନ୍ତର୍ଗତମଲୋ ଦୁଷ୍ଟସ୍ତୀର୍ଥସ୍ନାନଶତୈରପି ।
ନ ଶୁଦ୍ଧ୍ୟତିୟତାଭାଣ୍ଡଂ ସୁରୟା ଦାହିତଂ ଚ ତତ୍ ॥ 7 ॥

ଆଚାର୍ଯ୍ୟ ଚାଣକ୍ୟ ଏଠାରେ ପାପୀର ସୁରାପତ୍ର ପରି ସଂଜ୍ଞା ପ୍ରଦାନ କରିବାକୁ ଯାଇ କୁହନ୍ତି ଯେ ଯେପରି ସୁରାପାତ୍ରକୁ ଅଗ୍ନିରେ ଜଳାଇଲେ ତାହା ଶୁଦ୍ଧ ହୋଇ ନଥାଏ; ସେହି ପ୍ରକାରରେ ଯାହାର ମନରେ ମଇଳା ରହିଛି, ସେହି ଦୁଷ୍ଟ ଯେତେ ତୀର୍ଥସ୍ନାନ କଲେ ମଧ୍ୟ କେବେହେଲେ ଶୁଦ୍ଧ ହୋଇ ପାରେନାହିଁ ।

ଏଥିରୁ ଅର୍ଥ ପ୍ରକାଶ ହେଉଛି ଯେ ମଦର ବାସନ-କୁସନକୁ ଯେତେ ନିଆଁରେ ପୋଡ଼ିଲେ ମଧ୍ୟ ତାହା ଯେପରି ଶୁଦ୍ଧ ହୋଇ ନଥାଏ; ଠିକ୍ ସେହି ପ୍ରକାରରେ ମନରେ ମଇଳା ଥିବା ବ୍ୟକ୍ତି ଯେତେ ତୀର୍ଥରେ ସ୍ନାନ କଲେ ମଧ୍ୟ କିଛି ପୁଣ୍ୟଫଳ ପାଇ ନଥାଏ । ତୀର୍ଥ ସ୍ନାନରେ ଦେହରୁ ମଇଳା ତ ସଫା ହୋଇଯିବ, ହେଲେ ମନର ନୁହେଁ । ତେଣୁ ପାପୀ ଯେତେ ତୀର୍ଥ ସ୍ନାନ କଲେ ମଧ୍ୟ ସେହି ପାପୀ ହୋଇ ରହିଥାଏ ।

ନ ବେତ୍ତି ଯୋ ଯସ୍ୟ ଗୁଣପ୍ରକର୍ଷଂ ସ ତୁ ସଦା ନିନ୍ଦନ୍ତି ନାତ୍ର ଚିତ୍ରମ୍ ।
ଯଥା କିରାତୀ କରିକୁମ୍ଭଲବ୍ଧାଂ ମୁକ୍ତାଂ ପରିତ୍ୟଜ୍ୟ ବିଭର୍ତି ଗୁଞ୍ଜାମ୍ ॥ 8 ॥

ଆଚାର୍ଯ୍ୟ ଚାଣକ୍ୟ ବସ୍ତୁର ଗୁଣ ଗ୍ରାହକତାର ଚର୍ଚ୍ଚା କରିବାକୁ ଯାଇ କୁହନ୍ତି ଯେ ଯଦି କେହି ଅନ୍ୟର ଗୁଣକୁ ଜାଣିନ ଥାଏ ଏବଂ ସେ ଯଦି ସେହି ଗୁଣୀ ଲୋକର ନିନ୍ଦା କରେ, ତେବେ ସେଥିରେ ଆଶ୍ଚର୍ଯ୍ୟ ହେବାର କିଛି ନାହିଁ । କାରଣ ଜଙ୍ଗଲରେ ରହୁଥିବା କିରାତ ବା ଭୀଲ୍ ଲୋକମାନେ ହାତୀର ମସ୍ତକରେ ଥିବା ମୋତିକୁ ଛାଡ଼ି ଗୁଞ୍ଜାର ମାଳିକୁ ତ ପୁଣି ପିନ୍ଧି ଥାଆନ୍ତି ।

ଏଥିରୁ ଅର୍ଥ ପ୍ରତିପାଦିତ ହେଉଛି ଯେ ଜଙ୍ଗଲରେ ରହୁଥିବା ଶବରୀ ବା ଭୀଲ୍ ନାରୀଟିଏ ହାତୀ ମୁଣ୍ଡରେ ଥିବା ମୋତିର ମୂଲ୍ୟ ବା କଣ ବୁଝିବ ? ତାକୁ ସେହି ମୋତି ମିଳିଲେ ମଧ୍ୟ ସେ ଗୁଞ୍ଜାର ମାଳିକୁ ନାଇବା ପାଇଁ ବହୁତ ଭଲପାଏ । ସେହି ପ୍ରକାରରେ ଯଦି ଗୋଟିଏ ମୂର୍ଖ ବ୍ୟକ୍ତି କୌଣସି ବିଦ୍ୱାନ ବ୍ୟକ୍ତିର ଗୁଣକୁ ଚିହ୍ନି ପାରେନାହିଁ ଓ ତାଙ୍କର ନିନ୍ଦା କରିଥାଏ, ତେବେ ସେଥିରେ କେହି ଆଶ୍ଚର୍ଯ୍ୟ ପ୍ରକାଶ କରିବା ଅନୁଚିତ ।

ମୌନତା :

ଯସ୍ତୁ ସଂବତ୍ସରଂ ପୂର୍ଣ୍ଣଂ ନିତ୍ୟଂ ମୌନେନ ଭୁଞ୍ଜତେ ।
ଯୁଗକୋଟିସହସ୍ରନ୍ତୁ ସ୍ୱର୍ଗଲୋକ ମହୀୟତେ ॥ 9 ॥

ଆଚାର୍ଯ୍ୟ ଚାଣକ୍ୟ ଏଠାରେ ମୌନତାର ମହନୀୟତାକୁ ପ୍ରତିପାଦିତ କରିବାକୁ ଯାଇ କୁହନ୍ତି ଯେ ମୌନ ରହିବା ହେଉଛି ଏକ ପ୍ରକାର ତପସ୍ୟା । ଯେଉଁ ବ୍ୟକ୍ତି କେବଳ ଗୋଟିଏ ବର୍ଷ ପାଇଁ ମୌନ ରହି ଭୋଜନ କରିଥାଏ, ତାହାକୁ କୋଟିଏ ଯୁଗର ସ୍ୱର୍ଗସୁଖ ପ୍ରାପ୍ତ ହୋଇଥାଏ ।

ବିଦ୍ୟାର୍ଥୀଙ୍କ ପାଇଁ ନ କରିବା ଭଳି କାର୍ଯ୍ୟ :

କାମଂ କ୍ରୋଧଂ ତଥା ଲୋଭଂ ସ୍ୱାଦଂ ଶୃଙ୍ଗାରକୌତୁକମ୍ ।
ଅତିନିଦ୍ରାଽତିସେବା ଚ ବିଦ୍ୟାର୍ଥୀ ହ୍ୟଷ୍ଟ ବର୍ଜୟେତ୍ ॥ 10 ॥

ଅଚାର୍ଯ୍ୟ ଚାଣକ୍ୟ ଏଠାରେ ବିଦ୍ୟାର୍ଥୀଙ୍କପାଇଁ ବର୍ଜିତ ରହିଥିବା ପ୍ରବୃତି ସଂପର୍କରେ କହିବାକୁ ଯାଇ କୁହନ୍ତି ଯେ କାମ, କ୍ରୋଧ, ଲୋଭ, ସ୍ୱାଦ, ଶୃଙ୍ଗାର, କୌତୁକ, ଅତିନିଦ୍ରା, ଅତିସେବା- ଏହି ଆଠଗୋଟି କାର୍ଯ୍ୟକୁ ବିଦ୍ୟାର୍ଥୀ ତ୍ୟାଗ କରିବା ବିଧେୟ ।

ଏଥିରୁ ଅର୍ଥ ପ୍ରତିପାଦିତ ହେଉଛି ଯେ ସ୍ତ୍ରୀ-ସହବାସ, କ୍ରୋଧ କରିବା, ଲୋଭ କରିବା, ଜିଭର ଚାଖିବାପଣ, ଶୃଙ୍ଗାରରେ ସଜ୍ଜିତ ହେବା, ମେଳା-ମୌତ୍ସବରେ ଯୋଗ ଦେବା, ଅଧିକ ଶୋଇବା, କାହାକୁ ମାତ୍ରାଧିକ ପରିମାଣରେ ସେବା କରିବା- ଏହି ଆଠଗୋଟି ଗୁଣକୁ ବିଦ୍ୟାର୍ଥୀମାନେ ତ୍ୟାଗ କରିବା ଦରକାର ।

ଋଷି :

ଅକୃଷ୍ଟ ଫଳମୂଳାନି ବନବାସରତଃ ସଦା ।
କୁରୁତେଽହରହଃ ଶ୍ରାଦ୍ଧମୃଷିର୍ବିପ୍ରଃ ସ ଉଚ୍ୟତେ ॥ 11 ॥

ଆଚାର୍ଯ୍ୟ ଚାଣକ୍ୟ ଋଷିଙ୍କ ସ୍ୱରୂପ ସଂପର୍କରେ ଚର୍ଚ୍ଚା କରିବାକୁ ଯାଇ କୁହନ୍ତି ଯେ ଯେଉଁ ବ୍ରାହ୍ମଣ ବିନା ଚାଷବାସରେ ଭୂମିରେ ଉତ୍ପନ୍ନ ହେଉଥିବା ଫଳ-ମୂଳ ଆଦିର ଭୋଜନ କରି, ସଦା ବଣରେ ରହି ତଥା ନିତ୍ୟ ଶ୍ରାଦ୍ଧ କରିଥାନ୍ତି, ସେହି ବ୍ରାହ୍ମଣଙ୍କୁ ଋଷି କୁହାଯାଇଥାଏ ।

ଏଥିରୁ ଅର୍ଥ ପ୍ରତିପାଦିତ ହେଉଛି ଯେ ସେହି ବ୍ରାହ୍ମଣଙ୍କୁ ଋଷି କହିହେବ ଯିଏ ଘର-ଦ୍ୱାର ଛାଡ଼ି ବଣରେ ରହୁଛନ୍ତି, ବିନା ଚାଷରେ ଜଙ୍ଗଲ-ଭୂମିରେ ଉତ୍ପନ୍ନ ହେଉଥିବା ଫଳ-ମୂଳ ଆଦିକୁ ଖାଇ ବଂଚୁଛନ୍ତି ଓ ସଦୈବ ପିତୃପୁରୁଷଙ୍କୁ ଶ୍ରାଦ୍ଧ ପ୍ରଦାନ କରୁଥିବେ ।

ଦ୍ୱିଜ :

ଏକାହାରେଣ ସନ୍ତୁଷ୍ଟଃ ଷଡ୍‌କର୍ମନିରତଃ ସଦା ।
ଋତୁକାଲେଽଭିଗାମୀ ଚ ସ ବିପ୍ରୋ ଦ୍ୱିଜ ଉଚ୍ୟତେ ॥ 12 ॥

ଏଠାରେ ଆଚାର୍ଯ୍ୟ ଦ୍ୱିଜଙ୍କ ଗୁଣାବଳୀ ସଂପର୍କରେ ଚର୍ଚ୍ଚା କରିବାକୁ ଯାଇ କୁହନ୍ତି ଯେ ଦିନରେ ଥରେ ମାତ୍ର ଭୋଜନ କରୁଥିବା, ଅଧ୍ୟୟନ, ତପ ଆଦି ଛଅଗୋଟି କାର୍ଯ୍ୟରେ ସଦୈବ ଲାଗି ରହିଥିବା ତଥା ଋତୁକାଳରେ ପତ୍ନୀ ସହିତ ସମ୍ଭୋଗ କରୁଥିବା ବ୍ରାହ୍ମଣଙ୍କୁ ଦ୍ୱିଜ କୁହା ଯାଇଥାଏ ।

ବୈଶ୍ୟ :

ଲୌକିକେ କର୍ମଣି ରତଃ ପଶୁନାଂ ପରିପାଲକଃ ।
ବାଣିଜ୍ୟକୃଷିକର୍ମା ୟଃ ସ ବିପ୍ରୋ ବୈଶ୍ୟ ଉଚ୍ୟତେ ॥ 13 ॥

ଏଠାରେ ଆଚାର୍ଯ୍ୟ ଚାଣକ୍ୟ ବ୍ରାହ୍ମଣ ଦ୍ୱାରା କରାଯାଉଥିବା ସେହି କର୍ମମାନଙ୍କୁ ଚର୍ଚ୍ଚା କରିଛନ୍ତି ଯାହାଦ୍ୱାରା ସେମାନେ ବୈଶ୍ୟ ବର୍ଗରେ ପରିଗଣିତ ହୋଇପାରିବେ । ଆଚାର୍ଯ୍ୟଙ୍କ ବକ୍ତବ୍ୟ ହେଉଛି ଯେ ଯେଉଁ ବ୍ରାହ୍ମଣ ସଂସାରିକ କାର୍ଯ୍ୟରେ ଲିପ୍ତ ରହିଥାନ୍ତି, ପଶୁପାଳନ କରୁଥାନ୍ତି, ବାଣିଜ୍ୟ-ବ୍ୟାପାର ବା ଚାଷ ବାସ କରୁଥାନ୍ତି; ସେହି ବ୍ରାହ୍ମଣଙ୍କୁ ହିଁ ବୈଶ୍ୟ କୁହା ଯାଇଥାଏ ।

ଏଥିରୁ ଅର୍ଥ ପ୍ରତିପାଦିତ ହେଉଛି ଯେ ସମସ୍ତ ପ୍ରକାର ସଂସାରିକ କାମ କରୁଥିବା, ଜୀବନ ଧାରଣ ପାଇଁ ପଶୁ ପାଳୁଥିବା, ବେପାର-ବାଣିଜ୍ୟ କରୁଥିବା, ଚାଷ-ବାସ କରୁଥିବା ବ୍ରାହ୍ମଣଙ୍କୁ ମଧ୍ୟ ବୈଶ୍ୟ କୁହା ଯାଇଥାଏ ।

ବିଟାଳ :

ପରକାର୍ୟବିହନ୍ତା ଚ ଦାମ୍ଭିକଃ ସ୍ୱାର୍ଥସାଧକଃ ।
ଛଲୀଦ୍ୱେଷୀ ମଧୁକ୍ରୂରୋ ମାର୍ଜର ଉଚ୍ୟତେ ॥ 14 ॥

ଅଚାର୍ଯ୍ୟ ଚାଣକ୍ୟ କୁହନ୍ତି ଯେ ଅନ୍ୟର କାମରେ କ୍ଷତି ସୃଷ୍ଟି କରୁଥିବା, ଦମ୍ଭୀ, ସ୍ୱାର୍ଥୀ, ଛଳନାବାଦୀ, କପଟୀ, ଦ୍ୱେଷୀ, ମୁହଁରେ ମିଠା ମିଠା କଥା କହି ହୃଦୟରେ କ୍ରୂର ସ୍ୱଭାବ ପୋଷଣ କରି ରଖିଥିବା ବ୍ରାହ୍ମଣଙ୍କୁ ବିଟାଳ କୁହା ଯାଇଥାଏ ।

ଏଥିରୁ ଅର୍ଥ ପ୍ରତିପାଦିତ ହେଉଛି ଯେ ଯେଉଁ ବ୍ରାହ୍ମଣଙ୍କଠାରେ ନିମ୍ନ ଲିଖିତ ଦୁର୍ଗୁଣମାନ ରହିଥାଏ, ସେହି ବ୍ରାହ୍ମଣଙ୍କୁ ବିଟାଳ ବା ବିଟାଳିଆ କୁହା ଯାଇଥାଏ । ସେହି ଦୁର୍ଗୁଣମାନ ହେଉଛି- ଅନ୍ୟର କାମରେ ବାଧା ସୃଷ୍ଟି କରିବା, ଅତ୍ୟନ୍ତ ଗର୍ବ କରିବା, ନିଜ ସ୍ୱାର୍ଥକୁ କେବଳ ଦେଖୁଥିବା, ଅନ୍ୟକୁ ଦେଖି ସହି ପାରୁ ନଥିବା, ଛଳ-କପଟ କରୁଥିବା, ମିଛର ଆଶ୍ରୟ ନେଉଥିବା, ମୁହଁ ଉପରେ ଅତି ମିଠା ମିଠା କଥା କହୁଥିବା ଓ ପଛରେ ଛୁରୀ ଭୁସିବା ପରି କାର୍ଯ୍ୟ କରୁଥିବା ଇତ୍ୟାଦି କାମମାନ ।

ମ୍ଲେଚ୍ଛ :

ବାପୀକୂପତଡ଼ାଗାନାମାରାମସୁଖଶ୍ୱନାମ୍ ।
ଉଚ୍ଛେଦନେ ନିରାଶଂକ ସ ବିପ୍ରୋ ମ୍ଲେଚ୍ଛ ଉଚ୍ୟତେ ॥ 15 ॥

ଆଚାର୍ଯ୍ୟ ଚାଣକ୍ୟ କହୁଛନ୍ତି ଯେ ବାମ୍ଫି, କୂପ, ପୁଷ୍କରଣୀ, ଦେବ ମନ୍ଦିର ଇତ୍ୟାଦିକୁ ନିର୍ଭୀକ ଭାବରେ ନଷ୍ଟ କରିଦେଉଥିବା ବ୍ରାହ୍ମଣଙ୍କୁ ମ୍ଲେଚ୍ଛ କୁହା ଯାଉଥାଏ ।

ଏଥିରୁ ଅର୍ଥ ପ୍ରତିପାଦିତ ହେଉଛି ଯେ ଯେଉଁ ବ୍ରାହ୍ମଣ ବାମ୍ଫି, କୁଅ, ପୋଖରୀ, ଆଶ୍ରୟସ୍ଥଳ, ଉପବନ, ବଗିଚା ଓ ମନ୍ଦିର ଆଦିକୁ ନଷ୍ଟ କରି ଦିଅନ୍ତି, ଯାହାଙ୍କୁ ସମାଜ ବା ଲୋକ ଲଜ୍ଜାର ଭୟ ନଥାଏ; ତାହାଙ୍କୁ ମ୍ଲେଚ୍ଛ ବୋଲି ବୁଝିବାକୁ ପଡ଼ିବ ।

ଚଣ୍ଡାଳ :

ଦେବଦ୍ରବ୍ୟଂ ଗୁରୁଦ୍ରବ୍ୟଂ ପରଦାରାଭିମର୍ଷଣମ୍ ।
ନିର୍ବାହଃ ସର୍ବଭୂତେଷ୍ଟୁ ବିପ୍ରଶ୍ଚାଣ୍ଡାଲ ଉଚ୍ୟତେ ॥ 16 ॥

ଆଚାର୍ଯ୍ୟ ଚାଣକ୍ୟ କହୁଛନ୍ତି ଯେ ଯେଉଁ ବ୍ରାହ୍ମଣ ଦେବତାମାନଙ୍କର ବା ଗୁରୁଙ୍କର ବସ୍ତୁମାନଙ୍କୁ ଚୋରୀ କରିଥାନ୍ତି, ଅନ୍ୟ ସ୍ତ୍ରୀ ସହିତ ସଂଭୋଗ କରିଥାନ୍ତି ଏବଂ ସମସ୍ତ ପ୍ରକାର ପ୍ରାଣୀମାନଙ୍କ ମଧ୍ୟରେ ବାସ କରିଥାନ୍ତି; ତାଙ୍କୁ ଚଣ୍ଡାଳ କୁହା ଯାଇଥାଏ ।

ଏଠାରେ ଅର୍ଥ ପ୍ରତିପାଦିତ ହେଉଛି ଯେ ଦେବମନ୍ଦିରରୁ ବା ଗୁରୁଙ୍କ ଘରୁ ବିଭିନ୍ନ ବସ୍ତୁ ଓ ଧନାଦିକୁ ଚୋରୀ କରୁଥିବା, ପର ସ୍ତ୍ରୀ ସହିତ କୁକର୍ମ କରୁଥିବା, ସବୁ ପ୍ରକରର ଭଲ-ମନ୍ଦ ଲୋକମାନଙ୍କ ମଧ୍ୟରେ ରହି ଖିଆ-ପିଆ କରୁଥିବା, ଶୁଦ୍ଧ ତଥା ଗ୍ରହଣୀୟ ଆଚାର-ବ୍ୟବହାରକୁ ପାଳନ ନ କରୁଥିବା ବ୍ରହ୍ମଣଙ୍କୁ ଚଣ୍ଡାଳ ବୋଲି କୁହାଯାଏ ।

ଦାନର ମହିମା :

ଦେୟଂ ଭୋଜ୍ୟଧନଂ ସୁକୃତିଭିନୋଂ ସଂଚୟସ୍ତସ୍ୟ ବୈ,
ଶ୍ରୀକର୍ଣ୍ଣସ୍ୟ ବଲେଷ୍ଚ ବିକ୍ରମପତେରଦ୍ୟାପି କୀର୍ତି ସ୍ଥିତା ।
ଅସ୍ମାକଂ ମଧୁଦାନୟୋଗରହିତଂ ନଷ୍ଟଂ ଚିରାସଂଚିତ
ନିର୍ବାଣାଦିତି ନଷ୍ଟପାଦୟୁଗଲଂ ଘର୍ଷତ୍ୟମୀ ମକ୍ଷିକାଃ ॥ 17 ॥

ଦାନର ଚର୍ଚ୍ଚା କରିବାକୁ ଯାଇ ଆଚାର୍ଯ୍ୟ ଚାଣକ୍ୟ କହୁଛନ୍ତି ଯେ ମହାପୁରୁଷମାନେ ଭୋଜ୍ୟ ପଦାର୍ଥ ଓ ଧନକୁ ଦାନ କରିବା ଉଚିତ । ଏହାର ସଂଚୟ କରିବା ଉଚିତ ନୁହେଁ । କର୍ଣ୍ଣ, ବଳି ଇତ୍ୟାଦି ରାଜାମାନଙ୍କର କୀର୍ତି ଆଜି ପର୍ଯ୍ୟନ୍ତ ମଧ ସେହି କାରଣରୁ ଅକ୍ଷୁଣ୍ଣ ରହିଛି । ଅନ୍ୟ ପକ୍ଷରେ ଦେଖିବାକୁ ଗଲେ ନିଜର ଦୀର୍ଘ ସମୟ ମଧ୍ୟରେ ସଂଚିତ ହୋଇଥିବା ମଧୁ, ଯାହାକୁ ଦାନ ବା ଭୋଗ କରି ପାରିଲା ନାହିଁ ଓ ତାହକୁ ଆଉ କେହି ନେଇ ଗଲା ପରେ ତାହା ଯେ ଶେଷରେ ନଷ୍ଟ ହୋଇଗଲା ବୋଲି ଭାବି ମହୁମାଛି ଅତ୍ୟନ୍ତ ଦୁଃଖରେ ନିଜର ଦୁଇ ଗୋଡ଼କୁ ଭୂମିରେ ଖାଲି ଯାହା ଘଷୁଥାଏ ।

ଏଥିରୁ ଅର୍ଥ ପ୍ରତିପାଦିତ ହେଉଥାଏ ଯେ ମହାପୁରୁଷମାନଙ୍କୁ ଅନ୍ନ ଓ ଧନ ପ୍ରଭୃତି ଦାନ କରିବା ଦରକାର । ମହାଦାନୀ କର୍ଣ୍ଣ ବା ବଳିଙ୍କର ନାମ ଆଜି ସୁଦ୍ଧା କେବଳ ଦାନ ଦେଉଥିବା କାରଣରୁ ଅକ୍ଷୁଣ୍ଣ ରହିଛି । କିନ୍ତୁ ମହୁମାଛି ନିଜର ସଂଚିତ ମହୁକୁ ନା ସେ ନିଜେ ଖାଏ ନା ସେ କାହାକୁ ଦାନ କରେ । କିନ୍ତୁ ଯଦି କୌଣସି ଲୋକ ସେହି ମହୁକୁ କାଢ଼ି ନେଇ ଯାଏ, ତେବେ ସେ ଅତ୍ୟନ୍ତ ଦୁଃଖୀ ହୋଇ ନିଜର ପାଦକୁ ଭୂମି ଉପରେ ଯାହା ଘଷିବାକୁ ଲାଗିଥାଏ ମାତ୍ର ।

ଦ୍ୱାଦଶ ଅଧ୍ୟାୟ

ଗୃହସ୍ଥ ଧର୍ମ :

ସାନନ୍ଦଂ ସଦନଂ ସୁତାଶ୍ଚ ସୁଧୟଃ କାନ୍ତା ପ୍ରିୟାଲାପିନୀ,
ଇଚ୍ଛାପୂର୍ତିଧନଂ ସ୍ୱୟୋଷିତି ରତିଃ ସ୍ୱାଜ୍ଞାପରଃ ସେବକାଃ ।
ଆତିଥ୍ୟଂ ଶିବପୂଜନଂ ପ୍ରତିଦିନଂ ମିଷ୍ଟାନ୍ନପାନଂ ଗୃହେ,
ସାଧୋଃ ସଂଗମୁପାସତେ ଚ ସତତଂ ଧନ୍ୟୋ ଗୃହସ୍ଥାଶ୍ରମଃ ॥ 1 ॥

ଆଚାର୍ଯ୍ୟ ଚାଣକ୍ୟ ଏଠାରେ ଗୃହସ୍ଥଙ୍କ ସଂପର୍କରେ ଚର୍ଚ୍ଚା କରିବାକୁ ଯାଇ କୁହନ୍ତ ଯେ ଯେଉଁ ଗୃହସ୍ଥଙ୍କ ଘରେ ନିରନ୍ତର ଉତ୍ସବ- ଯଜ୍ଞ, ପାଠ ଓ କୀର୍ତନ ଆଦି ହୋଇଥାଏ, ସନ୍ତାନ ସୁଶିକ୍ଷିତ ହୋଇଥାନ୍ତି, ସ୍ତ୍ରୀ ମଧୁର ଭାଷିଣୀ ତଥା ମିଠା କଥା କହୁଥାନ୍ତି, ନିଜ ଆବଶ୍ୟକତାର ପୂର୍ତି ନିମନ୍ତେ ପର୍ଯ୍ୟାପ୍ତ ପରିମାଣରେ ଧନ ରହିଥାଏ, ପତି-ପତ୍ନୀ ଜଣେ ଅନ୍ୟ ଜଣଙ୍କ ପ୍ରତି ଅନୁରକ୍ତ ଥାଆନ୍ତି, ସେବକ ସ୍ୱାମୀଭକ୍ତ ତଥା ଆଜ୍ଞାପାଳକ ହୋଇଥାନ୍ତି, ଅତିଥିଙ୍କୁ ଭୋଜନ ଇତ୍ୟାଦି ଦ୍ୱାରା ସତ୍କାର କରିବା ସହିତ ଶିବଙ୍କର ପୂଜା ଚାଲିଥାଏ, ଘରେ ଭୋଜି ଇତ୍ୟାଦିରେ ମିତ୍ରମାନଙ୍କର ସ୍ୱାଗତ ହୋଇଥାଏ, ମହାତ୍ମାମାନଙ୍କର ଯିବା-ଆସିବା ଲାଗି ରହିଥାଏ; ସେହିଭଳି ପୁରୁଷଙ୍କର ଗୃହସ୍ଥାଶ୍ରମ ସତରେ ଅବଶ୍ୟ ପ୍ରଶଂସନୀୟ । ଏପରି ବ୍ୟକ୍ତି ଅତ୍ୟନ୍ତ ସୌଭାଗ୍ୟଶାଳୀ ଏବଂ ଧନ୍ୟ ହୋଇଥାନ୍ତି ।

ଆର୍ତେଷୁ ବିପ୍ରେଷୁ ଦୟାନ୍ୱିତଶ୍ଚେଚ୍ଛ୍ରଦ୍ଧେନ ୟଃ ସ୍ୱଳ୍ପମୁପୈତି ଦାନମ୍ ।
ଅନନ୍ତପାରଂ ସମୁପୈତି ଦାନଂ ୟଦ୍ଦୀୟତେ ତନ୍ନ ଲଭେଦ୍ ଦ୍ୱିଜେଭ୍ୟଃ ॥ 2 ॥

ଆଚାର୍ଯ୍ୟ ଚାଣକ୍ୟ କୁହନ୍ତି ଯେ ଦୁଃଖୀ ଓ ବିଦ୍ୱାନମାନଙ୍କୁ ଯିଏ ସାମାନ୍ୟମାତ୍ର ଦାନ ଦେଇଥାଏ, ତାହାକୁ ତାହାର ଅନନ୍ତ ଗୁଣ ସ୍ୱୟଂ ମିଳି ଯାଇଥାଏ ।

ଏଥିରୁ ଅର୍ଥ ପ୍ରତିପାଦିତ ହୋଇଥାଏ ଯେ ଯେଉଁ ବ୍ୟକ୍ତି ଦୁଃଖୀ, ଗରିବ, ବିଦ୍ୱାନ, ମହାପୁରୁଷ ଆଦିଙ୍କୁ ସାମାନ୍ୟ ମାତ୍ର ଦାନ ଦେଇ ଥାଆନ୍ତି, ତାକୁ ପ୍ରତ୍ୟକ୍ଷ ରୂପରେ କିଛି ହଠାତ୍ ନ ମିଳିଲେ ମଧ୍ୟ, ତାକୁ ସେହି କର୍ମରୁ ବହୁତ ବଡ଼ ପୁଣ୍ୟ ମିଳିଥାଏ । ଏହି ପୁଣ୍ୟ ବଳରୁ ସେ ଦେଇଥିବା ଦାନର ଅନେକ ଗୁଣ ଅଧିକ ପରବର୍ତୀ ପର୍ଯ୍ୟାୟରେ ଲାଭ କରିଥାଏ ।

ଦାକ୍ଷିଣ୍ୟଂ ସ୍ୱଜନେ ଦୟା ପରଜନେ ଶାଠ୍ୟଂ ସଦା ଦୁର୍ଜନେ ।
ପ୍ରୀତିଃ ସାଧୁଜନେ ସ୍ମୟ ଖଲଜନେ ବିଦ୍ୱଜ୍ଜନେ ଚାର୍ଜବମ୍ ।
ଶୌର୍ୟଂ ଶତ୍ରୁଜନେ କ୍ଷମା ଗୁରୁଜନେ ନାରୀଜନେ ଧୂର୍ତତାଃ
ଇତ୍ଥଂ ୟେ ପୁରୁଷା କଲାସୁ କୁଶଲାସ୍ତେଷ୍ୱେବ ଲୋକସ୍ଥିତିଃ ॥ 3 ॥

ଆଚାର୍ଯ୍ୟ ଚାଣକ୍ୟ ଏଠାରେ ଏପରି କିଛି ଭଲ ଲୋକଙ୍କ ଚର୍ଚ୍ଚା କରିବାକୁ ଯାଇ କୁହନ୍ତି ଯେ ଯିଏ ନିଜ ଲୋକମାନଙ୍କୁ ପ୍ରେମ, ଅନ୍ୟ ଲୋକମାନଙ୍କ ଉପରେ ଦୟା, ଦୁଷ୍ଟଙ୍କ ସହିତ ଦୁଷ୍ଟତା,

ସଜ୍ଜନମାନଙ୍କ ସହିତ ସରଳତା, ମୂର୍ଖଙ୍କୁ ଅନାଦାର, ବିଦ୍ୱାନଙ୍କୁ ଆଦର, ଶତ୍ରୁଙ୍କ ସହିତ ବାହଦୁରୀ ଓ ଗୁରୁଜନଙ୍କୁ ସମ୍ମାନ କରିଥାନ୍ତି; ଯେଉଁମାନଙ୍କର ସ୍ତ୍ରୀଲୋକଙ୍କ ସହିତ ଆଦୌ ଅସତ୍-ସଂପର୍କ ନାହିଁ; ଏହିପରି ଲୋକମାନଙ୍କୁ ମହାପୁରୁଷ ବୋଲି କହିଥାଆନ୍ତି । ଏହିପରି ଲୋକମାନଙ୍କ ପାଇଁ ସଂସାର ରହିଛି ।

ଏଥିରୁ ଅର୍ଥ ପ୍ରତିପାଦିତ ହେଉଛି ଯେ ବ୍ୟବହାର କୁଶଳ ଲୋକ ନିଜ ଭାଇ-ବଂଧୁଙ୍କ ସହିତ ପ୍ରେମଭାବ ରଖିଥାଆନ୍ତି, ଅନ୍ୟ ଲୋକମାନଙ୍କ ପ୍ରତି ଦୟା ଭାବ ପ୍ରଦର୍ଶନ କରିଥାନ୍ତ. ଦୁଷ୍ଟଙ୍କ ସହିତ କଠୋର ବ୍ୟବହାର ପ୍ରଦର୍ଶନ କରିଥାଆନ୍ତି, ସାଧୁ, ବିଦ୍ୱାନ, ମାତା-ପିତା ତଥା ଗୁରୁଙ୍କ ସହିତ ଆଦରତା ପୂର୍ବକ ବ୍ୟବହାର କରିଥାନ୍ତ. ମୂର୍ଖଲୋକମାନଙ୍କଠାରୁ ଦୂରେଇ ରହିଥାନ୍ତି, ଶତ୍ରୁଙ୍କ ସହିତ ସାହସ ପ୍ରଦର୍ଶନ କରି ବାହାଦୁରୀ ଦେଖାନ୍ତି ତଥା ସର୍ବୋପରି ସ୍ତ୍ରୀଲୋକମାନଙ୍କର ପଛରେ ପଡ଼ନ୍ତି ନାହିଁ । ଏହିପରି ଲୋକମାନେ ସମାଜର ବ୍ୟବହାରକୁ ଠିକ୍ ଭାବରେ ଜାଣିଥାନ୍ତି । ବସ୍ତୁତଃ ସେହିମାନଙ୍କ ପାଇଁ ସଂସାର ଆଗକୁ ଗତି କରି ଚାଲିଥାଏ ।

ହସ୍ତୌ ଦାନବର୍ଜିତୌ ଶ୍ରୁତିପୁଟୌ ସାରସ୍ୱତଦ୍ରୋହିଣୀ
ନେତ୍ରେ ସାଧୁବିଲୋକରହିତେ ପାଦୌ ନ ତୀର୍ଥଂ ଗତୌ ।
ଅନ୍ୟାୟାର୍ଜିତବିତ୍ତପୂର୍ଣ୍ଣମଧୁରଂ ଗର୍ବେଣ ତୁଂଗଂ ଶିରୌ
ରେ ରେ ଜମ୍ବୁକ ମୁଂଚ-ମୁଂଚ ସହସା ନୀଚଂ ସୁନିନ୍ଦ୍ୟଂ ବପୁଃ ॥ 4 ॥

ଆଚାର୍ଯ୍ୟ ଚାଣକ୍ୟ କୁହନ୍ତି ଯେ ହାତରେ ତ ଦାନ କଲ ନାହିଁ, କାନରେ ତ ଜ୍ଞାନ ଶୁଣିଲ ନାହିଁ, ଆଖିରେ ତ କୌଣସି ସାଧୁଙ୍କୁ ଦର୍ଶନ କଲନାହିଁ, ପାଦରେ ତ କୌଣସି ତୀର୍ଥକୁ ଗଲ ନାହିଁ; ପୁଣି ଅନ୍ୟାୟ ଅର୍ଜିତ ଧନରେ ପେଟ ଭର୍ତି କରୁଛ, ଗର୍ବରେ ମୁଣ୍ଡଟେକି ଚାଲୁଛ । ଆରେ ଗଧ! ଏହି ଶରୀରକୁ ତୁ ଶୀଘ୍ର ଛାଡ଼ି ଚାଲି ଯାଆ ।

ଏଥିରୁ ସ୍ପଷ୍ଟ ଅର୍ଥ ପ୍ରତିପାଦିତ ହେଉଛି ଯେ ମଣିଷ ଭିତରେ ଏହିପରି ଦୁର୍ଗୁଣ ମାନ ରହିଛି, ତାହାକୁ ଗଧିଆ ବୋଲି ଭାବି ନବାକୁ ପଡ଼ିବ । ଯେପରି ସେ କେବେ କାହାକୁ ଦାନ କରେ ନାହିଁ, କାନରେ ଭଗବାନଙ୍କ କଥାକୁ ଶୁଣେ ନାହିଁ, କେବେହେଲେ ତୀର୍ଥକୁ ଯାଇ ନାହିଁ, ମନ୍ଦବାଟରେ କେବଳ ଧନ ଅର୍ଜନ କରିଛି ଓ ଅତିମାତ୍ରାରେ ଅହଂକାରୀ ହୋଇ ଉଠିଛି; ସେଭଳି ମଣିଷ ରୂପୀ ଗଧିଆ ଶିଘ୍ର ମରି ଯିବା ଭଲ ।

ଯେଷାଂ ଶ୍ରୀମଦ୍ୟଶୋଦାସୁତ-ପଦ-କମଲେ ନାସ୍ତି ଭକ୍ତିର୍ନରାଣାମ୍
ଯେଷାମାଭୀରକନ୍ୟା ପ୍ରିୟଗୁଣକଥନେ ନାନୁରକ୍ତା ରସଜ୍ଞା ।
ତେଷାଂ ଶ୍ରୀକୃଷ୍ଣଲୀଲା ଲଲିତରସକଥା ସାଦରୌ ନୈବ କର୍ଣ୍ଣୌ,
ଧିକ୍ତାନ୍ ଧିକ୍ତାନ୍ ଧିଗେତାନ୍, କଦ୍ୟୟତି ସତତଂ କୀର୍ତିନରସ୍ଥା ମୃଦଂଗ ॥ 5 ॥

ଏଠାରେ ପ୍ରଭୁ ଗୁଣଗାନର ମହତ୍ୱ ପ୍ରତିପାଦିତ କରିବାକୁ ଯାଇ ଆଚାର୍ଯ୍ୟ ଚାଣକ୍ୟ କହୁଛନ୍ତି ଯେ ମୃଦଂଗ ବାଦ୍ୟର ଧ୍ୱନି ବହୁତ ସୁନ୍ଦର । ମୃଦଂଗରୁ ଶବ୍ଦ ବାହାରେ- ଧିକ୍ତାନ, ଯାହାର ଅର୍ଥ ହେଉଛି 'ତାଙ୍କୁ ଧିକ୍' । ଏହାପରେ କବି କଳ୍ପନା କରିଛନ୍ତି ଯେ ଯେଉଁ ଲୋକଙ୍କର ଭଗବାନ ଶ୍ରୀକୃଷ୍ଣଙ୍କ ଚରଣକମଳରେ ଅନୁରାଗ ନାହିଁ, ଯାହାର ଜିହ୍ୱା ଶ୍ରୀରାଧା ଓ ଗୋପୀମାନଙ୍କର ଗୁଣ-କୀର୍ତନରେ ଆନଂଦିତ

ହୋଇ ଉଠେନାହିଁ, ଯାହାର କାନ ଶ୍ରୀକୃଷ୍ଣଙ୍କ କଥାମୃତର ସୁନ୍ଦର କଥା ଶୁଣିବାପାଇଁ ଉତ୍ସାହ ରଖେ ନାହିଁ; ମୃଦଂଗ ମଧ୍ୟ ତାଙ୍କୁ "ଧିକ୍‌କାର, ଧିକ୍‌କାର" ବୋଲି କହିଥାଏ । ବସ୍ତୁତଃ ଯେଉଁ ବ୍ୟକ୍ତି ଜୀବନରେ ପ୍ରଭୁଙ୍କର ଗୁଣଗାନ କରେ ନାହିଁ, ତାହାକୁ ଧିକ୍‌କାର, ତାହାର ଜୀବନ ବ୍ୟର୍ଥ ।

ପତ୍ରଂ ନୈବ ଯଦା କରୀରବିଟପେ ଦୋଷୋ ବସନ୍ତସ୍ୟ କିଂ
ନୋଲୁକୋଽପ୍ୟବଲୋକୟତେ ଯଦି ଦିବା ସୂର୍ଯସ୍ୟ କିଂ ଦୂଷଣମ୍ ?
ବର୍ଷା ନୈବ ପତତି ଚାତକମୁଖେ ମେଘସ୍ୟ କିଂ ଦୂଷଣମ୍
ଯତ୍‌ପୂର୍ବଂ ବିଧିନା ଲଲାଟ ଲିଖିତଂ ତନ୍ମାର୍ଜିତୁଂ କଃ କ୍ଷମଃ ॥ 6 ॥

ଆଚାର୍ଯ୍ୟ ଚାଣକ୍ୟ କହୁଛନ୍ତି ଯେ ଯଦି କଂଟାଗଛରେ ପତ୍ର ନ କଅଁଳିଲା, ତାହାହେଲେ ବସନ୍ତର କି ଦୋଷ ? ଯଦି ପେଚାକୁ ଦିନରେ ଦେଖା ନ ଗଲା ତେବେ ସୂର୍ଯ୍ୟଙ୍କର କଣ ଦୋଷ ? ଯଦି ବର୍ଷାଜଳ ଚାତକର ମୁହଁରେ ନ ପଡ଼ିଲା, ତେବେ ବାଦଲର କି ଅପରାଧ ? ତେଣୁ ଭାଗ୍ୟ ଯାହା ଲଲାଟରେ ଲେଖି ଦେଇଛି, ତାକୁ କିଏ ବା ଲିଭାଇ ପାରିବ ?

ଏଥିରୁ ଅର୍ଥ ନିଷ୍ପନ୍ନ ହେଉଛି ଯେ କଂଟାଗଛରେ ପତ୍ର କଅଁଳେ ନାହିଁ, ପେଚା ଦିନରେ ଦେଖି ପାରେନାହିଁ ଏବଂ ଚାତକ ମୁହଁରେ ବର୍ଷା ବିନ୍ଦୁ ପଡ଼ିନଥାଏ । ଏହି ହେତୁରୁ ବସନ୍ତ, ସୂର୍ଯ୍ୟ ଓ ବାଦଲକୁ କେବେ ଦୋଷୀ କରା ଯାଇ ପାରିବ ନାହିଁ । ଏହା ହେଉଛି ସେମାନଙ୍କର ଭାଗ୍ୟଦୋଷ; ଯାହାକୁ କେହି ଲିଭାଇ ପାରିବେ ନାହିଁ ।

ସତ୍ସଂଗତିର ମହିମା :

ସତ୍ସଂଗତେର୍ଭବତି ହି ସାଧୁତା ଖଲାନାଂ
ସାଧୁନାଂ ନ ହି ଖଲସଂଗତେଃ ଖଲତ୍ୱମ୍ ।
ଆମୋଦଂ କୁସୁମଭବଂ ମୃଦେବ ଧତ୍ତେ
ମୃଦ୍‌ଗନ୍ଧେ ନ ହି କୁସୁମାନି ଧାରୟନ୍ତି ॥ 7 ॥

ଆଚାର୍ଯ୍ୟ ଚାଣକ୍ୟ ସତ୍ସଂଗର ମହିମା ପ୍ରତିପାଦିତ କରିବାକୁ ଯାଇ କୁହନ୍ତି ଯେ ସତ୍ସଂଗତି ଫଳରେ ଦୁଷ୍ଟଲୋକମାନଙ୍କ ମଧ୍ୟରେ ମଧ୍ୟ ସାଧୁତା ଆସିଥାଏ, କିନ୍ତୁ ଦୁଷ୍ଟମାନଙ୍କ ସଂଗତିରେ ସାଧୁମାନଙ୍କ ମଧ୍ୟରେ କିନ୍ତୁ ଦୁଷ୍ଟତା ଆସି ନଥାଏ । ମାଟି ଫୁଲର ସୁଗନ୍ଧକୁ ଧାରଣ କରି ନେଇଥାଏ, ମାତ୍ର ଫୁଲ ମାଟିର ଗଂଧକୁ ଆପଣେଇ ନିଏ ନାହିଁ ।

ଏଥିରୁ ଅର୍ଥ ପ୍ରତିପାଦିତ ହେଉଛି ଯେ ଫୁଲର ସୁଗନ୍ଧରେ ମାଟି ତ ସୁଗନ୍ଧିତ ହୋଇ ଯାଇଥାଏ, କିନ୍ତୁ ମାଟି ଗନ୍ଧର ପ୍ରଭାବ ଫୁଲ ଉପରେ କେବେ ପଡ଼େ ନାହିଁ । ଏହି ପ୍ରକାରରେ ସାଧୁ ଓ ସଜ୍ଜନମାନଙ୍କର ସଂସ୍ପର୍ଶରେ ଆସିବା ଫଳରେ ଦୁଷ୍ଟମାନଙ୍କ ମଧ୍ୟରେ ମଧ୍ୟ ସଦ୍‌ଗୁଣ ଆସି ଯାଇଥାଏ । ମାତ୍ର ଦୁଷ୍ଟମାନଙ୍କ ଦୁଷ୍ପ୍ରଭାବ କେବେ ସଜ୍ଜନମାନଙ୍କ ଉପରେ ପଡ଼ି ନଥାଏ । ଏବଂ ତାହା କେବଳ ସମ୍ଭବ ହୋଇଥାଏ ଚରିତ୍ରର ଦୃଢ଼ତା ହେତୁ । ଯେପରି କୁହାଯାଇଛି ଯେ,-

"ଚନ୍ଦନ ବିଷ ବ୍ୟାପତ ନହିଁ, ଲିପଟେ ରହତ ଭୁଜଂଗ ।"

ଅର୍ଥାତ୍ ସାପ ଗୁଡ଼ାଇ ହୋଇ ରହିଥିଲେ ମଧ୍ୟ ଚନ୍ଦନ ଗଛରେ ବିଷର ସଂଚାର ହୋଇ ନଥାଏ । ସେ କେବଳ ତାର ଶୀତଳତକୁ ବଜାୟ ରଖିଥାଏ ।

ସାଧୁ ଦର୍ଶନର ପୁଣ୍ୟ :

ସାଧୁନାଂ ଦର୍ଶନଂ ପୁଣ୍ୟଂ ତୀର୍ଥଭୂତାଃ ହି ସାଧବଃ ।
କାଲେନ ଫଲତେ ତୀର୍ଥଃ ସଦ୍ୟଃ ସାଧୁ ସମାଗମଃ ॥ 8 ॥

ଆଚାର୍ଯ୍ୟ ଚାଣକ୍ୟ କୁହନ୍ତି ଯେ ସାଧୁଦର୍ଶନରେ ପୁଣ୍ୟ ମିଳିଥାଏ । ସଧୁ ତୀର୍ଥ ସହ ସମାନ । ତୀର୍ଥଫଳ କିଛି ସମୟ ପରେ ମିଳିଥାଏ, କିନ୍ତୁ ସାଧୁ ସମାଗମ ତୁରନ୍ତ ଫଳ ପ୍ରଦାନ କରିଥାଏ ।

ଏଥିରୁ ଅର୍ଥ ପ୍ରତିପାଦିତ ହୋଇଥାଏ ଯେ ସାଧୁମାନଙ୍କର ଦର୍ଶନ କଲେ ମନୁଷ୍ୟ ପାପରୁ ଦୂରେଇ ଯାଏ ଓ ତାହାକୁ ପୁଣ୍ୟ ମିଳିଥାଏ । ସାଧୁ ତୀର୍ଥ ପରି ହୋଇଥାନ୍ତି, ତଥା ସେମାନଙ୍କର କୃପା ହେଲେ ମନୁଷ୍ୟର ସମସ୍ତ ଇଚ୍ଛା ପୂରଣ ହୋଇଥାଏ । ତୀର୍ଥକୁ ଗଲେ, ତାହାର ଫଳ ତ ସାମାନ୍ୟ ଡେରିରେ ମିଳିବ, ହେଲେ ସାଧୁମାନଙ୍କର ସଂଗତିର ଫଳ ତୁରନ୍ତ ମିଳିଥାଏ । ତୀର୍ଥ- ଯାହାଦ୍ୱାରା ମନୁଷ୍ୟର ସମସ୍ତ ଇଚ୍ଛା ପୂରଣ ହୋଇଥାଏ, ତାହାକୁ ହିଁ ତୀର୍ଥ କୁହା ଯାଇଥାଏ ।

ତୁଚ୍ଛତାରେ ବଡ଼ପଣିଆ କେଉଁଠି ?

ବିପ୍ରାସ୍ମିନ୍ନଗରେ ମହାନ୍ କଥ୍ୟ କସ୍ତାଲ ଦ୍ରୁମାଣାଂ ଗଣଃ
କୋ ଦାତା ରଜକୋ ଦଦାତି ବସନଂ ପ୍ରାତର୍ଗୃହୀତ୍ୱା ନିଶି ।
କୋ ଦକ୍ଷଃ ପରବିତ୍‌ତଦାରହରଣଂ ସର୍ବେଽପି ଦକ୍ଷାଃ ଜନାଃ
କସ୍ମାଜ୍ଜୀବତିର ହେ ସଖେ ! ବିଷକୃମିନ୍ୟାୟେନ ଜୀବାମ୍ୟହମ୍ ॥ 9 ॥

ଆଚାର୍ଯ୍ୟ ଚାଣକ୍ୟ କୁହନ୍ତି ଯେ ହେ ମିତ୍ର ! ଏହି ନଗରରେ ବଡ଼ କିଏ ? ତାଳଗଛ ହେଉଛି ବଡ଼ । ଦାନୀ କିଏ ? ଧୋବା ଏଠାରେ ଦାନୀ, ଯିଏ ସକାଳେ ନେଇ ଯାଇଥିବା ଲୁଗାକୁ ସନ୍ଧ୍ୟାରେ ଫେରାଇ ଦେଇ ଯାଏ । ଚତୁର ବ୍ୟକ୍ତି କିଏ ? ଅନ୍ୟର ଧନ ତଥା ସ୍ତ୍ରୀ ହରଣ କରିବାରେ ସମସ୍ତେ ଚତୁର । ତେବେ ତୁମେ ଏଭଳି ନଗରରେ ଜୀବିତ ଅଛ କିପରି ? ବାସ୍ ! ଆବର୍ଜନାରେ କୀଟ ପରି ଜୀବିତ ରହିଛି ।

ଏଠାରେ ଅର୍ଥ ପ୍ରତିପାଦିତ ହେଉଛି ଯେ ଯେଉଁ ସହରରେ ବିଦ୍ୱାନ, ବୁଦ୍ଧିମାନ, ଜ୍ଞାନୀପୁରୁଷ ରୁହନ୍ତି ନାହିଁ; ଯେଉଁଠି ଲୋକମାନେ ଦାନ ଦେଇ ଜାଣନ୍ତି ନାହିଁ; ଯେଉଁଠି ଭଲ କାମ କରିବାରେ କେହି ଚତୁର ନଥାନ୍ତି; କିନ୍ତୁ ଲୁଟ-ତରାଜ, ଖରାପ ଚାଲି-ଚଳନରେ ସମସ୍ତେ ଜଣଠୁଁ ବଳି ଜଣେ; ଏଭଳି ସ୍ଥାନକୁ ଆବର୍ଜନାର ଗନ୍ତାଘର ବୋଲି ବୁଝିବାକୁ ପଡ଼ିବ ଏବଂ ସେଠିକାର ଲୋକମାନେ ହେଉଛନ୍ତି ସେହି ଆବର୍ଜନା ମଧ୍ୟରେ ଥିବା ବିଭିନ୍ନ କୀଟ । ଏବଂ ବଡ଼ ଦୁଃଖର ବିଷୟ ହେଉଛି ଯେ ଆଜିକାଲିର ସଂସାର ଏହି ଧାରାରେ ହିଁ ଚାଲିଛି ।

ନ ବିପ୍ରପାଦୋଦକ ପଂକିଲାନି ନ ବେଦଶାସ୍ତ୍ରଧ୍ୱନିଗର୍ଜିତାନି ।
ସ୍ୱାହାସ୍ୱଧାକାରଧ୍ୱନିବର୍ଜିତାନି ଶ୍ମଶାନତୁଲ୍ୟାନି ଗୃହାଣିତାନି ॥ 10 ॥

ଆଚାର୍ଯ୍ୟ ଚାଣକ୍ୟ ଘରର ସ୍ୱରୂପ ସଂପର୍କରେ ଚର୍ଚ୍ଚା କରିବାକୁ ଯାଇ କୁହନ୍ତି ଯେ ଯେଉଁ ଘର ବ୍ରାହ୍ମଣଙ୍କ ପଦଧୂଳିରେ କାଦୁଅ ହୋଇ ଯାଇ ନାହିଁ, ଯେଉଁଠାରୁ କେବେ ବେଦ-ଶାସ୍ତ୍ରର ଧ୍ୱନି ଶୁଣା ଯାଇ ନାହିଁ, ଯେଉଁଠି ଯଜ୍ଞର 'ସ୍ୱାହା' ଓ 'ସ୍ୱାଧା' ଧ୍ୱନିମାନର ଅଭାବ ରହିଛି; ସେପରି ଘର ହେଉଛି ଶ୍ମଶାନ ସମାନ ।

ଏଥିରୁ ଅର୍ଥ ପ୍ରତିପାଦିତ ହେଉଛି ଯେ ଯେଉଁ ଘରେ ବିଦ୍ୱାନ ଓ ବ୍ରାହ୍ମଣଙ୍କର ଆଦର ହୁଏ ନାହିଁ, ବେଦ ଓ ଶାସ୍ତ୍ରାଦିର ଅଧ୍ୟୟନ, ପାଠ ବା କଥା ହୁଏ ନାହିଁ ତଥା ଯଜ୍ଞ କରା ଯାଏନାହିଁ; ଏଭଳି ଘରକୁ ଶ୍ମଶାନ ବୋଲି ବୁଝିବାକୁ ହିଁ ପଡ଼ିବ ।

ସଂପର୍କୀୟଙ୍କ ଛଅଟି ଗୁଣ :

ସତ୍ୟଂ ମାତା-ପିତା ଜ୍ଞାନଂ ଧର୍ମୋଂ ଭ୍ରାତା ଦୟା ସଖା ।
ଶାନ୍ତିଃ ପତ୍ନୀ କ୍ଷମା ପୁତ୍ରଃ ଷଡ଼େତେ ମମ ବାନ୍ଧବାଃ ॥ 11 ॥

ଆଚାର୍ଯ୍ୟ ଚାଣକ୍ୟ ବ୍ୟକ୍ତିର ଗୁଣକୁ ତାହାର ପରମ ହିତୈଷୀ ବୋଲି ପ୍ରକାଶ କରି କହିଛନ୍ତି ଯେ ସତ୍ୟ ହେଉଛି ମୋର ମାତା, ଜ୍ଞାନ ହେଉଛି ପିତା, ଧର୍ମ ହେଉଛି ଭାଇ, ଦୟା ହେଉଛି ମିତ୍ର, ଶାନ୍ତି ହେଉଛି ପତ୍ନୀ ତଥା କ୍ଷମା ହେଉଛି ପୁତ୍ର- ଏହି ଛଅଟି ଗୁଣ ହେଉଛନ୍ତି ମୋର ସଂପର୍କୀୟ ବା ଭାଇ-ବଂଧୁ-କୁଟୁମ୍ବ ।

ଏଠାରେ ଅର୍ଥ ପ୍ରତିପାଦିତ ହେଉଛି ଯେ ସତ୍ୟ ହେଉଛି ବ୍ୟକ୍ତିର ମାଆ ପରି, ଜ୍ଞାନ ହେଉଛି ପିତା ପରି, ଧର୍ମ ହେଉଛି ଭାଇ ପରି, ଦୟା ହେଉଛି ମିତ୍ର ପରି, ଶାନ୍ତି ହେଉଛି ପତ୍ନୀ ପରି ଓ କ୍ଷମା ହେଉଛି ପୁତ୍ର ପରି । କହିବାକୁ ଗଲେ ଏହି ଛଅ ଗୋଟି ଗୁଣ ହେଉଛି ମଣିଷର ପ୍ରକୃତ ବଂଧୁ-ବାଂଧବ ବା ସଂପର୍କୀୟ ।

ଦୁଷ୍ଟ ହିଁ ଦୁଷ୍ଟ :

ବୟସଃ ପରିଣାମେ ହି ୟଃ ଖଲାଃ ଖଲ ଏବ ସଃ
ସୁପକ୍ୱମପି ମାଧୁର୍ୟଂ ନୋପାୟତୀନ୍ଦ୍ର ବାରୁଣମ୍ ॥ 12 ॥

ଆଚାର୍ଯ୍ୟ ଚାଣକ୍ୟ କୁହନ୍ତି ଯେ ବୟସାନୁପାତରେ ଯିଏ ଦୁଷ୍ଟ ହୋଇଥାଏ, ସିଏ ଦୁଷ୍ଟ ଭାବରେ ହିଁ ରହିଯାଏ । ଯେପରି ଇନ୍ଦ୍ରବାରୁଣ (ଏକ ପ୍ରକାରର ଫଳ) ଯେତେ ଭଲ ଭାବରେ ପାଚିଗଲା ପରେ ମଧ୍ୟ କେବେ ମିଠା ଲାଗେନାହିଁ ।

ଏଠାରେ ଅର୍ଥ ପ୍ରତିପାଦିତ ହୁଏ ଯେ ଦୁଷ୍ଟତା ଉପରେ କେବେ ବୟସର ପ୍ରଭାବ ପଡ଼େ ନାହିଁ । ଦୁଷ୍ଟ ଯେତେ ବୁଢ଼ା ହୋଇଗଲା ପରେ ମଧ୍ୟ ସେହି ଦୁଷ୍ଟ ସ୍ୱଭାବର ହୋଇ ରହିଥାଏ । ଯେପରି ଇନ୍ଦ୍ରବାରୁଣ ଫଳ କଂଚା ଥାଉ ବା ପାଚିଲା, ତାହା କେବେ ମିଠା ଲାଗେ ନାହିଁ, ସଦୈବ ଖଟା ଲାଗିଥାଏ । ଏଣୁ ବୁଢ଼ା ହୋଇଗଲା ପରେ ମଧ୍ୟ ଦୁଷ୍ଟଙ୍କୁ ବିଶ୍ୱାସ କରା ଯାଇ ପାରିବ ନାହିଁ ।

ଅନୁରାଗ ହିଁ ଜୀବନ :

ନିମନ୍ତ୍ରଣୋତ୍ସବା ବିପ୍ରା ଗାବୋ ନବତୃଣୋତ୍ସବାଃ ।
ପତ୍ୟୁତ୍ସାହୟୁତା ନାର୍ୟାଃ ଅହଂ କୃଷ୍ଣ-ରଣୋତ୍ସବଃ ॥ 13 ॥

ଆଚାର୍ଯ୍ୟ ଚାଣକ୍ୟ କୁହନ୍ତି ଯେ ଯେଉଁ ପ୍ରକାରରେ ଯଜମାନର ନିମନ୍ତ୍ରଣ ବ୍ରାହ୍ମଣମାନଙ୍କ ପାଇଁ ପ୍ରସନ୍ନତାର ଅବସର ଆଣି ଦେଇଥାଏ ଅର୍ଥାତ୍ ନିମନ୍ତ୍ରଣ ପାଇ ବ୍ରାହ୍ମଣମାନଙ୍କୁ ସ୍ୱାଦିଷ୍ଟ ଭୋଜନ ଓ ଦାନ-ଦକ୍ଷିଣା ମିଳିବାର ଅବସର ସୁଲଭ ହୋଇଥାଏ, କଂଚାଘାସ ପାଇଲେ ଗାଈମାନଙ୍କର ଯେପରି ଉତ୍ସବ ବା ପ୍ରସନ୍ନତାର କଥା ହୋଇ ଉଠିଥାଏ, ଠିକ୍ ସେହିପ୍ରକାରରେ ପତିର ପ୍ରସନ୍ନତା ସ୍ତ୍ରୀଙ୍କ ପାଇଁ ଉତ୍ସବ ସମାନ ହୋଇଥାଏ । ପରନ୍ତୁ ମୋ ପାଇଁ ତ ଭୀଷଣ ରଣକ୍ଷେତ୍ରରେ ଅନୁରାଗ ହିଁ ଜୀବନର ସାର୍ଥକତା ବା ଉତ୍ସବ ବୋଲି ସାବ୍ୟସ୍ତ ହୋଇଥାଏ ।

ମାତୃବତ୍ ପରଦାରେଷୁ ପରଦ୍ରବ୍ୟାଣି ଲୋଷ୍ଟବତ୍ ।
ଆତ୍ମବତ୍ ସର୍ବଭୂତାନି ୟଃ ପଶ୍ୟତି ସଃ ପଂଡିତଃ ॥ 14 ॥

ଆଚାର୍ଯ୍ୟ ଚାଣକ୍ୟ କୁହନ୍ତି ଯେ ବ୍ୟକ୍ତି ଅନ୍ୟଲୋକର ସ୍ତ୍ରୀକୁ ମାତା ବୋଲି ମନେ କରିବା ଦରକାର, ଅନ୍ୟର ଧନ ଉପରେ ଦୃଷ୍ଟି ନ ପକାଇ ତାହାକୁ ପରର ବୋଲି ଭାବିବା ଦରକାର ଏବଂ ସମସ୍ତଙ୍କୁ ନିଜ ପରି ମନେ କରିବା ଦରକାର । ଚାଣକ୍ୟ ସ୍ୱୀକାର କରନ୍ତି ଯେ ଅନ୍ୟଲୋକର ସ୍ତ୍ରୀକୁ ମାତା, ପରର ଧନକୁ ମାଟି ପିଣ୍ଡୁଳା ଓ ସବୁ ପ୍ରାଣୀଙ୍କୁ ନିଜ ପରି ଦେଖୁଥିବା ବ୍ୟକ୍ତିକୁ ହିଁ ପ୍ରକୃତ ଅର୍ଥରେ ଦେଖିବାକୁ ଗଲେ ଋଷି ଓ ବିବେକଶୀଳ ପଣ୍ଡିତ ବୋଲି କୁହାଯାଇଥାଏ ।

ରାମଙ୍କ ମହିମା :

ଧର୍ମେ ତତ୍ପରତା ମୁଖେ ମଧୁରତା ଦାନେ ସମୁତ୍ସାହତା
ମିତ୍ରେଽବଂଚକତା ଗୁରୌ ବିନୟତା ଚିତ୍ତେଽପି ଗମ୍ଭୀରତା ।
ଆଚାରେ ଶୁଚିତା ଗୁଣେ ରସିକତା ଶାସ୍ତ୍ରେଷୁ ବିଜ୍ଞାତୃତା
ରୂପେ ସୁନ୍ଦରତା ଶିବେ ଭଜନତା ତ୍ୱୟ୍ୟସ୍ତି ଭୋ ରାଘବ ॥ 15 ॥

ଏଠାରେ ଆଚାର୍ଯ୍ୟ ଚାଣକ୍ୟ କୁହନ୍ତି ଯେ ଧର୍ମରେ ତତ୍ପରତା, ମୁଖରେ ମଧୁରତା, ଦାନରେ ଉତ୍ସାହ, ମିତ୍ରମାନଙ୍କ ସହିତ ନିଷ୍କପଟତା, ଗୁରୁଙ୍କ ପ୍ରତି ବିନମ୍ରତା, ହୃଦୟରେ ଗମ୍ଭୀରତା, ଆଚରଣରେ ପବିତ୍ରତା, ଗୁଣ ପ୍ରତି ଆଦର, ଶାସ୍ତ୍ରର ବିଶେଷ ଜ୍ଞାନ, ରୂପରେ ସୁନ୍ଦରତା ତଥା ଶିବଙ୍କ ଠାରେ ଭକ୍ତି- ହେ ରାଘବ ! ଏହି ସମସ୍ତ ଗୁଣ କେବଳ ଆପଣଙ୍କଠାରେ ରହିଛି ।

ଏଠାରେ ଆଚାର୍ଯ୍ୟ ଚାଣକ୍ୟ ମର୍ଯ୍ୟାଦାପୁରୁଷୋତ୍ତମ ଶ୍ରୀ ରାମଚନ୍ଦ୍ରଙ୍କୁ ପ୍ରାର୍ଥନା କରିବା ପୂର୍ବକ କହୁଛନ୍ତି ଯେ ହେ ରାଘବ ! ଆପଣ ଧର୍ମକୁ ଅତ୍ୟନ୍ତ ତତ୍ପରତାର ସହିତ ପାଳନ କରନ୍ତି । ଆପଣଙ୍କ ମୁଖରେ ଏକ ଅତୁଳନୀୟ ମଧୁରତା ରହିଛି । ଆପଣଙ୍କର ଦାନରେ ଅତ୍ୟଧିକ ରୁଚି ରହିଛି । ଆପଣ ମିତ୍ରମାନଙ୍କପାଇଁ ଅତ୍ୟନ୍ତ ନିଷ୍କପଟ । ଗୁରୁଜନଙ୍କ ନିକଟରେ ଆପଣ ଅତ୍ୟନ୍ତ ବିନମ୍ର । ଆପଣଙ୍କ ହୃଦୟ ଅତ୍ୟନ୍ତ ଗମ୍ଭୀର ଓ ଆଚରଣ ଅତ୍ୟନ୍ତ ପବିତ୍ର । ଆପଣ ଗୁଣକୁ ଆଦର କରନ୍ତି ଓ ସମସ୍ତ ପ୍ରକାରର ଶାସ୍ତ୍ରବିଦ୍ୟାରେ ଆପଣଙ୍କର ବିଶେଷ ଜ୍ଞାନ ରହିଛି । ଆପଣଙ୍କ ସୁନ୍ଦରତା ଅବର୍ଣ୍ଣନୀୟ । ଭଗବାନ ଶିବଙ୍କ ଠାରେ ଆପଣଙ୍କର ଅତୁଟ ଭକ୍ତି ରହିଛି । ଏହି ସମସ୍ତ ଗୁଣ କେବଳ ଆପଣଙ୍କଠାରେ ହିଁ ଶୋଭାପାଉଛି ।

କାଷ୍ଠଂ କଳ୍ପତରୁଃ ସୁମେରୁରଚଳଶ୍ଚିନ୍ତାମଣିଃ ପ୍ରସ୍ତରଃ
ସୂର୍ଯ୍ୟସ୍ତୀବ୍ରକରଃ ଶଶିଃ କ୍ଷୟକରଃ କ୍ଷାରୋହି ନିରବାରିଧିଃ ।
କାମୋ ନଷ୍ଟତନୁର୍ବଲିର୍ଦିତିସୁତୋ ନିତ୍ୟ ପଶୁଃ କାମଗୋଃ
ନୈତାସ୍ତେ ତୁଳୟାମି ଭୋ ରଘୁପତେ କସ୍ୟୋପମା ଦୀୟତେ ॥ 16 ॥

ଆଚାର୍ଯ୍ୟ ଚାଣକ୍ୟ କୁହନ୍ତି ଯେ କଳ୍ପବୃକ୍ଷ ହେଉଛି କାଠ । ସୁମେରୁ ହେଉଛି ପାହାଡ଼ । ପାରସ ହେଉଛି ଏକ ପଥର । ସୂର୍ଯ୍ୟଙ୍କ କିରଣ ଅତ୍ୟନ୍ତ ତୀବ୍ର । ଚନ୍ଦ୍ରମା କ୍ଷୟଶୀଳ । ସମୁଦ୍ର ଲୁଣିଆ । କାମଦେବଙ୍କ ଶରୀର ନାହିଁ । ବଳି ହେଉଛି ଏକ ଦୈତ୍ୟ । କାମଧେନୁ ହେଉଛି ପଶୁ । ହେ ରାମ ! ମୁଁ ଆପଣଙ୍କ ତୁଳନା କାହାରି ସହିତ କରି ପାରୁ ନାହିଁ । ଆପଣଙ୍କ ଉପମା ମୁଁ କାହାସହିତ ଦେବି ?

ଏଥିରୁ ଅର୍ଥ ନିଷ୍କର୍ଷ ହେଉଛି ଯେ ଆଚାର୍ଯ୍ୟ ଚାଣକ୍ୟ ଭଗବାନଙ୍କୁ କହୁଛନ୍ତି, ହେ ରାମ ! ଲୋକମାନେ ଆପଣଙ୍କୁ କଳ୍ପବୃକ୍ଷ ବା କାମଧେନୁ ପରି ସମସ୍ତଙ୍କ ଇଚ୍ଛା ପୂର୍ଣ୍ଣ କର୍ତ୍ତା ବୋଲି କହୁଛନ୍ତି । ଆପଣ ସମସ୍ତଙ୍କ ଇଚ୍ଛା ପୂରଣ କରୁଛନ୍ତି, ଏହା ଅତ୍ୟନ୍ତ ସତ୍ୟ । କିନ୍ତୁ କଳ୍ପବୃକ୍ଷ ହେଉଛି କାଠ ଓ କାମଧେନୁ ହେଉଛି ଏକ ପଶୁ । ଆପଣଙ୍କୁ ସୁନାର ପାହଡ଼ ସୁମେରୁ ପରି ବୋଲି ମଧ୍ୟ କୁହନ୍ତି । ଏକଥା ସତ୍ୟ ଯେ ଆପଣଙ୍କ ସଂପତିର କୌଣସି କଳନା ନାହିଁ । କିନ୍ତୁ ସୁମେରୁ ତ ଗୋଟିଏ ପାହାଡ଼ । ଆପଣଙ୍କୁ ଚିନ୍ତାମଣି (ପାରସ ପଥର) ବୋଲି ମଧ୍ୟ କୁହାଯାଏ । ପାରସ ପଥର ଲୁହାକୁ ସୁନାରେ ପରିଣତ କରି ଦେଇପାରେ । ଆପଣଙ୍କ ନିକଟକୁ ଆସୁଥିବା ସବୁ ଭଲ-ମନ୍ଦ ବ୍ୟକ୍ତି ଗୁଣବାନ ହୋଇ ଯାଇଥାନ୍ତି । ହେଲେ ପାରସ ତ ଗୋଟିଏ ପଥର ମାତ୍ର । ଆପଣଙ୍କୁ ସୂର୍ଯ୍ୟ ପରି ତେଜବାନ୍ ବୋଲି ମଧ୍ୟ କୁହା ଯାଇଥାଏ । କିନ୍ତୁ ସୂର୍ଯ୍ୟଙ୍କ ତେଜୀୟାନ କିରଣ ଅନ୍ୟଙ୍କୁ ଦୁଃଖୀ ମଧ୍ୟ କରିଥାଏ । ଯେତେବେଳେ କି ଆପଣଙ୍କୁ ଦେଖିଲେ ସମସ୍ତେ ସୁଖୀ ହୋଇ ଯାଆନ୍ତି । ଆପଣଙ୍କୁ ଚନ୍ଦ୍ରମା ପରି ସୁଖଦାୟୀ ବୋଲି ମଧ୍ୟ କୁହାଯାଏ । କିନ୍ତୁ ଚନ୍ଦ୍ରମାର କିରଣ ତ ବଢୁଛି ଓ କମୁଛି । କିନ୍ତୁ ଆପଣ ତ ସଦୈବ ସମାନ । ଆପଣଙ୍କୁ ସମୁଦ୍ର ପରି ଗମ୍ଭୀର ବୋଲି ମଧ୍ୟ କୁହା ଯାଇଥାଏ । ହେଲେ କେଉଁଠି ସମୁଦ୍ର ଓ କେଉଁଠି ଆପଣ । ସମୁଦ୍ରର ପାଣି ତ ଲୁଣିଆ । ଆପଣଙ୍କୁ କାମଦେବ ପରି ସୁନ୍ଦର ବୋଲି ମଧ୍ୟ କହିବା ଠିକ୍ ହେବ ନାହିଁ । କାରଣ କାମଦେବଙ୍କର ତ ଶରୀର ନାହିଁ; ତାହାହେଲେ ସେ ସୁନ୍ଦର କିପରି ହେଲେ ? ଆପଣଙ୍କୁ ବଳି ସମାନ ଦାନୀ ବୋଲି ମଧ୍ୟ କୁହାଯାଏ । ଆପଣ ସବୁଠାରୁ ବଡ଼ ଦାନୀ, ଏହା ସତ୍ୟ । ଏବଂ ବଳି ମଧ୍ୟ ଜଣେ ମହାନ ଦାନୀ ଥିଲେ । କିନ୍ତୁ ବଳି ତ ଦୈତ୍ୟ ଥିଲେ । ଆପଣ ତ ସାକ୍ଷାତ୍ ଭଗବାନ । ଏଣୁ ସେମାନଙ୍କ ସହିତ ଆପଣଙ୍କୁ ତୁଳନା କରି ହେବ ନାହିଁ । ଆପଣଙ୍କ ଉପମା କାହା ସହିତ ଦିଆ ଯାଇପାରିବ ?

ଶିକ୍ଷା କେଉଁଠୁ ହେଲେ ମଧ୍ୟ ଗ୍ରହଣ କର :

ବିନୟଂ ରାଜପୁତ୍ରେଭ୍ୟଃ ପଣ୍ଡିତେଭ୍ୟଃ ସୁଭାଷିତମ୍ ।
ଅନୃତଂ ଦ୍ୟୂତକରେଭ୍ୟଃ ସ୍ତ୍ରୀଭ୍ୟଃ ଶିକ୍ଷେତ୍ କୈତବମ୍ ॥ 17 ॥

ଆଚାର୍ଯ୍ୟ ଚାଣକ୍ୟଙ୍କ ବକ୍ତବ୍ୟ ହେଉଛି ଯେ ବ୍ୟକ୍ତି ସମସ୍ତଙ୍କଠାରୁ କିଛି ନା କିଛି ଶିଖି ପାରିବ । ସେ ରାଜପୁତ୍ରଙ୍କଠାରୁ ବିନୟଶୀଳତା ଓ ନମ୍ରତା, ପଣ୍ଡିତମାନଙ୍କଠାରୁ କଥା କହିବାର ଶ୍ରେଷ୍ଠ ଶୈଳୀ, ଜୁଆରୀମାନଙ୍କଠାରୁ ଅସତ୍ୟ-ଭାଷଣର ରୂପଭେଦ ତଥା ସ୍ତ୍ରୀଲୋକମାନଙ୍କଠାରୁ ଛଳ-କପଟର ଶିକ୍ଷା ଗ୍ରହଣ କରିବା ଉଚିତ ।

ଏଠାରେ ଅର୍ଥ ପ୍ରତିପାଦିତ ହେଉଛି ଯେ ରାଜପୁତ୍ର ବିନମ୍ର, ପଣ୍ଡିତ ମିଷ୍ଟଭାଷୀ, ଜୁଆରୀ ମିଥ୍ୟାବାଦୀ ଓ ସ୍ତ୍ରୀମାନେ ଛଳ-କପଟରେ ପରିପୂର୍ଣ୍ଣ ଥାଆନ୍ତି । ଅର୍ଥାତ୍ ଯଦି ମଣିଷ ପାଖରେ କିଛି ଶିଖିବାର ଉତ୍ସାହ ରହିଥାଏ, ତେବେ ସେ ଛୋଟରୁ ଅତି ଛୋଟ ବ୍ୟକ୍ତିଙ୍କଠାରୁ ମଧ୍ୟ କିଛି ଶିଖି ପାରିବ ।

ବିନୟଂ ରାଜପୁତ୍ରେଭ୍ୟଃ ପଣ୍ଡିତେଭ୍ୟଃ ସୁଭାଷିତମ୍ ।
ଅନୃତଂ ଦ୍ୟୂତକରେଭ୍ୟଃ ସ୍ତ୍ରୀଭ୍ୟଃ ଶିକ୍ଷେତ୍ କୈତବମ୍ ॥

ଆଚାର୍ଯ୍ୟ ଚାଣକ୍ୟ କହୁଛନ୍ତି ଯେ ରାଜପୁତ୍ରଙ୍କଠାରୁ ବିନୟଶୀଳତା ଓ ନମ୍ରତା, ପଣ୍ଡିତମାନଙ୍କଠାରୁ କଥା କହିବାର ଶ୍ରେଷ୍ଠ ଶୈଳୀ, ଜୁଆରୀମାନଙ୍କଠାରୁ ମିଥ୍ୟା ଭାଷଣ ତଥା ସ୍ତ୍ରୀଲୋକମାନଙ୍କଠାରୁ ଛଳନାକୁ ଶିକ୍ଷା ଭାବରେ ଗ୍ରହଣ କରିନେବା ଉଚିତ ।

ଏଠାରେ ଅର୍ଥ ପ୍ରତିପାଦିତ ହେଉଛି ଯେ ରାଜପୁତ୍ରଙ୍କଠାରେ ବିନମ୍ରତା ଓ ଶାଳୀନତା, ପଣ୍ଡିତମାନଙ୍କ ଠାରେ ମଧୁର କଥା କହିବାର ଢ଼ଙ୍ଗ-ଢ଼ାଙ୍ଗ ଅତ୍ୟନ୍ତ ଶିକ୍ଷଣୀୟ । ଯଦି କେଉଁଠି କଂଚା ମିଛ କହିବାର ଅଛି, ତେବେ ମିଛ କହିବାର ଅଦ୍ଭୁତ ଶୈଳୀକୁ ଜୁଆରୀ ଠାରୁ ଓ ଛଳ-ପ୍ରପଂଚ କପଟୀ ସ୍ତ୍ରୀମାନଙ୍କଠାରୁ ଗ୍ରହଣ କରାଯାଇ ପାରିବ । ତେଣୁ ଯଦି ମଣିଷ କିଛି ଶିଖିବାକୁ ଚାହୁଥାଏ, ତେବେ ସେ କାହାରି ନା କାହାରି ଠାରୁ କିଛି ନା କିଛି ଶିଖି ପାରିବ ।

ଭାବିଚିନ୍ତି କାମ କର :

ଅନାଲୋଚ୍ୟ ବ୍ୟୟଂ କର୍ତା ଚାନାଥଃ କଲହପ୍ରିୟଃ ।
ଆର୍ତଃ ସ୍ତ୍ରୀହସର୍ବକ୍ଷେତ୍ରେଷୁ ନରଃ ଶୀଘ୍ରଂ ବିନଶ୍ୟତି ॥ 18 ॥

ଆଚାର୍ଯ୍ୟ ଚାଣକ୍ୟ ଭାବିଚିନ୍ତି କାମ କରିବାକୁ ପରାମର୍ଶ ଦେବାକୁ ଯାଇ କହିଛନ୍ତି ଯେ ବିନା ଭାବିଚିନ୍ତି ବ୍ୟୟ କରିବା ବାଲା ଅନାଥ, କଜିଆଖୋର୍ ତଥା ସବୁ ଜାତିର ସ୍ତ୍ରୀଙ୍କ ପାଇଁ ବ୍ୟାକୁଳ ଥିବା ଲୋକ ଶିଘ୍ର ନାଶ ଯାଆନ୍ତି ।

ଏଥିରୁ ଅର୍ଥ ନିଷ୍ପନ୍ନ ହୋଇଥାଏ ଯେ ଆଖିବୁଜି ଖର୍ଚ୍ଚ କଲାବାଲା, ଯାହାର କେହି ମଧ ନିଜର ନଥିବେ, ଯିଏ କଜିଆଖେର୍ ହୋଇଥିବ ତଥା ଯିଏ ନାରୀମାନଙ୍କ ପଛରେ ସବୁବେଳେ ଦୌଡୁଥିବ; ଏହିପରି ଲୋକମାନେ ଶିଘ୍ର ବର୍‌ବାଦ୍ ହୋଇ ଯାଆନ୍ତି ।

ଜଲବିନ୍ଦୁନିପାତେନ କ୍ରମଶଃ ପୂର୍ୟତେ ଘଟଃ ।
ସ ହେତୁ ସର୍ବବିଦ୍ୟାନାଂ ଧର୍ମସ୍ୟ ଚ ଧନସ୍ୟ ଚ ॥ 19 ॥

ଆଚାର୍ଯ୍ୟ ଚାଣକ୍ୟ ଏଠାରେ ଅଳ୍ପ ସଂଚୟର ମହନୀୟତାକୁ ପ୍ରତିପାଦିତ କରିବାକୁ ଯାଇ କୁହନ୍ତି ଗୋଟିଏ ଗୋଟିଏ ବିନ୍ଦୁ ଜଳ ସଂଚିତ ହେବା ଦ୍ୱାରା ପରିଶେଷରେ କୁମ୍ଭ ପୂର୍ଣ୍ଣ ହୋଇଥାଏ । ଏହିପରି ବିଦ୍ୟା, ଧର୍ମ ଓ ଧନର ସଂଚୟ କରିବା ଦରକାର ।

ଏଠାରେ ଅର୍ଥ ନିଷ୍କର୍ଷ ହେଉଛି ଯେ ଗୋଟିଏ ଗୋଟିଏ ବୁନ୍ଦା ଜଳ ଢ଼ାଳିଲେ ବଡ଼ କୁମ୍ଭ ମଧ ପୂର୍ଣ୍ଣ ହୋଇ ଯାଇଥାଏ । ଏହି ପ୍ରକାରରେ ଧୀରେ ଧୀରେ ଜ୍ଞାନ, ଧର୍ମ ତଥା ଧନକୁ ମଧ ସଂଚୟ କରିବାକୁ ଲାଗିଲେ, ତାହା କ୍ରମଶଃ ବଢ଼ିବାକୁ ଲାଗିବ । ଛୋଟିଆ ଛୋଟିଆ ରାଶି କ୍ରମଶଃ ବୃଦ୍ଧିପାଇ ଶେଷରେ ଏକ ବଡ଼ ରାଶିରେ ତାହା ପରିଣତ ହୋଇପାରିବ ।

ତ୍ରୟୋଦଶ ଅଧ୍ୟାୟ

କର୍ମର ପ୍ରାଧାନ୍ୟତା :

ମୁହୂର୍ତମପି ଜୀବେଛ ନରଃ ଶୁକ୍ଳେନ କର୍ମଣା ।
ନ କଲ୍ପମପି କଷ୍ଟେନ ଲୋକ ଦ୍ୱୟ ବିରୋଧିନୀ ॥ 1 ॥

ଆଚାର୍ଯ୍ୟ ଚାଣକ୍ୟ ଏଠାରେ କର୍ମର ପ୍ରଧାନତା ଓ ଉପଯୋଗିତା ଉପରେ ଚର୍ଚ୍ଚା କରି କୁହନ୍ତି ଯେ ଉଜ୍ଜ୍ୱଳ କର୍ମ କରୁଥିବା ମନୁଷ୍ୟ କ୍ଷଣକ ପାଇଁ ବଂଚିଲେ ମଧ୍ୟ ମଙ୍ଗଳ, କିନ୍ତୁ ଦୁଇ ଜଣଙ୍କ ବିରୁଦ୍ଧରେ କାର୍ଯ୍ୟ କରୁଥିବା ମଣିଷ ଗୋଟିଏ କଳ୍ପ ପର୍ଯ୍ୟନ୍ତ ବଂଚିଲେ ମଧ୍ୟ ତାହା ହେଉଛି ବ୍ୟର୍ଥ ।

ଏହାର ଭାବାର୍ଥ ହେଉଛି ଯେ ଭଲ କାମ କରୁଥିବା ଲୋକ ଯଦି ସ୍ୱଳ୍ପ ସମୟ ପାଇଁ ବଂଚନ୍ତି, ତେବେ ମଧ୍ୟ ତାହା ସଂସାର ପାଇଁ ମଙ୍ଗଳ ଦାୟକ । କାରଣ ସେ ନିଜର ସ୍ୱଳ୍ପ ସମୟ ମଧ୍ୟରେ ଅନ୍ୟଲୋକଙ୍କ ପାଇଁ ବା ସମାଜପାଇଁ କଲ୍ୟାଣ ମୂଳକ କାର୍ଯ୍ୟ କରି ପ୍ରକାରାନ୍ତରେ ନିଜପାଇଁ ମଧ୍ୟ କଲ୍ୟାଣ କରିଥାନ୍ତି । କିନ୍ତୁ ଯେଉଁ ମଣିଷ ଏହି ଦୁନିଆରେ ନିଜେ ସୁଖରେ ରହିପାରେ ନାହିଁ କି କାହାକୁ ସୁଖ-ଶାନ୍ତିରେ ରଖାଇ ଦିଏ ନାହିଁ, ସେଭଳି ଲୋକ ନିଜର ଏହି ଜୀବନ ସହିତ ପରଲୋକକୁ ମଧ୍ୟ ନଷ୍ଟ କରି ଦେଇଥାଏ । ତଥା ଉଭୟ ଲୋକକୁ ଧ୍ୱଂସ କରୁଥିବା ମଣିଷ ବାସ୍ତବରେ ଏହି ପୃଥିବୀ ଉପରେ ବୋଝ ହୋଇ ରହିଥାନ୍ତି । ତାଙ୍କର ମରିଯିବା ବରଂ ସବୁଠାରୁ ମଙ୍ଗଳପ୍ରଦ ।

ବିତି ଯାଇଥିବା କଥାକୁ ଭୁଲି ଯାଅ :

ଗତଂ ଶୋକୋ ନ କର୍ତବ୍ୟ ଭବିଷ୍ୟତୋ ନୈବ ଚିନ୍ତୟେତ୍ ।
ବର୍ତମାନେନ କାଲେନ ପ୍ରବର୍ତନ୍ତେ ବିଚକ୍ଷଣାଃ ॥ 2 ॥

ଆଚାର୍ଯ୍ୟ ଚାଣକ୍ୟ ଏଠାରେ ଅତୀତରେ ହୋଇ ଯାଇଥିବା ଘଟଣାକୁ ଭୁଲି ଭବିଷ୍ୟତର ଲାଭପ୍ରଦ କାର୍ଯ୍ୟ ଉପରେ ଗୁରୁତ୍ୱ ପ୍ରଦାନ ପୂର୍ବକ କହିଛନ୍ତି ଯେ ବିତି ଯାଇଥିବା କଥାକୁ ନେଇ ଦୁଃଖ ପ୍ରକାଶ କରିବା ଅନୁଚିତ । ଭବିଷ୍ୟତ ବିଷୟରେ ମଧ୍ୟ ଚିନ୍ତା କରିବା ଅନୁଚିତ । ବୁଦ୍ଧିମାନ ଲୋକ କେବଳ ବର୍ତମାନକୁ ଗୁରୁତ୍ୱ ପ୍ରଦାନ କରିଥାନ୍ତି । ହୋଇ ଯାଇଥିବା ଘଟଣା ଉପରେ ଦୁଃଖ ପ୍ରକାଶ କଲେ କିଛି ଲାଭ ହୋଇ ନଥାଏ । ଭବିଷ୍ୟତ ପାଇଁ ମଧ୍ୟ ଏବେଠାରୁ ଦୁଃଖୀ ହେବା ଅନୁଚିତ । ତେଣୁ ବର୍ତମାନକୁ ହିଁ ସୁନ୍ଦର କରିବା ଆବଶ୍ୟକ, ଫଳରେ ଭବିଷ୍ୟତ ଆପେ ଆପେ ସୁନ୍ଦର ହୋଇ ଉଠିବ । ଏହା ହିଁ ବୁଦ୍ଧିମାନର କାର୍ଯ୍ୟ ବୋଲି ସ୍ୱୀକାର କରାଯାଇଥାଏ । ଏବଂ ଏହା ମଧ୍ୟ କୁହାଯାଇଛି ଯେ, 'ବୀତୀ ତାହି ବିସାର ଦେ, ଆଗେ କୀ ସୁଧି ଲେହୁ' ଅର୍ଥାତ୍ ଯାହା ବିତିଗଲା ତାହାକୁ ଭୁଲି ଆଗକୁ ଚିନ୍ତା କରିବା ଦରକାର ।

ମିଠା କଥା :

ସ୍ୱଭାବେନ ହି ତୁଷ୍ୟନ୍ତି ଦେବାଃ ସତ୍‌ପୁରୁଷାଃ ପିତାଃ ।
ଜ୍ଞାତୟଃ ସ୍ନାନପାନାଭ୍ୟାଂ ବାକ୍ୟଦାନେନ ପଣ୍ଡିତାଃ ॥ 3 ॥

ଆଚାର୍ଯ୍ୟ ଚାଣକ୍ୟ ଏଠାରେ ପ୍ରସନ୍ନତା ସଂପର୍କରେ ଚର୍ଚ୍ଚା କରିବାକୁ ଯାଇ କୁହନ୍ତି ଯେ ଦେବତା, ସଜ୍ଜନ ଓ ପିତା ସ୍ୱଭାବଦ୍ୱାରା, ଭାଇ-ବଂଧୁ ସ୍ନାନ-ପାନଦ୍ୱାରା ତଥା ବିଦ୍ୱାନ ମଧୁର ବାଣୀରେ ପ୍ରସନ୍ନ ହୋଇଥାନ୍ତି ।

ଏଠାରେ ଅର୍ଥ ପ୍ରତିପାଦିତ ହେଉଛି ଯେ ଦେବତା ହୁଅନ୍ତୁ ବା ସଜ୍ଜନ ତଥା ପିତା ସ୍ୱଭାବରେ ପ୍ରସନ୍ନ ହୋଇଥାନ୍ତି, ବିଦ୍ୱାନ ଲୋକମାନେ ମିଠା କଥାରେ ପ୍ରସନ୍ନ ହୋଇଥାନ୍ତି ଏବଂ ଭାଇ-ବଂଧୁ ସଂପର୍କୀୟମାନେ ଭଲ ଖିଆ-ପିଆ ବା ସ୍ୱାଗତ-ସତ୍କାରରେ ପ୍ରସନ୍ନ ହୋଇଥାନ୍ତି । ଏହି ପ୍ରକାରରେ ପ୍ରସନ୍ନତା ଅନୁଭବ କରିବାର ବ୍ୟକ୍ତିଙ୍କର ଭିନ୍ନ ଭିନ୍ନ ମାପଦଣ୍ଡ ରହିଥାଏ । ମାତ୍ର ସବୁରି ମୂଳରେ ସେହି ମିଠା କଥା ହିଁ ବିଦ୍ୟମାନ ରହିଥାଏ ।

ଅହୋ ସ୍ୱିତ୍ ବିଚିତ୍ରାଣି ଚରିତାନି ମହାତ୍ମନାମ୍ ।
ଲକ୍ଷ୍ମୀଂ ତୃଣାୟ ମନ୍ୟନ୍ତେ ତଦ୍‌ଭରେଣ ନମନ୍ତି ଚ ।। 4 ।।

ମହାପୁରୁଷମାନଙ୍କର ବିନମ୍ରତା ସଂପର୍କରେ ଚର୍ଚ୍ଚା କରିବାକୁ ଯାଇ ଆଚାର୍ଯ୍ୟ ଚାଣକ୍ୟ କହୁଛନ୍ତି ଯେ ମହାପୁରୁଷମାନଙ୍କ ଚରିତ୍ର ମଧ୍ୟ ବିଚିତ୍ର ପ୍ରକାରର ହୋଇଥାଏ । ଲକ୍ଷ୍ମୀଙ୍କୁ ମାନିନ୍ତି ତ ସେମାନେ ସାମାନ୍ୟ ତୃଣ ପରି ମନେ କରିଥାଆନ୍ତି, କିନ୍ତୁ ତାଙ୍କର ଭାରାରେ ମଧ୍ୟ ସେମାନେ ଆହୁରି ଦବି ଯାଆନ୍ତି ।

ଏଥିରୁ ଅର୍ଥ ପ୍ରତିପାଦିତ ହେଉଅଛି ଯେ ମହାପୁରୁଷମାନେ ଧନ ପ୍ରତି କୌଣସି ଆଗ୍ରହ ପ୍ରକାଶ କରନ୍ତି ନାହିଁ । ତାହାକୁ ଘାସ ପରି ଏକ ସାମାନ୍ୟ ଜିନିଷ ବୋଲି ମନେ କରି ଥାଆନ୍ତି । ମାତ୍ର ଯେତେବେଳେ ସେମାନଙ୍କ ପାଖରେ ଧନ ବଢ଼ିବାକୁ ଲାଗେ, ସେମାନେ ସେହି ପରିମାଣରେ ବିନମ୍ର ହୋଇ ଉଠନ୍ତି । ଧନର ପରିବୃଦ୍ଧିରେ ସେମାନଙ୍କ ନିକଟରେ ଗର୍ବଭାବ ପ୍ରବେଶ କରି ପାରେ ନାହିଁ । ସେମାନେ ଅଧିକରୁ ଅଧିକ ନମ୍ର ହୋଇ ଉଠନ୍ତି ।

ଅତି ସ୍ନେହ ହିଁ ଦୁଃଖର କାରଣ :

ୟସ୍ୟ ସ୍ନେହୋ ଭୟଂ ତସ୍ୟ ସ୍ନେହୋ ଦୁଃଖସ୍ୟ ଭାଜନମ୍ ।
ସ୍ନେହମୂଳାନି ଦୁଃଖାନି ତାନି ତ୍ୟକ୍ତ୍ୱା ବସେତ୍ସୁଖମ୍ ।। 5 ।।

ଆଚାର୍ଯ୍ୟ ଚାଣକ୍ୟଙ୍କ ବକ୍ତବ୍ୟ ହେଉଛି ଯେ ଯଦି କାହାରି ପ୍ରତି ପ୍ରେମ ସୃଷ୍ଟି ହୁଏ, ତେବେ ତାହାକୁ ତାହାଠାରୁ ମଧ୍ୟ ଭୟ ସୃଷ୍ଟି ହୋଇଥାଏ । ବାସ୍ତବରେ ପ୍ରୀତି ଦୁଃଖର ଆଧାର । ସ୍ନେହ ହିଁ ସାରା ଦୁଃଖର ମୂଳ । ଏଣୁ ସମସ୍ତ ପ୍ରକାର ସ୍ନେହ-ବଂଧନକୁ ତ୍ୟାଗ କରି ସୁଖ ପୂର୍ବକ ରହିବା ଦରକାର ।

ଏଠାରେ ଭାବ ପ୍ରକାଶ ପାଉଛି ଯେ ସଂସାରରେ ପ୍ରବର୍ତ୍ତନ କେବଳ ସ୍ନେହର କାରଣରୁ ହିଁ ହେଉଅଛି । ପ୍ରାୟତଃ ସଂସାରିକ ଲୋକମାନେ ଏହିଥିରେ ବାନ୍ଧି ହୋଇ ଯାଇଥାନ୍ତି । ଶ୍ରୀମଦ୍ ଭଗବତ ରେ ଜଡ଼ ଭରତ କଥା ମଧ୍ୟ ଏହାର ଦୃଷ୍ଟାନ୍ତ । କାରଣ ରାଜ୍ୟ, ଘର-ଦ୍ୱାର, ମାତା-ପିତା ଆଦି ସମସ୍ତଙ୍କୁ ଛାଡ଼ିଦେଲା ପରେ ମଧ୍ୟ ସ୍ନେହାଧିକ୍ୟ ହେତୁ ତାଙ୍କୁ ମୃଗଯୋନିରେ ଜନ୍ମ ନେବାକୁ ପଡ଼ିଥିଲା । ଏହି କାରଣରୁ କୁହା ଯାଇଛି ଯେ ସଂସାରରେ ଅନେକ ପ୍ରକାରର ବଂଧନ ରହିଛି; ମାତ୍ର ସ୍ନେହର ବଂଧନ ଅପୂର୍ବ । କାଠକୁ ଭେଦ କରିପାରୁଥିବା ଭ୍ରମର କେବଳ ପ୍ରେମପାଶ ପାଇଁ କମଳକୋଶ ମଧ୍ୟରେ ନିଷ୍କ୍ରିୟ ହୋଇ ଯାଇଥାଏ ।

ଭବିଷ୍ୟତ ପ୍ରତି ସତର୍କ ରୁହ :

ଅନାଗତ ବିଧାତା ଚ ପ୍ରତ୍ୟୁତ୍ପନ୍ନମତିସ୍ତଥା ।
ଦ୍ୱାବେତୌ ସୁଖମେଦେତେ ଯଦ୍ ଭବିଷ୍ୟୌ ବିନଶ୍ୟତି ।। 6 ।।

ଆଚାର୍ଯ୍ୟ ଚାଣକ୍ୟଙ୍କ ବକ୍ତବ୍ୟ ହେଉଛି ଯେ ଯେଉଁ ଲୋକ ଭବିଷ୍ୟତରେ ଆସିବାକୁ ଥିବା ବିପଦ ପ୍ରତି ସଚେତନ ରହିଥାନ୍ତି ଏବଂ ଯାହାର ବୁଦ୍ଧି ଅତ୍ୟନ୍ତ ପ୍ରଖର, ସେହିପରି ବ୍ୟକ୍ତିମାନେ ହିଁ ସୁଖୀ ହୋଇଥାନ୍ତି । ଏହାର ବିପରୀତ କ୍ରମରେ ଭାଗ୍ୟ ଉପରେ ନିର୍ଭର କରି ରହୁଥିବା ବ୍ୟକ୍ତି ନଷ୍ଟ ହୋଇ ଯାଆନ୍ତି ।

ଏଥିରୁ ଅର୍ଥ ପ୍ରତିପାଦିତ ହୋଇଥାଏ ଯେ ଯେଉଁ ବ୍ୟକ୍ତି କୌଣସି ପ୍ରକାର ସଂଭାବ୍ୟ ବିପଦକୁ ଭୟକରି ତାହାର ମୁକାବିଲା କରିଥାଏ ଏବଂ ଯାହାର ବୁଦ୍ଧି ଏହି ସମୟରେ ଅତ୍ୟନ୍ତ ପ୍ରଖର ବେଗରେ କାମ କରିଥାଏ, ସେଭଳି ବ୍ୟକ୍ତି ବିପଦକୁ ମଧ୍ୟ ପରାସ୍ତ କରି ଦିଅନ୍ତି ତଥା ସଦୈବ ସୁଖୀ ରୁହନ୍ତି । କିନ୍ତୁ ଯେଉଁ ବ୍ୟକ୍ତି 'ଯାହା ଭାଗ୍ୟରେ ଲେଖା ଯାଇଛି ତାହା ହିଁ ହେବ' ଏପରି ଭାବି ହାତ ଗୋଡ଼ ଯୋଡ଼ି ବସିଥିବ, ସେହିଭଳି ଲୋକମାନେ ବର୍ବାଦ ହୋଇ ଯାଆନ୍ତି । ଅର୍ଥାତ ଦୁଃଖକୁ ସାହସର ସହିତ ମୁକାବିଲା କରିବାକୁ ପଡ଼ିବ ।

ଯେମିତି ରାଜାକୁ ସେମିତି ପ୍ରଜା :

ରାଜ୍ଞେଧର୍ମାଣି ଧର୍ମିଷ୍ଠାଃ ପାପେ ପାପାଃ ସମେ ସମାଃ ।
ରାଜାନମନୁବର୍ତନ୍ତେ ଯଥା ରାଜା ତଥା ପ୍ରଜାଃ ।। 7 ।।

ଆଚାର୍ଯ୍ୟ ଚାଣକ୍ୟ ଏଠାରେ 'ଯେପରି ରାଜା ସେପରି ପ୍ରଜା' ଉକ୍ତିକୁ ସ୍ପଷ୍ଟ କରିବାକୁ ଯାଇ କୁହନ୍ତି ଯେ ରାଜା ପାପୀ ହେଲେ ପ୍ରଜାମାନେ ମଧ୍ୟ ପାପୀ, ଧାର୍ମିକ ହେଲେ ଧାର୍ମିକ ତଥା ସମ ହେଲେ ପ୍ରଜାମାନେ ମଧ୍ୟ ସମ ହୋଇଥାନ୍ତି । ଅର୍ଥାତ୍ ପ୍ରଜା ରାଜାଙ୍କ ପରି ହିଁ ହୋଇଥାନ୍ତି ।

ଏଥିରୁ ଅର୍ଥ ପ୍ରତିପାଦିତ ହୋଇଥାଏ ଯେ ରାଜା ଯେପରି ହୋଇଥାନ୍ତି, ଅନୁରୂପ ଭାବରେ ପ୍ରଜାମାନେ ମଧ୍ୟ ସେହିପରି ହୋଇଥନ୍ତି । ରାଜା ଧାର୍ମିକ ହେଲେ ପ୍ରଜାମାନେ ଧାର୍ମିକ, ରାଜା ପାପୀ ହେଲେ ପ୍ରଜାମାନେ ପାପୀ ହୋଇ ଉଠନ୍ତି । କାରଣ ପ୍ରଜାମାନେ ସବୁବେଳେ ରାଜାଙ୍କୁ ହିଁ ଅନୁସରଣ କରିଥାନ୍ତି ।

ଧର୍ମହୀନ ବ୍ୟକ୍ତି ମଲା ମଣିଷ ସହ ସମାନ :

ଜୀବନ୍ତଂ ମୃତବନ୍ମନ୍ୟେ ଦେହିନଂ ଧର୍ମବର୍ଜିତମ୍ ।
ମୃତୋ ଧର୍ମେଣ ସଂଯୁକ୍ତୋ ଦୀର୍ଘଜୀବୀ ନ ସଂଶୟଃ ।। 8 ।।

ଆଚାର୍ଯ୍ୟ ଚାଣକ୍ୟ କୁହନ୍ତି, ଧର୍ମହୀନ ମଣିଷଙ୍କୁ ମୁଁ ମୃତ ବୋଲି ମନେକରେ । ଧର୍ମପରାୟଣ ବ୍ୟକ୍ତିର ମୃତ୍ୟୁ ହୋଇଥିଲେ ମଧ୍ୟ ସେ ଦୀର୍ଘଜୀବୀ । ଏଥିରେ କୌଣସି ସନ୍ଦେହ ନାହିଁ ।

ଏଥିରୁ ଅର୍ଥ ପ୍ରତିପାଦିତ ହେଉଛି ଯେ ସଂସାରରେ ଦୁଇ ପ୍ରକାରର ମନୁଷ୍ୟ ରହିଥାନ୍ତି । ପ୍ରଥମଟି ଜୀଇଁକି ମଧ୍ୟ ମଲାପରି ଓ ଅନ୍ୟଟି ମରି ମଧ୍ୟ ଅମର । ଯେଉଁ ବ୍ୟକ୍ତି ନିଜ ଜୀବନରେ କିଛି ମଧ୍ୟ ଭଲ କାମ କରିନାହିଁ ଅର୍ଥାତ୍ ଯାହାର ଧର୍ମମୁଣା ଖାଲି, ସେପରି ଧର୍ମହୀନ ଲୋକ ବଂଚି ଥିଲେ ମଧ୍ୟ ମଲାପରି । ଏବଂ ଯେଉଁ ଲୋକ ନିଜ ଜୀବନରେ ଅନ୍ୟମାନଙ୍କର ମଙ୍ଗଳ କରିବ ପୂର୍ବକ ଧର୍ମ ସଂଚୟ

କରି ମୃତ୍ୟୁଲାଭ କରେ, ତାହାକୁ ଲୋକମାନେ ମୃତ୍ୟୁପରେ ମଧ୍ୟ ମନେ ପକାଇଥାନ୍ତି । ଏପରି ଲୋକ ମଲାପରେ ମଧ୍ୟ ନିଜର ଯଶ ପାଇଁ ଅମର ।

ଧର୍ମାର୍ଥକାମମୋକ୍ଷାଣାଂ ଯସ୍ୟୈକୋଽପି ନ ବିଦ୍ୟତେ ।
ଅଜାଗଲସ୍ତନସ୍ୟେବ ତସ୍ୟ ଜନ୍ମ ନିରର୍ଥକମ୍ ॥ 9 ॥

ଆଚାର୍ଯ୍ୟ ଚାଣକ୍ୟ ବ୍ୟକ୍ତିର ସାର୍ଥକତା ଉପରେ ଚର୍ଚ୍ଚା କରି କୁହନ୍ତି ଯେ ଧର୍ମ, ଅର୍ଥ, କାମ ଓ ମୋକ୍ଷ ମଧ୍ୟରୁ ଯେଉଁ ବ୍ୟକ୍ତିକୁ କିଛି ମଧ୍ୟ ମିଳି ନାହିଁ, ତାହାର ଜୀବନ ବକୁରୀରର ବେକରେ ଥିବା ସ୍ତନ ପରି ନିରର୍ଥକ ।

ଏଥିରୁ ଅର୍ଥ ପ୍ରତିପାଦିତ ହେଉଛି ଯେ ଯେଉଁ ମନୁଷ୍ୟ ନିଜ ଜୀବନରେ କୌଣସି ଧର୍ମ କାର୍ଯ୍ୟ କରି ନଥାଏ, ଧନବାନ ହୋଇ ନଥାଏ, ପାଖରେ ଥିବା ଜିନିଷକୁ ଭୋଗ କରି ପାରିନଥାଏ କି ମୋକ୍ଷ ପ୍ରାପ୍ତି ପାଇଁ କୌଣସି ପ୍ରଯତ୍ନ କରି ନଥାଏ; ତାହାର ଜୀବନ ବକୁରୀର ବେକରେ ବାହାରିଥିବା ସ୍ତନ ପରି ସମାନ, ଯାହା କୌଣସି କାମରେ ଆସି ନଥାଏ ।

ଦହ୍ୟମାନାଂ ସୁତୀବ୍ରେଣ ନୀଚାଃ ପରଯଶୋଽଗ୍ନିନା ।
ଅଶକ୍ତାସ୍ତତ୍ପଦଂ ଗନ୍ତୁଂ ତତୋ ନିନ୍ଦାଂ ପ୍ରକୁର୍ବତେ ॥ 10 ॥

ଆଚାର୍ଯ୍ୟ ଚାଣକ୍ୟ ଅନ୍ୟର ଉନ୍ନତି ପ୍ରତି ସଂକୁଚିତ ଭାବ ପୋଷଣ କରୁଥିବା ଖଳମାନଙ୍କ ଚର୍ଚ୍ଚା କରି କୁହନ୍ତି ଯେ ଖଳଲୋକମାନେ ଅନ୍ୟର ଉନ୍ନତିକୁ ଦେଖି ନିଜ ମଧ୍ୟରେ ଜ୍ୱଳନ ଅନୁଭବ କରିଥାନ୍ତି । ସେମାନେ ସ୍ୱୟଂ ଉନ୍ନତି କରି ପାରନ୍ତି ନାହିଁ । ସେଥିପାଇଁ ସେମାନେ ଅନ୍ୟର ନିନ୍ଦା କରିଥାନ୍ତି ।

ଏଥିରୁ ଅର୍ଥ ପ୍ରତିପାଦିତ ହେଉଛି ଯେ ଅନ୍ୟର ଉନ୍ନତିକୁ ଦେଖି ଖଳପ୍ରକୃତିର ଲୋକମାନଙ୍କୁ ଅତ୍ୟନ୍ତ ଦୁଃଖ ହୋଇଥାଏ, ସେମାନେ ଉନ୍ନତ ଅବସ୍ଥାରେ ଥିବା ଲୋକଙ୍କୁ ଦେଖି ଭିତରେ ଭିତରେ ଜ୍ୱଳନ ଅନୁଭବ କରନ୍ତି । ସେମାନେ ନିଜେ ତ ଉନ୍ନତି କରି ପାରନ୍ତି ନାହିଁ; ଅନ୍ୟପକ୍ଷରେ ଉନ୍ନତି କରୁଥିବା ଲୋକର କ୍ଷତି କରିଥାନ୍ତି ଓ ନିନ୍ଦା କରିଥାନ୍ତି । ଅର୍ଥାତ ବିଲୁଆ ଅଂଗୁର ପର୍ଯ୍ୟନ୍ତ ପହଂଚି ନ ପାରି ତାହାକୁ ଖଟା ବୋଲି କହିଥାଏ ।

ମୋକ୍ଷ ମାର୍ଗ :

ବନ୍ଧ୍ୟନ୍ୟ ବିଷୟାସଂଗଃ ମୁକ୍ତ୍ୟୈ ନିର୍ବିଷୟଂ ମନଃ ।
ମନ ଏବ ମନୁଷ୍ୟାଣାଂ କାରଣଂ ବନ୍ଧମୋକ୍ଷୟୋଃ ॥ 11 ॥

ଆଚାର୍ଯ୍ୟ ଚାଣକ୍ୟଙ୍କ କୁହନ୍ତି ଯେ ମନ୍ଦକାର୍ଯ୍ୟରେ ମନ ଦେବାହିଁ ହେଉଛି ବନ୍ଧନ ଓ ସେଥିରୁ ମନକୁ ଫେରାଇ ଆଣିବା ହିଁ ହେଉଛି ମୋକ୍ଷ । ଏହି ପ୍ରକାରରେ ଏହି ମନ ହିଁ ହେଉଛି ବନ୍ଧନ ବା ମୋକ୍ଷ ପ୍ରଦାନକାରୀ ।

ଏଥିରୁ ଅର୍ଥ ପ୍ରତିପାଦିତ ହେଉଛି ଯେ ମନ ହେଉଛି ମନୁଷ୍ୟର ବନ୍ଧନ ବା ମୋକ୍ଷର କାରଣ । କାରଣ ତାହାର ସ୍ୱରୂପ ହିଁ ହେଉଛି ସଂକଳ୍ପ ବା ବିକଳ୍ପ । ଏହା କେବେହେଲେ ମଧ୍ୟ ସ୍ଥିର ରହେ ନାହିଁ, ନିରନ୍ତର ଉଭା-ପୋତା, ତର୍କ-ବିତର୍କ ଓ ଗୁଣ-ଦୁର୍ଗୁଣ ଇତ୍ୟାଦିର ବିବେଚନାରେ ଲାଗି ରହିଥାଏ । ଏଥିପାଇଁ ଏଥିରୁ ସିଦ୍ଧାନ୍ତର ଜନ୍ମ ତ ହୋଇଥାଏ, ତା' ସହିତ ବିକଳ୍ପ ମଧ୍ୟ ଲାଗି ରହିଥାଏ ।

କିନ୍ତୁ ମନକୁ ଅଭ୍ୟାସ ଓ ବୈରାଗ୍ୟ ଆଡ଼କୁ ଆଣି ବଶୀଭୂତ କଲେ ମନୁଷ୍ୟକୁ ମୋକ୍ଷ ପ୍ରାପ୍ତ ମଧ୍ୟ ହୋଇଥାଏ । ମାତ୍ର ଏହାର ବ୍ୟତିରେକ ମନ ହିଁ ବନ୍ଧନର କାରଣ ହୋଇଥାଏ ।

ଦେହାଭିମାନଗଳିତେ ଜ୍ଞାନେନ ପରମାତ୍ମନଃ ।
ଯତ୍ର-ତତ୍ର ମନୋ ଯାତି ତତୟ-ତତୟ ସମାଧୟଃ ॥ 12 ॥

ଆଚାର୍ଯ୍ୟ ଚାଣକ୍ୟ ସମାଧି ଅବସ୍ଥାର ଚର୍ଚ୍ଚା କରି କୁହନ୍ତି ଯେ ପରମାତ୍ମଙ୍କ ସମ୍ବନ୍ଧରେ ଜ୍ଞାନ ହେଲାପରେ ଦେହର ଅଭିମାନ ନିଃଶେଷ ହୋଇଯାଏ । ସେତେବେଳେ ମନ ଜୁଆଡ଼େ ଗଲେ ମଧ୍ୟ ତାକୁ ସେହିଠାରେ ସମାଧି ପ୍ରାପ୍ତ ହୋଇଥାଏ ।

ଏଠାରେ ଅର୍ଥ ପ୍ରତୀତ ହେଉଛି ଯେ ସାଧକ ଯେତେବେଳେ ପରମାତ୍ମାକୁ ଜ୍ଞାତ ହୋଇଥାଏ, ସେତେବେଳେ ଏହି ସଂସାରର ପ୍ରତ୍ୟେକ ବସ୍ତୁ ତାକୁ ମାୟା ବୋଲି ମନେହୁଏ । ଏଣୁ ସେତେବେଳେ ସେ ନିଜ ଶରୀରକୁ ମଧ୍ୟ ନିଜର ବୋଲି ଭାବିନଥାଏ । ଏପରି ଜ୍ଞାନ ଆସିଗଲା ପରେ ବ୍ୟକ୍ତିର ମନ ଯେଉଁଠି ଥିଲେ ମଧ୍ୟ ତାକୁ ସମାଧି ପ୍ରାପ୍ତ ହୋଇପାରିବ ।

ସୁଖ-ଦୁଃଖ :

ଈପ୍ସିତଂ ମନସଃ ସର୍ବଂ କସ୍ୟ ସମ୍ପଦ୍ୟତେ ସୁଖମ୍ ।
ଦୈବାୟତ୍ତଂ ଯତଃ ସର୍ବଂ ତସ୍ମାତ୍ ସନ୍ତୋଷମାଶ୍ରୟେତ୍ ॥ 13 ॥

ଆଚାର୍ଯ୍ୟ ଚାଣକ୍ୟଙ୍କ ବକ୍ତବ୍ୟ ହେଉଛି ଯେ ମନରେ ଚାହିଁଥିବା ସମସ୍ତ ସୁଖ କାହାକୁ ଅବା ମିଳିଛି ! କାରଣ ସବୁକିଛି ଭାଗ୍ୟର ଅଧୀନ । ଏଣୁ ସବୁବେଳେ ସନ୍ତୋଷ ହେବା ଆବଶ୍ୟକ ।

ଏଥିରୁ ଅର୍ଥ ପତୀତ ହେଉଛି ଯେ ଦୁନିଆରେ କେହି ମଧ୍ୟ ଏପରି ଲୋକ ନାହାନ୍ତି, ଯାହର ସମସ୍ତ ଇଚ୍ଛା ପୂର୍ଣ୍ଣ ହୋଇଛି । ସୁଖ ଓ ଦୁଃଖ ତ ଭାଗ୍ୟର ଅଧୀନ; ବ୍ୟକ୍ତିର ନୁହେଁ । ଏଣୁ ଯାହା ଆମ ହାତରେ ନାହିଁ, ସେଥିପାଇଁ ଦୁଃଖୀ ନ ହୋଇ; ଯାହା ଅଛି ସେଥିପାଇଁ ସନ୍ତୋଷ ରହିବା ଦରକାର ।

ଯଥା ଧେନୁ ସହସେଷୁ ବତ୍ସୋ ଗଚ୍ଛତି ମାତରମ୍ ।
ତଥା ଯଚ୍ଚ କୃତଂ କର୍ମ କର୍ତ୍ତାରମନୁଗଚ୍ଛତି ॥ 14 ॥

ଆଚାର୍ଯ୍ୟ ଚାଣକ୍ୟ କୁହନ୍ତି ଯେ ହଜାରେ ଗାଈଙ୍କ ମଧ୍ୟରୁ ବାଛୁରୀ ଯେପରି ତା' ମାଆ ନିକଟକୁ ହିଁ ଯାଇଥାଏ; ଠିକ୍ ସେହି ପ୍ରକାରରେ କରିଥିବ କର୍ମ କର୍ତ୍ତାର ପଛେ ପଛେ ଗତି କରିଥାଏ ।

ଏଠାରେ ଅର୍ଥ ପ୍ରତୀତ ହେଉଛି ଯେ ହଜରେ ଗାଈ ଚରୁଥିବା ବେଳେ ଯଦି ବାଛୁରୀକୁ ଛାଡ଼ି ଦିଆ ଯାଏ ତ ସେହି ମୂକ ପଶୁ ସିଧା ତା' ମାଆ ପାଖକୁ ଚାଲିଯାଏ । ଠିକ ସେହି ପ୍ରକାରରେ ବ୍ୟକ୍ତି ଯାହା ଭଲ ବା ମନ୍ଦ କାମ କରିଥାଏ, ତାହାର ଫଳ ତା' ପଛେ ପଛେ ଚାଲିଥାଏ । ସେହି ଫଳ ବ୍ୟକ୍ତିକୁ ଭୋଗିବାକୁ ହିଁ ପଡ଼ିବ । ସେଥିପାଇଁ ବ୍ୟକ୍ତିକୁ ସବୁବେଳେ କିଛି ଭଲ କାମ କରିବା ଉଚିତ ।

ଅନବସ୍ଥିତକାୟସ୍ୟ ନ ଜନେ ନ ବନେ ସୁଖମ୍ ।
ଜନୋ ଦହତି ସଂସର୍ଗାଦ୍ ବନଂ ସଂଗବିବର୍ଜନାତ ॥ 15 ॥

ଆଚାର୍ଯ୍ୟ ଚାଣକ୍ୟ କୁହନ୍ତି ଯାହାର ମନ ସ୍ଥିର ନୁହେଁ ସେହି ବ୍ୟକ୍ତିମାନଙ୍କୁ ଜନସମାଜ ମଧ୍ୟରେ ହେଉ ବା ବନ ମଧ୍ୟରେ ହେଉ; କେଉଁଠି ହେଲେ ମଧ୍ୟ ସୁଖ ମିଳେନାହିଁ । କାରଣ ଲୋକମାନଙ୍କ ମଧ୍ୟରେ ରହିଲେ ସେମାନେ ଲୋକମାନଙ୍କୁ ଦେଖି ନିଜ ମଧ୍ୟରେ ଜ୍ୱଳନ ଅନୁଭବ କରନ୍ତି ଓ ବନରେ

ଏକାକୀତ୍ୱ ଅନୁଭବ କରନ୍ତି ।

ଏଥିରୁ ଅର୍ଥ ପ୍ରତିପାଦନ ହେଉଛି ଯେ କୌଣସି କାମକୁ କଲାବେଳେ ମନକୁ ସ୍ଥିର ରଖିବା ଦରକାର । ମନ ସ୍ଥିର ନରହିଲେ ତା'ର କାମ ଠିକ ଭାବରେ ହୋଇ ପାରେନାହିଁ କି ତା'କୁ କେଉଁଠି ହେଲେ ମଧ୍ୟ ସୁଖ ମିଳେ ନାହିଁ । ସେଭଳି ଲୋକ ସମାଜରେ ରହିଲେ ନିଜର ନିପାରିଲାପଣିଆ ଓ ଅନ୍ୟର ଉନ୍ନତି ପାଇଁ ସେ ଅତ୍ୟନ୍ତ ଅସହ୍ୟ ହୋଇପଡ଼େ; ଯଦି ବନକୁ ଯାଏ ତେବେ ତାକୁ ଏକାକୀତ୍ୱ ଭୟ ଦେଖାଏ । ତେଣୁ ମନର ଚଂଚଳତା ତାକୁ ବହୁତ ଦୁଃଖ ଦେଇଥାଏ ।

ସେବା ଭାବ :

ଯଥା ଖନିତ୍ୱା ଖନିତ୍ରେଣ ଭୂତଲେ ବାରି ବିନ୍ଦତି ।
ତଥା ଗୁରୁଗତାଂ ବିଦ୍ୟାଂ ଶୁଶ୍ରୂଷୁରାଧିଗଚ୍ଛତି ।। 16 ।।

ଆଚାର୍ଯ୍ୟ ଚାଣକ୍ୟ କୁହନ୍ତି ଯେପିର ଫାଉଡ଼ାରେ ଖୋଳି ଭୂମିରୁ ଜଳ ନିଷ୍କାସନ କରାଯାଏ, ଠିକ୍ ସେହି ପ୍ରକାରରେ ସେବାକାରୀ ବିଦ୍ୟାର୍ଥୀ ଗୁରୁଙ୍କଠାରୁ ବିଦ୍ୟା ପ୍ରାପ୍ତ କରିଥାଏ ।

ଏଥିରୁ ଅର୍ଥ ପ୍ରତୀତ ହେଉଛି ଯେ ପାଣିପାଇଁ ଭୂମିକୁ ପରିଶ୍ରମ ପୂର୍ବକ ଖୋଳା ଯାଇଥାଏ । ସେହି ପ୍ରକାରରେ ଗୁରୁଙ୍କଠାରୁ ବିଦ୍ୟା ପାଇବାପାଇଁ ପରିଶ୍ରମ ଓ ସେବା କରିବାକୁ ପଡ଼ିଥାଏ ।

ପୂର୍ବଜନ୍ମ :

କର୍ମାୟତ୍ତଂ ଫଳଂ ପୁଂସାଂ ବୁଦ୍ଧିଃ କର୍ମନୁସାରିଣୀ
ତଥାପି ସୁଧିୟାଚାର୍ଯ୍ୟଃ ସୁବିଚାର୍ଯ୍ୟୈବ କୁର୍ବତେ ।। 17 ।।

ଆଚାର୍ଯ୍ୟ ଚାଣାକ୍ୟ ବିଚାରର ମହ[illegible] ପ୍ରତିପାଦନ କରିବାକୁ ଯାଇ କୁହନ୍ତି ଯେ ଯଦିଓ ମନୁଷ୍ୟକୁ ଫଳ ତାର କର୍ମାନୁସାରେ ମିଳିଥାଏ ଓ ବୁଦ୍ଧି ମଧ୍ୟ କର୍ମର ଅଧୀନ । ତଥାପି ବୁଦ୍ଧିମାନ ବ୍ୟକ୍ତି ବିଚାର କରି କାମ କରିଥାଏ ।

ଏଠାରେ ଅର୍ଥ ପ୍ରତୀତ ହେଉଛି ଯେ ସୁଖ-ଦୁଃଖ, ବୁଦ୍ଧି ଆଦି ସବୁ ପୂର୍ବଜନ୍ମର କର୍ମ ଅନୁସାରେ ମିଳିଥାଏ । ତଥାପି ବୁଦ୍ଧିମାନ ହେଉଛନ୍ତି ଯିଏ ପ୍ରତ୍ୟେକ କାର୍ଯ୍ୟକୁ ବୁଝି-ବିଚାରି କରିଥାଏ ।

ଗୁରୁ ମହିମା :

ଏକାକ୍ଷରଂ ପ୍ରଦାତାରଂ ଯୋ ଗୁରୁଂ ନାଭିବନ୍ଦତେ ।
ଶ୍ୱାନଯୋନି ଶତଂ ଭୁକ୍ତ୍ୱା ଚାଣ୍ଡାଲେଷ୍ୱଭିଜାୟତେ ।। 18 ।।

ଆଚାର୍ଯ୍ୟ ଚାଣକ୍ୟ ଏଠାରେ କୃତଘ୍ନ ଶିଶ୍ୟର ଚର୍ଚ୍ଚା କରି କୁହନ୍ତି ଯେ ଯିଏ ଏକାକ୍ଷର ଜ୍ଞାନ ଦେଇଥିବା ଗୁରୁଙ୍କୁ ବନ୍ଦନା କରେ ନାହିଁ, ସେ ଶହେ ଥର କୁକୁର ଯୋନିରୁ ଜନ୍ମ ନେବା ପରେ ପୁଣି ଚଣ୍ଡାଳ ହୋଇଥାଏ ।

ଏଠାରେ ଅର୍ଥ ପ୍ରତିପାଦିତ ହେଉଛି ଯେ ପରମାତ୍ମାଙ୍କ ନାମ ହେଉଛି ଓଁ, ଯାହାକୁ ଏକାକ୍ଷର ବ୍ରହ୍ମ ବୋଲି କୁହାଯାଇଥାଏ । ଯିଏ ପରମାତ୍ମାଙ୍କ ଦର୍ଶନ କରାଇଥିବା ଗୁରୁଙ୍କୁ ଆଦର କରେ ନାହିଁ, ସେହି ଶିଷ୍ୟକୁ ଶହେଥର କୁକୁର ହେବାକୁ ପଡ଼ିଥାଏ ଓ ପରିଶେଷରେ ଚଣ୍ଡାଳ ଘରେ ଜନ୍ମ ନେବାକୁ ହୋଇଥାଏ ।

ଯୁଗାନ୍ତେ ପ୍ରଚଲେନ୍ମେରୁଃ କଳ୍ପାନ୍ତେ ସପ୍ତ ସାଗରାଃ ।
ସାଧବଃ ପ୍ରତିପନ୍ନାର୍ଥାନ୍ନ ଚଲନ୍ତି କଦାଚନ ॥ 19 ॥

ଆଚାର୍ଯ୍ୟ ଚାଣକ୍ୟ ମହାପୁରୁଷମାନଙ୍କ ସ୍ୱଭାବକୁ ଚର୍ଚ୍ଚା କରିବାକୁ ଯାଇ କୁହନ୍ତି ଯେ ଯୁଗର ଅନ୍ତ କାଳରେ, ସୁମେରୁ ପର୍ବତ ତା' ସ୍ଥାନରୁ ଦୂରେଇ ଗଲେ ବା କଳ୍ପର ଅନ୍ତ ହେଲାପରେ ସାତ ସମୁଦ୍ର ବିଚଳିତ ହୋଇଉଠିଲେ; ସଜ୍ଜନମାନେ କିନ୍ତୁ ନିଜ ମାର୍ଗରୁ ବିଚଳିତ ହୁଅନ୍ତି ନାହିଁ ।

କହିବାର ଅଭିପ୍ରାୟ ହେଉଛି ଯେ ମହାପୁରଷମାନେ ନିଜର ଆଚରଣ ଓ ବିଚାରରେ ସଦୈବ ଦୃଢ଼ ରହିଥାନ୍ତି । ଯଦିଓ ଯୁଗର ଅନ୍ତରେ ସୁମେରୁ ପର୍ବତ ତାହାର ସ୍ଥାନକୁ ତ୍ୟାଗ କରିଦିଏ ବା କଳ୍ପର ଅନ୍ତରେ ସାତ ସମୁଦ୍ର ନିଜର ସୀମାକୁ ଲଂଘନ କରି ପୃଥିବୀକୁ ଜଳରେ ବୁଡାଇ ଦିଅନ୍ତି କିନ୍ତୁ ସଜ୍ଜନମାନେ ସତ୍ୟ ଓ ପରେପକାର ମାର୍ଗକୁ କେବେହେଲେ ମଧ୍ୟ ତ୍ୟାଗ କରନ୍ତି ନାହିଁ ।

ଚତୁର୍ଦ୍ଦଶ ଅଧ୍ୟାୟ

ପୃଥିବୀ ରତ୍ନ :

ପୃଥିବ୍ୟାଂ ତ୍ରୀଣି ରତ୍ନାନି ଅନ୍ନମାପଃ ସୁଭାଷିତମ୍ ।
ମୂଢ଼ୈଃ ପାଷାଣଖଣ୍ଡେଷୁ ରତ୍ନସଂଜ୍ଞା ବିଧୀୟତେ ॥ 1 ॥

ଆଚାର୍ଯ୍ୟ ଚାଣକ୍ୟ ପୃଥିବୀର ପ୍ରମୁଖ ତିନିଗୋଟି ରତ୍ନର ଚର୍ଚ୍ଚା କରିବାକୁ ଯାଇ କୁହନ୍ତି ଯେ ଅନ୍ନ, ଜଳ ଓ ସୁନ୍ଦର ଭାଷଣ ହେଉଛି ପୃଥିବୀର ତିନିଗୋଟି ରତ୍ନ । ହେଲେ ମୂର୍ଖମାନେ ପଥର ଖଣ୍ଡମାନଙ୍କୁ ରତ୍ନର ନାମ ଦେଇଛନ୍ତି ।

ଏଥିରୁ ଅର୍ଥ ନିଷ୍ପନ୍ନ ହେଉଛି ଯେ ପୃଥିବୀରେ ସବୁଠାରୁ ବଡ଼ ପ୍ରକୃତ ରତ୍ନ ହେଉଛି ଖାଦ୍ୟ, ପାଣି ଓ ମଧୁର ବ୍ୟବହାର । ହୀରା ଇତ୍ୟାଦି ତ ପଥର ମାତ୍ର । ତାହାକୁ ରତ୍ନ କହିବା କେବଳ ମୂର୍ଖତା । ରହୀମ କହିଛନ୍ତି,- **"ରହିମନ ପାନୀ ରାଖିୟେ, ବିନ ପାନୀ ସବ ସୁନ ।**
ପାନୀ ଗଏ ନ ଉବରେଂ, ମୋତି, ମାନୁଷ ଚୂନ ॥"

ଏହୀ ପ୍ରକାରରେ ଅନ୍ନ ଓ ସାଧୁ ବଚନର ମହତ୍ୱ ରହିଛି । ଅନ୍ୟସବୁ ତା' ନିକଟରେ ବ୍ୟର୍ଥ । ଏଣୁ ଏସବୁକୁ ସମ୍ମାନ ଦେବା ଉଚିତ ।

ଯେପରି ବୁଣିବ ସେପରି ଫଳିବ :

ଆତ୍ମାପରାଧବୃକ୍ଷସ୍ୟ ଫଳାନ୍ୟେତାନି ଦେହିନାମ୍ ।
ଦାରିଦ୍ର୍ୟରୋଗ ଦୁଃଖାନି ବନ୍ଧନବ୍ୟସନାନିଚ ॥ 2 ॥

ଆଚାର୍ଯ୍ୟ ଚାଣକ୍ୟ କୁହନ୍ତି ଯେ ଦରିଦ୍ରତା, ରୋଗ, ଦୁଃଖ, ବଂଧନ ଓ ବ୍ୟସନ ଆଦି ହେଉଛି ମଣିଷର ଅପରାଧ ରୂପୀ ବୃକ୍ଷର ଫଳ ।

ଏଥିରୁ ଅର୍ଥ ନିଷ୍ପନ୍ନ ହେଉଛି ଯେ ନିର୍ଦ୍ଧନତା, ରୋଗ, ଦୁଃଖ, ବନ୍ଧନ ଓ ବିଳାସିକତା ଇତ୍ୟାଦି ସବୁକିଛି ମନୁଷ୍ୟର କର୍ମଫଳ । ଯିଏ ଯେପରି ବୁଣିଥାଏ, ସେ ସେପରି ହିଁ ଫଳ ପାଇଥାଏ । ଏହି କାରଣରୁ ସବୁବେଳେ ଭଲ କାମ କରିବା ଉଚିତ ।

ଶରୀରର ମହନୀୟତା :

ପୁନର୍ବିତ୍ତଂ ପୁନର୍ମିତ୍ରଂ ପୁନର୍ଭାର୍ୟା ପୁନର୍ମହୀ ।
ଏତତ୍ସର୍ବଂ ପୁନର୍ଲଭ୍ୟଂ ନ ଶରୀରଂ ପୁନଃ ପୁନଃ ॥ 3 ॥

ଆଚାର୍ଯ୍ୟ ଚାଣକ୍ୟ ମାନବ ଶରୀରର ମହନୀୟତାକୁ ପ୍ରତିପାଦନ କରିବାକୁ ଯାଇ କୁହନ୍ତି ଯେ ବ୍ୟକ୍ତିର ଜୀବନରେ ଧନ, ମିତ୍ର, ପତ୍ନୀ, ପୃଥିବୀ- ଏ ସମସ୍ତ ବାରମ୍ବାର ମିଳି ପାରିବ; କିନ୍ତୁ ଥରେ ମୃତ୍ୟୁ ହେଲା ପରେ ଜୀବନ-ଶରୀର ଆଉଥରେ ମିଳିବ ନାହିଁ ।

ଏଥିରୁ ଅର୍ଥ ପ୍ରତୀତ ହୋଇଥାଏ ଯେ ଧନ ନଷ୍ଟ ହୋଇଯାଏ ଗଲେ ତାହାକୁ ପୁଣିଥରେ ଅର୍ଜନ କରିହେବ । ମିତ୍ର ରାଗି ଯାଇଥିଲେ ତାହାକୁ ପୁଣି ମନେଇ ହେବ ବା ଜଣେ ମିତ୍ର ସଂଗ ଛାଡ଼ିଦେଲେ ମଧ୍ୟ ଆଉ ଜଣଙ୍କୁ ମିତ୍ର କରିହେବ । ଏହି କଥା ପତ୍ନୀ କ୍ଷେତ୍ରରେ ମଧ୍ୟ ପ୍ରୟୋଗ କରାଯାଇ ପାରିବ । ଯଦି ଜମି-ବାଡ଼ି ହାତରୁ ଚାଲିଗଲା ତେବେ ଆଉ ଥରେ ତାକୁ କରିହେବ । କିନ୍ତୁ ଶରୀର ଥରେ ସଂଗ ତ୍ୟାଗ କଲାପରେ ତାହା ଆଉ ଦ୍ୱିତୀୟ ଥର ପାଇଁ ମିଳି ପାରିବ ନାହିଁ ।

ଏକତା :

ବହୂନାଂ ଚୈବ ସତ୍ତ୍ୱାନାଂ ରିପୁଞ୍ଜୟଃ ।
ବର୍ଷାନ୍ଧାରାଧରୋ ମେଘସ୍ତୃଣୈରପି ନିବାର୍ୟତେ ॥ 4 ॥

ଆଚାର୍ଯ୍ୟ ଚାଣକ୍ୟ ଏଠାରେ ଏକତାର ଶକ୍ତିକୁ ପ୍ରତିପାଦିତ କରିବାକୁ ଯାଇ କୁହନ୍ତି ଯେ ବହୁତ ଛୋଟ ଛୋଟ ପ୍ରାଣୀ ମଧ୍ୟ ମିଳିମିଶି ଶତ୍ରୁକୁ ଜୟ କରି ପାରନ୍ତି । ମୂଷଳଧାରାର ବର୍ଷାକୁ ମଧ୍ୟ ତୃଣମାନେ ମିଳିମିଶି ରୋକି ଦେଇଥାନ୍ତି ।

ଏଠାରେ ଅର୍ଥ ପ୍ରତୀତ ହେଉଛି ଯେ ଶତ୍ରୁ ଯେତେ ବଳବାନ ହେଲେ ମଧ୍ୟ ଯଦି ବହୁତ ଛୋଟ ଛୋଟ ବ୍ୟକ୍ତି ମଳିମିଶି ତାହାର ପ୍ରତିରୋଧ କରନ୍ତି, ତେବେ ତାକୁ ହରାଇ ଦେଇଥାନ୍ତି । ମୂଷଳ ଧାରାର ବର୍ଷାକୁ ମଧ୍ୟ ତୃଣମାନଙ୍କ ଦ୍ୱାରା ତିଆରି କରା ଯାଇଥିବା ଛପର ଅଟକାଇ ଦେଇଥାଏ । ତେଣୁ ବାସ୍ତବରେ ଏକତାରେ ବଡ଼ ଶକ୍ତି ରହିଥାଏ ।

ସାମାନ୍ୟ ମଧ୍ୟ ଅଧିକ :

ଜଲେ ତୈଲଂ ଖଲେ ଗୁହ୍ୟଂ ପାତ୍ରେ ଦାନଂ ମନାଗପି ।
ପ୍ରାଜ୍ଞେ ଶାସ୍ତ୍ରଂ ସ୍ୱୟଂ ଯାତି ବିସ୍ତାରେ ବସ୍ତୁଶକ୍ତିତଃ ॥ 5 ॥

ଆଚାର୍ଯ୍ୟ ଚାଣକ୍ୟ ଏଠାରେ ଅଳ୍ପରେ ମଧ୍ୟ ଅଧିକ ବିସ୍ତାର ମିଳିପାରୁଥିବା ଦ୍ରବ୍ୟ ସଂପର୍କରେ ସୂଚନା ପ୍ରଦାନ କରି କହିଛନ୍ତି ଯେ ଜଳରେ ତେଲ, ଦୁଷ୍ଟମାନଙ୍କଦ୍ୱାରା କୁହା ଯାଇଥିବା ଗୁପ୍ତକଥା, ଯୋଗ୍ୟ ବ୍ୟକ୍ତିକୁ ଦିଆ ଯାଇଥିବା ଦାନ ତଥା ବୁଦ୍ଧିମାନକୁ ଦିଆ ଯାଇଥିବା ଜ୍ଞାନ ଯେତେ ସାମାନ୍ୟ ହେଲେ ମଧ୍ୟ ତାହା ମନକୁ ମନ ବିସ୍ତାରିତ ହୋଇଯାଇଥାଏ ।

ଏଥିରୁ ଅର୍ଥ ପ୍ରତିପାଦିତ ହେଉଛି ଯେ ପାଣିରେ ସାମାନ୍ୟ ମାତ୍ର ତେଲ ପକାଇ ଦେଲେ ମଧ୍ୟ ତାହା ସଂପୂର୍ଣ୍ଣ ପାଣିରେ ବିସ୍ତାରିତ ହୋଇଯାଏ । ଦୁଷ୍ଟ ବା ଚୁଗୁଲିଆଙ୍କ ଆଗରେ ଯଦି କୌଣସି ଗୁପ୍ତକଥାକୁ ସାମାନ୍ୟ ପରିମାଣରେ କହିଦେବ ତେବେ ସେମାନେ ତାହାକୁ ଚାରିଆଡ଼େ ପ୍ରସାର କରାଇଦେବେ । ଯୋଗ୍ୟବ୍ୟକ୍ତିଙ୍କୁ ଯଦି ସାମାନ୍ୟ ଧନଦେଇ ସାହାଯ୍ୟ କରାଯାଏ, ତେବେ ସେମାନେ ସେହି ଧନକୁ ପରିଶ୍ରମ ମାଧ୍ୟମରେ ବହୁଗୁଣିତ କରିଦେବେ । ବିଦ୍ୱାନମାନଙ୍କୁ ଯଦି ସାମାନ୍ୟ ଜ୍ଞାନ ପ୍ରଦାନ କରାଯାଏ ତେବେ ସେମାନେ ସ୍ୱୟଂ ସେହି ବିଦ୍ୟାକୁ ବିସ୍ତାରିତ କରିଦେବେ ।

ବୈରାଗ୍ୟ ମହିମା :

ଧର୍ମାଽଽଖ୍ୟାନେ ଶ୍ମଶାନେ ଚ ରୋଗିଣାଂ ଯା ମତିର୍ଭବେତ୍ ।
ସା ସର୍ବଦୈବ ତିଷ୍ଠେଚ୍ଚେତ୍ କୋ ନ ମୁଚ୍ୟେତ ବନ୍ଧନାତ୍ ॥ 6 ॥

ଆଚାର୍ଯ୍ୟ ଚାଣକ୍ୟ ଏଠାରେ ବୈରାଗ୍ୟର ମାହାତ୍ମ୍ୟକୁ ପ୍ରତିଷ୍ଠା କରିବାକୁ ଯାଇ କୁହନ୍ତି ଯେ ଧାର୍ମିକ କଥାକୁ ଶୁଣି, ଶ୍ମଶାନରେ ଶବ ବା ରୋଗୀକୁ ଦେଖି ବ୍ୟକ୍ତି ବୁଦ୍ଧିରେ ଯେଉଁ ବୈରାଗ୍ୟ

ଆସିଥାଏ, ତାହା ଯଦି ସଦୈବ ବଜାୟ ରହିଥାଏ ତେବେ କିଏ ଅବା ବଂଧନରୁ ମୁକ୍ତି ନ ପାଇ ପାରିବ ?

ଏଥିରୁ ଅର୍ଥ ପ୍ରତିପାଦିତ ହେଉଛି ଯେ କୌଣସି ବସ୍ତୁ ବା ପଦାର୍ଥକୁ ଦେଖି ଯେଉଁ ଜ୍ଞାନ ଉତ୍ପନ୍ନ ହୋଇଥାଏ, ତାହା କ୍ଷଣକପାଇଁ ମାତ୍ର । ସେଥିରେ ସ୍ଥାୟିତ୍ୱ ନଥାଏ । ଧର୍ମାଖ୍ୟାନ, ଶ୍ମଶାନ ଓ ରୋଗଯୁକ୍ତ ଶରୀରରେ ସ୍ୱାଭାବିକ ଭାବରେ ଯେଉଁ ପରିବର୍ତ୍ତନ ଆସେ, ବିରାଗ ତତା ଈଶ୍ୱର ଭକ୍ତିର ଭାବନା ମଧ୍ୟ ସେହି ପ୍ରକାରରେ ଆସିଥାଏ । ଏପରି ଜ୍ଞାନ ମଧ୍ୟ କ୍ଷଣିକ । ଏଥିରେ ଯଦି ସ୍ଥାୟିତ୍ୱ ଆସି ଯାଏ, ତେବେ ଜୀବର କଲ୍ୟାଣ ହୋଇଥାଏ ।

କଲାପରେ ଭାବିଲେ କଣ ହେବ ?

ଉତ୍ପନ୍ନପଶ୍ଚାତ୍‌ତାପସ୍ୟ ବୁଦ୍ଧିର୍ଭବତି ଯାଦୃଶୀ ।
ତାଦୃଶୀ ଯଦି ପୂର୍ବା ସ୍ୟାତ୍କସ୍ୟ ସ୍ୟାନ୍ନ ମହୋଦୟଃ ॥ 7 ॥

ଆଚାର୍ଯ୍ୟ ଚାଣକ୍ୟ ଏଠାରେ କର୍ମ ପରବର୍ତ୍ତୀ ପଶ୍ଚାତାପର ନିରର୍ଥକତା ସଂପର୍କରେ ଚର୍ଚ୍ଚା କରି କୁହନ୍ତି ଯେ ଭୁଲ ହୋଇଗଲା ପରେ ଯେଉଁ ପଶ୍ଚାତାପ ହୁଏ, ଯଦି ସେହି ଭାବନା କର୍ମ କରିବା ପୂର୍ବରୁ ଆସି ଯାଆନ୍ତା ତାହାହେଲେ କିଏ ବା ଉନ୍ନତି ନ କରନ୍ତା ଓ କାହାକୁ ବା ପଶ୍ଚାତାପ କରିବାକୁ ପଡ଼ନ୍ତା ?

ଅଭିପ୍ରାୟ ହେଉଛି ଯେ ମନ୍ଦ କାର୍ଯ୍ୟ କରିବା ଫଳରେ ପଶ୍ଚାତାପ ହୋଇଥାଏ ଓ ବୁଦ୍ଧି ଠିକଣା ସ୍ଥଳକୁ ଫେରି ଆସିଥାଏ । ଯଦି ସେପରି ବୁଦ୍ଧି ପ୍ରଥମରୁ ଆସିଥାନ୍ତା, ତେବେ ପଶ୍ଚାତାପ କରିବାକୁ ପଡ଼ି ନଥାନ୍ତା । ଏଣୁ ଯେ କୌଣସି କାର୍ଯ୍ୟ ଭାବି-ଚିନ୍ତି କରିବାକୁ ପଡ଼ିବ ।

ଅହଂକାର :

ଦାନେ ତପସି ଶୌର୍ଯ୍ୟଂ ଚ ବିଜ୍ଞାନେ ବିନୟେ ନୟେ ।
ବିସ୍ମୟୋ ନ ହି କର୍ତ୍ତବ୍ୟୋ ବହୁରତ୍ନା ବସୁନ୍ଧରା ॥ 8 ॥

ଆଚାର୍ଯ୍ୟ ଚାଣକ୍ୟ କୁହନ୍ତି ଯେ ମାନବ ମାତ୍ରରେ କେବେ ମଧ୍ୟ ଅହଂକାର ଭାବନା ରହିବା ଅନୁଚିତ । ଏପରିକି ମାନବଙ୍କୁ ଦାନ, ତପ, ଶୂରତା, ବିଦ୍ୱତା, ସୁଶୀଳତା ଓ ନୀତିନିପୁଣତା ଇତ୍ୟାଦିରେ ଅହଂକାର କରିବା ଉଚିତ ନୁହେଁ । କାରଣ ଏହି ପୃଥିବୀରେ ଜଣକୁ ବଳି ଜଣେ ଦାନୀ, ତପସ୍ୱୀ, ଶୂରବୀର, ବିଦ୍ୱାନ ଓ ନୀତିନିପୁଣତାରେ ପରିପୂର୍ଣ୍ଣ ବ୍ୟକ୍ତି ରହିଥାନ୍ତି । କୁହା ଯାଇଥାଏ ଯେ ଗୋଟିଏ ସିଂହକୁ ମଧ୍ୟ ତା' ଠାରୁ ବଳି ବଡ଼ ସିଂହ ମିଳି ଯାଇଥାଏ । ତେଣୁ କୌଣସି କାର୍ଯ୍ୟ କ୍ଷେତ୍ରରେ ନିଜକୁ ଅତି ବିଶିଷ୍ଟ ବୋଲି ଭାବିବା ମୂର୍ଖତା ମାତ୍ର । ଏହି ଅହଂକାର ହିଁ ମାନବ ପାଇଁ ଦୁଃଖର କାରଣ ହୋଇଥାଏ ଓ ତାହା ତାକୁ ନେଇ ହିଁ ଲୀନ ହୋଇଥାଏ ।

ମନର ଦୂତତା :

ଦୂରସ୍ଥୋଽପି ନ ଦରସ୍ଥୋ ଯୋ ଯସ୍ୟ ମନସି ସ୍ଥିତଃ ।
ଯୋ ଯସ୍ୟ ହୃଦୟେ ନାସ୍ତି ସମୀପସ୍ଥୋଽପି ଦୂରତଃ ॥ 9 ॥

ଆଚାର୍ଯ୍ୟ ଚାଣକ୍ୟ ଏଠାରେ ସ୍ଥାନର ନିକଟବର୍ତ୍ତୀ ବା ଦୂରବର୍ତ୍ତୀ ହେବା ଅପେକ୍ଷା ହୃଦୟରେ ମାପି ହେଉଥିବା ଦୂରତ୍ୱ ସଂପର୍କରେ କୁହନ୍ତି ଯେ ଯେଉଁ ବ୍ୟକ୍ତି ହୃଦୟରେ ରହିଥାନ୍ତି, ସେ ଦୂରରେ

ଥିଲେ ମଧ୍ୟ ସେହି ଦୂରତା ଦୂରତା ନୁହେଁ । ଏବଂ ଯିଏ ହୃଦୟରେ ନଥାନ୍ତି, ସେ ଯେତେ ନିକଟରେ ଥିଲେ ମଧ୍ୟ ଦୂରରେ ଅଛନ୍ତି ବୋଲି ମନେ ହୋଇଥାଏ ।

ଏଠାରେ ଅର୍ଥ ପ୍ରତିପାଦିତ ହେଉଛି ଯେ ଯେଉଁ ବ୍ୟକ୍ତିପାଇଁ ହୃଦୟରେ ସ୍ଥାନ ରହିଥାଏ, ସେ ଯେତେ ଦୂରରେ ରହି ଥାଆନ୍ତୁ ନା କାହିଁକି, ସେ ଦୂରତା କେବେ ଦୂରତା ବୋଲି ମନେ ହୋଇ ନଥାଏ । କାରଣ ସେ ପ୍ରତ୍ୟେକ ମୁହୂର୍ତ୍ତରେ ହୃଦୟରେ ମିଶିକି ରହିଥାଏ । ସେହିପରି ଯେଉଁ ବ୍ୟକ୍ତିର ସ୍ଥାନ ହୃଦୟରେ ନାହିଁ, ସେଭଳି ବ୍ୟକ୍ତି ଯେତେ ନିକଟରେ ଥିଲେ ମଧ୍ୟ, ସେ ନିକଟତାକୁ ନିକଟ ବୋଲି ମଧ୍ୟ କହିହେବ ନାହିଁ ।

ମିଠା କଥା :

ଯସ୍ମାଚ୍ଚ ପ୍ରିୟମିଚ୍ଛେତ୍ ତସ୍ୟ ବ୍ରୂୟାତ୍ସଦା ପ୍ରିୟମ୍ ।
ବ୍ୟାଘ୍ରୋ ମୃଗବଧଂ ଗନ୍ତୁଂ ଗୀତଂ ଗାୟତି ସୁସ୍ୱରମ୍ ॥ 10 ॥

ଆଚାର୍ଯ୍ୟ ଚାଣକ୍ୟ ଏଠାରେ ମଧୁର ବାଣୀର ମହତ୍ୱକୁ ପ୍ରତିପାଦିତ କରିବାକୁ ଯାଇ କୁହନ୍ତି ଯେ ଯାହାଠାରୁ ନିଜର କଲ୍ୟାଣ ପାଇଁ କାମନା କରୁଥିବ, ତାଙ୍କ ସମ୍ମୁଖରେ ସବୁବେଳେ ମିଠା କଥା କହିବା ଦରକାର । କାରଣ ଶିକାରୀ ହରିଣକୁ ଶିକାର କଲାବେଳେ ଅତି ମଧୁର ସ୍ୱରରେ ଗୀତ ଗାଇଥାଏ ।

ଏଠାରେ ଅର୍ଥ ପ୍ରତୀତ ହେଉଛି ଯେ ଯଦି କୌଣସି ଲୋକଠାରୁ ନିଜର କାମ ହାସଲ କରିବାର ଅଛି ତେବେ ସେହି ବ୍ୟକ୍ତି ନିକଟରେ ଖୁବ୍ ଚିକ୍କଣ କଥା କହିବା ଦରକାର । ମିଠା କଥାରେ ବଶୀଭୂତ ହୋଇଥିବା ବ୍ୟକ୍ତି ପାଣି ମଧ୍ୟ ପିଇବାକୁ ମାଗେ ନାହିଁ । ଗୋଟିଏ ଶିକାରୀକୁ ତ ଦେଖନ୍ତୁ । ହରିଣକୁ ଡାକିବା ପାଇଁ କେତେ କଅଁଳେଇ ଡାକୁଛି ଓ ମଧୁର ସ୍ୱରରେ ଗୀତ ଗାଉଛି । ହରିଣ ବିଚରା ମିଠା ସ୍ୱରରେ ଟାଣି ହୋଇ ଆସେ । ପାଖକୁ ଆସିବା ମାତ୍ରେ ଶିକାରୀ ତା' ଦେଖିଲା କାମ କରିଦିଏ । ତେଣୁ କୁହା ଯାଇଥାଏ ଯେ, **'ବଚନେ କିମ୍ ଦରିଦ୍ରତା'** ଅର୍ଥାତ୍ କଥାରେ ସଂକୋଚତା କାହିଁକି ? ଏଥିରେ ତ କେବଳ ମାଧୁର୍ଯ୍ୟ ପ୍ରକଟ ହେବା ଦରକାର ।

ଏମାନଙ୍କ ପାଖରେ ରୁହନାହିଁ :

ଅତ୍ୟାସନ୍ନ ବିନାଶାୟ ଦୂରସ୍ଥା ନ ଫଳପ୍ରଦା ।
ସେବ୍ୟତାଂ ମଧ୍ୟଭାଗେନ ରାଜବହ୍ନିଗୁରୁସ୍ତ୍ରୀୟଃ ॥ 11 ॥

ଆଚାର୍ଯ୍ୟ ଚାଣକ୍ୟ ଏଠାରେ କେତେକ ବିଶେଷ ଲୋକଙ୍କ ଠାରୁ ଦୂରେଇ ରହିବାକୁ ନିର୍ଦ୍ଦେଶ ଦେଇ କହିଛନ୍ତି ଯେ ରାଜା, ଅଗ୍ନି, ଗୁରୁ ଓ ସ୍ତ୍ରୀ, ଏମାନଙ୍କର ଅଧିକ ନିକଟବର୍ତ୍ତୀ ହେଲେ ବିନାଶ ଅବଶ୍ୟାମ୍ଭାବି । ଅନ୍ୟପକ୍ଷରେ ଦୂରରେ ରହିଲେ ମଧ୍ୟ କିଛି ଲାଭ ହେବ ନାହିଁ । ଏହି କାରଣରୁ ମଧ୍ୟମ ଦୂରରେ ରହି ସେମାନଙ୍କଠାରୁ ନିଜର ଲାଭକୁ ଗ୍ରହଣ କରିବା ଦରକାର ।

ଏଠାରେ ଅର୍ଥ ପ୍ରତିପାଦିତ ହେଉଛି ଯେ ରାଜା, ଗୁରୁ, ଅଗ୍ନି ଓ ସ୍ତ୍ରୀ- ଏହି ଚାରିଜଣଙ୍କ ଠାରୁ ଅଧିକ ଦୂରରେ ରହିବା ବା ପ୍ରତ୍ୟେକ ସମୟରେ ମଧ୍ୟ ସେମାନଙ୍କର ସମୀପବର୍ତ୍ତୀ ହେବା ଉଚିତ ନୁହେଁ । ଏମାନଙ୍କର ଅଧିକ ନିକଟବର୍ତ୍ତୀ ହେଲେ ଯେପରି କ୍ଷତି ହୋଇଥାଏ , ତାଙ୍କଠାରୁ ଦୂରେଇ ରହିଲେ ମଧ୍ୟ ନିଜର ଇପ୍ସିତ କାର୍ଯ୍ୟ ହୋଇ ପାରେ ନାହିଁ । ଏହି କାରଣରୁ ସେମାନଙ୍କର ଅଧିକ

ନିକଟବର୍ତ୍ତୀ ହେବା ବା ପୂର୍ଣ୍ଣମାତ୍ରାରେ ସେମାନଙ୍କଠାରୁ ଦୂରେଇ ରହିବା ଠିକ୍ ନୁହେଁ । ବରଂ ମଧ୍ୟବର୍ତ୍ତୀ ସ୍ଥାନରେ ରହି ନିଜର କାର୍ଯ୍ୟକୁ ସିଦ୍ଧି କରିବ ବିଧେୟ ।

ଈଶ୍ୱର ସର୍ବବ୍ୟାପୀ :

ଅଗ୍ନିର୍ଦ୍ଦେବୋ ଦ୍ୱିଜାତୀନାଂ ମନୀଷୀଣାଂ ହୃଦି ଦୈବତମ୍ ।
ପ୍ରତିମା ସ୍ୱଳ୍ପବୁଦ୍ଧୀନାଂ ସର୍ବତ୍ର ସମଦର୍ଶିନଃ ॥ 12 ॥

ଆଚାର୍ଯ୍ୟ ଚାଣ୍ୟକ୍ୟ କୁହନ୍ତି ଯେ ଦ୍ୱିଜାତିମାନଙ୍କ ପାଇଁ ଦେବତା ହେଉଛନ୍ତି ଅଗ୍ନି । ମନୀଷୀମାନେ ନିଜ ହୃଦୟରେ ଭଗବାନଙ୍କୁ ଦେଖିଥାନ୍ତି । ଅଳ୍ପବୁଦ୍ଧି ପ୍ରତିମାକୁ ଈଶ୍ୱର ବୋଲି ଭାବିଥାନ୍ତି । କିନ୍ତୁ ସମଦର୍ଶୀ ସବୁଠାରେ ଈଶ୍ୱରଙ୍କୁ ଦେଖିଥାନ୍ତି ।

ଏଥିରୁ ଅର୍ଥ ପ୍ରତୀତ ହେଉଛି ଯେ ବ୍ରାହ୍ମଣାଦି ଅଗ୍ନିଙ୍କୁ ଈଶ୍ୱର ବୋଲି ମାନିଥାନ୍ତି । ବୁଦ୍ଧିମାନ ଲୋକମାନେ ନିଜ ହୃଦୟରେ ଈଶ୍ୱରଙ୍କୁ ଦର୍ଶନ କରିଥାନ୍ତି । ଅଳ୍ପବୁଦ୍ଧି ସଂପନ୍ନ ମଣିଷମାନେ ମୂର୍ତ୍ତିକୁ ଈଶ୍ୱର ବୋଲି ବିଚାରିଥାନ୍ତି । ମାତ୍ର ସମଦର୍ଶୀ ଜ୍ଞାନୀ ପୁରୁଷମାନେ ସଂସାରର ପ୍ରତ୍ୟେକ ପ୍ରାଣୀ, ବସ୍ତୁ ବା ସ୍ଥାନରେ ପରମାତ୍ମାଙ୍କୁ ଦେଖିଥାନ୍ତି । ତାଙ୍କ ମତରେ ଈଶ୍ୱର ଘଟ-ଘଟ ବ୍ୟାପୀ ବା ସଂସାରର ପ୍ରତ୍ୟେକ କୋଣାନୁକୋଣରେ ବିରାଜମାନ କରିଥାନ୍ତି ।

ଗୁଣହୀନ ବ୍ୟକ୍ତିର ଜୀବନ ପୁଣି କଣ ?

ସ ଜୀବତି ଗୁଣା ଯସ୍ୟ ଯସ୍ୟ ଧର୍ମ ସ ଜୀବତି ।
ଗୁଣ ଧର୍ମ ବିହୀନସ୍ୟ ଜୀବିତଂ ନିଷ୍ପ୍ରୟୋଜନମ୍ ॥ 13 ॥

ଆଚାର୍ଯ୍ୟ ଚାଣ୍ୟକ୍ୟ କୁହନ୍ତି ଯେ ଯାହା ପାଖରେ ଗୁଣ ବା ଧର୍ମ ଅଛି, ସେହ ମନୁଷ୍ୟ ଜୀବିତ । ଗୁଣ ଓ ଧର୍ମହୀନ ମନୁଷ୍ୟର ଜୀବନ ବ୍ୟର୍ଥ ।

ଏଠାରେ ଅର୍ଥ ପ୍ରତିପାଦିତ ହେଉଛି ଯେ ଯେଉଁ ମଣିଷ ଗୁଣବାନ ଓ ଧର୍ମ-ପୁଣ୍ୟର କାମ କରୁଥାଏ, ସେହି ମଣିଷକୁ ଜୀବିତ ବୋଲି ଭାବିବା ଉଚିତ । ଯେଉଁ ମଣିଷ ଗୁଣବାନ ନୁହେଁ କି ଧର୍ମ-ପୁଣ୍ୟ କାର୍ଯ୍ୟ କେବେ କରି ନଥାଏ; ତାଙ୍କର ଜୀବନ ରହି ମଧ୍ୟ କିଛି ଲାଭନାହିଁ । ଏପରି ବ୍ୟକ୍ତିକୁ ତ ମୃତ ବୋଲି ଭାବିବା ଦରକାର ।

ଯଦୀଚ୍ଛସି ବଶୀକର୍ତ୍ତୁଂ ଜଗଦେକେନ କର୍ମଣା ।
ପରାପବାଦଶାସ୍ତ୍ରେଭୋ ଗାଂ ଚରନ୍ତୀଂ ନିବାରୟ ॥ 14 ॥

ଆଚାର୍ଯ୍ୟ ଚାଣକ୍ୟ କୁହନ୍ତି ଯେ ଯଦି ଗୋଟିଏ କର୍ମ ମାଧ୍ୟମରେ ସାରା ଜଗତକୁ ବଶୀଭୂତ କରିବାକୁ ଚାହୁଁଥିବ, ତେବେ ଅନ୍ୟର ହାନି ହେଉଥିବା ଭଳି କଥାବାର୍ତ୍ତାକୁ ବନ୍ଦ କରିଦିଅ । ଏଥିରୁ ଅର୍ଥ ପ୍ରତିପାଦିତ ହେଉଛି ଯେ ସାରା ସଂସାରକୁ ବଶୀଭୂତ କରିବା ପାଇଁ ଗୋଟିଏ ମାତ୍ର ଉପାୟ ରହିଛି, ନିଜ ତୁଣ୍ଡରେ ଅନ୍ୟର ହାନି ହେବା ଭଳି କଥା କୁହନାହିଁ । ଯେତେବେଳେ ବି ଜିଭ ଏଭଳି କରିବାପାଇଁ ଉଦ୍ୟମ କରିବ, ସେତେବେଳେ ଏପରି କରିବା ଠାରୁ ତାହାକୁ ପ୍ରତିରୋଧ କର । ବଶୀକରଣର ଏହାଠାରୁ ବଳି ଅନ୍ୟ ଉପାୟ କିଛି ନାହିଁ ।

ପ୍ରସ୍ତାବସଦୃଶଂ ବାକ୍ୟଂ ପ୍ରଭାବସଦୃଶଂ ପ୍ରିୟମ୍ ।
ଆତ୍ମଶକ୍ତିସମଂ କୋପଂ ଯୋ ଜାନାତି ସ ପଣ୍ଡିତଃ ॥ 15 ॥

ଆଚାର୍ଯ୍ୟ ଚାଣକ୍ୟ ଏଠାରେ ପଣ୍ଡିତଙ୍କ ସଂପର୍କରେ କହିଛନ୍ତି ଯେ ପ୍ରସଂଗ ଅନୁସାରେ କଥାବାର୍ତ୍ତା କରିବା, ପ୍ରଭାବ ପକାଇବା ପରି ପ୍ରେମ କରିବା ତଥା ନିଜର ଶକ୍ତି ଅନୁସାରେ କ୍ରୋଧ କରିବା ଇତ୍ୟାଦିକୁ ଯିଏ ଜାଣିଥାନ୍ତି, ତାଙ୍କୁ ପଣ୍ଡିତ କୁହାଯାଇଥାଏ ।

ଏଠାରେ ଅର୍ଥ ପତୀତ ହେଉଛି ଯେ କୌଣସି ସଭାରେ କାହାକୁ କଣ କୁହାଯିବ, କାହାକୁ ଭଲ ପାଇବାକୁ ପଡ଼ିବ ତଥା କାହା ଉପରେ କେତେ କ୍ରୋଧ କରିବାକୁ ପଡ଼ିବ; ଯିଏ ଏହି କଥା ସବୁ ଜାଣିଥାନ୍ତି, ତାଙ୍କୁ ପଣ୍ଡିତ ବା ଜ୍ଞାନୀ କୁହାଯାଇଥାଏ ।

ଜିନିଷ ମାତ୍ର ଗୋଟିଏ, ହେଲେ କଥା ବହୁତ :

ଏକ ଏବ ପଦାର୍ଥସ୍ତୁ ତ୍ରିଧା ଭବତି ବୀକ୍ଷତି ।
କୁପଣଂ କାମିନୀ ମାଂସ ଯୋଗିଭିଃ କାମିଭିଃ ଶ୍ୱଭିଃ ॥ 16 ॥

ଆଚାର୍ଯ୍ୟ ଚାଣକ୍ୟ ନିଜ-ନିଜର ଦୃଷ୍ଟିକୋଣର କଥାକୁ ଚର୍ଚ୍ଚା ପ୍ରସଂଗରେ କୁହନ୍ତି ଯେ ବସ୍ତୁ ହେଉଛି ଗୋଟିଏ- ସ୍ତ୍ରୀର ଶରୀରକୁ କାମୀଲୋକ କାମିନୀ ରୂପରେ, ଯୋଗୀଲୋକ ଦୁର୍ଗନ୍ଧମୟ ଶବ ରୂପରେ ତଥା କୁକୁର ମାଂସ ରୂପରେ ଦେଖିଥାନ୍ତି ।

ଏଥିରୁ ଅର୍ଥ ପ୍ରତିପାଦିତ ହେଉଛି ଯେ ବସ୍ତୁ ମାତ୍ର ଗୋଟିଏ ହୋଇଥାଏ, ମାତ୍ର ସେ ଦିଗରେ ଦୃଷ୍ଟିକୋଣ ଭିନ୍ନ ଭିନ୍ନ ପ୍ରାଣୀଙ୍କଠାରେ ପୃଥକ୍ । ଏହି ଦୃଷ୍ଟିକୋଣରୁ ଜଣେ ସ୍ତ୍ରୀଲୋକର ଶରୀରକୁ ଯୋଗୀ, ରସିକ ଓ କୁକୁର ଭିନ୍ନ ଭିନ୍ନ ଭାବରେ ଦେଖନ୍ତି । ଯୋଗୀ ତାହାକୁ ଦୁର୍ଗନ୍ଧମୟ ମୁର୍ଦ୍ଦାର ବୋଲି ଭାବି ଘୃଣା କରୁଥିବା ବେଳେ ରସିକ (କାମୀ) ତାହାକୁ କାମାସକ୍ତ ଭାବେ ଦେଖିଥାଏ ଓ ଭୋଗ୍ୟବସ୍ତୁ ବୋଲି ଭାବିଥାଏ । ପରନ୍ତୁ ଗୋଟିଏ କୁକୁର ତାହାକୁ କେବଳ ମାଂସର ପିଣ୍ଡୁଳା ବୋଲି ଭାବିଥାଏ ଓ ଖାଇବାକୁ ଚାହିଁଥାଏ ।

ଗୋପନୀୟତା :

ସୁସିଦ୍ଧମୌଷଧଂ ଧର୍ମଂ ଗୃହଚ୍ଛିଦ୍ରଂ ବ ମୈଥୁନମାକୁଭୁକ୍ତଂ
କୁଶ୍ରୁତଂ ଚୈବ ମତିମାନ୍ନ ପ୍ରକାଶୟେତ୍ ॥ 17 ॥

ଆଚାର୍ଯ୍ୟ ଚାଣକ୍ୟ ଗୋପନୀୟତା ଉପରେ ଗୁରୁତ୍ୱ ପ୍ରଦାନ କରି କହିଛନ୍ତି ଯେ ବୁଦ୍ଧିମାନ ବ୍ୟକ୍ତି ସିଦ୍ଧ ଔଷଧି, ଧର୍ମ, ନିଜ ଘରର ଦୁର୍ବଳତା, ମୈଥୁନ, ଖାଇଥିବା ଖରାପ୍ ଭୋଜନ ଓ ଶୁଣିଥିବା ଖରାପ କଥାକୁ ଗୁପ୍ତ ରଖିଥାନ୍ତି ।

ଏଥିରୁ ଅର୍ଥ ପ୍ରତୀତ ହେଉଛି ଯେ କେତେକ ଜିନିଷ ଉପରେ ଗୋପନୀୟତା ରଖିବା ଏକାନ୍ତ ଆବଶ୍ୟକ । ସେସବୁ ହେଉଛି- ସିଦ୍ଧ ଔଷଧ, ଧର୍ମ, ନିଜ ଘରର ଦୁର୍ବଳତା, ସଂଭୋଗ, କୁଭୋଜନ ଓ ଶୁଣିଥିବା ଖରାପ କଥା । କେତେକ ଔଷଧ କିଛି ବ୍ୟକ୍ତିଙ୍କ ନିକଟରେ ସିଦ୍ଧ ହୋଇଥାଏ, ଏହାଦ୍ୱାରା ଅନ୍ୟମାନଙ୍କର ତ ଉପକାର କରିହୁଏ; ହେଲେ ସେ ଔଷଧ ସଂବନ୍ଧରେ କଥାକୁ ପ୍ରଘଟ କଲେ ତାହାର ପ୍ରଭାବ ନଷ୍ଟ ହୋଇଯାଏ । ସେହିପରି ନିଜର ଧର୍ମ ବା କର୍ତ୍ତବ୍ୟକୁ କେବଳ ପାଳନ କରିଯିବା କଥା; କାହା ନିକଟରେ ତାହା ପ୍ରକାଶ କରିବା କଥା ନୁହେଁ । ନିଜ ଘରର ଦୁର୍ବଳତା ସଂବନ୍ଧରେ ଅନ୍ୟ ଆଗରେ କିଛି କହିଲେ ନିଜର ସମ୍ମାନ ହିଁ ନଷ୍ଟ ହୋଇଥାଏ । ସଂଭୋଗ ସମ୍ବନ୍ଧରେ କାହାକୁ କହିବା ମଧ୍ୟ ଅସଭ୍ୟତା ଓ ଅଶ୍ଳୀଳତା । କାରଣ ଏହାର କ୍ରିୟା ଯେପରି ଅତ୍ୟନ୍ତ ଗୁପ୍ତ, ସେଭଳି

ଏହାର ସମ୍ବାଦ ମଧ୍ୟ ସର୍ବଦୈବ ଗୁପ୍ତ । ଏହା ବାହାରେ ପ୍ରକାଶିତ ହେଲେ ସମାଜରୁ ସମ୍ମାନ ମିଳିବ ନାହିଁ । ସେହିପରି କୌଣସି ଅଖାଦ୍ୟକୁ ଯଦି ଭୁଲରେ ଖିଆ ହୋଇ ଯାଇଛି, ତାହାକୁ ମଧ୍ୟ ପ୍ରକାଶ କରିବା କଥା ନୁହେଁ । ଏହା ଜାଣିଲେ ସମାଜ ମଧ୍ୟ ତୁମକୁ ଶ୍ରଦ୍ଧା କରିବ ନାହିଁ । ସେହିପରି ଯଦି ତୁମକୁ କିଏ ଖରାପ କଥା କହି ଦେଇଛି, ତେବେ ତାହାକୁ ମଧ୍ୟ ବାହାରେ ପ୍ରଘଟ କରିବା ଅନୁଚିତ । ସବୁକିଛିକୁ ହଜମ କରିଦେବା ଦରକାର ।

ବାଣୀରୁ ଗୁଣ ସ୍ପଷ୍ଟ ହୋଇଥାଏ :

ତାପନ୍ମୌନେନ ନୀୟନ୍ତେ କୋକିଲଶ୍ଚୈବ ବାସରାଃ ।
ଯାବତ୍ସର୍ବଂ ଜନାନନ୍ଦଦାୟିନୀ ବାଙ୍ ନ ପ୍ରବର୍ତତେ ॥ 18 ॥

ଆଚାର୍ଯ୍ୟ ଚାଣକ୍ୟ କୁହନ୍ତି ଯେ କୋଇଲି ସେ ପର୍ଯ୍ୟନ୍ତ ମୌନ ହୋଇ ରହିଥାଏ, ଯେ ପର୍ଯ୍ୟନ୍ତ ତା'ର ମଧୁର ବାଣୀ ପ୍ରକାଶ ଯୋଗ୍ୟ ହୋଇ ନଥାଏ; ଯାହାକି ସମସ୍ତଙ୍କୁ ଆନନ୍ଦ ପ୍ରଦାନ କରିପାରିବ ।

ଏଥିରୁ ଅର୍ଥ ପ୍ରକାଶ ପାଉଛି ଯେ କୋଇଲି ବସନ୍ତ ଆସିବା ପର୍ଯ୍ୟନ୍ତ ଚୁପଚାପ ରହିଥାଏ । ବସନ୍ତ ଆସିଲେ ତାହାର ସ୍ୱର ମଧୁର ହୋଇଉଠେ । ଏହି ମଧୁର ସ୍ୱର ସବୁ ପ୍ରାଣୀଙ୍କୁ ଆନନ୍ଦ ପ୍ରଦାନ କରିଥାଏ ।ଏଣୁ ଯେତେବେଳେ କଥାବାର୍ତା କରୁଛ, ମଧୁର କଥା କୁହ । କର୍କଶ କହିବା ଅପେକ୍ଷା ନିରବ ରହିବା ବରଂ ଭଲ ।

ଏସବୁକୁ ସଂଗ୍ରହ କର :

ଧର୍ମଂ ଧନଂ ଚ ଧାନ୍ୟଂ ଗୁରୋର୍ବଚନମୌଷଧମ୍ ।
ସଂଗୃହୀତଂ ଚ କର୍ତବ୍ୟମନ୍ୟଥା ନ ତୁ ଜୀବତି ॥ 19 ॥

ଆଚାର୍ଯ୍ୟ ଚାଣକ୍ୟ କୁହନ୍ତି ଧର୍ମ, ଧନ, ଧାନ୍ୟ, ଗୁରୁଙ୍କଠାରୁ ଶିକ୍ଷା, ଔଷଧ- ଏସବୁ ସଂଗ୍ରହ କରିବା ଦରକାର । ଅନ୍ୟଥା ବ୍ୟକ୍ତି ଜୀବିତ ରହି ପାରିବ ନାହିଁ ।

ଅର୍ଥାତ ମନୁଷ୍ୟକୁ ନିଜ ଜୀବନରେ ଅଧିକରୁ ଅଧିକ ଧର୍ମକାର୍ଯ୍ୟ କରିବା ଉଚିତ, ଧନ ଉପାର୍ଜନ କରିବା, ଗୁରୁଜନଙ୍କଠାରୁ ଭଲକଥା ଶିଖିନେବା ଏବଂ ଔଷଧାଦିକୁ ଏକତ୍ରିତ କରିରଖିବା ସର୍ବଦୈବ ଉଚିତ । ତାହାହେଲେ ମଣିଷ ସୁଖରେ ଜୀବନ ଅତିବାହିତ କରିପାରିବ । ଦୁଃଖୀ ଜୀବନ ଥିବା ବ୍ୟକ୍ତିର ଜୀଇଁବା ବା ମରିବା ସମାନ ।

ମାନବ ଧର୍ମ :

ତ୍ୟଜ ଦୁର୍ଜନସଂସର୍ଗଂ ଭଜ ସାଧୁସମାଗମମ୍ ।
କୁରୁ ପୁଣ୍ୟମହୋରାତ୍ରଂ ସ୍ମର ନିତ୍ୟମନିତ୍ୟତଃ ॥ 20 ॥

ଆଚାର୍ଯ୍ୟ ଚାଣକ୍ୟ କୁହନ୍ତି ଯେ ଦୁଷ୍ଟଙ୍କ ସଂଗ ତ୍ୟାଗକର,ସଜ୍ଜନଙ୍କ ସଂଗତିରେ ରୁହ, ରାତି-ଦିନ ଭଲ କାମ କର ତଥା ସବୁବେଳେ ଈଶ୍ୱରଙ୍କୁ ସ୍ମରଣ କର । ଏହା ହିଁ ପ୍ରକୃତରେ ମାନବ ଧର୍ମ ।

ଏଥିରୁ ଅର୍ଥ ପ୍ରତିପାଦିତ ହେଉଛି ଯେ ସର୍ବଦୈବ ସଜ୍ଜନମାନଙ୍କ ସହିତ ସଂଗତି କରିବା ସହ ଦୁର୍ଜନଙ୍କୁ ତ୍ୟାଗ କରିଦେବା ଦରକାର । କାରଣ ସଜ୍ଜନଙ୍କ ବିକାର ମଧ୍ୟ ଲାଭଦାୟକ ଓ ଦୁର୍ଜନଙ୍କ ଲାଭ ମଧ୍ୟ ଦୁଃଖଦାୟକ । କାରଣ '**କିରାତାର୍ଜୁନୟମ୍**'ରେ ଭାରବି କହିଛନ୍ତି,-

'ସମ୍ପୁନୟମ୍ ଭୂତିନାର୍ୟସଂଗମାତ୍ ବରଂ ବିରୋଧୋଽପି ସମଂ ମହୋତ୍ମଭିଃ ।'

ଅର୍ଥାତ୍ ଦୁଷ୍ଟଙ୍କ ସହିତ ରହି ଲାଭ କରା ଯାଉଥିବା ଉନ୍ନତି ଭଲ ନୁହେଁ, କିନ୍ତୁ ସଜ୍ଜନଙ୍କ ସହିତ ବିରୋଧାଚରଣ ଭଲ ।

ଏହା ବିଚାର୍ଯ୍ୟ ଯେ ଧର୍ମ ସର୍ବଦା ସୁଖଦାୟକ ଓ ଅହର୍ନିଶ କରଣୀୟ । ଧର୍ମମାର୍ଗରେ ଯାଇ ଅନେକ ଖ୍ୟାତି ଅର୍ଜନ କରିଛନ୍ତି । ଋଷିଗଣ, ସଜ୍ଜନ ଓ ନେତାଗଣ ଏହାର ବଳିଷ୍ଠ ଉଦାହରଣ ।

ଭୟରେ ସବୁକାର୍ଯ୍ୟ ହୋଇଥାଏ । ଭୟରେ ମନୁଷ୍ୟ ନିଜ ମାର୍ଗରେ ଚାଲି ଶ୍ରେୟ ଓ ପ୍ରିୟ ଉଭୟକୁ ପ୍ରାପ୍ତ ହୁଅନ୍ତି । ଶରୀରର ନଶ୍ୱରତାକୁ ଜାଣି ମଣିଷ ଭୟରେ ଲୋଭ-ମୋହକୁ ତ୍ୟାଗକରି ସତ୍ ସଂଗତି କରେ । ବାସ୍ତବରେ କୁମାର୍ଗରୁ ରକ୍ଷା ପାଇବା ପାଇଁ ଏହା ପ୍ରକୃତ ଉପାୟ । ସତ୍ ସଂଗତିରେ ହିଁ ଜୀବନର ବାସ୍ତବିକ ସୁଖ ରହିଥାଏ ।

ପଂଚଦଶ ଅଧ୍ୟାୟ

ଦୟାବାନ ହୁଅ :

ୟସ୍ୟ ଚିତ୍ତଂ ଦ୍ରବୀଭୂତଂ କୃପୟା ସର୍ବଜନ୍ତୁଷୁ ।

ତସ୍ୟ ଜ୍ଞାନେନ ମୋକ୍ଷେଣ କିଂ ଜଟା ଭସ୍ମଲେପନୈଃ ॥ 1 ॥

ଆଚାର୍ଯ୍ୟ ଚାଣକ୍ୟ କୁହନ୍ତି ଯେ ଯେଉଁ ମନୁଷ୍ୟର ହୃଦୟ ସମସ୍ତ ପ୍ରାଣୀମାନଙ୍କପାଇଁ ଦୟାରେ ଦ୍ରବୀଭୂତ ହୋଇ ଯାଏ, ତାହାକୁ ଜ୍ଞାନ, ମୋକ୍ଷ, ଜଟା, ଭସ୍ମ-ଲେପନ ଆଦିରେ କାମ କଣ ?

ଏଥିରୁ ଅର୍ଥ ନିଷ୍ପନ୍ନ ହେଉଛି ଯେ ଯେଉଁ ମନୁଷ୍ୟର ହୃଦୟରେ ସମସ୍ତ ମନୁଷ୍ୟ, ପଶୁ-ପକ୍ଷୀ, ଜୀବ-ଜନ୍ତୁ ଆଦିଙ୍କ ପାଇଁ ଅମାପ ଦୟା ରହିଛି, ସେ ହିଁ ପ୍ରକୃତ ମଷିଷ । ତାଙ୍କୁ ଆତ୍ମଜ୍ଞାନର, ମୋକ୍ଷର, ଜଟା ବଢ଼ାଇବାର ବା ଭସ୍ମ, ତିଳକ, ଚନ୍ଦନ ଆଦି ଲଗାଇବାର କୌଣସି ଆବଶ୍ୟକତା ନାହିଁ ।

ଗୁରୁ ହେଉଛନ୍ତି ବ୍ରହ୍ମା :

ଏକମେବାକ୍ଷରଂ ୟସ୍ତୁ ଗୁରୁଃ ଶିଷ୍ୟଂ ପ୍ରବୋଧୟେତ୍ ।

ପୃଥିବ୍ୟାଂ ନାସ୍ତି ତଦ୍‌ଦ୍ରବ୍ୟଂ ଯଦ୍ ଦତ୍ତ୍ୱା ଚାଽନୃପୀ ଭବେତ୍ ॥ 2 ॥

ଆଚାର୍ଯ୍ୟ ଚାଣକ୍ୟ ଏଠାରେ ଗୁରୁଙ୍କ ମହିମାକୁ ପ୍ରତିପାଦନ କରିବାକୁ ଯାଇ କୁହନ୍ତି ଯେ ଗୁରୁ ଏକ ଅକ୍ଷରର ମଧ୍ଯ ଜ୍ଞାନ ପ୍ରଦାନ କରିଥାନ୍ତି । ତାଙ୍କ ଋଣରୁ ମୁକ୍ତ ହେବାକୁ ହେଲେ, ତାଙ୍କୁ ଦେବା ଭଳି ପୃଥିବୀରେ କୌଣସି ବସ୍ତୁ ବା ପଦାର୍ଥ ନାହିଁ । ଅବଶ୍ୟ ଗୁରୁ ଶବ୍ଦର ଅର୍ଥ- ଅଜ୍ଞାନକୁ ଦୂର କରି ଜ୍ଞାନ ପ୍ରଦାନକାରୀ । ଏପରି ଗୁରୁ ବ୍ରହ୍ମା, ବିଷ୍ଣୁ ଓ ସାକ୍ଷାତ୍ ପରବ୍ରହ୍ମଙ୍କ ସହିତ ସମାନ । ଏକାକ୍ଷର 'ଓଁ' କୁ ପରଂବ୍ରହ୍ମ ବୋଲି ସ୍ୱୀକାର କରାଯାଏ । ଯଦି ସେହି ଏକାକ୍ଷର ଓଁକାର ଜ୍ଞାନ ସହିତ କୌଣସି ଗୁରୁ ପରିଚିତ କରାଇ ଦିଅନ୍ତି, ତାହାଙ୍କୁ ଛାଡ଼ି ଆଉ କଣ ବା ଅଛି ? ବେଦରେ ତ କୁହାଯାଇଛି ଯେ ଗୋଟିଏ ଶବ୍ଦର ଉଚିତ ପ୍ରୟୋଗ ଓ ଜ୍ଞାନ ଦ୍ୱାରା ସ୍ୱର୍ଗଲୋକ ଓ ଇହଲୋକରେ ସମସ୍ତ ଇଚ୍ଛାମାନର ପୂର୍ତ୍ତି ହୋଇ ଯାଇଥାଏ ।

ଦୁଷ୍ଟମାନଙ୍କର ଉପଚାର :

ଖଲାନାଂ କଂଟକାନାଂ ଚ ଦ୍ୱିବିଧୈବ ପ୍ରତିକ୍ରିୟା ।

ଉପାନାମୁଖଭଂଗୋ ବା ଦୂରତୈବ ବିସର୍ଜନମ୍ ॥ 3 ॥

ଆଚାର୍ଯ୍ୟ ଚାଣକ୍ୟ ଦୁଷ୍ଟମାନଙ୍କର ଉପଚାର ସଂପର୍କରେ ଚର୍ଚ୍ଚା କରିବାକୁ ଯାଇ କୁହନ୍ତି ଯେ ଦୁଷ୍ଟ ଓ କଂଟାର ଦୁଇ ପ୍ରକାରର ଉପଚାର ରହିଛି । ଜୋତରେ ମଳି-ମକଚି ଦିଅ ନତୁବା ଦୂରରେ ତାକୁ ଛାଡ଼ି ଦେଇଆସ ।

ଏଥିରୁ ଅର୍ଥ ପ୍ରତିପାଦିତ ହେଉଛି ଯେ ଦୁଷ୍ଟ ଓ କଂଟା ଉଭୟେ ବସ୍ତୁତଃ ସମାନ । ତେଣୁ ସେମାନଙ୍କଠାରୁ ଦୁଇ ପ୍ରକାରରେ ମାତ୍ର ନିଜକୁ ସୁରକ୍ଷିତ ରଖିହେବ । ଏହାକୁ ନିଜର ଜୋତାତଳେ ରଖି ଦଳି-ମକୁଚି ନଷ୍ଟ କରିଦିଅ କିମ୍ବା ସେମାନଙ୍କ ସମନାରୁ ଦୂରକୁ ଚାଲିଯାଅ । ଦୁଷ୍ଟମାନଙ୍କ ସହିତ କେବେ ମଧ୍ୟ କୌଣସି ସଂପର୍କ ରଖିବା ଅନୁଚିତ । ତେଣୁ ତାଙ୍କଠାରୁ ନିଜକୁ ଦୂରେଇ ନେବ ଭଲ କିମ୍ବା ତାଙ୍କୁ ଏଭଳି ଶିକ୍ଷା ଦେବା ଦରକାର, ଯାହା ଫଳରେ ସେ ଦ୍ୱିତୀୟ ଥର ପାଇଁ କେବେ ଆପଣଙ୍କର ଅହିତ କାମନା କରିବା ପାଇଁ କେବେ ସାହସ କରିବ ନାହିଁ । ପରିସ୍ଥିତି ଅନୁସାରେ ଯାହା ଉଚିତ ମନେହେବ, ତାହାକୁ ଆପଣେଇ ନେବା ଏକାନ୍ତ ଜରୁରୀ ।

ଲକ୍ଷ୍ମୀ କେଉଁଠି ଅଟକି ରୁହନ୍ତି ନାହିଁ :

କୁଚୈଲିନଂ ଦନ୍ତମଲୋପଧାରିଣଂ ବହ୍ୱଶିନଂ ନିଷ୍ଠୁରଭାଷିତଂ ଚ ।
ସୂର୍ଯ୍ୟୋଦୟେ ଚାସ୍ତମିତେ ଶୟାନଂ ବିମୁଂଚତେଶ୍ରୀର୍ୟଦି ଚକ୍ରାଣିଃ ॥ 4 ॥

ଏଠାରେ ଆଚାର୍ଯ୍ୟ ଚାଣକ୍ୟ ଲକ୍ଷ୍ମୀଙ୍କ ସଂଚଳତା ପ୍ରକୃତି ସମ୍ବନ୍ଧରେ ସୂଚିତ କରିବାକୁ ଯାଇ କୁହନ୍ତି ଯେ ମଳୀନ ବସ୍ତ୍ର ପିନ୍ଧିଥିବା, ଦାନ୍ତକୁ ସଫା ରଖି ନଥିବା, ଅଧିକ ଖାଉଥିବା, କଠୋର ଶବ୍ଦ କହୁଥିବା, ସୂର୍ଯ୍ୟୋଦୟଠାରୁ ସୂର୍ଯ୍ୟାସ୍ତ ପର୍ଯ୍ୟନ୍ତ ଶୋଉଥିବା ଇତ୍ୟାଦି କାମରେ ସଂପୃକ୍ତ ଲୋକକୁ ଲକ୍ଷ୍ମୀ ତ୍ୟାଗ କରି ଚାଲି ଯାଆନ୍ତି; ଏପରି କି ସେହି ଲୋକ ସାକ୍ଷାତ୍ ଚକ୍ରପାଣି ଭଗବାନ ବିଷ୍ଣୁ ହୋଇଥିଲେ ମଧ୍ୟ ।

ଏଥିରୁ ଅର୍ଥ ନିଷ୍ପନ୍ନ ହେଉଛି ଯେ,-

- ଯେଉଁ ଲୋକ ମଇଳା ଲୁଗା ପଟା ପରିଧାନ କରୁଥିବ ।
- ଯେଉଁ ଲୋକର ଦାନ୍ତ ମଇଳା ହୋଇଥିବ ଓ ସେ ଦାନ୍ତ ସଫା କରୁ ନଥିବ ।
- ଯେଉଁ ଲୋକ ଅଧିକ ଭୋଜନ କରୁଥିବ ।
- ଯେଉଁ ଲୋକ ଦିନ ତମାମ୍ ସୂର୍ଯ୍ୟୋଦୟ ଠାରୁ ସୂର୍ଯ୍ୟାସ୍ତ ପର୍ଯ୍ୟନ୍ତ ଶୋଇ ରହୁଥିବ ।

ଏହି ଭଳି ଲୋକ ଯେତେ ବଡ଼ ବ୍ୟକ୍ତି ହୁଅନ୍ତୁ ନା କାହିଁକି, ଲକ୍ଷ୍ମୀ ତାଙ୍କ ପାଖକୁ ଯିବାକୁ ପସନ୍ଦ କରନ୍ତି ନାହିଁ । ଅସନା-ଆବର୍ଜନା ଓ ଆଳସ୍ୟ କହିବାକୁ ଗଲେ ଲକ୍ଷ୍ମୀଙ୍କର ଚିର ଶତ୍ରୁ । ଏଣୁ ଦାରିଦ୍ରତାକୁ ଦୂର କରିବା ସହିତ ନିଜ ଜୀବନକୁ ଉନ୍ନତି ପଥରେ ନେବାକୁ ଚାହୁଁଥିଲେ ପ୍ରଥମେ ସଫା-ସୁତୁରା ରହିବା ସହିତ ଆଳସ୍ୟ ତ୍ୟାଗ କରିବା ଉଚିତ ।

ଧନ ହିଁ ପ୍ରକୃତ ବନ୍ଧୁ :

ତ୍ୟଜନ୍ତି ମିତ୍ରାଣି ଧନୈର୍ବିହୀନଂ, ଦରାଶ୍ଚ ଭୃତ୍ୟାଶ୍ଚ ସୁହୃଜ୍ଜନାଶ୍ଚ ।
ତଂଚାର୍ଥବନ୍ତଂ ପୁନରାଶ୍ରୟନ୍ତେ, ହ୍ୟର୍ଥୀ ହି ଲୋକେ ପୁରୁଷସ୍ୟ ବନ୍ଧୁଃ ॥ 5 ॥

ଆଚାର୍ଯ୍ୟ ଚାଣକ୍ୟ କୁହନ୍ତି ଯେ ସଂସାରର ନିୟମ ହେଉଛି ଏଠାରେ ସମସ୍ତ ପ୍ରକାର କାରବାର, ବ୍ୟପାର-ବାଣିଜ୍ୟ ଆଦି କେବଳ ଟଙ୍କା-ପଇସା ବା ଧନରେ ସଂଭବ ହୋଇଥାଏ ।

ମଣିଷ ଯେବେ ଧନହୀନ ହୋଇଯାଏ ତେବେ ତାହାର ମିତ୍ର, ସେବକ ଓ ବଂଧୁ-ବାନ୍ଧବ ଏପରିକି ତା'ର ସ୍ତ୍ରୀ ଆଦି ସମସ୍ତେ ତାକୁ ଛାଡ଼ି ଚାଲି ଯାଆନ୍ତି । ଯେବେ ବା ସଂଯୋଗ ବଶତଃ ସେହି ବ୍ୟକ୍ତି ପୁଣି ଧନବାନ ହୋଇ ଉଠନ୍ତି ସେତେବେଳେ ତାକୁ ତ୍ୟାଗ କରି ଚାଲି ଯାଇଥିବା ସଂପର୍କୀୟମାନେ

ପୁଣି ତା' ପାଖକୁ ଫେରି ଆସନ୍ତି । ଏଥିରୁ ଏହି କଥା ସିଦ୍ଧ ହେଉଛି ଯେ ଧନ ହିଁ ମନୁଷ୍ୟର ପ୍ରକୃତ ବଂଧୁ, ଯାହାର ଉପସ୍ଥିତିରେ ସଂସାରର ସବୁ ପ୍ରାଣୀ ଅନୁରାଗ କରୁଥିବେ ଓ ଅନୁପସ୍ଥିତିରେ ମୁହଁ ମୋଡ଼ି ଚାଲି ଯିବେ ।

ଅନ୍ୟାୟୋପାର୍ଜିତଂ ବିତ୍ତଂ ଦଶବର୍ଷାଣି ତିଷ୍ଠତି ।
ପ୍ରାପ୍ତେ ଚୈକାଦଶେ ବର୍ଷେ ସମୂଳଂ ତଦ୍ ବିନଶ୍ୟତି ॥ 6 ॥

ଆଚାର୍ଯ୍ୟ ଚାଣକ୍ୟ କୁହନ୍ତି ଯେ ଲକ୍ଷ୍ମୀ ଏମିତି ତ ଚଂଚଳା । ପରନ୍ତୁ ଚୋରୀ, ଜୁଆ, ଅନ୍ୟାୟ ଓ ଧୋକାବାଜି କରି ଉପାର୍ଜନ କରିଥିବା ଧନ ମଧ୍ୟ ସ୍ଥିର ନୁହେଁ; ତାହା ବହୁତ ଶିଘ୍ର ନଷ୍ଟ ହୋଇ ଯାଇଥାଏ । ସେଥିପାଇଁ ଆଚାର୍ଯ୍ୟ ଚାଣକ୍ୟ ସୀମା ନିର୍ଦ୍ଧାରଣ କରି ଦେଇଛନ୍ତି । ସେ କହିଛନ୍ତି ଯେ ଅନ୍ୟାୟ, ଧୂର୍ତତା ଅଥବା ବେଇମାନୀରେ ସଂପୃକ୍ତ ରହିଥିବା ଅର୍ଜିତ ଧନ ଖୁବ୍ ବେଶୀ ହେଲେ ଦଶ ବର୍ଷ ପର୍ଯ୍ୟନ୍ତ ରହିବ । ଏଗାର ବର୍ଷରେ ସେହି ବର୍ଦ୍ଧିତ ଧନ ତା'ର ମୂଳ ସହିତ ନଷ୍ଟ ହୋଇଯିବ ।

ଏଣୁ ବ୍ୟକ୍ତି ନିକଟରେ କେବେହେଲେ ମଧ୍ୟ ଅନ୍ୟାୟ ଉପାୟରେ ଧନ ଉପାର୍ଜନ କରିବାର ପ୍ରବୃତି ନ ରହିବା ଦରକାର ।

ସତ୍‌ସଂଗତି :

ଅୟୁକ୍ତସ୍ୱମିନୋ ୟୁକ୍ତଂ ୟୁକ୍ତଂ ନୀଚସ୍ୟ ଦୂଷଣମ୍ ।
ଅମୃତଂ ରାହବେ ମୃତ୍ୟୁର୍ବିଷଂ ଶଂକରଭୂଷଣମ୍ ॥ 7 ॥

ଆଚାର୍ଯ୍ୟ ଚାଣକ୍ୟ କୁହନ୍ତି ଯେ ଯୋଗ୍ୟ ସ୍ୱାମୀଙ୍କ ନିକଟକୁ ଆସି ଅଯୋଗ୍ୟ ବସ୍ତୁ ମଧ୍ୟ ସୌନ୍ଦର୍ଯ୍ୟ ବୃଦ୍ଧିକାରୀରେ ପରିଣତ ହୋଇ ଯାଇଥାଏ, କିନ୍ତୁ ଅଯୋଗ୍ୟ ପାଖକୁ ଗଲେ ଯୋଗ୍ୟତା ପ୍ରାପ୍ତ ବସ୍ତୁ ମଧ୍ୟ ହାନୀକାରକ ହୋଇ ଯାଇଥାଏ । ଶଂକରଙ୍କ ପାଖକୁ ଆସିଲା ପରେ ବିଷ ମଧ୍ୟ କଣ୍ଠର ଭୂଷଣ ହୋଇଗଲା, କିନ୍ତୁ ରାହୁକୁ ଅମୃତ ମିଳିଥିଲେ ମଧ୍ୟ ମୃତ୍ୟୁର ସମ୍ମୁଖୀନ ହେବାକୁ ପଡ଼ିଥିଲା ।

ଏଥିରୁ ଅର୍ଥ ପ୍ରତୀତ ହେଉଛି ଯେ କୌଣସି ବ୍ୟର୍ଥ ବା ହାନିକାରକ ବସ୍ତୁ ମଧ୍ୟ ଯଦି କୌଣସି ମହାପୁରୁଷଙ୍କ ହାତରେ ପଡ଼ିଗଲା, ତେବେ ତାହା ଏକ ଉପଯୋଗୀ ବସ୍ତୁରେ ପରିଣତ ହୋଇଯିବ ଏବଂ ଯଦି କୌଣସି ମହାମୂଲ୍ୟ ବସ୍ତୁ ଗୋଟାଏ ଦୁଷ୍ଟ ଲୋକର ହାତକୁ ଆସିଗଲା, ତେବେ ସେ ସେଥିରୁ କୌଣସି ଲାଭ ଉଠେଇ ତ ପାରେ ନାହିଁ, ପ୍ରକାରାନ୍ତରେ ସେ ତାକୁ ନେଇ ନିଜର କ୍ଷତି କରିବାକୁ ଲାଗେ । ଯେପରି ଭଗବାନ ଶଂକରଙ୍କୁ ବିଷ ଦିଆଗଲା, ସେ ତାକୁ ମଧ୍ୟ ପାନ କରିଦେଲେ । ଫଳରେ ତାଙ୍କର କଣ୍ଠର ସୌନ୍ଦର୍ଯ୍ୟ ବୃଦ୍ଧି ପ୍ରାପ୍ତ ହେଲା ଓ ସେ ନୀଳକଣ୍ଠ ହୋଇଗଲେ । ମାତ୍ର ରାହୁକୁ ଅମୃତ ମିଳିଥିଲେ ମଧ୍ୟ, ପରିଶେଷରେ ତା'ର ଗଳା କଟାଗଲା । ତେଣୁ ବାସ୍ତବରେ ମହାପୁରୁଷ ମାନଙ୍କର ପ୍ରଭାବ ଅତୁଳନୀୟ ।

ଆଚରଣ :

ତଦ୍ ଭୋଜନଂ ୟଦ୍ ଦ୍ୱିଜଂ ଭୁକ୍ତଶେଷଂ ତତ୍ସୌହୃଦଂ ୟତ୍‌କ୍ରିୟତେ ପରସ୍ମିନ ।
ସା ପ୍ରାଜ୍ଞତା ୟା ନ କରୋତି ପାପଂ ଦମ୍ଭଂ ବିନା ୟଃ କ୍ରିୟତେ ସ ଧର୍ମଃ ॥ 8 ॥

ଆଚାର୍ଯ୍ୟ ଚାଣକ୍ୟ କୁହନ୍ତି ଯେ ଭୋଜନ ହେଉଛି ସେହି ଦ୍ରବ୍ୟ, ଯାହା ବ୍ରାହ୍ମଣଙ୍କୁ ଖୁଆଇ ସାରିବା ପରେ ବଳିଥାଏ । ପ୍ରେମ ହେଉଛି ତାହା, ଯାହା ଅନ୍ୟ ଉପରେ ଆରୋପିତ ହୋଇଥାଏ । ବୁଦ୍ଧି

ହେଉଛି ସେହି ଯାହା କେବେ ପାପ କରେ ନାହିଁ । ଧର୍ମ ହେଉଛି ସେହି, ଯାହାକୁ କରିବା ଦ୍ୱାରା ମନରେ ଗର୍ବ ଆସେ ନାହିଁ ।

ଏଥିରୁ ଅର୍ଥ ପ୍ରତିପାଦିତ ହେଉଛି ଯେ ବିଦ୍ୱାନଙ୍କୁ ଖୁଆଇ ସାରିଲା ପରେ ଭୋଜନ କରିବା ଆବଶ୍ୟକ । ନିଜକୁତ ସମସ୍ତେ ପ୍ରେମ କରିଥାନ୍ତି, ମାତ୍ର ଅନ୍ୟ ଉପରେ କରାଯାଉଥିବା ପ୍ରେମକୁ ବାସ୍ତବରେ ପ୍ରକୃତ ପ୍ରେମ ବୋଲି ପରିଗଣିତ କରାଯାଏ । ପାପ କଥା ଚିନ୍ତା କରୁ ନଥିବା ବୁଦ୍ଧି ହିଁ ହେଉଛି ଶ୍ରେଷ୍ଠ ବୁଦ୍ଧି । ସେହିପରି ଅନ୍ୟର ଉପକାର କଲାବେଳେ ମନରେ ମଧ୍ୟ ଗର୍ବ ଭାବ ଆସିବା ଉଚିତ ନୁହେଁ । ଏହିପରି ପୁଣ୍ୟ କାର୍ଯ୍ୟ ହେଉଛି ବାସ୍ତବରେ ଧର୍ମ କାମ ।

ମଣିର୍ଲୁଣ୍ଠତି ପାଦାଗ୍ରେ କାଂଚଃ ଶିରସି ଧାର୍ୟତେ ।
କ୍ରୟ-ବିକ୍ରୟବେଲାୟାଂ କାୟଃ କାଂଚୋ ମଣିର୍ମଣିଃ ॥ 9 ॥

ଆଚାର୍ଯ୍ୟ ଚାଣକ୍ୟ କହୁଛନ୍ତି ଯେ କାଚ ମୁଣ୍ଡ ଉପରେ ଥିଲେ ଓ ମଣି ପାଦତଳେ ପଡ଼ିଥିଲେ ମଧ୍ୟ କ୍ରୟ-ବିକ୍ରୟ ସମୟରେ କାଚ କାଚ ଓ ମଣି ମଣି ବୋଲି ଜଣାପଡ଼େ ।

ଏଥିରୁ ଅର୍ଥ ପ୍ରତିପାଦିତ ହେଉଛି ଯେ ପରିସ୍ଥିତି ହେତୁ ମଣି ଭୂମିରେ ପାଦ ପାଖରେ ପଡ଼ିଥିଲେ ଓ କାଚ ମୁଣ୍ଡ ଉପରେ ରହିଥିଲେ ମଧ୍ୟ ବାସ୍ତବ ସ୍ଥିତିରେ ତାହାର କୌଣସି ପାର୍ଥକ୍ୟ ନଥାଏ । କାରଣ ମଣି ସଦୈବ ମଣି ହିଁ ହୋଇ ରହିଥାଏ । ଦିନେ ନା ଦିନେ ବଣିଆ ଆସି ପରୀକ୍ଷା କରିବା ପରେ ସତ୍ୟହିଁ ଜଣା ପଡ଼ିଯିବ । କହିବାର ତାତ୍ପର୍ଯ୍ୟ ହେଉଛି ଯେ ବେଳେ ବେଳେ ଦୁର୍ଭାଗ୍ୟ ହେତୁ ଯୋଗ୍ୟ ଓ ବିଦ୍ୱାନ ବ୍ୟକ୍ତିଙ୍କୁ ଆଦର କରା ଯାଇନଥାଏ; ଯେତେବେଳେ କି ଜଣେ ନିକିମା ଓ ମୂର୍ଖ ଲୋକ ଗୋଟିଏ ଉଚ୍ଚ ପଦବୀରେ ଅଧିଷ୍ଠିତ ହୋଇ ଆଦର ସମ୍ମାନ ଲାଭ କରିଥାନ୍ତି । କିନ୍ତୁ ଯେତେବେଳେ ଯୋଗ୍ୟ ବ୍ୟକ୍ତିଙ୍କ ଏକାନ୍ତ ଆବଶ୍ୟକ ପଡ଼େ, ସେତେବେଳେ ଯୋଗତ୍ୟା ମୂଲ୍ୟ ସ୍ପଷ୍ଟ ହୋଇଉଠେ ।

ତତ୍ୱ ଗ୍ରହଣ :

ଅନନ୍ତଶାସ୍ତ୍ରଂ ବହୁଲାଶ୍ଚ ବିଦ୍ୟା ଅଲ୍ପଂ ଚ କାଲୋ ବହୁବିଘ୍ନତା ଚ ।
ଅସାରଭୂତଂ ତଦୁପାସନୀୟଂ ହଂସୋ ଯଥା କ୍ଷୀରମିବାମ୍ବୁମଧ୍ୟାତ୍ ॥ 10 ॥

ଆଚାର୍ଯ୍ୟ ଚାଣକ୍ୟ କୁହନ୍ତି ଯେ ଶାସ୍ତ୍ର ଅନନ୍ତ ଓ ବିଦ୍ୟା ଅନେକ । କିନ୍ତୁ ମନୁଷ୍ୟର ଜୀବନ ବହୁତ ଛୋଟ, ସେଥିରେ ମଧ୍ୟ ଅନେକ ବିଘ୍ନ ରହିଥାଏ । ଏହି କାରଣରୁ ଯେପରି ହଂସ ପାଣି ମିଶ୍ରିତ ଦୁଧରୁ କେବଳ ଦୁଧକୁ ହିଁ ପିଇଥାଏ ଓ ପାଣିକୁ ତ୍ୟାଗ କରିଦିଏ; ଠିକ ସେହି ପ୍ରକାରରେ କାମର କଥାକୁ ଗ୍ରହଣ କରି ବାଜେ କଥାକୁ ତ୍ୟାଗ କରିଦେବା ମଣିଷର ପରମ କର୍ତବ୍ୟ ।

ଏଥିରୁ ଅର୍ଥ ପ୍ରତିପାଦିତ ହେଉଛି ଯେ ଶାସ୍ତ୍ର ଓ ବିଦ୍ୟା ଅନେକ ପ୍ରକାରର ରହିଛି । ମଣିଷର ଜୀବନ ଏତେ ଛୋଟ ଯେ ସେ ସମସ୍ତକୁ ଅଧ୍ୟୟନ କରିବା ସମ୍ଭବ ହୋଇ ପାରେନାହିଁ । ଅନ୍ୟପକ୍ଷରେ ଏହି ଛୋଟିଆ ଜୀବନରେ ତାକୁ ବହୁତ କାର୍ଯ୍ୟ କରିବାକୁ ପଡ଼ିଥାଏ । ତାହା ସହିତ ଏହି ଜୀବନରେ ବହୁତ ବାଧା-ବିଘ୍ନର ମଧ୍ୟ ସମ୍ମୁଖୀନ ହୋଇଥାଏ । ଏହି କାରଣରୁ ଏହି ଶାସ୍ତ୍ର ଓ ବିଦ୍ୟାମାନଙ୍କରୁ ମୋଟା-ମୋଟି ଭାବରେ ତାକୁ କେବଳ ନିଜ କାର୍ଯ୍ୟନୁସାରେ ଆବଶ୍ୟକୀୟ କଥାକୁ ଶିଖିନେବା ଏକାନ୍ତ ଦରକାର ।

ଚଣ୍ଡାଳ କର୍ମ :

ଦୂରାଦାଗତଂ ପଥିଶ୍ରାନ୍ତଂ ବୃଥା ଚ ଗୃହମାଗତମ୍ ।
ଅନର୍ଚୟିତ୍ୱା ଯୋ ଭୁଂକ୍ତେ ସ ବୈ ଚାଣ୍ଡାଲ ଉଚ୍ୟତେ ॥ 11 ॥

ଆଚାର୍ଯ୍ୟ ଚାଣକ୍ୟ ଚଣ୍ଡାଳ ସମ୍ବନ୍ଧରେ ଚର୍ଚ୍ଚା କରିବାକୁ ଯାଇ କୁହନ୍ତି ଯେ ଯିଏ ଦୂରରୁ କ୍ଳାନ୍ତ ହୋଇ ଘରକୁ ଆସିଥିବା ବ୍ୟକ୍ତିକୁ ବା ବିନା ଉଦ୍ଦେଶ୍ୟରେ ଆସିଥିବା ବ୍ୟକ୍ତିକୁ ଉଚିତ ସମ୍ମାନ ନ ଦେଇ ନିଜେ ଭୋଜନ କରିଥାଏ; ସେହି ବ୍ୟକ୍ତିକୁ ଚଣ୍ଡାଳ କୁହନ୍ତି ।

ଏଥିରୁ ଅର୍ଥ ପ୍ରତିପାଦିତ ହେଉଛି ଯେ ଦୂରରୁ ପାଦରେ ଚାଲି ଚାଲି ଆସି କ୍ଳାନ୍ତ ଅବସ୍ଥାନରେ ଯଦି କେହି ଆସି ଘରେ ପହଂଚି ଯାଆନ୍ତି ତ ତାହାଙ୍କୁ ଆଦର ସତ୍କାର କରିବା ଉଚିତ । ମାତ୍ର ଯେଉଁ ବ୍ୟକ୍ତି ସେହି ଆଗନ୍ତୁକଙ୍କ କଥାକୁ ନ ବୁଝି ନିଜେ ଖିଆ ପିଆ କରି ନିଅନ୍ତି, ତାଙ୍କୁ ଚଣ୍ଡାଳ ବୋଲି କୁହା ଯାଇଥାଏ ।

ମୂର୍ଖ କିଏ ?

ପଠନ୍ତି ଚତୁରୋ ବେଦାନ୍ ଧର୍ମଶାସ୍ତ୍ରାଣ୍ୟନେକଶଃ ।
ଆତ୍ମାନଂ ନୈବ ଜାନନ୍ତି ଦର୍ବୀ ପାକର ସଂ ଯଥା ॥ 12 ॥

ଆଚାର୍ଯ୍ୟ ଚାଣକ୍ୟ ଏଠାରେ କୁହନ୍ତି ଯେ ମୂର୍ଖ ବ୍ୟକ୍ତି ଚାରିବେଦ ତଥା ଅନେକ ଧର୍ମଶାସ୍ତ୍ରକୁ ପଢ଼ିଥିଲେ ମଧ୍ୟ ଯେପରି ସ୍ୱାଦିଷ୍ଟ ଭେଜନର ରସକୁ ଚାମଚ, କଡ଼େଇ ଜାଣି ନଥାନ୍ତି, ଠିକ୍ ସେହି ପ୍ରକରରେ ସେମାନେ ମଧ୍ୟ ତାହା ପଢ଼ି ନିଜର ଆତ୍ମାକୁ ଚିହ୍ନି ନଥାନ୍ତି ।

ଏଥିରୁ ଅର୍ଥ ପ୍ରତିପାଦିତ ହୋଇଥାଏ ଯେ ଗୋଟିଏ ଚାମଚ ସଂପୂର୍ଣ୍ଣ ଭାବରେ ତରକାରୀ ମଧ୍ୟରେ ବୁଡି ରହିଥିଲେ ମଧ୍ୟ ତାହା ଯେପରି ତରକାରୀର ସ୍ୱାଦ ଜାଣି ପାରେ ନାହିଁ, ଅନୁରୂପ ଭାବରେ ଗୋଟିଏ ମୂର୍ଖ ବ୍ୟକ୍ତି ଅନେକ ଧର୍ମଶାସ୍ତ୍ର ପଢ଼ିଲା ପରେ ମଧ୍ୟ ନିଜର ଆତ୍ମାକୁ ଜାଣିପାରେ ନାହିଁ ଓ ଶେଷଯାଏଁ ମୂର୍ଖ ହୋଇ ରହିଥାଏ ।

ବ୍ରାହ୍ମଣଙ୍କୁ ସମ୍ମାନ ଦିଅ :

ଧନ୍ୟା ଦ୍ୱିଜମୟୀଂ ନୌକା ବିପରୀତା ଭବାର୍ଣ୍ଣବେ ।
ତରନ୍ତ୍ୟଧୋଗତା ସର୍ବେ ଉପସ୍ଥିତା ପତନ୍ତ୍ୟେବ ହି ॥ 13 ॥

ଆଚାର୍ଯ୍ୟ ଚାଣକ୍ୟ କୁହନ୍ତି ଯେ ଭବସାଗରରେ ବିପରୀତ ସ୍ରୋତରେ ଗତି କରୁଥିବା ବ୍ରାହ୍ମଣ ରୂପି ନୌକା ହେଉଛି ଧନ୍ୟ । ଏହାର ନିମ୍ନଭାଗରେ ରହିଥିବା ଲୋକ ତରି ଯାଆନ୍ତି, କିନ୍ତୁ ତାହାର ଉର୍ଦ୍ଧ୍ୱରେ ଥିବା ଲୋକ ତଳେ ପଡ଼ି ଯାଆନ୍ତି ।

ଏଥିରୁ ଅର୍ଥ ନିଷ୍ପନ୍ନ ହୋଇଥାଏ ଯେ ବ୍ରାହ୍ମଣ ଏକ ନୌକାପରି, ଯିଏ ଲୋକମାନଙ୍କୁ ସଂସାର ସାଗରରୁ ପାରି କରାଇ ଥାଆନ୍ତି । କିନ୍ତୁ ଏହି ନୋକା ଉପରେ ବସିବାକୁ ପଡ଼ି ନଥାଏ, ବରଂ ଏହାର ତଳେ ବସିବାକୁ ହୁଏ । ଏହା ଏକ ଓଲଟି ପଡ଼ିଥିବା ନୌକା । ତେଣୁ ଏହାର ତଳେ ରହିଲେ ଅର୍ଥାତ୍ ବ୍ରାହ୍ମଣଙ୍କଠାରେ ନମ୍ର ଭାବରେ ରହିଲେ ଏହି ସାଗରରୁ ପାରି ହୋଇଯିବା ସମ୍ଭବ । ତାହାକୁ ସ୍ୱର୍ଗ ମିଳିଥାଏ । ମାତ୍ର ଉପରେ ବସିଲେ ଅର୍ଥାତ୍ ବ୍ରାହ୍ମଣଙ୍କୁ ଗର୍ବ ଭାବ ରଖି ଅପମାନିତ କଲେ ବ୍ୟକ୍ତି ସାଗରରେ ବୁଡିଯାଏ । ବ୍ୟକ୍ତିର ମଙ୍ଗଳ ହୋଇ ନଥାଏ ।

ପରାଧୀନତାରେ ସୁଖ କାହିଁ ?

ଅୟମମୃତଣନିଧାନଂ ନାୟକୋ ଔଷଧୀନାଂ
ଅମୃତମୟଶରୀରଃ କାନ୍ତିୟୁକ୍ତୋଽପି ଚନ୍ଦ୍ରଃ ।
ଭବତି ବିଗତରଶ୍ମିର୍ମଣ୍ଡଳେ ପ୍ରାପ୍ୟ ଭାନୋଃ
ପରସଦନନିବିଷ୍ଟଃ କୋ ନ ଲଘୁତ୍ୱଂ ୟାତି ॥ 14 ॥

ଆଚାର୍ଯ୍ୟ ଚାଣକ୍ୟ କୁହନ୍ତି ଯେ ଅମୃତକୋଷ, ଔଷଧପତ୍ର ଓ ଅମୃତରେ ନିର୍ମିତ ଶରୀର ସଂପନ୍ନ ଚନ୍ଦ୍ରମା ସୁନ୍ଦର କାନ୍ତି ସଂପନ୍ନ ହୋଇଥିଲେ ମଧ୍ୟ ସୂର୍ଯ୍ୟମଣ୍ଡଳକୁ ଆସିବାମାତ୍ରେ ତାହା ନିଷ୍ପ୍ରଭ ହୋଇ ଯାଇଥାଏ । ସେହିପରି ଅନ୍ୟ କାହ ଘରକୁ ଗଲେ କିଏ ପୁଣି ଛୋଟ ହୋଇ ଯାଆନ୍ତି ନାହିଁ ?

ଏଥିରୁ ଅର୍ଥ ପ୍ରତିପାଦିତ ହେଉଛି ଯେ ଚନ୍ଦ୍ରମାର ଶରୀର ଅମୃତରେ ନିର୍ମିତ ହୋଇଛି, ତେଣୁ ସେ ଅମୃତର ଭଣ୍ଡାର ଓ ତାଙ୍କୁ ମଧ୍ୟ ସମସ୍ତ ପ୍ରକାର ଔଷଧର ସ୍ୱାମୀ ବୋଲି କୁହାଯାଇଥାଏ । ତାଙ୍କର ସୁନ୍ଦରତା ଅତୁଳନୀୟ । ଏତେ ସତ୍ୱେ ମଧ୍ୟ ସୂର୍ଯ୍ୟ ଉଇଁ ଉଠିଲା ପରେ ତାହାଙ୍କ ପ୍ରଭା ଫିକା ପଡିଯାଏ । ତାଙ୍କର ଅମୃତ ମଧ୍ୟ ତାଙ୍କୁ ରକ୍ଷା କରି ପାରେନାହିଁ । ଦିନ ସୂର୍ଯ୍ୟର ଘର । ତେଣୁ ଅନ୍ୟର ଘରକୁ ଗଲେ ବିଶେଷ କିଛି ଆଦର ମିଳି ନଥାଏ । ପରଘରେ ସମସ୍ତେ ଛୋଟ ହୋଇ ଯାଇ ଥାଆନ୍ତି । ପରଘରେ ରହିବା କେବଳ ଦୁଃଖ ପ୍ରଦାନ କରିଥାଏ ।

ଅଲିରୟଂ ନଲିନିଦଲମଧ୍ୟମଃ କମଲିନୀମକରନ୍ଦମଦାଲସଃ ।
ବିଧିବଶାତ୍ପ୍ରଦେଶମୁପାଗତଃ କୁରଜପୁଷ୍ପରସଂ ବହୁ ମନ୍ୟତେ ॥ 15 ॥

ଆଚାର୍ଯ୍ୟ ଚାଣକ୍ୟ କୁହନ୍ତି ଯେ ଏଠାରେ ଭ୍ରମର କଳମଦଳ ମଧ୍ୟରେ ରହୁଥିଲା ଓ କମଳଦଳର ରସ ପିଇ ଆନନ୍ଦରେ ଥିଲା । କୌଣସି କାରଣରୁ ତାକୁ ବିଦେଶ ଆସିବାକୁ ପଡ଼ିଲା ତ ଏବେ ମିଳୁଥିବା ବିଦେଶୀ ଦ୍ରବ୍ୟରେ ସନ୍ତୋଷ ପ୍ରକାଶ କରିବାକୁ ପଡୁଛି ।

ଏଥିରୁ ଅର୍ଥ ପ୍ରତିପାଦିତ ହେଉଛି ଯେ କମଳ-ପୁଷ୍କରଣୀରେ ରହୁଥିବା ଭ୍ରମର କମଳ ରସକୁ ଅତି ମାମୁଲି ବୋଲି ମନେ କରିଥାଏ । ଯେତେବେଳେ କମଳ ଫୁଲ ଶୁଖି ଯାଏ ବା ତାହା ଅନ୍ୟ ସ୍ଥାନକୁ ଚାଲିଯାଏ, ସେତେବେଳେ ତାକୁ ଅତି ସାଧାରଣ ପୁଷ୍ପ ରସକୁ ପାନ କରିବାକୁ ପଡ଼ିଥାଏ ଓ ତାହାକୁ ଅତି ବଡ଼ ବୋଲି ଭାବିଥାଏ । ଅର୍ଥାତ ଏକ ସମ୍ପନ୍ନ ପରିବାରର ବ୍ୟକ୍ତି ଯାହାକୁ ନିଜ ଘରେ ପ୍ରତ୍ୟେକ ସୁବିଧା ମିଳୁଛି, ସେ ବେଳେବେଳେ ବାହାରକୁ ଯିବାକୁ ବ୍ୟଗ୍ର ହୋଇ ଉଠିଥାଏ । ମାତ୍ର ଯେତେବେଳେ ତାକୁ ସେଠାରେ ଘରର ସୁବିଧା ମିଳି ନଥାଏ, ସେତେବେଳେ ତାକୁ ଯାହା ତାହା ମିଳିଲେ ମଧ୍ୟ ଖାଇ ସେଥିରେ ସନ୍ତୋଷ ପ୍ରକାଶ କରିବାକୁ ହୋଇଥାଏ ।

ବ୍ରାହ୍ମଣ ଓ ଲକ୍ଷ୍ମୀ :

ପୀତଃ କ୍ରୁଦ୍ଧେନ ତାତଶ୍ଚରଣତଲହତୋ ବଲ୍ଲଭୋଽୟେନ ରୋଷା
ଆବାଲ୍ୟାଦ୍ୱିପ୍ରବର୍ୟୈଃ ସ୍ୱବଦନବିବରେ ଧାର୍ୟତେ ବୈରିଣୀ ମେ ।
ଗେହଂ ମେ ଛେଦୟନ୍ତି ପ୍ରତିଦିସମମାକାନ୍ତ ପୂଜାନିମିତ୍ତାତ୍
ତସ୍ମାତ୍ ଖିନ୍ନା ସଦାଽହଂ ଦ୍ୱିଜ କୁଳନିଳୟଂ ନାଥ ୟୁକ୍ତଂ ତ୍ୟଜାମି ॥ 16 ॥

ଆଚାର୍ଯ୍ୟ ଚାଣକ୍ୟ ବ୍ରାହ୍ମଣ ଓ ଲକ୍ଷ୍ମୀଙ୍କ ସମ୍ବନ୍ଧରେ ଥିବା ବୈରୀ ଭାବର ଚର୍ଚ୍ଚା କରିବାକୁ

ଯାଇ ଲକ୍ଷ୍ମୀଙ୍କ ଭାବନାକୁ ରୂପ ଦେଇ କହିଛନ୍ତି ଯେ ଯିଏ କ୍ରୋଧିତ ହୋଇ ମୋର ପିତା ସମୁଦ୍ରକୁ ପିଇ ଦେଇଥିଲେ, ଯିଏ ରାଗିଯାଇ ମୋର ସ୍ୱାମୀଙ୍କୁ ଲାତ ମାରି ଥିଲେ, ଯିଏ ବାଲ୍ୟକାଳରୁ ମୋର ଚିର ଶତ୍ରୁ ସରସ୍ୱତୀଙ୍କୁ ଧାରଣ କରିଥାନ୍ତି, ଏବଂ ଯିଏ ଶିବଙ୍କ ପୂଜାପାଇଁ ମୋ ଘରୁ ପଦ୍ମ ଫୁଲ ତୋଳି ନେଉଛନ୍ତି; ସେହି ବ୍ରାହ୍ମଣମାନେ ହିଁ ମୋର ସମସ୍ତ ପ୍ରକାର କ୍ଷତି କରୁଛନ୍ତି । ଏଣୁ ମୁଁ ତାଙ୍କର ଘରକୁ ତ୍ୟାଗ କରୁଛି ।

ଏଥିରୁ ଅର୍ଥ ପ୍ରତିପାଦିତ ହେଉଛି ଯେ ମାତା ଲକ୍ଷ୍ମୀ କହୁଛନ୍ତି ଯେ ଋଷି ଅଗସ୍ତ ବ୍ରାହ୍ମଣ ମୋର ପିତା ସମୁଦ୍ରକୁ ପିଇ ଦେଇଥିଲେ । ଭୃଗୁଋଷି ମୋର ପତିଙ୍କ ଛାତିରେ ପଦାଘାତ କରିଥିଲେ । ସରସ୍ୱତୀଙ୍କ ସହିତ ମୋର ଜନ୍ମଜାତ ଶତ୍ରୁତା ଥିଲେ ମଧ୍ୟ ବ୍ରାହ୍ମଣ ପିଲାଦିନରୁ ସରସ୍ୱତୀଙ୍କ ବନ୍ଦନା କରିବାକୁ ଲାଗିଲେ । ଶିବପୂଜା ପାଇଁ ସବୁବେଳେ କମଳକୁ ଛିଣ୍ଡେଇ ନେଉଛନ୍ତି । ସେମାନେ ମୋର ଅନେକ ପ୍ରକାରରେ ହାନି କରୁଛନ୍ତି । ମାତ୍ର ଏମାନେ ସମସ୍ତେ ବ୍ରାହ୍ମଣ । ଏଣୁ ମୁଁ ଆଉ ଏମାନଙ୍କ ଘରକୁ ଯିବି ନାହିଁ ।

ପ୍ରେମ ବଂଧନ :

ବନ୍ଧନାନି ଖଲୁ ସନ୍ତି ବହୂନି ପ୍ରେମରଜ୍ଜୁକୃତବନ୍ଧନମନ୍ୟତ୍ ।
ଦାରୁଭେଦନିପୁଣୋଽପି ଷଡ଼ଂଘ୍ରି-ର୍ନିଷ୍କ୍ରିୟୋ ଭବତି ପଙ୍କଜକୋଶେ ॥ 17 ॥

ଆଚାର୍ଯ୍ୟ ଚାଣକ୍ୟ ପ୍ରେମ ବଂଧନର ଚର୍ଚ୍ଚା କରବାକୁ ଯାଇ କୁହନ୍ତି ଯେ ବଂଧନତ ଅନେକ ରହିଛି, କିନ୍ତୁ ପ୍ରେମର ବଂଧନର କଥା କିନ୍ତୁ ଭିନ୍ନ । କାଠ ଗଣ୍ଡିକୁ କଣା କରିଦେଉଥିବା ନିପୁଣ ଭ୍ରମର କମଳ କୋଷରେ ରହି ତ ନିଷ୍କ୍ରିୟ ହୋଇ ଯାଇଥାଏ ।

ଏଠରେ ଅର୍ଥ ପ୍ରତୀତ ହେଉଛି ଯେ ଏହି ସଂସାରରେ ବନ୍ଧନ ବହୁତ ପ୍ରକାରରେ ରହିଛି, କିନ୍ତୁ ପ୍ରେମ ବଂଧନର ସ୍ୱାତନ୍ତ୍ର୍ୟ କିଛି ଅଲଗା । ବହୁତ ସରଳ ଓ ଲାଜକୁଳା ଲୋକ ମଧ୍ୟ ବେଳେବେଳେ ବଡ଼ ବଡ଼ ଚତୁରଙ୍କ ଚତୁରତାକୁ ଧ୍ୱଂସ କରି ଦେଇଥାଆନ୍ତି । ଗୋଟିଏ ଭ୍ରମରକୁ ହିଁ ଦେଖନ୍ତୁ, ଯିଏ କାଠଗଣ୍ଡିକୁ କାଟି ସେଥିରେ କଣା କରି ଦେଇ ପାରୁଛି, ସେହି ଭ୍ରମର ସଂଧ୍ୟାରେ, ସୂର୍ଯ୍ୟ ଅସ୍ତ ହେଲାପରେ ପଦ୍ମର ପାଖୁଡ଼ା ମଧ୍ୟରେ ବନ୍ଦୀ ହୋଇ ରହିଯାଏ । କିନ୍ତୁ ପଦ୍ମକୁ ତ ସେ ସୀମାହୀନ ପ୍ରେମ କରୁଥାଏ, ତେଣୁ ସେ ତାକୁ କିପରି କ୍ଷତ-ବିକ୍ଷତ କରି ବାହାରକୁ ଚାଲି ଆସିବ ? ବିଚରା ସାରା ରାତି କମଳର ପ୍ରେମରେ ବାନ୍ଧି ହୋଇ ରହିଯାଏ । ଏହା ହିଁ ତ ପ୍ରେମର ବିଚିତ୍ରତା ।

ଦୃଢ଼ତା :

ଛିନ୍ନୋଽପି ଚନ୍ଦନତରୁର୍ନ ଜହାତି ଗନ୍ଧଂ
ବୃଦ୍ଧୋଽପି ବାରଣପତିର୍ନ ଜହାତି ଲୀଲାନମ୍ ।
ୟନ୍ତ୍ରାର୍ପିତୋ ମଧୁରତାଂ ନ ଜହାର୍ତି ଚେକ୍ଷୁ
କ୍ଷଣୋଽପି ନ ତ୍ୟଜତି ଶୀଳଗୁଣାନ୍‌କୁକୁଲୀନଃ ॥ 18 ॥

ଆଚାର୍ଯ୍ୟ ଚାଣକ୍ୟ କୁହନ୍ତି ଯେ କଟାଗଲା ପରେ ମଧ୍ୟ ଚନ୍ଦନ ବୃକ୍ଷ ତାହାର ସୁଗନ୍ଧ ତ୍ୟାଗ କରେ ନାହିଁ । ବୁଢ଼ା ହୋଇଗଲା ପରେ ମଧ୍ୟ ହାତୀ ତାର ଲୀଳାକୁ ତ୍ୟାଗ କରି ନଥାଏ । ଘଣାରେ ପେଡ଼ା ହେଲା ପରେ ମଧ୍ୟ ଆଖୁ ତାର ମିଠାପଣକୁ ଛାଡ଼ି ନଥାଏ । ଏହି ପ୍ରକାରରେ ଗରିବ ହୋଇଗଲା ପରେ ମଧ୍ୟ କୁଳୀନ ନିଜର ଶୀଳଗୁଣକୁ ତ୍ୟାଗ କରି ନଥାନ୍ତି ।

ଏଥିରୁ ଅର୍ଥ ପ୍ରତିପାଦିତ ହୋଇଥାଏ ଯେ ଚନ୍ଦନ ବୃକ୍ଷ କଟି ଗଲା ପରେ ମଧ୍ଧ ନିଜର ସୁଗନ୍ଧକୁ ତ୍ୟାଗ କରେ ନାହିଁ । ହାତୀମାନଙ୍କର ରାଜା ବୁଢ଼ା ହୋଇଗଲା ପରେ ମଧ୍ୟ ନିଜର ପ୍ରଭାବକୁ ତ୍ୟାଗ କରି ପାରିନଥାଏ । ଆଖୁକୁ ଘଣାରେ ପକାଇ ପେଡ଼ିଲେ ମଧ୍ୟ ତାହାର ମିଠା କମି ନଥାଏ । ଠିକ୍ ସେହିପରି କୁଳୀନ ବ୍ୟକ୍ତିମାନଙ୍କ ଉପରେ ଯେତେ ଦୁଃଖ ମାଡ଼ି ଆସିଲେ ମଧ୍ୟ ସେମାନେ ନିଜର ସ୍ୱାଭାବିକ ଗୁଣକୁ ତ୍ୟାଗ କରି ପାରନ୍ତି ନାହିଁ ।

ପୁଣ୍ୟରୁ ଯଶ :

ଉର୍ଧ୍ୱାଁ କୋଽପି ମହୀଧରୋ ଲଘୁତରୋ ଦୋର୍ମ୍ୟାଂ ଧୃତୌ ଲୀଳୟା
ତେନ ତ୍ୱଂ ଦିବି ମୂତଲେ ଚ ସତତଂ ଗୋବର୍ଧନୋ ଗୀୟସେ ।
ତ୍ୱାଂ ତ୍ରୈଲୋକ୍ୟଧରଂ ବହାୟି କୁଚୟୋରଗ୍ରେଣ ନୋ ଗଣ୍ୟତେ
କିଂ ବା କେଶବ ଭାଷଣେନ ବହୁନା ପୁଣ୍ୟଂ ଯଶସା ଲଭ୍ୟତେ ॥ 19 ॥

ଯଶ ପ୍ରାପ୍ତି ମଧ୍ୟ ପୁଣ୍ୟ ପ୍ରଭାବରେ ହୋଇଥାଏ ବୋଲି ବୁଝାଇବାକୁ ଯାଇ ଆଚାର୍ଯ୍ୟ ଚାଣକ୍ୟ କୁହନ୍ତି ଯେ ଗୋଟିଏ ଛୋଟ ପର୍ବତକୁ ଅତି ସହଜରେ ହାତରେ ଉଠାଇ ନେଇଥିବାରୁ ଏହି ପୃଥିବୀରେ ଓ ସ୍ୱର୍ଗରେ ଆପଣଙ୍କୁ ଗୋବର୍ଦ୍ଧନ ବୋଲି କୁହା ଯାଉଛି । ଆପଣତ ତିନିଲୋକକୁ ଧାରଣକର୍ତ୍ତା । ଏବଂ ମୁଁ ଆପଣଙ୍କୁ ନିଜର ସ୍ତନର ଅଗ୍ରଭାଗରେ ଧାରଣ କରିଛି; ହେଲେ ତାହାକୁ ତ କେହି ମର୍ଯ୍ୟାଦା ଦେଉ ନାହାନ୍ତି । ଅଧିକ କ'ଣ ବା କହିବି, ଅଧିକ କହିଲେ କଣ ବା ଲାଭ ମିଳିବ ? ତାହାହେଲେ କଣ ହେ କୃଷ୍ଣ ! ଯଶ ମଧ୍ୟ କଣ ପୁଣ୍ୟରୁ ମିଳିଥାଏ ?

ଏଥିରୁ ଅର୍ଥ ପ୍ରତିପାଦିତ ହେଉଛି ଯେ ଭଗବାନ ଶ୍ରୀକୃଷ୍ଣ ନିଜର ଦୁଇ ହାତରେ ଗୋଟିଏ ଛୋଟ ପାହାଡ଼କୁ ଉଠାଇ ନେଇଥିଲେ । ଏହିଥିପାଇଁ ତାଙ୍କର କେତେ ସୁନାମ ହୋଇଥିଲା । ସେ ତିନିଲୋକରେ ଗୋବର୍ଦ୍ଧନ, ଗିରିଧର ନାମରେ ନାମିତ ହୋଇଗଲେ । ଏହିପରି ତିନିଲୋକର ସ୍ୱାମୀ ଭାବରେ ପରିଚିତ ଭଗବାନ ଶ୍ରୀକୃଷ୍ଣଙ୍କୁ ଗୋଟିଏ ଗୋପୀ କିନ୍ତୁ ନିଜର ସ୍ତନର ଅଗ୍ରଭାଗରେ ଉଠାଇ ଆଣିଥିଲେ । ହେଲେ ତାଙ୍କର ଏପରି କାର୍ଯ୍ୟକୁ ତ କେହି କେଉଁଠି ପ୍ରଶଂସା କରି ନାହାନ୍ତି । କେହି ତାଙ୍କର ନାମକୁ ମଧ୍ୟ ଜାଣି ନାହାନ୍ତି । ତେଣୁ ପ୍ରକୃତରେ ଯାହା କୁହା ଯାଉଛି ଯେ ଯଶ ପୁଣ୍ୟ ବଳରୁ ବା ଭଲ କାମ କରବା ଫଳରୁ ମିଳିଥାଏ ବୋଲି ତାହା ଏକାନ୍ତ ସତ୍ୟ ।

ଷୋଡ଼ଶ ଅଧ୍ୟାୟ

ସନ୍ତାନ :

ନ ଧ୍ୟାତଂ ପଦମୀଶ୍ୱରସ୍ୟ ବିଧିବତ୍ସଂସାରବିଚ୍ଛିତ୍ତୟେ
ସ୍ୱର୍ଗଦ୍ୱାରକପାଟପାଟନପଟୁଃ ଧର୍ମୋଽପି ନୋପାର୍ଜିତଃ ।
ନାରୀପୀନପୟୋଧରୟୁଗଲଂ ସ୍ୱପ୍ନେପି ନାର୍ଲିଗିତଂ
ମାତୁଃ କେବଲମେବ ଯୌବନଚ୍ଛେଦକୁଠାରୋ ବୟମ୍ ॥ 1 ॥

ଏଠାରେ ଆଚାର୍ଯ୍ୟ ଚାଣକ୍ୟଙ୍କ ବକ୍ତବ୍ୟ ହେଉଛି ଯେ ସଂସାରରୁ ମୁକ୍ତି ପାଇବାପାଇଁ ଆମେ ନା ପରମାତ୍ମାଙ୍କ ଚରଣରେ ଧ୍ୟାନ କଲୁ, ନା ସ୍ୱର୍ଗ-ଦ୍ୱାରକୁ ଲାଭ କରିବା ପାଇଁ ଧର୍ମର ସଂଚୟ କଲୁ ଏବଂ ନା କେବେହେଲେ ସ୍ୱପ୍ନରେ ସ୍ତ୍ରୀଙ୍କ କଠିନ ସ୍ତନକୁ ଆଲିଂଗନ କଲୁ । ଏହି ପ୍ରକାରରେ ଆମେ ସଂସାରରେ ଜନ୍ମ ନେଇ ମାଁଙ୍କ ଯୌବନକୁ ନଷ୍ଟ କରିବା ପାଇଁ କୁରାଢ଼ି ପରି କାମ କରିଥିଲୁ ।

ଏଠାରେ ଅର୍ଥ ପ୍ରତିପାଦିତ ହେଉଛି ଯେ ଯିଏ ମୋକ୍ଷ ପାଇବାପାଇଁ ପରମାତ୍ମାଙ୍କୁ ଧ୍ୟାନ କରେନାହିଁ, ସ୍ୱର୍ଗ ପ୍ରାପ୍ତ ପାଇଁ ଧର୍ମ କରେ ନାହିଁ ଓ ସ୍ତ୍ରୀଙ୍କର କଠିନ ସ୍ତନକୁ ଆଲିଙ୍ଗନ କରି ସମ୍ଭୋଗ କରେନାହିଁ; ତାହାର ମନୁଷ୍ୟ ଜୀବନ ବ୍ୟର୍ଥ । ସନ୍ତାନକୁ ଜନ୍ମ ଦେବା ଫଳରେ ମା'ର ଯୌବନ ତ ନଷ୍ଟ ହୋଇ ଯାଇଛି । କିନ୍ତୁ ଗୁଣବାନ ସନ୍ତନକୁ ଜନ୍ମ ଦେବା ଫଳରେ ମାଁ ନିଜକୁ ଧନ୍ୟା ମନେ କରେ । ମାତ୍ର ଏପରି ସନ୍ତାନ ଯିଏ ଗୋଟିଏ ପକ୍ଷରେ ମୋକ୍ଷପାଇଁ ଯତ୍ନଶୀଳ ନୁହେଁ କି ଧର୍ମାର୍ଜନ କରି ସ୍ୱର୍ଗଲୋକ ପ୍ରାପ୍ତିପାଇଁ ଇଚ୍ଛା ପ୍ରକାଶ କରେନାହିଁ କି ଅନ୍ୟପକ୍ଷରେ ନାରୀର ସଂସ୍ପର୍ଶରେ ଆସି ତା'ର ସ୍ତନ ଯୁଗଳକୁ ଆଲିଙ୍ଗନ ପୂର୍ବକ ସଂଭୋଗ କ୍ରିୟା କରି ଜୀବନକୁ ଉପଭୋଗ କରିନାହିଁ; ତାହାର ଜୀବନ ଏକ ବ୍ୟର୍ଥ ଜୀବନ ମାତ୍ର । ଏକ କୁରାଢ଼ି ପରି ଜନ୍ମ ହୋଇ ସେ ଯାହା ତା' ମାଆର ଯୌବନକୁ ନଷ୍ଟ କରିଛି ।

ସ୍ତ୍ରୀ ଚରିତ୍ର :

ଜଳ୍ପନ୍ତି ସାର୍ଧମନ୍ୟେନ ପଶ୍ୟନ୍ତ୍ୟନ୍ୟଂ ସବିଭ୍ରମାଃ ।
ହୃଦୟେ ଚିନ୍ତୟନ୍ତ୍ୟନ୍ୟଂ ନ ସ୍ତ୍ରୀଣାମେକତୋ ରତିଃ ॥ 2 ॥

ଆଚାର୍ଯ୍ୟ ଚାଣକ୍ୟ ଏଠାରେ ସ୍ତ୍ରୀଲୋକମାନଙ୍କର ପ୍ରବୃତିକୁ ଚର୍ଚ୍ଚା କରିବାକୁ ଯାଇ କୁହନ୍ତି ଯେ ସେମାନେ ଜଣଙ୍କ ସହିତ କଥାବାର୍ତ୍ତା କରନ୍ତି, ଅନ୍ୟଲୋକକୁ କଟାକ୍ଷ ପ୍ରଦାନ କରି ଦେଖନ୍ତି ଓ ମନରେ ଆଉ କେଉଁ ତୃତୀୟ ପୁରୁଷଙ୍କୁ ଚାହିଁଥାନ୍ତି । ସେମାନଙ୍କର ପ୍ରେମ କେଉଁ ଜଣଙ୍କ ସହିତ ହୋଇ ନଥାଏ ।

ଏଠାରେ ଅର୍ଥ ପ୍ରତିପାଦିତ ହେଉଛି ଯେ ବାରାଙ୍ଗନା ରୂପରେ ସ୍ତ୍ରୀ ଅନେକ ରୂପା ହୋଇଥାନ୍ତି । ସେମାନେ ଅର୍ଥ ବଳରେ ନିଜର ନିଷ୍ଠାକୁ ବଦଳାଇ ଦିଅନ୍ତି । ତାଙ୍କୁ କାହାରିକୁ ପ୍ରେମ କରି ଆସେନାହିଁ ।

ସେମାନଙ୍କ ପ୍ରବୃତି କେବଳ ଅର୍ଥକୈନ୍ଦ୍ରିକ ହୋଇଥାଏ । ଏଣୁ ଉତ୍ତମ ପୁରୁଷମାନେ ବେଶ୍ୟାଙ୍କ ସହିତ ସଂପର୍କ ନରଖି ସନ୍ମାର୍ଗରେ ନିଜର ଜୀବନ ଜୀଇଁଥାନ୍ତି ।

ୟୋ ମୋହୟନ୍ମନ୍ୟତେ ମୂଢ଼ୋ ରକ୍ତେୟଂ ମୟି କାମିନୀ ।

ସ ତସ୍ୟ ବଶଗୋ ଭୂତ୍ୱା ନୃତ୍ୟେତ କ୍ରୀଡ଼ା ଶକୁନ୍ତବତ୍ ॥ 3 ॥

ଆଚାର୍ଯ୍ୟ ଚାଣକ୍ୟ ଏଠାରେ ସ୍ତ୍ରୀଙ୍କ ରୂପ ଚରିତ୍ରରେ ବଶୀଭୂତ ମୂର୍ଖର ଆସକ୍ତି ଉପରେ ଟିପ୍ପଣୀ କରି କୁହନ୍ତି ଯେ ମୂର୍ଖ ପୁରୁଷ ମୋହବଶରେ ଭାବେ ଯେ ଏହି କାମିନୀ ମୋ ଉପରେ ଅନୁରକ୍ତ । ତେଣୁ ବଶୀଭୂତ ହୋଇ ତା'ର ଇଙ୍ଗିତରେ ଖେଳଣା ପରି ନାଚିବାକୁ ଲାଗେ ।

ଏଥିରୁ ଅର୍ଥ ପ୍ରତିପାଦିତ ହୋଇଥାଏ ଯେ ଯଦି କୌଣସି ପୁରୁଷ କେଉଁ ସ୍ତ୍ରୀଙ୍କ ସଂପର୍କରେ ଏପରି ଭାବିନେଲା ଯେ ସେ ତା' ପ୍ରତି ବିମୁଖତା ପ୍ରଦର୍ଶନ କରୁଛି; ତେବେ ସେ ହେଉଛି ଏକ ମହାମୂର୍ଖ ଓ ସେ କିଛି ମାତ୍ର ଜାଣିନାହିଁ । ଏହି ଭ୍ରମରେ ସେ ସେହି ସ୍ତ୍ରୀର ବଶୀଭୂତ ହୋଇଛି ଓ ତାହାର ଇଂଗିତରେ କଣ୍ଢେଇ ପରି ନାଚୁଛି । ତେଣୁ ସ୍ତ୍ରୀଙ୍କଠାରୁ ଆସକ୍ତିର ଆଶା କରିବା କେବଳ ମୂର୍ଖତା ମାତ୍ର ।

କୋଽର୍ଥାନ୍‌ପ୍ରାପ୍ୟ ନ ଗର୍ବିତୋ ବିଷୟିଣଃ କସ୍ୟାପଦୋଽସ୍ତଂଗତାଃ ।

ସ୍ତ୍ରୀଭିଃ କସ୍ୟ ନ ଖଣ୍ଡିତଂ ଭୁବି ମନଃ କୋ ନାମ ରାଜ୍ଞପ୍ରିୟଃ ॥

କଃ କାଲସ୍ୟ ନ ଗୋଚରତ୍ୱମଗମତ୍ କୋଽର୍ଥୋ ଗତୋ ଗୌରବମ୍ ।

କୋ ବା ଦୁର୍ଜନଦୁର୍ଗୁଣେଷୁ ପତିତଃ କ୍ଷେମେଣ ୟାତଃ ପଥିଃ ॥ 4 ॥

ଆଚାର୍ଯ୍ୟ ଚାଣକ୍ୟ ଏଠାରେ କୁସଂଗତି ବା ଧନ, ସ୍ତ୍ରୀ ଅଥବା ରାଜାଙ୍କ ସଂପର୍କରୁ ରକ୍ଷା ନ ମିଳିପାରିବାର ସ୍ଥିତିକୁ ସ୍ପଷ୍ଟ ଭାବରେ ସୂଚିତ କରିବାକୁ ଯାଇ କୁହନ୍ତି ଯେ କିଏ ଏପରି ବ୍ୟକ୍ତି, ଯିଏ ଧନ ପାଇଲା ପରେ ଗର୍ବ ଅନୁଭବ କରନ୍ତି ନାହିଁ ? କେଉଁ ବିଷୟୀ ବ୍ୟକ୍ତିର ଦୁଃଖ ସମାପ୍ତ ହୋଇଥାଏ ? ସ୍ତ୍ରୀଲୋକମାନେ କାହାର ବା ମନକୁ ଖଣ୍ଡିତ କରି ନାହାନ୍ତି ? କେଉଁ ବ୍ୟକ୍ତି ରାଜାଙ୍କର ପ୍ରିୟ ହୋଇ ପାରିଛନ୍ତି ? କାଳର ଦୃଷ୍ଟି କାହା ଉପରେ ପୁଣି ପଡ଼ିନାହିଁ ? କେଉଁ ଭିକାରୀକୁ ସମ୍ମାନ ମିଳିଛି ? କିଏ ଏଭଳି ଦୁଷ୍ଟ ବ୍ୟକ୍ତି ଅଛି ଯିଏ ଦୁଷ୍ଟମାନଙ୍କର ଦୁଷ୍ଟତାରେ ଛଂଦି ହୋଇ ମଧ୍ୟ ସେଥିରୁ ସକୁଶଳ ଫେରିଆସିଛି ?

ଏଥିରୁ ଅର୍ଥ ପ୍ରତୀତ ହେଉଛି ଯେ ଧନ ପ୍ରାପ୍ତି ହେଲାପରେ ସମସ୍ତଙ୍କ ମନରେ ଅତିମାତ୍ରାରେ ଗର୍ବ ଆସି ଯାଇଥାଏ । ସେହିପରି ବିଷୟଜଗତରେ ନିମଗ୍ନ ରହି ସମସ୍ତେ ଦୁଃଖ ଅନୁଭବ କରୁଛନ୍ତି । ନାରୀମାନେ ସବୁ ପୁରୁଷଙ୍କ ମନକୁ ଖଣ୍ଡ ବିଖଣ୍ଡିତ କରି ଦେଇଥାନ୍ତି । କୌଣସି ବ୍ୟକ୍ତି ମଧ୍ୟ ରାଜାଙ୍କର ପ୍ରିୟ ହୋଇ ପାରନ୍ତି ନାହିଁ । ମୃତ୍ୟୁ କବଳରୁ କେହି ନିଜକୁ ରକ୍ଷା କରି ପାରନ୍ତି ନାହିଁ । ଭିକ ମାଗିଲା ପରେ କାହାକୁ ହେଲେ ମଧ୍ୟ ଆଦର ମିଳି ନଥାଏ । କେହିହେଲେ ମଧ୍ୟ ଦୁଷ୍ଟଙ୍କ ମେଳରେ ତିଷ୍ଠି ରହି ପାରିବେ ନାହିଁ । ତେଣୁ କହିବାକୁ ଗଲେ ଧନ-ସଂପତି, ନାରୀ, ରାଜ-ପରିବାର ବର୍ଗ ଓ ଖଳ ଲୋକଙ୍କ ପ୍ରଭାବରୁ ମୁକ୍ତି ମିଳିବା ବଡ଼ କଷ୍ଟକର ବ୍ୟାପାର ।

ବିନାଶ କାଳେ ବିପରୀତ ବୁଦ୍ଧି :

ନ ନିର୍ମିତା କେନ ନ ଦୃଷ୍ଟପୂର୍ବା ନ ଶ୍ରୂୟତେ ହେମମୟୀ କୁରଂଗୀ ।

ତଥାଽପି ତୃଷ୍ଣା ରଘୁନନ୍ଦନସ୍ୟ ବିନାଶକାଲେ ବିପରୀତବୁଦ୍ଧିଃ ॥ 5 ॥

ଆଚାର୍ଯ୍ୟ ଚାଣକ୍ୟ ଏଠାରେ ବିନାଶ ଆସିଲେ କିପରି ବୁଦ୍ଧି ମଧ୍ୟ ଭ୍ରଷ୍ଟ ହୋଇଯାଏ ତାହାକୁ ସୂଚିତ କରିଛନ୍ତି । ସୁନାର ହରିଣକୁ ନା କିଏ ତିଆରି କରିଛି, ନା କେହି ତାହାକୁ ଦେଖିଛି ନା ସେ ବିଷୟରେ କେହି ଶୁଣିଛି । ତଥାପି ରଘୁନନ୍ଦନଙ୍କର ତୃଷ୍ଣାକୁ ଦେଖନ୍ତୁ । ସେ ସ୍ୱର୍ଣ୍ଣ ହରିଣ ପଛରେ ଦୌଡ଼ିବାକୁ ଲାଗିଲେ । ବାସ୍ତବରେ ବିନାଶର ସମୟ ଆସିଲେ ନିଜର ବୁଦ୍ଧି ମଧ୍ୟ ବିପରୀତ ଦିଗରେ ଗତି କରିଥାଏ ।

ଏଥିରୁ ଅର୍ଥ ପ୍ରତିପାଦିତ ହେଉଛି ଯେ ସୃଷ୍ଟିରେ ସୁନାର ହରିଣ ଥିବା କଥା କେହି କେବେ ଶୁଣି ନାହାନ୍ତି କି ସେଭଳି ଜୀବକୁ କେହି ଦେଖି ନାହାନ୍ତି । ତଥାପି ପ୍ରଭୁ ଶ୍ରୀରାମ ଚନ୍ଦ୍ରଙ୍କ ମନକୁ କଣ ଆସିଲା କେଜାଣି ? ସେ ସ୍ୱର୍ଣ୍ଣମୃଗକୁ ଆଶାକରି ତାହାକୁ ମାରିବା ପାଇଁ ଧାଇଁବାକୁ ଲାଗିଲେ । ଏକ ଅସମ୍ଭବତାକୁ ବିଶ୍ୱାସ କରିଗଲେ । ତିଳେ ମାତ୍ର ଭାବିଲେ ନାହିଁ ଯେ ବାସ୍ତବରେ ସୁନାର ହରିଣ ଅଛି କି ନାହିଁ ବୋଲି । ତାଙ୍କର ବା କଣ ଦୋଷ ? ବ୍ୟସ୍ତତା ଭିତରେ ତାଙ୍କୁ ପଡ଼ିବାର ହିଁ ଥିଲା । ଅସୁବିଧାର ସମୟ ଆସିଲେ ବ୍ୟକ୍ତିର ବୁଦ୍ଧି ଭ୍ରଷ୍ଟ ହୋଇ ଯାଇଥାଏ ।

ମହାନତା :

ଗୁଣୈରୁତ୍ତମତାଂ ଯାନ୍ତି ନୌଚ୍ଚୈରାସନସଂସ୍ଥିତୈଃ ।
ପ୍ରସାଦଶିଖରସ୍ଥୋଽପି କିଂ କାକୋ ଗରୁଡ଼ାୟତେ ॥ 6 ॥

ଆଚାର୍ଯ୍ୟ ଚାଣକ୍ୟ ଗୁଣମାନଙ୍କର ମହତ୍ୱକୁ ପ୍ରତିପାଦିତ କରିବାକୁ ଯାଇ କୁହନ୍ତି ଯେ ଗୁଣ ମାଧ୍ୟମରେ ମନୁଷ୍ୟ ବଡ଼ ହୋଇଥାଏ; ମାତ୍ର କୌଣସି ଉଚ୍ଚ ସ୍ଥାନରେ ବସିବା ଫଳରେ ନୁହେଁ । ରାଜମହଲର ଶିଖର ସ୍ଥାନରେ ବସିବା ଫଳରେ କାଉ କେବେ ଗରୁଡ଼ ହୋଇ ପାରିବ ନାହିଁ ।

ଏଥିରୁ ଅର୍ଥ ପ୍ରତିପାଦିତ ହେଉଛି ଯେ ବ୍ୟକ୍ତି ଗୁଣରେ ହିଁ ବଡ଼ ବୋଲି ସ୍ୱୀକୃତ ହୋଇଥାଏ । ଗୁଣହୀନତା ତାକୁ ଅସ୍ଥାୟୀ ଲାଭ ଦେଇପାରେ, ମାତ୍ର ସ୍ଥାୟୀ ଲାଭ ନୁହେଁ ।

ଗୁଣାଃ ସର୍ବତ୍ର ପୂଜ୍ୟନ୍ତେ ନ ମହତ୍ୟୋଽପି ସମ୍ପଦଃ ।
ପୂର୍ଣ୍ଣେନ୍ଦୁ କିଂ ତଥା ବନ୍ଦ୍ୟୋ ନିଷ୍କଲଂକୋ ଯଥା କୃଶଃ ॥ 7 ॥

ଆଚାର୍ଯ୍ୟ ଚାଣକ୍ୟ ଗୁଣ ପ୍ରତି ପୂଜାର ଦୃଷ୍ଟିକୋଣ ନେଇ କୁହନ୍ତି ଯେ ଗୁଣ ସର୍ବତ୍ର ପୂଜିତ ହୋଇଥାଏ । ଧନ ଯେତେ ଅଧିକ ହେଲେ ମଧ୍ୟ ତାହା ସର୍ବତ୍ର ପୂଜିତ ହୁଏ ନାହିଁ । ତେବେ କଣ ପୂର୍ଣ୍ଣଚନ୍ଦ୍ରର ବନ୍ଦନା ସଂସାରରେ ଏହି ଦୃଷ୍ଟିରୁ ହୋଇଥାଏ, ଯେପରି କ୍ଷୀଣ ଚନ୍ଦ୍ରମାର ହୋଇଥାଏ ।

ଏଥିରୁ ଅର୍ଥ ପ୍ରତିପାଦିତ ହେଉଛି ଯେ ବ୍ୟକ୍ତି ପାଖରେ କେତେ ବି ଧନ-ସଂପତି ହେଉ ନା କାହିଁକି, ତାକୁ ସବୁ ସ୍ଥାନରେ ସମ୍ମାନ ମିଳି ନଥାଏ । ମାତ୍ର ଗୁଣବାନ ବ୍ୟକ୍ତି ସର୍ବତ୍ର ଆଦୃତ ମଧ୍ୟ ହୋଇଥାନ୍ତି । ପୂର୍ଣ୍ଣିମାର ଚନ୍ଦ୍ରମା ଯେତେ ବଡ଼ ହେଉ ନା କାହିଁକି, ସେଥିରେ ଦାଗ ଥିବାରୁ ତାହାକୁ ପୂଜା କରାଯାଏ ନାହିଁ । ମାତ୍ର ଦ୍ୱିତୀୟା ଚାନ୍ଦ କଳଂକହୀନ ଓ ଗୁଣ ସଂପନ ହୋଇଥିବାରୁ ତାହାକୁ ସମସ୍ତେ ପୂଜା କରିଥାନ୍ତି ।

ପରମୋକ୍ତଗୁଣୋ ଯସ୍ତୁ ନିର୍ଗୁଣୋଽପି ଗୁଣୀ ଭବେତ୍ ।
ଇନ୍ଦ୍ରୋଽପି ଲଘୁତାଂ ଯାତି ସ୍ୱୟଂ ପ୍ରଖ୍ୟାପିତୈର୍ଗୁଣୈଃ ॥ 8 ॥

ନିଜର ପ୍ରଶଂସା ସ୍ୱୟଂ କରିବାର ପ୍ରବୃତି ଉପରେ ଟୀପ୍ପଣୀ ଦେବାକୁ ଯାଇ ଆଚାର୍ଯ୍ୟ ଚାଣକ୍ୟ କୁହନ୍ତି ଯେ ଯଦି ଅନ୍ୟ କେହି ଲୋକ ଏକ ଗୁଣହୀନ ବ୍ୟକ୍ତିର ପ୍ରଶଂସା କରେ, ତେବେ ସେ

ଖୁବ୍ ବଡ଼ ହୋଇ ଯାଇଥାଏ । ମାତ୍ର ନିଜର ପ୍ରଶଂସା ନିଜେ କରିବା ଦ୍ୱାରା ସ୍ୱୟଂ ଇନ୍ଦ୍ରହିଁ ଛୋଟ ହୋଇ ଯାଆନ୍ତି ।

ଏଥିରୁ ଅର୍ଥ ପ୍ରତିପାଦିତ ହେଉଛି ଯେ ନିଜର ପ୍ରଶଂସା କେବେ ନିଜେ କରିବା ଅନୁଚିତ । ନିଜ ମୁହଁରେ ନିଜର ପ୍ରଶଂସା କରାଗଲେ ଇନ୍ଦ୍ରଙ୍କୁ ମଧ୍ୟ ଲଜ୍ଜିତ ହେବାକୁ ପଡ଼ିଥାଏ; ଅନ୍ୟ ଲୋକଙ୍କ କଥା କଣ ବା କହିବା ? ତେଣୁ ପ୍ରକୃତ ଗୁଣୀ ବ୍ୟକ୍ତି ହେଉଛନ୍ତି ସେହି, ଯାହାର ପ୍ରଶଂସା ଅନ୍ୟମାନେ କରିଥାନ୍ତି ।

ବିବେକିମନୁପ୍ରାପ୍ତୋ ଗୁଣୋ ଯାତି ମନୋଜ୍ଞତାମ୍ ।
ସୁତରାଂ ରତ୍ନମାଭାତି ଚାମୀକରାନିୟୋଜିତମ୍ ॥ 9 ॥

ଆଚାର୍ଯ୍ୟ ଚାଣକ୍ୟ ଗୁଣ ଓ ସ୍ଥାନର ସନ୍ଦର୍ଭରେ ଚର୍ଚ୍ଚା କରିବାକୁ ଯାଇ କୁହନ୍ତି ଯେ ଗୁଣ ମଧ୍ୟ ଯୋଗ୍ୟ ବିବେକଶୀଳ ବ୍ୟକ୍ତିଙ୍କ ପାଖକୁ ଗଲେ ସୁନ୍ଦର ହୋଇଉଠେ, କାରଣ ସୁନାରେ ଲାଖିକି ରହିବା ଦ୍ୱାରା ରତ୍ନ ମଧ୍ୟ ସୁନ୍ଦର ଲାଗିଥାଏ ।

ଏଥିରୁ ଅର୍ଥ ପ୍ରତିପାଦିତ ହେଉଛି ଯେ କୌଣସି ବୁଝିବା-ଶୁଝିବା ବ୍ୟକ୍ତିଙ୍କ ପାଖରେ ଗୁଣ ରହିଲେ ତାହା ଲାଭଦାୟକ ହୋଇଥାଏ । ସେହି ଗୁଣ ଯଦି କୌଣସି ଦୁଷ୍ଟ ଲୋକଙ୍କ ପାଖରେ ଦେଖାଯାଏ, ତାହାହେଲେ ସେ ବଦନାମ ମଧ୍ୟ ହୋଇଯାଏ । ରତ୍ନକୁ ସୁନା ସହିତ ଯୋଡ଼ି ରଖିବା ଦ୍ୱାରା ସୁନ୍ଦରତା ଆହୁରି ବୃଦ୍ଧି ପାଇଥାଏ । ଯଦି ସେହି ରତ୍ନ ଲୁହାରେ ଯୋଡ଼ି ଦିଆ ଯାଏ ତାହାଲେ ତା'ର ସୁନ୍ଦରତା ନଷ୍ଟ ହୋଇଯାଏ ।

ଗୁଣଂ ସର୍ବତ୍ର ତୁଲ୍ୟୋଽପି ସୀଦତ୍ୟେକୋ ନିରାଶ୍ରୟଃ ।
ଅନର୍ଘ୍ୟମପି ମାଣିକ୍ୟଂ ହେ ମାଶ୍ରୟମପେକ୍ଷତେ ॥ 10 ॥

ଆଚାର୍ଯ୍ୟ ଚାଣକ୍ୟ କୁହନ୍ତି ଯେ ଗୁଣୀ ବ୍ୟକ୍ତି ମଧ୍ୟ ଉଚିତ ଆଶ୍ରୟ ନ ମିଳିବା ଫଳରେ ଦୁଃଖୀ ହୋଇଥାଏ । କାରଣ ନିର୍ଦ୍ଦୋଷ ମଣିକୁ ମଧ୍ୟ ଆଶ୍ରୟର ଆବଶ୍ୟକତା ରହିଛି ।

ଏଠାରେ ଅର୍ଥ ପ୍ରତିପାଦିତ ହେଉଛି ଯେ ବ୍ୟକ୍ତି ଯଦି ଗୁଣୀ ହୋଇଥାଏ, ତାହାକୁ ଏକ ଯୋଗ୍ୟ ସ୍ଥାନ ବା ପଦର ଆବଶ୍ୟକତା ହୋଇଥାଏ । ମାତ୍ର ଯୋଗ୍ୟ ସ୍ଥାନ ନ ମିଳିବା ଫଳରେ ସେ ଦୁଃଖୀ ହୋଇ ଉଠିଥାଏ । କାରଣ ଅମୂଲ୍ୟ ଓ ନିର୍ଦ୍ଦୋଷ ମଣିକୁ ମଧ୍ୟ ନିଜପାଇଁ ସୁନାର ଆଧାରର ଆବଶ୍ୟକତା ରହିଥାଏ, ଯେଉଁଥିରେ ତାହା ଲାଖି ରହିବ ଓ ସୁନ୍ଦର ଭାବରେ ଶୋଭା ପାଇବ ।

ଅନୁଚିତ ଧନ :

ଅତିକ୍ଳେଶେନ ଯେ ଚାର୍ଥାଃ ଧର୍ମସ୍ୟାତିକ୍ରମେଣ ତୁ ।
ଶତ୍ରୁଣାଂ ପ୍ରଣିପାତେନ ତେ ହ୍ୟର୍ଥାଃ ନ ଭବନ୍ତୁ ମେ ॥ 11 ॥

ଆଚାର୍ଯ୍ୟ ଚାଣକ୍ୟ ଏଠାରେ ଅନୁଚିତ ଧନକୁ ତିରସ୍କାର କରିବାକୁ ଯାଇ କୁହନ୍ତି ଯେ ଅନ୍ୟକୁ ଦୁଃଖୀ କରାଇ, ଅଧର୍ମ ଦ୍ୱାରା ବା ଶତ୍ରୁମାନଙ୍କ ଶରଣାପନ୍ନ ହେବା ଫଳରେ ମିଳିଥିବା ଧନ ମୋତେ ପ୍ରାପ୍ତ ନ ହେଉ ।

ଏଠାରେ ଅର୍ଥ ପ୍ରତିପାଦିତ ହେଉଛି ଯେ ଯେଉଁ ଧନ ଅନ୍ୟ କାହାକୁ ଦୁଃଖୀ କରାଇ ପ୍ରାପ୍ତ ହୋଇଛି, ଯାହା ଚୋରୀ, ତସ୍କରୀ, କଳା ବଜାରୀ ଆଦି ଅବୈଧ ରୀତିରେ ଉପାର୍ଜନ କରାଯାଇଛି ବା

ଦେଶର ଶତ୍ରୁଙ୍କ ମାଧ୍ୟମରେ ଆସିଥିବା ଧନକୁ କେବେ ଗ୍ରହଣ କରିବ ନାହିଁ, ସେପରି ଧନ ନେବା ମଧ୍ୟ ଉଚିତ ନୁହେଁ ।

କିଂ ତୟା କ୍ରିୟତେ ଲକ୍ଷ୍ମ୍ୟା ୟା ବଧୂରିବ କେବଲା ।
ୟା ତୁ ବେଶ୍ୟୈବ ସାମାନ୍ୟପଥିକୈରପି ଭୁଜ୍ୟତେ ॥ 12 ॥

ଆଚାର୍ଯ୍ୟ ଚାଣକ୍ୟ କୁହନ୍ତି ଯେ ବଧୂ ପରି ଘର ଭିତରେ ବନ୍ଦ ହୋଇ ରହୁଥିବା ଲକ୍ଷ୍ମୀ କଣ କାମରେ ଆସିଥାଏ । ଏବଂ ଯେଉଁ ଲକ୍ଷ୍ମୀଙ୍କୁ ବେଶ୍ୟା ପରି କେବଳ ଭୋଗ କରାଯାଏ, ତାହା ମଧ୍ୟ କି କାମରେ ଆସେ ?

ଏଥିରୁ ଅର୍ଥ ପ୍ରତିପାଦିତ ହେଉଛି ଯେ କୃପଣର ଧନ ତ୍ରିଜୋରି ମଧ୍ୟରେ ବନ୍ଦ ହୋଇ ରହିଥାଏ । ଏପରି ଧନ ସମାଜର କୌଣସି କାମରେ ଲାଗି ପାରେନାହିଁ । ମୂର୍ଖ ବ୍ୟକ୍ତି ମଧ୍ୟ ଧନର ପ୍ରକୃତ ଉପଯୋଗୀତା ଜାଣି ନଥାନ୍ତି । ତାହାର ଧନ ବେଶ୍ୟା ପରି ହୋଇଥାଏ, ଯାହାକୁ କି ଦୁଷ୍ଟ-ଉତ୍‌ତେଜିତ ଲୋକମାନେ ବ୍ୟବହାର କରିଥାନ୍ତି । ଏହି ଧନ କୌଣସି ଭଲ କାମରେ ବ୍ୟବହାର ହୋଇ ପାରେ ନାହିଁ । ଧନର ସମାଜ କଲ୍ୟାଣ, ପରୋପକାର ତଥା ଆବଶ୍ୟକତା ଲୋଡୁଥିବା ଲୋକକୁ ସହାୟତା କରିବାରେ ହିଁ ଉପଯୋଗ ହେବା ଦରକାର ।

ଧନେଷୁ ଜୀବିତବ୍ୟେଷୁ ସ୍ତ୍ରୀଷୁ ଚାହାରକର୍ମଷୁ ।
ଅତୃପ୍ତା ପ୍ରାଣିନଃ ସର୍ବେ ୟାତା ୟାସ୍ୟନ୍ତି ୟାନ୍ତି ଚ ॥ 13 ॥

ଆଚାର୍ଯ୍ୟ ଚାଣକ୍ୟ କୁହନ୍ତି ଯେ ପୃଥିବୀର ସମସ୍ତ ପ୍ରାଣୀ ଧନ, ଜୀବନ, ସ୍ତ୍ରୀ ତଥା ଭୋଜନରେ ସଦା ଅତୃପ୍ତ ରହି ସଂସାରରୁ ଚାଲିଗଲେଣି, ଚାଲି ଯାଉଛନ୍ତି ଓ ଚାଲି ଯିବେ ମଧ୍ୟ ।

ଏଠାରେ ଅର୍ଥ ପ୍ରତିପାଦିତ ହେଉଛି ଯେ ସଂସାରରେ ଧନ, ଜୀବନ, ସ୍ତ୍ରୀ ତଥା ଭୋଜନର ଇଚ୍ଛା କେବେହେଲେ ପୂର୍ଣ୍ଣ ହୋଇ ନଥାଏ । ଏହା ପାଇବାର ଲାଳସା ସର୍ବଦୈବ ବଳବତ୍‌ତର ରହିଥାଏ । ଏହି ଉତ୍ସାହକୁ ନେଇ ଏହି ଦୁନିଆରେ ଲୋକମାନେ ମରିବାକୁ ଆସିଛନ୍ତି, ମରୁଛନ୍ତି ମଧ୍ୟ ଏବଂ ଆସନ୍ତା ସମୟରେ ମଧ୍ୟ ଏହିପରି ଘଟି ଚାଲିବ ।

ସାର୍ଥକ ଦାନ :

କ୍ଷୀୟନ୍ତେ ସର୍ବଦାନାନି ୟଜ୍ଞହୋମବଲି କ୍ରିୟାଃ ।
ନ କ୍ଷୀୟତେ ପାତ୍ରଦାନଂ ଭୟଂ ସର୍ବଦେହିନାମ୍ ॥ 14 ॥

ଆଚାର୍ଯ୍ୟ ଚାଣକ୍ୟ କୁହନ୍ତି ଯେ ସମସ୍ତ ପ୍ରକାର ଯଜ୍ଞ, ଦାନ, ବଳି ଆଦି ନଷ୍ଟ ହୋଇ ଯାଇଥାଏ, କିନ୍ତୁ ପାତ୍ରକୁ ଦିଆ ଯାଇଥିବା ଦାନ ତଥା ଅଭୟଦାନର ଫଳ ନଷ୍ଟ କେବେ ନଷ୍ଟ ହୁଏ ନାହିଁ ।

ଏଥିରୁ ଅର୍ଥ ପ୍ରତିପାଦିତ ହୋଇଥାଏ ଯେ ଯୋଗ୍ୟ ଓ ଦରକାର କରୁଥିବା ଲୋକକୁ ଦାନ ଦେବା ଦରକାର । ନହେଲେ ଦାନ, ଯଜ୍ଞାଦି ସବୁ ନଷ୍ଟ ହୋଇଯିବ । ମାତ୍ର କାହାରି ଜୀବନକୁ ବଂଚାଇବା ପାଇଁ ଦିଆ ଯାଇଥିବା ଅଭୟଦାନର ଫଳ କେବେହେଲେ ମଧ୍ୟ ନଷ୍ଟ ହେବ ନାହିଁ ।

ଯାଚକତା :

ତୃଣଂ ଲଘୁ ତୃଣାତ୍ତୂଲଂ ତୂଲାଦପି ଚ ୟାଚକଃ ।
ବାୟୁନାଂ କିଂ ନ ଜୀତୋଽସୌ ମାମୟଂ ୟାଚୟିଷ୍ୟତି ॥ 15 ॥

ଆଚାର୍ଯ୍ୟ ଚାଣକ୍ୟ ହାତ ପତେଇ ମାଗିବାକୁ ମରଣ ସମାନ ମନେ କରି କୁହନ୍ତି ଯେ ତୃଣ ବହୁତ ହାଲୁକା, ତୃଣଠାରୁ ହାଲୁକା ହେଉଛି ତୁଳା । ମାତ୍ର ଯାଚକ ତୁଳାଠାରୁ ମଧ୍ୟ ଆହୁରି ହାଲୁକା । ତାହାହେଲେ ବାୟୁ ତାକୁ କାହିଁକି ଉଡ଼ାଇ ନେଇ ଯାଉନାହିଁ ? କାରଣ ବାୟୁ ଚିନ୍ତା କରୁଛି ଯେ ସେ କାଳେ ତାକୁ ମଧ୍ୟ କିଛି ମାଗିବ ।

ଏଥିରୁ ଅର୍ଥ ପ୍ରତିପାଦିତ ହେଉଛି ଯେ ସବୁଠାରୁ ହାଲୁକା ହେଉଛି ଗୋଟାଏ ତୃଣ ମାତ୍ର । ତୁଳାର ଛୋଟିଆ ସୂତା ଖଣ୍ଡ ତୃଣଠାରୁ ମଧ୍ୟ ହାଲୁକା । ମାତ୍ର ଭିକାରୀ ସେହି ତୁଳାର ସୂତାଖଣ୍ଡ ଠାରୁ ମଧ୍ୟ ହାଲୁକା । ତାହାହେଲେ ମନରେ ପ୍ରଶ୍ନ ଉଠେ ଯେ ପବନ ତାହାହେଲେ ଭିକାରୀକୁ ଉଡ଼ାଇ ନେଉ ନାହିଁ କାହିକି ? ଏହାର ଏକ ସ୍ପଷ୍ଟ ଉତ୍ତର ରହିଛି ଯେ, ପବନକୁ ମଧ୍ୟ ଭିକାରୀର ଭୟ । କାରଣ ଯଦି ପବନ ତାକୁ ଉଡ଼ାଇ ନେବ, ତାହାହେଲେ ଉଡ଼ାଇ ନେବାବେଳେ ସେ ଯଦି ତାକୁ ବାଟରେ କିଛି ମାଗିବସେ । ସେହି କାରଣରୁ ପବନ ମଧ୍ୟ ତାକୁ ଉଡ଼ାଇ ନିଏ ନାହିଁ । ତେଣୁ ମାଗିବା ହେଉଛି ଏକ ଘୃଣ୍ୟ କାର୍ଯ୍ୟ ଓ ଯିଏ ହାତ ପତେଇ ସବୁବେଳେ ମାଗେ, ତାହାର କୌଣସି ସମ୍ମାନ ନଥାଏ ।

ନିର୍ଦ୍ଧନତା :

ବରଂ ବନଂ ବ୍ୟାଘ୍ରଜେନ୍ଦ୍ରସେବିତଂ, ଦ୍ରୁମାଲୟଂ ପକ୍ୱାଫଲାମ୍ବୁସେବନଂ ।
ତୃଣେଷୁ ଶୟ୍ୟା ଶତଜୀର୍ଣ୍ଣବକ୍କଲଂ, ନ ବନ୍ଧୁମଧ୍ୟେ ଧନହୀନ ଜୀବନମ୍ବା ॥ 16 ॥

ଆଚାର୍ଯ୍ୟ ଚାଣକ୍ୟ ନିର୍ଦ୍ଧନତାକୁ ଜୀବନର ଅଭିଶାପ ବୋଲି ଗ୍ରହଣ କରି କହୁଛନ୍ତି ଯେ ସିଂହ-ହାତୀ ପରିପୂର୍ଣ୍ଣ ଜଙ୍ଗଲରେ ରହିବା, ଗଛ ତଳେ ଘର କରିବା, ବଣର ଫଳ-ମୂଳକୁ ଖାଇବା ଓ ଝରଣାର ପାଣି ପିଇ ରହିବା, ତୃଣକୁ ବିସ୍ତାର କରି ବା ହଜାର ପ୍ରକାର ଗଛର ଛାଲିରେ ଛୋଟ ବସ୍ତ୍ର ତିଆରି କରି ପିନ୍ଧିବା ବରଂ ଭଲ ମାତ୍ର ନିଜ ଲୋକମାନଙ୍କ ପାଖରେ କେବେ ନୁହେଁ ।

ଏଥିରୁ ଅର୍ଥ ପ୍ରତିପାଦିତ ହେଉଛି ଯେ ସମାଜରେ ଭାଇ-ବଂଧୁ କୁଟୁମ୍ବଙ୍କ ମଧ୍ୟରେ ଜଣେ ଗରିବର ବଂଚିବା ଆଦୌ ଉଚିତ ନୁହେଁ । ଏହାଠାରୁ ବରଂ ଭଲ ଭୟଂକର ସିଂହ, ବାଘ, ଭାଲୁ ବା ହାତୀ ଥିବା ସ୍ଥାନକୁ ଯାଇ ସେଠାରେ କେଉଁ ଗଛ ତଳେ କୁଡ଼ିଆ କରି ରହିବା, ଗଛର ପତ୍ର ବା ବକ୍‌କଲରେ ବସ୍ତ୍ର କରି ପିନ୍ଧି, ବଣର ଫଳ-ମୂଳ ଖାଇବା ଓ ଝରଣାର ଜଳ ପିଇ ଜୀବନ ଧାରଣ କରିବା । କାରଣ ନିର୍ଦ୍ଧନ ହେଲା ପରେ ସମାଜରେ ଅନ୍ୟମାନଙ୍କଠାରୁ ତିରସ୍କାର ଅତ୍ୟନ୍ତ ଅସହ୍ୟ ହୋଇଉଠେ । ତେଣୁ ନିର୍ଦ୍ଧନ ହୋଇ ସମାଜରେ ବସବାସ କରିବା ଅପେକ୍ଷା ବନବାସୀ ହୋଇ ରହିବା ଅତ୍ୟନ୍ତ ଶ୍ରେୟସ୍କର ।

ମଧୁର ବାଣୀ :

ପ୍ରିୟବାକ୍ୟପ୍ରଦାନେନ ସର୍ବେ ତୁଷ୍ୟନ୍ତି ମାନବଃ
ତସ୍ମାତ୍ ତଦେବ ବକ୍ତବ୍ୟଂ ବଚନେ କା ଦରିଦ୍ରତା ॥ 17 ॥

ଆଚାର୍ଯ୍ୟ ଚାଣକ୍ୟ କୁହନ୍ତି ଯେ ପ୍ରିୟ ତଥା ମଧୁର ବାଣୀ କହିଲେ ସମସ୍ତେ ସନ୍ତୁଷ୍ଟ ହୋଇଥାନ୍ତି । ଏଣୁ ମଧୁର କଥାହିଁ ସର୍ବଦୈବ କହିବା ଦରକାର । କଥାରେ ଦରିଦ୍ର ତ କେହି ହୋଇ ନଥାନ୍ତି ।

ଏଥିରୁ ଅର୍ଥ ପ୍ରତିପାଦିତ ହେଉଛି ଯେ ମଧୁର କଥା କହିବା ଦାନ ସମାନ ପରିଗଣିତ ହୋଇଥାଏ । ଏହାଦ୍ୱାରା ସମସ୍ତ ମନୁଷ୍ୟଙ୍କୁ ଆନନ୍ଦ ମିଳିଥାଏ । ଏଣୁ ମଧୁର ହିଁ କହିବା ଉଚିତ । କଥା କହିବାରେ ଦରିଦ୍ରତା କାହିଁକି କରିବା ।

ସଂସାର କଟୁ ବୃକ୍ଷସ୍ୟ ଦ୍ୱେ ଫଲେ ହ୍ୟମୃତୋପମେ ।
ସୁଭାଷିତଂ ଚ ସୁସ୍ୱାଦୁଃ ସଂଗତି ସଜ୍ଜନେ ଜନେ ॥ 18 ॥

ଆଚାର୍ଯ୍ୟ ଚାଣକ୍ୟ କୁହନ୍ତି ଯେ ଏହି ସଂସାର ରୂପୀ ବୃକ୍ଷରେ ଅମୃତ ପରି ଦୁଇଟି ଫଳ ରହିଛି- ସୁନ୍ଦର କହିବା ତଥା ସଜ୍ଜନଙ୍କ ସଂଗତି କରିବା ।

ଏଠାରେ ଅର୍ଥ ପ୍ରତୀତ ହେଉଛି ଯେ ସମସ୍ତଙ୍କ ସହିତ ମଧୁରତାରେ କଥା କହିବା ଓ ମହାପୁରୁଷଙ୍କ ସହିତ ସଂଗତି କରିବା ହେଉଛି ଏହି ସଂସାରରେ ବ୍ୟକ୍ତିଙ୍କ ହାତକୁ ଆସୁଥିବା ଦୁଇଗୋଟି ଅପୂର୍ବ ଫଳ । ଏଣୁ ସମସ୍ତଙ୍କ ସହିତ ମଧୁରତା ସହକାରେ କଥା କହିବା ଦରକାର ଓ ସଜ୍ଜନଙ୍କ ସହିତ ସଂଗତି କରିବା ଏକାନ୍ତ ବାଞ୍ଛନୀୟ ।

ଜନ୍ମଜନ୍ମାନି ଚାଭ୍ୟସ୍ତଂ ଦାନମଧ୍ୟୟନଂ ତପଃ ।
ତେନୈବାଭ୍ୟାସଯୋଗେନ ଦେହୀ ବାଂଭ୍ୟସ୍ୟତେ ॥ 19 ॥

ଆଚାର୍ଯ୍ୟ ଚାଣକ୍ୟ କୁହନ୍ତି ଯେ ଜନ୍ମ-ଜନ୍ମ ପର୍ଯ୍ୟନ୍ତ ଅଭ୍ୟାସ କରିବା ଫଳରେ ମନୁଷ୍ୟକୁ ଦାନ, ଅଧ୍ୟୟନ ଓ ତପ ପ୍ରାପ୍ତ ହୋଇଥାଏ । ଏହି ଅଭ୍ୟାସ ଦ୍ୱାରା ହିଁ ପ୍ରାଣୀ ଏହାକୁ ବାରମ୍ବାର ପ୍ରାପ୍ତ କରିବାକୁ ଲାଗେ ।

ଏଥିରୁ ଅର୍ଥ ପ୍ରତିପାଦିତ ହେଉଛି ଯେ କେତେ ଜନ୍ମ ପର୍ଯ୍ୟନ୍ତ ଦାନ, ଅଧ୍ୟୟନ ତଥା ତପସ୍ୟା କରବା ପରେ ହିଁ ମନୁଷ୍ୟ ଦାନୀ ହୋଇଥାଏ, ଅଧ୍ୟୟନ କରିଥାଏ ଏବଂ ତପସ୍ୱୀ ହୋଇଥାଏ । ଏହି ସବୁ ଗୁଣ କେବେ ଗୋଟିଏ ଜନ୍ମରେ ଆସି ନଥାଏ; କେତେ ଜନ୍ମର ଅଭ୍ୟାସ ଫଳରେ ଏହା ପ୍ରାପ୍ତ ହୋଇଥାଏ ।

ବିଦ୍ୟା ଓ ଧନ ସମୟସାପେକ୍ଷ :

ପୁସ୍ତକେଷୁ ଚ ଯା ବିଦ୍ୟା ପରହସ୍ତେଷୁ ଚ ଯଦ୍ଧନମ୍ ।
ଉତ୍ପନ୍ନେଷୁ ଚ କାର୍ଯ୍ୟେଷୁ ନ ସା ବିଦ୍ୟା ନ ତଦ୍ଧନମ୍ ॥ 20 ॥

ଆଚାର୍ଯ୍ୟ ଚାଣକ୍ୟ ଠିକ୍ ସମୟରେ କାର୍ଯ୍ୟରେ ଉପଯୋଗୀ ହୋଇ ପାରୁ ନଥିବା ଦ୍ରବ୍ୟ ସଂପର୍କରେ ସୂଚିତ କରିବାକୁ ଯାଇ କୁହନ୍ତି ଯେ ଯେଉଁ ବିଦ୍ୟା ପୁସ୍ତକରେ ରହିଛି, ଯେଉଁ ଧନ ଅନ୍ୟ ହାତକୁ ଚାଲି ଯାଇଛି, ଏହି ଦୁଇଟି ଜିନିଷ ଠିକ୍ ସମୟରେ କାମରେ ଲାଗି ପାରିନଥାଏ ।

ଏଠାରେ ଅର୍ଥ ପ୍ରତିପାଦିତ ହେଉଛି ଯେ ନିଜର ମନେ ରଖିଥିବା ବିଦ୍ୟା ତଥା ନିଜ ହାତରେ ଥିବା ଧନ ବା ଅର୍ଥରାଶି ଠିକ୍ ସମୟରେ କାମରେ ଆସିଥାଏ । ଧାର ଦେଇଥିବା ଧନ ଓ ପୁସ୍ତକରେ ଲେଖା ହୋଇଥିବା ବିଦ୍ୟା କାମ ପଡ଼ିବା ବେଳେ ସାହାଯ୍ୟକାରୀ ହୋଇ ନଥାଏ ।

ସପ୍ତଦଶ ଅଧ୍ୟାୟ

ଗୁରୁ କୃପାରୁ ଜ୍ଞାନ :

ପୁସ୍ତକଂ ପ୍ରତ୍ୟାଧୀତଂ ନାଧୀତଂ ଗୁରୁସନ୍ନିଧୌ ।
ସଭାମଧ୍ୟେ ନ ଶୋଭନ୍ତେ ଜାରଗର୍ଭା ଇବ ସ୍ତ୍ରିୟଃ ॥ 1 ॥

ଆଚାର୍ଯ୍ୟ ଚାଣକ୍ୟ ବିଦ୍ୟାଧ୍ୟୟନ ପାଇଁ ଗୁରୁଙ୍କ ମହିମାକୁ ପ୍ରତିପାଦିତ କରିବାକୁ ଯାଇ କୁହନ୍ତି ଯେ ଯେଉଁ ବ୍ୟକ୍ତି କୌଣସି ଗୁରୁଙ୍କ ଠାରୁ ଶିକ୍ଷା ଗ୍ରହଣ ନ କରି କେବଳ ପୁସ୍ତକକୁ ପଢ଼ି ବିଦ୍ୟା ପ୍ରାପ୍ତ କରିଥାଏ, ସେଭଳି ବ୍ୟକ୍ତିକୁ ପଣ୍ଡିତଙ୍କ ସଭାରେ କୌଣସି ଅବୈଧ ସମ୍ବନ୍ଧ ଦ୍ୱାରା ଗର୍ଭବତୀ ହୋଇଥିବା ସ୍ତ୍ରୀ ପରି ଆଦର କରା ଯାଏନାହିଁ ।

ଏଥିରୁ ଅର୍ଥ ପ୍ରତିପାଦିତ ହୋଇଥାଏ ଯେ ବିଦ୍ୟାକୁ କୌଣସି ଯୋଗ୍ୟ ଗୁରୁଙ୍କ ଠାରୁ ଶିଖିବା ଉଚିତ । ଯଦି କୌଣସି ବ୍ୟକ୍ତି କେବଳ ପୁସ୍ତକକୁ ପଢ଼ି ନିଜକୁ ବିଦ୍ୱାନ ବୋଲି ଭାବୁଥାଏ, ତେବେ ଏହା ହେଉଛି ତା'ର ଭ୍ରମ । ଏପରି ଜ୍ଞାନ **'ନୀମ ହକୀମ ଖତରେ ଜାନ'** ପରି ହୋଇଥାଏ । ଯେପରି କୌଣସି ଦୁଷ୍ଟରିତ୍ର ଲୋକ ଦ୍ୱାରା ଗର୍ଭବତୀ ହୋଇଥିବା ନାରୀକୁ କେହି ସମ୍ମାନ ଦେଖାନ୍ତି ନାହିଁ, ସେହି ପ୍ରକାରରେ ସ୍ୱୟଂ ପୁସ୍ତକରୁ ବିଦ୍ୟା ପ୍ରାପ୍ତ ହୋଇଥିବା ବ୍ୟକ୍ତିଙ୍କୁ ବିଦ୍ୱାନମାନଙ୍କ ସଭାରେ କେହି ସମ୍ମାନ ପ୍ରଦର୍ଶନ କରନ୍ତି ନାହିଁ ।

ଶଠ ସହିତ ଶଠତା :

କୃତେ ପ୍ରତିକୃତିଂ କୁର୍ଯ୍ୟାତ୍ ହିଂସେନ ପ୍ରତିହିଂସନମ୍ ।
ତତ୍ର ଦୋଷୋ ନ ପତତି ଦୁଷ୍ଟେ ଦୌଷ୍ଟ୍ୟଂ ସମାଚରେତ୍ ॥ 2 ॥

ଆଚାର୍ଯ୍ୟ ଚାଣକ୍ୟ ଯେପରି ଆଚରଣକୁ ସେପରି ବ୍ୟବହାରର ସପକ୍ଷରେ କହିବାକୁ ଯାଇ କୁହନ୍ତି ଯେ ଉପକାରୀ ସହିତ ଉପକାର, ହିଂସକ ସହିତ ପ୍ରତିହିଂସା କରିବା ଦରକାର । ସେହିପରି ଦୁଷ୍ଟଙ୍କ ସହିତ ଦୁଷ୍ଟ ଭଳି ବ୍ୟବହାର ମଧ୍ୟ କରିବା ଉଚିତ । ଏପରି କଲେ ମଧ୍ୟ କୌଣସି ଦୋଷ ନାହିଁ ।

ଏଥିରୁ ଅର୍ଥ ପ୍ରତିପାଦିତ ହେଉଛି ଯେ ଯେଉଁ ବ୍ୟକ୍ତି ଆପଣଙ୍କର ଉପକାର କରିଛି, ସେ ବ୍ୟକ୍ତି ସହିତ ଆପଣଙ୍କୁ ମଧ୍ୟ ଅନୁରୂପ ଭାବରେ ବ୍ୟବହାର ଦେଖାଇବା କର୍ତବ୍ୟ । ଯେଉଁ ବ୍ୟକ୍ତି ମାଡ଼ ପିଟା-ପିଟି ସ୍ତରକୁ ଓହ୍ଲାଇ ଆସନ୍ତି, ସେ କ୍ଷେତ୍ରରେ ତାହା ସହିତ ମଧ୍ୟ ମାଡ଼ ପିଟା-ପିଟି କରିବା ଦରକାର । ଏପରି ନ କଲେ ତାହାକୁ ଭୀରୁତା ବୋଲି ନ କୁହାଗଲେ ମଧ୍ୟ, ମୂର୍ଖତା ବୋଲି ନିଶ୍ଚିତ ଭାବରେ କୁହାଯିବ । ତେଣୁ ଦୁଷ୍ଟ ସହିତ ଦୁଷ୍ଟତାର ବ୍ୟବହାର କରିବା ଉଚିତ । ତାହା ସହିତ ଭଦ୍ର ବ୍ୟବହାର କରିବା ହେଉଛି ମହାମୂର୍ଖତା । ଉପକାରୀ ସହିତ ଉପକାର, ହିଂସକ ସହ ହିଂସା କରିବା ହେଉଛି ଅତ୍ୟନ୍ତ ବୁଦ୍ଧିମାନର କାର୍ଯ୍ୟ । ଏପରି କଲେ ଦୋଷ ନାହିଁ ।

ତପର ମହିମା :

ଯଦ୍ ଦୂରଂ ଯଦ୍ ଦୁରାରାଧ୍ୟଂ ଯଚ୍ଚ ଦୂରେ ବ୍ୟବସ୍ଥିତମ୍ ।
ତତ୍ସର୍ବଂ ତପସା ସାଧ୍ୟଂ ତପୋ ହି ଦୁରତିକ୍ରମମ୍ ॥ 3 ॥

ଆଚାର୍ଯ୍ୟ ଚାଣକ୍ୟ ତପର ଚର୍ଚ୍ଚା କରିବାକୁ ଯାଇ କୁହନ୍ତି ଯେ ଯେଉଁ ବସ୍ତୁ ଦୂରରେ ଅଛି, ଦୁରାରାଧ ଓ ଦୂରସ୍ଥିତ; ସେସବୁକୁ କେବଳ ତପସ୍ୟା ମାଧ୍ୟମରେ ଲାଭ କରିବା ସହଜ । ତେଣୁ ତପ ସବୁଠାରୁ ପ୍ରବଳ ବସ୍ତୁ ।

ଏଥିରୁ ଅର୍ଥ ପ୍ରତିପାଦିତ ହେଉଛି ଯେ କୌଣସି ବସ୍ତୁ ଯେତେ ଦୂରରେ ରହିଥିଲେ ମଧ୍ୟ, ତାହାକୁ ପ୍ରାପ୍ତ ହେବା ଯେତେ କଠିନ ହେଲେ ମଧ୍ୟ, ଏପରିକି ତାହା ଅପହ□ ସ୍ଥାନରେ ଥିଲେ ମଧ୍ୟ ତାହାକୁ କଠିନ ତପସ୍ୟା ଓ ପରିଶ୍ରମ ଦ୍ୱାରା ତାହାକୁ ପ୍ରାପ୍ତ କରିହେବ । ତେଣୁ ତପସ୍ୟା ହେଉଛି ସବୁଠାରୁ ଶକ୍ତିଶାଳୀ ସାଧନ ।

ଲୋଭଷ୍ଟେଦଗୁଣେନ କିଂ ପିଶୁନତା ଯଦ୍ୟସ୍ତି କିଂ ପତାକୈଃ
ସତ୍ୟଂ ଯତ୍ତପସା ଚ କିଂ ଶୁଚିମନୋ ଯଦ୍ୟସ୍ତି ତୀର୍ଥେନ କିମ୍ ।
ସୌଜନ୍ୟଂ ଯଦି କିଂ ଗୁଣୈଃ ସୁମହିମା ଯଦ୍ୟସ୍ତି କିଂ ମଣ୍ଡନୈଃ
ସଦ୍ୱିଦ୍ୟା ଯଦି କିଂ ଧନୈରପୟଶୋ ଯଦ୍ୟସ୍ତି କିଂ ମୃତ୍ୟୁନା ॥ 4 ॥

ଆଚାର୍ଯ୍ୟ ଚାଣକ୍ୟ ଏଠାରେ ବ୍ୟକ୍ତିଙ୍କ ସମ୍ବନ୍ଧତା ସଂପର୍କରେ ଚର୍ଚ୍ଚା କରିବାକୁ ଯାଇ କୁହନ୍ତି ଯେ ଲୋଭୀଙ୍କର ଅନ୍ୟର ଅବଗୁଣରେ କି କାମ ? ଚୁଗୁଲିଆର ପାପଠାରେ କି କାମ ? ସତ୍ପୁରୁଷଙ୍କର ତପସ୍ୟାରେ କି କାମ ? ମନ ଶୁଦ୍ଧ ଥିଲେ, ତୀର୍ଥରେ କଣ ଅଛି ? ଖ୍ୟାତି ହେବାପରେ କଅଁଳେଇ-ସମ୍ଭାଳି ହୋଇ କହିବାରେ କି କାମ ? ସଦ୍ ବିଦ୍ୟା ଆସିବା ପରେ ଧନରେ କି କାମ ? ବଦନାମ ହେବା ପରେ ମୃତ୍ୟୁ ସହିତ ପୁଣି କି କାମ ?

ଏଥିରୁ ଅର୍ଥ ପ୍ରତିପାଦିତ ହେଉଛି ଯେ ଲୋଭୀ ବ୍ୟକ୍ତି ଗୁଣୀ ବା ଅବଗୁଣୀ ବ୍ୟକ୍ତିକୁ କେବେ ଦେଖେନାହିଁ । ତାହାର ଉଦ୍ଦେଶ୍ୟ ଯଦି କୌଣସି ଦୁଷ୍ଟ ବ୍ୟକ୍ତିଠାରୁ ସ୍ୱାର୍ଥ ସିଦ୍ଧି କରିବାକୁ ରହିଛି, ତେବେ ସେ ତାହାର ପଦଲେହନ କରିବାକୁ ମଧ୍ୟ ପଛାଏ ନାହିଁ । ସେ କେବଳ ନିଜର ସ୍ୱାର୍ଥକୁ ହିଁ ଦେଖିଥାଏ, ଗୁଣୀ ବା ଅବଗୁଣୀ ବ୍ୟକ୍ତିକୁ ନୁହେଁ । ଚୁଗୁଲିଆ କେବେ ପାପକୁ ଭୟ କରି ନଥାଏ । ସେ ଚୁଗୁଲି କରି ଯେ କୌଣସି ପ୍ରକାରର ପାପ କରିପାରେ । ସତ୍ ପୁରୁଷଙ୍କୁ ତପସ୍ୟା କରିବାର ଆବଶ୍ୟକତା ନାହିଁ । ସତ୍ୟ ହିଁ ହେଉଛି ବଡ଼ ତପସ୍ୟା । ମନ ଶୁଦ୍ଧି ରହିଲେ, ବ୍ୟକ୍ତିକୁ ତୀର୍ଥକୁ ଯିବା ବା ନଯିବା ସହିତ କୌଣସି ସମ୍ବନ୍ଧ ନଥାଏ । ଯେଉଁ ବ୍ୟକ୍ତି ସ୍ୱୟଂ ସଜ୍ଜନ, ତାକୁ ଉପଦେଶ ଦେବାରେ କୌଣସି ଆବଶ୍ୟକତା ନାହିଁ । ବ୍ୟକ୍ତି ପାଖରେ ଧନ ରହିଥିଲେ ମଧ୍ୟ ତାହାର ଧନ ସହିତ କି ସଂପର୍କ ? କାରଣ ତା' ପାଇଁ ତ ବିଦ୍ୟା ସବୁଠାରୁ ବଡ଼ ଧନ । ବଦନାମ ହୋଇଥିବା ବ୍ୟକ୍ତିର ମୃତ୍ୟୁ ସହିତ କଣ ବା ସଂପର୍କ ? ବଦନାମୀ ତ ନିଜକୁ ନିଜେ ମୃତ୍ୟୁଠାରୁ ବଡ଼ ହୋଇ ରହିଥାଏ ।

ବିଡ଼ମ୍ବନା :

ପିତା ରତ୍ନାକରୋ ଯସ୍ୟ ଲକ୍ଷ୍ମୀର୍ଯସ୍ୟ ସହୋଦରୀ ।
ଶଂଖୋ ଭିକ୍ଷାଟନଂ କୁର୍ଯାନ୍ନ ଦତ୍ତମୁପତିଷ୍ଠତି ॥ 5 ॥

ଆଚାର୍ଯ୍ୟ ଚାଣକ୍ୟ କୁହନ୍ତି ଯେ ଯାହାର ପିତା ହେଉଛନ୍ତି ରତ୍ନର ଖଣି ସମୁଦ୍ର, ନିଜ ଭଉଣୀ ଲକ୍ଷ୍ମୀ; ଏପରି ଶଂଖ ଭିକ୍ଷା ମାଗୁଛି । ଏହାଠାରୁ ବଳି ବଡ଼ ବିଡ଼ମ୍ବନା ଆଉ କଣ ବା ଅଛି ?

ଏଥିରୁ ଅର୍ଥ ପ୍ରତିପାଦିତ ହେଉଛି ଯେ ଶଂଖର ଜନ୍ମ ସୁମୁଦ୍ରରେ । ତେଣୁ ତାହାର ପିତା ସ୍ୱୟଂ ସମୁଦ୍ର, ଯିଏ କି ରତ୍ନର ଭଣ୍ଡାର । ଧନଦେବୀ ଲକ୍ଷ୍ମୀ ମଧ ତା'ହାର ବଡ଼ ଭଉଣୀ । ଏତେ ସବୁ ହେବାପରେ ମଧ ଯଦି ଶଂଖ ଭିକ୍ଷା ମାଗିଥାଏ, ତେବେ ତାହାକୁ କଣ କୁହାଯିବ ? କେବଳ ତାହାକୁ ଭାଗ୍ୟର ବିଡ଼ମ୍ବନା ବୋଲି ବିଚାର କରିବାକୁ ହେବ ।

ନିରୁପାୟତା :

ଅଶବତସ୍ତୁଭବେତ୍ସାଧୁବ୍ରହ୍ମଚାରୀ ଚ ନିର୍ଦ୍ଧନଃ ।
ବ୍ୟାଧିଷ୍ଟୋ ଦେବଭକ୍ତଶ୍ଚ ବୃଦ୍ଧାନାରୀ ପତିବ୍ରତା ॥ 6 ॥

ଆଚାର୍ଯ୍ୟ ଚାଣକ୍ୟ ବାଧବାଧକତାର ଦଶାରେ ବ୍ୟକ୍ତିର ପକ୍ଷକୁ ରଖି କୁହନ୍ତି ଯେ ଶକ୍ତିହୀନ ବ୍ୟକ୍ତି ସାଧୁ ହୋଇଯାନ୍ତି, ନିର୍ଦ୍ଧନ ବ୍ରହ୍ମଚାରୀ ହୋଇଯାନ୍ତି, ରୋଗୀ ଭକ୍ତ ହୋଇ ଉଠନ୍ତି ଓ ବୃଦ୍ଧା ସ୍ତ୍ରୀ ପତିବ୍ରତା ହୋଇ ଉଠନ୍ତି ।

ଏଥିରୁ ଅର୍ଥ ନିଷ୍ପନ୍ନ ହୋଇଥାଏ ଯେ ଦୁନିଆରେ ଅଧିକାଂଶ ଦୁର୍ବଳ ବ୍ୟକ୍ତି ସାଧୁ ହୋଇ ଉଠନ୍ତି, ଗରିବଲୋକ ବିଚରା ବିବଶତା ବଶତଃ ବ୍ରହ୍ମଚାରୀ ହୋଇଉଠେ, ରୋଗୀବ୍ୟକ୍ତି ଭଗବାନଙ୍କ ଭକ୍ତ ହୋଇ ପୂଜାର୍ଚ୍ଚନାରେ ବ୍ୟସ୍ତ ରୁହେ ଏବଂ ପ୍ରତ୍ୟେକ ବୁଢ଼ୀ ସ୍ତ୍ରୀ ପତିବ୍ରତା ହୋଇ ଉଠନ୍ତି । ଅର୍ଥାତ୍ ଏସବୁ ଗୁଡ଼ିକ ହେଉଛି କେବଳ ନିରୁପାୟତାର କାର୍ଯ୍ୟ ।

ମାଁ ଠାରୁ ବଡ଼ କିଏ ?

ନାନ୍ନୋଦକସମଂ ଦାନଂ ନ ତିଥିର୍ଦ୍ୱାଦଶୀ ସମା ।
ନ ଗାୟତ୍ର୍ୟାଃ ପରୋ ମନ୍ତ୍ରୋ ନ ମାତୁର୍ଦୈବତଂ ପରମ୍ ॥ 7 ॥

ଆଚାର୍ଯ୍ୟ ଚାଣକ୍ୟ ମାଁଙ୍କ ସ୍ଥାନକୁ ସର୍ବୋପରି ବୋଲି ସ୍ୱୀକାର କରି କୁହନ୍ତି ଯେ ଅନ୍ନ ଓ ଜଳର ଦାନ ପରି କୌଣସି ଦାନ ନାହିଁ । ଦ୍ୱାଦଶୀ ପରି କୌଣସି ତିଥି ନାହିଁ । ଗାୟତ୍ରୀ ଠାରୁ ଆଉ କୌଣସି ମନ୍ତ୍ର ବଡ଼ ନାହିଁ । ଏବଂ ସେହିପରି ମା' ଠାରୁ ଆଉ କୌଣସି ବଡ଼ ଦେବତା ନାହିଁ ।

ଏଥିରୁ ଅର୍ଥ ପ୍ରତୀତ ହେଉଛି ଯେ ଅନ୍ନ ଓ ଜଳଦାନ ହେଉଛି ସଂସାରରେ ସବୁଠାରୁ ମହତ୍ୱପୂର୍ଣ୍ଣ ଦାନ । ଦ୍ୱାଦଶୀ ହେଉଛି ସବୁଠାରୁ ବଡ଼ ତଥା ପବିତ୍ର ତିଥି ଓ ସେହି ତିଥିପରି ଆଉ କୌଣସି ତିଥି ନାହିଁ । ସବୁମନ୍ତ୍ରଠାରୁ ଗାୟତ୍ରୀ ମନ୍ତ୍ର ହେଉଛି ବଡ଼ ମନ୍ତ୍ର । ସେହି କ୍ରମରେ ମାଁ ହିଁ ହେଉଛନ୍ତି ସବୁ ଦେବତାଙ୍କଠାରୁ ବଡ଼ ଦେବତା ।

ଦୁଷ୍ଟତା :

ତକ୍ଷକସ୍ୟ ବିଷଂ ଦନ୍ତେ ମକ୍ଷିକାୟା ମୁଖେ ବିଷମ୍ ।
ବୃଶ୍ଚିକସ୍ୟ ବିଷଂ ପୁଚ୍ଛେ ସର୍ବାଂଗେ ଦୁର୍ଜନେ ବିଷମ୍ ॥ 8 ॥

ଆଚାର୍ଯ୍ୟ ଚାଣକ୍ୟ ଦୁଷ୍ଟତାକୁ ସବୁଠାରୁ ବଡ଼ ଦୁର୍ବଳତା ବୋଲି ବୁଝାଇବାକୁ ଯାଇ କୁହନ୍ତି ଯେ ସର୍ପ ଦାନ୍ତରେ ବିଷ ରହିଥାଏ, ମାଛିର ମୁଣ୍ଡରେ, ବିଛାର ଲାଞ୍ଜରେ ତଥା ଦୁଷ୍ଟଲୋକର ସର୍ବାଂଗରେ ବିଷ ରହିଥାଏ ।

ଏଠାରେ ଅର୍ଥ ପ୍ରତିପାଦିତ ହେଉଛି ଯେ ସାପର କେବଳ ଦାନ୍ତରେ ବିଷ ରହିଥାଏ । ସେହିପରି ମାଛିର ମୁଣ୍ଡରେ, ବିଛାର ଲାଞ୍ଜରେ ମଧ୍ୟ ବିଷ ରହିଥାଏ । ମାତ୍ର ଦୁଷ୍ଟଲୋକ ଏମାନଙ୍କ ମଧ୍ୟରେ ସବୁଠାରୁ ବଳି ଭୟଂକର । କାରଣ ଏହି ଦୁଷ୍ଟଲୋକଙ୍କ ସର୍ବାଂଗ ଶରୀରରେ ହିଁ ବିଷ ରହିଥାଏ । ଏଣୁ ଦୁଷ୍ଟଙ୍କଠାରୁ ସଦୈବ ଦୂରରେ ରହିବା ଉଚିତ ।

କୁପତ୍ନୀ :

ପତ୍ୟୁରାଜ୍ଞାଂ ବିନା ନାରୀ ଉପୋଷ୍ୟ ବ୍ରତଚାରିଣୀ
ଆୟୁଷ୍ୟ ହରତେ ଭର୍ତ୍ତୁଃ ସା ନାରୀ ନରକଂ ବ୍ରଜେତ୍ ॥ 9 ॥

ଆଚାର୍ଯ୍ୟ ଏଠାରେ କୁପତ୍ନୀଙ୍କ ଚର୍ଚ୍ଚା କରିବାକୁ ଯାଇ କୁହନ୍ତି ଯେ ନିଜ ସ୍ୱାମୀଙ୍କ ଆଜ୍ଞା ବିନା ଉପବାସ ବା ବ୍ରତ କରୁଥିବା ପତ୍ନୀ ପତିର ଆୟୁଷକୁ ହରଣ କରିଥାଏ । ଏପରି ସ୍ତ୍ରୀ ଶେଷରେ ନର୍କକୁ ଗତି କରିଥାଏ ।

ଏଥିରୁ ଅର୍ଥ ପ୍ରତୀୟମାନ ହୋଇଉଠେ ଯେ ପତିଙ୍କ ବିନା ଆଜ୍ଞାରେ ପତ୍ନୀ କୌଣସି ପ୍ରକାରର ବ୍ରତ ବା ଉପବାସ କରିବା ଉଚିତ ନୁହେଁ । ଏପରି କରିବା ଦ୍ୱାରା ପତିର ଆୟୁଷ କମି ଯାଇଥାଏ । ଅର୍ଥାତ୍ ଏପରି କରିବା ଫଳରେ ପତ୍ନୀକୁ ଯେଉଁ ପାପ ଲାଗେ, ତାହା ଫଳରେ ପତିର ମୃତ୍ୟୁ ହୋଇଥାଏ । ଏପରି ସ୍ତ୍ରୀ ନିଜ ମୃତ୍ୟୁ ପରେ ନର୍କଗାମୀ ହୋଇଥାନ୍ତି ।

ପତି ପରମେଶ୍ୱର :

ନ ଦାନୈଃ ଶୁଦ୍ଧ୍ୟତେ ନାରୀ ନୋପବାସଶତୈରପି ।
ନ ତୀର୍ଥସେବୟା ତଦ୍ୱଦ୍ ଭର୍ତ୍ତୁଃ ପଦୋଦକୈର୍ୟଥା ॥ 10 ॥

ଆଚାର୍ଯ୍ୟ ଚାଣକ୍ୟ କୁହନ୍ତି ଯେ ସ୍ତ୍ରୀ ଦାନ କରିବା ଦ୍ୱାରା, ହଜାରେ ବ୍ରତ କରିବା ଦ୍ୱାରା ବା ତୀର୍ଥ ଯାତ୍ରା କରିବା ଦ୍ୱାରା ସେପରି ଶୁଦ୍ଧ ହୋଇ ପାରି ନଥାନ୍ତି, ଯେପରି ନିଜ ପତିଙ୍କ ପାଦ ଧୋଇ ପ୍ରାପ୍ତ ଜଳକୁ ସେବନ କରିବା ଫଳରେ ଶୁଦ୍ଧ ହୋଇଥାନ୍ତି ।

ଏଥିରୁ ଅର୍ଥ ପ୍ରତିପାଦିତ ହୋଇଥାଏ ଯେ ପତ୍ନୀଙ୍କ ପାଇଁ ପତି ହିଁ ସବୁକିଛି । ଏଣୁ ତାଙ୍କରି ଆଜ୍ଞାକୁ ପୂର୍ଣ୍ଣ ମାତ୍ରାରେ ପାଳନ କରିବା ଦରକାର । ତାଙ୍କ ଇଚ୍ଛା ବିରୁଦ୍ଧରେ କୌଣସି ପ୍ରକାରର ବ୍ରତ, ତପ ଓ ଅନୁଷ୍ଠାନର ଆୟୋଜନ କରିବା ଉଚିତ ନୁହେଁ ।

ବ୍ରାହ୍ମଣମାନଙ୍କର ଗୁରୁ ହେଉଛନ୍ତି ଅଗ୍ନି । ଅନ୍ୟାନ୍ୟ ବର୍ଣ୍ଣର ଗୁରୁ ହେଉଛନ୍ତି ବ୍ରାହ୍ମଣ । ସ୍ତ୍ରୀଲୋକମାନଙ୍କର ଏକମାତ୍ର ଗୁରୁ ହେଉଛନ୍ତି ପତି । ମାତ୍ର ଅତିଥି ହେଉଛନ୍ତି ସମସ୍ତଙ୍କର ଗୁରୁ । ଏହି କାରଣରୁ **'ଅତିଥି ଦେବୋ ଭବ'**ର ଉପଦେଶ ସଚରାଚର ଶୁଣା ଯାଇଥାଏ ।

ଭାରତୀୟ ସଂସ୍କୃତିର ଆଦର୍ଶ ହେଉଛି ଯେ ସ୍ତ୍ରୀଲୋକଙ୍କୁ ସର୍ବଶ୍ରେଷ୍ଠ ମହତ୍ତ୍ୱ ପ୍ରଦାନ କରିବା । ତେଣୁ କୁହାଯାଇଛି ଯେ **'ଯତ୍ର ନାର୍ୟ୍ୟେସ୍ତୁ ପୁଜ୍ୟନ୍ତେ ରମନ୍ତେ ତତ୍ର ଦେବତାଃ'** । ଅର୍ଥାତ୍ ଯେଉଁଠାରେ ନାରୀଙ୍କୁ ପୂଜା କରାଯାଏ, ସେଠାରେ ଦେବତାମାନେ ବାସ କରନ୍ତି ।

ପରନ୍ତୁ ସ୍ତ୍ରୀଙ୍କ ପାଇଁ ତାଙ୍କର ପତି ହିଁ ଦେବତା । ଏହିଥି ପାଇଁ ପତିପରାୟଣା ଭାରତୀୟ ନାରୀଙ୍କ ନିକଟରେ ତାଙ୍କର ପତି-ଦେବତାଙ୍କଠାରୁ ବଳି ଅନ୍ୟ କୌଣସି ବଡ଼ ଦେବତା ନାହିଁ । ଏଣୁ ସାବିତ୍ରୀ ନିଜ ପତି ସେବାର ବଳ ଉପରେ ହିଁ ଯମରାଜାଙ୍କ ଠାରୁ ନିଜର ପତି ସତ୍ୟବାନଙ୍କୁ ଫେରାଇ

ଆଣି ପାରିଥିଲେ । ଭଗବତୀ ସୀତା ମଧ୍ୟ ରାଜମହଲର ଭୋଗ ବିଳାସକୁ ତ୍ୟାଗ କରି ନିଜ ସ୍ୱାମୀଙ୍କ ସହିତ ଦୀର୍ଘ ଚଉଦ ବର୍ଷ ବଣରେ ନିବାସ କରିଥିଲେ ତଥା ଅପହରଣ ପରି ଅନେକ ପ୍ରକାରର ଯାତନା ଭୋଗ କରିଥିଲେ । ସେସବୁର ଉଦ୍ଦେଶ୍ୟ ଥିଲା ମାତ୍ର ଗୋଟିଏ, ତାହା ହେଉଛି ପତିସେବା । ଏହି ସବୁ କାରଣରୁ ପତିଙ୍କୁ ପରମେଶ୍ୱର ବୋଲି କୁହା ଯାଇଛି ।

ସୁନ୍ଦରତା :

ଦାନେନ ପାଣିର୍ନ ତୁ କଂକଣେନ ସ୍ନାନେନ ଶୁଦ୍ଧିର୍ନ ତୁ ଚନ୍ଦନେନ ।
ମାନେନ ତୃପ୍ତିର୍ନ ତୁ ଭୋଜନେନ ଜ୍ଞାନେନ ମୁକ୍ତିର୍ନ ତୁ ମଣ୍ଡନେନ ॥ 11 ॥

ଆଚାର୍ଯ୍ୟ ଚାଣକ୍ୟ ଏଠାରେ ପ୍ରକୃତ ସୁନ୍ଦରତାର ଚର୍ଚ୍ଚା କରିବାକୁ ଯାଇ କୁହନ୍ତି ଯେ ଦାନ ଦେବା ଫଳରେ ହାତଦ୍ୱୟର ସୁନ୍ଦରତା ପ୍ରକାଶ ପାଇଥାଏ, ମାତ୍ର କଂକଣ ଧାରଣ କରିବା ଫଳରେ ନୁହେଁ । ଶରୀର ସ୍ନାନ କରିବା ଫଳରେ ଶୁଦ୍ଧ ହୋଇଥାଏ, ଚନ୍ଦନ ଲଗାଇବା ଫଳରେ ନୁହେଁ । ମାନରେ ତୃପ୍ତି ପ୍ରଫୁଲ୍ଲିତ ହୋଇ ଉଠେ, ଭୋଜନରେ ନୁହେଁ । ମୋକ୍ଷ ଜ୍ଞାନରୁ ମିଳିଥାଏ, କେବେ ଶୃଙ୍ଗାରରେ ନୁହେଁ ।

ଏଠାରେ ଅର୍ଥ ପ୍ରତିପାଦିତ ହେଉଛି ଯେ ପ୍ରକୃତ ସୁନ୍ଦରତା ଦାନ ଦେବାରେ ହିଁ ରହିଛି । ସୁନା-ଚାନ୍ଦିର ଗହଣା ପିନ୍ଧିବା ଫଳରେ ହାତର ସୌନ୍ଦର୍ଯ୍ୟ ବୃଦ୍ଧି ପାଏ ବୋଲି କୁହା ଯାଏନାହିଁ । ଶରୀର ଗାଧୋଇବା ଫଳରେ ସ୍ୱଚ୍ଛ ଓ ପରିଷ୍କାର ରୁହେ; ତେଲ,ଚନ୍ଦନ ପ୍ରଭୃତି ସୁବାସିତ ଦ୍ରବ୍ୟ ଲଗାଇବା ଦ୍ୱାରା ନୁହେଁ । ସଜ୍ଜନମାନେ ସମ୍ମାନରେ ସନ୍ତୁଷ୍ଟ ହୋଇଥାନ୍ତି, ଭୋଜନରେ ନୁହେଁ । ଠିକ୍ ସେହିପରି ମୋକ୍ଷ କେବଳ ଜ୍ଞାନରୁ ମିଳିଥାଏ, କେବେ ସାଜ-ସଜ୍ଜା ବା ଶୃଙ୍ଗାରିକତାରେ ନୁହେଁ । ଏଠାରେ ଅନ୍ତଃ ସୌନ୍ଦର୍ଯ୍ୟ ପ୍ରତି ଯତ୍ନଶୀଳ ହେବାପାଇଁ କୁହାଯାଇଛି ।

ଶୋଭା :

ନାପିତସ୍ୟ ଗୃହେ କ୍ଷୌରଂ ପାଷାଣେ ଗନ୍ଧଲେପନମ୍ ।
ଆତ୍ମାରୂପଂ ଜଲେ ପଶ୍ୟନ୍ ଶକ୍ରସ୍ୟାପି ଶ୍ରିୟଂ ହରେତ୍ ॥ 12 ॥

ଆଚାର୍ଯ୍ୟ ଚାଣକ୍ୟ କୁହନ୍ତି ଯେ ନାପିତ ଗୃହରେ କେଶ କାଟିବା, ପଥରରେ ଘର୍ଷଣ ହୋଇଥିବା ଚୁହା-ଚନ୍ଦନାଦିକୁ ଲଗାଇଲେ ତଥା ଜଳରେ ନିଜର ମୁହଁକୁ ଦେଖିଲେ ଇନ୍ଦ୍ରଙ୍କର ମଧ୍ୟ ଶୋଭା ନଷ୍ଟ ହୋଇ ଯାଇଥାଏ ।

ଏଠାରେ ଅର୍ଥ ପ୍ରତୀତ ହେଉଛି ଯେ ବାରିକ ଘରକୁ ଯାଇ ବାଳ-ଦାଢ଼ି ଆଦି କାଟିବା ଉଚିତ ନୁହେଁ । ପଥରରେ ଲଗା ଯାଇଥିବା ସୁବାସିତ ତେଲ ବା ଚନ୍ଦନକୁ ପୁନଶ୍ଚ ଦେହରେ ଲଗାଇବା ଉଚିତ ନୁହେଁ । ନିଜ ମୁହଁକୁ ପାଣିରେ ଦେଖିବା ଅନୁଚିତ । ଏପରି କରିବା ଦ୍ୱାରା ସମସ୍ତଙ୍କର ସୌନ୍ଦର୍ଯ୍ୟତା ନଷ୍ଟ ହୋଇ ଯାଇଥାଏ ।

"ନାପିତସ୍ୟ ଗୃହେ କ୍ଷୌରଂ ପାଷାଣେ ଗନ୍ଧଲେପନମ୍ ।
ଆତ୍ମାରୂପଂ ଜଲେ ପଶ୍ୟନ୍ ଶକ୍ରସ୍ୟାପି ଶ୍ରିୟଂ ହରେତ୍ ॥"

ଉପରୋକ୍ତ ଏହି ଶ୍ଳୋକରେ ଆଚାର୍ଯ୍ୟ ଚାଣକ୍ୟ କେତେକ ନିଷେଧାତ୍ମକ କାର୍ଯ୍ୟ ପ୍ରତି ବିହିତ ସୂଚନା ପ୍ରଦାନ କରିଛନ୍ତି । ସେ କହିଛନ୍ତି ଯେ ବାରିକ ଘରକୁ ଯାଇ ବାଳ କାଟିବା, ପଥର ଦେହରେ

ଲାଗିଥିବା ସୁବାସିତ ତେଲ ବା ଚନ୍ଦନକୁ ପୁନଶ୍ଚ ଦେହରେ ଲଗାଇବା ଓ ଜଳରେ ନିଜ ମୁହଁକୁ ଦେଖିବା ସର୍ବଦୈବ ଅନୁଚିତ । କାରଣ ଏପରି କରିବା ଦ୍ୱାରା ଏହି କାର୍ଯ୍ୟ କରୁଥିବା ବ୍ୟକ୍ତିର ସଂପ□ ତଥା ଲକ୍ଷ୍ମୀ ନଷ୍ଟ ହୋଇ ଯାଇଥାଏ ।

ଏଥିରୁ ଅର୍ଥର ନିଷ୍କର୍ଷ ଘଟିଥାଏ ଯେ ନୀତିକାରମାନେ ଏହି ଶ୍ଳୋକରେ ବହୁତ ମନୋବୈଜ୍ଞାନିକ ବିଶ୍ଳେଷଣର ଆଧାର ଉପରେ ନିଜର ଅଭିମତ ବ୍ୟକ୍ତ କରିଛନ୍ତି । କ୍ଷୌର କର୍ମ ସମୟାନୁସାରେ ଆବଶ୍ୟକ ହୋଇଥାଏ । ଏଣୁ ତାଙ୍କ ଘରକୁ ଗଲେ ନିଶ୍ଚିତ ଭାବରେ ବିଳମ୍ବ ଘଟିବ । ସେତେବେଳେ ବାରିକ ମଧ ଠିକ୍ ସେତିକି ବେଳେ କୌଣସି କାର୍ଯ୍ୟରେ ବ୍ୟସ୍ତ ଥାଇ ପାରନ୍ତି । ବ୍ୟର୍ଥ ସମୟ ଅତିବାହିତ କରିବା ଅପେକ୍ଷା ନିଶ୍ଚିତ ସମୟ ଓ ସ୍ଥାନରେ କ୍ଷୌର କର୍ମ କରିନେବା ବିଧେୟ ।

ମୂର୍ତ୍ତି ପୂଜାରେ ମୂର୍ତ୍ତିରେ ପ୍ରାଣ-ପ୍ରତିଷ୍ଠା ପରେ ଦେବ-ବୁଦ୍ଧି ଓ ଭାବନା ଉପରେ ଗନ୍ଧାକ୍ଷତ ଅର୍ପଣ କରାଯାଇଥାଏ । କେବଳ ପଥରରେ ତାହା ଲଗା ଯିବାର କିଛି ଯଥାର୍ଥତା ନାହିଁ । ସେହିପରି ଜଳରେ ନିଜ ମୁହଁର ସ୍ପଷ୍ଟ ରୂପ ଜଣା ପଡୁନଥିବାରୁ ତାହା ଭ୍ରମ ହୋଇପାରେ । ଏହି କାରଣରୁ ଜଳରେ ଦୃଶ୍ୟମାନ ରୂପର ପ୍ରାମାଣିକତା କିଛି ନଥାଏ । ତେଣୁ ଏହି ତିନିଗୋଟି କାର୍ଯ୍ୟ କେବଳ ତାହାର ଅପ୍ରାମାଣିକତା ଅନୁସାରେ ନଷ୍ଟ ହୋଇ ଯାଇଥାଏ ।

ସଦ୍ୟଃ ପ୍ରଜ୍ଞାହରା ତୁଣ୍ଡି ସଦ୍ୟଃ ପ୍ରଜ୍ଞାକରୀ ବଚା ।
ସଦ୍ୟଃ ଶକ୍ତିହରା ନାରୀ ସଦ୍ୟଃ ଶକ୍ତିକରଂ ପୟଃ ॥ 13 ॥

ଆଚାର୍ଯ୍ୟ ଚାଣକ୍ୟ କୁହନ୍ତି ଯେ ତୁଣ୍ଡୀର ସେବନ ଫଳରେ ବୁଦ୍ଧି ତତ୍କାଳ ନଷ୍ଟ ହୋଇଯାଏ, ବଚର ସେବନ ଫଳରେ ବୁଦ୍ଧିର ଶୀଘ୍ର ବିକାଶ ଘଟେ । ସ୍ତ୍ରୀଙ୍କ ସହ ସଂଭୋଗ କଲେ ଶକ୍ତି ତତ୍କାଳ ନଷ୍ଟ ହୋଇଯାଏ, ଦୁଧ ପାନ କଲେ ହରାଇଥିବା ଶକ୍ତି ପୁନଶ୍ଚ ଫେରିଆସେ । ଏଥିରୁ ସ୍ପଷ୍ଟ ହେଉଛି ଯେ ତୁଣ୍ଡି ହେଉଛି ବୁଦ୍ଧି ନାଶକ ଓ ବଚ ବୁଦ୍ଧି ବର୍ଦ୍ଧକ । ସ୍ତ୍ରୀ ବଳ ନାଶକ ଓ ଦୁଧ ବଳବର୍ଦ୍ଧକ । ଏଣୁ ସ୍ତ୍ରୀ ଓ ତୁଣ୍ଡୀ ଦ୍ୱାରା ହେଉଥିବା କ୍ଷତି କେବଳ ବଚ ଓ ଦୁଧର ସେବନ ଦ୍ୱାରାହିଁ ହୋଇ ପାରିବ ।

ସୁଗୃହିଣୀର ମହିମା :

ଯଦି ରାମା ଯଦି ଚ ରମା ଯଦି ତନୟୋ ବିନୟଗୁଣୋପେତଃ ।
ତନୟୋ ତନୟୋତ୍ପତ୍ତିଃ ସୁଖରରନଗରେ କିମାଧିକ୍ୟମ୍ ॥ 14 ॥

ଆଚାର୍ଯ୍ୟ ଚାଣକ୍ୟ କୁହନ୍ତି ଯାହାର ଗୃହରେ ଶୁଭ ଲକ୍ଷଣ ସଂପନ୍ନା ସ୍ତ୍ରୀ ରହିଛନ୍ତି, ଧନ-ସଂପତି ଅଛି, ବିନମ୍ର ଗୁଣବାନ ପୁତ୍ର ଅଛନ୍ତି ଓ ପୁତ୍ରର ପୁତ୍ର ମଧ ଅଛନ୍ତି, ତେବେ ସ୍ୱର୍ଗଲୋକର ସୁଖ ଏହି ଗୃହର ସୁଖ ଠାରୁ ଆଦୌ ବଡ଼ ନୁହେଁ ।

ଏଥିରୁ ଅର୍ଥ ପ୍ରତୀତ ହେଉଛି ଯେ ଯେଉଁ ଘରେ ସୁଶୀଳ, ସୁନ୍ଦର ଓ ସୁଲକ୍ଷଣ ସଂପନ୍ନା ସ୍ତ୍ରୀ ଅଛନ୍ତି, ଧନର ପ୍ରାଚୁର୍ଯ୍ୟ ରହିଛି, ପୁତ୍ର ମାତା-ପିତାଙ୍କ ଆଜ୍ଞାକାରୀ ହେବା ସହିତ ପୁତ୍ରଙ୍କ ପୁତ୍ର ମଧ ଥିବ ଅର୍ଥାତ ନାତି ଥିବ; ଏପରି ଘର ପୃଥିବୀରେ ହିଁ ସ୍ୱର୍ଗ ସମାନ ବୋଲି ବୁଝିବାକୁ ପଡ଼ିବ । ସ୍ୱର୍ଗରେ ମଧ ସୁଖ ଏହାଠାରୁ ଅଧିକ ନୁହେଁ ।

ଗୁଣହୀନ ବ୍ୟକ୍ତି ପଶୁ ସମାନ :

ଆହାରନିଦ୍ରା ଭୟ ମୈଥୁରାନି ସମାନି ଚୈତାନି ନୃଣାଂ ପଶୂନାମ୍ ।
ଜ୍ଞାନେ ନରାଣାମଧିକୋ ବିଶେଷୋ ଜ୍ଞାନେନ ହୀନା ପଶୁଭିଃ ସମାନାଃ ॥ 15 ॥

ଆଚାର୍ଯ୍ୟ ଚାଣକ୍ୟ କୁହନ୍ତି ଭୋଜନ, ନିଦ୍ରା, ଭୟ ତଥା ମୈଥୁନ- ଏହି ସବୁ କଥା ମଣିଷ ଓ ପଶୁଙ୍କ ମଧ୍ୟରେ ସମାନ ଭାବରେ ଦେଖା ଯାଇଥାଏ, ହେଲେ ଜ୍ଞାନ କେବଳ ମନୁଷ୍ୟ ନିକଟରେ ହିଁ ମିଳିଥାଏ । ଏଣୁ ଜ୍ଞାନ ରହିତ ମନୁଷ୍ୟକୁ ପଶୁ ବୋଲି ମନେ କରିବା ଉଚିତ ।

ଏଥିରୁ ଅର୍ଥ ପ୍ରତିପାଦିତ ହେଉଛି ଯେ ଭୋଜନ କରିବା, ନିଦ ଲାଗିବା ମାତ୍ରେ ଶୋଇଯିବା, କୌଣସି ଭୟଂକର ବସ୍ତୁ ପ୍ରତି ଭୟ ପ୍ରକାଶ ପାଇବା ତଥା ମୈଥୁନ କରି ସନ୍ତାନ ଜନ୍ମ କରିବା- ଏହି ସବୁ କଥା ମଣିଷ ମାନଙ୍କଠାରେ ମିଳିଥାଏ ଓ ପଶୁମାନଙ୍କଠାରେ ମଧ୍ୟ । କିନ୍ତୁ ଭଲ-ମନ୍ଦର ଜ୍ଞାନ ବା ବିଦ୍ୟାର ପ୍ରୟୋଗାତ୍ମକ ଜ୍ଞାନ କେବଳ ମନୁଷ୍ୟଙ୍କଠାରେ ହିଁ ଦେଖା ଯାଇଥାଏ; ପଶୁଙ୍କ ପାଖରେ ନୁହେଁ । ଏଣୁ ଯେଉଁ ମନୁଷ୍ୟ ନିକଟରେ ଜ୍ଞାନ ନାହିଁ, ତାକୁ ପଶୁ ବୋଲି ମନେ କରିବା ଦରକାର ।

ଦାନାର୍ଥିନୋ ମଧୁକରା ଯଦି କର୍ଣ୍ଣତାଳୈ
ଦୂରୀକୃତା କରିବରେଣ ମଦାନ୍ଧବୁଦ୍ଧ୍ୟା ।
ତସୈବ ଗଂଡଯୁଗମଂଡନହାନିରେବ
ଭୃଂଗାଃ ପୁନର୍ବିକଚପଦ୍ମବନେ ବସନ୍ତି ॥ 16 ॥

ଏଠାରେ ଆଚାର୍ଯ୍ୟ ଚାଣକ୍ୟ କୁହନ୍ତି ଯେ ମତ୍‌ତାନ୍ଧ ମୂର୍ଖ ହାତୀ ତା' କାନ ପଖରେ ଗୁଣୁ ଗୁଣୁ କରୁଥିବା ଭ୍ରମରକୁ କାନ ହଲେଇ ଉଡ଼ାଇ ଦେଲା । ଏଥିରେ ଭ୍ରମରର କଣ କ୍ଷତି ହେଲା ? ବରଂ ହାତୀର ଗଣ୍ଡସ୍ଥଳର ଶୋଭା କମିଗଲା । ଭ୍ରମର ତ ପୁଣି କମଳବଣକୁ ଉଡ଼ି ଚାଲିଗଲା ।

ଏଥିରୁ ଅର୍ଥ ପ୍ରତୀତ ହେଉଛି ଯେ ଯବାନ ହାତୀର କାନରୁ ମିଠାମଳ ବାହାରି ଥାଏ, ଯାହା ଉପରେ ଭ୍ରମର ଉଡ଼ି ବୁଲେ । ଏହି ଭ୍ରମର ହାତୀର ସୌନ୍ଦର୍ଯ୍ୟ କୁ ବୃଦ୍ଧି କରିଥାଏ । ମାତ୍ର ମୂର୍ଖ ହାତୀ କାନକୁ ଫଡ଼ଫଡ଼ କରି ତାକୁ ଉଡ଼େଇ ଦେଲା । ଫଳରେ ହାତୀର ସୁନ୍ଦରତାରେ ହ୍ରାସ ଘଟିଲା, ହେଲେ ଭ୍ରମରର କିଛି କ୍ଷତି ହେଲା ନାହିଁ । ସେ ତ ପୁଣି କେଉଁ ପଦ୍ମ-ପୋଖରୀକୁ ଚାଲି ଯିବ । ଯଦି ମୂର୍ଖଲୋକ ଗୁଣୀଲୋକକୁ ଆଦର ନ କରେ, ତେବେ ଗୁଣୀ ଲୋକର କିଛି କ୍ଷତି ହୁଏ ନାହିଁ । ତାଙ୍କୁ ଆଦର କରିବା ପାଇଁ ଆଉ ଅନ୍ୟ ଲୋକ ମିଳିଯିବେ । କିନ୍ତୁ ମୂର୍ଖକୁ ଗୁଣୀ ଲୋକ ମିଳିବେ ନାହିଁ ।

ପରଦୁଃଖ କାତରତା :

ରାଜା ବେଶ୍ୟା ଯମଷ୍ଟଗ୍ନିଃ ଚୌରାଃ ବାଳକ ଯାଚକାଃ ।
ପରଦୁଃଖଂ ନ ଜାନନ୍ତି ଅଷ୍ଟମୋ ଗ୍ରାମକଂଟକାଃ ॥ 17 ॥

ଆଚାର୍ଯ୍ୟ ଚାଣକ୍ୟ କୁହନ୍ତି ଯେ ରାଜା, ବେଶ୍ୟା, ଯଜମାନ, ଅଗ୍ନି, ଚୋର, ବାଳକ, ଯାଚକ ଓ ଗ୍ରାମକଂଟକ- ଏହି ଆଠଜଣ ବ୍ୟକ୍ତି ଦୁଃଖକୁ ବୁଝି ପାରନ୍ତି ନାହିଁ ।

ଏଠାରେ ଅର୍ଥ ପ୍ରତିପାଦିତ ହେଉଛି ଯେ ରାଜା, ବେଶ୍ୟା, ଯମରାଜ, ଅଗ୍ନି, ଚୋର, ପିଲା, ଭିକାରୀ, ଲୋକମାନଙ୍କୁ ପରସ୍ପର ମଧ୍ୟରେ ଲଢ଼ିବାକୁ ମତେଇ ଦେଇ ତାମ୍‌ସା ଦେଖୁଥିବା ଲୋକ- ଏହି ଆଠଜଣ ଲୋକ କେବେ ଦୁଃଖକୁ ବୁଝି ପାରନ୍ତି ନାହିଁ । ରାଜା ପ୍ରଥମରୁ ହିଁ ଦୁଃଖ କଣ ବୋଲି ଜାଣି ନଥାନ୍ତି । କାରଣ 'ଜାକେ ପୈର ନ ପଡ଼ି ବିବାଇ, ସୋ କ୍ୟା ଜାନେ ପୀର ପରାଇ' ରୂପକ କଥାଟି ପୂରା ଷୋଳ ଅଣା ସତ । ଯିଏ ଦୁଃଖକୁ ଜାଣି ନାହିଁ; ସେ ବା ଅନ୍ୟର ଦୁଃଖକୁ କିପରି ବୁଝିବେ । ତାହା ସହିତ ରାଜାଙ୍କୁ ରାଜକାର୍ଯ୍ୟ ଚଳାଇବାପାଇଁ ବେଳେ ବେଳେ କଠୋର ହେବାକୁ ପଡ଼ିଥାଏ ।

ସେହିପରି ଗୋଟିଏ ବେଶ୍ୟାର ଅନ୍ୟର ସୁଖ-ଦୁଃଖ ସାଙ୍ଗରେ କଣ ମତଲବ ? ଅନ୍ୟର ଘର ଭାଂଗୁ ବା ରହୁ, କିଏ ମରୁ ବା କିଏ ବଂଚୁ, ତାକୁ ତ କେବଳ ତା' ବେପାର କରିବା ଦରକାର ଓ ତା' ବଦଳରେ ମଧ ତାକୁ ପଇସା ଦରକାର । ଯମରାଜ ମଧ ଅତ୍ୟନ୍ତ ନିଷ୍ଠୁର । କିଏ କାନ୍ଦୁ ବା କିଏ ଶୋକ କରୁ, ସେ ତ ତାଙ୍କ କରିବେ । ସେହିପରି ଛୋଟ ପିଲା ତା' ମାଁ-ବାପାର ଦୁଃଖକୁ କଣ ବା ବୁଝିବ ? ସେ ତ କେବଳ ଜିଦି ଧରିବା ଜାଣିଛି ଓ ଜିଦି ପୂରଣ ନ ହେଲେ କାନ୍ଦିବା ଜାଣିଛି । ସେହିପରି ଭିକାରୀ ଭିକ ମାଗିବାପାଇଁ ସମସ୍ତଙ୍କ ନିକଟରେ ହାତ ପତେଇଦିଏ । ସେ ସେତେବେଳେ ଚିନ୍ତା କରି ନଥାଏ ଯେ ସେ ଯାହାକୁ ମାଗୁଛି, ତା' ପାଖରେ ଦେବାକୁ କିଛି ଅଛି ନା ନାହି: ? ଆଉ ଯେଉଁଲୋକ ପରସ୍ପର ମଧରେ ଲଢ଼େଇ ଲଗାଇ ଦେଇ ମଝିରେ ବସି ତାମ୍‌ସା ଦେଖେ, ତାହାର ତ ମଣିଷ ପଣିଆ ବୋଲି କିଛି ନାହିଁ । ଅନ୍ୟମାନଙ୍କର ଲଢ଼େଇ, ପିଟା-ପିଟି, ଗାଳି-ମନ୍ଦ ଦେଖିଲେ, ସେମାନଙ୍କର ଆନନ୍ଦ । ଅନ୍ୟର ଦୁଃଖରେ ସେମାନେ ଅତ୍ୟନ୍ତ ଖୁସି ଓ ଅନ୍ୟର ସୁଖ-ସଂପଦ ଓ ହସ-ଖୁସିରେ ସେମାନେ ଚିର ଦୁଃଖୀ ରହିଥାନ୍ତି । ବାସ୍ତବରେ କହିବାକୁ ଗଲେ ଏହି ଆଠଜଣ କାହାରି ଦୁଃଖକୁ କେବେ ବୁଝି ପାରନ୍ତିନାହିଁ ।

ଅଧଃ ପଶ୍ୟସି କିଂ ବାଲେ ପତିତଂ ତବ କିଂ ଭୁବି ।
ରେ ରେ ମୂର୍ଖ ନ ଜାନାସି ଗତଂ ତାରୁଣ୍ୟମୌକ୍ତିକମ୍ ॥ 18 ॥

ଆଚାର୍ଯ୍ୟ ଚାଣକ୍ୟ କୁହନ୍ତି, ବାଳିକେ ! ତଳକୁ ଅନେଇ ମାଟିରେ ତୁମେ କଣ ଦେଖୁଛ ? ମୂର୍ଖ ! ତୁମେ କଣ ଜାଣି ପାରୁନାହଁ ଯେ ମୋର ଯୌବନର ମୋତି ଏଇଠି କୋଉଠି ହଜି ଯାଇଛି ।

ଏଥିରୁ ଅର୍ଥ ପ୍ରତିପାଦିତ ହେଉଛି ଯେ ଜଣେ ଯୁବତୀ କୌଣସି ଏକ ପୁରୁଷକୁ ଦେଖି ଲଜ୍ଜାରେ ମୁଣ୍ଡ ତଳକୁ କରିଦେଲା, କିନ୍ତୁ ସେହି ରସିକ ଜଣକ ତାଙ୍କୁ ପଚାରିଲା, "ତୁମେ ଏଇ ମାଟିରେ ତଳକୁ ଅନାଇଁ କ'ଣ ଦେଖୁଛ, ତୁମର କ'ଣ କିଛି ହଜି ଯାଇଛି ?" ସେଇଠୁ ସେ ଯୁବତୀଟି କହିଲା, "ମୂର୍ଖ ! ଏଇଠି କେଉଁଠି ମୋର ଯୌବନର ମୋତି ହଜି ଯାଇଛି । ତୁମେ କ'ଣ ତାହା ଜାଣି ପାରୁନ ?"

ପତିପରାୟଣତା :

ନ ଦାନାତ୍ ଶୁଦ୍ଧ୍ୟତେ ନାରୀ ନୋପବୋସୈଃ ଶତୈରପି ।
ନ ତୀର୍ଥସେବୟା ତଦ୍ୱଦ୍ ଭର୍ତ୍ତୁଃ ପାଦେଦକୈର୍ୟଥା ॥ 19 ॥

ଆଚାର୍ଯ୍ୟ ଚାଣକ୍ୟ କୁହନ୍ତି ଯେ ଦାନ କରି, ହଜାରେ ଉପବାସ କରି ବା ତୀର୍ଥଯାତ୍ରା କରି ସ୍ତ୍ରୀ ସେତିକି ଶୁଦ୍ଧ ହୋଇ ପାରେ ନାହିଁ, ଯେତିକି ପତିର ପାଦୋଦକରେ ହୋଇଥାଏ ।

ଏଥିରୁ ଅର୍ଥ ପ୍ରତିପାଦିତ ହେଉଛି ଯେ ସ୍ୱାମୀର ପାଦ ଧୌତ ଜଳରେ ସ୍ତ୍ରୀକୁ ଯେଉଁ ପବିତ୍ରତା ବା ଶୁଦ୍ଧତା ମିଳିଥାଏ, ତାହା ତାକୁ ଦାନ, ଧର୍ମ, ବ୍ରତ, ଉପବାସ ବା ତୀର୍ଥ ଭ୍ରମଣରୁ ମିଳି ନଥାଏ ।

ବଡ଼ ଗୁଣ ଛୋଟ ଦୋଷ :

ବ୍ୟାଲାଶ୍ରୟାପି ବିଫଳାପି ସକଂଟାପି
ବକ୍ରାପି ପଂକସହିତାପି ଦୁରାସଦାପି ।

ଗନ୍ଧେନ ବନ୍ଧୁରସି କେତକି ସର୍ବଜନ୍ତୋ-
ରେକୋ ଗୁଣଃ ଖଲୁ ନିହନ୍ତି ସମସ୍ତଦୋଷାନ୍ ॥ 20 ॥

ଆଚାର୍ଯ୍ୟ ଚାଣକ୍ୟ କୁହନ୍ତି ଯେ, ହେ କେତକୀ! ତୁ ସାପଙ୍କ ଘର ହେଇଥାଆ ପଛକେ, ଫଳହୀନ, କଂଟାଳିଆ, ଅଂକା ବଂକା ହୋଇ ଆବର୍ଜନା ମଧ୍ୟରେ ଥା'ଆ ପଛକେ, ତୋ ପାଖକୁ ଯିବାପାଇଁ ଯେତେ କଷ୍ଟ ହେଉ ପଛକେ; ତଥାପି ତୁ ତୋର ସୁଗନ୍ଧପାଇଁ ଆଜି ସମସ୍ତଙ୍କର ପ୍ରିୟ ହୋଇ ପାରିଛୁ । ବାସ୍ତବରେ ଗୋଟିଏ ଗୁଣ ଅନେକ ଦୋଷକୁ ନିଶ୍ଚିତ ଭାବରେ ନଷ୍ଟ କରିଦିଏ ।

ଏଥିରୁ ଅର୍ଥ ପ୍ରକାଶ ପାଉଛି ଯେ କେତକୀ ଗଛରେ ସାପ ରୁହେ, ଫଳ ହୁଏ ନାହିଁ, ସେ ପୁଣି ତେଢ଼ା-ମେଢ଼ା ହୋଇ ବଢ଼େ । ସେ ଆବର୍ଜନାରେ ବଢୁଥିବା ଏକ କଂଟାଳିଆ ଗଛ, ଯାହା ପାଖକୁ ଯିବା ସହଜ ନୁହେଁ । ଏତେ ଅବଗୁଣ ଥିବା ସତ୍ତ୍ୱେ ମଧ୍ୟ କେବଳ ତାର ସୁଗନ୍ଧ ପାଇଁ ସେ ସମସ୍ତଙ୍କ ନିକଟରେ ପ୍ରିୟ ହୋଇଥାଏ । ଏହି କାରଣରୁ ଠିକ୍ କୁହା ଯାଇଛି ଯେ କେବଳ ଗୋଟିଏ ଗୁଣ, ସମସ୍ତ ଦୁର୍ଗୁଣକୁ ନଷ୍ଟ କରି ଦେଇଥାଏ ।

ଯୌବନଂ ଧନସଂପତ୍ତିଃ ପ୍ରଭୁତ୍ୱମବିବେକତା ।
ଏକୈକମପ୍ୟନର୍ଥାୟ କିମୁ ଯତ୍ର ଚତୁଷ୍ଟୟମ୍ ॥ 21 ॥

ଆଚାର୍ଯ୍ୟ ଚାଣକ୍ୟ କୁହନ୍ତି ଯେ ଯୌବନ, ଧନ-ସଂପତି, ଅଧିକାର ଓ ବିବେକହୀନତା-ଏହି ଚାରଟି ମଧ୍ୟରୁ ଯେ କୌଣସି ଗୋଟିଏ ହିଁ ମନୁଷ୍ୟକୁ ବିନାଶ କରିବାପାଇଁ ପର୍ଯ୍ୟାପ୍ତ ହେବ । କିନ୍ତୁ ଯଦି ଏହି ଚାରୋଟି ସଂଯୋଗ ବଶତଃ ଏକାଠି ହୋଇଗଲେ, ଅର୍ଥାତ ମନୁଷ୍ୟ ଯୁବକ ଥିବାବେଳେ ପ୍ରଚୁର ଧନ-ସଂପତିର ଅଧିକାରୀ ହୋଇ ଓ କ୍ଷମତାଶୀନ ହୋଇ ନିଜର ସ୍ୱେଚ୍ଛାଚାରକୁ ବିସ୍ତାର କରୁଥିବ ଓ ତାକୁ କେହି ବିରୋଧ କରିବାକୁ ନଥିବେ ଏବଂ ସେ ବିଚାର-ବୁଦ୍ଧିହୀନ ହୋଇଥିବ; ତାହାହେଲେ ମାତ୍ର ମୁହୂର୍ତ୍ତକ ମଧ୍ୟରେ ତାହାର ବିନାଶ ନିଶ୍ଚୟ ହେବ ।

ଏଣୁ ସଂପନ୍ନ ହେବା ପରେ ମନୁଷ୍ୟକୁ ବିବେକଶୀଳ ହେବାକୁ ହିଁ ହୋଇଥାଏ, ଯାହା ଫଳରେ ତାକୁ କୌଣସି ପ୍ରକାରରେ ବିନାଶର ସମ୍ମୁଖୀନ ହେବାକୁ ପଡ଼ିବ ନାହିଁ । ନତୁବା ଜୀବନ ମହା ଅଂଧକାର ଗର୍ତ୍ତ ମଧ୍ୟରେ ଲୀନ ହୋଇଯିବ ।

ପରୋପକରଣଂ ଯେଷାଂ ଜାଗର୍ତ୍ତି ହୃଦୟେ ସତାମ୍ ।
ନଶ୍ୟନ୍ତି ବିପଦସ୍ତେଷାଂ ସମ୍ପଦଃ ସ୍ୟୁ ପଦେ-ପଦେ ॥ 22 ॥

ଆଚାର୍ଯ୍ୟ ଚାଣକ୍ୟ କୁହନ୍ତି ଯେ ଯାହାଙ୍କ ହୃଦୟରେ ପରୋପକାରର ଭାବନା ରହିଛି; ତାଙ୍କର ସମସ୍ତ ବିପଦ ନଷ୍ଟ ହୋଇଯାଏ ତଥା ପ୍ରତ୍ୟେକ ପଦକ୍ଷେପରେ ସେ ସଂପତି ଓ ପ୍ରାଚୁର୍ଯ୍ୟ ପ୍ରାପ୍ତ ହୋଇଥାନ୍ତି ।

ଚାଣକ୍ୟ ସୂତ୍ର :

1. **सुखस्य मूलं धर्मः।**
ଧର୍ମ ହି ସୁଖ ପ୍ରଦାନକାରୀ ।
2. **धर्मस्य मूलमर्थः।**
ଧନଦ୍ୱାରା ଧର୍ମ ସଂଭବ ।
3. **अर्थस्य मूलं राज्यम्।**
ରାଜ୍ୟର ବୈଭବ ଧନଦ୍ୱାରା ସଂଭବ ।
4. **राज्यमूलमिन्द्रियजमः।**
ରାଜ୍ୟର ଉନ୍ନତି ଇନ୍ଦ୍ରିୟମାନଙ୍କୁ ଜୟ କରିବା ଦ୍ୱାରା ସଂଭବ ହୋଇଥାଏ ।
5. **इंद्रियजयस्य मूलं विनयः।**
ବିନୟ ରୂପକ ସଂପଦର ଅଧିକାରୀ ହେଲେ ଇନ୍ଦ୍ରିୟ ଉପରେ ବିଜୟ ଲାଭ କରି ହୋଇଥାଏ ।
6. **विनयस्य मूलं वृद्धोपसेवा।**
ବୃଦ୍ଧଲୋକମାନଙ୍କର ସେବା କରିବା ଦ୍ୱାରା ବିନୟ ଭାବ ଜାଗ୍ରତ ହୋଇଥାଏ ।
7. **वृद्धसेवया विज्ञानत्।**
ବୃଦ୍ଧଲୋକମାନଙ୍କର ସେବା କଲେ ସତ୍ୟ-ଜ୍ଞାନ ପ୍ରାପ୍ତ ହୋଇଥାଏ ।
8. **विज्ञानेनात्मानं सम्पादयेत्।**
ବିଜ୍ଞାନ (ସତ୍ୟ ଜ୍ଞାନ) ଦ୍ୱାରା ରାଜା ନିଜକୁ ଯୋଗ୍ୟଭାବରେ ପରିଚୟ ପ୍ରଦାନ କରନ୍ତି ।
9. **सम्पादितात्मा जितात्मा भवति।**
ନିଜ କର୍ତବ୍ୟ ସମ୍ବନ୍ଧରେ ସଚେତନ ଥିବା ରାଜା ହିଁ କେବଳ ଇନ୍ଦ୍ରିୟଜୟୀ ହୋଇ ପାରନ୍ତି ।
10. **जितात्मा सर्वार्थे संयुज्येत।**
ଇନ୍ଦ୍ରିୟକୁ ବଶୀଭୂତ କରି ପାରୁଥିବା ମନୁଷ୍ୟ ସମସ୍ତ ଧନ ଦ୍ରବ୍ୟାଦିର ଅଧିକାରୀ ହୋଇପାରେ ।
11. **अर्थसम्पत् प्रकृतिसम्पदं करोति।**
ରାଜା ସଂପନ୍ନ ହୋଇ ଉଠିଲେ ପ୍ରଜାମାନେ ମଧ୍ୟ ସଂପନ୍ନ ହୋଇ ଉଠିବେ ।
12. **प्रकृतिसम्पदा ह्यनायकमपि राज्यं नीयते।**
ସାଧାରଣ ପ୍ରଜାମାନେ ଧନଶାଳୀ ହୋଇ ଉଠିଲେ, ରାଜାବିନା ମଧ୍ୟ ରାଜ୍ୟ ଚାଲିପାରିବ ।
13. **प्रकृतिकोपः सर्वकोपेभ्यो गरीयान्।**
ପ୍ରଜାମାନଙ୍କର କୋବ ସମସ୍ତ ପ୍ରକାର କୋନଠାରୁ ଅତ୍ୟନ୍ତ ଭୟଂକର ।
14. **अविनीतस्वामिलाभादस्वामिलाभः श्रेयान्।**
ନୀଚ (ଦୂରାଚାରୀ) ରାଜା ହେବା ଅପେକ୍ଷା ରାଜା ନ ହେବା ବରଂ ଶ୍ରେୟସ୍କର ।
15. **सम्पद्यात्मानमविच्छेत् सहायवान्।**
ରାଜା ସ୍ୱୟଂ ଯୋଗ୍ୟ ହୋଇ ଓ ଯୋଗ୍ୟ ସହାୟକମାନଙ୍କ ଦ୍ୱାରା ଶାସନ କରିବା ଉଚିତ ।
16. **न सहायस्य मन्त्रनिश्चयः।**
ସହାୟକଙ୍କ ବିନା ରାଜା କୌଣସି ସିଦ୍ଧାନ୍ତ ନେଇ ପାରନ୍ତି ନାହିଁ ।

17. **नैकं चक्रं परिभ्रमयति।**

କେବଳ ଗୋଟିଏ ଚକ ଦ୍ୱାରା ରଥ ଗତିଶୀଳ ହୋଇ ପାରେନାହିଁ ।

18. **सहायः समसुखदुःखः।**

ଯିଏ ସୁଖରେ ଓ ଦୁଃଖରେ ସମପରିମାଣରେ ରହିଥାନ୍ତି, ସେ ହିଁ ପ୍ରକୃତ ସହାୟକ ।

19. **मानी प्रतिमानीनामात्मनि द्वितीयं मन्त्रमुत्पादयेत्।**

ଅଭିମାନୀ ରାଜା ଜଟିଳ ସମସ୍ୟାରେ ନିଜର ଅଭିମାନ ତ୍ୟାଗ କରି ନିଷ୍ପକ୍ଷ ବିଚାର ଦ୍ୱାରା ନିଷ୍କର୍ଷରେ ପହଂଚି ପାରିବେ ।

20. **अविनीतं स्नेहमात्रेण न मंत्रे कुर्वीत।**

ଦୁରାଚାରୀକୁ ସ୍ନେହ ମାତ୍ରରେ ମନ୍ତ୍ରଣାରେ ସ୍ଥାନ ଦିଅନ୍ତୁ ନାହଁ ।

21. **श्रुतवन्तमुपधाशुद्धं मन्त्रिणं कुर्वीत।**

କଥା ଶୁଣିଲାବାଲା ତଥା ଉଚ୍ଚ ବିଚାର କରୁଥିବା ମନୁଷ୍ୟକୁ ହିଁ ରାଜା ନିଜର ମନ୍ତ୍ରୀ ଭାବରେ ନିଯୁକ୍ତି ଦେବା ଦରକାର ।

22. **मन्त्रमूलाः सर्वारम्भाः।**

ସମସ୍ତ ପ୍ରକାର କର୍ଯ୍ୟ ବିଚାର-ବିମର୍ଶ କରି ଆରମ୍ଭ କରାଯାଏ ।

23. **मन्त्ररक्षणे कार्यसिद्धिर्भवति।**

ଉଚିତ ପରାମର୍ଶ ହେତୁ କାର୍ଯ୍ୟରେ ଯଥାଶିଘ୍ର ସଫଳତା ମିଳିଥାଏ ।

24. **मन्त्रविस्रावी कार्यं नाशयति।**

ହିତକାରୀ ଓ ଗୋପନୀୟ କଥା ପ୍ରଚାର ହୋଇଗଲେ ବାଞ୍ଛିତ କାର୍ଯ୍ୟ ଶୀଘ୍ର ନଷ୍ଟ ହୋଇଯାଏ ।

25. **प्रमादाद् द्विषितां वशमुपयास्यति।**

ଅହଂକାରୀ ହେଲେ ଗୋପନୀୟ ରହସ୍ୟ ଶତ୍ରୁକୁ ଜ୍ଞାତ ହୋଇ ଯାଇଥାଏ ।

26. **सर्वद्वारेभ्यो मन्त्रो रक्षयितव्यः।**

ସମସ୍ତ ପ୍ରକାର ଗୋପନୀୟ ବିଚାରଗୁଡ଼ିକୁ / ପରାମର୍ଶଗୁଡ଼ିକୁ ସୁରକ୍ଷିତ ରଖିବା ଦରକାର ।

27. **मन्त्रसम्पदा राज्यं वर्धते।**

ଯୋଜନା ରୂପୀ ସଂପଦ ରାଜ୍ୟର ଅଭିବୃଦ୍ଧି କରାଇଥାଏ ।

28. (i) **श्रेष्ठतमं मन्त्रगुप्तिमाहुः।**

ଭବିଷ୍ୟତ ଯୋଜନାର ଗୋପନୀୟତାକୁ ଶ୍ରେଷ୍ଠତମ ବୋଲି କୁହା ଯାଇଥାଏ ।

(ii) **कार्यन्धस्य प्रदीपो मन्त्रः।**

ଅଧିକାର ରୂପୀ କାର୍ଯ୍ୟର ପରାମର୍ଶ ହେଉଛି ପ୍ରଦୀପ ସଦୃଶ ।

29. **मन्त्रचक्षुषा परछिद्राण्यव लोकयन्तिः।**

ଉଚିତ ପରାମର୍ଶ ରୂପୀ ଚକ୍ଷୁ ଦ୍ୱାରା ରାଜା ଶତ୍ରୁଙ୍କର ଦୁର୍ବଳତାକୁ ଲକ୍ଷ୍ୟ କରିଥାନ୍ତି ।

30. **मन्त्रकाले न मत्सरः कर्तव्यः।**

ମନ୍ତ୍ରଣା ଓ ପରାମର୍ଶ କାଳରେ କୌଣସି ଜିଦ୍ କରିବା ଅନୁଚିତ ।

31. **त्रयाणामेकवाक्ये सम्प्रत्ययः।**

ରାଜା, ମନ୍ତ୍ରୀ ଓ ବିଦ୍ୱାନ- ଏହି ତିନିଜଣଙ୍କର ଗୋଟିଏ ମତ ହେବା ହିଁ ସବୁଠାରୁ ବଡ଼ ସଫଳତା ।

32. **कार्यकार्यतत्त्वार्थदर्शिनो मन्त्रिणः।**
କାର୍ଯ୍ୟ-ଅକାର୍ଯ୍ୟର ରହସ୍ୟକୁ ଠିକ୍ ଠିକ୍ ଭାବରେ ଜାଣି ପାରୁଥିବା ବ୍ୟକ୍ତି ହିଁ ମନ୍ତ୍ରୀ ହେବାର ଯୋଗ୍ୟ ।

33. **षट्कर्णाद् भिद्यते मन्त्रः।**
ମନ୍ତ୍ରଣା ବା ପରାମର୍ଶ ଛଅ କାନ ହେବା ଦ୍ୱାରା ଠିକ୍ ଭାବରେ ସମୀକ୍ଷିତ ହୋଇଥାଏ ।

34. **आपत्सु स्नेहसंयुक्तं मित्रम्।**
ବିପଦ ବେଳରେ ମଧ୍ୟ ସ୍ନେହ ପ୍ରଦର୍ଶନ କରୁଥିବା ବଂଧୁ ହିଁ ପ୍ରକୃତ ମିତ୍ର ।

35. **मित्रसंग्रहेण बलं सम्पद्यते।**
ଭଲ ଓ ଯୋଗ୍ୟ ମିତ୍ରମାନଙ୍କ ଦ୍ୱାରା ଅଧିକ ବଳ ମିଳିଥାଏ ।

36. **बलवान् अलब्धलाभ प्रयतते।**
ବଳବାନ ରାଜାମାନେ ଅପ୍ରାପ୍ତିର ପ୍ରାପ୍ତି ପାଇଁ ନିରନ୍ତର ପ୍ରତ୍ୟାଶା ଜାରି ରଖିଥାନ୍ତି ।

37. **अलब्धलाभो नालसस्य।**
ଅଳସୁଆକୁ କିଛି ମଧ୍ୟ ମିଳି ନଥାଏ ।

38. **आलसस्य लब्धमपि रक्षितुं न शक्यते।**
ଅଳସୁଆ ପାଇଥିବା ବସ୍ତୁକୁ ମଧ୍ୟ ରକ୍ଷା କରି ପାରେନାହିଁ ।

39. **न आलसस्य रक्षितं विवर्धते।**
ଅଳସୁଆ ବଂଚେଇକି ରଖିଥିବା ବସ୍ତୁର ବୃଦ୍ଧି ମଧ୍ୟ ହୋଇ ନଥାଏ ।

40. **न भृत्यान् प्रेषयति।**
ଅଳସୁଆ ରାଜା ସେବକମାନଙ୍କଠାରୁ ମଧ୍ୟ କାମ ଆଦାୟ କରି ପାରନ୍ତି ନାହିଁ ।

41. **अलब्धलाभादिचतुष्टयं राज्यतन्त्रम्।**
ସହଜରେ ପାଇ ହେଉ ନଥିବା ଜିନିଷକୁ ପାଇବା, ତା'ର ରକ୍ଷା କରିବା, ତା'ର ସମୃଦ୍ଧି କରିବା ତଥା ତାହାର ଉଚିତ ଉପଯୋଗ କରିବା- ଏହି ଚାରିଗୋଟି କାର୍ଯ୍ୟ ରାଜ୍ୟପାଇଁ ଏକାନ୍ତ ଆବଶ୍ୟକ ।

42. **राज्यतन्त्रायत्तं नीतिशास्त्रम्।**
ନୀତିଶାସ୍ତ୍ର ରାଜ୍ୟ ବ୍ୟବସ୍ଥାର ଅଧୀନ ।

43. **राज्यतन्त्रेष्वायत्तौ तन्त्रावापौ।**
ସ୍ୱରାଷ୍ଟ୍ର ନୀତି ଓ ବୈଦେଶିକ ନୀତି ରାଜ୍ୟ-ବ୍ୟବସ୍ଥାର ପୂର୍ଣ୍ଣାଙ୍ଗ ଅଂଗ ।

44. **तन्त्र स्वविषयकृत्येष्वायत्तम्।**
ତନ୍ତ୍ର (ସ୍ୱରାଷ୍ଟ୍ର ନୀତି) କେବଳ ରାଷ୍ଟ୍ରର ଆଭ୍ୟନ୍ତରୀଣ ସମସ୍ୟା ସହିତ ସଂପୃକ୍ତ ।

45. **अवापो मण्डलनिविष्टः।**
ଯେ କୌଣସି ଦେଶର ବୈଦେଶିକ ନୀତି ଅନ୍ୟାନ୍ୟ ଦେଶର ନୀତି ଅନୁକ୍ରମରେ ପ୍ରଣୟନ ହେବା ଉଚିତ ।

46. **सन्धिविग्रहयोनिर्मण्डलः।**
ଅନ୍ୟାନ୍ୟ ଦେଶମାନଙ୍କ ସହିତ ସନ୍ଧି ବା ବିଚ୍ଛେଦ ଲାଗି ରହିଥାଏ ।

47. **नीतिशास्त्रानुगो राजा।**
ନୀତିଶାସ୍ତ୍ରର ପାଳନ କରିବା ରାଜାଙ୍କର ପରମ କର୍ତବ୍ୟ ।

48. **अनन्तरप्रकृतिः शत्रुः।**

ସର୍ବଦା ସୀମା-ସଂଘର୍ଷ ସୃଷ୍ଟି କରୁଥିବା ଦେଶ ଶତ୍ରୁ ହୋଇ ଯାଆନ୍ତି ।

49. **एकान्तरितं मित्रमिष्यते।**

ଅନୁରୂପ ଦେଶମାନଙ୍କ ମଧ୍ୟରେ ମିତ୍ରତା ସୃଷ୍ଟି ହୋଇଥାଏ ।

50. **हेतुतः शत्रुमित्रे भविष्यतः।**

କୌଣସି କାରଣ ବଶତଃ ଲୋକମାନେ ପରସ୍ପର ମଧ୍ୟରେ ମିତ୍ର ବା ଶତ୍ରୁ ହୋଇ ଯାଆନ୍ତି ।

51. **हीयमानः सधिं कुर्वीत।**

ଦୁର୍ବଳ ରାଜା ଶୀଘ୍ର ସନ୍ଧି କରିନେବା ଉଚିତ ।

52. **तेजो हि सन्धानहेतुस्तदर्थानाम्।**

ସନ୍ଧି କରୁଥିବା ଲୋକର ବା ଦେଶର ଉଦ୍ଦେଶ୍ୟ ସେହି ସନ୍ଧି ମଧ୍ୟରେ ସୀମାବଦ୍ଧ ହେବା ବିଧେୟ ।

53. **नातप्तलौहो लौहेन सन्धीयते।**

ଲୁହା ତପ୍ତ ନ ହେଲେ ତାହା ଆଉ ଏକ ଲୁହା ସହିତ ଯୋଡ଼ି ହୋଇ ପାରିବ ନାହିଁ ।

54. **बलवान हीनेन विग्रहणीयात्।**

ବଳବାନ କେବଳ ଦୁର୍ବଳ ଉପରେ ହିଁ ଆକ୍ରମଣ କରିଥାଏ ।

55. **न ज्यायसा समेन वा।**

ସମଧର୍ମୀ ବା ଅଧିକ ବଳବାନଙ୍କ ସହିତ ଯୁଦ୍ଧ କରିବା ଅନୁଚିତ ।

56. **गजपादयुद्धमिव बलवद्विग्रहः।**

ଅଧିକ ବଳବାନଙ୍କ ସହିତ ଲଢ଼ିବାର ଅର୍ଥ ହେଉଛି ହାତୀ ସହିତ ଶିଶୁର ଲଢ଼େଇ ହେବା ।

57. **आमपात्रमामेन सह विनश्यति।**

କଂଚାପାତ୍ର ଆଉ ଏକ କଂଚାପାତ୍ର ସହିତ ପିଟି ହୋଇଗଲେ ଭାଙ୍ଗିଯାଏ ।

58. **अरिप्रयत्नमभिसमीक्षेत।**

ଶତ୍ରୁଙ୍କ ପ୍ରୟାସ ଉପରେ ଧ୍ୟାନ ଦେବା ଉଚିତ ।

59. **सन्धायैकतो वा।**

ପଡ଼ୋଶୀ ଦେଶ ସହିତ ସନ୍ଧି କରାଯାଉଥିଲେ ମଧ୍ୟ ତା'ର ଗତିବିଧିକୁ ଉପେକ୍ଷା କରିବା ଅନୁଚିତ ।

60. **अमित्रविरोधात्मरक्षामावसेत।**

ଶତ୍ରୁଦେଶର ଗୁପ୍ତଚରମାନଙ୍କ ଉପରେ ସର୍ବଦା ଧ୍ୟାନ ରଖିବା ଦରକାର ।

61. **शक्तिहीनो बलवन्तमाश्रयेत्।**

ଶକ୍ତିହୀନ ରାଜା ସର୍ବଦା ବଳବାନ ରାଜାର ଆଶ୍ରୟ ଗ୍ରହଣ କରିବା ଉଚିତ ।

62. **दुर्बलाश्रयो दुःखमावहति।**

ଦୁର୍ବଳର ଆଶ୍ରୟ ସର୍ବଦା ଦୁଃଖଦାୟକ ।

63. **अग्निवद्राजानमाश्रयेत्।**

ସୁରକ୍ଷାପାଇଁ ଅଗ୍ନିର ଆଶ୍ରୟ ଗ୍ରହଣ କରାଗଲା ପରି ପ୍ରଜାମାନେ ରାଜାଙ୍କ ଆଶ୍ରୟ ନେବା ଉଚିତ ।

64. **राज्ञः प्रतिकूलं नाचरेत्।**
ରାଜାଙ୍କର ପ୍ରତିକୂଳରେ ଯିବା ଅନୁଚିତ ।

65. **उद्धतवेशधरो न भवेत्।**
ମନୁଷ୍ୟ ବିକୃତ ବେଶ ଧାରଣ କରିବା ଅନୁଚିତ ।

66. **न देवचरितं चरेत्।**
ଦେବା-ଦେବୀଙ୍କର ଚରିତ୍ରକୁ ବିକୃତ ଭାବରେ ଅନୁକରଣ କରିବା ଉଚିତ ନୁହେଁ ।

67. **द्वयोरपीर्ष्यतोर्द्वैधीभावं कुर्वीत।**
ତୁମକୁ ଈର୍ଷା କରୁଥିବା ଦୁଇଜଣ ବ୍ୟକ୍ତିଙ୍କ ମଧ୍ୟରେ କୁଟନୀତି ଦ୍ୱାରା ଫାଟ ସୃଷ୍ଟି କରିଦେବା ଉଚିତ ।

68. **नव्यसनपरस्य कार्यावाप्तिः।**
ଖରାପ ଅଭ୍ୟାସରେ ଲିପ୍ତ ମନୁଷ୍ୟ କାର୍ଯ୍ୟରେ ସିଦ୍ଧି ପାଇ ପାରେ ନାହିଁ ।

69. **इन्द्रियवशवर्ती चतुरंगवानपि विनश्यति।**
ଇନ୍ଦ୍ରିୟାଧୀନ ରାଜା ଚତୁରଂଗ ସୈନ୍ୟବଳ ଥିବା ସତ୍ତ୍ୱେ ମଧ୍ୟ ପରାସ୍ତ ଲାଭ କରେ ।

70. **नास्ति कार्यं द्यूतप्रवर्तस्य।**
ଜୁଆରୀ ଦ୍ୱାରା କୌଣସି କାର୍ଯ୍ୟ ସଂପନ୍ନ ହୁଏ ନାହିଁ ।

71. **मृगयापरस्य धर्मार्थौ विनश्यतः।**
ଶିକାରରେ ମଗ୍ନ ଥିବା ଲୋକର ଧର୍ମ ଓ ଅର୍ଥ ଉଭୟ ନଷ୍ଟ ହୋଇଯାଏ ।

72. **अर्थेषणा न व्यसनेषु गण्यते।**
ଧନର ଅଭିଳାଷ ପୋଷଣ କରିବାକୁ କେହି ଖରାପ କାମ ବୋଲି ମନେ କରନ୍ତି ନାହିଁ ।

73. **न कामासक्तस्य कार्यनुष्ठानम्।**
ବିଷୟ-ବାସନାରେ ଛନ୍ଦି ହୋଇ ଯାଇଥିବା ମଣିଷ କୌଣସି କାର୍ଯ୍ୟ କରି ପାରେନାହିଁ ।

74. **अग्निदाहादपि विशिष्टं वाक्पारुष्यम्।**
କଠୋର କଥା ଅଗ୍ନିଦାହଠାରୁ ମଧ୍ୟ ଅଧିକ ଦହନଶୀଳ ।

75. **दण्डपारुष्णात् सर्वजनद्वेष्यो भवति।**
ନିରପରାଧୀକୁ କଠୋର ଦଣ୍ଡ ପ୍ରଦାନ କରିବା ଦ୍ୱାରା, ବ୍ୟକ୍ତି ପ୍ରତିଶୋଧ ପରାୟଣ ହୋଇ ଦଣ୍ଡାଧିକାରୀର ଶତ୍ରୁ ହୋଇଯାନ୍ତି ।

76. **अर्थतोषिणं श्रीः परित्यजति।**
ଧନରେ ସନ୍ତୁଷ୍ଟ ରହିଥିବା ରାଜାଙ୍କୁ ମଧ୍ୟ ଲକ୍ଷ୍ମୀଦେବୀ ତ୍ୟାଗ କରି ଚାଲିଯାନ୍ତି ।

77. **अमित्रो दण्डनीत्यामायत्तः।**
ଶତ୍ରୁ ମଧ୍ୟ ଦଣ୍ଡନୀତିରେ ଭାଗୀଦାର ହୋଇଥାନ୍ତି ।

78. **दण्डनीतिमधितिष्ठन् प्रजाः संरक्षति।**
ଦଣ୍ଡନୀତିର ବିଧିବଦ୍ଧ ପ୍ରଚଳନ ହେବା ଫଳରେ ପ୍ରଜାମାନଙ୍କର ରକ୍ଷା ହୋଇଥାଏ ।

79. **दण्डसम्पदा योजयति।**
ନ୍ୟାୟ ବ୍ୟବସ୍ଥା ରାଜାଙ୍କୁ ସଂପତିବାନ୍ କରିଥାଏ ।

80. **दण्डाभावे मन्त्रिवर्गाभावः।**
ଦଣ୍ଡ ବ୍ୟବସ୍ଥା ପ୍ରୟୋଗ ନ କରାଗଲେ ମନ୍ତ୍ରୀମାନେ ମଧ୍ୟ ବିଶୃଙ୍ଖଳିତ ହୋଇ ଉଠନ୍ତି ।

81. **न दण्डादकार्याणि कुर्वन्ति।**

ଦଣ୍ଡ ବିଧାନ ପ୍ରଣୟନ ନ ହେବା ଫଳରେ ସମାଜରେ ଦୁଷ୍କର୍ମ ବଢ଼ିଯାଏ ।

82. **दण्डनीत्यामायत्तमात्मरक्षणम्।**

ଆତ୍ମରକ୍ଷା ଦଣ୍ଡନୀତି ଉପରେ ନିର୍ଭର କରିଥାଏ ।

83. **आत्मनि रक्षिते सर्वं रक्षितं भवति।**

ଆତ୍ମରକ୍ଷା ହୋଇ ପାରିଲେ ସମସ୍ତଙ୍କର ରକ୍ଷା ହୋଇ ପାରିବ ।

84. **आत्मायत्तौ वृद्धिविनाशौ।**

ବୃଦ୍ଧି ଓ ବିନାଶ ନିଜ ହାତରେ ହିଁ ରହିଛି ।

85. **दण्डो हि विज्ञाने प्रणीयते।**

ବିବେକାନୁସାରେ ଦଣ୍ଡ ପ୍ରୟୋଗ କରାଯାଇଥାଏ ।

86. **दुर्बलोऽपि राजा नावमन्तव्यः।**

ଦୁର୍ବଳ ରାଜାଙ୍କର ମଧ୍ୟ ଅସମ୍ମାନ କରିବା ଅନୁଚିତ ।

87. **नास्त्यग्नेर्दौर्बल्यम्।**

ଅଗ୍ନିରେ ଦୁର୍ବଳତା ନଥାଏ ।

88. **दण्डे प्रतीयते वृत्तिः।**

ରାଜାଙ୍କର ଆୟ ଦଣ୍ଡନୀତି ଦ୍ୱାରା ପ୍ରାପ୍ତ ହୋଇଥାଏ ।

89. **वृत्तिमूलमर्थलाभः।**

ଆୟ ପ୍ରାପ୍ତିର ଉଦ୍ଦେଶ୍ୟ ଲାଭ ମିଳିବା ।

90. **अर्थमूलौ धर्मकामौ।**

ଧର୍ମ ଓ କାର୍ଯ୍ୟର ମୂଳ ହେଉଛି ଧନ ।

91. **अर्थमूलं कार्यम्।**

ଧନହିଁ ସବୁ କାର୍ଯ୍ୟର ମୂଳ ।

92. **यदल्पप्रयत्नात् कार्यसिद्धिर्भवति।**

ଧନ ଥିଲେ କମ୍ ପ୍ରୟାସରେ କାର୍ଯ୍ୟ ସିଦ୍ଧି ହୋଇଥାଏ ।

93. **उपायपूर्वं न दुष्करं स्यात्।**

ଯୋଜନା ଦ୍ୱାରା କାର୍ଯ୍ୟ କଠିନ ହୋଇ ନଥାଏ ।

94. **अनुपायपूर्वं कार्यं कृतमपिविनश्यति।**

ଯୋଜନାହୀନ ଭାବରେ କରାଯାଉଥିବା କାର୍ଯ୍ୟ ମଧ୍ୟ ନଷ୍ଟ ହୋଇ ଯାଇଥାଏ ।

95. **कार्यार्थिनामुपाय एव सहायः।**

ଉଦ୍ୟମୀଙ୍କପାଇଁ ଯୋଜନାହିଁ ସହାୟକ ହୋଇଥାଏ ।

96. **कार्यं पुरुषकारेण लक्ष्यं सम्पद्यते।**

ନିଶ୍ଚିତ ଲକ୍ଷ୍ୟ ନେଇ କାର୍ଯ୍ୟ କରାଗଲେ, ସେଥିରେ ପୂର୍ଣ୍ଣତା ଆସିବ ।

97. **पुरुषकारमनुवर्तते दैवम्।**

ଭାଗ୍ୟ ପୁରୁଷାର୍ଥର ଅନୁଗମନ କରିଥାଏ ।

98. दैवं विनाऽति प्रयत्नं करोति यत्तद्विफलम्।
ଭାଗ୍ୟ ପୁରୁଷାର୍ଥ ସହିତ ସଂଲଗ୍ନ ରହିଥାଏ ।

99. असमाहितस्य वृतिर्न विद्यते।
ଭାଗ୍ୟକୁ ଭରସା କରି ବସି ରହିଲେ, କିଛି ମଧ୍ୟ ମିଳିବ ନାହିଁ ।

100. पूर्वं निश्चित्य पश्चात् कार्यमारभेत्।
ପ୍ରଥମେ କାର୍ଯ୍ୟ ସଂପର୍କରେ ନିଶ୍ଚିତ ହେଲାପରେ କାର୍ଯ୍ୟର ଆରମ୍ଭ କରାଯିବା ଦରକାର ।

101. कार्यान्तरे दीर्घसूत्रता न कर्तव्या।
କାର୍ଯ୍ୟ ମଧ୍ୟଭାଗରେ ଆଳସ୍ୟ ପ୍ରଦର୍ଶନ କରିବା ଅନୁଚିତ ।

102. न चलचित्तस्य कार्यावाप्तिः।
ଚଂଚଳ ଚିତ୍ତଧାରୀଙ୍କର କାର୍ଯ୍ୟ ସିଦ୍ଧି ହୁଏ ନାହିଁ ।

103. हस्तगतावमानात् कार्यव्यतिक्रमो भवति।
ନିଜ ହାତରେ ସାଧନମାନ ନ ରହିଲେ କାର୍ଯ୍ୟ ଠିକ୍ ଭାବରେ କରି ହେବ ନାହିଁ ।

104. दोषवर्जितानि कार्याणि दुर्लभानि।
କୌଣସି ଦୁର୍ବଳତା ନଥିବା ଭଳି କାର୍ଯ୍ୟ ଅତ୍ୟନ୍ତ ଦୁର୍ଲ୍ଲଭ ।

105. दुरनुबन्धं कार्यं नारभेत्।
ଯେଉଁ କାର୍ଯ୍ୟ ହୋଇ ପାରିବ ନାହିଁ, ସେଭଳି କାର୍ଯ୍ୟକୁ ଆଦୌ କରନାହିଁ ।

106. कालवित् कार्यं साधयेत्।
ସମୟର ମହତ୍ୱକୁ ଉପଲବ୍ଧି କରି ପାରୁଥିବା ବ୍ୟକ୍ତି ନିଶ୍ଚିତ ଭାବରେ କାର୍ଯ୍ୟ ସିଦ୍ଧି କରିପାରେ ।

107. कालातिक्रमात् काल एव फलं पिबति।
ସମୟ ପୂର୍ବରୁ କାର୍ଯ୍ୟ ସମ୍ପନ୍ନ କରିଦେଲେ, ସମୟ ହିଁ କାର୍ଯ୍ୟ ଫଳକୁ ପାନ କରିଦେବ ।

108. क्षण प्रति कालविक्षेपं न कुर्यात् सर्वं कृत्येषु।
ସମସ୍ତ ପ୍ରକାରର କାର୍ଯ୍ୟରେ ସମୟର ଉପେକ୍ଷା କରିବା ଅନୁଚିତ ।

109. देशफलविभागौ ज्ञात्वा कार्यमारभेत्।
ସ୍ଥାନ ଓ ପରିଣାମର ବ୍ୟବଧାନକୁ ଜାଣି କାର୍ଯ୍ୟ କରିବା ଦରକାର ।

110. दैवहीनं कार्यं सुसाध्यमपि दुःसाध्यं भवति।
ହୋଇ ପାରିବା ଭଳି ଅତି ସହଜ କାର୍ଯ୍ୟ ମଧ୍ୟ ଭାଗ୍ୟହୀନଙ୍କ ପାଖରେ ବହୁତ କଠିନ ହୋଇଉଠେ ।

111. नीतिज्ञो देशकालौ परीक्षेत।
ନୀତିଜ୍ଞମାନେ ଦେଶ-କାଳକୁ ପରଖିବା ଦରକାର ।

112. परीक्ष्यकारिणी श्रीश्चिरं तिष्ठति।
ପରୀକ୍ଷଣ କରି କାର୍ଯ୍ୟ କଲେ ଲକ୍ଷ୍ମୀ ଦୀର୍ଘକାଳ ଧରି ରହିଥାନ୍ତି ।

113. सर्वाश्च सम्पतः सर्वोपायेन परिग्रहेत्।
ସମସ୍ତ କୌଶଳ ଅବଲମ୍ବନ କରି ସବୁ ସଂପତିକୁ ଲାଭ କରିବା ଦରକାର ।

114. भाग्यवन्तमपरीक्ष्यकारिणं श्रीः परित्यजति।
ବୁଝି-ବିଚାରି କାର୍ଯ୍ୟ ନ କଲେ ଭାଗ୍ୟଶାଳୀଙ୍କୁ ମଧ୍ୟ ଲକ୍ଷ୍ମୀ ତ୍ୟାଗ କରି ଚାଲି ଯାଆନ୍ତି ।

115. **ज्ञानानुमानैश्च परीक्षा कर्तव्या।**
ଜ୍ଞାନ ଓ ଅନୁମାନ ଦ୍ୱାରା ପରୀକ୍ଷା କରିବା ବିଧେୟ ।

116. **यो यस्मिन् कर्मणि कुशलस्तं तस्मिन्नैव योजयेत्।**
ଯେଉଁ ବ୍ୟକ୍ତି ଯେଉଁ କାର୍ଯ୍ୟରେ ନିପୁଣ, ତାହାକୁ ସେହି କାର୍ଯ୍ୟର ଦାୟିତ୍ୱ ଦେବା ଦରକାର ।

117. **दुःसाध्यमपि सुसाध्यं करोत्युपायज्ञः।**
ଉପାୟ ଜାଣିଥିବା ବ୍ୟକ୍ତି କଠିନ କାର୍ଯ୍ୟକୁ ମଧ୍ୟ ସରଳ କରି ଦେଇଥାନ୍ତି ।

118. **अज्ञानिना कृतमपि न बहु मन्तव्यम्।**
ଅଜ୍ଞାନୀଙ୍କ ଦ୍ୱାରା କରାଯାଇଥିବା କାର୍ଯ୍ୟକୁ ଗୁରୁତ୍ୱ ଦେବା ଅନୁଚିତ ।

119. **यादृच्छिकत्वात् कृमिरपि रूपान्तराणि करोति।**
ସଂଯୋଗ ବଶତଃ କୀଟ ମଧ୍ୟ କାଠକୁ କୋତରା କୋତରା କରି ଖାଇ ଦେଇ ନଷ୍ଟ କରି ଦେଇଥାଏ, ମାତ୍ର ତାହା ବାହରକୁ ଖୋଦେଇ ମାଧ୍ୟମରେ ଚିତ୍ର କଳା ପରି ଦିଶେ । ଏହାର ଅର୍ଥ ଏହା ନୁହେଁ ଯେ ସେହି କୀଟ ହେଉଛି ଏକ ଚିତ୍ରକର ।

120. **सिद्धस्यैव कार्यस्य प्रकाशनं कर्तव्यम्।**
କାର୍ଯ୍ୟ ସିଦ୍ଧ ହେଲାପରେ ହିଁ ତାକୁ ପ୍ରକାଶ କରିବା ଦରକାର ।

121. **ज्ञानवतामपि दैवमानुषदोषात् कार्याणि दुष्यन्ति।**
ଜ୍ଞାନୀ ଲୋକଙ୍କର କାର୍ଯ୍ୟ ମଧ୍ୟ ଭାଗ୍ୟ ହେତୁ ହେଉ ବା ମନୁଷ୍ୟ ଦ୍ୱାରା ହେଉ ଦୂଷିତ ହେଇଯାଏ ।

122. **दैवं शान्तिकर्मणा प्रतिषेधव्यम्।**
ପ୍ରାକୃତିକ ବିପର୍ଯ୍ୟୟକୁ ମଧ୍ୟ ଶାନ୍ତିକର୍ମ ଦ୍ୱାରା ଟାଳି ଦେଇହେବ ।

123. **मानुषीं कार्यविपत्तिं कौशलेन विनिवारयेत्।**
ମନୁଷ୍ୟ ଦ୍ୱାରା ସୃଷ୍ଟ କାର୍ଯ୍ୟ-ବିପତିକୁ କୁଶଳତାର ସହିତ ନିବାରଣ କରିବା ଦରକାର ।

124. **कार्यविपत्तौ दोषान् वर्णयन्ति बालिशाः।**
ମୂର୍ଖ ଲୋକମାନେ କାର୍ଯ୍ୟ-ବିପତ୍ତି ବେଳେ ଦୋଷକୁ ବର୍ଣ୍ଣନା କରିଥାନ୍ତି ।

125. **कार्यार्थिना दाक्षिण्यं न कर्तव्यम्।**
ହାନି ସୃଷ୍ଟି କରୁଥିବା ବ୍ୟକ୍ତିପ୍ରତି ଉଦାରତା ପ୍ରଦର୍ଶନ କରିବା ଅନୁଚିତ ।

126. **क्षीरार्थी वत्सो मातुरुधः प्रतिहन्ति।**
ଦୁଧପାଇଁ ବାଛୁରୀ ମଧ୍ୟ ତା' ମା'ର ସ୍ତନ (ପହ୍ନା)ରେ ପ୍ରହାର କରିଥାଏ ।

127. **अप्रयत्नात् कार्यविपत्तिर्भवति।**
ପ୍ରୟାସ ନ କଲେ କାର୍ଯ୍ୟର ବିନାଶ ହୋଇଥାଏ ।

128. **न दैवप्रमाणानां कार्यसिद्धिः।**
ଭାଗ୍ୟକୁ ଭରସା କରି ରହୁଥିବା ବ୍ୟକ୍ତିର କାର୍ଯ୍ୟ ସିଦ୍ଧି ହୁଏ ନାହିଁ ।

129. **कार्यबाह्यो न पोषयत्याश्रितान्।**
କର୍ତ୍ତବ୍ୟଠାରୁ ଦୂରେଇ ଯାଉଥିବା ବ୍ୟକ୍ତି ଆଶ୍ରିତଙ୍କୁ ପୋଷଣ କରି ପାରେନାହିଁ ।

130. **यः कार्यं न पश्यति सोऽन्धः।**
ଯିଏ କାର୍ଯ୍ୟକୁ ଦେଖି ପାରେ ନାହିଁ; ସେ ଅନ୍ଧ ।

131. **प्रत्यक्षपरोक्षानुमानैः कार्याणि परीक्षेत्।**
ପ୍ରତ୍ୟକ୍ଷ, ପରୋକ୍ଷ ସାଧନଦ୍ୱାରା ଓ ଅନୁମାନ ମାଧ୍ୟମରେ କାର୍ଯ୍ୟର ପରୀକ୍ଷା କରାଯିବା ଦରକାର ।

132. **अपरीक्ष्यकारिणं श्रीः परित्यजति।**
ନ ଭାବି ନ ଚିନ୍ତି କାର୍ଯ୍ୟ କରୁଥିବା ଲୋକଙ୍କୁ ଲକ୍ଷ୍ମୀ ତ୍ୟାଗ କରି ଚାଲି ଯାଆନ୍ତି ।

133. **परीक्ष्य तार्या विपत्तिः।**
କାର୍ଯ୍ୟ-ବିପତ୍ତିର ପରୀକ୍ଷାଦ୍ୱାରା ନିରାକରଣ କରିହେବ ।

134. **स्वशक्तिं ज्ञात्वा कार्यमारंभेत्।**
ନିଜର ଶକ୍ତିକୁ ଜାଣି କାର୍ଯ୍ୟ ଆରମ୍ଭ କର ।

135. **स्वजनं तर्पयित्वा यः शेषभोजी सोऽमृतभोजी।**
ସ୍ୱଜନମାନଙ୍କୁ ତୃପ୍ତ କଲାପରେ ଅବଶିଷ୍ଟ ଖାଦ୍ୟ ଅମୃତ ଖାଦ୍ୟହିଁ ହୋଇଯାଏ ।

136. **सर्वानुष्ठानादायमुखानि वर्धन्ते।**
ସମସ୍ତ ଅନୁଷ୍ଠାନ ମାଧ୍ୟମରେ ଆୟର ସାଧନ ବୃଦ୍ଧି ପାଇଥାଏ ।

137. **नास्ति भीरोः कार्यचिन्ता।**
ଭୀରୁଙ୍କର କାର୍ଯ୍ୟ ଚିନ୍ତା ନଥାଏ ।

138. **स्वामिनः शीलं ज्ञात्वा कार्यार्थी कार्यं साधयेत्।**
ସ୍ୱାମୀଙ୍କର ଶାଳୀନତାକୁ ଜାଣି ଯିଏ କାର୍ଯ୍ୟ କରିଥାନ୍ତି, ସିଏ କାର୍ଯ୍ୟ ସାଧନା କରିଥାନ୍ତି ।

139. **धेनोः शीलज्ञः क्षीरं भुङ्क्ते।**
ଗାଈର ଶୀଳକୁ ଜାଣି କାର୍ଯ୍ୟ କରୁଥିବା ବ୍ୟକ୍ତି କ୍ଷୀରର ଉପଭୋଗ କରିଥାନ୍ତି ।

140. **क्षुद्रे गुह्यप्रकाशनमात्मवान् न कुर्यात्।**
ନୀଚ ବ୍ୟକ୍ତି ସହିତ ନିଜର ଗୋପନୀୟ କଥା-ବାର୍ତା କରିବା ଅନୁଚିତ ।

141. **आश्रितैरप्यवमनसते मृदुस्वभावः।**
ମୃଦୁ ସ୍ୱଭାବ ବିଶିଷ୍ଟ ବ୍ୟକ୍ତି ଆଶ୍ରିତମାନଙ୍କ ଦ୍ୱାରା ମଧ୍ୟ ଅପମାନିତ ହୋଇଥାନ୍ତି ।

142. **तीक्ष्णदण्डः सर्वैरुद्वेदनीयो भवति।**
କଠୋର ଦଣ୍ଡ ପ୍ରଦାନ କରୁଥିବା ରାଜାଙ୍କୁ ମଧ୍ୟ ପ୍ରଜାମାନେ ଘୃଣା କରିଥାନ୍ତି ।

143. **यथार्हं दण्डकारी स्यात्।**
ରାଜା ଯଥୋଚିତ ଦଣ୍ଡର ପ୍ରୟୋଗ କରିବା ବିଧେୟ ।

144. **अल्पसारं श्रुतवन्तमपि न बहुमन्यते लोकः।**
ଗମ୍ଭୀର ରହି ପାରୁ ନଥିବା ବିଦ୍ୱାନଙ୍କୁ ସମାଜ ସମ୍ମାନ ପ୍ରଦାନ କରେ ନାହିଁ ।

145. **अतिभारः पुरुषमवसादयति।**
ଅତ୍ୟଧିକ ଚାପ ପୁରୁଷଙ୍କୁ ଦୁଃଖୀ କରିଦିଏ ।

146. **यः संसदि परदोषं शंसति स स्वदोषं प्रख्यापयति।**
ଯିଏ ସମସ୍ତଙ୍କ ସମ୍ମୁଖରେ ଅନ୍ୟର ଦୋଷ ପ୍ରତି ଇଂଗିତ କରିଥାନ୍ତି, ସିଏ ନିଜ ଦୋଷ ପ୍ରତି ଆଖି ବୁଜି ଦିଅନ୍ତି ।

147. **आत्मनमेव नाशयत्यनात्मवातां कोपः।**
ମୂର୍ଖର କ୍ରୋଧ ତାଙ୍କୁ ହିଁ ବିନାଶ କରିଥାଏ ।

148. **नास्त्यप्राप्यं सत्यवताम्।**
ସତ୍ୟ-ସଂପନ୍ନ ଲୋକମାନଙ୍କ ପାଇଁ କୌଣସି କଥା ଦୁର୍ଲ୍ଲଭ ନୁହେଁ ।

149. **साहसेन न कार्यसिद्धिर्भवति।**
କେବଳ ସାହସରେ କାର୍ଯ୍ୟ ସିଦ୍ଧି ହୁଏ ନାହିଁ ।

150. **व्यसानार्तो विरमत्यप्रवेशेन।**
କୁପ୍ରବୃତ୍ତିରେ ଲିପ୍ତ ରହିଥିବା ବ୍ୟକ୍ତି ଲକ୍ଷ୍ୟ ପର୍ଯ୍ୟନ୍ତ ପହଂଚିବା ପୂର୍ବରୁ ଅଟକି ଯାଇଥାଏ ।

151. **नास्त्यनन्तरायः कालविक्षेपे।**
ସମୟକୁ ଉପେକ୍ଷା କରିବା ଦ୍ୱାରା କାର୍ଯ୍ୟରେ ବାଧା ଆସି ପହଂଚି ଯାଏ ।

152. **असंशयविनाशात् संशयविनाशः श्रेयान्।**
ଭବିଷ୍ୟତରେ ହେବାକୁ ଥିବା ବିନାଶ ଦ୍ୱାରା ହେଉଥିବା ବିନାଶ ହିଁ ଶ୍ରେଷ୍ଠ ।

153. **परधनानि निक्षेप्तुः केवलं स्वार्थम्।**
ଅନ୍ୟର ଆଭିଜାତ୍ୟ ଉପରେ ଭେଦାଭେଦ ହିଁ ହେଉଛି ସ୍ୱାର୍ଥ ।

154. **दानं धर्मः।**
ଦାନ କରିବା ହେଉଛି ଧର୍ମ ।

155. **नार्यागतोऽर्थवत् विपरीतोऽनर्थभावः।**
ସଂସ୍କାରହୀନ ସମାଜରେ ପ୍ରଚଳିତ ଧନର ଉପଯୋଗ ମାନବର ଜୀବନ ନାଶକ ହୋଇଥାଏ ।

156. **यो धर्मार्थौ न विवर्धयति स कामः।**
ଯାହା ଧର୍ମ ଓ ଅର୍ଥର ସମୃଦ୍ଧି କରେ ନାହିଁ, ତାହା ବାସନା ।

157. **तद्विपरीतोऽर्थाभासः।**
ଧର୍ମର ବିପରୀତ କ୍ରମରେ ଆସୁଥିବା ଧନକୁ କେବଳ ଉପଲବ୍ଧ କରି ହେବ ।

158. **ऋजुस्वभावपरो जनेषु दुर्लभः।**
ଲୋକମାନଙ୍କ ମଧ୍ୟରେ ନିଷ୍କପଟ ବ୍ୟବହାର ପ୍ରଦର୍ଶନ କରୁଥିବା ବ୍ୟକ୍ତି ଦୁର୍ଲ୍ଲଭ ।

159. **अवमानेनागतमैश्वर्यमवमन्यते साधुः।**
ଅନ୍ୟାୟ ମାର୍ଗରୁ ଆସୁଥିବା ଧନକୁ ଉପେକ୍ଷିତ କରୁଥିବା ବ୍ୟକ୍ତି ହିଁ ସାଧୁ ।

160. **बहूनपि गुणानेक दोषो ग्रसति।**
ଗୋଟିଏ ମାତ୍ର ଦୋଷ ଅନେକ ଗୁଣକୁ ମଧ୍ୟ ମୁହୂର୍ତ୍ତକରେ ନାଶ କରି ଦିଏ ।

161. **महात्मना परेण साहसं न कर्तव्यम्।**
ମହାତ୍ମା ଲୋକମାନେ ଅନ୍ୟର ସାହସ ଉପରେ ଭରସା କରନ୍ତି ନାହିଁ ।

162. **कदाचिदपि चरित्रं न लंघेत्।**
ଚରିତ୍ରର ଉଲଂଘନ କେତେବେଳେ ହେଲେ ମଧ୍ୟ କରିବା ଅନୁଚିତ ।

163. **क्षुधार्तो न तृणं चरति सिंहः।**
ଭୋକିଲା ସିଂହ କେବେ ଘାସ ଖାଏ ନାହିଁ ।

164. **प्राणदपि प्रत्ययो रक्षितव्यः।**

ପ୍ରାଣଠାରୁ ମଧ୍ୟ ଅଧିକ ବିଶ୍ୱାସକୁ ରକ୍ଷା କରିବା ଦରକାର ।

165. **पिशुनः श्रोता पुत्रदारैरपि त्यज्यते।**

ଚୁଗୁଲିଆର କଥା ଶୁଣୁଥିବା ବ୍ୟକ୍ତିକୁ ପୁତ୍ର-ପତ୍ନୀ ମଧ୍ୟ ତ୍ୟାଗ କରି ଚାଲିଯାନ୍ତି ।

166. **बालादप्यर्थजातं शृणुयात्।**

ଛୋଟ ପିଲାମାନଙ୍କୁ ମଧ୍ୟ ଅତ୍ୟନ୍ତ ଉପଯୋଗୀ କଥା ଶୁଣାଇବା ଦରକାର ।

167. **सत्यमप्यश्रद्धेयं न वदेत्।**

ସତ୍ୟ ମଧ୍ୟ ଯଦି ପ୍ରିୟ ନ ହୋଇଥାଏ, ତେବେ ତାହାକୁ କହିବା ଅନୁଚିତ ।

168. **नाल्पदोषाद् बहुगुणस्त्यज्यन्ते।**

ସାମାନ୍ୟ ଦୋଷ ପାଇଁ ତା' ଠାରୁ ଅଧିକ ସୁଗୁଣକୁ ତ୍ୟାଗ କରିବା ଅନୁଚିତ ।

169. **विपश्चित्स्वपि सुलभा दोषः।**

ଜ୍ଞାନୀବ୍ୟକ୍ତିଙ୍କ ଠାରେ ମଧ୍ୟ ଦୋଷ ଥାଇପାରେ ।

170. **नास्ति रत्नमखण्डितम्।**

ବିନା ଦୋଷଯୁକ୍ତ ରତ୍ନ (ହୀରା) ମଧ୍ୟ ମିଳେ ନାହିଁ ।

171. **मर्यादातीतं न कदाचिदपि विश्वसेत्।**

ଚରିତ୍ରହୀନଙ୍କୁ କେବେ ହେଲେ ବିଶ୍ୱାସ କରା ଯାଇ ପାରିବନାହିଁ ।

172. **अप्रियेण कृतं प्रियमपि द्वेष्यं भवति।**

ଶତ୍ରୁ ଦ୍ୱାରା କରାଯାଉଥିବା ଉପକାର ମଧ୍ୟ ଘାତକ ସିଦ୍ଧ ହୋଇପାରେ ।

173. **नमन्त्यपि तुलाकोटिः कूपोदकक्षयं करोति।**

ଢିଙ୍କିଆକୁ ପ୍ରଣାମ କଲେ ହିଁ ସେ କୂଅରୁ ପାଣି ବାହାର କରିଥାଏ ।

174. **सतां मतं नातिक्रमेत्।**

ସଜ୍ଜନମାନଙ୍କର ଚିନ୍ତନକୁ ଉଲଂଘନ କରିବା ଅନୁଚିତ ।

175. **गुणवदाश्रयन्निर्गुणोऽपि गुणी भवति।**

ଗୁଣବାନର ସାହାଯ୍ୟରେ ଗୁଣହୀନ ବ୍ୟକ୍ତି ମଧ୍ୟ ଗୁଣୀ ହୋଇ ଯାଇଥାଏ ।

176. **क्षीराश्रितं जलं क्षीरमेव भवति।**

କ୍ଷୀରରେ ମିଶିଥିବା ଜଳ କ୍ଷୀର ହିଁ ହୋଇ ଯାଇଥାଏ ।

177. **मृत्पिण्डोऽपि पाटलिगन्धमुत्पादयति।**

ମାଟି ମଧ୍ୟ ଫୁଲ ସଂସ୍ପର୍ଶରେ ରହିବା ଫଳରେ ସୁଗନ୍ଧ ସୃଷ୍ଟି କରିଥାଏ ।

178. **रजतं कनकसंगात कनकं भवति।**

ଚାନ୍ଦି ସୁନା ସଂପର୍କରେ ଆସି ସୁନାରେ ପରିଣତ ହୋଇଥାଏ ।

179. **उपकर्तर्यपकर्तुमि-छत्यबुधः।**

ମୂର୍ଖ ଲୋକ ଭଲ ବଦଳରେ ଖରାପ କାମ କରିଥାଏ ।

180. **न पापकर्मणामाक्रोशभयम्।**

ପାପା କରୁଥିବା ଲୋକର ନିନ୍ଦା ଭୟ ନଥାଏ ।

181. **उत्साहवतां शत्रवोऽपि वशीभवन्ति।**
ସାହସୀ ଲୋକମାନଙ୍କ ଠାରେ ଶତ୍ରୁ ମଧ୍ୟ ବଶୀଭୂତ ହୋଇଥାନ୍ତି ।

182. **विक्रमधना राजानः।**
ରାଜା ପରାକ୍ରମ (ବୀରତ୍ୱ)ରେ ଧନୀ ହୋଇଥାନ୍ତି ।

183. **नास्त्यलसस्यैहिकामुष्मिकम्।**
ଅଳସୁଆ ଲୋକର ବର୍ତ୍ତମାନ ଓ ଭବିଷ୍ୟତ ବୋଲି କିଛି ନଥାଏ ।

184. **निरुत्साहाद् दैवं पतति।**
ଉତ୍ସାହ ଅଭାବରେ ଭାଗ୍ୟ ମଧ୍ୟ ନଷ୍ଟ ହୋଇ ଯାଇଥାଏ ।

185. **मत्स्यार्थीव जलमुपयुज्यार्थं गृह्णीयात्।**
କେଉଟ ଭଳି ଜଳ ମଧ୍ୟରେ ବୁଡ଼ି ସେଥିରୁ ଲାଭ ହାସଲ କରିବା ଦରକାର ।

186. **अविश्वस्तेषु विश्वासो न कर्तव्यः।**
ଅବିଶ୍ୱାସୀ ଉପରେ କେବେ ମଧ୍ୟ ବିଶ୍ୱାସ କରିବା ଠିକ୍ ନୁହେଁ ।

187. **विषं विषमेव सर्वकालम्।**
ବିଷ ସବୁ ସମୟପାଇଁ ବିଷ ହିଁ ହୋଇ ରହିଥାଏ ।

188. **अर्थ समादाने वैरिणां संग एव न कर्तव्यः।**
ଧନକୁ ରକ୍ଷା କରିବାର ଅଛି ତ ଶତ୍ରୁ ସଂଗକୁ ତ୍ୟାଗ କର ।

189. **अर्थसिद्धौ वैरिणं न विश्वसेत्।**
ଉଦ୍ଦେଶ୍ୟ ପ୍ରାପ୍ତିପାଇଁ ଶତ୍ରୁ ଉପରେ ମଧ୍ୟ ବିଶ୍ୱାସ କରନାହିଁ ।

190. **अर्थाधीन एव नियतसम्बन्धः।**
ଯେ କୌଣସି ପ୍ରକାରର ସଂପର୍କ ଉଦ୍ଦେଶ୍ୟ ସହିତ ସଂପୃକ୍ତ ରହିଥାଏ ।

191. **शत्रोरपि सुतः सखा रक्षितव्यः।**
ଶତ୍ରୁର ପୁତ୍ର ଯଦି ମିତ୍ର ହୋଇଥାଏ, ତେବେ ତାକୁ ରକ୍ଷା କରିବା ଦରକାର ।

192. **यावच्छत्रोश्छिद्रं तावद् बद्धहस्तेन वा स्कन्धेन वा बाह्यः।**
ଶତ୍ରୁଙ୍କ ଦୁର୍ବଳତାକୁ ଜାଣିବା ପର୍ଯ୍ୟନ୍ତ ସେମାନଙ୍କୁ ଲୋକ ବାହ୍ୟ ଆଡ଼ମ୍ବର ମଧ୍ୟରେ ରଖିବା ଦରକାର ।

193. **शत्रुछिद्रे प्रहरेत्।**
ଶତ୍ରୁର ଦୁର୍ବଳତା ଉପରେ ଚୋଟ ମାରିବା ଦରକାର ।

194. **आत्मछिद्रं न प्रकाशयेत।**
ନିଜର ଦୁର୍ବଳତାକୁ କାହାରି ସମ୍ମୁଖରେ ପ୍ରକାଶ କରିବା ଅନୁଚିତ ।

195. **छिद्रप्रहारिणः शत्रवः।**
ଶତ୍ରୁ ସଦା ସର୍ବଦା ଦୁର୍ବଳତା ଉପରେ ହିଁ ଚୋଟ ମାରିଥାଏ ।

196. **हस्तगतमपि शत्रुं न विश्वसेद्।**
ହାତମୁଠାକୁ ଆସି ସାରିଥିବା ଶତ୍ରୁକୁ ମଧ୍ୟ ବିଶ୍ୱାସ କରିବା ଅନୁଚିତ ।

197. **स्वजनस्य दुर्वृत्तं निवारयेत।**
ସ୍ୱଜନମାନଙ୍କର ଆବଶ୍ୟକତାକୁ ପୂର୍ଣ୍ଣ କରିବା ଦରକାର ।

198. **स्वजनावमानोऽपि मनस्विनां दुःखमावहति।**
ମନସ୍ୱୀମାନଙ୍କୁ ନିଜ ଆତ୍ମୀୟମାନଙ୍କ ଅପମାନ ମଧ୍ୟ ଦୁଃଖ ପ୍ରଦାନ କରିଥାଏ ।

199. **एकांगदोषः पुरुषमवसादयति।**
ଗୋଟିଏ ଅଙ୍ଗର ଦୋଷ ମଧ୍ୟ ବ୍ୟକ୍ତିକୁ ଦୁଃଖ ପ୍ରଦାନ କରିଥାଏ ।

200. **शत्रुं जयति सुवृत्तता।**
ନମ୍ର ବ୍ୟବହାର ଦ୍ୱାରା ମଧ୍ୟ ଶତ୍ରୁକୁ ଜୟ କରିହୁଏ ।

201. **निकृतिप्रिया नीचाः।**
ନୀଚ ଲୋକ ସଜ୍ଜନଙ୍କ ପାଇଁ ଦୁଃଖଦାୟୀ ହୋଇଥାନ୍ତି ।

202. **नीचस्य मतिर्न दातव्या।**
ଦୁଷ୍ଟ ଲୋକକୁ ଉପଦେଶ ଦେବା ଅନୁଚିତ ।

203. **तेषु विश्वासो न कर्तव्यः।**
ଦୁଷ୍ଟଲୋକ ଉପରେ କେବେହେଲେ ବିଶ୍ୱାସ କରିବା ଅନୁଚିତ ।

204. **सुपूजितोऽपि दुर्जनः पीडयत्येव।**
ସମ୍ମାନ ପାଇଥିବା ଦୁର୍ଜ୍ଜନ ଦୁଃଖ ହିଁ ଦେଇଥାଏ ।

205. **चन्दनानपि दावोऽग्निर्दहत्येव।**
ଚନ୍ଦନ ଇତ୍ୟାଦି ବୃକ୍ଷକୁ ମଧ୍ୟ ଦାବାନଳ (ଜଙ୍ଗଲରେ ଲାଗିଯାଇଥିବା ନିଆଁ) ଜାଳି ଦେଇଥାଏ ।

206. **कदाऽपि पुरुषं नावमन्येत्।**
ପୁରୁଷଙ୍କୁ କେବେହେଲେ ଅପମାନ କରିବା ଅନୁଚିତ ।

207. **क्षन्तव्यमिति पुरुषं न बाधेत्।**
କ୍ଷମାଯୋଗ୍ୟ ପୁରୁଷଙ୍କୁ ଦୁଃଖୀ କରନ୍ତୁ ନାହିଁ ।

208. **भर्त्राधिकं रहस्ययुक्तं वक्तुमिच्छन्त्यबुद्धयः।**
ମାଲିକ କହିଥିବା ଗୋପନୀୟ କଥାକୁ ମଧ୍ୟ ମୂର୍ଖ ସମସ୍ତଙ୍କୁ କହିବାକୁ ଚାହିଁଥାଏ ।

209. **अनुरागस्तु फलेन सूच्यते।**
ପ୍ରକୃତ ପ୍ରେମ କେବଳ କଥାରେ ନୁହେଁ ବରଂ କାର୍ଯ୍ୟରେ ପ୍ରଦର୍ଶିତ ହୋଇଥାଏ ।

210. **आज्ञाफलमैश्वर्यम्।**
ଐଶ୍ୱର୍ଯ୍ୟର ପରିଣାମ ହେଉଛି ଆଜ୍ଞା ।

211. **दातव्यमपि बलिशः क्लेशेन दास्यति।**
ଦେବାପାଇଁ କ୍ଷମ ବ୍ୟକ୍ତି (ଦାନୀ)କୁ ମଧ୍ୟ ମୂର୍ଖ ବ୍ୟକ୍ତି କଷ୍ଟ (ପୀଡ଼ା) ପ୍ରଦାନ କରିଥାଏ ।

212. **महदैश्वर्यं प्राप्याप्यधृतिमान् विनश्यति।**
ଧୈର୍ଯ୍ୟହୀନ ବ୍ୟକ୍ତି ଅଧିକ ସୁଖ ସୁବିଧା ଲାଭ କରି ନଷ୍ଟ ହୋଇ ଯାଇଥାନ୍ତି ।

213. **नास्त्यधृतेरैहिकाममुष्मिकम्।**
ଧୈର୍ଯ୍ୟହୀନ ବ୍ୟକ୍ତିର ବର୍ତ୍ତମାନ ଓ ଭବିଷ୍ୟତ ବୋଲି କିଛି ନଥାଏ ।

214. **न दुर्जनैः सह संसर्गः कर्तव्यः।**
ଦୁଷ୍ଟଙ୍କ ସଂଗତିଠାରୁ ସର୍ବଦା ଦୂରେଇ ରହିବା ଉଚିତ ।

215. शौण्डहस्तगतं पयोऽप्यवमन्यते।
ମଦୁଆ ହାତରୁ କ୍ଷୀରକୁ ମଧ୍ୟ ଗ୍ରହଣ କରିବା କଥା ନୁହେଁ ।

216. कार्यसंकटेष्वर्थव्यवसायिनी बुद्धिः।
କଠିନ ସମୟରେ ବୁଦ୍ଧିହିଁ ପଥ ପ୍ରଦର୍ଶନ କରିଥାଏ ।

217. मितभोजनं स्वास्थ्यम्।
ଅଳ୍ପାହାର ହିଁ ସ୍ୱାସ୍ଥ୍ୟପ୍ରଦ ।

218. पथ्यमपथ्यं वाऽजीर्णे नाश्नीयात्।
କୋଷ୍ଠକାଠିନ୍ୟ ଥିବାବେଳେ ଜୀର୍ଣ୍ଣ ହୋଇ ପାରୁଥିବା ଖାଦ୍ୟକୁ ମଧ୍ୟ ତ୍ୟାଗ କରିଦେବା ଉଚିତ ।

219. जीर्णभोजिनं व्याधिर्नोपि सर्पितः।
ଖାଦ୍ୟଜୀର୍ଣ୍ଣ ହୋଇଗଲେ ଭୋଜନ କରିଥିବା ବ୍ୟକ୍ତିକୁ ବ୍ୟାଧ ହୁଏ ନାହିଁ ।

220. जीर्णशरीरे वर्धमानं व्याधिं नोपेक्ष्येत्।
ବାର୍ଦ୍ଧକ୍ୟ କାଳରେ ଦେଖା ଦେଉଥିବା ସମାନ୍ୟ ରୋଗକୁ ମଧ୍ୟ ଅବହେଳା କରିବା ଅନୁଚିତ ।

221. अजीर्णे भोजनं दुःखम्।
ବଦହଜମୀ ହେଲାପରେ ଭୋଜନ କଷ୍ଟ ଦାୟକ ହୋଇଥାଏ ।

222. शत्रोरपि विशिष्यते व्याधिः।
ଶତ୍ରୁଠାରୁ ମଧ୍ୟ ରୋଗ ହେଉଛି ଭୟଂକର ।

223. दानं निधानमनुगामि।
ନିଜର ଶକ୍ତି ଅନୁଯାୟୀ ଦାନ ଦେବା ଦରକାର ।

224. पदुतरे तृष्णापरे सुलभमतिसन्धानम्।
ଚତୁର ଓ ଲୋଭୀ ବ୍ୟକ୍ତି ସ୍ୱାର୍ଥ ବଶବର୍ତୀ ହୋଇ ଅକାରଣରେ ନିଜପାଇଁ ଅଧିକ ଧନ ଲୋଡୁଥାଏ ।

225. तृष्णाया मतिश्छाद्यते।
ଲୋଭ ବୁଦ୍ଧିକୁ ଆଚ୍ଛାଦିତ କରି ରଖେ ।

226. कार्यबहुत्वे बहफलमायतिकं कुर्यात्।
ଅନେକ କାର୍ଯ୍ୟ ମଧ୍ୟରୁ ଅଧିକ ଫଳପ୍ରଦ କାର୍ଯ୍ୟକୁ ପ୍ରଥମେ କରିବା ଉଚିତ ।

227. स्वयमेवावस्कन्नं कार्यं निरीक्षेत्।
ନିଜ ଦ୍ୱାରା ବା ଅନ୍ୟ ଦ୍ୱାରା ହୋଇଥିବା ଭୁଲ କାର୍ଯ୍ୟକୁ ସ୍ୱୟଂ ନିରୀକ୍ଷଣ କରିବା ଦରକାର ।

228. मूर्खेषु साहसं नियतम्।
ମୂର୍ଖଙ୍କ ମଧ୍ୟରେ ସାହସ ହିଁ ରହିଥାଏ ।

229. मूर्खेषु विवादो न कर्तव्यः।
ମୂର୍ଖମାନଙ୍କ ସହିତ କଳି କରିବା ଅନୁଚିତ ।

230. मूर्खेषु मूर्खवत् कथ्येत्।
ମୂର୍ଖ ସହିତ ମୂର୍ଖପରି ଭାଷା ବ୍ୟବହାର କରିବା ଦରକାର ।

231. **आयसैरावसं छेद्यम्।**
ଲୁହାରେ ଲୁହାକୁ କାଟିବା ଦରକାର ।

232. **नास्त्यधीमतः सखा।**
ମୂର୍ଖଙ୍କର କେହି ମିତ୍ର ନଥାନ୍ତି ।

233. **धर्मेण धार्यते लोकः।**
ଧର୍ମ ହିଁ ମନୁଷ୍ୟକୁ ଧାରଣ କରିଥାଏ ।

234. **प्रेतमपि धर्माधर्मावनुगच्छतः।**
ଧର୍ମ ଓ ଅଧର୍ମ ପ୍ରେତକୁ ମଧ୍ୟ ତ୍ୟାଗ କରେ ନାହିଁ ।

235. **दया धर्मस्य जन्मभूमिः।**
ଦୟା ଧର୍ମର ଜନ୍ମଭୂମି ।

236. **धर्ममूले सत्यदाने।**
ଧର୍ମ ସତ୍ୟ ଓ ଦାନର ମୂଳପିଣ୍ଡ ।

237. **धर्मेण जयति लोकान्।**
ବ୍ୟକ୍ତି ଧର୍ମ ଦ୍ୱାରା ଲୋକମାନଙ୍କୁ ଜୟ କରିଥାନ୍ତି ।

238. **मृत्युरपि धर्मिष्ठं रक्षति।**
ଧାର୍ମିକ ବ୍ୟକ୍ତି ମୃତ୍ୟୁ ପରେ ମଧ୍ୟ ଅମର ରହିଥାନ୍ତି ।

239. **तद्विपरीतं पापं यत्र प्रसज्यते तत्र धर्मावमतिर्महती प्रसज्यते।**
ଯେଉଁଠାରେ ପାପର ଭାର ବଢ଼ିଯାଏ, ସେଠାରେ ଧର୍ମର ଘୋର ଅପମାନ ହୋଇଥାଏ ।

240. **उपस्थितविनाशानां प्रकृत्याकारेण लक्ष्यते।**
ଉପସ୍ଥିତ ବିନାଶ ପ୍ରକୃତିର ବ୍ୟବହାର ଦ୍ୱାରା ସୂଚିତ ହୋଇଥାଏ ।

241. **आत्मविनाशं सूचयत्यधर्मबुद्धिः।**
ଅଧର୍ମ ବୁଦ୍ଧି ସ୍ୱୟଂକୁ ମଧ୍ୟ ନଷ୍ଟ କରିଦିଏ ।

242. **पिशुनवादिनो न रहस्यम्।**
ଚୁଗୁଲିଆକୁ ନିଜର ଗୋପନୀୟ କଥା କେବେହେଲେ କହିବା ଉଚିତ ନୁହେଁ ।

243. **पर रहस्यं नैव श्रोतव्यम्।**
ଅନ୍ୟର ଗୋପନୀୟ କଥା ଶୁଣନାହିଁ ।

244. **वल्लभस्य कारकत्वधर्म युक्तम्।**
ରାଜା ତାଙ୍କର ସେବକମାନଙ୍କୁ ମୁହଁଦେବା ଉଚିତ ନୁହେଁ; କାରଣ ଏପରି କରିବାଦ୍ୱାରା ସେମାନେ ନିୟନ୍ତ୍ରଣରୁ ବାହାରି ଯାଇ ପ୍ରଜାମାନଙ୍କୁ କଷ୍ଟ ପ୍ରଦାନ କରିଥାନ୍ତି ।

245. **स्वजनेष्वतिक्रमो न कर्तव्यः।**
ନିଜର ପରିଜନଙ୍କୁ ଅପମାନ କରିବା ଅନୁଚିତ ।

246. **माताऽपि दुष्टा त्याज्या।**
ମାତା ଯଦି ଦୁଷ୍ଟା ହୁଏ ତେବେ ତାଙ୍କୁ ମଧ୍ୟ ତ୍ୟାଗ କରିଦେବା ଦରକାର ।

247. **स्वहस्तोऽपि विषदग्धश्छेद्यः।**
ବିଷାକ୍ତ ହୋଇ ଯାଇଥିବା ହସ୍ତକୁ କାଟି ଦେବା ଦରକାର ।

248. **परोऽपि च हितो बन्धुः।**
ଅଜଣା ବ୍ୟକ୍ତି ଯଦି ଶୁଭାକାଙ୍କ୍ଷୀ ହୋଇଥାନ୍ତି, ତେବେ ତାଙ୍କୁ ନିଜର ଭାଇ ବୋଲି ଭାବିବା ଉଚିତ ।

249. **कक्षादप्यौषधं गृह्यते।**
ଶୁଷ୍କ ଜଙ୍ଗଲରୁ ମଧ୍ୟ ଔଷଧ ସଂଗ୍ରହ କରିହେବ ।

250. **नास्ते चौरेषु विश्वासः।**
ଚୋରଙ୍କ ଉପରେ କେବେହେଲେ ମଧ୍ୟ ବିଶ୍ୱାସ ରଖିବା ଅନୁଚିତ ।

251. **अप्रतीकारेष्वनादरो न कर्तव्यः।**
ଶତ୍ରୁକୁ ଦୁଃଖୀ ହେବାର ଦେଖି ତାକୁ ଉପହାସ କରନାହିଁ ।

252. **व्यसनं मनागपि बाधते।**
ସାମାନ୍ୟ କ୍ଷତି ମଧ୍ୟ ଦୁଃଖ ପ୍ରଦାନ କରିଥାଏ ।

253. **अमरवदर्थजातमर्जयेत्।**
ନିଜକୁ ଅମର ବୋଲି ଭାବି ଧନ ସଂଚୟ କରିବା ଦରକାର ।

254. **अर्थवानम् सर्वलोकस्य बहुमतः।**
ଧନୀଙ୍କୁ ସମଗ୍ର ସମାଜ ସମ୍ମାନ ପ୍ରଦାନ କରିଥାନ୍ତି ।

255. **महेन्द्रयप्यर्थहीनं न बहु मन्यते लोकः।**
ମହାନ ରାଜା ଯଦି ଧନହୀନ ହୋଇ ଯାଆନ୍ତି, ତେବେ ତାଙ୍କୁ ମଧ୍ୟ ଲୋକେ ସମ୍ମାନ ଦେଖାନ୍ତି ନାହିଁ ।

256. **दारिद्र्यं खलु पुरुषस्य जीवितं मरणम्।**
ଦରିଦ୍ରଙ୍କ ବଂଚିବା ହେଉଛି ମରଣ ସଦୃଶ ।

257. **विरूपोऽर्थवान् सुरूपः।**
କୁତ୍ସିତ ବ୍ୟକ୍ତି ପାଖରେ ଧନ ଥିଲେ ସେ ମଧ୍ୟ ସୁନ୍ଦର ରୂପଧାରୀ ହୋଇ ଉଠନ୍ତି ।

258. **अदातारमप्यर्थवन्तर्थिनो न त्यजन्ति।**
ଯାଚନାକାରୀ (ମାଗୁଥିବା ଲୋକ) ତ କୃପଣ ଧନୀ ବ୍ୟକ୍ତିଙ୍କୁ ମଧ୍ୟ ଛାଡ଼ନ୍ତି ନାହିଁ ।

259. **अकुलीनोऽपि धनी कुली कुलीनाद्विशिष्टः।**
କୁଳ କଳଂକିତ ହେଲେ ମଧ୍ୟ ଯଦି ଜଣଙ୍କ ପାଖରେ ଅପର୍ଯ୍ୟାପ୍ତ ଧନ-ସଂପଦ ରହିଥାଏ, ତେବେ ସେ ସଚରାଚରରେ କୁଳୀନଙ୍କଠାରୁ ମଧ୍ୟ ଶ୍ରେଷ୍ଠ ହୋଇଯାଏ ।

260. **नास्त्यवमानभयमनार्यस्य।**
ନୀଚଲୋକଙ୍କୁ ଅପମାନର ଭୟ ନଥାଏ ।

261. **न चेतनवतां वृत्तिर्भयम्।**
କୁଶଳୀ ଲୋକମାନଙ୍କୁ ଦୈନନ୍ଦିନର ପେଟପାଟଣା ପାଇଁ ଭୟ ନଥାଏ ।

262. **न जितेन्द्रियाणां विषयभयम्।**
ଯାହାର ଇନ୍ଦ୍ରିୟ ବଶୀଭୂତ, ତାହାର ବିଷୟ ବାସନାର ଭୟ ନଥାଏ ।

263. **न कृतार्थानां मरणभयम्।**
ମଙ୍ଗଳକାରୀର ମୃତ୍ୟୁଭୟ ନଥାଏ ।

264. **कस्यचिदर्थं स्वमिव मन्यते साधुः।**
ଅନ୍ୟ କାହାରି ଧନକୁ ସାଧୁମାନେ ନିଜର ଧନ ପରି ସାଇତି ରଖିଥାନ୍ତି ।
265. **परविभवेष्वादरो न कर्तव्यः।**
ଅନ୍ୟର ସୁଖ-ସୁବିଧା ପ୍ରତି ଲୋଭ କରିବା ଉଚିତ ନୁହେଁ ।
266. **परविभवेष्वादरोऽपि नाशमूलम्।**
ଅନ୍ୟ ଧନ ପ୍ରତି ଲୋଭ ହିଁ ବିନାଶର କାରଣ ।
267. **अल्पमपि पर द्रव्यं न हर्तव्यम्।**
ଅନ୍ୟର ଅତି ଛୋଟ ଜିନିଷଟିଏ ମଧ୍ୟ ଚୋରୀ କରିବା ଅନୁଚିତ ।
268. **परद्रव्यापहरणमात्मद्रव्यनाशहेतुः।**
ଅନ୍ୟର ଜିନିଷକୁ ଚୋରୀ କଲେ ନିଜ ଜିନିଷର ବିନାଶ ହୋଇଥାଏ ।
269. **न चौर्यात्परं मृत्युपाशः।**
ଚୋରୀ କରିବା ଅପେକ୍ଷା ମରି ଯିବା ବରଂ ଭଲ ।
270. **यवागूरपि प्राणधारणं करोति लोके।**
ଚୁଡ଼ା-ମୁଢ଼ିରେ ମଧ୍ୟ ଲୋକମାନଙ୍କର ଜୀବନ ରକ୍ଷା କରି ହୁଏ ।
271. **न मृतस्यौषधं प्रयोजनम्।**
ମଲା ଲୋକ ପାଇଁ ଔଷଧର ପ୍ରୟୋଜନ ନାହିଁ ।
272. **समकाले स्वयमपि प्रभुत्वस्य प्रयोजनं भवित।**
ପ୍ରତ୍ରେକ ସମୟରେ ସତର୍କ ରହିବା ହିଁ ଉଦ୍ଦେଶ୍ୟ ପ୍ରାପ୍ତିର ମୂଳ କାରଣ ହୋଇଥାଏ ।
273. **नीचस्य विद्याः पापकर्मणि योजयन्ति।**
ଦୁରାଚାରୀର ବିଦ୍ୟା ପାପକର୍ମକୁ ବୃଦ୍ଧି କରାଇବାରେ ବିନିଯୋଗ ହୋଇଥାଏ ।
274. **पयःपानमपि विषवर्धन भुजंगस्य नामृतं स्यात्।**
ସାପକୁ କ୍ଷୀର ପାନ କରାଇଲେ ମଧ୍ୟ ତାର ବିଷ ବୃଦ୍ଧି ହୋଇଥାଏ, ଅମୃତ ନୁହେଁ ।
275. **न हि धान्यसमो ह्यर्थः।**
ଅନ୍ନ ପରି ଅନ୍ୟ କୌଣସି ଧନ ନାହିଁ ।
276. **न क्षुधासमः शत्रुः।**
ଭୋକ ପରି ଅନ୍ୟ କୌଣସି ଶତ୍ରୁ ନାହିଁ ।
277. **अकृतेर्नियताक्षुत्।**
ଭୋକରେ ମରିବା ଅଳସୁଆର ଭାଗ୍ୟ ।
278. **नास्त्यभक्ष्यं क्षुधितस्य।**
କ୍ଷୁଧାର୍ତ୍ତପାଇଁ କିଛି ମଧ୍ୟ ଅଭକ୍ଷ ନୁହେଁ ।
279. **इन्द्रियाणि जरावशं कुर्वन्ति।**
ଇନ୍ଦ୍ରିୟମାନ ବାର୍ଦ୍ଧକ୍ୟର ଅଧୀନ ହୋଇ ଯାଆନ୍ତି ।
280. **सानुक्रोशं भर्तारमाजीवेत्।**
ଯିଏ ସେବକର ଦୁଃଖ-କଷ୍ଟକୁ ଉପଲବ୍ଧି କରିଥାଏ, ସେ ସେବାର ଯୋଗ୍ୟ ହୋଇଥାଏ ।

281. **लुब्धसेवी पावकेच्छया खद्योतं धमति।**

କଠୋର ବ୍ୟବହାର କରୁଥିବା ମାଲିକର ଭୃତ୍ୟ ଅଗ୍ନିପାଇଁ ଜୁଳୁଜୁଳିଆ ପୋକକୁ ଫୁଙ୍କୁଥାଏ ।

282. **विशेषज्ञ स्वामिनमाश्रयेत्।**

ଯୋଗ୍ୟ ସ୍ୱାମୀଙ୍କର ସାହାରା ଗ୍ରହଣ କରିନେବା ଉଚିତ ।

283. **पुरुषस्य मैथुनं जारा।**

ପୁରୁଷ ଅଧିକ ମୈଥୁନ ଫଳରେ ଶୀଘ୍ର ବୃଦ୍ଧ ହୋଇଯାଏ ।

284. **स्त्रीणां अमैथुनं जरा।**

ସ୍ତ୍ରୀ ମୈଥୁନ ନ କଲେ ଶୀଘ୍ର ବୃଦ୍ଧା ହୋଇଯାଏ ।

285. **न नीचोत्तमयोर्विवाहः।**

ଦୁଷ୍ଟ ଓ ଭଲଙ୍କ ମଧ୍ୟରେ ବିବାହ ହେବା ଅନୁଚିତ ।

286. **अगम्यागमनादायुर्यशश्च पुण्यानि क्षीयन्ते।**

ଭୋଗ୍ୟ ଅଯୋଗ୍ୟା ନାରୀ ସହିତ ସହବାସ କଲେ ଆୟୁ, ଯଶ ଓ ପୁଣ୍ୟ କ୍ଷୟ ହୋଇଥାଏ ।

287. **नास्त्यहंकार समः शत्रुः।**

ଅହଂକାର ଠାରୁ ବଳି ଦ୍ୱିତୀୟ ଶତ୍ରୁ ଆଉ କେହି ନାହିଁ ।

288. **संसदि शत्रु न परिक्रोशेत्।**

ସଭା ମଧ୍ୟରେ ଶତ୍ରୁ ଉପରେ ରାଗିବା ଅନୁଚିତ ।

289. **शत्रुव्यसनं श्रवणसुखम्।**

ଶତ୍ରୁ ବିପକ୍ଷରେ କଥା ଶୁଣିବାକୁ ଭଲ ଲାଗେ ।

290. **अधनस्य बुद्धिर्न विद्यते।**

ନିର୍ଦ୍ଧନର ବୁଦ୍ଧି ନଥାଏ ।

291. **हितमप्यधनस्य वाक्य न शृणोति।**

ନିର୍ଦ୍ଧନର ହିତକାରକ କଥାକୁ ମଧ୍ୟ କେହି ଶୁଣନ୍ତି ନାହିଁ ।

292. **अधनः स्वभार्ययाप्यवमन्यते।**

ନିର୍ଦ୍ଧନ ନିଜ ସ୍ତ୍ରୀ ଦ୍ୱାରା ମଧ୍ୟ ଅପମାନିତ ହୋଇଥାଏ ।

293. **पुष्पहीनं सहकारमपि नोपासते भ्रमराः।**

ପୁଷ୍ପହୀନ ଛୋଟ ଆମ୍ବଗଛକୁ ମଧ୍ୟ ଭ୍ରମର ତ୍ୟାଗ କରି ଚାଲିଯାଏ ।

294. **विद्या धनमधनानाम्।**

ବିଦ୍ୟା ଗରିବର ଧନ ।

295. **विद्या चौरैरपि न ग्राह्या।**

ବିଦ୍ୟାକୁ ଚୋର ମଧ୍ୟ ଚୋରୀ କରି ପାରିବ ନାହିଁ ।

296. **विद्या ख्यापिता ख्यातिः।**

ବିଦ୍ୟା ଯଶକୁ ପ୍ରସାରିତ କରେ ।

297. **यशः शरीरं न विनश्यति।**

ଯଶ ରୂପୀ ଶରୀରର କେତେବେଳେ ହେଲେ ବିନାଶ ହୁଏ ନାହିଁ ।

298. **यः परार्थमुपसर्पति स सत्पुरुषः।**
ଯିଏ ପରୋପକାରକୁ ଅଗେଇ ନିଏ, ସିଏ ସତ୍‌ପୁରୁଷ ।

299. **इन्द्रियाणां प्रशम शास्त्रम्।**
ଇନ୍ଦ୍ରିୟମାନଙ୍କୁ ଶାନ୍ତ ରଖିବା ହେଉଛି ବୁଦ୍ଧିମାନର କାର୍ଯ୍ୟ ।

300. **अशास्त्रकार्यवृत्तौ शास्त्राकुशं निवारयति।**
ନୀତି ବିହୀନ କାର୍ଯ୍ୟ ପ୍ରତି ଆଶକ୍ତି ଆସିଲେ ଶାସ୍ତ୍ର ତାହା ପ୍ରତି ଅଂକୁଶ ଲଗାଇଥାଏ ।

301. **नीचस्य विद्या नोपेतव्या।**
ଦୁଷ୍ଟଠାରୁ ବିଦ୍ୟା ଗ୍ରହଣ କରିବା ଅନୁଚିତ ।

302. **म्लेच्छभाषण न शिक्षेत्।**
ମ୍ଳେଚ୍ଛମାନଙ୍କ ଭାଷାକୁ ଶିଖ ନାହିଁ ।

303. **म्लेच्छानामपि सुवृत्तं ग्राह्यम्।**
ମ୍ଳେଚ୍ଛମାନଙ୍କର ଭଲ କଥା ମଧ୍ୟ ଗ୍ରହଣ ଯୋଗ୍ୟ ହୋଇଥାଏ ।

304. **गुणे न मत्सरः कार्यः।**
ଗୁଣ ଶିକ୍ଷା କରିବାରେ ଆଳସ୍ୟ କରିବା ଅନୁଚିତ ।

305. **शत्रोरपि सुगुणो ग्राह्यः।**
ଶତ୍ରୁଙ୍କ ଠାରୁ ମଧ୍ୟ ସଦଗୁଣ ଗ୍ରହଣ କରି ନେବା ଦରକାର ।

306. **विषादप्यमृतं ग्राह्यम्।**
ବିଷରୁ ମଧ୍ୟ ଅମୃତ ସଂଗ୍ରହ କରିନେବା ଉଚିତ ।

307. **अवस्थया पुरुषः सम्मान्यते।**
ଯୋଗ୍ୟତା ଦ୍ୱାରା ପୁରୁଷ ସମ୍ମାନିତ ହୁଏ ।

308. **स्थान एव नरा पूज्यन्ते।**
ନିଜର ଗୁଣ ଦ୍ୱାରା ପୁରୁଷ ପୂଜିତ ହୁଅନ୍ତି ।

309. **आर्यवृत्तमनुतिष्ठेत।**
ଶ୍ରେଷ୍ଠ ସ୍ୱଭାବକୁ ମନୁଷ୍ୟ ଅକ୍ଷୁର୍ଣ୍ଣ ରଖିବା ଦରକାର ।

310. **कदापि मर्यादां नातिमेत्।**
ମର୍ଯ୍ୟାଦାକୁ କେବେହେଲେ ଉଲଂଘନ କରିବା ଅନୁଚିତ ।

311. **नास्त्यर्ध पुरुष रत्नस्य।**
ପୁରୁଷ ରୂପୀ ରତ୍ନର କୌଣସି ମୂଲ୍ୟାଂକନ କରିବା ସମ୍ଭବ ନୁହେଁ ।

312. **न स्त्रीरत्नसमं रत्नम्।**
ସ୍ତ୍ରୀ ରତ୍ନ ପରି ଅନ୍ୟ କୌଣସି ରତ୍ନ ନାହିଁ ।

313. **सुदुर्लभं रत्नम्।**
ରତ୍ନ ପାଇବା ଅତ୍ୟନ୍ତ କଠିନ କାର୍ଯ୍ୟ ।

314. **अयशो भयं भयेषु।**
ବଦନାମୀ ହେବା ସବୁ ଭୟ ଅପେକ୍ଷା ଅତ୍ୟନ୍ତ ବଡ଼ ଭୟ ।

315. **नास्त्यलसस्य शास्त्रगमः।**
ଅଳସୁଆ କେବେହେଲେ ବହି ପଢେନାହିଁ ।

316. **न स्त्रैणस्य स्वर्गाप्तिर्धर्मकृत्यं च।**
ସ୍ତ୍ରୈଣ (ସେହି ପୁରୁଷ ଯିଏ ସ୍ତ୍ରୀମାନଙ୍କ ପରି ବ୍ୟବହାର କରିଥାନ୍ତି)ଙ୍କଠାରୁ ସୁଖ କାମନା କରୁଥିବା ବ୍ୟକ୍ତିଙ୍କ ପାଖରୁ ସ୍ୱର୍ଗ ପ୍ରାପ୍ତି ଓ ଧର୍ମ-କର୍ମର ଅପେକ୍ଷା ରଖିବା ବୃଥା ।

317. **स्त्रियोऽपि स्त्रैणमवमन्यते।**
ସ୍ତ୍ରୀ ମଧ୍ୟ ଏପରି ସ୍ତ୍ରୈଣ ପୁରୁଷଙ୍କୁ ଅପମାନିତ କରିଥାନ୍ତି ।

318. **न पुष्पार्थी सिञ्चति शुष्कतरुम्।**
ଫୁଲକୁ ଭଲ ପାଉଥିବା ମଣିଷ ଶୁଷ୍କ ବୃକ୍ଷକୁ ପାଣି ଦିଏ ନାହିଁ ।

319. **अद्रव्यप्रयत्नो बालुकाक्वथानादनन्यः।**
ବିନା ଧନରେ କାର୍ଯ୍ୟ କରିବା ଅର୍ଥ ବାଲିରୁ ତେଲ ବାହାର କରିବା ସହିତ ସମାନ ।

320. **न महाजनहासः कर्तव्यः।**
ମହାନ ବ୍ୟକ୍ତିମାନଙ୍କର ଅପମାନ କରିବା ଅନୁଚିତ ।

321. **कार्यसम्पदं निमित्तानि सूचयन्ति।**
କୌଣସି କାର୍ଯ୍ୟର ଲକ୍ଷଣ ହିଁ ତାହାର ସିଦ୍ଧି-ଅସିଦ୍ଧି ସଂପର୍କରେ ସୂଚନା ପ୍ରଦାନ କରିଥାଏ ।

322. **नक्षत्रादपि निमित्तानि विशेषयन्ति।**
ନକ୍ଷତ୍ରମାନଙ୍କ ଠାରୁ ମଧ୍ୟ ଭବିଷ୍ୟତରେ ହେବାକୁ ଥିବା ଭଲ ବ ମନ୍ଦକୁ ଜାଣି ହୁଏ ।

323. **न त्वरितस्य नक्षत्रपरीक्षा।**
ନିଜ କାର୍ଯ୍ୟରେ ସିଦ୍ଧି ଚାହୁଁଥିବା ବ୍ୟକ୍ତି ନକ୍ଷତ୍ର ମାଧ୍ୟମରେ ଭାଗ୍ୟ ପରୀକ୍ଷା କରି ନଥାଏ ।

324. **परिचये दोषा न छाद्यन्ते।**
ପରିଚୟରେ ଦୋଷ ଲୁଚି ରୁହେ ନାହିଁ ।

325. **स्वयमशुद्धः परानाशङ्कते।**
ସ୍ୱୟଂ ଅଶୁଦ୍ଧ ବ୍ୟକ୍ତି ଅନ୍ୟର ଶୁଦ୍ଧତା ଉପରେ ସନ୍ଦେହ ପ୍ରକାଶ କରିଥାଏ ।

326. **स्वभावो दुरतिक्रमः।**
ସ୍ୱଭାବକୁ ବଦଳା ଯାଇ ପାରିବ ନାହିଁ ।

327. **अपराधानुरूपो दण्डः।**
ଅପରାଧ ଅନୁରୂପ ଦଣ୍ଡ ଦେବା ଦରକାର ।

328. **कथानुरूपं प्रतिवचनम्।**
ଯେପରି ପ୍ରଶ୍ନ ପଚରା ଯିବ, ତାହାର ଉତ୍ତର ସେହି ଅନୁସାରେ ହେବା ଦରାକର ।

329. **विभवानुरूपमाभरणम्।**
ବୈଭବ ଅନୁରୂପ ଆଭୂଷଣ ହେବା ଦରକାର ।

330. **कुलानुरूपं वृत्तम्।**
କୁଳ ଅନୁରୂପ ବ୍ୟବସାୟ ବା ଚରିତ୍ର ହେବ ଦରକାର ।

331. **कार्यानुरूपः प्रयत्नः।**
କାର୍ଯ୍ୟ ଅନୁରୂପ ପ୍ରୟାସ କରିବା ଦରକାର ।

332. **पात्रानुरूपं दानम्।**
ବ୍ୟକ୍ତିତ୍ୱ ଅନୁରୂପ ଦାନ ଦେବା ଆବଶ୍ୟକ ।

333. **वयोऽनुरूपः वेषः।**
ବୟସ ଅନୁରୂପ ପରିଧାନ ହେବା ଦରକାର ।

334. **स्वाम्यनुकूलो भृत्यः।**
ସେବକକୁ ସ୍ୱାମୀଙ୍କ ଅନୁକୂଳରେ ଚାଲିବା ଦରକାର ।

335. **गुरुवशानुवर्ती शिष्यः।**
ଶିଷ୍ୟଙ୍କ ଆଚରଣ ଗୁରୁଙ୍କ ଅନୁକୂଳ ହେବା ଉଚିତ ।

336. **भर्तृशानुवर्तिनी भार्या।**
ପତିଙ୍କ ଅନୁକୂଳ ଆଚରଣ (ବ୍ୟବହାର) ସ୍ତ୍ରୀର ହେବା ଆବଶ୍ୟକ ।

337. **पितृवशानुवर्ती पुत्रः।**
ପୁତ୍ରର ଆଚରଣ ପିତାଙ୍କର ଅନୁକୂଳ ହେବା ଦରକାର ।

338. **अत्युपचारः शंकितव्यः।**
ଅଧିକ ଔପଚାରିକତାରେ ସନ୍ଦେହ ସୃଷ୍ଟି ହୁଏ ।

339. **स्वामिनमेवानुवर्तेत।**
ସେବକ ସର୍ବଦା ସ୍ୱାମୀଙ୍କ ଆଜ୍ଞାକୁ ପାଳନ କରିବା ଦରକାର ।

340. **मातृताडितो वत्सो मातरमेवानुरोदिति।**
ମାଆ ଦ୍ୱାରା ମାଡ଼ ଖାଇଥିବା ପିଲା ମାଆ ଆଗରେ କାନ୍ଦିଥାଏ ।

341. **स्नेहवत स्वल्पो हि रोषः।**
ଗୁରୁଜନମାନଙ୍କର ରାଗ ମଧ୍ୟ ସ୍ନେହ ପରି ମନେ ହୋଇଥାଏ ।

342. **आत्मछिद्रं न पश्यति परिछिद्रमेव पश्यति बालिशः।**
ମୂର୍ଖ ବ୍ୟକ୍ତି ଅନ୍ୟର ଦୋଷକୁ ଦେଖେ, ମାତ୍ର ନିଜ ଦୋଷକୁ ନୁହେଁ ।

343. **सोपचारः कैतवः।**
ଧୂର୍ତ୍ତ ବ୍ୟକ୍ତି ଅନ୍ୟଲୋକର କପଟୀ ସେବକ ହୋଇ ରହିଥାଏ ।

344. **काम्यैर्विशेषैरूपचरणमुपचारः।**
ସ୍ୱାମୀ ଭଲ ପାଉଥିବା ଦ୍ରବ୍ୟକୁ ଉପହାରରେ ପ୍ରଦାନ କରିବା ହେଉଛି ଧୂର୍ତ୍ତମାନଙ୍କର ସେବା ।

345. **चिरपरिचितानामत्युपचारः शंकितव्यः।**
ପୁରୁଣା ପରିଚିତ ଲୋକମାନଙ୍କ ଦ୍ୱାରା ଅତ୍ୟଧିକ ସମ୍ମାନ ମିଳିବା ନିଶ୍ଚିତ ଭାବରେ ଶଂକାଯୁକ୍ତ ।

346. **गौर्दुष्करा श्वसहस्रादेकाकिनी श्रेयसी।**
ଅମାନିଆ ଗାଈ ହଜାରେ କୁକୁରଙ୍କ ଅପେକ୍ଷା ଶ୍ରେଷ୍ଠ ।

347. **श्वो मयूरादद्य कपोतो वरः।**
ଆସନ୍ତାକାଲିର ମୟୂର ଠାରୁ ଆଜିର ପାରା ବରଂ ଅଧିକ ଭଲ ।

348. **अतिसंगो दोषमुत्पादयति।**
ଅଧିକ ସ୍ନେହ-ଶ୍ରଦ୍ଧା ଦୋଷ ଉତ୍ପନ୍ନ କରାଇଥାଏ ।

349. **सर्वं जयत्यक्रोधः।**
ଆଦୌ କ୍ରୋଧ ପ୍ରକାଶ କରୁ ନଥିବା ବ୍ୟକ୍ତି ସମସ୍ତଙ୍କୁ ଜିତି ନିଅନ୍ତି ।

350. **यद्यपकारिणि कोपः कोपे कोप एवं कर्तव्यः।**
ଦୁଷ୍ଟ ବ୍ୟକ୍ତି କ୍ରୋଧ ପ୍ରକାଶ କଲେ, ତା' ପ୍ରତି ନିଜର କ୍ରୋଧ ପ୍ରକାଶ କରିବା ଦରକାର ।

351. **मतिमत्सु मूर्खमित्रगुरुवल्लभेषु विवादो न कर्तव्यः।**
ବୁଦ୍ଧିମାନ, ମୂର୍ଖ, ମିତ୍ର, ଗୁରୁ ତଥା ସ୍ୱାମୀଙ୍କ ଠାରେ ବିବାଦ କରନାହିଁ ।

352. **नस्त्यपिशाचमैश्वर्यम्।**
ଐଶ୍ୱର୍ଯ୍ୟ ବିନା ଅନୀତି ନଥାଏ ।

353. **नास्ति धनवतां शुभकर्मसु श्रमः।**
ଧନୀଙ୍କ ପରିଶ୍ରମ ଶୁଭ କାର୍ଯ୍ୟପାଇଁ ନଥାଏ; ଯଦି ଥାଏ ତେବେ ସେଥିରେ କିଛି ସ୍ୱାର୍ଥ ଅଛି ବୋଲି ଧରି ନେବାକୁ ହୋଇଥାଏ ।

354. **नास्ति गतिश्रमो यानवताम्।**
ଯାନ-ବାହାନରେ ଯାଉଥିବା ବ୍ୟକ୍ତି ଚାଲିବା କଷ୍ଟକୁ ବହନ କରିବାକୁ ଚାହାନ୍ତି ନାହିଁ ।

355. **अलौहमयं निगडं कलत्रम्।**
ପତ୍ନୀ ହେଉଛି ବିନା ଲୁହାର ଶିକୁଳି ।

356. **यो चरित्रकुशलः सतस्मिन् योक्तव्यः।**
ଯିଏ ଯେଉଁ କାର୍ଯ୍ୟରେ ନିପୁଣ, ତାହାକୁ ସେହି କାର୍ଯ୍ୟ କରିବାକୁ ଦେବା ବିଧେୟ ।

357. **दुष्टकलत्रं मनस्विनां शरीरकर्शनम्।**
ବିଦ୍ୱାନମାନଙ୍କ ଦୃଷ୍ଟିରେ ଦୁଷ୍ଟ ପତ୍ନୀ ହିଁ ଦୁଃଖର କାରଣ ।

358. **अप्रमत्तो दारान्निरीक्षेत्।**
ସାବଧାନତା ସହକାରେ ପତ୍ନୀକୁ ନିରୀକ୍ଷଣ କରିବା ଦରକାର ।

359. **स्त्रीषु किञ्चिदपि न विश्वसेत्।**
ନାରୀଙ୍କ ଉପରେ ଆଦୌ ବିଶ୍ୱାସ କରିବା ଉଚିତ ନୁହେଁ ।

360. **न समाधि स्त्रीषु लोकज्ञता च।**
ସ୍ତ୍ରୀ ଲୋକମାନଙ୍କଠାରେ ବିବେକ ଏବଂ ଲୋକ-ବ୍ୟବହାରର ଜ୍ଞାନ ନଥାଏ ।

361. **गुरुणां माता गरीयसी।**
ଗୁରୁମାନଙ୍କ ମଧ୍ୟରେ ମାତା ଶ୍ରେଷ୍ଠ ।

362. **सर्वावस्थासु माता भर्तव्या।**
ସମସ୍ତ ପ୍ରକାର ପରିସ୍ଥିତିରେ ମାତାଙ୍କ ଭରଣ-ପୋଷଣ କରିବା ଦରକାର ।

363. **वैदुष्यमलंकारेणाच्छाद्यते।**
ଅଧିକ ଯୋଗ୍ୟତା ଅଳଂକାର ଦ୍ୱାରା ଆଚ୍ଛାଦିତ ହୋଇଯାଏ ।

364. **स्त्रीणां भूषणं लज्जा।**
ଲଜ୍ଜା ସ୍ତ୍ରୀ ଲୋକାମାନଙ୍କର ଆଭୂଷଣ ।

365. **विप्राणां भूषणं वेदः।**
ବେଦ ହେଉଛି ବ୍ରାହ୍ମଣମାନଙ୍କର ଆଭୂଷଣ ।

366. **सर्वेषां भूषणं धर्मः।**
ଧର୍ମ ସମସ୍ତଙ୍କର ଅଳଂକାର ।

367. **अनुपद्रवं देशभावसेत।**
ଯେଉଁଠାରେ ସଂତ୍ରାସବାଦୀ ନଥାନ୍ତି, ସେହିଠାରେ ବାସ କରିବା ଉଚିତ ।

368. **साधु जल बहुलो देशः।**
ଯେଉଁଠାରେ ସଜ୍ଜନମାନଙ୍କର ସଂଖ୍ୟା ଅଧିକ, ତାହାହିଁ ଶ୍ରେଷ୍ଠ ଦେଶ ।

369. **राज्ञो भेतव्यं सार्वकालम्।**
ରାଜାଙ୍କୁ ସର୍ବଦା ଭୟ କରିବା ଉଚିତ ।

370. **न राज्ञः परं दैवतम्।**
ରାଜାଙ୍କଠାରୁ ବଳି ବଡ଼ ଦେବତା ନାହାନ୍ତି ।

371. **सुदूरमपि दहति राजवह्नि।**
ରାଜାଙ୍କର କ୍ରୋଧାଗ୍ନି ବହୁତ କ୍ଷୀପ୍ରଗାମୀ ଓ ତାହା ସୁଦୂରବ୍ୟାପୀ ଦୁଷ୍କର୍ମକୁ ନଷ୍ଟ କରି ଦେଇଥାଏ ।

372. **रिक्तहस्तो न राजानमभिगच्छेत्।**
ରାଜାଙ୍କ ନିକଟକୁ ଶୂନ୍ୟହସ୍ତରେ ଯିବା ଅନୁଚିତ ।

373. **गुरुं च दैवं च।**
ମନ୍ଦିର ତଥା ଗୁରୁଙ୍କ ନିକଟକୁ ଶୂନ୍ୟହସ୍ତରେ ଯିବା ଅନୁଚିତ ।

374. **कुटुम्बिनो भेतव्यम्।**
ରାଜ-ପରିବାର ସହିତ କେବେହେଲେ ଈର୍ଷା କରିବା ଅନୁଚିତ ।

375. **गन्तव्यं च सदा राजकुलम्।**
ରାଜକୁଳକୁ ବାରମ୍ୱାର ଯିବା ଉଚିତ ।

376. **राजपुरुषैः सम्बन्धं कुर्यात्।**
ରାଜ-ପୁରୁଷମାନଙ୍କ ସହିତ ଭଲ ସଂପର୍କ ରଖିବା ଦରକାର ।

377. **राजदासी न सेवितव्या।**
ରାଜମହଲମାନଙ୍କରେ ରହୁଥିବା ଲୋକମାନଙ୍କ ସହିତ ଅଧିକ ମିଳାମିଶା କରିବା ଅନୁଚିତ ।

378. **न चक्षुषाऽपि राजातं निरीक्षेत्।**
ରାଜାଙ୍କ ସହିତ ଆଖିରେ ଆଖି ମିଶାଇ କଥା କହିବା ଅନୁଚିତ ।

379. **पुत्रे गुणवति कुटुम्बिनः स्वर्गः।**
ପୁତ୍ର ଗୁଣୀ ହେଲେ ପରିବାରଲୋକଙ୍କ ପାଇଁ ତାହା କେବଳ ସୁଖ ହିଁ ସୁଖ ।

380. **पुत्राः विद्यानां पारं गमयितव्या।**
ପୁତ୍ରକୁ ସବୁ ବିଦ୍ୟାରେ ପାରଙ୍ଗମ ହେବା ଦରକାର ।

381. **जनपदार्थं ग्रामं त्यजेत्।**
ସହରପାଇଁ ଗ୍ରାମକୁ ତ୍ୟାଗ କରିବା ଦରକାର ।

382. **ग्रामार्थं कुटुम्बं त्यजेत्।**
ଗ୍ରାମପାଇଁ ପରିବାରକୁ ତ୍ୟାଗ କରି ଦେବା ଦରକାର ।

383. **अतिलाभः पुत्रलाभः।**
ପୁତ୍ର ରତ୍ନ ପ୍ରାପ୍ତି ସୁଖ ଠାରୁ ବଳି ଆଉ ବଡ଼ ସୁଖ କିଛି ନାହିଁ ।

384. **दुर्गतेः पितरौ रक्षित स पुत्रः।**
ମାତା ଓ ପିତାଙ୍କର ଦୁଃଖକୁ ଦୂର କରି ପାରୁଥିବା ପୁତ୍ର ହିଁ ପ୍ରକୃତ ପୁତ୍ର ।

385. **कुलं प्रख्यापयति पुत्रः।**
ଉପଯୁକ୍ତ ପୁତ୍ର କୁଳର ଗୌରବ ଅଟେ ।

386. **नानपत्यस्य स्वर्गः।**
ପୁତ୍ରହୀନ ବ୍ୟକ୍ତିକୁ ସ୍ୱର୍ଗ ପ୍ରାପ୍ତି ହୋଇ ନଥାଏ ।

387. **या प्रसूते सा भार्या।**
ସୁନ୍ଦର ସନ୍ତାନକୁ ଜନ୍ମ ଦେଉଥିବା ନାରୀ ହିଁ ପତ୍ନୀ ।

388. **तीर्थसमवाये पुत्रवतीमनुगच्छेत्।**
ଅନେକ ରାଣୀ ଏକ କାଳୀନ ରଜସ୍ୱଳା ହୋଇଥିଲେ ମଧ୍ୟ ରାଜା ପ୍ରଥମେ ପୁତ୍ରବତୀ ରାଣୀଙ୍କ ପାଖକୁ ହିଁ ଯାଇଥାନ୍ତି ।

389. **सतीर्थगमनाद् ब्रह्मचर्यं नश्यति।**
ଋତୁମତୀ ନାରୀ ସହିତ ସହବାସ କଲେ ବ୍ରହ୍ମଚର୍ଯ୍ୟ ନଷ୍ଟ ହୋଇଥାଏ ।

390. **न परक्षेत्रे बीजं विनिक्षिपेत।**
ଅନ୍ୟ ନାରୀ ସହିତ କଦାପି ସହବାସ କରିବା ଅନୁଚିତ ।

391. **पुत्रार्था हि स्त्रियः।**
ସ୍ତ୍ରୀ ପୁତ୍ର ରତ୍ନ ପ୍ରଦାନକାରୀ ।

392. **स्वदासी परिग्रहो हि दासभावः।**
ନିଜର ଦାସୀ ସହିତ ସହବାସ କଲେ, ତାହାର ଦାସତ୍ୱ ସ୍ୱୀକାର କରିବା ସହିତ ସମାନ ।

393. **उपस्थितविनाशः पथ्यवाक्यं न शृणोति।**
ଯାହାର ବିନାଶ ଘଟୁଛି, ତାହକୁ ଉଚିତ କଥା ଭଲ ଲାଗେ ନାହିଁ ।

394. **नास्ति देहिनां सुखदुःखभावः।**
ପ୍ରାଣୀମାନଙ୍କର ସୁଖ-ଦୁଃଖ ଲାଗି ରହିଥାଏ ।

395. **मातरमिव वत्साः सुखदुःखानि कर्तारमेवानुगच्छन्ति।**
ପିଲାମାନେ ମାଆର ପଛରେ ଚାଲୁଥିବା ପରି ସୁଖ-ଦୁଃଖ ମନୁଷ୍ୟର ପଛେ ପଛେ ଗତି କରୁଥାଏ ।

396. **तिलमात्रप्युकारं शैलषन्मन्यते साधुः।**
ସଜ୍ଜନମାନେ ତିଳ ପରିମାଣର ଉପକାରକୁ ମଧ୍ୟ ପର୍ବତ ସମ ଜ୍ଞାନ କରିଥାନ୍ତି ।

397. **उपकारोऽनार्येष्वकर्तव्यः।**
ଦୁଷ୍ଟଙ୍କର କେବେହେଲେ ମଙ୍ଗଳ କରିବ ନାହିଁ ।

398. **प्रत्युपकारभयादनार्यः शत्रुर्भवति।**
ଦୁଷ୍ଟଙ୍କର ଉପକାର କଲେ, ସେ ତାହାକୁ ଉପକାର ବୋଲି ମନେ ନକରି ଉପକାରୀର ଶତ୍ରୁ ହୋଇ ଉଠନ୍ତି ।

399. **स्वल्पमप्युपकारकृते प्रत्युपकार कर्तुमार्यो स्वपिति।**
ଛୋଟିଆ ଉପକାରର ପ୍ରତିବଦଳରେ ଉପକାର କରିବା ପାଇଁ ସାଧୁମାନେ ସଦୈବ ତତ୍ପର ରହିଥାନ୍ତି ।

400. **न कदाऽपि देवताऽवमन्तव्या।**
ଦେବତାମାନଙ୍କର କେବେହେଲେ ଅପମାନ କରିବା ଅନୁଚିତ ।

401. **न चक्षुषः समं ज्योतिरस्ति।**
ଆଖି ପରି ଆଉ ଜ୍ୟୋତି ନାହିଁ ।

402. **चक्षुर्हि शरीरिणां नेता।**
ଆଖି ହିଁ ପ୍ରାଣୀର ମାର୍ଗଦର୍ଶକ ।

403. **अपचक्षुः किं शरीरेण।**
ଚକ୍ଷୁ ନଥିବା ଶରୀରକୁ ନେଇ କଣ ବା କରା ଯାଇ ପାରିବ ।

404. **नाप्सु मूत्रं कुर्यात्।**
ପାଣି ମଧ୍ୟରେ ପରିଶ୍ରା କରନାହିଁ ।

405. **न नग्नो जलं प्रविशेत्।**
ଉଲଗ୍ନ ହୋଇ ଜଳ ମଧ୍ୟକୁ ପ୍ରବେଶ କରିବା ଅନୁଚିତ ।

406. **यथा शरीरं तथा ज्ञानम्।**
ଯେପରି ଶରୀର ହୋଇଥାଏ, ଠିକ୍ ସେପରି ଜ୍ଞାନ ମଧ୍ୟ ହୋଇଥାଏ ।

407. **यथा बुद्धिस्तथा विभवः।**
ଯେପରି ବୁଦ୍ଧି ହୋଇଥାଏ, ଠିକ୍ ସେହିପରି ମଧ୍ୟ ବୈଭବ ହୋଇଥାଏ ।

408. **अग्न्वाग्निं न निक्षिपेत।**
ନିଆଁରେ ନିଆଁ ପକାଅ ନାହିଁ ।

409. **तपस्विनः पूजनीया।**
ତପସ୍ୱୀ ସର୍ବଦା ପୂଜନୀୟ ।

410. **परदारान् न गच्छेत।**
ଅନ୍ୟର ସ୍ତ୍ରୀ ସହିତ ସଂଭୋଗ କରିବା ଅନୁଚିତ ।

411. **अन्नदानं भ्रूणहत्यामपि मार्ष्टि।**
ଅନ୍ନଦାନ କଲେ ଭୃଣହତ୍ୟା ପରି ପାପରୁ ମୁକ୍ତି ମିଳିଥାଏ ।

412. **न वेदबाह्यो धर्मः।**
ଧର୍ମ କେବେହେଲେ ବେଦ ଠାରୁ ଅଲଗା ନୁହେଁ ।

413. **कदाचिदपि धर्मं निषेवेत।**
କେବେହେଲେ ମଧ୍ୟ ଧର୍ମର ପାଳନ କରିବାକୁ ହିଁ ହେବ ।

414. **स्वर्गं नयति सुनृतम्।**
ସତ୍ୟ ଆଚରଣ ଫଳରେ ସ୍ୱର୍ଗ ମିଳିଥାଏ ।

415. **नास्ति सत्यात्परं तपः।**
ସତ୍ୟ ଠାରୁ ବଳି ଆଉ ତପ ନାହିଁ ।

416. **सत्यं स्वर्गस्य साधनम्।**
ସତ୍ୟ ହିଁ ସ୍ୱର୍ଗର ସାଧନ ।

417. **सत्येन धार्यते लोकः।**
ସତ୍ୟ ଦ୍ୱାରାହିଁ ସମାଜରେ ରହି ହୋଇଥାଏ ।

418. **सत्याद् देवो वर्षति।**
ସତ୍ୟଦ୍ୱାରା ଦେବତାମାନେ ପ୍ରସନ୍ନ ହୁଅନ୍ତି ।

419. **नानृतात्पातकं परम्।**
ମିଥ୍ୟା ଠାରୁ ବଳି ଆଉ ପାପ ନାହିଁ ।

420. **न मीमांसयः गुरवः।**
ଗୁରୁଜନମାନଙ୍କ ସମ୍ବନ୍ଧରେ ଆଲୋଚନା କରିବା ଅନୁଚିତ ।

421. **खलत्वं नोपेयात्।**
ଖରାପ ଚିନ୍ତାଧାରାକୁ କେବେହେଲେ ଗ୍ରହଣ କରନାହିଁ ।

422. **नास्ति खलस्य मित्रम्।**
ଦୁଷ୍ଟର କେହି ସାଙ୍ଗ ନଥାନ୍ତି ।

423. **लोकयात्रा दरिद्रं बाधते।**
ସାମାଜିକ ବ୍ୟବହାରର ଅଭାବରେ ଦରିଦ୍ର ମନୁଷ୍ୟ ଦୁଃଖୀ ହୋଇଉଠେ ।

424. **अतिशूरो दानशूरः।**
ଦାନବୀର ହିଁ ପ୍ରକୃତ ବୀର ।

425. **गुरुदेवब्राह्मणेषु भक्तिर्भूषणम्।**
ଗୁରୁ, ଦେବତା ଓ ବ୍ରାହ୍ମଣଙ୍କ ପ୍ରତି ଭକ୍ତି ହିଁ ବାସ୍ତବରେ ଭୂଷଣ ।

426. **सर्वस्य भूषणं विनयः।**
ବିନୟ ସମସ୍ତଙ୍କର ଭୂଷଣ ।

427. **अकुलीनोऽपि विनीतः कुलीनाद्विशिष्टः।**
ବିନୀତ ଅକୁଳୀନ ମଧ୍ୟ କୁଳୀନଙ୍କଠାରୁ ଶ୍ରେଷ୍ଠ ।

428. **आचारादायुर्वर्धते कीर्तिश्च।**
କୁଳୀନ ଆଚରଣ ଦ୍ୱାରା ଆୟୁ ଓ କୀର୍ତ୍ତି ବୃଦ୍ଧି ହୋଇଥାଏ ।

429. **प्रियमप्यहितं न वक्तव्यम्।**
ପ୍ରିୟ ହୋଇ ମଧ୍ୟ ଯିଏ ହିତକାରୀ ହୁଏ ନାହିଁ, ତାକୁ କୌଣସି କଥା କହିବା ଅନୁଚିତ ।

430. **बहुजनविरुद्धमेकं नानुवर्तेत्।**
ବହୁତ ଲୋକଙ୍କୁ ତ୍ୟାଗ କରି ଜଣଙ୍କ ପଛେ ପଛେ ଯାଅ ନାହିଁ ।

431. **न दुर्जनेषु भाग्धेयः कर्तव्यः।**
ଦୁର୍ଜ୍ଜନଙ୍କ ସହିତ କେବେହେଲେ ମଧ୍ୟ ସମ୍ବନ୍ଧ ସ୍ଥାପନ କରିବ ନାହିଁ ।

432. **न कृतार्थेषु नीचेषु सम्बन्धः।**
ଭାଗ୍ୟଶାଳୀ ହୋଇଥିଲେ ମଧ୍ୟ ନୀଚଙ୍କ ସହିତ ସଂପର୍କ ରଖିବା ଅନୁଚିତ ।

433. **ऋणशत्रु व्याधिर्निविशेषः कर्तव्यः।**
ଋଣ, ଶତ୍ରୁ ତଥା ବ୍ୟାଧିକୁ ମୂଳରୁ ନଷ୍ଟ କରିଦେବା ଦରକାର ।

434. **भूत्यादुर्तनं पुरुषस्य रसायनम्।**
ସଂପନ୍ନ ଜୀବନ ବିତାଇବା ହିଁ ବ୍ୟକ୍ତିଙ୍କ ପାଇଁ ଲାଭଦାୟକ ।

435. **नार्थिष्वज्ञा कार्या।**
ମାଗୁଥିବା ଲୋକମାନଙ୍କର ଅପମାନ କରିବ ନାହିଁ ।

436. **दुष्करं कर्म कारयित्वा कर्तारवमवमन्यते नीचः।**
କଠିନ କାମ କରାଇ ମଧ୍ୟ ନୀଚ ବ୍ୟକ୍ତି କାମ କଲାବାଲାର ଅପମାନ କରିଥାଏ ।

437. **नाकृतज्ञस्य नरकान्निवर्तनम्।**
ପାପୀଲୋକମାନଙ୍କ ପାଇଁ ନର୍କ ଛଡ଼ା ଅନ୍ୟ କୌଣସି ସ୍ଥାନ ନାହିଁ ।

438. **जिह्वाऽऽयत्ततौ वृद्धिविनाशौ।**
ବୃଦ୍ଧି ଓ ବିନାଶ ଜିହ୍ୱାର ଅଧୀନ ।

439. **विषामृतयोराकरो जिह्वा।**
ଜିଭ ବିଷ ଓ ଅମୃତର ଖଣି ।

440. **प्रियवादिनो न शत्रुः।**
ପ୍ରିୟ କଥା କହୁଥିବା ଲୋକର କେହି ଶତ୍ରୁ ନଥାନ୍ତି ।

441. **स्तुता अपि देवतास्तुस्यन्ति।**
ସ୍ତୁତି କରିବା ଦ୍ୱାରା ଦେବତାମାନେ ମଧ୍ୟ ସନ୍ତୁଷ୍ଟ ହୋଇଥାନ୍ତି ।

442. **अनृतमपि दुर्वचनं चिरं तिष्ठति।**
ଅକାରଣରେ ଶୁଣିଥିବା ଗାଳିକୁ ଦୀର୍ଘ ସମୟ ପର୍ଯ୍ୟନ୍ତ ଭୁଲି ହୁଏ ନାହିଁ ।

443. **राजद्विष्टं न च वक्तव्यम्।**
ରାଜାଙ୍କ ଉପରେ ଦୋଷାରୋପ ପୂର୍ବକ ଶବ୍ଦ ପ୍ରୟୋଗ କରିବା ଅନୁଚିତ ।

444. **श्रुतिसुखात् कोकिलालापातुष्यन्ति।**
କୋଇଲିର କୁହୁ କୁହୁ ତାନରୁ ଶୁଣିବାର ସୁଖ ମିଳିଥାଏ ।

445. **स्वधर्महेतुः सत्पुरुषः।**
ସତ୍‌ପୁରୁଷ ସ୍ୱଧର୍ମ ହେତୁ ହୋଇଥାନ୍ତି ।

446. **नास्त्यर्थिनो गौरवम्।**
ଧନଠାରୁ ଅଧିକ ମୋହ ହେବା ଫଳରେ ସମ୍ମାନ ମିଳେ ନାହିଁ ।

447. **स्त्रीणां भूषणं सौभाग्यम्।**
ସୌଭାଗ୍ୟ ସ୍ତ୍ରୀ ମାନଙ୍କର ଭୂଷଣ ।

448. **शत्रोरपि न पातनीया वृत्तिः।**
ଶତ୍ରୁର ହେଲେ ମଧ୍ୟ ଜୀବିକା ନଷ୍ଟ କରିବା ଅନୁଚିତ ।

449. **अप्रयत्नोदकं क्षेत्रम्।**
ଯେଉଁଠି ବିନା ପ୍ରୟାସରେ ଜଳୀୟ ସ୍ରୋତ ଉପଲବ୍ଧ ହେଉଛି ବା ସବୁ ପ୍ରକାର ବସ୍ତୁ ସୁଲଭ ହୋଇ ପାରୁଛି, ସେହି ସ୍ଥାନକୁ ନିଜର କ୍ଷେତ୍ର ବୋଲି ଭାବିବା ଉଚିତ ।

450. **एरण्डमवलम्व्य कुञ्जरं न कोपयेत।**
ଦୁର୍ବଳର ସହାୟତାକୁ ଗ୍ରହଣ କରି ବଳଶାଳୀ ସହିତ ଲଢ଼ିବା ଅନୁଚିତ ।

451. **अतिप्रवृद्धा शाल्मली वारणस्तम्भो न भवति।**
ଶାଳ ଗଛ ଅତି ପୁରୁଣା ହେଲେ ମଧ୍ୟ ହାତୀକୁ ବାନ୍ଧିବା ପାଇଁ ଖୁମ୍ବରେ ପରିଣତ ହୋଇ ନଥାଏ ।

452. **अतिदीर्घोपि कर्णिकारी न मुसली।**
କନିଅର ଗଛ ବହୁତ ବଡ଼ ହେଲେ ମଧ୍ୟ ତାହା ମୁଶଳ ନିର୍ମାଣରେ ବ୍ୟବହାର ହୋଇ ପାରେନାହିଁ ।

453. **अति दीप्तोऽपि खद्योतो न पावकः।**
ଅତ୍ୟଧିକ ଆଲୋକ ପ୍ରଦାନ କରୁଥିଲେ ମଧ୍ୟ ଜୁଳୁଜୁଳିଆ ପୋକ ନିଆଁ ହୋଇ ପାରି ନଥାଏ ।

454. **न प्रवृद्धत्व गुणहेतुः।**
ନିପୁଣତା ଯେ ଶ୍ରେଷ୍ଠ ଗୁଣର କାରଣ ଭାବରେ ବିବେଚିତ ହେବ, ଏହା ଅନାବଶ୍ୟକ ।

455. **सुजीर्णोऽपि पिचमुन्दो न शकुलायते।**
ଅତି ପୁରୁଣା ନିମ ଗଛ ମଧ୍ୟ ଗୁଆକାତିରେ ପରିଣତ ହୋଇ ନଥାଏ ।

456. **यथाबीजं तथा निष्पत्तिः।**
ଯେପରି ବୀଜ; ସେପରି କାର୍ଯ୍ୟ ।

457. **यथा शृणुतं तथा बुद्धिः।**
ଯେପରି ଶୁଣା ଯାଇଥାଏ; ସେହିପରି ବୁଦ୍ଧି ହୋଇଥାଏ ।

458. **यथा कुलं तथाऽऽचारः।**
ଯେପିର କୁଳ; ସେପରି ଚରିତ୍ର ।

459. **संस्कृत पिचमन्दो सहकारनवति।**
ପାଚିଲା ନୀମ କେବେ ଆମ୍ବ ହୋଇ ନଥାଏ ।

460. **न चागतं सुखं त्यजेत्।**
ଆସିଥିବା ସୁଖକୁ ପରିତ୍ୟାଗ କରିବା ଅନୁଚିତ ।

461. **स्वयमेव दुःखमधिगच्छति।**
ମନୁଷ୍ୟ ସ୍ୱୟଂ ହିଁ ଦୁଃଖକୁ ଡାକି ଆଣିଥାଏ ।

462. **रात्रि चारणं न कुयति।**
ରାତି ସମୟରେ ବୃଥାରେ ବୁଲ ନାହିଁ ।

463. **न चार्ध रात्रं स्वपेत।**
ରାତି ଅଧରେ ଶୁଅ ନାହିଁ ।

464. **तद्विद्वदिम परीक्षेत।**
ବିଦ୍ୱାନଙ୍କ ସମ୍ମୁଖରେ ବ୍ରହ୍ମର ଚର୍ଚ୍ଚା କରିବା ଆବଶ୍ୟକ ।

465. **पर गृहं कारण न प्रविशेत्।**
ପରଘରକୁ ବିନା କାରଣରେ ଯାଅନାହିଁ ।

466. ज्ञात्वापि दोषमेव करोति लोकः।
ଲୋକମାନେ ଜାଣିଶୁଣି ଅପରାଧ କରିଥାନ୍ତି ।

467. शास्त्रप्रधाना लोकवृत्तिः।
ଲୋକମାନଙ୍କର ବ୍ୟବହାର ଶାସ୍ତ୍ରାନୁମୋଦିତ ।

468. शास्त्राभावे शिष्टाचारमनुगच्छेत्।
ଶାସ୍ତ୍ର ଅଭାବରେ ଶିଷ୍ଟାଚାର ପାଳନ କରିବା ଉଚିତ ।

469. ना चरिताच्छास्त्रां गरीयः।
ଶିଷ୍ଟାଚାରଠାରୁ ଶାସ୍ତ୍ର ଆଦୌ ବଡ଼ ନୁହେଁ ।

470. दूरस्थमपि चारचक्षुः पश्यति राजा।
ନିଜର ଦୂରଦୃଷ୍ଟି ଓ ଗୁପ୍ତଚରମାନଙ୍କ ଦ୍ୱାରା ରାଜା ଦୂର ଜିନିଷକୁ ମଧ୍ୟ ଦେଖି ପାରନ୍ତି ।

471. गतानुगतिको लोको।
ଜଣେ-ଦୁଇଜଣଙ୍କ ବ୍ୟବହାରକୁ ଦେଖିଲାପରେ ଲୋକମାନେ ସେହି ଅନୁସାରେ ନିଜ ନିଜ ମଧ୍ୟରେ ବ୍ୟବହାର କରିଥାଆନ୍ତି ।

472. यमनुजीवेत्तं नापवदेत्।
ଯାହା ପାଖରେ ଆଶ୍ରିତ ହୋଇଛ, ତାହାର ନିନ୍ଦା କରିବା ଅନୁଚିତ ।

473. तपः सारः इन्द्रियनिग्रहः।
ଇନ୍ଦ୍ରିୟମାନଙ୍କୁ ବଶୀଭୂତ କରି ରଖିବା ହେଉଛି ତପସ୍ୟାର ସାରକଥା ।

474. दुर्लभः स्त्रीबन्धनान्मोक्षः।
ନାରୀ ମୋହରେ ବାନ୍ଧି ହୋଇ ରହିଲେ, ମୋକ୍ଷ ମିଳି ନଥାଏ ।

475. स्त्रीनामं सर्वाशुभानां क्षेत्रम्।
ସ୍ତ୍ରୀ ସବୁ ପ୍ରକାର ଅନର୍ଥର ମୂଳ ।

476. न च स्त्रीणां पुरुष परीक्षा।
ସ୍ତ୍ରୀ ପୁରୁଷଙ୍କ ଗୁଣକୁ ପରୀକ୍ଷା କରି ପାରନ୍ତି ନାହିଁ ।

477. स्त्रीणां मनः क्षणिकम्।
ସ୍ତ୍ରୀଲୋକମାନଙ୍କର ମନ ଅତ୍ୟନ୍ତ ଚଂଚଳ ।

478. अशुभ द्वेषिणः स्त्रीषु न प्रसक्ता।
ଦୁଷ୍କର୍ମ ଠାରୁ ଦୂରେଇ ରହୁଥିବା ପୁରୁଷ ନାରୀମାନଙ୍କ ମୋହଜାଲରେ ପଡ଼ନ୍ତି ନାହିଁ ।

479. यशफलज्ञास्त्रिवेदविदः।
ତିନି ବେଦକୁ ଜାଣିଥିବା ଲୋକହିଁ ଯଜ୍ଞର ମହତ୍ୱ ଓ ପରିଣାମକୁ ଜାଣିଥାନ୍ତି ।

480. स्वर्गस्थानं न शाश्वततं यावत्पुण्य फलम्।
ସ୍ୱର୍ଗ ସବୁବେଳେ ନଥାଏ ।

481. न च स्वर्ग पतनात्परं दुःखम्।
ସ୍ୱର୍ଗରୁ ପତନ ହେଲେ ଅସାଧାରଣ ଦୁଃଖ ଭୋଗିବାକୁ ପଡ଼େ ।

482. देही देहं त्यक्त्वा ऐन्द्रपदं न वाञ्छति।
ପ୍ରାଣୀ ଶରୀରକୁ ତ୍ୟାଗ କରି ଇନ୍ଦ୍ରପଦ ମଧ୍ୟ ଚାହେଁ ନାହିଁ ।

483. **दु:खानामौषधं निर्वाणम्।**
ମୋକ୍ଷ ବା ନିର୍ବାଣ ହେଉଛି ଦୁଃଖର ଔଷଧ ।

484. **अनार्यसम्बन्धाद् वरमार्यशत्रुता।**
ଖରାପ ମିତ୍ର ଠାରୁ ବରଂ ଭଲ ପରମ ଶତ୍ରୁ ।

485. **निहन्ति दुर्वचनं कुलम्।**
ଅପ୍ରିୟ ବଚନ କୁଳକୁ ନାଶ କରି ଦେଇଥାଏ ।

486. **न पुत्रसंस्पर्शात् परं सुखम्।**
ପୁତ୍ରସ୍ପର୍ଶଠାରୁ ବଳି ଆଉ ବଡ଼ ସୁଖ କିଛି ନାହିଁ ।

487. **विवादे धर्ममनुस्मरेत्।**
ବିବାଦ ବେଳେ ଧର୍ମକୁ ମନେ ପକାଇବା ଦରକାର ।

488. **निशान्ते कार्यं चिन्तयेत्।**
ରାତ୍ରି ଶେଷରେ ଅର୍ଥାତ ପ୍ରାତଃ କାଳରେ ଦିନ ତମାମ୍‌ର କାର୍ଯ୍ୟ ଉପରେ ବିଚାର କରିବା ଦରକାର ।

489. **प्रदोषे न संयोग: कर्तव्य:।**
ପ୍ରାତଃ କାଳରେ ସହବାସ କରିବା ଅନୁଚିତ ।

490. **उपस्थित विनाशो दुर्नयं मन्यते।**
ଯାହାର ବିନାଶ ହେଉଛି, ସିଏ ଅନ୍ୟାୟ ଦିଗକୁ ଓହ୍ଲାଇ ଆସେ ।

491. **क्षीरार्थिन: किं करिष्य:।**
କ୍ଷୀର ଚାହଁଥିବା ଲୋକ ମାଇହାତୀକୁ ନେଇ କଣ କରିବ ?

492. **न दानसमं वश्यं वश्यम।**
ଦାନ କରି କୌଣସି ଉପକାର ନାହିଁ ।

493. **पराय तेषूत्कण्ठा न कुर्यात्।**
ଅନ୍ୟ ହାତକୁ ଚାଲି ଯାଇଥିବା ଦ୍ରବ୍ୟକୁ ପାଇବା ପାଇଁ ବ୍ୟସ୍ତ ହୁଅନାହିଁ ।

494. **असत्समृद्धिरसद्भिरेव भुज्येत।**
ଅସତ୍ ଉପାୟରେ ଅର୍ଜିତ ଧନ ସେହିପରି ଅସତ୍ ଲୋକମାନଙ୍କ ଦ୍ୱାରା ହିଁ ଭୋଗ ହେବ ।

495. **निम्बफलं काकैरेव भुज्यते।**
ନିମଫଳକୁ କାଉ ହିଁ ଭକ୍ଷଣ କରିଥାଏ ।

496. **नाम्भोधिस्तृष्णामपोहति।**
ସମୁଦ୍ର କେବେ ତୃଷ୍ଣା ମେଂଟାଏ ନାହିଁ ।

497. **बालुका अपि स्वगुणमाश्रयन्ते।**
ବାଲି ମଧ୍ୟ ନିଜର ଗୁଣକୁ ଅନୁସରଣ କରିଥାଏ ।

498. **सन्तोऽसत्सु न रमन्ते।**
ସନ୍ଥମାନଙ୍କୁ ଅସନ୍ଥ ଲୋକମାନଙ୍କ ଗହଣରେ ଆନନ୍ଦ ମିଳେ ନାହିଁ ।

499. **न हंस: प्रेतवने रमन्ते।**
ହଂସକୁ ଶ୍ମଶାନ ଭଲ ଲାଗେ ନାହିଁ ।

500. **अर्थार्थं प्रवर्तते लोक:।**
ମନୁଷ୍ୟ ଧନପାଇଁ ବଦଳି ଯାଆନ୍ତି ।

501. **आशया बध्यते लोकः।**
ସଂସାର ଆଶା ଦ୍ୱାରା ବାନ୍ଧି ହୋଇ ରହିଛି ।

502. **न चाशापरेः श्री सह तिष्ठति।**
କେବଳ ଆଶା ରଖିଥିବା ଲୋକଙ୍କ ପାଖରେ ଲକ୍ଷ୍ମୀ ରୁହନ୍ତି ନାହିଁ ।

503. **आशापरे न धैर्यम्।**
ଅଧିକ ଆଶା କରୁଥିବା ବ୍ୟକ୍ତି ଧୈର୍ଯ୍ୟଶୀଳ ହୋଇ ପାରନ୍ତି ନାହିଁ ।

504. **दैन्यान्भरणमुत्तमम्।**
ଗରିବ ହେବା ଠାରୁ ମୃତ୍ୟୁ ବରଂ ଶ୍ରେୟସ୍କର ।

505. **आशा लज्जां व्यपोहति।**
ଆଶା ଲଜ୍ଜାକୁ ଦୂର କରି ଦେଇଥାଏ ।

506. **न मात्रा सह वासः कर्तव्यः।**
ଏକାନ୍ତରେ ମାତାଙ୍କ ସହିତ ମଧ୍ୟ ରହିବା ଅନୁଚିତ ।

507. **आत्मा न स्तोत्वयः।**
ନିଜର ପ୍ରଶଂସା କରିବା ଅନୁଚିତ ।

508. **न दिवा स्वप्नं कुर्यात्।**
ଦିନରେ ଶୋଇବା ଅନୁଚିତ ।

509. **न चासन्नमपि पश्येत्यैश्वर्यान्ध न ऋणोतीष्टं वाक्यम्।**
ଧନରେ ଅନ୍ଧ ବ୍ୟକ୍ତି ଜ୍ଞାନୀମାନଙ୍କ କଥା ଶୁଣନ୍ତି ନାହିଁ ।

510. **स्त्रीणां न भर्तुः परं दैवतम्।**
ପତି ହିଁ ସ୍ତ୍ରୀଙ୍କର ପରମ ଦେବତା ।

511. **तदनुवर्तनमुभयसुखम्।**
ପତିଙ୍କ ଅନୁକୂଳ ବ୍ୟବହାର ପ୍ରଦର୍ଶନ ଫଳରେ ଉଭୟେ ସୁଖୀ ହୋଇଥାନ୍ତି ।

512. **अतिथिमभ्यागतं पूजये यथाविधिः।**
ଘରକୁ ଆସିଥିବା ଅତିଥିଙ୍କୁ ଯେତିକି ହୋଇ ପାରିବ ସମ୍ମାନ ପ୍ରଦର୍ଶନ କରିବା ବିଧେୟ ।

513. **नास्ति हव्यस्य व्याघातः।**
ଯଜ୍ଞରେ ପ୍ରଦାନ କରା ଯାଉଥିବା ସାମଗ୍ରୀ କେବେ ବ୍ୟର୍ଥ ହୋଇ ନଥାଏ ।

514. **शत्रुर्मित्रवत् प्रतिभाति।**
ବୁଦ୍ଧି ଭ୍ରଷ୍ଟ ହେଲେ ଶତ୍ରୁ ମଧ୍ୟ ମିତ୍ର ପରି ମନେ ହୋଇଥାନ୍ତି ।

515. **मृगतृष्णा जलवत् भाति।**
ଲୋଭୀ ହେଲେ ମରୀଚିକା ମଧ୍ୟ ଜଳ ପରି ମନେ ହୋଇଥାଏ ।

516. **दुर्मेधसामसच्छास्त्रं मोहयति।**
ବୁଦ୍ଧିହୀନମାନଙ୍କୁ ନିକିମା ହେବାର ବହି ବହୁତ ବଢ଼ିଆ ଲାଗେ ।

517. **सत्संगः स्वर्गवासः।**
ସତ୍ସଂଗରେ ରହିଲେ ସ୍ୱର୍ଗରେ ରହିବା ପରି ମନେହୁଏ ।

518. **आर्यः स्वमिव परं मन्यते।**
ଆର୍ଯ୍ୟମାନେ ପରକୁ ମଧ୍ୟ ଆପଣାର ବୋଲି ମନେ କରିଥାନ୍ତି ।

519. **रूपानुवर्ती गुणः।**
ଗୁଣ ରୂପ ଅନୁସାରେ ହୋଇଥାଏ ।

520. **यत्र सुखेन वर्तते देव स्थानम्।**
ଯେଉଁଠାରେ ସୁଖ ମିଳେ, ତାହାହିଁ ସ୍ୱର୍ଗ ।

521. **विश्वासघातिनो न निष्कृतिः।**
ବିଶ୍ୱାସଘାତକଙ୍କୁ ମୁକ୍ତି କେବେ ମିଳି ନଥାଏ ।

522. **दैवायत्तं न शोचयेत।**
ଦୁର୍ଭାଗ୍ୟ ପାଇଁ ଦୁଃଖ କରିବା ଅନୁଚିତ ।

523. **आश्रित दुःखमात्मन इव मन्यते साधुः।**
ସଜ୍ଜନମାନେ ଅନ୍ୟର ଦୁଃଖକୁ ନିଜର ଦୁଃଖ ବୋଲି ମନେ କରିଥାନ୍ତି ।

524. **हृद्गतमाच्छाद्यान्यद् वदत्यनार्यः।**
ଦୁଷ୍ଟ ବ୍ୟକ୍ତି ନିଜର ମନର କଥାକୁ ଲୁଚାଇ ଭିନ୍ନ ପ୍ରକାରରେ କଥା କୁହେ ।

525. **बुद्धिहीनः पिशाच तुल्यः।**
ବୁଦ୍ଧିହୀନ ବ୍ୟକ୍ତି ପିଶାଚ ତୁଲ୍ୟ ହୋଇଥାନ୍ତି ।

526. **असहायः पथि न गच्छेत्।**
ରାସ୍ତାରେ ଏକେଲା ଯିବା ଅନୁଚିତ ।

527. **पुत्रो न स्तोतव्यः।**
ପୁତ୍ରର ସ୍ତୁତି କରିବା ଅନୁଚିତ ।

528. **स्वामी स्तोतव्योऽनुजीविभिः।**
ସେବକଙ୍କୁ ମାଲିକର ପ୍ରଶଂସା କରିବା ଦରକାର ।

529. **धर्मकृत्येष्वपि स्वामिन एवं घोषयेत्।**
ଧାର୍ମିକ କାର୍ଯ୍ୟରେ ମଧ୍ୟ ସ୍ୱାମୀଙ୍କୁ ଶ୍ରେୟ ଦେବା ଉଚିତ ।

530. **राजाज्ञां नातिलंघेत्।**
ରାଜାଙ୍କ ଆଜ୍ଞାକୁ ଉଲଂଘନ କରିବା ଅନୁଚିତ ।

531. **यथाऽऽज्ञप्तं तथा कुर्यात्।**
ଯେପରି ଆଦେଶ କରା ଯାଇଥିବ, ଠିକ୍ ସେହିପରି କାର୍ଯ୍ୟ କରିବା ଦରକାର ।

532. **नास्ति बुद्धिमतां शत्रुः।**
ବୁଦ୍ଧିମାନଙ୍କର କୌଣସି ଶତ୍ରୁ ନଥାନ୍ତି ।

533. **आत्मछिद्रं न प्रकाशयेत्।**
ନିଜର କୌଣସି ଗୁପ୍ତ କଥା କାହାରି ଆଗରେ ପ୍ରକାଶ କରିବା ଅନୁଚିତ ।

534. **क्षमानेव सर्वं साधयति।**
କ୍ଷମାଶୀଳ ବ୍ୟକ୍ତି ନିଜର ପ୍ରଶଂସା ପାଇ ଯାଆନ୍ତି ।

535. **आपदर्थ धनं रक्षेत्।**
ବିପଦରୁ ରକ୍ଷା ପାଇବା ପାଇଁ ଧନ ସଂଚୟ କରିବା ଦରକାର ।

536. **साहसवतां प्रियं कर्तव्यम्।**
ସାହସୀ ପୁରୁଷମାନଙ୍କର କାର୍ଯ୍ୟ ହିଁ ପ୍ରିୟ ।

537. **श्व कार्यमद्य कुर्वीत्।**
ଆସନ୍ତା କାଲିର କାର୍ଯ୍ୟକୁ ଆଜି କରିଦିଅ ।

538. **आपराह्निकं पूर्वाह्त एवं कर्तव्यम्।**
ଦ୍ୱିପ୍ରହରର କାର୍ଯ୍ୟକୁ ପ୍ରାତଃକାଳରେ କରିଦିଅ ।

539. **व्यवहारानुलोभो धर्मः।**
ବ୍ୟବହାର ଅନୁସାରେ ଧର୍ମ ।

540. **सर्वज्ञता लोकज्ञता।**
ଯାହା ସଂସାରିକ ଅନୁଭବିତ ଜ୍ଞାନ ଭାବରେ ମନକୁ ଆସୁଛି, ତାହାହିଁ ସର୍ବତ୍ର ହେଉଛି ।

541. **शास्त्रोऽपि लोकज्ञो मूर्ख तुल्यः।**
ଶାସ୍ତ୍ର ଜାଣିଥିବା ବ୍ୟକ୍ତି ଯଦି ଲୋକବ୍ୟବହାରକୁ ନ ଜାଣି ପାରିଲା, ତେବେ ସେ ହେଉଛି ଏକ ମୂର୍ଖ ।

542. **शास्त्र प्रयोजनं तत्त्व दर्शनम्।**
ସବୁ ଜିନିଷ ଉପରେ ଯଥାର୍ଥ ଜ୍ଞାନ ପ୍ରଦାନ କରିବା ହେଉଛି ଶାସ୍ତ୍ରର ଉଦ୍ଦେଶ୍ୟ ।

543. **तत्त्वज्ञानं कार्यमेव प्रकाशयति।**
କାର୍ଯ୍ୟ ହିଁ ତତ୍‌ତ୍ୱଜ୍ଞାନର ମାର୍ଗ ପ୍ରଦର୍ଶନ କରିଥାଏ ।

544. **व्यवहारे पक्षपाते न कार्यः।**
ବ୍ୟବହାରରେ ପକ୍ଷପାତ କରିବା ଅନୁଚିତ ।

545. **धर्मादपि व्यवहारो गरीयान्।**
ଧର୍ମ ଠାରୁ ମଧ୍ୟ ବ୍ୟବହାର ହେଉଛି ଖୁବ୍ ବଡ଼ ।

546. **आत्मा हि व्यवहारस्य साक्षी।**
ଆତ୍ମା ହେଉଛି ବ୍ୟବହାରର ସାକ୍ଷୀ ।

547. **सर्वसाक्षी ह्यात्मा।**
ଆତ୍ମା ହେଉଛି ସର୍ବ ସାକ୍ଷୀ ।

548. **न स्यात् कूटसाक्षी।**
ମିଛସାକ୍ଷୀ ହେବା ଅନୁଚିତ ।

549. **कूटसाक्षिणो नरके पतन्ति।**
ମିଛ ସାକ୍ଷୀ ଶେଷରେ ନର୍କରେ ପଡ଼ନ୍ତି ।

550. **प्रच्छन्नपापानां साक्षिणो महाभूतानि।**
ଲୁଚିକି କରାଯାଉଥିବା ପାପର ପଂଚଭୂତ ସାକ୍ଷୀ ରହିଥାନ୍ତି ।

551. **आत्मनः पापमात्मैव प्रकाशयति।**
ନିଜ ଦ୍ୱାରା କରା ଯାଇଥିବା ପାପକୁ ବ୍ୟକ୍ତିର ଆତ୍ମା ସୂଚାଇ ଦେଇଥାଏ ।

552. **व्यवहारेऽन्तर्गतमाचारः सूचयति।**
ବ୍ୟବହାରରୁ ଆଚରଣ ଜଣା ପଡ଼ି ଯାଇଥାଏ ।

553. **आकारसंवरणं देवानामशक्यम्।**
ଆଚରଣ ଅନୁସାରେ ମୁଖ ମଣ୍ଡଳର ପରିବର୍ତନ ହୋଇଥାଏ ।

554. **चोर राजपुरुषेभ्यो दित्तं रक्षते।**
ଚୋର ଓ ରାଜପୁରୁଷମାନଙ୍କ ଠାରୁ ନିଜର ଧନକୁ ରକ୍ଷା କରିବା ଦରକାର ।

555. **दुर्दर्शना हि राजानः प्रजाः नाशयन्ति।**
ନିଜ ପ୍ରଜାଙ୍କ ଦେଖା ଶୁଣା କରି ପାରୁନଥିବା ରାଜା ପ୍ରଜାମାନଙ୍କୁ ନଷ୍ଟ କରି ଦେଇଥାନ୍ତି ।

556. **सुदर्शना हि राजानः प्रजाः रञ्जयन्ति।**
ଦେଖା ଶୁଣା କରୁଥିବା ରାଜା ସବୁବେଳେ ପ୍ରଜାମାନଙ୍କୁ ଖୁସି କରି ରଖିଥାନ୍ତି ।

557. **न्याययुक्तं राजानं मातरं मन्यते प्रजाः।**
ନ୍ୟାୟବନ୍ତ ରାଜାଙ୍କୁ ପ୍ରଜାମାନେ ମାତା-ପିତା ବୋଲି ମାନନ୍ତି ।

558. **तादृशः स राजा इह सुखं ततः स्वर्गमाप्नोति।**
ପ୍ରଜାଙ୍କର ଭଲ-ମନ୍ଦ ବୁଝୁଥିବା ରାଜା ଏହି ଲୋକରେ ସୁଖ ଭୋଗ କରି ଶେଷରେ ସ୍ୱର୍ଗ ଲାଭ କରି ଥାଆନ୍ତି ।

559. **अहिंसा लक्षणो धर्मः।**
ଅହିଂସା ହିଁ ହେଉଛି ଧର୍ମର ଲକ୍ଷଣ ।

560. **शरीराणाम् एव पर शरीरं मन्यते साधुः।**
ସାଧୁଲୋକମାନେ ନିଜ ଶରୀରକୁ ଅନ୍ୟମାନଙ୍କ ମଙ୍ଗଳ କାର୍ଯ୍ୟରେ ବିନିଯୋଗ କରି ଦିଅନ୍ତି ।

561. **मांसभक्षणमयुक्तं सर्वेषाम्।**
ମାଂସ ଖାଇବା ସମସ୍ତଙ୍କ ପକ୍ଷରେ କ୍ଷତିକାରକ ।

562. **न संसार भयं ज्ञानवताम्।**
ଜ୍ଞାନୀଲୋକଙ୍କୁ ସଂସାରର ଭୟ ନଥାଏ ।

563. **विज्ञान दीपेन संसार भयं निवर्तते।**
ବିଜ୍ଞାନ ପ୍ରଦୀପ ବଳରେ ସଂସାରରୁ ଭୟ ଦୂରେଇ ଯାଇଥାଏ ।

564. **सर्वमनित्यं भवति।**
ସଂସାରରେ ସବୁକିଛି ଅସ୍ଥାୟୀ ଅଟେ ।

565. **कृमिशकृन्मूत्रभाजनं शरीरं पुण्यपपजन्महेतुः।**
ପାପ ପୁଣ୍ୟ କାରଣରୁ ଏହି ଶରୀର କୃମି, ମଳ ଓ ମୂତ୍ରର ପାତ୍ର ଭାବରେ କାର୍ଯ୍ୟ କରିଥାଏ ।

566. **जन्ममरणादिषु दुःखमेव।**
ଜନ୍ମ-ମରଣ ଆଦିରେ ଦୁଃଖ ରହିଛି ।

567. **सतेभ्यस्तुर्तुं प्रयतेत।**
ଏଣୁ ଜନ୍ମ-ମୃତ୍ୟୁରୁ ଉଦ୍ଧାର ପାଇବା ପାଇଁ ଚେଷ୍ଟା କରିବା ଦରକାର ।

568. **तपसा स्वर्गमाप्नोति।**
ତପସ୍ୟା ଫଳରେ ସ୍ୱର୍ଗ ଲାଭ ହୋଇଥାଏ ।

569. **क्षमायुक्तस्य तपो विवर्धते।**
କ୍ଷମା ପ୍ରଦାନକାରୀର ତପଶକ୍ତି ବୃଦ୍ଧି ପାଇଥାଏ ।

570. **सक्ष्मात् सर्वेषां कार्यसिद्धिर्भवति।**
କ୍ଷମା କରିଦେବା ଦ୍ୱାରା ସବୁ କାର୍ଯ୍ୟରେ ସଫଳତା ପ୍ରାପ୍ତ ହୋଇଥାଏ ।

□□□

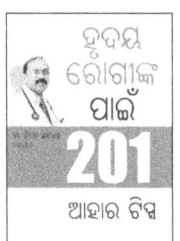
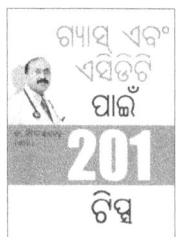
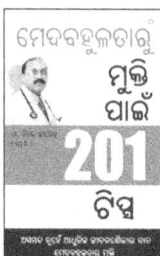
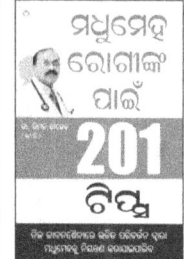

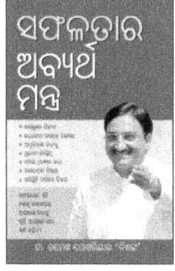
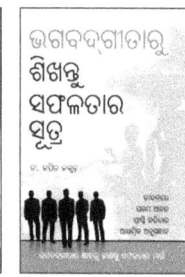

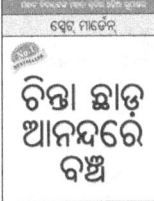
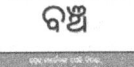
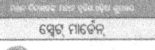

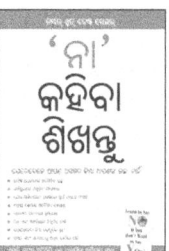
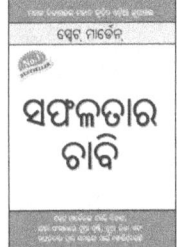
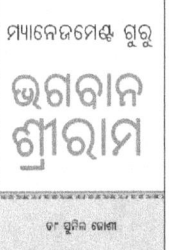